W0345766

BASTEI
LÜBBE

Madeleine Brent *ist das streng gehütete Pseudonym einer wechselweise in England und an der Mittelmeerküste lebenden Autorin. Durch ihre unverwechselbare Kunst, Spannung und Abenteuer mit einem romantischen Handlungsfaden zu verknüpfen, wurde sie weltweit bekannt und erzielte mit ihren Büchern Millionenauflagen.*

Bei BASTEI-LÜBBE sind von Madeleine Brent erschienen:

10 008 – Die Tochter des Magiers
10 483 – Das Mädchen von Jacaranda
10 753 – Hoffnung im Tal der Tränen
10 943 – Die Lady vom Hindukusch
10 966 – Wenn im Tal der Mondbaum blüht
10 973 – Wilde Blume Glück
11 207 – Cadi, Tregarons Tochter
11 327 – Wohin der Wind die Blüten trägt
11 439 – Wildes Herz Mitji

MADELEINE

BRENT

Hoffnung im Tal der Tränen

Aus dem Englischen von
Ilka Paradis

BASTEI
LÜBBE

BASTEI-LÜBBE-TASCHENBUCH
Band 10 753

1. Auflage 1986
2.–4. Auflage 1987
5. Auflage 1989
6. Auflage 1990
7. Auflage 1992
8. Auflage 1995

Titel der Originalausgabe:
A HERITAGE OF SHADOWS
© Copyright 1983 by Souvenir Press Ltd.
© Copyright 1984 für die deutsche Übersetzung
by Marion von Schröder Verlag GmbH, Düsseldorf
Lizenzausgabe: Gustav Lübbe Verlag GmbH, Bergisch Gladbach
Printed in Great Britain
Einbandgestaltung: Zembsch Werkstatt
Satz: hanseatenSatz-bremen, Bremen
Druck und Verarbeitung: Cox & Wyman Ltd.
ISBN 3-404-10753-5

Der Preis dieses Bandes versteht sich einschließlich
der gesetzlichen Mehrwertsteuer.

1

ES WAR FAST Mitternacht. Louise räumte, dick und schlecht gelaunt, wie sie war, in der Küche von La Coquille gerade Geschirr auf mein Tablett, als Armand aus dem kleinen Restaurant hereinkam. Die Spitzen seines gewichsten Schnurrbarts fingen an, traurig herunterzuhängen, und seine lange weiße Schürze war mit Weinspritzern befleckt.

»Ist er noch da?« fragte ich.

Armand schüttelte den Kopf. »Nein, weg.«

Wir sprachen von einem vierschrötigen, mondgesichtigen Mann, der an einem von Armands Tischen eine Stunde über seiner Mahlzeit gesessen und dessen Blick mich immerfort verfolgt hatte, während ich meiner Arbeit nachging. Ich wußte, er musterte mich nicht einfach, weil ich zufällig eine junge Frau war, denn diese Art Blick konnte ich leicht erkennen. Es hatte vielmehr ausgesehen, als ob er mich ohne jedes persönliche Interesse betrachtet hätte, aber mit einem brütenden, spekulierenden Blick, den ich beunruhigend fand.

Armand hatte mir gesagt, der Mann sei Engländer, spräche aber weniger schlecht Französisch als die meisten seiner Landsleute. Für mich war die Tatsache, daß er Engländer war, nicht der Grund, der mich beunruhigte, denn schon seit langer Zeit hatte ich den eiskalten Schauder überwunden, den jede Erinnerung an mein Geburtsland einmal in mir geweckt hatte. Jetzt war ich ein bißchen verärgert über mich selbst, weil ich es zugelassen hatte, daß seine Aufmerksamkeit mir Sorgen machte.

»Eine Gruppe von goldenen Uhren ist gerade angekommen«, sagte Armand und stellte sein Tablett mit benutzten Gläsern hin. »Es sind vier, und keiner von ihnen spricht ein Wort Französisch – diese Barbaren. Vater Chabrier braucht dich zum Dolmetschen, Hannah.«

Armand und Vater Chabrier bezeichneten englische Edelleute immer als goldene Uhren, weil so viele von ihnen in ihren Westentaschen eine goldene Uhr mit einer Kette trugen, die vorne quer über der Weste hing. Das bewies nach Armands Meinung, daß sie verrückt waren, denn diese Uhren boten den Taschendieben und Schlitzohren des Viertels eine unwiderstehliche Versuchung, besonders, wo fast jeder nach dem schrecklichen Winter, den wir durchgestanden hatten, so arm war.

Ich selbst hielt mich für wirklich glücklich, daß ich während dieser ganzen Zeit im La Coquille Arbeit gehabt hatte, im schlimmsten Winter, den Paris seit dreißig Jahren erlebt hatte – so stand es jedenfalls in der Zeitung. Er hatte Ende 1890 angefangen, und im Januar herrschte in der ganzen Stadt klirrende Kälte. Feuerstellen wurden in vielen Vierteln auf den Straßen unterhalten, Schutzräume für die Obdachlosen errichtet, und die Assistance Publique teilte aus riesigen eisernen Kochkesseln, die auf dem schneebedeckten Champ de Mars vor sich hinkochten, Suppe an die Hungrigen aus. Das Geschäft war überall schlecht gewesen, besonders in den Kabaretts und Restaurants am Montmartre, aber irgendwie hatte das Lokal La Coquille überlebt, und Vater Chabrier hatte mich behalten.

Jetzt, da der Frühling nahte, besuchten wieder viele Engländer Paris, und wir waren dankbar, sie wiederzusehen, denn sie gaben gern und reichlich Geld aus. Die Engländer waren während der letzten beiden Jahre in wachsender Zahl über den Kanal gekommen, seit dem Frühling

1889, als es den Anschein hatte, als ob die ganze Welt zur großen Ausstellung nach Paris strömte. Ich hielt es für wahrscheinlich, daß Vater Chabrier mich in diesem schlimmen Winter nur behalten hatte, weil er glaubte, daß ihm meine fließende Beherrschung beider Sprachen wieder mehr nützen würde, wenn bessere Zeiten kamen. Ich war ihm also dankbar, wenn er mich als Dolmetscher benutzte.

Ich sagte zu Armand: »Dann darf ich ihn nicht warten lassen. Bedienst du bitte für mich am Ecktisch?«

Armand schaute mein Tablett an, das schwer beladen war, und seufzte tief. Louise fuhr ihn an. Ich ging durch die Schwingtüren ins Restaurant, wo Vater Chabrier gerade mit großem Getue die vier Engländer plazierte, die über irgendeinen Witz lachten, den einer von ihnen vom Stapel gelassen hatte, und die offensichtlich schon seit einiger Zeit die mannigfachen Unterhaltungen genossen, die von den Kabaretts, den Tanzlokalen und Theatern des Viertels geboten wurden. Zwei trugen Zylinder und Frackmäntel, die anderen beiden Knickerbocker-Hosen und Golfmützen. Alle rauchten die kurzen Pfeifen, an denen die Pariser die englischen Touristen zu erkennen gelernt hatten.

Vater Chabrier strahlte und redete. Er gestikulierte wild, um anzudeuten, daß ich die Bestellung aufnehmen würde. Ich war müde, aber ich gab mir große Mühe, das zu verbergen, während ich lächelte, einen Knicks machte und sagte: »Guten Abend, Messieurs. Darf ich Ihnen einen Aperitif bringen, während Sie sich entscheiden?«

Jetzt kamen wieder die üblichen Überraschungsrufe, gefolgt von den üblichen Fragen. Wie gut ich Englisch spräche! Ach, ich wäre Engländerin? Bemerkenswert! Sie fragten sich, wie ein junges englisches Mädchen dazu kam, als Kellnerin in einem Familienrestaurant am Montmartre zu arbeiten. Sie hätten bis jetzt noch keine andere Kellnerin gesehen, nur Kellner. Wie ich denn hieße, und wie alt ich wäre? Hannah McLeod? Achtzehn Jahre? Sicher müsse ich doch Schottin sein und keine Engländerin?

Ich erzählte ihnen kurz die Geschichte, die ich schon oft unter ähnlichen Umständen erzählt hatte und von der fast nichts stimmte. Meine Mutter sei Französin gewesen, Lehrerin. Mein Vater Schiffsoffizier, geboren in London, aber ohne Zweifel mit schottischen Ahnen. Ich hätte in London gelebt, bis zu meinem zwölften Lebensjahr, als das Schiff meines Vaters auf See verschollen sei, und meine Mutter sei kurz darauf gestorben. Ihre Familie in Frankreich hätte mir ein Zuhause gegeben, aber sie sei arm, so daß ich sehr froh darüber sei, Arbeit gefunden zu haben, damit ich mir meinen Lebensunterhalt selbst verdienen konnte.

Es war eine Geschichte, die mir manchmal ein großes Trinkgeld bescherte, obwohl ich sie nicht aus diesem Grund erzählte. Ich hatte sie mir ausgedacht – es war die einfachste Möglichkeit, meine Anwesenheit im Restaurant La Coquille zu erklären.

Die Engländer benahmen sich, während ich ihnen lächelnd ihre Fragen beantwortete, als ob sie mit mir flirten wollten. Ich hatte das sichere Gefühl, daß sie sich anders benommen hätten, wenn ich eine Kellnerin in einer Teestube von London gewesen wäre. Aber wir waren nicht in London, wir waren in Paris – ja, sogar am Montmartre, der Heimat der Bohemiens, wo englische Besucher alle Vorsicht und Förmlichkeit über Bord warfen. Außerdem hörte ich mich nicht an wie eine Kellnerin aus einem Teelokal, denn ich sprach ein grammatisch einwandfreies Englisch mit einer Aussprache, die sich ziemlich genauso anhörte wie die Aussprache, die diese englischen Gentlemen von ihren Frauen oder Töchtern hörten. Gerade wegen meiner Stimme und meinem Benehmen war ich bei meinen Mitschülerinnen als ›La Professeuse‹ bekannt, in der Rue des Moulins am College für junge Damen, in dem Mademoiselle Montavon so streng herrschte.

Dadurch, daß ich mich stur benahm und nicht allzu bereitwillig auf ihre Fragen und ihre Frotzeleien reagierte, schaffte ich es, die englischen Herren ziemlich schnell wieder dazu zu bringen, die Speisekarte zu studieren, die in Louises großer, fließender Handschrift mit violetter Tinte geschrieben war.

»Es gibt die beiden Suppen, Messieurs, Ochsenschwanzsuppe und Catalanische Suppe. Die Catalane ist aus Zwiebeln, gehacktem Schinken, ein bißchen Weißwein, ein paar Gemüsen, Eigelb und Kräutern gemacht. Ich bedaure, daß wir um diese Jahreszeit wegen des schlimmen Winters nur wenig Gemüse haben, aber Sie werden feststellen, daß die Omeletts sehr gut sind, wenn Sie nur etwas Leichtes als Abendessen wünschen. Wenn Sie aber einen guten Hunger haben, dann schlage ich Ihnen ›Cotelettes Mousquetaire‹ vor – Lammkoteletts, mariniert in Öl, Weinbrand und Petersilie. Vielleicht mögen Sie aber lieber die Lammbrust oder das Nierenragout. Die ›Coquille Saint-Jacques‹ ist eine Spezialität unseres Hauses . . .«

Es war ein Abend, der wie die meisten meiner Abende im Restaurant La Coquille verlief, nur daß wir bei dem besseren Wetter jetzt viel mehr Arbeit hatten. Während ich mit der Bestellung in die Küche ging, hoffte ich, daß diese Leute die letzten Gäste des Abends waren. Im Sommer waren die Cafés und Theater, die Kabaretts und Konzertsäle um diese Zeit überfüllt, aber im Augenblick waren die Nächte noch immer sehr kalt, und die meisten Vergnügungslokale schlossen.

Ich dachte nicht weiter über den mondgesichtigen Mann nach, der mich so genau gemustert hatte, bis die

Arbeit des Tages beendet war. Armand erwähnte ihn noch, während wir vor dem Nachhausegehen die Stühle auf die Tische stellten, und wieder hatte ich dieses seltsame, frostige Gefühl. Um halb zwei setzte ich den Hut auf, zog den Mantel an, sagte Vater Chabrier und Louise gute Nacht und ging mit Armand bis zur Ecke an der Rue Muller, wo unsere Wege sich trennten.

Die Straßen waren jetzt dunkel und leer, aber ich hatte keine Angst, obwohl ich allein war. Jeder wohlhabende Besucher hätte unklug gehandelt, zu so später Stunde durch das Labyrinth von Straßen zu gehen, das sich über den Gipfel des Montmartre breitete, denn dies war das Viertel der Straßenräuber, wo eine Frau einen dummen, nichtsahnenden Herrn in eine dunkle Ecke locken konnte, damit ihr Komplize ihm mit einem Lederschlauch voller Bleikugeln über den Kopf schlug und ausraubte. Aber ich war nicht in Gefahr, denn ich wohnte ja selbst in diesem Viertel. Ich war eine junge Frau in billiger Kleidung, der man ansah, daß es sich nicht lohnte, sie auszurauben – ganz abgesehen von der Tatsache, daß die Halunken vom Montmartre normalerweise niemals Leute aus dem Viertel anfielen.

Ich stellte über den mondgesichtigen Mann keine weiteren Spekulationen an, während ich dahinging, denn ich war zu müde und fror zu sehr. Ich wußte, mein Zimmer würde auch kalt sein. Während des langen, harten Winters hatte ich den größten Teil meiner geringen Ersparnisse dafür gebraucht, Kohlen für den Kanonenofen zu kaufen und ihn für einen Tag anzuheizen, so daß ich nicht Eis auf dem Wasserkrug zerschlagen mußte, wenn ich in den frühen Morgenstunden aus dem Restaurant nach Hause kam. Mit dem Heizen hatte ich aufgehört, sobald die Temperatur erträglich wurde, denn mit den drei Francs pro Tag, die Vater Chabrier mir zahlte, konnte ich es mir einfach nicht leisten. Mein Gehalt war großzügig, aber unglücklicherweise hatte ich in letzter Zeit eine Menge Ausgaben gehabt – meine Schuhe und Kleider waren abgenutzt.

Trotz meiner Müdigkeit fühlte ich mich immer noch zufrieden, als ich die steile steinerne Treppe erreichte, die zwischen den Häusern am Ende der Straße hinaufführte. Vor achtzehn Monaten hatte ich noch als ausländisches Mädchen, das vor fast fünf Jahren aus England gekommen war, sehr bequem mit den anderen Schülerinnen in Mademoiselle Montavons sehr exklusivem College in der Rue des Moulins gewohnt. Ich war Hannah McLeod gewesen, gut erzogen, eine eifrige Leserin und Schülerin, etwas schnippisch und zurückhaltend, aber nicht unfreundlich, und gelegentlich sehr starrköpfig und unbequem. Heute sah alles ganz anders aus. Heute hatte ich seit Mittag im Restaurant gearbeitet und ging jetzt nach Hause, sechs Treppen hoch in ein kleines, kaltes Zimmer. Ich hatte nur ein paar Sous in der Tasche, und es dauerte noch zwei Tage, bis ich meinen Wochenlohn bekam. Dennoch wünschte ich mir nie, daß die Tage in der Rue des Moulins, die vergleichsweise voller Luxus gewesen waren, wiederkehrten. Sie stellten ein Kapitel in meinem Leben dar, das abgeschlossen war – ein Kapitel, das ich nicht noch einmal erleben wollte.

Vom oberen Ende der langen Steintreppe konnte ich ganz Paris sehen, das wie ein Meer aus Licht unter einem strahlenden Halbmond ausgebreitet lag. Tausende von Straßenlaternen säumten die breiten Boulevards und beleuchteten die berühmten Gebäude, während der rotierende Suchscheinwerfer auf der Spitze des Eiffelturms seinen nebligen Strahl über der Stadt bewegte. Hinter mir erhoben sich riesige Baugerüste über der noch immer unvollendeten Kirche Sacré-Cœur, die auf dem Gipfel des Montmartre stand.

Ich blieb nur ein paar Sekunden stehen, um auf die Stadt hinabzuschauen, die jetzt meine Heimat war. Ich fragte mich kurz, ob ich nicht wegziehen sollte, in irgendeine Stadt im Süden, und ob ich nicht versuchen sollte, dort als Lehrerin oder Kinderfrau Arbeit zu finden. Vielleicht tat ich auch besser daran, meine unvernünftigen Bedenken endlich abzulegen und nach England zurückzukehren, um dort eine Anstellung zu suchen. Natürlich würde ich zuerst das Fahrgeld sparen müssen und Geld für Unterkunft, solange ich Arbeit suchte. Es würde nicht leicht sein . . .

Ich klemmte mir die kalten Hände unter die Achselhöhlen und ging weiter durch den Wirrwarr aus steilen Durchgängen, Höfen und Bogengängen, die zu meinem Wohnhaus führten. Links erhoben sich die hageren schwarzen Skelette von zwei uralten Windmühlen in den Himmel, Überbleibsel aus der Zeit, als die Windmühlen den Gipfel des Montmartre noch dicht bestanden hatten.

Es waren nur noch hundert Schritte bis zu meiner Wohnung in der Rue Labarre, als ich, aus einem Gäßchen kommend, um die Ecke bog und vor mir, im Licht einer Wandlaterne, weniger als einen Steinwurf von mir entfernt, drei Gestalten sah. Eine lag auf dem Boden – ein Mann, dem der Zylinder in die Gosse gerollt war, die sich am Fuß der Mauer auf der einen Seite des Gäßchens entlangzog. Die anderen beiden hockten über ihm. Ich konnte sie nicht deutlich sehen, aber ich wußte: Es mußten Straßenräuber sein, Apachen, die die Taschen eines Opfers durchsuchten, das bewußtlos vor ihnen lag. Der Mann war möglicherweise von der Moulin de la Galette heraufgekommen, dem Tanzlokal, das weiter unten am Hügel lag, und hatte sich dann im Labyrinth des Montmartre verloren. Wenn das der Fall war, dann war er dumm gewesen, diesen Stadtteil allein zu erkunden, denn hier wohnten nur die Ortsansässigen des Viertels und keine Besucher oder Touristen. Die meisten Einwohner waren Fremden gegenüber mißtrauisch, manche waren sogar gefährlich.

Ich blieb einen Augenblick still stehen und starrte hin. Plötzlich erhoben sich die beiden Gestalten, und ich sah, daß es ein Mann und eine Frau waren. Der Mann untersuchte etwas, hielt es dicht ans Gesicht – vielleicht eine Brieftasche. Dann trat er die schlaffe Gestalt am Boden. Die Frau sagte mit wütender Stimme irgend etwas zu ihrem Begleiter, und ich hörte den Namen Henri. Einen Augenblick lang glaubte ich, sie mache ihm Vorwürfe, aber dann trat auch sie den Mann am Boden. Henri spuckte aus und trat dann noch einmal hart zu.

Ich hob den Rock bis zu den Knien und fing an zu laufen. Ich haßte die sogenannten Apachen. Im Augenblick war es große Mode, Helden aus ihnen zu machen, aber für mich waren sie keine Helden. Ich sah den ›Apachen‹ als selbstsüchtiges, bösartiges Wesen an. Der Apache lebte von seiner Frau und schlug sie, wenn sie es nicht schaffte, den Männern genügend Geld herauszulocken, damit er selbst auf der faulen Haut liegen, gut essen und sich ausgiebig mit Wein und Tabak versorgen konnte.

Ich wage zu behaupten, daß ich nur wenig Angst hatte, als ich auf die drei zulief. Das kam nicht daher, weil ich mutig war, sondern weil mich der Anblick wütend machte und mit Ekel erfüllte. Saiten meiner Erinnerung wurden angerührt, die ich seit langem begraben hatte, und mein Herz hämmerte so wild, daß ich es hören konnte. Als ich von La Coquille losgegangen war, hatte ich meine Schuhe in eine Einkaufstasche gesteckt, die an meinem Arm hing, und Holzschuhe angezogen. Das Klappern der hölzernen Sohlen auf dem Kopfsteinpflaster klang laut, und sofort hörten die beiden Gestalten auf, den am Boden Liegenden zu treten, und starrten zu mir herüber.

Einen Augenblick lang dachte ich, sie wollten wegrennen. Aber dann sahen sie, daß ich eine junge Frau war und außerdem allein. Der Mann lachte und stellte sich schwankend in Pose. Er stemmte die Hände in die Hüften. Er trat sein Opfer noch einmal und sagte dann: »Ein reicher Fremder und keine Uhr, keine Ringe. Nur fünf lausige Francs in der Brieftasche . . . Pah!«

Knapp zwei Schritte vor dem Apachen blieb ich stehen. Ich hob eine Hand bis an den Hut, schaute ihm mit all dem Haß, den ich verspürte, ins Gesicht, und sagte: »Zurück! Weg von ihm, ihr dreckigen Schweine!«

Der Mann starrte mich aus magerem, teigigem Gesicht an, schwang dann den Arm zurück und schlug mich mit der offenen Handfläche auf die Wange. Aber ich hatte gesehen, wie die Apachen mit ihren Frauen umgingen, und ich war bereit. Ich riß die zwölf Zentimeter lange Hutnadel aus meinem Hut, nahm den Kopf zurück, um dem Schlag auszuweichen, und zerkratzte ihm die Hand mit der scharfen Spitze. Er stieß einen Schrei des Schmerzes aus, und während er seine verwundete Hand umklammerte, tat ich einen Schritt vorwärts und trat ihm mit meinem schweren Holzschuh hart gegen das Knie. Er schrie wieder auf, und diesmal lag Bestürzung in seiner Stimme. Er sprang zur Seite. Ehe sein Mädel sich ausdenken konnte, was sie jetzt tun sollte, schwang ich den Beutel mit meinen Schuhen und traf sie voll ins Gesicht. Sie kreischte vor Schrecken, und sie quietschte noch einmal, als mein Holzschuh auch gegen ihr Knie krachte.

»Haut ab, ihr Tiere!« sagte ich wütend und zeigte mit der Hutnadel auf sie. »Dich kenne ich, Henri! Komm noch einmal in meine Nähe, und ich steche dir beim nächsten Mal das Auge aus, du Kanalratte! Ich weiß, wo du zu finden bist, Henri, du und deine kleine Spielgefährtin. Vielleicht geh' ich zur Polizei, vielleicht lass' ich auch meinen Freund Louis le Surineur kommen, damit er mit dir redet!«

Das war alles ausgedacht, aber während ich dem Apachen und seinem Mädchen die Worte entgegenspuckte, wichen die beiden zurück. Ich wußte natürlich nicht, wo Henri zu finden war – ich hatte nur gehört, wie das Mädchen seinen Namen gebrauchte. Ein Surineur war ein Messerstecher – genauso wie ein Garotteur ein Würger war, und ich hatte natürlich keinen Freund namens Louis in diesem Gewerbe oder in irgendeinem anderen. Aber meine Worte mußten überzeugend geklungen haben, denn plötzlich packte der Apache sein Mädchen am Handgelenk und hinkte mit schmerzverzerrtem Gesicht mit ihr davon. Die beiden gingen bald eine steile Treppe hinab und verschwanden.

Ich stand zitternd da. Plötzlich war ich entsetzt von dem, was ich getan hatte. Ich schob meine Hutnadel mit zitternder Hand in den Hut zurück, und dann sank ich neben dem Mann, der auf dem Pflaster lag, auf die Knie. Seine Augen standen offen, aber als ich mich über ihn beugte, schlossen sie sich. Im Lampenlicht sah er ziemlich jung aus, vielleicht Ende Zwanzig, mit dunklem Haar und einem säuberlich gestutzten Schnurrbart. Sein Mantel und seine Jacke waren aufgeknöpft – Henri und seine Begleiterin hatten auf der Suche nach Geld und Wertsachen überall das Taschenfutter herausgezogen. Eine Seite im Gesicht des Mannes war blutbedeckt, und er atmete schwer. Ich fragte mich, ob die Fußtritte, die er bekommen hatte, ihm wohl ein paar Rippen gebrochen hatten.

Ich schaute mich um. Die Straße lag verlassen. Hier und da zeigte sich aus einem Wohnungsfenster im dritten oder vierten Stock ein dämmriges Licht, aber es bestand wenig Hoffnung, daß ich Hilfe rufen konnte. Um diese Zeit verließen die furchtsamen Concierges, die im Erdgeschoß die Hauseingänge bewachten, kaum ihre Betten, um an die Tür zu gehen.

Ich legte den Kopf des Mannes in meinen Schoß, schlug ihn hart auf die Wangen und sagte: »Monsieur . . .« Dann zögerte ich und sprach englisch. Die Franzosen neigten dazu, alle Engländer für blond zu halten, aber ich wußte, daß das nicht der Fall war. Mein eigenes Haar war genauso dunkel wie das dieses Fremden. Der Apache hatte offensichtlich gewußt, daß der Mann Ausländer war, und in diesem Fall war er wahrscheinlich eher Engländer als anderer Nationalität. Also sagte ich: »Sir, können Sie mich hören? Bitte, wachen Sie doch auf. Sir?«

Ich kniff ihn ziemlich fest ins Ohr, denn eine gewisse Verzweiflung bemächtigte sich meiner. Ich konnte den Mann nicht hier liegen lassen, denn mit Sicherheit würde er noch vor dem Morgengrauen in der Kälte sterben. Irgendwie mußte ich ihn unterbringen, aber mir fiel keine Möglichkeit ein, wie ich das allein schaffen konnte, wenn er bewußtlos blieb. Ich grub meine Fingernägel in sein Ohrläppchen und sagte: »Bitte, bitte wachen Sie doch auf, Sir.«

Zu meiner großen Erleichterung rührte er sich. Er murmelte etwas und versuchte seinen Kopf wegzuziehen. Ich schüttelte ihn, riß ihn am Ohr, redete dringlich auf ihn ein, um ihn wieder zu Bewußtsein zu bringen. Langsam öffneten sich seine Augen. Er starrte mit leerem Blick zu mir auf und stellte mir dann auf englisch eine Frage. Aber die Worte kamen so verschwommen, daß ich nicht schlau aus ihnen wurde. Während der nächsten paar Minuten schüttelte ich ihn, riß an ihm, versuchte ihn auf die Beine zu stellen. Ich war fast sicher, daß er geistesabwesend war und daß der größte Teil seines Gehirns noch umnachtet war. Er konnte zwar ein paar Worte bilden, während ich mich mühte und ihn immer wieder aufforderte mitzuhelfen, aber sie waren völlig zusammenhanglos. Langsam schien er zu verstehen, daß ich versuchte, ihm zu helfen, und endlich schaffte ich es, ihn aufrecht neben mich hinzustellen. Sein Arm lag um meine Schultern, während ich ihn um die Taille gepackt hielt. So standen wir schwankend ein paar Minuten da, und dann gingen wir langsam vorwärts, taumelnd, als ob wir betrunken wären.

Ich hatte daran gedacht, auch den Beutel mit meinen Schuhen aufzuheben, aber ich hatte den Zylinder des Herrn vergessen, bis wir uns in Bewegung gesetzt hatten. Da war es zu spät. Ich konnte es nicht wagen, ihn loszulassen und den Hut aufzuheben. Während wir weiterstolperten, keuchte ich immer wieder ermutigende, beruhigende Worte. »So . . . ganz ruhig, Sir. Noch einen Schritt, und noch einen – bitte. So ist's brav. Jetzt ist es nicht mehr weit. Kommen Sie, ich hab' Sie fest gepackt, ich stütze Sie . . .«

Zweimal in den fünf Minuten, die wir bis zu meiner Wohnung im Haus Nr. 8 brauchten, sackte der Fremde zusammen und riß mich fast um. Und als wir die Tür des hohen, dunklen Hauses erreicht hatten, schmerzte mein Arm von der Anstrengung, die es mich kostete, ihn zu stützen. Der Schlüssel hing an einer Schnur um meinen Hals. Irgendwie schaffte ich es, ihn aus meinem Kleid hervorzuziehen, die Schnur über meinen Kopf zu heben und die Tür aufzuschließen. Eine Petroleumlampe, die auf ganz kleine Flamme gestellt war, stand auf dem Tisch in der nackten Diele. Die Lampe ließ Madame Briand, die Concierge, immer für mich brennen, und das war in der Tat eine sehr hohe Gunst. Wie die meisten Concierges, so war auch Madame Briand eine mürrische, zänkische Frau mit einer scharfen Zunge, aber während der Zeit, die ich jetzt in dem Zimmer im sechsten Stock zur Miete wohnte, hatte sie anscheinend angefangen mich zu mögen. Vielleicht kam es daher, daß sie mich einmal gesehen hatte, wie ich ihrem Mann fest auf den Fuß getreten war, als er eines Tages auf der Treppe allzu nett zu mir hatte sein wollen. Er hatte wohl nicht gewußt, daß sie uns von oben beobachtete. Ihr Mann, Gustave, war ein fetter, fauler Kerl, und sie verachtete ihn. Diesbezüglich konnte ich sie gut verstehen.

Ich hielt meinen halb bewußtlosen Begleiter gegen die Wand gedrückt, während ich wieder Luft holte. Ich fragte mich, wie ich ihn wohl die sechs Treppen bis zu meinem Zimmer hinaufbekommen sollte. Ich konnte ihn nirgendwoanders hinbringen. Einige der anderen Mieter waren zwar liebenswürdig, wenn man ihnen am Tag begegnete, aber wenn ich sie jetzt in den frühen Morgenstunden geweckt hätte, damit sie einen mittellosen, verletzten Ausländer bei sich aufnahmen, hätte ich bestimmt etwas anderes zu hören bekommen. Der einzige, der mir geholfen hätte, war der halbirische Engländer, der das andere Zimmer auf meinem Treppenabsatz gemietet hatte, Toby Kent. Und der war auf See.

Der Krach, den wir auf den ersten Stufen machten, mußte Madame Briand geweckt haben, denn sie kam mit einer Kerze aus ihrem Concierge-Stübchen im Erdgeschoß. Sie wirkte unförmig in ihrem Morgenrock und der Nachthaube.

»Nom de dieu!« rief sie und spähte nach oben. »Ist der verrückte Engländer wieder da? Und auch noch betrunken?«

»Nein, es ist nicht Monsieur Kent«, keuchte ich. »Ein Tourist, glaube ich, Madame. Ich bin dazugekommen, als ein Apache und sein Mädel ihn gerade ausraubten. Er ist halb bewußtlos, der Arme. Sie haben ihn brutal getreten, als er auf dem Boden lag.«

Madame Briand zuckte die Achseln. »Kein Zweifel, seine Brieftasche war ihnen wohl zu dünn.« Sie hob die Kerze. »Was willst du denn mit ihm machen, Kind?«

»Ich kann ihn doch nicht auf der Straße erfrieren lassen«, sagte ich zur Entschuldigung. »Ich hatte gehofft, Sie hätten nichts dagegen, wenn er sich in meinem Zimmer hinlegt, und vielleicht kann ich morgen einen Arzt holen.«

Madame Briand schnaufte. »Hast du denn Geld für einen Arzt?«

»Nein, aber . . .« Während ich redete, sackte der Mann auf der Treppe in die Knie und lehnte sich gegen die Wand. Ich mußte mich mit ihm hinsetzen, damit er nicht stürzte. »Aber ich dachte, ich könnte vielleicht einen Franc oder zwei borgen«, sagte ich voller Hoffnung.

»Nicht von mir, du dummes Ding«, sagte Madame Briand, aber nicht allzu unfreundlich. »Und wie willst du ihn in dein Zimmer kriegen?«

»Das weiß ich auch nicht. Ich hatte gehofft, er würde wieder zu sich kommen.« Meine Augen brannten von unvergossenen Tränen, denn in mir stieg langsam eine hilflose Verzweiflung auf, und mir fiel nicht ein, was ich als nächstes tun sollte.

Madame Briands Augen funkelten plötzlich maliziös auf. »Warte mal, mein Kleines«, sagte sie. »Gustave soll dir helfen.« Sie schlurfte zurück in ihre Wohnung, und ein paar Augenblicke später hörte ich ihre schrille Stimme. Die brummige Stimme ihres Ehemannes mischte sich dazwischen. Die beiden stritten sich lautstark. Ich hockte seitwärts auf einer Stufe, und der halb bewußtlose Mann lehnte sich jetzt gegen mich. Ich war sehr müde, die Augen fielen mir zu, während ich wartete.

Zwei Minuten später schlurfte Gustave Briand in Pantoffeln heraus. Er trug eine Weste, und seine Hosen wurden von schlaffen, uralten Hosenträgern hochgehalten.

Seine Frau redete ihn nieder, als er protestierte, und gab ihm Anweisungen. Gemeinsam schafften wir es, den verletzten Mann wieder aufzurichten, und ihm die Arme von hinten über Monsieur Briands Schultern zu legen, so daß man ihn vorne an den Handgelenken halten konnte. Dann begannen wir den langen Aufstieg über die schmale Treppe, und Monsieur Briand mühte sich, tief gebeugt unter seiner Bürde, hinauf. Er keuchte und fluchte mit dem bißchen Luft, das ihm verblieb. Die Concierge und ich halfen von hinten nach. Wir stützten, wir schoben, wir murmelten Anweisungen, und ich selbst sprach ihm Mut zu. Madame Briand kritisierte immer wieder mit ätzenden Worten die Anstrengungen ihres Mannes.

Für Zuschauer hätten wir wohl ein komisches Bild abgegeben, und auf der vierten Treppe, als Madame Briand mit rauhem Flüstern ihren Mann, der sich große Mühe gab, beschuldigte, er wolle sie ermorden, indem er mit seiner Last auf sie herunterstürzte, da war ich trotz meiner Müdigkeit nahe daran zu kichern. Von Zeit zu Zeit stöhnte der Verletzte und murmelte mit undeutlicher Stimme irgend etwas. Das gab mir die Hoffnung, daß er nach und nach doch wieder zu sich kommen würde.

Endlich erreichten wir mein Zimmer. Ich öffnete die Tür mit meinem Schlüssel und hielt sie weit auf. Gustave Briand stolperte ins Zimmer, die Füße des Fremden schleiften auf dem Boden hinter ihm her. Dann machte er einen Sprung zur Seite und ließ seine Bürde auf mein Bett fallen. Die alte Bettstelle knirschte beängstigend, aber sie brach nicht zusammen. Während ich die Lampe anzündete, flüsterte ich ihm ein Dankeschön zu, aber er ignorierte mich völlig. Er stand mit offenem Mund da, die Schultern hochgezogen, und er keuchte, während er seine Frau böse anstarrte.

»Keine Ursache«, sagte Madame Briand und tätschelte

mir leicht den Arm. »Gustave hat gern geholfen.« Sie schob ihren Mann hinaus, und noch nachdem ich die Tür hinter ihnen geschlossen hatte, konnte ich sein pfeifendes Atmen hören, während er langsam wieder die Treppe hinuntertrapste.

Ich zögerte einen Augenblick. Dann zündete ich den Ofen mit einem Streichholz an. Für morgen, für Sonntag, war schon frisch aufgelegt, denn ich brauchte ja nicht arbeiten. Jetzt würde mein Zimmer am Sonntag kalt sein. Ich konnte keine Kohlen mehr kaufen, bevor ich meinen nächsten Lohn bekam, aber wenigstens würde ich diese Nacht nicht bibbern, während mein unerwünschter Begleiter warm unter meiner Decke lag.

Ich stellte einen Topf Wasser auf den Ofen, hängte Hut und Mantel auf und zog dem Mann die Stiefel aus. Langsam streifte ich ihm die Ärmel seines Mantels von den Armen, dann schaffte ich es, den Mantel unter ihm wegzuziehen. Danach rieb ich mir die Hände, um sie ein bißchen zu wärmen, ehe ich anfing, ihm Jacke, Weste und Hemd auszuziehen. Zu meiner Schande verspürte ich mehr Ärger als Mitgefühl. Der Mann war ein Narr gewesen, daß er zu dieser Stunde in solch einer Gegend allein herumgewandert war, und er hatte für seine Dummheit teuer bezahlt. Und ich zahlte ebenfalls dafür – mit Zeit und Ärger.

Es war nicht leicht, ihm Hemd und Unterweste auszuziehen, und während ich mich damit abmühte, mich über ihn beugte und seinen Kopf in der Armbeuge stützte, öffnete er halb die Augen und sagte mit dumpfer Stimme: »Clara? Bist du das, Clara . . .?«

Er sprach englisch, und er hatte einen Akzent, der mir unbekannt war. Ich antwortete in der gleichen Sprache und versuchte, beruhigend zu klingen. »Nein, ich bin nicht Clara, aber machen Sie sich keine Sorgen. Sie sind jetzt in Sicherheit.«

Er grunzte etwas, dann schlossen sich seine Augen, und sein Kopf lag schwer auf meinem Arm. Als ich ihn endlich entkleidet hatte, stellte ich fest, daß, wie erwartet, auf seinen Rippen ein paar häßliche Schrammen waren. Stellenweise war die Haut abgeschürft, und stellenweise bildeten sich dicke blaue Flecken, wo der Apache und sein Mädel ihn getreten hatten.

Sehr sanft tastete ich jede Rippe ab. Die eine oder andere war vielleicht angebrochen, das konnte ich nicht sagen. Aber ich fühlte keinen Bruch. Erleichtert nahm ich aus meinem kleinen Schrank den Topf mit der Salbe, die ich gegen aufgesprungene Hände benutzte, und verteilte ein bißchen davon auf den Abschürfungen. Ich hatte keine Ahnung von Medizin, außer dem wenigen, was ich von einem Medizinstudenten aufgeschnappt hatte, einem Neffen von Mademoiselle Montavon, der regelmäßig im College für junge Damen zu Besuch gekommen war. Auf Mademoiselle Montavons Bitte hatte ich mehrmals eine Stunde oder zwei mit dem Textbuch in der Hand damit verbracht, dem jungen Mann Prüfungsfragen zu stellen, für die ich die Antworten bereitliegen hatte. Vielleicht war ich für diese Prüfungen ausgewählt worden, weil ich mir den Spitznamen ›La Professeuse‹ erworben hatte. Welchen Grund es aber auch immer gehabt haben mochte, es machte mir großen Spaß, und wenn ich auch nicht viel gelernt hatte, so wußte ich doch wenigstens, daß der Tritt an den Kopf, den mein unfreiwilliger Zimmergenosse erhalten hatte, wahrscheinlich viel gefährlicher war als die Schrammen an seinen Rippen.

Wieder war ich erleichtert, als ich kein Anzeichen einer Blutung aus Ohren oder Nase fand. Das Blut, das jetzt an der Seite seines Gesichts getrocknet war, kam aus einer Wunde, die eine Schuhsohle verursacht hatte. Die Haut über seinem Backenknochen war aufgerissen. Ich befeuchtete das eingetrocknete Blut vorsichtig, wischte es ab, holte einen sauberen Lappen aus meiner Nähschublade, bestrich ihn mit Salbe und klebte ihn über der Wunde mit einem Heftpflaster fest.

Der Gentleman, nach seiner Kleidung war es jedenfalls einer, öffnete die Augen, schaute mich mit leerem Blick an und murmelte: »Kalt . . . kalt.«

»Aber, aber, Sir, keine Angst, bald wird Ihnen warm«, sagte ich und zog Bettlaken und Decke über ihn. Ich breitete gerade seinen Mantel über die Wolldecke und wünschte mir, ich hätte ein bißchen Weinbrand, um ihn auch von innen zu wärmen, als es an der Tür klopfte. Sie ging auf, und herein trat Madame Briand. Sie schnaufte ein wenig, in der Hand hielt sie eine kleine braune Flasche.

»Cognac«, sagte sie brüsk. »Setzen Sie den Mann doch hin, Mädchen. Wir wollen ja nicht, daß er erstickt.«

Ich holte einen Löffel aus der Kommodenschublade, und gemeinsam schafften wir es, den Gentleman hinzusetzen. Als er saß, öffneten sich seine Augen wieder, und sein Blick wanderte unsicher im Zimmer umher. »Ich hab' gehört . . .«, murmelte er, »auf der Straße, da hab' ich . . . gehört, was Sie gesagt haben.« Sein Blick ruhte kurz auf meinem Gesicht, dann schloß er die Augen wieder und zitterte heftig. »Kalt . . .«, flüsterte er stammelnd, »k-kalt.«

Ich hielt ihn und kippte ihm den Kopf ein bißchen nach hinten, während Madame Briand einen Teelöffel voll Weinbrand goß und ihn dem Mann in den Mundwinkel tröpfeln ließ. »Gut«, sagte sie. »Monsieur schluckt, ohne zu würgen.« Sie kippte die Flasche und schenkte wieder ein. Als der Herr ein halbes Dutzend Löffel voll geschluckt hatte und kaum ein Tropfen danebengegangen war, sagte ich: »Vielleicht ist das schon genug, Madame. Am besten geben wir ihm nicht zu viel Cognac.«

Sie nickte brummig. »Vielleicht. Aber es ist nicht nur Cognac. Da drin ist auch Laudanum.«

Hastig bettete ich den Kopf des Herrn auf mein Kopfkissen und zog die Decken wieder glatt. Laudanum war eine starke Droge, und ich hatte keine Ahnung, wie sie wirkte, wenn sie mit Branntwein gemischt wurde. »War das auch nicht gefährlich, ihm so viel zu geben, Madame?« fragte ich und versuchte, nicht allzu kritisch zu wirken.

Wieder zuckte sie die Achseln. »Ich hab' dem Trottel – meinem Mann – genausoviel gegeben, als er die Grippe hatte, und es hat ihn nicht umgebracht.« Sie verkorkte die Flasche. »Na, wenigstens fast soviel. Er schläft vielleicht einen Tag lang, und das ist das beste für ihn. Für Sie auch.« Sie drehte sich um und schlurfte hinaus. Ich ging mit ihr an die Tür und dankte ihr mit größerer Wärme, als ich sie verspürte.

Als sie gegangen war, machte ich mir eine Tasse heißen Kaffee und setzte mich dann an den wackeligen Tisch. Ich betrachtete den Mann in meinem Bett. Er lag auf dem Rücken, den Kopf mir zugewandt, und schien jetzt tief zu schlafen. Das war nicht überraschend nach Madame Briands Wohltaten, aber trotzdem überliefen ihn immer noch von Zeit zu Zeit frostige Schauer.

Aus meiner Zeit am College in der Rue des Moulins hatte ich noch ein paar hübsche Kleider, und als ich meinen Kaffee ausgetrunken hatte, entkleidete ich mich, zog zwei warme Nachthemden und wollene Bettschuhe an, bürstete mir das Haar aus und band es im Nacken mit einem Band zusammen, schlüpfte dann in meinen Morgenrock und setzte mich in den Sessel nah beim Ofen. Morgen mittag mußte ich wieder im La Coquille sein, bereit für die Arbeit eines Tages. Das Zimmer war noch immer kalt, und mir wurde langsam klar, daß ich nur wenig Schlaf kriegen würde, wenn ich für die Zeit, die von der Nacht noch übrigblieb, im Sessel sitzenblieb. Wenn ich aber morgen ungeschickt war und Geschirr zerbrach, dann würden mir die Kosten von meinem Lohn abgezogen. Dieser Gedanke ließ mich noch mehr zittern, denn nach dem harten Winter hatte ich alle Geldreserven aufgebraucht.

Es fiel mir ein, daß ich eigentlich den Namen des Herrn herausfinden sollte und vielleicht noch das Hotel, in dem er wohnte. Ich stand auf, und mit einem sehr unbehaglichen Gefühl ging ich die Taschen seines Mantels, seiner Jacke und seiner Weste durch. Zwei Schlüssel an einem Ring waren darin, ein Zigarrenabschneider, ein Taschentuch, ein Drehbleistift, eine zerknitterte Rechnung aus einem Restaurant, das ich nicht kannte, und eine oder zwei zerrissene Eintrittskarten für ein Kabarett.

Ich faltete die Kleidungsstücke wieder, löschte die Lampe und setzte mich mit einem Gefühl der Enttäuschung. Ich hatte gehofft, daß ich bei Tageslicht zu seinem Hotel gehen und jemandem sagen konnte, was passiert war – entweder einem Verwandten oder dem Hotelbesitzer. Aber man hatte dem Herrn seine Brieftasche und alles andere geraubt, mit dem er sich vielleicht hätte ausweisen können. Ich würde also darauf warten müssen, daß er aufwachte und mir sagte, was ich tun mußte, ehe ich die Verantwortung für ihn loswurde. Und wenn das, was Madame Briand gesagt hatte, wirklich stimmte, dann würden der Weinbrand und das Laudanum dafür sorgen, daß er noch lange schlief, nachdem ich zur Arbeit ins La Coquille gegangen war.

Ich mußte eine Stunde gedöst haben, denn ich erwachte und fror. Ich stellte fest, daß der Ofen ausgegangen war, weil ich vergessen hatte, die Drosselklappe einzustellen. Als ich die Kerze neben mir anzündete, zeigte die Uhr auf meiner Kommode halb vier. Ich konnte den Ofen nicht jetzt ausfegen und neu anzünden. Neidisch schaute ich den Mann in meinem Bett an. Er lag auf dem Rücken, sein Mund stand leicht offen, seine Atemzüge kamen langsam, aber nicht gequält. Hin und wieder wurden sie von einem leichten Schnarcher begleitet. Offensichtlich schlief er sehr tief.

Ich dämmerte im Halbschlaf dahin, und ich entschied, daß ich es mir ebenfalls so gemütlich wie möglich machen konnte, denn niemand würde wissen oder darauf achten, was ich während der nächsten zwei oder drei Stunden machte. Mit diesem Gedanken entledigte ich mich meines Morgenrocks, blies die Kerze aus, hob die Bettdecke hoch und ließ mich vorsichtig neben dem Engländer ins Bett gleiten.

2

DAS BETT WAR schmal, aber nicht zu schmal, um uns beiden Platz zu bieten, nachdem ich ihn ein bißchen geschoben hatte. Ich lag mit dem Rücken zu ihm und war dankbar für die Wärme, die mich bald einhüllte. Sehr bald schlief ich ein.

Normalerweise schlief ich schon um zwei und wachte erst nach acht Uhr auf. Aber an diesem Morgen wachte ich ein paar Minuten vor sieben auf. In der Nacht schien sich keiner von uns beiden gerührt zu haben. Das Sonnenlicht rieselte durch die dünnen Vorhänge meines Fensters herein, und der Mann neben mir atmete noch immer schwer und stieß hin und wieder einen sanften Schnarcher aus. Ich drehte den Kopf um und schaute ihm über die Schulter. Ein riesiger Bluterguß zierte seine eine Gesichtshälfte, und ich zuckte bei diesem Anblick schmerzlich zusammen.

Ganz vorsichtig, um ihn nicht zu stören, stieg ich aus dem Bett und ging hinter den Vorhang in der Ecke des Zimmers, wo ein Krug Wasser und meine Waschschüssel aus Emaille standen. Als ich anfangs hier eingezogen war, hatte ich es für unangenehm gehalten, wenn ich mich stehend in einer Schüssel mit kaltem Wasser waschen mußte – selbst im Sommer. Denn im College hatte ich allen Komfort gehabt. Aber ich gewöhnte mich schnell an die fünf Minuten des Keuchens und Schauderns, die ich jeden Morgen auf mich nahm, denn ich hatte mir in gewissem Maße das Talent erworben, mich gegen seelische oder körperliche Strapazen abzuhärten.

Ich rieb mich mit dem Handtuch trocken, zog saubere Wäsche an, bürstete und kämmte mein Haar und flocht es zu zwei Zöpfen. Der Mann schlief weiter. Ich zog mich zu Ende an, setzte den Hut auf, nahm meine Handtasche und den Einkaufsbeutel und ging nach unten. Die Sonne war schon aufgegangen, aber das Leben in dem Hof, wo ich wohnte, hatte schon um fünf Uhr morgens begonnen – mit dem Klappern von Milchflaschen und dem Rumpeln von Bäckerkarren. Überall an der Häuserreihe zerrten jetzt die Concierges die Aschenkästen nach draußen, stellten sie bereit für den Müllwagen, dessen Kommen vom Läuten der Glocke verkündet wurde, die um den Hals des Zugpferdes hing.

Während meiner ersten Woche in dieser Straße, ehe ich angefangen hatte, im La Coquille zu arbeiten, war ich durch das hektische Getriebe am frühen Morgen ziemlich verwirrt gewesen. Es unterschied sich so sehr von alledem, was ich in den vergangenen paar Jahren kennengelernt hatte. Jetzt war ich daran gewöhnt und konnte an den Geräuschen aus dem Hof sogar fast die Zeit ablesen, denn die Reihenfolge änderte sich nie. Wenn die Aschenkästen draußen waren, dann erschienen die Streuner, sowohl die tierischen als auch die menschlichen. Die Hunde kamen zuerst. Sie arbeiteten sich in Rudeln von einem halben Dutzend vor. Sie gruben im Müll nach Nahrungsresten und durchsuchten methodisch alle Mülleimer im Hof. Sie stritten sich selten.

Als nächstes kamen die menschlichen Streuner, einzeln oder in Familien. Das seltsame war, daß jede Person oder jede Gruppe sich im Müll nach einem ganz besonderen Gegenstand umsah. Manche suchten alte Stiefel, andere abgelegte Kleidung, Papier oder Lumpen oder eine Menge von anderen Dingen, wie zum Beispiel zerbrochenes Glas, Geschirr oder Knochen. Wieder eine andere Gruppe durchsiebte vielleicht die Asche nach unverbrannten Kohlen. Nach den Mülldurchsuchern kam der Straßenkehrer, in diesem Fall eine hünenhafte Frau mit einem Besen, der ihrer Größe angepaßt war. Sie klatschte Wasser über die Pflastersteine und brüllte jedem Streuner, der Müll in die Gosse verstreute, wüste Schimpfworte zu.

Um sieben herrschte reges Treiben im Hof, Holzschuhe klackten auf den Steinen, Eimer klangen metallisch. Aus dem nahegelegenen Weinkeller drang das rumpelnde Geräusch der Fässer, die gereinigt wurden. Und in dies alles mischte sich das Klingen des Hammers auf dem Amboß aus der Werkstatt des Schmiedes nebenan. Sieben Uhr, das war die Stunde, zu der die Straßenverkäufer aus den Hallen von Paris ankamen. Viele von ihnen waren Frauen und trugen riesige Körbe. Aber sie wären auch um vier Uhr morgens auf dem Markt gewesen, um ihre jeweiligen Waren dort einzuhandeln. Die eine bot Blumenkohl an, die nächste Kartoffeln, und andere verkauften Früchte der unterschiedlichsten Arten.

Hinter der scheinbaren Verwirrung stand immer eine gewisse Ordnung. Die Frau, die Fisch und Muscheln verkaufte, kam vor der Frau mit dem dreirädrigen Karren, die Weichkäse verkaufte, und beide erschienen vor den Handwerkern – dem Stuhlflechter, dem Mann, der Fenster in Ordnung brachte, und dem Porzellankitter. Später, wenn das Getriebe ein wenig abgeebbt war, kamen die Straßenmusikanten, die Sänger und die Bettler.

An diesem Samstagmorgen ging es mir nur darum, frisches, knuspriges Brot und ein bißchen Milch zu kaufen. Fünf Minuten später war ich wieder in meinem Zimmer und machte mir mein übliches Frühstück aus Brot mit Butter und Honig, gefolgt von Milchkaffee. Ich konnte den Honig sehr billig kaufen, denn Vater Chabrier hatte einen Bruder, der Imker war, und ich benutzte den Honig gewöhnlich auch viel lieber als Zucker, um mir den Kaffee zu süßen.

Als ich fertig war und abgeräumt hatte, entschied ich, es sei jetzt Zeit, den Engländer aufzuwecken. Ich schaute ihn genauer an, und ich sah, daß sein Gesicht bleich und schweißbedeckt war. Aber als ich ihm den Puls fühlte, schlug er stark und regelmäßig, wenn auch langsamer als mein eigener. Ich hob eins seiner Augenlieder an. Die Pupille war sehr klein, und ich erinnerte mich aus der Zeit, als der Medizinstudent unser College besucht hatte, daß dies eine Bedeutung hatte. Mir fiel aber nicht ein, was es war. Ich gab dem Mann einen Klaps auf die unverletzte Wange und schüttelte ihn an den Schultern, aber er rührte sich nicht. Offenbar war er von dem Laudanum, das ihm Madame Briand so üppig dosiert hatte, betäubt. Ich konnte nichts tun, bis er von selbst wieder aufwachte. Inzwischen wartete die Arbeit auf mich.

Für den Fall, daß er innerhalb der nächsten Stunde aufwachte, nahm ich ein Stück Papier und ein Tintenglas aus der Schublade des wackligen Tisches und schrieb auf englisch:

Mein Herr,
bitte machen Sie sich keine Sorgen. Sie wurden angegriffen und von Apachen in der Nähe dieses Hauses während der Nacht ausgeraubt. Ich habe Sie gefunden und in mein Zimmer gebracht. Ich hätte Sie sonst nirgendwo in Sicherheit bringen können. Um neun Uhr werde ich wieder zurück sein.
Hochachtungsvoll,
Hannah McLeod

Ich stellte meinen Stuhl neben das Bett, hängte ein Handtuch darüber und heftete den Zettel mit einer Stecknadel daran, so daß der Mann, wenn er aufwachte, ihn auf keinen Fall übersehen konnte. Dann nahm ich meinen Korb mit schmutziger Wäsche und ging nach unten zum öffentlichen Waschplatz mit den Steintrögen. Es war eine Minute Fußweg die Straße hinunter.

Zu dieser Tageszeit waren dort die üblichen Gesichter zu sehen. Die Frauen begrüßten mich mit leichter Zurückhaltung, die bei ihnen gegenüber einer anderen Frau, die nicht nur Ausländerin war, sondern auch aus einer völlig anderen Gesellschaftsschicht stammte, natürlich war. In den ersten Tagen waren die Frauen mißtrauisch und fast feindselig gewesen. Aber als sie merkten, daß ich keinen Ärger machte und mich zurückhielt, hatten sie mich allmählich akzeptiert.

Zehn Minuten vor neun war ich wieder in meinem Zimmer. Ich kletterte aus dem Fenster auf das flache Dach hinaus, um dort die Kleider auf der Leine aufzuhängen, solange die Sonne schien und der Wind blies. Der Engländer schlief noch immer. Ich ging noch einmal mit einem Eimer und einem großen Krug nach unten, um Wasser von der Pumpe zu holen. Auf meinem Weg nach draußen sah ich Gustave Briand, der mich finster anschaute, und bei meiner Rückkehr begegnete ich seiner Frau, die sich nach meinem Gast erkundigte.

»Er schläft noch, Madame«, sagte ich. »Er hat weder Brieftasche noch Papiere bei sich, aus denen man entnehmen könnte, wer er ist. Ich frage mich, was ich tun soll. Sollte ich besser zur Polizei gehen, oder soll ich warten, bis er aufwacht?«

»Ich will keine Polizisten hier haben, Mam'selle«, erwiderte Madame Briand mit säuerlichem Gesicht. Dadurch, daß sie mich so förmlich ansprach, wußte ich, daß es ihr ernst war. »Wenn er aufwacht, geben Sie ihm seinen Mantel und sagen ihm, er soll gehen. Sie haben genug für ihn getan.«

»Na ... ich weiß nicht. Er sieht mir sehr blaß aus, Madame. Ich setze nicht gern einen Kranken auf die Straße. Meinen Sie, Dr. Clouard wird kommen, wenn ich ihm verspreche, ihn übernächste Woche zu bezahlen? Ich meine, falls der Engländer nicht bezahlt. Aber ich bin sicher, er wird es tun, sobald er sich mit seinen Freunden oder seiner Familie in Verbindung setzen kann.«

Madame Briand zog die Nase hoch. »Dr. Clouard? Dieser alte Narr hat schon mehr Menschen umgebracht als Dr. Guillotine. Aber der ist nicht so dumm wie Sie, mein Kind. Der will Geld sehen, ehe er all die Treppen hinaufsteigt.« Sie flatterte in einer Geste der Verachtung in ihrer langen Schürze davon und verschwand wieder in ihrer Wohnung.

Ich keuchte zu meinem Zimmer hinauf, und ich mußte zweimal stehenbleiben, um auszuruhen, denn die Wassereimer waren schwer. Der Schläfer hatte sich nicht gerührt. Ein paar Minuten später, als ich den Ofen ausfegte,klopfte es an der Tür. Ich glaubte, es könne nur Madame Briand sein, aber als ich aufmachte, stand draußen ein Mann. Ich erkannte ihn sofort. Es war der vierschrötige Mann mit dem Mondgesicht, der mich in der vergangenen Nacht im La Coquille beobachtet hatte. Er trug einen kurzen Umhang aus braun-weiß kariertem Stoff über einem einfachen braunen Anzug und dazu eine Brokatweste. In der Hand hielt er einen grauen Hut mit niedriger Krone und geschwungenem Rand.

»Miß McLeod?« fragte er. »Miß Hannah McLeod?«

Ich war verdutzt darüber, daß dieser Mann vor meiner Tür gestanden hatte, und ich hatte eine dumpfe Vorahnung, als ich auf englisch antwortete. »Ja, ich bin Hannah McLeod. Ich glaube, Sie müssen das eigentlich wissen, denn Sie haben mich ja gestern abend im La Coquille regelrecht studiert.«

»Tatsache«, sagte er, und jetzt erkannte mein Ohr die kurzen, flachen Vokale, die in der Aussprache der im Norden gelegenen englischen Grafschaften üblich sind. »Kann ich vielleicht kurz mit Ihnen sprechen, Miß McLeod? Es ist bestimmt zu Ihrem Vorteil.« Er reichte mir eine Karte, auf der gedruckt stand:

THOMAS BONIFACE
(MAKLER)
22 CHANCREY LANE,
LONDON.

Ich war etwas verwirrt und meinte: »Das sagt mir nicht allzuviel, Mr. Boniface.«

Er machte eine leichte Verbeugung. »Ich will Ihnen gern alles weitere erklären, Miß, wenn Sie fünf Minuten Zeit haben.«

Ich zögerte. Dann trat ich zurück. »Also gut, Mr. Boniface. Aber ich kann mir nicht vorstellen . . .« Ich brach abrupt ab, und ich spürte, wie mir das Blut in die Wangen stieg. Ich hatte meinen schlafenden Gast total vergessen, bis ich bemerkte, wie Mr. Bonifaces Blick an mir vorüberglitt, während er das Zimmer betrat. Er blieb ruckartig stehen, schaute verlegen drein und sagte: »Hm, hm!«

Ich sagte schnell: »Bitte, ich glaube, Sie verstehen das falsch, Mr. Boniface. Ich habe diesen Herrn aufgefunden, kurz nachdem er von einem Apachen und dessen Mädel in der vergangenen Nacht angegriffen worden war.« Ich erklärte kurz, was passiert war. Denn nach dem ersten Schrecken hatte ich entschieden, daß es mir völlig gleichgültig sein konnte, was Mr. Boniface vielleicht dachte. »Bitte setzen Sie sich«, sagte ich und deutete auf den hölzernen Stuhl am Tisch. »Es tut mir leid, daß ich Ihnen nicht den Sessel anbieten kann, aber die Beine sind sehr wacklig.«

Mr. Boniface setzte sich nicht. Er ging hinüber und starrte den Mann auf dem Bett an. »Und er ist die ganze Zeit nicht zu sich gekommen?« fragte er.

»Nein. Aber er schläft nur sehr tief,« erwiderte ich. »Die Concierge hat etwas Weinbrand gebracht, um ihn aufzuwärmen, und der war ziemlich stark mit Laudanum gewürzt. Ich habe es nicht gewußt. Sie sagte es mir erst, nachdem er schon eine ganze Menge davon geschluckt hatte.«

Mein Besucher legte den Kopf ein wenig auf die Seite, als ob er sich etwas ausrechnete. Nach einem Augenblick sagte er: »Und Sie haben auch nichts an seiner Person gefunden, was Ihnen Hinweise gibt, wer er sein könnte?«

»Nein. Ich werde warten müssen, bis er aufwacht, ehe ich das herausbekommen kann.«

»Dieser Überfall, den Sie da erwähnt haben – wo genau ist das passiert, Miß McLeod?«

»Nur ein kurzes Stück von hier. An der Lampe kurz vor dem Gäßchen, das nach unten zur Rue Bertrand führt.« Vielleicht ärgerte ich mich über seine Fragen, weil ich müde war. Ich fügte hinzu: »Ich muß um die Mittagszeit auf der Arbeit sein, Monsieur. Vorher habe ich noch viel zu tun. Was wollten Sie mit mir besprechen?«

Eine Weile stand er gedankenverloren da, ehe er antwortete: »Ja, darauf wollen wir jetzt kommen, Miß McLeod.« Er setzte sich hin, legte den Hut auf die Knie und schaute mich mit neugierigem Blick an. »Ich bin in Paris im Auftrag von Mr. Sebastian Ryder, einem englischen Gentleman, der hier Geschäftsverbindungen hat. Er ist Witwer und wohnt in Hertfordshire, in dem Dorf Bradwell, zusammen mit einem achtzehnjährigen Sohn und einer fünfzehnjährigen Tochter. Unter anderen Aufträgen, die ich für ihn hier auszuführen habe, hat er mich auch angewiesen, eine junge Dame mit guter Erziehung, vorzugsweise Engländerin, zu suchen, die sowohl Englisch als auch Französisch fließend spricht. Sie soll seine Kinder unterrichten, Französisch zu sprechen und zu schreiben.«

Ich war so verblüfft, daß ich mich fast selbst unvorsichtigerweise auf den Sessel gesetzt hätte, und ich erinnerte mich gerade noch rechtzeitig daran, ihn zuerst an die Wand zu schieben. Ich fragte mich, ob ich wohl träumte. Ich schaute mich in dem kleinen, armseligen Zimmer um und blickte dann nach unten auf meine geflickte Schürze und die ausgetretenen, abgenutzten Holzschuhe. Endlich sagte ich: »Das können Sie doch nicht ernst meinen, Monsieur.«

»Das meine ich völlig ernst, Miß McLeod«, sagte der Mann ziemlich scharf. »Ich bin jetzt über einen Monat hier, und ich kann Ihnen sagen – es ist teuflisch schwer, überhaupt jemanden zu finden, der beide Sprachen fließend spricht. Ein paar aus der besseren Gesellschaft vielleicht, aber denen kann ich solch ein Angebot nicht machen. In ganz Paris scheinen Sie mir die einzige junge

Dame zu sein, die da hineinpaßt, und Sie passen sehr gut, da Sie ja Engländerin sind.«

Ich sagte: »Wie sind Sie denn ausgerechnet auf mich gekommen, Mr. Boniface?«

»Das war kein Zufall. Ich habe gründlich gesucht und Fragen gestellt.« Mr. Bonifaces Benehmen wirkte grob, aber ich erriet jetzt an seiner Aussprache, daß er aus Yorkshire kam, einer Gegend, die für deutliche Sprache bekannt ist. »Erst vor ein paar Tagen hab' ich mit einem aus England geredet. Der sagte mir, im La Coquille, da wäre dieses Mädchen. Also bin ich hingegangen und hab' den Besitzer über Sie ausgefragt – wie heißt er doch gleich, diesen Vater Chabrier.«

»Ach so. Er hat es mir gegenüber nicht erwähnt.«

»Dafür habe ich ihn bezahlt. Wollte zuerst mehr über Sie erfahren. Wir hatten 'ne kleine Plauderei, und am nächsten Tag hab' ich dann dem Haus in der Rue des Moulins einen Besuch abgestattet.«

Ich schaute aus dem kleinen Fenster den grauen Himmel an, dann wieder Mr. Boniface. Ich sagte: »Sie wissen also, daß ich Schülerin am College für junge Damen war?«

»Richtig. Hatte eine Unterredung mit der Direktorin, Mam'selle Soundso. Die hat gut von Ihnen gesprochen. Sagte, Sie würden als Lehrerin mehr leisten als als Schülerin.«

Ja, dachte ich wehmütig. Mademoiselle Montavon konnte das wirklich mit Recht von mir sagen. Jetzt, wo ich wußte, daß Mr. Boniface mit ihr geredet hatte, verstand ich auch die Neugier, mit der sein Blick auf mir ruhte. Ich sagte: »Meinen Sie denn, die Zeit, die ich dort als Schülerin verbracht habe, wäre eine gute Empfehlung für mich, so daß ich die Kinder dieses englischen Gentleman in Französisch unterrichten kann?«

»Meinem Arbeitgeber sind Referenzen gleichgültig«,

sagte Mr. Boniface mit flacher Stimme. »Oder vielmehr – ihn kümmern nur meine Empfehlungen. Ihre Mutter war eine englische Lehrerin, Sie waren bis zu Ihrem dreizehnten Jahr in England, und Ihre Mutter hat Sie selbst erzogen. Während Ihrer Jahre im College haben Sie fließend Französisch sprechen gelernt, und nach Meinung der Direktorin und Ihrer Mitschülerinnen sind Sie sowohl in Französisch als auch englischer Literatur sehr belesen. Das ist gut genug für mich, und ich kann Ihnen versprechen – es wird auch gut genug sein für Mr. Sebastian Ryder.«

Ich sagte: »Waren es meine Freundinnen, die Ihnen von meiner Mutter und meinem früheren Leben erzählt haben?«

Er nickte. »Richtig. Mam'selle – wie heißt sie doch gleich – hat mich mit ein paar jungen Damen reden lassen, die Ihre besonderen Freundinnen gewesen sind.«

»Aha.« Das waren wohl Annette und Marguerite gewesen, die eine ein Jahr älter und die andere ein Jahr jünger als ich. Mein einziger Kummer, als ich das College verlassen hatte, war meine Trennung von diesen beiden gewesen.

Mr. Boniface hob eine Hand und drehte die Handfläche nach oben. Es war eine fragende Geste mit einer Andeutung von Ungeduld. »Na und, Miß? Sie müssen doch nur ein paar Sachen in einen Koffer packen, und dann können wir morgen den Frühzug nach Calais nehmen. Kombinationspassage nach Dover. Um die Teezeit rum sind wir am Victoria-Bahnhof, fahren dann per Taxi rüber nach St. Pancras und kommen kurz nach sechs in Bradwell an.«

Ich stand auf und sagte: »Nein danke, Mr. Boniface.«

Er musterte mich mit zusammengezogenen Lippen und nickte dann kurz. »Na schön, Sie kennen mich nicht, und Sie wollen auch nicht mit einem Fremden einfach irgendwohin fahren. Das ist nur natürlich. Ich könnte Ihnen ja 'ne Phantasiegeschichte erzählen. Aber wie ich schon sagte, Mr. Ryder hat Geschäftsverbindungen hier, und er ist dem britischen Konsul bekannt. Und der weiß wiederum, daß ich Mr. Ryders Makler bin. Gehen wir also zusammen zum Konsulat, wenn Sie wollen, dann kann ich Ihnen beweisen, daß alles seine Ordnung hat.«

Ich schüttelte den Kopf. »Nein danke, Mr. Boniface. Ich will nicht nach England.«

Er schaute sich langsam im Zimmer um. Dann wandte er seinen Blick wieder mir zu. »Ich glaube kaum, daß Sie das ernst meinen«, meinte er knapp. »Sie leben hier in einer Hundehütte, Sie sind so arm wie 'ne Kirchenmaus, und deshalb werden Sie kaum die Chance ablehnen, ein schönes Leben in einem feinen Haus zu führen. Wir haben noch gar nicht von Geld geredet, also wollen Sie vielleicht verhandeln. Aber das ist dumm. Mr. Sebastian Ryder wird sicher großzügig genug sein, aber 'ne junge Frau, die zu habgierig ist, paßt ihm vielleicht gar nicht . . .«

Ich unterbrach ihn scharf: »Sie irren sich, Sir. Ich bin arm, das ist wahr, aber ich komme ganz gut zurecht, und ich habe etwas, das mir wichtiger ist als alles andere – meine Unabhängigkeit. Ich will gar nicht handeln. Ich will einfach nicht nach England zurück, und damit basta.«

Er starrte mich aus steingrauen Augen an, die völlig ohne jeden Ausdruck waren, dennoch – ich spürte, wie Zorn und Enttäuschung in ihm schmorten. »Seien Sie nicht dumm, Mädchen«, sagte er endlich. »Hier bietet sich Ihnen eine Chance, aus diesem Elendsviertel rauszukommen und ein völlig neues Leben anzufangen. Eine Chance eins zu einer Million, wenn Sie mich fragen.«

»Das glaube ich schon, Mr. Boniface«, sagte ich, »aber bitte, bieten Sie diese Chance jemand anderem an.«

»Es gibt keinen anderen«, sagte er, und seine Verärgerung zeigte sich jetzt in seiner Stimme. »Verdammt noch mal, ich habe einen Monat damit verbracht zu suchen. Und Sie sind die einzige, die ins Bild paßt.«

»Dann tut es mir leid, aber ich habe nicht die Absicht, nach England zu gehen. Wenn Sie mich jetzt entschuldigen wollen, Mr. Boniface? Ich habe wirklich keine Zeit mehr.«

Er stand langsam auf. Er schob das Kinn vor. Ich dachte, er wolle sich noch weiter mit mir auseinandersetzen, aber er blieb nur einen Augenblick stehen, den Hut in der Hand, und schaute mit schmalen Augen den unbekannten Mann an, der noch immer auf meinem Bett schlief. Dann zuckte er die Achseln, ging zur Tür und sagte: »Ich wäre Ihnen dankbar, wenn Sie mir Bescheid sagen würden, falls Sie Ihre Meinung doch noch ändern, Miß McLeod. Ich wohne im Hotel Plaisance, und ich bleibe dort noch eine Woche. Sehen Sie – ich habe die Adresse auf die Rückseite meiner Karte geschrieben.« Er öffnete die Tür, setzte sich den Hut auf und ging.

Ich stellte fest, daß ich ein wenig zitterte, und mir wurde klar, daß der Gedanke, nach England zurückzukehren, mich tiefer berührt hatte, als ich dachte. Das Angebot einer Stelle als Lehrerin in Mr. Sebastian Ryders Haus in Hertfordshire war so, wie es mir vorgetragen worden war, schon ziemlich überraschend. Aber ich hatte wenig Grund zu zweifeln, daß es echt war, denn Mr. Boniface war ja sogar bereit gewesen, es vom britischen Konsul persönlich bestätigen zu lassen. Meine Ablehnung geschah instinktiv und ohne Überlegung, aber ich wußte – Zeit zum Nachdenken hätte daran nichts geändert. Meine Entscheidung wäre dieselbe gewesen.

Ich entschloß mich, Mr. Bonifaces Besuch aus meinen Gedanken zu streichen und mit der Morgenarbeit weiterzumachen. Vor langer Zeit hatte ich herausgefunden, daß die beste Möglichkeit, irgendwelche besonderen Erinnerungen loszuwerden, darin bestand, mir klarzumachen, daß jemand anders und nicht Hannah McLeod die böse Erfahrung gemacht hatte, nicht ich, sondern ein Mädchen, das ich nur sehr entfernt kannte und das mir davon erzählt hatte. Auf diese Weise war ich in der Lage, Erinnerungen zu verdrängen, die mich sonst immer wieder heimgesucht hätten.

Um halb zehn war ich mit Putzen und Flicken fertig. Der Mann schlief noch immer. Seine Stirn war ziemlich heiß und seine Lippen trocken. Aber ich hatte das Gefühl, daß der lange Schlaf ihm half, sich von den Verletzungen, die er erlitten hatte, zu erholen. Er murmelte vor sich hin, aber er wachte nicht auf, als ich den Verband vorsichtig von seinem Körper abschälte, um mir die Schürfwunden anzusehen. Sie sahen roh aus, aber es bildete sich keine Entzündung. Ich wusch sie sanft mit warmem Wasser und puderte sie dann mit Borax. Das war antiseptischer als die Salbe, dachte ich. Als ich das gleiche auch mit dem ausgefransten Riß in seinem Gesicht tun wollte, öffnete er plötzlich die Augen und fragte ganz deutlich: »Wer sind Sie?«

»Ich bin Hannah McLeod, Sir«, erwiderte ich. »Können Sie mir Ihren Namen sagen und wo Sie wohnen?«

Ich hatte den Eindruck, als ob er meine Fragen gar nicht verstanden hätte, sondern nur sorgfältig auf meine Stimme horchte. Nach einem Augenblick sagte er langsam: »Ach so . . . jetzt weiß ich. Sie sind das Mädchen, das mich . . . das mich . . .« Seine Augen schlossen sich, seine Stimme verebbte langsam, er seufzte tief und war wieder eingeschlafen. Ich stellte fest, daß ich leise lächelte, während ich den Riß an seiner Wange mit Borax bestäubte. Ich wußte aber nicht genau, warum ich lächelte. Um die Wahrheit zu sagen, ich hatte keineswegs das Gefühl, daß ich mich dem Herrn gegenüber mildtätig verhielt. Er machte mir ja sehr viel Ärger, und ich wäre dankbar gewesen, wenn ich diesen Ärger an jemand anderen hätte weitergeben können, wenn nur jemand gewillt gewesen wäre, ihn anzunehmen. Aber ich hatte wenigstens den Anstand, zur Kenntnis zu nehmen, daß es ja nicht seine Schuld war – der arme Kerl.

Bald würde ich zur Arbeit gehen müssen, ins La Coquille. Um Mitternacht war ich dann wieder zu Hause, denn heute war Samstag, und am Samstag schlossen wir früher. Aber ich wußte immer noch nicht, was ich wegen meines unerwarteten Gastes unternehmen sollte. Mit Sicherheit würde er aufwachen, ehe ich zurückkam, und dann war er wahrscheinlich erschrocken darüber, wenn er sich, des größten Teils seiner Habseligkeiten beraubt, in einem schäbigen Dachstübchen am Montmartre vorfand. Aus den wenigen Fetzen an Fachkenntnis, die ich von dem Medizinstudenten aufgeschnappt hatte, erinnerte ich mich, daß bei dem Mann, wenn er eine Gehirnerschütterung erlitten hatte, vielleicht auch eine Lücke in seiner Erinnerung klaffte. Sie begann irgendwann vor dem Überfall. Und dadurch würde er mit Sicherheit noch erschrockener sein.

Und angenommen, er war noch immer bewußtlos, wenn ich zurückkam? Das bedeutete, daß sein Zustand ernst war, und ich würde einen Arzt holen müssen, gleichgültig, was es kostete. Der Mann konnte ja sterben, und man machte mich dann für seinen Tod verantwortlich. Ich steckte die Decke wieder fest und blieb noch eine Weile sitzen und brütete über meinen Problemen. Henri, der Apache, hatte die Manschettenknöpfe übersehen, die sein Opfer getragen hatte, und ich hatte sie ausgeknöpft, ehe ich sein Hemd mit meinen eigenen Kleidern gewaschen hatte. Ich ging an die Schublade, in der ich sie versteckt hatte. Ja, sie waren aus Gold. Ich konnte sie für eine stattliche Anzahl von Franc versetzen, dann den Arzt bezahlen und Essen für meinen schlafenden Gast kaufen. Aber ich wagte es nicht, aus Angst, man könnte vielleicht von mir sagen, ich hätte sie gestohlen.

Ich ging zu dem Schrank, der mir als Kleiderschrank diente, nahm das Bodenbrett ab und holte den kleinen Blechkasten heraus, in dem ich meine Wertsachen aufbewahrte – meine Geburtsurkunde, den Trauring und die Geburtsurkunde meiner Mutter, den Brief, den sie mir bei ihrem Tod hinterlassen hatte, ihr Gebetbuch, ihre Handtasche, in der die kleinen Ersparnisse gewesen waren, die ich vom College mitgebracht hatte, und die jetzt leer war, und den Ring aus mexikanischem Silber, der zu groß für meine Finger war und auf dem die Initialen R. D. eingraviert waren. Diesen Ring konnte ich versetzen, denn er gehörte mir. Aber an dem Tag, an dem er mir geschenkt worden war, jetzt vor fast zwei Jahren, da hatte ich mich entschieden, daß ich mich nie von ihm trennen würde. Ich erinnerte mich, und ich lächelte, und ich spürte, wie meine Augen feucht wurden. Dann ärgerte ich mich über die Dummheit, in der ich es zuließ, daß ich mich solchen Gefühlen hingab. Ich legte die Manschettenknöpfe in den Blechkasten und versteckte ihn wieder unter dem Fußbodenbrett. Mein Zimmer stand jeden Tag mindestens zwölf Stunden lang leer, und obwohl es unwahrscheinlich war, daß ein Dieb sich hierher verirrte, konnte ich es mir doch nicht leisten, irgendein Risiko einzugehen.

Als ich wieder hinaus aufs Dach kletterte, stellte ich fest, daß die steife Brise und die erstaunlich warme Sonne die Kleider fast getrocknet hatten. Ich holte sie herein, erhitzte mein Bügeleisen über einem winzigen Spirituskocher, bügelte die Kleider, legte meine eigenen Sachen weg und hängte das Hemd des Fremden zusammen mit seiner Unterweste und seinem Anzug über die Lehne des Küchenstuhls.

In meiner Handtasche waren elf Sous. Ich entschied, daß ich, bevor ich zum La Coquille ging, noch ausgehen und etwas Käse und einen Teller Austern kaufen wollte, die billigsten von allen Muscheln. Diese würde ich zusammen mit Brot, Milch und Honig auf dem Tisch stehenlassen, so daß der Mann, wenn er aufwachte, etwas zu essen und zu trinken vorfand, wenn er wollte. Ich würde außerdem eine längere Notiz hinterlassen und erklären, was passiert war. Ich würde ihm schreiben, er könne sich gern noch ausruhen, bis ich um Mitternacht zurückkehrte.

Aber es blieben noch immer Probleme. Weder er noch ich hatten Geld für eine Droschke, und obwohl ich morgen, am Sonntag, frei hatte und um Hilfe zu holen zu seinem Hotel oder seiner Unterkunft gehen konnte, wenn er selbst dazu unfähig war, so blieb mir auch noch die Frage, wo ich während der Nacht schlafen sollte. Wenn er wach war, dann konnte ich unmöglich das tun, was ich in der vergangenen Nacht getan hatte, und wenn er bei meiner Rückkehr noch immer bewußtlos war, dann konnte ich nur geradewegs zur Polizei gehen und es melden, selbst auf die Gefahr hin, daß ich Madame Briand verärgerte und mein Zimmer verlor.

Ich würde einkaufen, ehe ich die Notiz schrieb. Ich setzte den Hut auf und warf dann einen letzten Blick auf meinen Besucher. Dann nahm ich meine Einkaufstasche und ging nach unten. Ich ließ die Tür offen, denn es schien mir verkehrt, den Mann in mein Zimmer einzuschließen. Im Erdgeschoß klopfte ich an Madame Briands Tür und sagte ihr, der Mann schliefe noch immer, und ich hätte vor, ihm etwas Essen und einen Zettel dazulassen, wenn ich zur Arbeit ging. Sie hörte zu, zog sich Haarnadeln aus ihrem enggedrehten grauen Knoten und stieß sie dann anderswo wieder ein. Sie tat das immer, wenn sie aufgeregt war. Schließlich wackelte sie mit dem Kopf und sagte mir, ich sei dumm gewesen, weil ich den fremden Mann mit nach Hause gebracht hätte.

Es hatte keinen Zweck, mit ihr zu streiten. Also stimmte ich ihr bedauernd zu und ging meines Weges. Ich sagte, ich sei in zehn Minuten wieder zurück. Wie es der Zufall wollte, wurde ich aber aufgehalten, denn ich fand eine Bude, in der Hähnchenstücke über einem Rost gebraten wurden, und ich wartete darauf, daß etwas von dem Fleisch fertig war. Ich dachte, eine Portion kalte Hühnerbrust würde einem Mann sehr willkommen sein, der vielleicht mit einem Heißhunger aufwachte.

Als ich mit meinen Besorgungen fertig war, hatte ich noch drei Sous. Das war aber ganz zufriedenstellend, denn für mich selbst hatte ich für den Sonntag genug zu essen im Schrank, und heute abend würde ich sehr gut in der Küche im La Coquille essen. Von halb neun bis neun hatte ich dort eine halbe Stunde Pause. Montag bekam ich dann meinen Lohn, und alles war wieder in Ordnung. Ich hatte Glück, daß ich für Vater Chabrier arbeiten konnte, denn von Anfang an hatte er mich immer eine Woche im voraus bezahlt – ein seltenes Zugeständnis. Aber in einer Zeit, als sein Geschäft sehr von englischen Gästen abhing und er dringend jemand brauchte, der die Sprache kannte und mit den Engländern reden konnte, hatte er mir diesen Vorteil gern angeboten.

Als ich durch das Gäßchen, das zur Rue Labarre führte, zurückging, sah ich zu meiner Überraschung eine Kutsche vor dem Haus Nr. 8 stehen. Sie blockierte fast die schmale Straße. Es war ein großer Wagen, der von zwei gepflegten Pferden gezogen wurde. Die Tiere wirkten, obwohl sie kräftig waren, fast zierlich, verglichen mit den riesigen Percherons, die die Doppeldecker-Omnibusse, die unter dem Namen Imperiales bekannt sind, die langen Hänge des Montmartre hinaufschleppten. Der Kutscher saß auf dem Bock, die lange Peitsche in der Hand, und drehte den Kopf um, während er ein wachsames Auge auf ein paar Straßenkinder hielt, die sich mit aufgerissenen Augen um die Kutsche versammelt hatten.

Ich war schwer von Begriff, kein Zweifel. Denn es fiel mir nicht auf, daß der Wagen vielleicht etwas mit meinem namenlosen Gast zu tun hatte. Erst als ich im dritten Stock angekommen war, sah ich dort Madame Briand, die durchs Treppenhaus zum obersten Stockwerk hinaufstarrte. Da oben war vor dem Hintergrund von zwei oder drei Stimmen, von denen eine eine Frauenstimme war, ein gewaltiges Stampfen und Schlurfen zu hören.

Madame Briands Kopf zuckte herum, als ich neben ihr stehenblieb, und sie starrte mich mit verängstigten, anklagenden Augen an. »Ich hab's Ihnen ja gesagt!« stieß sie mit wildem Flüstern hervor. »Habe ich Ihnen nicht gesagt? Jetzt sind sie ihn holen gekommen, seine Frau oder seine Schwester, ich weiß es nicht. Aber sie ist eine reiche Ausländerin, und nach der Art, wie sie dreinschaut und wütet, läßt sie uns bestimmt alle unter die Guillotine bringen, wenn sie nur kann!« Mit diesen Worten watschelte meine Concierge, so schnell sie konnte, die Treppe hinunter und rief mir noch zu, daß sie mit allem nichts zu tun hätte.

Ich ging weiter nach oben. Mir war jetzt sehr unbehaglich, und ich bemerkte, daß mehrere Leute herunterkamen. Von unten hörte ich Madame Briands Wohnungstür zuknallen. Von oben sagte eine ziemlich rauhe Männerstimme auf französisch. »Vorsichtig, Monsieur . . . Warten Sie, Gaston, lassen Sie mich zuerst gehen. So . . . Ich habe ihn. Ganz vorsichtig jetzt . . .«

Dazwischen mischte sich eine Frauenstimme, die Stimme einer Dame. Sie sagte auf englisch, aber mit einem Akzent, den ich mit amerikanischen Touristen in Paris in Verbindung brachte: »Ich bin ja da, Andrew, ich bin ja da, mein Lieber. Es ist alles in Ordnung. Du bist in Sicherheit. Versuch nicht zu reden, wir bringen dich bald nach Hause – ach, seien Sie doch vorsichtig! Diese Männer! Ich meine – hm – Prenez garde! Faites attention!« Die letzten Worte waren mit einem üblen Akzent gesprochen.

Zusammen betraten sie den vierten Treppenabsatz – eine junge Frau ging rückwärts. Sie war wunderbar gekleidet und drehte dauernd den Kopf hin und her, damit sie die Stufen sah. Sie redete, ermutigte, drängte, während sie langsam weiterging. Ihr folgten zwei Männer in der Livree von Hoteldienern, und von ihnen gestützt sah ich zwischen ihnen den Fremden. Seine Augen standen halb offen, aber er schien mir kaum bei Bewußtsein. Seine Füße schleiften, und ein Arm hing auf jeder Seite über den Schultern der Hoteldiener. Sie hatten es geschafft, ihm den Mantel anzuziehen und ihn zuzuknöpfen, aber die junge Dame trug seine anderen Kleidungsstücke und seine Stiefel.

Ich sagte: »Oh, Gott sei Dank, daß Sie gekommen sind, Mam'selle. Ich hab' mir große Sorgen gemacht . . .«

Ich blieb abrupt stehen, denn die junge Dame hatte sich wie der Blitz umgewandt, und der Blick ihrer kornblumenblauen Augen war so voller Wut, daß ich fast zurückzuckte. Sie war wunderschön – ihr Haar war blond, und sie hatte ein festes Kinn und einen hübschen Mund, auch wenn in diesem Augenblick ihre Lippen fest zusammengepreßt waren. Sie war jung, nicht älter als zwanzig, des war ich mir sicher. Aber sie strahlte eine Autorität aus, die ihren Jahren keineswegs entsprach. »Was?« schnappte sie. »Wer sind Sie denn?«

Ich sagte: »Ich bin Hannah McLeod, Mam'selle, und . . .«

»Ah, Sie sprechen Englisch. Gut.« Ihr Blick wurde noch wilder, und sie deutete nach oben. »Das ist wohl Ihr Zimmer, wo wir Mr. Doyle gefunden haben?«

»Ja. Ich habe ihn in der vergangenen Nacht hierhergebracht, weil er auf der Straße überfallen worden war. Er war bewußtlos . . .«

Wieder schnitt sie mir das Wort ab, und obwohl sie die Stimme nicht hob, wirkten ihre Worte scharf wie Messerklingen. »Sie erwarten doch nicht, daß man Ihnen diese Geschichte glaubt?« sagte sie, und in ihrer Stimme wuchs ein ungläubiger Unterton. »Oh nein, meine Liebe! Ich glaube, Sie sind eine Lügnerin, eine Schlampe, eine Diebin. Ich habe jetzt nicht die Zeit, Ihnen noch mehr zu sagen, aber ganz sicher werde ich in dieser Angelegenheit Schritte unternehmen, sobald ich für Mr. Doyle alles Notwendige erledigt habe. Und jetzt gehen Sie beiseite!«

Ich spürte, wie mein Gesicht schreckensbleich wurde, während mich die Angst packte. »Nein, Mademoiselle«, stammelte ich, »ich habe versucht, Ihrem Freund zu helfen. Aber ich konnte nicht herausfinden, wer er war. Bitte glauben Sie mir doch . . .«

Einer der Diener streckte die Hand aus und schob mich beiseite. Sie drängten sich alle vorbei; Mr. Doyles Kopf baumelte. Er war immer noch nicht richtig wach. Sie gingen zum nächsten Treppenabsatz hinunter, und die junge Dame gab den Dienern Befehle und ermutigte den Herrn. Ich folgte ihnen nach unten und versuchte, der Dame alles zu erklären und auch den Dienern auf französisch. Aber sie übersahen mich, als ob ich nicht existierte. Als sie das Erdgeschoß erreicht hatten, trugen sie Mr. Doyle nach draußen und setzten ihn in die Kutsche. Die Dame und ein Diener kletterten zu ihm hinein, der andere Diener setzte sich neben den Kutscher, und der gab sofort den Pferden die Peitsche und fuhr los. Die Kutsche rollte rasselnd über die Pflastersteine davon, beobachtet von einer neugierigen Menge, und dann bog sie um die Ecke, und die Leute übertrugen ihre Neugier auf mich.

Innerlich war ich sehr erschüttert. Aber ich hatte schon vor langer Zeit gelernt, meine wahren Gefühle zu verbergen und der Welt, falls notwendig, ein ruhiges Gesicht zu zeigen. Deshalb konnte ich auch lächeln, als ich ins Haus zurückging und Madame Briand mir auf mein Klopfen die Tür öffnete. »Es tut mir leid, daß Sie Unbequemlichkeiten gehabt haben, Madame«, sagte ich. »Die junge Dame hat einen ganz falschen Eindruck von mir. Aber ich bin sicher, daß alles wieder ins rechte Licht gesetzt wird, wenn der Herr zu sich kommt. Sie brauchen sich wegen der Polizei keine Sorgen zu machen.«

»Ha! Das sagen Sie.« Madame Briand steckte in höchster Aufregung und mit behenden Fingern die Haarnadeln in ihrem Knoten um. »Aber sie ist wie eine Wildkatze, diese Ausländerin – sie besteht aus Zähnen und Klauen.«

»Sie war übererregt«, sagte ich, »aber wenn sie sich wieder beruhigt und mit dem Herrn gesprochen hat, dann brauchen Sie sich darüber, daß es hier Ärger geben könnte, keine Sorgen mehr zu machen. Haben Sie der Dame erklärt, was passiert ist, Madame?«

»Ich hab's versucht«, sagte Madame Briand nicht sehr überzeugend. »Natürlich hab' ich's versucht.« Sie runzelte plötzlich die Stirn. »Woher soll ich denn wissen, was passiert ist? Ich war ja nicht dabei.«

Ich schaffte es, weiter zu lächeln. »Aber Sie waren doch da, als ich versuchte, mich um den armen Mann zu kümmern, Madame. Haben Sie der jungen Dame das erzählt?«

»Es ihr erzählt? Welche Chance habe ich denn gehabt, ihr überhaupt irgend etwas zu erzählen? Sie hört ja nicht zu. Sie spricht unaufhörlich – immer weiter und weiter und weiter. Selbst wenn sie zugehört hätte, würde es überhaupt nichts nützen, denn sie versteht ja keine zivilisierte Sprache.«

»Ja, es war sehr schwierig für Sie«, sagte ich in einem beruhigenden Tonfall, wie ich hoffte. »Wissen Sie, wie diese Leute herausbekommen haben, daß der Mann hier war?«

»Ich weiß überhaupt nichts, mein Kind«, schnappte Madame Briand mit saurem Gesicht. »Meinen Sie denn, so eine Frau würde sich die Zeit nehmen, mir etwas zu erklären? Ich weiß nicht, was sie gesagt hat. Ich weiß nur, daß es sehr unfreundlich war. Um das zu verstehen, brauche ich nicht erst Englisch zu lernen.« Sie steckte eine letzte Haarnadel um und drohte mir mit dem Finger. »Um Ihretwillen wollen wir hoffen, daß wir nichts mehr davon hören.«

Die Tür schloß sich. Ich stand da und fühlte mich leer und unglücklich. Dann wurde mir plötzlich klar, wie spät es schon war, und ich rannte nach oben, um meine Einkäufe wegzupacken und mich für den Weg ins La Coquille bereitzumachen. Die Angst war gewaltig in mir aufgestiegen. Wenn Mr. Doyle sich an nichts erinnerte und die Dame zur Polizei ging, würde es schwer für mich werden zu beweisen, daß ich mit dem Straßenraub nichts zu tun hatte. Madame Briand würde mir kaum helfen.

Ich rannte nach unten und hinaus auf die Straße. Zwölf Stunden Arbeit lagen vor mir, und ich konnte es mir nicht leisten, geistesabwesend zu sein und Fehler zu machen. In diesem Augenblick war ich dankbar dafür, daß ich mir die Fähigkeit erworben hatte, Gedanken, Erinnerungen und Spekulationen auszulöschen, die mich bekümmern konnten. Es war eine Fähigkeit, die mir in der Vergangenheit geholfen hatte, aber diesmal sollte sie mir schaden. Denn sie brachte mich dazu, etwas zu vergessen, das ich an diesem Morgen getan hatte – es war nur eine Kleinigkeit, aber eine Kleinigkeit, die katastrophale Folgen haben mußte.

3

AM NÄCHSTEN MORGEN um acht Uhr wachte ich dadurch auf, daß jemand mit den Fäusten gegen meine Tür schlug. Ich fühlte, wie mein Herz erschrocken schneller schlug, und das war kaum verwunderlich nach den Drohungen, die mir die junge Frau gestern gemacht hatte.

»Warten Sie«, rief ich und versuchte, mit fester Stimme zu sprechen. »Einen Augenblick bitte«. Das Klopfen hörte auf. Ich ließ meine Füße in die Hausschuhe neben dem Bett gleiten, zog den warmen Morgenrock an, den ich aus der Rue des Moulins mitgebracht hatte, und ging zur Tür. »Wer ist denn da?« fragte ich.

Es kam keine Antwort. Verwirrt zog ich den Riegel zurück und öffnete vorsichtig die Tür. Dann schnaufte ich vor Erleichterung und riß sie weit auf. Rotes Haar, grüne Augen, Sommersprossen und ein breites Grinsen, das durch einen dunkelroten Bart zu sehen war – ein großer Mann in Seemanskluft und Baumwollhosen stand draußen im Flur. Sein Gesicht war braun und vom Wetter zerfurcht. »Ich wünsch' Ihnen 'nen wunderschönen guten Morgen, Hannah McLeod«, sagte er. »Wie geht's Ihnen denn, meine Schöne?«

Toby Kent war Halbire, und es war eine Gewohnheit von ihm, mich wie eben ›meine Schöne‹ zu nennen. Er war mein einziger Nachbar auf diesem Stockwerk, und ich sah, daß auf der anderen Seite des Treppenabsatzes seine Tür offenstand. Ich schob meine Zöpfe zurück, hüllte mich fester in meinen Morgenrock und sagte: »Ach, Toby, Sie haben mir aber Angst gemacht. Ich dachte, es wäre die Polizei.«

Seine Augenbrauen zuckten hoch. »Die Polizei? Aber warum denn?«

Ich schüttelte den Kopf. »Gestern war ein schwieriger Tag für mich. Aber das erzähl' ich Ihnen später. Schön, daß Sie wieder zu Hause sind.«

»Nur für zwei Tage – solange das Schiff Ladung löscht und in Le Havre wieder Ladung aufnimmt. Dann bin ich ein Paar Wochen weg – eine Fahrt nach Martinique. Jetzt hören Sie mal, ich lade Sie ein, zum Frühstück. Wenn Sie es für uns zubereiten. So'n richtiges englisches Frühstück, mit Eiern und Schinken und Nieren und weiß der Himmel was noch alles – ich hab's mitgebracht.«

Ich lächelte. »So ein Frühstück habe ich in England nie bekommen. Trotzdem danke, Toby. Lassen Sie mir zwanzig Minuten, damit ich mich waschen und anziehen kann, und dann kommen Sie mit ihrem gemästeten Kalb herüber. Das Kochen und Zurichten übernehme ich dann gern.«

»Nein, kommen Sie ins Arbeitszimmer, Hannah.« Er zeigte den Flur hinunter. »Vor 'ner Stunde hab ich den Ofen angezündet, also ist es jetzt schön warm, und außerdem haben Sie da mehr Ellbogenfreiheit.«

»Gut. Also in zwanzig Minuten.«

»Prima. Mögen Sie eigentlich den Bart, kleine McLeod?«

»Nicht besonders, Toby. Ich bin daran gewöhnt, Sie ohne Bart zu sehen.«

»Dann rasier' ich ihn mir noch vor dem Frühstück ab.« Er lachte und ging schwankenden Seemannsschrittes wieder auf die andere Seite des Treppenabsatzes. Ich schloß die Tür und machte eilig auf dem Spirituskocher für mein Bad in der Waschschüssel Wasser warm. Ich war froh, daß Toby Kent wieder zu Hause war, aber es tat mir leid, daß er nur so kurz dablieb.

Wir kannten einander jetzt seit achtzehn Monaten, und wir waren freundliche Nachbarn. Vielleicht kam es daher, daß wir beide aus England stammten. Toby hatte ein viel größeres Zimmer als ich, ein Arbeitszimmer mit einem kleinen danebenliegenden Schlafzimmer. Er hatte auch schon lange vor meinem Einzug hier gewohnt. Es war während meiner ersten Woche in diesem Haus gewesen, als ich mich einrichtete und mir ein paar Möbel zusammensuchte, ehe ich mit der Arbeit anfing, als er an meine Tür klopfte, sich vorstellte und mir fröhlich verkündete, er wäre zutiefst beleidigt, wenn ich Hilfe brauchte und ihn nicht darum bäte.

Zuerst nahm ich mich vor ihm in acht. Das war auch richtig für eine junge Frau von achtzehn Jahren, die allein in einem solchen Haus wohnte. Aber während die Wochen vergingen, stellte ich fest, daß er ein guter Freund war, und ziemlich schnell hatte ich heraus, daß ich mir seinetwegen keine Sorgen machen mußte. Er wußte, daß ich im College für junge Damen Schülerin gewesen war, und als wir uns besser kennenlernten, erzählte ich ihm von meinen frühen Jahren in England und davon, wie ich bald nach dem Tod meiner Mutter nach Paris gekommen war. Als Gegenleistung erfuhr ich Toby Kents Geschichte.

Von Anfang an war mir klar gewesen, daß er Künstler war, denn normalerweise roch er nach Farbe. Seine Kleidung war oft damit betupft, und in seinem Zimmer standen überall unordentlich verstreut Bilder. Zum erstenmal sah ich ihn durch das Fenster am Treppenabsatz, an einem eisigen Morgen kurz nach der Dämmerung. Er stand in Hemdsärmeln auf dem flachen Teil des Daches zwischen den Giebeln, vor sich eine Staffelei. Er verhielt sich einen Augenblick lang völlig still, während er nach Süden auf die Seine und das Panorama der Stadt schaute, die unter ihm lag, und im nächsten Augenblick bombardierte er seine Leinwand kraftvoll mit einem Hagel von Pinselstrichen.

Er malte nicht nur Landschaften, sondern alles, was ihm auffiel: eine Blume, eine Straßenszene, ein Porträt – von mir hatte er mehrere gemalt –, ein Straßenkind, einen Sonnenuntergang oder – eine überquellende Mülltonne. Es machte mich traurig, daß er bei aller Begeisterung ein so schlechter Maler war, aber für mich sahen seine Bilder nie so aus wie das Objekt, das er malte. Sie waren sehr kühn, obwohl die Farben oft zart waren, und große Farbkleckse traten aus der Leinwand hervor, als ob er sie mit dem Finger aufgetragen hätte, was er manchmal auch tat. Seltsamerweise stellte ich fest, daß seine Bilder, wenn ich die Augen halb schloß, ein ganz anderes Aussehen annahmen und mich auf eine Weise faszinierten, die ich nicht erklären konnte. Wenn ich ihm das erzählte, dann lachte er leise in sich hinein und sagte, es bestünde doch noch die Hoffnung, daß er mich von meinen philisterhaften Ansichten kurieren könne. Er wußte, daß ich seine Bilder nicht für besonders gut hielt, aber meine Ansicht verletzte ihn nicht im mindesten, und deshalb konnte ich ihm auch sagen, daß es doch für einen Künstler komisch wäre, Bilder zu malen, die man nur mit halbgeschlossenen Augen ansehen könne.

Toby war in England geboren und zur Schule gegangen. Aber seine Mutter war Irin, und es war eine Zeit gekommen, als die Familie nach Dublin gezogen und Toby zum Trinity College gegangen war, um Jura zu studieren. Sein Vater war ein sehr erfolgreicher Rechtsanwalt, und seine zwei Brüder, die beide älter waren als er, übten ebenfalls diesen Beruf aus. Aber als Toby zwanzig war, hatte er rebelliert.

»Ich wollte malen«, sagte er eines Morgens, ganz einfach, als er auf dem einzig sicheren Sessel in meinem Zimmer saß, während ich auf dem Bett hockte und ein paar ausgefranste Stellen an den Aufschlägen seiner besten Hosen ausbesserte. »Ich wollte malen, mehr als alles andere auf der Welt, Hannah. Und es gab nichts auf der Welt, was ich mir weniger gewünscht hätte, als Anwalt zu werden. Es hat einen unheimlichen Krach gegeben, das kann ich dir sagen. Mein Vater ist ein Mann, der genau weiß, was am besten für jeden ist. Der bezweifelt sogar, daß Gott das Universum richtig geschaffen hat, und er ist sicher, daß er es hätte besser machen können, wenn er die Chance bekommen hätte. Mich mag er nicht besonders, und ich mag ihn auch nicht, aber meine Brüder haben eine Heidenangst vor ihm. Sie haben versucht, mich zu überreden, zu tun, was von mir verlangt wurde. Meine Mutter hätte es auch versucht, die Ärmste, wenn sie nicht sechs Monate vorher gestorben wäre. Nur ihretwegen bin ich überhaupt zur Universität gegangen.«

Er trank von dem Kaffee, den er für uns beide gemacht und mitgebracht hatte, zog beim Schlucken ein Gesicht und sagte: »Lieber Gott – ich mache aber fürchterlichen Kaffee, nicht, Hannah?«

Ich sagte: »Allerdings, Toby. Es ist das übelste Gebräu, das ich je probiert habe.«

»Meinen Sie, wenn ich ihn zehn Minuten lang koche, ist das nicht lang genug?«

Ich starrte ihn ungläubig an. »Sie kochen ihn? Kein Wunder, daß er so fürchterlich ist. Ich schreibe Ihnen mal auf, wie man es macht. Und jetzt erzählen Sie weiter.«

Er zuckte die Achseln. »Da gibt's nicht mehr viel zu erzählen. Es gab einen gewaltigen Krach, und Toby Kent, das schwarze Schaf der Familie, wurde ohne einen Schilling rausgeschmissen. Man sagte ihm, er hätte aufgehört zu existieren, was die Familie anbeträfe.« Er lachte leise und fuhr sich mit den Fingern durch sein rotes Haar. »Also hab' ich aufgehört zu existieren. Ich habe mich bei der Légion Etrangère gemeldet und die nächsten drei Jahre damit verbracht, in Algerien herumzumarschieren.«

Ich hörte auf zu nähen und brachte es gerade noch fertig, zu verhindern, daß mein Mund aufklappte. »Sie waren in der Fremdenlegion? Toby, wirklich, Sie müssen genauso verrückt sein, wie Madame Briand glaubt. Wie konnten Sie denn als Legionär malen?«

»Ich konnte es nicht, meine Schöne«, sagte er in einem Tonfall, der für Toby Kent ziemlich nüchtern klang. »Aber ich dachte, ich sollte am besten erst mal ein erwachsener Mann werden, ehe ich versuchte, Maler zu werden. Zwanzig Jahre lang hatte ich ein bequemes Leben geführt, und ich wußte wenig genug von der Welt und von mir selbst.«

»Von Ihnen selbst?«

»Aber sicher. Erst wenn man auf einer Sanddüne liegt, zusammen mit einer Handvoll anderer Männer, und über die Zieleinrichtung seines Lebel-Gewehres eine Masse brüllender Tuaregs sieht, die auf einen losstürmen, dann findet man heraus, was für ein Kerl eigentlich in einem steckt.«

»Und was haben Sie herausgefunden, Toby?«

Er lachte. »Daß ich genausoviel Angst hatte wie der Mann neben mir. Aber mit etwas Übung kann man das überwinden und weitermachen. Sie müssen das auch schon selbst herausgefunden haben, Hannah. Aber es war nicht nur die Gefahr, aus der man lernte. Männer aus allen Teilen der Welt waren da, Männer, die reich oder arm gewesen waren, gut oder schlecht, Adliger oder Bauer, Heiliger oder Sünder, zivilisierter Mensch oder Barbar. Als ich also meine Zeit hinter mich gebracht hatte, dachte ich, ich hätte jetzt genug Menschenverstand, um mit dem Malen anzufangen. Und es gab keinen einzigen Ort außer Paris, wo man sich ansiedeln konnte. Ich studierte unter Gerome an der Ecole des Beaux Arts, zwei Jahre lang, bis mir das Geld ausging . . .«

Er stieß ein plötzliches Lachen aus. »Sie würden kaum glauben, was die Kunststudenten sich gegenseitig für Streiche spielen, Hannah. Die zünden einem ein Papierfeuer unter dem Hocker an, wenn man malt, oder sie drükken einem um den Kragen des Malerkittels eine Tube Farbe aus, oder sie pinseln einem Fürchterliches auf das Bild, wenn man weg ist. Es war sogar einer da, der eine Stunde lang versuchte, mit Johannisbeergelee zu malen. Der kam aus einer Tube, in der angeblich Krapplack sein sollte.«

»Was ist denn Krapplack, Toby?«

»Ach, eine dunkelrote, transparente Farbe. Wo war ich stehengeblieben?«

»Das Geld ist Ihnen ausgegangen.« Ich biß den Faden ab und legte die Hose beiseite.

»Na, den Rest kennen Sie ja. Wann immer ich kein Geld mehr habe, fahre ich nach Le Havre oder in irgendeinen anderen Hafen und heuere als Hilfsmatrose auf irgendeinem Frachter an, den ich finden kann.« Er grinste. »Wenn man bei den Konditionen nicht wählerisch ist, findet man immer eine Koje. Manchmal sind es dann zwei oder drei Wochen, manchmal auch neun oder zehn. Aber ich fahre nie weiter als bis Französisch-Somaliland in die eine Richtung und bis zu den Häfen am Mexikanischen Golf auf der anderen Seite. Trotzdem – ob es nun eine kurze oder eine lange Reise ist, ich komme immer mit genug Geld wieder, daß ich für die nächsten paar Monate hier versorgt bin.«

Am Ende meiner ersten sechs Wochen als Toby Kents Nachbarin hatte er mich an einem Sonntagabend eingeladen, mit ihm in einem guten Restaurant am Mont Parnasse in der Rue de la Gaiete essen zu gehen. Aber da wußte ich schon, daß er nichts anderes von mir wollte als freundschaftliche Gesellschaft, und ich nahm seine Einladung gern an. Zu dieser Gelegenheit trugen wir beide unsere beste Kleidung und verbrachten einen sehr angenehmen Abend miteinander. Für beide Wege vom Montmartre in die Stadt und zurück nahmen wir eine Droschke. Später hatte ich den Verdacht, daß er sein letztes Geld ausgegeben hatte, damit wir einen Abend in Luxus verbringen konnten, denn am nächsten Tag ging er auf eine Fünfwochenreise nach Casablanca.

Es tat mir immer leid, wenn Toby wieder eine neue Reise antrat, und ich freute mich immer, wenn er sicher zurückgekehrt war. Denn ich hatte keinen anderen Freund, und manchmal hatte ich genug Zeit, mich einsam zu fühlen, wenn er weg war und sein Zimmer leerstand. Er war ein glücklicher Mensch, und ich war dankbar für einen Kameraden, bei dem ich mich wohl fühlen konnte, einen Kameraden, der nichts als Freundlichkeit von mir forderte. Wegen meiner Arbeit sahen wir einander nicht besonders oft, aber manchmal führte er mich zum Mittagessen aus oder Sonntags zum Abendessen, so wie beim erstenmal. Als Gegenleistung, obwohl er keine Gegenleistung erwartete, machte ich gern seine Flickarbeiten für ihn, putzte sein Arbeitszimmer und kochte von Zeit zu Zeit eine Mahlzeit für uns, wie ich das jetzt auch gerade tun wollte.

Überall in der Nachbarschaft herrschte die verständliche Ansicht, daß ich mit Toby Kent liiert war. Diese Ansicht war das einzige, was ihn beunruhigte, und zwar meinetwegen. Eines Tages sprach er das deutlich vor mir aus. Aber ich konnte ihn schnell beruhigen. »Toby, ich bin froh, daß die Leute das glauben, solange es Ihnen nichts ausmacht. Eine junge Frau, die wie ich allein in einem solchen

Haus wohnt, hat sowieso keinen guten Ruf zu verlieren, und es kümmert mich nicht, was die Leute glauben. Um ganz ehrlich zu sein – ich bin sicher, daß mich diese Annahme ein bißchen vor den anderen Männern schützt, die mir vielleicht lästig werden könnten.«

Das entsprach völlig den Tatsachen. Toby Kent war ein großer Mann, und seine Jahre in der Legion und als Seemann hatten ihn viel zu mächtig gemacht, als daß ein gewöhnlicher Apache es riskieren konnte, Streit mit ihm anzufangen. Über ein Jahr hatte es nur drei Gelegenheiten gegeben, bei denen ich von einem Wichtigtuer angesprochen worden war. Ich war zwar jung, aber ich hatte wenig Schwierigkeiten, solche Männer wieder loszuwerden. Dennoch war ich dankbar dafür, daß es so selten vorkam.

Als ich Toby dies alles erklärte, seufzte er vor Erleichterung. Dann stieß er sein leises Lachen aus, bei dem ich immer den Drang hatte mitzulachen. »Also gut, meine Schöne«, sagte er. »Heute mittag geh' ich mit Ihnen Arm in Arm zum La Coquille, wenn Sie's mir erlauben, damit überall in der Gegend unsere ›Verbindung‹ deutlich gemacht wird.«

An diesem Sonntagmorgen seiner unerwarteten Rückkehr stieg in mir fast Freude darüber auf, daß in den letzten sechsunddreißig Stunden so viel passiert war. Ich hatte Toby ja sonst wenig Interessantes zu erzählen, während er natürlich mit den seltsamsten und wunderbarsten Geschichten aus den fremden Ländern zurückkehrte, die er besucht hatte. Manchmal erklärte er auch, daß er die Hälfte der Geschichten erfunden hatte und daß die Docks des einen großen Hafens genauso langweilig und schmutzig waren wie die Docks des nächsten – ob es nun Port Said war oder Panama.

Heute hatte ich selbst ein paar Geschichten zu erzählen. Erstens die von Mr. Doyle, dem Herrn, den ich halb bewußtlos mit nach Hause gebracht hatte, nachdem der Apache und sein Mädel ihn überfallen hatten. Ich stellte mir vor, wie Toby lachen würde, wenn ich ihm davon erzählte, wie Madame Briand den armen Menschen so üppig mit Laudanum und Branntwein versorgt hatte, daß es mir völlig unmöglich gewesen war, ihn aufzuwecken. Zweitens gab es die Geschichte von Mr. Boniface, der am selben Morgen mit dem ungewöhnlichen Angebot einer Stellung als Privatlehrerin in England bei mir aufgetaucht war. Schließlich war noch von der erregten jungen Dame zu erzählen, wahrscheinlich einer Amerikanerin, die gekommen war, um Mr. Doyle abzuholen, und die mich mit solchen Kraftausdrücken bedacht hatte. Das war keine sehr amüsante Geschichte; im Gegenteil, ihre Drohungen hatten mich verängstigt. Aber jetzt, wo ein neuer Tag begann, war ich sicher: Sie würde einsehen, daß es falsch war, wenn sie schlecht von mir dachte.

Nachdem ich mich gewaschen und angezogen hatte, bürstete ich mir das Haar, steckte es säuberlich auf, band mir die Schürze um und ging über den Flur. Ich klopfte an die Tür. Mir lief das Wasser im Mund zusammen, denn Toby brachte für gewöhnlich ein schönes Päckchen mit Nahrungsmitteln nach Hause, die in Ölhaut eingewickelt waren. Ich wußte, wir würden bald ein herrliches Frühstück genießen.

Als ich auf sein Herein ins Zimmer trat, hatte der Ofen den Arbeitsraum schon angewärmt. Toby war jetzt sauber rasiert. Er stand in der Ecke, wo er seine Pinsel und seine Farben aufbewahrte, und kratzte voller Eifer eingetrocknete Farbe von einer Palette. Schon jetzt roch ich das Terpentin und sagte, während ich aufstöhnte: »Ach Toby, Sie sind unmöglich. Wollen Sie uns das schöne Frühstück ruinieren?«

Er schaute mich an, runzelte plötzlich die Stirn und sagte fast vorwurfsvoll: »Sie haben sich ja das Haar aufgesteckt.«

»Natürlich.« Ich ging hinüber und verkorkte die Flasche mit dem Terpentin. »Ich stecke es immer auf, wenn ich eingeladen werde.«

»Mir gefallen Zöpfe besser.«

»Das ist ja gar nicht wahr. Sie haben gesagt, damit sehe ich wie vierzehn aus, und ich bin keine vierzehn mehr. Letztesmal, als Sie mich gemalt haben, da haben Sie mich sogar darum gebeten, die Haare aufzustecken.«

»Na ja, manchmal gefällt es mir ja auch so. Aber heute mag ich die Zöpfe lieber.« Er schmeichelte mir nicht, und obwohl er mich anstarrte, als wäre ich ein Objekt und kein Mensch, war er dennoch nicht unhöflich. Ich erkannte diesen Blick in seinen Augen. Der unwiderstehliche Drang, ein ganz bestimmtes Objekt zu malen, hatte ihn gepackt, und in diesem Augenblick war ich dieses Objekt. Ich war schon ein- oder zweimal dabeigewesen, als das mit ihm passiert war, und jetzt konnte ich nicht anders: Ich mußte lächeln, während er eine ungeduldige Handbewegung machte und sagte: »Flechten Sie das Haar noch einmal, Hannah, flechten Sie es.«

Ich antwortete: »Sie hatten mich zum Frühstück eingeladen.«

»Ach du lieber Himmel! Tut mir leid. Sehen Sie mal, da liegt das Zeug neben dem Spülbecken. Gehen Sie, machen Sie Frühstück – machen Sie, so schnell Sie können.«

Ich sagte fest: »Ich mache Frühstück, wenn Sie die Flasche Terpentin in den Schrank stellen, den Terpentinlappen aus dem Fenster werfen, Ihre Terpentinfinger waschen und dann nach unten gehen und uns etwas Milch holen.«

»Milch?« Seine grünen Augen schauten verblüfft drein. »Warum?«

»Weil wir zum Frühstück Kaffee trinken, und ich habe nur noch wenig Milch.«

»Aber es ist Sonntag.«

»Das weiß ich auch. Jetzt horchen Sie mal genau hin.«

Toby legte den Kopf schief. Ganz schwach hörten wir ein Geräusch von unten, von der Straße. Jemand spielte eine Rohrflöte. Das war das Signal des Ziegenmilchverkäufers, der jeden Sonntagmorgen mit seiner Herde von acht Ziegen hier vorbeikam. Es waren sehr haarige, aber liebenswürdige Tiere, die stehenblieben und dann in die Schalen der Kunden gemolken wurden.

»Es sind die wandelnden Milchkannen«, sagte Toby und nahm einen Krug.

»Zuerst das Terpentin!« schrie ich. »Und dann der Lappen und Ihre Hände, Toby. Wir wollen uns doch nicht den Kaffee ruinieren.«

Er rollte mit den Augen, machte eine Grimasse, öffnete das Dachfenster und warf den Lappen nach draußen. Dann ging er eilig zum Waschbecken. »Sie sind ein fürchterliches Weib, kleine McLeod«, erklärte er grimmig. »Gott soll uns alle schützen, aber wenn ich daran denke, daß ich mir manchmal gewünscht habe, ich hätte eine jüngere Schwester! Ich wette, die wäre genau wie Sie gewesen.«

»Und wenn ich einen älteren Bruder wie Sie gehabt hätte . . .«, fing ich an, aber dann brach ich ab, weil mir plötzlich die Kehle eng wurde und Tränen in die Augen stiegen. Wenn ich Glück genug gehabt hätte, wenn ich einen älteren Bruder wie Toby Kent gehabt hätte, dann wäre mein Leben sicher ganz anders verlaufen. Er kam zu mir, trocknete sich die Hände ab und warf das Handtuch beiseite. Er paßte auf, daß er mich nicht berührte, wie immer, und sagte dann versöhnlich: »Tut mir leid, Hannah. Hab' ich Sie geärgert?«

»Nein, nein«, sagte ich ungeduldig. »Mir ist nur ganz überraschend ein alberner Gedanke gekommen, aber jetzt ist alles wieder in Ordnung. Nun ziehen Sie schon los, sonst verpassen Sie die Ziegen.«

Zwanzig Minuten später setzten wir uns zu einem großartigen englischen Frühstück nieder oder einem irischen Frühstück, wie Toby es nannte. Denn der Speck und die Nieren kamen aus Irland. Wir redeten wenig, während wir aßen; ich, weil ich mich darauf konzentrieren wollte, das köstliche Essen zu genießen, und Toby aus einem anderen Grund. Nach der Art, wie er aß, konnte er kaum irgend etwas geschmeckt haben, denn seine ganze Konzentration zielte auf mich, und er war in seiner eigenen Welt. Er starrte mich an, bewegte den Kopf hin und her, nahm ihn ein bißchen zurück, kniff die Augen zusammen, kaute auf der Unterlippe und murmelte vor sich hin.

Ich war zu sehr damit beschäftigt, mein Frühstück zu genießen, als daß mich das verlegen gemacht hätte. Außerdem war es ja nur Toby Kent. Er beendete seine Mahlzeit, trank seinen restlichen Kaffee und fing an, unruhig hin und her zu rutschen. Aber ich wollte mich nicht drängen lassen. »Toby, wenn Sie wollen, daß ich für Sie stillsitze, dann tu' ich das auch«, sagte ich. »Aber Sie werden schon warten müssen. Wenn ich mit dem Essen fertig bin, trinke ich noch eine Tasse Kaffee und dann wahrscheinlich noch eine, und wir können miteinander reden, als ob wir Edelleute wären, die von einem ganzen Stab von Dienstboten umschwärmt werden. Und jetzt erzählen Sie mir von New Orleans.«

»New Orleans?«

»Da sind Sie doch gerade gewesen, oder nicht?«

»Ach so, ja.« Er trommelte mit den Fingern auf der Tischplatte. »Na, wir sind dorthin gefahren und ... hm, dann sind wir wieder zurückgefahren.«

»Und nichts Interessantes ist passiert?«

»Eigentlich nicht. Mir fällt jedenfalls nichts ein.«

»Warum sind Sie diesmal nur zwei Tage zu Hause?«

»Weil ich bei einer anderen Gesellschaft angeheuert habe, für eine Reise nach Bombay. Es dauert länger als gewöhnlich, aber ich will so viel Geld sparen wie möglich, so daß ich im Sommer nicht weg muß.« Er machte eine Handbewegung zu dem großen Atelierfenster hinüber. »Im Sommer sind die Tage länger. Da hab' ich besseres Licht. Mehr Zeit zum Malen.«

Ich schenkte mir noch Kaffee ein und sagte: »Warum haben Sie sich bloß die Mühe gemacht, die ganze Strecke von Le Havre hierherzukommen? Sie hätten doch einfach dort bleiben können.«

Er schaute seine Hände an und bewegte die Finger. »Ich mußte zurückkommen zu meinen Farben, und wenn es nur für zwei Tage ist.« Er lächelte plötzlich. »Ich war regelrecht ausgehungert nach meinen Farben, Hannah. Glauben Sie, ich bin ein Verrückter?«

»Nein, natürlich nicht. Ich wünschte nur . . .«

Ich unterbrach mich. Er lehnte sich in seinem Stuhl zurück und lachte. »Sie wünschten, ich wäre nicht so ein furchtbar schlechter Maler, was?«

»Aber nein, Toby. Nur – ich verstehe Ihre Art zu malen nicht ganz. Und jetzt hören Sie mir mal eine Weile zu, denn ich habe Ihnen auch was zu erzählen.«

Er verschränkte die Arme, bemühte sich um einen ruhigen Gesichtsausdruck und sagte: »Schießen Sie los, meine Schöne.«

Zuerst widmete er mir innerlich wenig Aufmerksamkeit. Aber dann horchte er langsam auf. »Eine Hutnadel?« unterbrach er mich. »Du gütiger Himmel, wo hatten Sie denn da Ihren Verstand, Sie dummes Ding? Der Mann hätte Sie mit dem Messer erstechen können!«

»Nein, er war zu abgelenkt. Ich hab' ihm mit meinem Holzschuh fast die Kniescheibe gebrochen. Außerdem ist ja alles gutgegangen, also regen Sie sich nicht auf.«

Toby lachte, als ich ihm von dem Branntwein erzählte, der mit Laudanum gewürzt war, und dann lachte er noch einmal, weil ich zu meinem Schlafgast ins Bett gekrabbelt war, anstatt zu frieren. Als ich zu Mr. Boniface und seinem Angebot kam, schaute Toby überrascht drein. »Warum haben Sie es denn nicht angenommen?«

»Ach, Sie wissen doch, daß ich nicht wieder zurück nach England will. Ich will nie wieder daran erinnert werden, wie ich von dort weggezogen bin.«

»Trotzdem«, sagte er langsam, »Sie wären sehr viel besser dran, vorausgesetzt, das Angebot ist echt.«

»Der Mann hat gesagt, der hiesige Konsul könne ihm als Referenz dienen.«

»Das ist gut. Warum stürzen Sie sich dann nicht rein? Wenn Sie erst einmal da wären, würden Sie die Gefühle, die Sie England gegenüber hegen, bald überwinden.« Er zögerte. Dann fuhr er fort: »Ich weiß, Sie verbinden England mit allem, was passiert ist, nachdem Ihre Mutter gestorben ist. Aber genausogut könnten Sie Frankreich mit der Tatsache in Verbindung bringen, daß Sie im College für junge Damen unglücklich waren.«

Ich sagte: »Ich weiß, es ist unvernünftig, aber ich kann nichts dagegen tun. So sind eben meine Gefühle, Toby. Jedenfalls fahre ich nicht hin, und ich wünschte, Sie würden aufhören, mich ständig zu unterbrechen, weil ich mit meinen Geschichten noch nicht fertig bin. Später, am gleichen Vormittag, hatte ich nämlich noch einen Besucher.«

Ich erzählte ihm von der jungen Dame mit den beiden Dienern, die gekommen war, um den Mann abzuholen, von dem ich erfahren hatte, daß er Mr. Doyle hieß. »Ich glaube, sie war Amerikanerin«, sagte ich, »und sie war jedenfalls sehr wütend. O Toby, es war fürchterlich. Sie war überzeugt, daß ich den Mann ausgeraubt hätte, und sie hat mich regelrecht angebrüllt. Sie hat mich eine Schlampe und Diebin genannt. Ich war so erschrocken, daß ich kaum ein Wort herausbrachte, aber sie hat mir sowieso nicht zugehört. Madame Briand war mir auch keine Hilfe. Sie hat sich versteckt, bis alles vorbei war.«

»Dieses alte Trampel«, sagte Toby und schlug mit der Handfläche auf den Tisch, daß das Geschirr hochsprang. Ein zorniges Glitzern lag in seinen Augen. »Wenn diese amerikanische Idiotin auch nur ein Körnchen Verstand hätte, wäre ihr klargeworden, daß Sie keinen Mann ausrauben und ihm dann anschließend Ihr Bett für eine Nacht leihen und sein Hemd waschen. Was, zum Teufel, haben Sie sich eigentlich dabei gedacht, diesen Kerl mit nach Hause zu bringen, kleine McLeod?«

»Ich hatte keine Wahl«, sagte ich verärgert. »Ich konnte ihn doch nicht bewußtlos liegenlassen. Er wäre ja erfroren.«

»Vielleicht hätte er sich dann gemerkt, daß man nicht mitten in der Nacht allein in solch einem Viertel herumstreunt.«

»Ach, seien Sie doch nicht so herzlos.«

»Der Kerl war herzlos. Klar, es ist ein tolles Abenteuer für einen fremden Touristen, in den Straßen der Apachen herumzustreunen. Aber wenn man sich schon in Gefahr begibt, dann sollte man – verdammt noch mal – auch die Konsequenzen daraus ziehen. Dann kriegt man eben eins ins Gesicht oder ein Messer zwischen die Rippen. Und um dem Ganzen die Krone aufzusetzen, kommt doch dieses amerikanische Miststück daher und gibt die Schuld dem Mädchen, das dem elenden Trottel das Leben gerettet hat.«

Toby erhob sich abrupt und hätte fast den Stuhl umgekippt. Er ging mit harten Schritten durch das Atelier, und die Sommersprossen hoben sich stark von seinem Gesicht ab, denn es war unter der Sonnenbräune bleich geworden. »Die kommt schon nicht mit der Polizei zurück«, grollte er, »denn wenn es ihr nicht schon klargeworden ist, daß ihre Geschichte keinen Sinn ergibt, dann macht ihr die Polizei das ziemlich schnell klar. Aber ich wünschte, sie käme wieder, weiß Gott. Mich würde sie nicht an die Wand reden, und ich würde sie mit Worten bearbeiten, daß ihr die Stärke aus dem Hemd staubt, ja, das würde ich.«

Ich stand auf und stellte mich vor ihn hin, so daß er mit seinem rastlosen Hin- und Herlaufen aufhören mußte. »Wenn sie nicht wiederkommt, dann ist die Sache ausgestanden, und ich wäre sehr froh darüber«, sagte ich. »Aber bitte, beruhigen Sie sich doch, Toby. Es ist ja alles erledigt. Ich wollte Sie nicht wütend machen. Ich dachte, Sie würden darüber lachen.«

Er starrte verwirrt auf mich herab, und dann veränderte sich sein Gesichtsausdruck langsam, bis er mich wieder mit dieser wilden, unpersönlichen Konzentration anschaute, die ich vorhin noch bei ihm gesehen hatte. Er warf einen Blick auf das Fenster und das Oberlicht. Draußen herrschte einer dieser strahlenden Morgen voller Sonne und ohne Wolken, die manchmal gegen Ende des Winters auftreten. Toby Kent drehte sich um und fing an, mit fiebriger Hast das Frühstücksgeschirr ins Spülbecken zu räumen.

»Das Licht ist vollkommen«, murmelte er. »Helfen Sie mir doch, diese Dinge wegzuräumen, Hannah.«

»Ich sollte lieber erst spülen, ehe Sie anfangen zu malen.«

»Nein, nein«, sagte er ungeduldig. »Ich will ein Spülbecken voller Töpfe. Jetzt warten Sie mal eine Minute.« Er griff sich ans Kinn und starrte mich an. »Ich will diese

Zöpfe. Ja, flechten Sie Ihr Haar wieder zu Zöpfen, und . . .« Seine Augen leuchteten auf, und er schlug sich mit der Faust in die Handfläche. »Gehen Sie, und ziehen Sie für mich das dunkelblaue Kleid an. Bitte, Hannah. Das mit dem großen Ausschnitt, der so nach unten geht. Ich weiß nicht, wie man das nennt.«

»Aber das ist ja mein ältestes Kleid«, sagte ich. »Ich könnte doch mein bestes tragen.«

»Nein, nein, nein«, rief er aus. »Das blaue. Bitte, Hannah. Seien Sie ein nettes Mädchen.« Er sprang auf die Tür zu und öffnete sie für mich. »Machen Sie jetzt, so schnell Sie können. Ich mische schon mal die Farbe.«

Ich konnte nicht anders – ich mußte über seine Eile lachen, während ich hinausging. Aber er reagierte nicht darauf, und als ich von meiner eigenen Tür wieder zu ihm hinüberschaute, sah ich, wie er mit dem Fuß den Tisch beiseite schob und einen Stuhl schnappte, den er dicht ans Spülbecken stellte. Als ich fast zehn Minuten später zurückkam, stellte er gerade eine Leinwand auf seine Staffelei.

»Wie wollen Sie mich denn haben?« fragte ich. Ich sah sauber und adrett aus, aber mit meinen Zöpfen und in meinem alten Kleid sah ich kaum so hübsch aus, wie das möglich war. Das bereitete mir allerdings kein Kopfzerbrechen, denn Tobys Malerei hatte mit dem Thema sowieso nur wenig gemeinsam.

»Auf den Stuhl, meine Schöne. Setzen Sie sich auf den Stuhl«, sagte er. »Nein, warten Sie.« Er nahm einen Haarschopf und zupfte daran. »Sehen Sie, ich hätte gern Ihre Schultern nackt. Würde es Ihnen was ausmachen, wenn Sie das Kleid ein wenig über die Schultern nach unten ziehen, Hannah?«

Ich lächelte – vielleicht ein bißchen säuerlich. Es war rücksichtsvoll von Toby, daß er mich fragte, ob es mir etwas ausmachte. Aber heutzutage waren viel gewagtere Dekolletés in der Mode der feinen Damen üblich, als ich zeigen würde, wenn mein Kleid vier Zentimeter unterhalb der Schultern endete. Ich machte zwei Knöpfe auf, rückte den Ausschnitt tiefer und sagte: »Nein, es macht mir nichts aus. Ist es so richtig?«

»Zuviel. Einen Zentimeter weiter nach oben. Schön. So ist es schön.« Er trat drei Schritte zurück. »Jetzt drehen Sie sich langsam um. Halt, Sie haben da etwas Komisches auf Ihrer rechten Schulter.«

»Damit müssen Sie sich leider abfinden«, sagte ich. »Das ist ein Muttermal.«

»Ein Muttermal?« Seine Stimme hob sich bei dem Wort. »Bestimmt nicht. Es ist so regelmäßig.«

»Na, dafür kann ich nichts, Toby. Ich hab's mir auch nicht angemalt. Sehen Sie es sich doch an.« Das Muttermal saß auf dem hinteren Teil meiner Schulter, in der Nähe des Gelenks. Ich konnte es undeutlich sehen, wenn ich den Hals reckte, aber im Spiegel in meinem Schlafzimmer im College hatte ich es oft genau betrachtet. Es war ein heller goldbrauner Fleck, zwei Zentimeter breit. Er stand nicht aus der Haut hervor und war wie ein Schmetterling geformt, und jeder symmetrische Flügel hatte abgerundete Ecken.

Toby kam nah heran und sah genau hin. »Du liebe Zeit, das ist bemerkenswert«, sagte er leise. »Und so hübsch.«

Ich zog ein Gesicht. »Ich halte das Ding nicht für sonderlich hübsch.«

»Sie sind eine Philisterin. Es sieht aus wie ein Schönheitsfleck, aber noch viel besser, denn es gehört ja tatsächlich zu Ihnen. Wenn Sie sich unter die Damen der Gesellschaft mischten, würden bald alle goldene Schmetterlinge auf ihre Schultern malen.«

»Das merke ich mir. Und jetzt – wie soll ich für Sie sitzen?«

»Schauen Sie zum Fenster, über das Spülbecken hinweg, über die Dächer und Schornsteine. Gut. Drehen Sie sich ein bißchen mehr nach rechts. Genau! Ja, so geht es. Und jetzt einen Fuß noch ein bißchen nach vorn. Gut. Knie zusammen, Hände locker im Schoß. Warten Sie. Jetzt halten Sie mal Ihren Kopf genau wie jetzt, und drehen Sie Ihren Körper noch ein ganz klein wenig auf mich zu. Das ist prima!«

Ich hörte ein schürfendes Geräusch, als er die Staffelei ein Stückchen weiterschob, und dann das Klappern von Palette, Pinseln, Farbtuben. Nach einer Weile herrschte Schweigen. Völliges Schweigen. Toby sah mich im Profil, und ich konnte ihn nur aus einem Augenwinkel sehen. Aber ich wußte, daß er nur dastand und mich anstarrte, wie ich das bei anderen Gelegenheiten schon gesehen hatte. Endlich seufzte er, seine Hand bewegte sich und machte den ersten Pinselstrich.

Ich schaute hinaus über die Dächer des Montmartre in den strahlend blauen Himmel. Ich schloß Toby Kents Anwesenheit aus meinen Gedanken aus, denn ich hatte festgestellt, daß dies für mich die einfachste Möglichkeit war, die Pose beizubehalten. Wenn ich an das dachte, was er jetzt tat, geriet ich in Anspannung, und er brüllte mich dann abwechselnd an oder entschuldigte sich. Sein Gebrüll machte mir überhaupt nichts aus, aber ich hatte das Gefühl, daß sich seine Malerei dadurch kaum besserte.

Es war angenehm warm im Atelier, und draußen schien die Sonne. Ein harter Winter war fast vorüber. Ich hatte Arbeit, und morgen bekam ich meinen Lohn. Ich war unabhängig und keinem Menschen Rechenschaft schuldig. Ich hatte gerade ein wunderbares Frühstück genossen, und ich hatte einen guten Freund, einen Mann, der mich respektierte. Mir fiel kaum etwas ein, was ich mir noch hätte wünschen können, und ich war sehr zufrieden, während ich dasaß und meinen Gedanken freien Lauf ließ.

Bücher ... Ich hatte eine Anzahl von Büchern mit zum Montmartre gebracht, aber während des harten Winters hatte ich sie alle versetzt. Man hatte mir kaum etwas dafür geboten, aber darüber war ich froh, denn während der kommenden Wochen konnte ich ein paar Francs sparen und sie wieder auslösen. Wenn ich Glück hatte und Trinkgeld bekam, konnte ich vielleicht sogar auf ein oder zwei neue Bücher sparen. Ich vermißte meine Bücher, und der Spitzname ›La Professeuse‹, den ich im College gehabt hatte, war nicht unberechtigt. Toby besaß zwei Regale voller Bücher. Er hatte mir erlaubt, sie auszuborgen, und ich hatte ihn beim Wort genommen. Aber ich sehnte mich trotzdem danach, eigene Bücher in meinen eigenen vier Wänden zu haben.

Eine halbe Stunde lang hörte ich undeutlich, daß Geräusche aus Tobys Richtung kamen – schweres Atmen durch die Nase, als ob er wütend wäre, ein gemurmelter Fluch, das Geräusch des Malspachtels, mit dem er Farbe von der Leinwand schabte, noch mehr angestrengtes Atmen, ein verächtlicher Schnaufer. Das alles hatte ich schon gehört und keine Notiz davon genommen, aber jetzt kam etwas Neues – ein Schweigen, gefolgt von einem halberstickten Schrei, in dem anscheinend überschwengliche Freude lag, und dann das wilde Klappern des Spachtels auf der Palette, während er Farbe mischte. Ich rollte meine Augen bis in die Winkel und sah Toby, wie er sich fast auf die Leinwand stürzte. Mein Kopf mußte sich ganz leicht bewegt haben, denn er brüllte: »Ruhig, Hannah! Halten Sie doch still!«

Ich schaute wieder aus dem Fenster. Mehr Geräusche kamen, aber diesmal war es ein Gemurmel der belohnten

Anstrengung und Grunzer der Zufriedenheit. Ich entnahm daraus, daß Toby mit seiner Arbeit zufrieden war, und ich freute mich für ihn. Trotzdem mußte ich mich fragen, ob auch andere sein Erfolgsgefühl mit ihm teilen würden.

Die Zeit verging. Es war eine leichte Pose, und ich fühlte mich sehr wohl. Heute war Sonntag, der schönste Tag der Woche, wo ich nicht zwölf Stunden lang im La Coquille auf den Beinen sein mußte, sondern tun konnte, was ich wollte. Ich konnte putzen und flicken, konnte mich auf die kommende Woche vorbereiten, und wenn das Wetter freundlich blieb, konnte ich auch am Nachmittag mit dem Omnibus in die Stadt fahren und eine Weile an der Seine spazierengehen, denn die Fahrt kostete nur drei Sous.

Lange Zeit mußte ich gedankenversunken dagesessen haben, aber ich merkte es erst, als ich allmählich wieder aus meinem Dämmerzustand erwachte und sah, daß die Sonne sich hinter den Schornsteinen schon ein ganzes Stück weiterbewegt hatte. Ich war richtig steif geworden, denn ich hatte die ganze Zeit keinen Muskel bewegt. Ich horchte, aber ich konnte von Toby kein Geräusch hören, keine Bewegung, kein Atmen – überhaupt nichts. Verwirrt spähte ich aus den Augenwinkeln zu ihm hinüber. Da stand die Staffelei, aber von Toby war nichts zu sehen. Ich drehte den Kopf um, ich war jetzt total verwirrt.

Zwei Pinsel und eine Palette lagen auf dem Fußboden neben der Staffelei. Hinter mir saß Toby am Tisch, hatte sich darübersinken lassen und den Kopf auf die Arme gebettet. Ich stand schnell auf, ging hinüber und rüttelte ihn an den Schultern. »Toby? Alles in Ordnung?«

Er hob den Kopf und schaute mich an. Sein Blick war ruhig, aber seine Augen standen weit offen und sahen genau. Also hatte er nicht geschlafen. Ich sagte: »Was ist denn, Toby? Stimmt etwas nicht?«

Er schüttelte den Kopf und setzte sich gerade hin. Seine Augen fingen an zu funkeln. »Nichts ist. Hören Sie mir jetzt zu, kleine McLeod?«

»Zuhören? Natürlich höre ich zu! Was meinen Sie damit?«

»Ich will nur sichergehen, daß Sie auch mitkriegen, was ich Ihnen sagen will. Also, hier kommt's, Hannah McLeod. Wenn Sie jemals Hilfe brauchen, wenn Sie je einen Freund brauchen, der irgend etwas für Sie tun muß, selbst wenn das bedeutet, daß er für Sie durch die Hölle muß, dann kommen Sie zu Toby Kent. Verstehen Sie?«

Ich trat einen Schritt zurück und stieß ein kleines Lachen der Überraschung und Verwunderung aus. »Toby, Sie sind so verrückt wie ein Märzhase, genau wie Madame Briand immer sagt. Was in aller Welt bringt Sie dazu, so etwas Komisches zu sagen?«

»Sie, meine Schöne.« Er warf den Kopf zurück, stieß ein fröhliches Lachen aus und stand auf. »Himmel, das ist der schönste Tag meines Lebens, wahrhaftig. Ich habe den Durchbruch geschafft, Hannah. Ich hab' meinen Stil gefunden, ich hab' das gefunden, worum ich all die Jahre gekämpft habe.« Er schlug sich mit der Handfläche gegen die Stirn. »Es ist jetzt hier drin, in meinem Kopf und in meiner Hand. Ja, sicher, es wird auf keinen Fall leicht werden, und das will ich auch nicht. Die Leidenschaft und die Arbeit muß ja dasein. Aber ich hab' gefunden . . . lieber Gott, was habe ich eigentlich gefunden? Kein Geheimnis, nein, und auch nicht den Stein der Weisen. Ich hab' die Verbindung zwischen meinem Verstand und meiner Hand gefunden, und daran sind Sie schuld, Hannah. Sie allein. Das vergesse ich Ihnen nie. Jetzt kommen Sie mal und sehen Sie hin.«

Er ging mit heftigen Schritten durchs Atelier, und ich folgte ihm. Ich wandte den Kopf, um das Bild anzuschauen, und seine Begeisterung erfüllte mich mit Hoffnung.

Aber als ich hinsah, war ich zutiefst enttäuscht. Das Gemälde sah für mich genauso aus wie all seine anderen Bilder – dicke Lagen aus Farbe, die mit hastigen Pinselstrichen auf die Leinwand geschmiert waren, und Teile vom Hintergrund waren unvollendet, ein Teil des Fußbodens, das Spülbecken, die Wand neben dem Fenster. Ich konnte ansatzweise das Mädchen, das auf dem Stuhl saß, als mich selbst erkennen, und es war etwas an ihr, das in mir ein unbehagliches Gefühl aufkommen ließ – etwas Trauriges, Verfolgtes. Es war da, es hatte eine starke Ausstrahlung, aber ich sah nicht, womit Toby das erreicht hatte.

Zögernd sagte ich: »Ich glaube aber nicht, daß es mir sehr ähnlich ist, Toby.«

Er lachte und streckte lässig die Arme aus. »Liebe Hannah, wenn Sie wollen, daß die Frau auf dem Bild genauso aussieht wie Sie, dann lasse ich Sie fotografieren. Habe ich Ihnen nicht schon ein halbes dutzendmal erklärt, was die Impressionisten wollen?«

»Sie haben eine Menge von der Wirkung des Lichts erzählt, und . . . warten Sie mal, ja, von der Wirkung der reinen Farben, wenn man sie . . . hm . . . ach ja, nach den optischen Gesetzen den Komplementärfarben zuordnet – was immer das auch bedeutet. An das andere kann ich mich nicht mehr erinnern. Aber Sie haben gesagt, die Impressionisten seien so vom Licht besessen, daß sie jeden Sinn für die Form verloren hätten. Ist das richtig?«

»Nicht schlecht«, sagte Toby, »nur – Sie haben sich ausschließlich an die Worte erinnert. Aber das ist wenigstens ein Anfang. Jetzt treten Sie mal zurück, meine Schöne. Noch ein Stückchen, noch ein Stückchen. Und jetzt sehen Sie noch einmal hin. Erzählen Sie mir nicht, daß ein Stück vom Hintergrund noch ausgefüllt werden muß, das weiß ich, und das kann ich in aller Ruhe in einer halben Stunde erledigen. Sehen Sie einfach hin. Nicht mit Ihren

Augen und Ihrem Gehirn, denn ich will, daß Sie einen Augenblick lang aufhören, realistisch und praktisch zu sein. Sehen Sie mit den Augen hin und öffnen Sie Ihr Herz – so soll man ein Bild ansehen.«

Ich wollte ihm gehorchen, stand da und starrte auf die Leinwand. Ich versuchte, mein Gehirn von allen Gedanken zu befreien. Zuerst geschah nichts. Aber dann, ganz langsam, bemerkte ich etwas sehr Seltsames. Was ich aus unmittelbarer Nähe nur als Farbflecken gesehen hatte, mischte sich mehr und mehr und kam auf eine ganz neue Weise zum Leben. Es war wie eine optische Täuschung, aber diese Täuschung lag anscheinend in der Art, wie ich das Bild zuerst gesehen hatte. Jetzt bemerkte ich, daß das Gesicht mir sehr ähnlich sah – vielleicht war auf dem Bild mehr zu sehen, als wir uns, wenn wir unser Gesicht im Spiegel sehen, einbilden. Und noch etwas anderes strahlte die sitzende Gestalt aus, und dieses andere berührte mich auf eine sehr seltsame Weise.

Ich trat näher heran, und das Gemälde wurde wieder zu einer Ansammlung von Klecksen. »Wie machen Sie das nur, Toby?« sagte ich beeindruckt. »Woher wissen Sie, ob es richtig aussieht, wenn Sie zurücktreten?«

Er lachte. »Das habe ich heute erst selbst herausgefunden, Hannah. Und ich könnte es auch nicht erklären. Aber wenn Sie es sehen können, dann habe ich vielleicht die ersten Schritte zu Ihrer Bekehrung eingeleitet. Finden Sie das Bild jetzt besser?«

»Ja«, sagte ich langsam. »Sehr viel besser. Aber warum haben Sie mich mit einem so traurigen Ausdruck gemalt? Ich meine eigentlich nicht mein Gesicht, ich – ich bin nicht ganz sicher, was es ist.«

»Sehen Sie noch einmal hin.«

Ich trat zurück, und betrachtete das Bild noch einmal. Überraschung rührte mich an. »Aber nein. Ich bin jetzt nicht mehr traurig, das liegt in der Vergangenheit, oder nicht? Ich hab' es hinter mich gebracht, und . . . auf eine ruhige Art bin ich zufrieden.« Ich drehte mich um und schaute Toby an. »Sehen Sie mich so?«

Er nickte, während er den Blick nicht vom Bild abwandte. »Es macht Ihnen doch nichts aus?«

Ich mußte lächeln. »Wenn Sie mich genausogut kennen, wie das Bild es beweist, dann müssen Sie auch wissen, daß es mir nichts ausmacht. Ich glaube, es ist sehr geschickt gemalt, und ich bin froh, daß Sie sich freuen. Jetzt muß ich abwaschen, und solange ich das tue, können Sie alles herauslegen, was geflickt werden muß. Hören Sie mir überhaupt zu, Toby?«

»Ja, natürlich höre ich zu«, sagte er geistesabwesend. »Was haben Sie gesagt? Ich habe gerade nachgedacht, Hannah . . . Es bleiben noch immer drei Tage, ehe das Einlieferungsdatum für Gemälde zur Frühlingsausstellung im Palais des Beaux Arts abläuft. Dafür muß ein Bild gerahmt sein, aber wenn ich es heute fertig male, dann könnte ich den alten Dupuis dazu bringen, es morgen früh einzurahmen – noch zeitig genug, daß ich es am Nachmittag, ehe ich abreise, zur Ausstellung bringen kann.«

Ich legte eine Hand an den Mund. »Oh Toby! Ich soll in der Ausstellung hängen?«

»Das kommt darauf an. Es gibt eine Jury, die aus den größten französischen Malern besteht. Alle Gemälde werden in einer Prozession vor ihnen vorbeigetragen. Wenn sie die Hand heben, dann ist ein Bild angenommen, wenn sie es nicht tun, dann ist es abgelehnt. Ich liefere mein Bild aber nicht ein, wenn Sie es nicht wollen.«

Ich wollte es nicht, aber er war so glücklich über sein Gemälde, daß es grausam gewesen wäre, ihm die Chance, es auszustellen, abzuschlagen. Also sagte ich schnell: »Natürlich müssen Sie es einliefern. Einen Augenblick lang war ich nur ein bißchen schüchtern, aber in Wirklichkeit fühle ich mich geschmeichelt.«

Toby wandte den Blick von dem Bild ab und schaute mich an. Er legte den Kopf auf die Seite und lächelte ein wenig. »Genaugenommen«, sagte er, »wenn ich eine Schwester hätte, hätte sie möglicherweise schlimmer ausfallen können als Sie.«

Während der nächsten Stunde waren wir beide beschäftigt. Ich wusch ab, machte Tobys wenige Flickarbeiten und erledigte auch meine eigenen in seinem Zimmer. Er brauchte wenig mehr als eine halbe Stunde, um das Bild zu vollenden; er arbeitete jetzt sehr schnell, aber ruhig und entspannt, und plauderte mit mir, während wir unsere Aufgaben erledigten. Als er fertig war, ging er hinunter, um mit dem alten Monsieur Dupuis, dem Schreiner, auszumachen, daß er am nächsten Morgen kam und einen Rahmen baute. Während er weg war, räumte ich sein Zimmer auf und fing mit meinem eigenen an. Gelegentlich lächelte ich in mich hinein, während mir die Szenen aus dem vergangenen Jahr wieder einfielen, vom letzten Tag der Annahme von Gemälden für die Ausstellung. Es war immer dasselbe, jedes Jahr. Aber damals hatten meine Freundin Marguerite und ich Mademoiselle Montavon überredet, uns in einer Kutsche hinfahren zu lassen, damit wir bei dem Spaß dabei waren.

Es war der Tag, wo aus jeder Ecke von Paris noch im letzten Augenblick Bilder zur Beurteilung in der Ausstellung ankamen. Sie stammten aus großartigen Ateliers und aus erbärmlichen Dachstübchen, von etablierten Malern und hungrigen Studenten. Viele von den armen Malern hatten ihren letzten Franc dafür ausgegeben, das Bild einrahmen zu lassen, und manche Rahmen waren gewaltig. Das seltsame war nur, daß an so vielen Bildern bis zum allerletzten Augenblick gearbeitet worden war. Marguerite und ich hatten gesehen, wie ein Maler verzweifelt noch allerletzte Pinselstriche an seinem Bild anbrachte, während es auf dem Rücken eines Mannes, der für ein paar Sous dafür angeheuert worden war, die Straße entlanggetragen wurde. Andere brachten ihre Bilder in Droschken, auf Handkarren und auf dem Oberdeck der Omnibusse, und viele Bilder erlitten auf dem Weg Schaden.

Die Art, in der sich die Kunstschüler kleideten und benahmen, machte die ganze Angelegenheit zu einem Zirkus; manche trugen Zylinder, manche höchst phantasievolle Kleidung, manche kamen in farbfleckigen Malerkitteln. Gegen sechs Uhr, als geschlossen wurde, herrschte gewaltiges Durcheinander vor dem breiten Eingang zum Salon, und wenn sich die riesigen Türen endlich schlossen, dann schwenkten Gruppen von Studenten die Champs-Elysées hinunter und sangen und tanzten und heulten vor Lachen über einen verspäteten Aspiranten, der verzweifelt versuchte, mit seinem hoch über dem Kopf gehaltenen kostbaren Gemälde gegen den Strom zu schwimmen. Es machte großen Spaß zuzusehen, aber Tobys wegen war ich froh, daß er sein Bild nicht am allerletzten Tag einreichte.

Ich war mit meinem Zimmer fast fertig, als ich ihn zurückkommen hörte. Er klopfte mit der Faust gegen die Tür und rief: »Kommen Sie rüber und essen Sie was Kaltes mit mir zu Mittag, wenn Sie fertig sind, Hannah. Ich habe deutsche Wurst und eine Karaffe Wein.«

Ich öffnete die Tür und sagte: »Danke, Toby. Geben Sie mir noch ein paar Minuten. Ich lege dann noch ein Stück kaltes Huhn und ein bißchen Käse dazu. Heute ist ein ziemlicher Festtag für uns, nicht wahr?«

»Der Tag der Tage, meine Schöne, ganz abgesehen vom Essen.«

Ich räumte fertig auf, wusch mir die Hände, zog ein anderes Kleid an und ging hinüber in Tobys Zimmer. Ich nahm das Stück Huhn mit und den Käse, den ich am Tag zuvor für Mr. Doyle gekauft hatte. Toby lag ausgestreckt auf dem Bett. Erst zehn Minuten waren vergangen, seit wir zum letztenmal miteinander gesprochen hatten, und ohne Zweifel hatte er vorgehabt, sich nur hinzulegen und auszuruhen, während er auf mich wartete. Aber jetzt schlief er tief und fest. Mir fiel auf, daß er während der vergangenen Nacht wahrscheinlich kaum Schlaf gefunden hatte, denn er war nach der Ankunft in Le Havre über Nacht nach Paris gefahren und erst früh am Morgen angekommen. Dann hatte er stundenlang an seinem Gemälde gearbeitet, fiebrig und eifrig. Er hatte seine ganze Seele in seine Malerei gesteckt, und es war kaum verwunderlich, daß er jetzt schlief.

Ich schnürte ihm die Stiefel auf und zog sie ihm aus, ohne ihn aufzuwecken. Dann legte ich eine Decke über ihn, füllte Kohlen in den Ofen und ließ mich mit einem Buch aus seinem Regal im Sessel nieder. Es war ein neueres Buch von Emile Zola und hieß *La Terre.* Mehr als zwei Stunden vergingen, ehe Toby sich rührte. Er öffnete die Augen, blinzelte verwirrt, setzte sich dann blitzartig auf und legte eine Hand an den Kopf.

»Heilige Madonna, wie spät ist es denn?« wollte er mit verschlafener Stimme wissen.

Ich legte das Buch hin. »Fast fünf, und Sie haben schön geschlafen, Toby.«

»Fünf? Warum, zum Teufel, haben Sie mich denn nicht geweckt?«

»Warum hätte ich das tun sollen? Sie brauchten ja dringend Schlaf.«

»Haben Sie was gegessen?«

»Nein, aber nach so einem Frühstück war ich nicht besonders hungrig. Deshalb hatte ich gedacht, ich warte, bis Sie wieder da sind.«

Er stand auf, ging zum Spülbecken, beugte sich darüber und goß sich einen Krug kaltes Wasser über den Kopf. Während er sich das Gesicht mit einem Handtuch abtrocknete, marschierte er durchs Zimmer, drehte sich um und schaute wieder das Gemälde an. Zuerst wirkte er besorgt, aber dann stieß er einen Seufzer der Erleichterung und der Freude aus. »Ach, ich hab' es also doch nicht nur geträumt. Jetzt hören Sie mal zu, Hannah. Da Sie nichts gegessen haben, Sie dummes Ding, und es jetzt zu spät ist für das Mittagessen, warum nehmen wir uns nicht einfach ein Stück Brot und Käse und fahren dann mit dem Omnibus runter zum Boul' Mich'. Wir könnten ein Weilchen am Fluß spazierengehen, dann zum Montparnasse auf eine Stunde ins Le Soleil D'or und beschließen den Tag mit einem guten Essen im Maison Darblay.« Sein Gesicht tauchte bei den letzten Worten wieder aus dem Handtuch auf. »Na, wie wäre das?«

Das war eine verführerische Aussicht. Ich würde die Fahrt und den Spaziergang genießen, denn die Sonne hatte in der Luft noch Wärme hinterlassen und Le Soleil D'or war ein Café, wo Künstler aller Art – Schriftsteller, Maler, Poeten, Musiker – sich trafen und einander ihre Werke vorführten. Sie spielten oder sangen, sie lasen Prosa oder Poesie. Manche waren ganz gut, manche ziemlich furchtbar, aber die zwei-, dreimal, die ich mit Toby dagewesen war, hatte ich mich immer gut unterhalten.

Ich sagte: »Das Abendessen kann ich aber nicht noch von Ihnen schnorren, Toby. Das wissen Sie doch.«

»Ich weiß, daß Sie allzu unabhängig sind, verdammt noch mal«, sagte er verärgert. »Nein, sind Sie gar nicht. Tut mir leid, daß ich das gesagt habe. Na gut – Sie wollen mich nicht für das Abendessen bezahlen lassen, aber haben Sie denn selbst Geld?«

»Erst morgen wieder.«

»Ach so.« Er warf das Handtuch beiseite. »Sie haben heute drei Stunden für mich gesessen, und ich zahle einen Franc pro Stunde. Damit ist Ihr Essen bezahlt. Basta.«

Ich sagte beleidigt: »Dafür, daß ich für Sie sitze, nehme ich kein Geld.«

»Ach, nein?« Er deutete drohend mit dem Finger auf mich. »Sie tun es also aus Mitleid, wie? Na, Sie können Ihr verdammtes Mitleid für sich behalten, kleine McLeod. Bin ich denn ein Mann ohne Stolz, daß Sie glauben, Sie können für mich Fortuna mit dem Füllhorn spielen? Überschütten Sie mich mit Ihren Wohltaten, bloß weil ich ein armer Seemann bin? Himmel noch mal, Sie sind ein grausames, herzloses Weib, wenn Sie einen Mann so behandeln. Aber dieses eine Mal will ich's übersehen, vorausgesetzt, Sie begehen das gleiche Verbrechen nicht noch einmal. Und jetzt gehen Sie und ziehen Sie sich den Mantel an. Seien Sie ein braves Mädchen.«

Es war ein denkwürdiger Abend für mich; nicht, daß irgend etwas Besonderes passierte, aber es war schön, Gesellschaft zu haben, und ich wußte, daß die angenehmen Erinnerungen dieser paar Stunden mir bleiben und mich viele Wochen lang wärmen würden. Vielleicht genoß ich diesen Tag um so mehr, weil ich wußte, daß Toby am nächsten Tag wieder auf eine lange Reise ging und daß ich, außer bei meinen Arbeitsstunden im La Coquille, dann niemanden mehr haben würde, mit dem ich reden konnte. Dieser Mangel an anderen Freunden machte mir keinen großen Kummer, denn irgendwie war ich jahrelang mit mir selbst allein gewesen, und ich hatte mich daran gewöhnt. Im Gegenteil, ich dachte selten an Toby, wenn er fort war, denn wir waren ja nicht mehr als gute Nachbarn. Aber ich begriff, daß das Leben für mich immer fröhlich war, wenn er sich zu Hause aufhielt.

In dieser Nacht kamen wir um zehn Uhr nach Hause.

Wir wußten, daß Madame Briand durch ihre Tür spähte, wenn wir eintraten, und ich hielt deshalb Tobys Arm fest, um sie in dem Glauben zu bestärken, daß ich Tobys Geliebte war. Je mehr Leute glaubten, der große, verrückte Engländer sei mein Beschützer, desto sicherer war ich. Auf unserem Treppenabsatz dankte ich Toby für den wunderschönen Abend und ging zu Bett.

Kurz nach sieben am nächsten Morgen erschien der alte Monsieur Dupuis, um Tobys neues Gemälde auszumessen. Er wollte einen Rahmen aus Kiefernholz machen, der schwarz gestrichen wurde und goldene Eckverzierungen bekam.

Kurz vor Mittag verabschiedete ich mich von Toby und wünschte ihm eine gute Reise, denn am Abend würde er nach Le Havre abfahren. Im La Coquille war das Geschäft flau wie gewöhnlich, nachdem wir das Mittagessen serviert hatten, und während des Nachmittags und des frühen Abends kam nur gelegentlich eine Handvoll Gäste zu Kaffee, Getränken oder kleinen Imbissen. Aber um neun, da war jeder Tisch besetzt, denn das gute Wetter hielt sich noch. An vier Tischen saßen Gruppen von Engländern und speisten, ehe sie ins Moulin Rouge oder in eins der anderen Kabaretts weiterzogen.

Um zehn Uhr war ich gerade in der Küche und belud mein Tablett mit Suppenschalen, Bestecken, einem Korb Brot und einer Terrine Gemüsesuppe, als Vater Chabrier mit zornigem rotem Gesicht aus dem Restaurant auftauchte. »Die beiden Männer in der Ecke, einer Engländer, einer Franzose«, schnappte er. »Haben Sie mit ihnen gesprochen?«

»Nein, Vater Chabrier«, sagte ich, ohne mit meiner Arbeit aufzuhören, denn sowohl Armand als auch ich waren um diese Zeit sehr im Zeitdruck. »Ich nehme ihre Bestellung auf, sobald ich das hier am Fenstertisch serviert habe.«

»Ich hab' die Bestellung schon aufgenommen«, sagte Vater Chabrier ärgerlich. Er steckte den Bestellzettel auf den langen Nagel, der aus der Wand hervorstand, damit Louise sich darum kümmern konnte. »Der Engländer spricht so eine Art Französisch. Kennen Sie ihn? Ist er einer von diesen Kerlen, die blöde Witze reißen? Er sagt, er braucht bald ein neues Mädel, da die Polizei Sie morgen holen kommt.«

Ich hielt den Atem an, und ich spürte, wie die Haut auf meinen Wangen vor Schreck zu kribbeln begann. »Die Polizei?« wiederholte ich mit trockenem Mund. »Warum sagt er denn so etwas?«

»Wie soll ich das wissen?« Vater Chabrier starrte mich erschocken an. »Mein Gott – ist es etwa wahr? Was haben Sie denn bloß angestellt?«

»Nichts. Nichts«, sagte ich sehr beruhigt. »Es muß sich um einen Irrtum handeln, das kann ich Ihnen versichern.« Ich war jetzt dankbar dafür, daß ich am Samstagnachmittag Louise in der Zeit, wo wir das Restaurant öffneten, von meinem Versuch erzählt hatte, dem Mann zu helfen, der von Apachen überfallen worden war, und von der unverschämten jungen Dame, die ihn am nächsten Morgen abgeholt hatte. Vater Chabrier war bei uns gewesen und hatte meine Geschichte gehört. Also sagte ich jetzt: »Es muß etwas mit dem Engländer zu tun haben, den ich bei mir untergebracht hatte. Aber ich habe ihm nichts gestohlen, das kann ich Ihnen versichern.«

Vater Chabrier schaute unruhig drein und machte eine zuckende Kopfbewegung zur Tür. »Gehen Sie raus, und reden Sie mit ihnen. Ich nehme Ihr Tablett.«

Die beiden Herren saßen an einem Tisch an der Wand und hatten eine Karaffe Wein bestellt, um die Zeit totzuschlagen, in der sie auf ihren ersten Gang warteten. Einer von ihnen war blond – Mitte Dreißig, nahm ich an – mit einer schnabelartigen Nase und einem hochmütigen Gesichtsausdruck. Der andere war vielleicht zehn Jahre älter, dunkelhaarig, mit schmalem Gesicht, einem Spitzbart und Brille. Als ich an den Tisch kam, stieß der Blonde ein Lachen aus und sagte auf englisch: »Ah, da ist sie ja, Jacques. Sie hatten recht, verdammt. Ich war sicher, sie würde durch die Hintertür davonlaufen.«

Der andere zuckte die Achseln und sagte auf französisch: »Wohin könnte sie denn verschwinden, daß wir sie nicht schnell finden würden?«

»Das ist die Frage.« Der Engländer schaute mich an und sagte: »Ich nehme an, Sie sind Hannah McLeod? Und Sie wohnen in der Rue Labarre?«

Ich knickste und antwortete: »Ja, Sir. Erlauben Sie mir, daß ich mit Ihnen rede?«

Er warf einen Blick über den Tisch und hob eine Augenbraue. »Sie sind hier der Polizist, Jack. Ich bin nur ein kleiner Angestellter der Botschaft. Darf ich ihr zuhören?«

Der dunkelhaarige Ältere antwortete auf französisch: »Mir ist das gleich.«

Jeder benutzte seine eigene Sprache, aber daran war nichts Seltsames, denn eine fremde Sprache ist immer viel einfacher zu verstehen als zu sprechen. Der Blonde schaute mich wieder an und sagte: »Na gut, mein Kind. Um was geht's denn?«

»Mein Patron sagt, Sie hätten ihm gesagt, die Polizei würde mich morgen festnehmen.« Ich hörte, wie meine Stimme vor Aufregung zitterte. »Ist das wahr, Sir? Ich schwöre Ihnen – ich habe nichts Böses getan.«

»Das sollen die Behörden entscheiden«, sagte der Engländer ziemlich arrogant. »Ich habe nichts damit zu tun. Ich arbeite hier bei der Britischen Botschaft, und dieser Herr ist Inspektor Lecour, der zufällig mein Freund ist. Als heute am späten Nachmittag Anzeige wegen eines gewissen Mr. Doyle erstattet wurde, hielt es der Inspektor für richtig, die Botschaft zu informieren, da Sie ja britische Staatsbürgerin sind. Wir haben die Angelegenheit zur Kenntnis genommen, aber wir werden uns nicht einmischen, es sei denn, Sie bitten uns um Unterstützung.«

»Aber ich bitte Sie um Unterstützung, Sir«, sagte ich und stammelte ein wenig, während ich versuchte, mit meinen wirbelnden Gedanken und Ängsten fertig zu werden. Ich holte tief Atem und begann ihm zu erzählen, was in der fraglichen Nacht geschehen war. Aber der Herr von der Botschaft brachte mich mit einer Handbewegung wieder zum Schweigen. »Verschwenden Sie nicht Ihre Zeit, und auch nicht die meine«, sagte er, wenn auch nicht allzu unfreundlich. »Ich habe Ihnen ja schon gesagt, daß ich die Angelegenheit nicht bearbeite. Ich habe gehört, daß Sie schon eine ganze Weile hier leben, also müssen Sie doch wissen, wie das französische Strafrechtsystem aussieht. Es ist Anzeige erstattet worden, also wird die Polizei Sie festnehmen und vor ein Untersuchungsgericht bringen. Der Untersuchungsrichter wird die Beweise sammeln und entscheiden, ob es zu einer Verhandlung kommt oder nicht.«

Ich sagte verzweifelt: »Ja, Sir, das weiß ich. Aber wollen Sie mir nicht bitte dabei helfen, meine Concierge zu überreden, daß sie für mich aussagt? Sie weiß, was passiert ist. Aber sie hat schreckliche Angst davor, daß sie es mit der Polizei zu tun kriegt, und deshalb . . .«

Diesmal war es der Inspektor, der mir das Wort abschnitt. Er unterbrach mich, aber er sprach seinen Freund an, und zwar in einem etwas tadelnden Ton. »Was wir hier tun, das ist ganz unvorschriftsmäßig, mein lieber Charles. Man könnte es sogar als indiskret bezeichnen, daß du diese Angelegenheit dem Patron gegenüber erwähnt hast, wenn sie nicht so abgedroschen wäre. Aber – wirklich! –

du darfst dich nicht mit der Angeschuldigten befassen, ehe der Untersuchungsrichter seine Entscheidung getroffen hat.«

»Keine Angst, Jacques, das habe ich auch nicht vor«, sagte der Blonde mit einem Lachen. Er nahm die Karaffe, um sein Glas nachzufüllen. »Und bitte, entschuldige, daß ich das Thema hier erwähnt habe.« Er lehnte sich in seinem Stuhl zurück und schaute mich an. »Jetzt erst mal wieder an Ihre Arbeit, junge Dame. Wenn Sie unschuldig sind, haben Sie keinen Grund zur Sorge.«

Ich hörte seine Worte kaum noch, denn während der letzten paar Sekunden waren meine Sinne von einem neuen entsetzlichen Schrecken, der die Verzweiflung in mir schürte, wie gelähmt. Mein Blick war der Hand des Mannes gefolgt, als er sie nach der Karaffe ausstreckte, und er war an den glänzenden silbernen Manschettenknöpfen hängengeblieben.

Die Erinnerung explodierte wie das Blitzlicht eines Fotografen in meinem Gehirn. Sie erleuchtete mit grellem Licht sowohl meine Dummheit als auch die völlige Hoffnungslosigkeit meiner Situation.

Manschettenknöpfe.

Die goldenen Manschettenknöpfe, die ich aus Mr. Doyles Hemd entfernt hatte, waren noch immer in meinem Zimmer versteckt, in der kleinen Blechdose unter dem Fußbodenbrett, und ich hatte sie total vergessen.

4

VIEL SPÄTER ERST sah ich ein, daß meine Dummheit vielleicht gar nicht so groß gewesen war, wie es mir im Augenblick vorkam. Ich hatte die Manschettenknöpfe aus dem Hemd entfernt, um das Blut und den Schmutz daraus auszuwaschen. Ich hatte die Knöpfe dann in mein geheimes Versteck getan, um sie in Sicherheit zu wissen, als ich mich entschieden hatte, daß ich meinen unbekannten Gast, während ich einkaufen ging, nicht ins Zimmer einschließen wollte.

Bei meiner Rückkehr hatte ich festgestellt, daß er von zwei Hoteldienern unter dem Kommando einer wütenden jungen Amerikanerin nach unten getragen wurde, und diese Frau hatte mich Diebin genannt und mir gedroht, bei der Polizei Anzeige zu erstatten. Es war kaum verwunderlich, daß jeder Gedanke an die Manschettenknöpfe von dem Schreck und der großen Überraschung aus meinem Gehirn verflogen war. Und wenige Augenblicke später war ich zum La Coquille geeilt, weil ich Angst hatte, zu spät zur Arbeit zu kommen. Nach fast zwölf Stunden, die ich im Restaurant auf den Beinen gewesen war, kam ich dann kurz nach Mitternacht nach Hause, und ich war zu müde gewesen, um nachzudenken. Dann hatte mich am Morgen Toby Kent geweckt, der all meine Ängste zerstreut hatte, als ich ihm von den Drohungen der jungen Frau erzählte. Wir waren den Rest des Tages zusammen gewesen und irgendwie auf die eine oder andere Weise immer beschäftigt. Ich hatte überhaupt nicht mehr daran gedacht, daß die junge Frau mit den kornblumenblauen Augen mich bei der Polizei anzeigen könnte.

Wenn man das alles bedachte, dann überraschte es nicht, daß ich Mr. Doyles Manschettenknöpfe vergessen hatte. Aber in diesem Augenblick, als ich am Tisch im La Coquille stand und eiskalte Finger nach meinem Herzen griffen, als ich ganz verwirrt den Engländer etwas sagen hörte und es nicht begriff, da hatte ich das Gefühl, daß ich wahnsinnig gewesen sein mußte, an so etwas Lebenswichtiges nicht zu denken.

Jetzt war es zu spät. Wenn ich die Manschettenknöpfe jetzt anbrachte und sagte, ich hätte vergessen, daß ich sie dem Mann abgenommen hatte, hätte man das nie geglaubt. Ich konnte auch nicht so tun, als ob sie mitsamt Mr. Doyles Brieftasche und den anderen Wertsachen von dem Apachen gestohlen worden wären, denn ich hatte überhaupt kein Talent zur Schauspielerei. Ich konnte versuchen zu lügen. Aber ich würde dabei sofort alle Symptome von Schuld zeigen. Ja, es war sogar wahrscheinlich, daß ich genauso schuldbewußt aussehen würde, wenn ich die Wahrheit sagte.

Der Mann von der Britischen Botschaft fragte: »Alles in Ordnung, Mademoiselle?«

Mein Blick wurde wieder klar, und ich sah, daß die beiden Männer besorgt zu mir aufschauten. Ohne Zweifel sah mein Gesicht genauso weiß und abgespannt aus, wie ich mich fühlte.

Ich erwiderte: »Ja. Mir war nur einen Augenblick schwindelig. Bitte entschuldigen Sie mich jetzt, Sir. Ich möchte gehen und mich um Ihre Bestellung kümmern.«

Meine Beine fühlten sich beim Gehen steif an, und als ich in der Küche war, gaben sie fast unter mir nach. Louise legte gerade marinierte Hammelkoteletts zusammen mit Zwiebelwürfeln, Pilzen und Petersilie in eine Backform. Vater Chabrier folgte mir vom Restaurant mit einem Tablett voll schmutziger Teller in die Küche und fragte: »Na? Was haben sie gesagt?«

Ich riß mich mit größter Anstrengung zusammen und

sagte: »Es war genauso, wie ich dachte. Es war ein Mißverständnis, aber alles kommt schon wieder in Ordnung, Vater Chabrier. Der englische Herr kommt von der Britischen Botschaft, und er weiß, was wirklich passiert ist.«

Die dicke Louise warf mir einen mißtrauischen Blick zu. Aber Vater Chabrier war zu abgelenkt, um sich zu fragen, ob das, was ich sagte, auch stimmte. Ich hatte ihn nicht anlügen wollen, aber ich brauchte Zeit zum Nachdenken, und im Augenblick war es besser für mich, daß er glaubte, alles sei in Ordnung. »Gut, gut«, sagte er, nickte lebhaft mit dem Kopf und fing an, ein neues Tablett mit Tellern zu beladen, die Louise schon belegt hatte. »Drei goldene Uhren sitzen hinten in der Ecke, Hannah. Sie sprechen kein Französisch. Geh schnell hin und nimm ihre Bestellung auf.«

Ich nahm meinen Block und den Bleistift und ging wieder hinaus ins Restaurant. Während der nächsten Stunde verrichtete ich meine Arbeit fast mechanisch. Ich nahm Bestellungen auf, lächelte, beantwortete Fragen, übersetzte, trug Tabletts, servierte Speisen, brachte Wein, und das alles ohne bewußte Gedanken. Erstaunlicherweise machte ich keine Fehler, und während dieser Zeit bekam ich sogar zwei gute Trinkgelder.

Der Engländer und der französische Polizeiinspektor beendeten ihre Mahlzeit und gingen. Keiner von ihnen hatte wieder mit mir gesprochen, abgesehen davon, daß sie neuen Kaffee und etwas Käse bestellt hatten. Ich nahm eine neue Bestellung von zwei amerikanischen Touristen an und blieb noch, um auf die wohlbekannten Fragen zu antworten. Ich wäre achtzehn, meine Mutter sei Französin gewesen und mein Vater Engländer. Ich sei in London geboren, hätte aber seit meinem zwölften Lebensjahr in Paris gelebt . . . und, ja, es sei schon ungewöhnlich für eine junge Frau, Kellnerin zu sein. Aber der

Patron beschäftige mich gern, da ich beide Sprachen fließend sprach ...

Hinter dieser Fassade war mein Gehirn wie betäubt. Nur ein kleiner Teil davon zitterte und flatterte wie ein gefangener Vogel, der einen Fluchtweg sucht. Kein Richter würde mir glauben, daß ich die goldenen Manschettenknöpfe abgenommen und dann vergessen hätte, sie wieder zurückzugeben. Gleichgültig, was ich auch sagte – man würde mich des Diebstahls für schuldig befinden und mich ins Gefängnis stecken. Dessen war ich jetzt sicher. Und schon der Gedanke daran ließ Wellen entsetzlicher Angst über mich fluten. Wenn ich erst einmal wegen Diebstahls im Gefängnis gesessen hatte, würde mir niemand mehr Arbeit geben.

Ich dachte daran wegzulaufen, den Frühzug in eine ferne Stadt zu nehmen. Aber ich würde nur das Geld haben, das Vater Chabrier mir heute abend, wenn ich das La Coquille verließ, als Lohn auszahlen würde. Und das würde nie für das Fahrgeld, die Zimmermiete und den Lebensunterhalt reichen, bis ich wieder eine Arbeit fand. Der Herr von der Britischen Botschaft hatte zwar indiskreterweise ausgeplaudert, daß ich verhaftet werden sollte, aber der französische Polizeiinspektor hatte zuversichtlich gemeint, wenn ich versuchte wegzulaufen, würde es vergeblich sein.

In meinem Leben hatte es viele Augenblicke der Verzweiflung gegeben, und ich hatte hart darum gekämpft, sie zu überwinden. Aber noch nie war ich der völligen Hoffnungslosigkeit so nahe gewesen wie jetzt. Während ich in der Küche darauf wartete, daß Louise ein paar Gemüseschüsseln füllte, erinnerte ich mich an Toby Kents Worte vom Vortag. Da hatte er mir gesagt, wenn ich jemals einen Freund brauchte, der irgend etwas für mich tun sollte, hätte ich gefälligst zu ihm zu kommen. Zweifellos war es ihm mit seinen Worten ernst gewesen, und jetzt war es für mich ein harter Schlag, daß er seit ein paar Stunden außer Reichweite für jeden Hilferuf war, den ich hätte ausstoßen können.

Als ich das Restaurant wieder betrat, sah ich, daß Armand die Bestellung eines Mannes aufnahm, der allein an einem Zweiertisch saß. Es war der Mondgesichtige, der an mein Zimmer geklopft und mir das seltsame Angebot einer Stelle in England gemacht hatte. Bei seinem Anblick spürte ich, wie mein Herz plötzlich schneller schlug. Ich begriff, daß es noch eine Möglichkeit gab, wegzulaufen und mich vor Inspektor Lecour in Sicherheit zu bringen. Plötzlich kam mir meine Abneigung, nach England zurückzukehren, wie ein sehr erbärmliches Gefühl vor, verglichen mit der Furcht, die mich packte, wenn ich über die Schrecken eines französischen Gefängnisses nachdachte.

Als Armand vom Tisch wegging, warf Mr. Boniface mir einen nicht sonderlich interessierten Blick zu. Dann wanderte sein Blick im Raum umher, während er seine Pfeife hervorholte und anzündete. Hastig servierte ich an dem Tisch, mit dem ich gerade beschäftigt war, und rannte dann fast in die Küche, um Armand abzufangen. Er hatte die Bestellung auf dem langen Nagel vor Louise aufgesteckt und zapfte gerade einen Krug Bier, den wahrscheinlich Mr. Boniface bestellt hatte. Ich eilte zu ihm hinüber und flüsterte: »Ist das Bier für den Engländer, der mich neulich abends so auffallend beobachtet hat?«

Armand nickte, ohne aufzublicken, und sagte: »Der fragt tatsächlich nach englischem Bier und ärgert sich dann noch, daß wir keins haben. Der Mann ist verrückt.«

»Bitte, laß mich es ihm bringen, Armand. Ich muß mit ihm reden.«

Jetzt blickte Armand sorgenvoll auf. »Stimmt etwas nicht, Hannah?«

»Ja. Aber frag mich nicht aus deswegen, ich bitte dich.«

»Wie du willst.« Er hob eine Schulter, reichte mir den Krug auf einem kleinen Tablett, strich sich über seinen langen, hängenden Schnurrbart, während er mich traurig anschaute, und sagte: »Viel Glück, ma Petite.«

Ich dankte ihm und begab mich mit dem Tablett ins Restaurant. Während ich den Krug vor Mr. Boniface hinstellte, sagte ich mit leiser Stimme: »Sir . . ., ich hab's mir anders überlegt. Ich würde doch gern die Stelle als Lehrerin annehmen, von der Sie gesprochen haben, wenn sie noch frei ist. Aber ich kann das nur, wenn ich noch heute nacht Paris verlasse.« Bei den letzten Worten begann meine Stimme zu zittern.

Er schaute überrascht auf und sagte: »Was? Was sagen Sie da?«

»Es geht um die Angelegenheit, in der Sie mich besucht haben«, flüsterte ich und versuchte, für Vater Chabrier zu lächeln und so dreinzuschauen, als ob ich mit einem englischen Gast die üblichen Worte wechselte. »Die Familie in Hertfordshire, Sir. Ein Mr. Ryder, glaube ich, hatten Sie gesagt. Haben Sie schon jemanden gefunden, der die Stelle annehmen könnte?«

»Wie? Nein, noch nicht«, antwortete er, und sein Interesse wuchs. »Aber was soll das ganze Gerede, daß Sie heute nacht Paris verlassen wollen?«

Ich spürte, wie mir der Mut sank, während ich antwortete: »Die Polizei glaubt, daß ich den Mann, den Sie in meinem Zimmer gesehen haben, bestohlen hätte. Man sagte mir, ich würde morgen früh verhaftet.«

Ich hatte keine andere Wahl – ich mußte ihm die Wahrheit sagen. Denn selbst wenn ich mir eine plausible Lüge aus den Fingern hätte saugen können, hätte ich sie ihm nie überzeugend präsentieren können. Aber noch während ich redete, wurde mir klar, daß die Wahrheit mir mit

Sicherheit jede Chance nahm, von Mr. Boniface im Namen seines Auftraggebers akzeptiert zu werden. Ich spürte, wie die Hoffnung in mir dahinschwand, während ich dastand und sein Gesicht betrachtete.

»Das glauben sie also, was?« murmelte er und trank nachdenklich aus seinem Krug. Ich schaute mich um. Vater Chabrier war gerade mit einer Gruppe französischer Gäste beschäftigt, und niemand sonst achtete auf mich. Ich bemerkte, daß Armand an dem Tisch bediente, den ich jetzt vernachlässigt hatte, und ich dankte ihm dafür von Herzen. Mr. Boniface stellte seinen Krug ab, wischte sich den Mund mit der Serviette und starrte auf den Tisch. »Morgen früh kurz nach fünf fährt ein Zug vom Gare du Nord ab, mit Anschluß an den Dampfer über den Kanal«, sagte er langsam. Dann warf er mir von unten einen heimlichen Blick entgegen. »Seien Sie um Viertel vor fünf am Bahnhof. Ich seh' Sie dann dort, mit Fahrkarten für uns beide.« Seine Stimme klang plötzlich hart, und ein häßlicher Ausdruck zeigte sich in seinen kleinen braunen Augen. »Und versetzen Sie mich ja nicht. Es macht mir sowieso schon eine Menge Ärger, wenn ich in so kurzer Zeit abreisen muß, ich würde also bestimmt wenig freundlich reagieren, wenn Sie es sich wieder anders überlegten.«

»Oh, das tu' ich nicht, Sir, bestimmt nicht«, versprach ich ihm hoch und heilig. »Gare du Nord, Viertel vor fünf. Ich werde zur Stelle sein. Aber . . . tut mir leid, ich werde nicht viel Geld bei mir haben. Etwas mehr als zwanzig Francs, das ist mein ganzer Reichtum.«

»Darüber mache ich mir keine Sorgen«, sagte Mr. Boniface knapp. »Kommen Sie mit Ihrem Gepäck zurecht?«

»Ich habe ja nur einen Koffer, Sir. Ja, ich komme zurecht.«

»Gut.« Er nickte zur Küche hinüber. »Dann sagen Sie jetzt am besten Ihrem Freund, dem Kellner, er soll sich mit meinem Abendessen beeilen. Ich muß morgen sehr früh aufstehen.«

Während der nächsten beiden Stunden tat ich meine Arbeit in dem Gefühl, als ob ich träumte. Daß ich den Rest des Abends ohne Fehler hinter mich brachte und ohne irgendeinen der Gäste zu verärgern, hatte ich nur Armand zu verdanken. Er hielt ein Auge auf mich und half mir immer wieder unauffällig, wenn er das Gefühl hatte, daß er gebraucht wurde.

Mr. Boniface aß zu Ende und ging. Andere Gäste kamen und gingen, aber langsam leerte sich das Restaurant. Kurz nach ein Uhr konnten wir die Stühle auf die Tische stellen und den Fußboden kehren. Ich zog meinen Mantel an, setzte den Hut auf und wartete, während Vater Chabrier seine Kasse aufschloß und mir für die kommende Woche meinen Lohn hinzählte. Armand wurde samstags immer für die zurückliegende Woche bezahlt.

Ich fühlte mich schuldig, weil ich wußte, daß ich morgen nicht zur Arbeit im La Coquille erscheinen würde. Aber ich wagte nicht, Vater Chabrier zu sagen, was ich vorhatte. Vielleicht bekam er dann selbst Ärger mit der Polizei, wenn herauskam, daß er Bescheid gewußt, es aber nicht gemeldet hatte.

Armand wartete an der Tür auf mich. Wie gewöhnlich gingen wir zusammen bis zur Ecke. Dort blieben wir unter einer Straßenlaterne stehen, und Armand seufzte. Er zupfte an seinem Schnurrbart und sagte: »Werden Sie es schaffen, Hannah?«

Irgendwie hatte er erraten, daß ich fortging. Und ich versuchte nicht, ihm etwas vorzumachen. Ich sagte: »Ja, ich werde es bestimmt schaffen, Armand. Danke, daß Sie mir heute abend geholfen haben.«

Er lächelte sein trauriges Lächeln. »Die Einsamen müssen einander helfen. Denken Sie manchmal an mich, Hannah.« Mit einer kleinen Verbeugung drehte er sich um und ging in die Dunkelheit hinein. Einen Augenblick lang brachte mich die Überraschung dazu, meine Ängste zu vergessen. Armand und ich, wir hatten jetzt seit über einem Jahr zusammengearbeitet. Ich wußte, daß er nicht verheiratet war, aber es war mir nie aufgefallen, daß er vielleicht einsam war, und in meine Überraschung mischte sich jetzt die Scham darüber, daß ich es erst jetzt bemerkte.

Um zwei Uhr war ich in meinem Zimmer damit beschäftigt, meine Habseligkeiten in den Koffer zu packen, den ich vom College mitgebracht hatte. Ich tat es so leise wie möglich, und als ich fertig war, setzte ich mich an den Tisch, um drei Briefe zu schreiben. Einer war für Madame Briand. Meine Miete war im voraus bezahlt, und ich schrieb einfach, daß ich in der Nacht Paris verlassen wolle, daß ich hoffe, sie würde der Polizei erzählen, was passiert sei, wenn man ihr Fragen stellte wegen des Mannes, dem ich neulich nachts geholfen hatte. Und sie könne gern meine paar Möbel haben. Monsieur Toby Kent allerdings solle meine Wolldecken bekommen, mein Bettzeug und alle kleinen Gegenstände, und sie möchte diese Dinge doch bitte in sein Zimmer stellen.

Die beiden anderen Briefe waren schwieriger. Ich hatte aus meiner Wertsachenkiste die Manschettenknöpfe hervorgeholt, die Mr. Doyle gehörten, sie in ein Stück Stoff eingewickelt und mit ein paar Stichen eingenäht. Jetzt nahm ich ein Blatt Papier und schrieb:

Lieber Mr. Doyle,
ich habe Ihre Manschettenknöpfe herausgenommen, damit ich Ihr Hemd waschen konnte. Aber ich habe sie total vergessen, als die Dame kam, um Sie abzuholen, weil ich aufgeregt darüber war, daß sie glaubte, ich wäre an dem

Überfall auf Sie beteiligt gewesen. Ich fürchte, man wird mir nicht glauben, und ich weiß, daß die Polizei mich verhaften will. Deshalb flüchte ich. Aber was ich gesagt habe, ist die Wahrheit, und ich hinterlasse Ihnen Ihre Manschettenknöpfe zusammen mit diesem Brief, damit man sie Ihnen zurückgibt.

Hochachtungsvoll

Hannah McLeod

Der Brief kam mir kläglich und unbeholfen vor, als ich ihn noch einmal durchlas, aber ich war zu müde, um einen besseren zu schreiben. Ich faltete ihn und steckte ihn zusammen mit den Manschettenknöpfen in einen Umschlag. Auf den Umschlag schrieb ich: An die Polizei – für Mr. Doyle. Ich hatte das sichere Gefühl, daß das Wort ›Polizei‹ Madame Briand von jedem Gedanken abbringen würde, neugierig hineinzuschauen. Diesen Brief ließ ich zusammen mit dem Brief an Madame Briand selbst auf dem Tisch zurück.

Der dritte war an Toby Kent gerichtet. Ich schrieb:

Lieber Toby,

ich war sehr blöde und habe vergessen, daß ich ein paar goldene Manschettenknöpfe aus Mr. Doyles Hemd herausgenommen habe, damit ich es waschen konnte. Ich weiß, daß die Polizei mich morgen holen kommt. Ich kann meine Unschuld nicht beweisen, und deshalb habe ich mich entschlossen, lieber wegzulaufen als ins Gefängnis zu gehen. Ich darf nicht sagen, wohin ich gehe, für den Fall, daß die Polizei zufällig diesen Brief findet. Ich habe in meinem Zimmer für die Beamten einen Umschlag mit den Manschettenknöpfen hinterlassen. Glauben Sie, Sie könnten mit Inspektor Lecour sprechen, damit Mr. Doyle die Knöpfe auch wirklich wieder bekommt? Ich meine, wenn es Ihnen nicht allzuviel ausmacht.

Ich habe Madame Briand darum gebeten, ein paar von meinen Sachen in Ihr Zimmer zu stellen. Bitte, tun Sie mir einen großen Gefallen und verkaufen Sie die Sachen für mich. Es sollte genug dabei herauskommen, um die achtzehn Francs, die ich Vater Chabrier für einen im voraus gezahlten Wochenlohn schulde, zurückzuerstatten.

Ich danke Ihnen für die Freundlichkeit, die Sie mir erwiesen haben, und hoffe, daß ihre Bilder Ihnen großen Erfolg bringen.

Ihre Freundin
Hannah McLeod

Ich schrieb Tobys Namen auf den Umschlag, versiegelte ihn, schlich dann auf Zehenspitzen über den Flur und schob ihn unter der Tür hindurch in sein Zimmer. Es würden viele Wochen vergehen, ehe er zurückkam und den Brief fand, aber ich glaubte, daß er bis dahin sicher war. Madame Briand hatte zwar einen Schlüssel zu seinem Zimmer wie für alle anderen Zimmer auch, aber ich glaubte nicht, daß sie einen Brief anrührte, der an Toby gerichtet war, denn vor ihm hatte sie ziemlichen Respekt.

Ich legte mich eine Stunde aufs Bett, aber ich wagte nicht, einzuschlafen. Um vier stand ich dann auf, zog den Mantel an, setzte den Hut auf, nahm meinen Koffer und ging nach draußen auf den Flur. Ich schloß die Tür ab, ließ den Schlüssel stecken und schlich die sechs Treppenabsätze hinunter. Ich zuckte zusammen, wann immer eine Treppenstufe knarrte, und ich war dankbar dafür, daß Madame Briand nicht auftauchte, als ich die Halle erreicht hatte. Ich atmete auf, als ich endlich ganz leise die Haustür hinter mir geschlossen hatte und feststellte, daß die Nacht trocken und nicht allzu kalt war. Ich war froh, daß ich mit dem Koffer den größten Teil des Weges bis zum Gare-du-Nord-Hügel bergab gehen konnte. Aber obwohl der Bahnhof weniger als eine Meile von meinem Haus entfernt war, mußte ich zweimal anhalten und mich eine Minute ausruhen. Die Stadt war um diese Stunde alles andere als still, denn schon jetzt rumpelten Karren und Wagen zu den großen Märkten in den Hallen von Paris durch die Straßen.

Als ich den Bahnhof endlich erreicht hatte, war ich völlig außer Atem und schwitzte. Ich hatte Angst, daß Mr. Boniface vielleicht nicht da wäre. Möglicherweise hatte er es sich jetzt anders überlegt. Vielleicht hatte er auch der Polizei gesagt, ich wolle fliehen, und sie warteten hier auf mich.

Ich zuckte voller Schrecken zusammen, als eine Gestalt aus dem Schatten hervortrat. Dann atmete ich erleichtert auf, als ich sah, daß es Mr. Boniface war. »Ich habe Fahrkarten für uns beide«, sagte er mit leiser Stimme und schob mir ein paar Münzen in die Hand. »Gehen Sie und kaufen Sie eine einfache Fahrkarte nach Orleans. Wenn der Mann sich dann an Sie erinnert und die Polizei kommt und Fragen stellt, schickt er sie in die falsche Richtung. Wenn Sie damit fertig sind, kommen Sie zu mir auf Bahnsteig zwei. Verstanden?«

»Ja«, sagte ich, »Bahnsteig zwei.«

»Treten Sie nicht an mich heran, und reden Sie auch nicht mit mir. Steigen Sie nur ins selbe Abteil ein.« Er drehte sich um und ging davon.

Während ich seinen Anweisungen folgte, fühlte ich mich wie ein Verbrecher. Es waren nur wenige Leute da, aber in meiner Phantasie beobachteten sie mich alle, und hinter jeder Säule lauerte ein Polizist und wartete darauf, daß er mich anspringen konnte. Ich war so müde und verängstigt, daß ich am liebsten geweint hätte. Aber ich hatte vor fünf Jahren zum letztenmal geweint und mir damals vorgenommen, nie wieder Tränen zu vergießen.

Der Zug wartete am Bahnsteig, die Lokomotive gab gelegentlich ein langgedehntes Zischen von sich, wie aus Ungeduld. Mr. Boniface stand da und stützte sich auf seinen Spazierstock, ein Lederkoffer stand neben ihm. Ich blieb ein Stückchen von ihm entfernt stehen. Nach einer Weile schaute er auf seine Uhr, nahm den Koffer, öffnete die Wagentür und kletterte hinein. Ich folgte ihm. Er ging über den Gang, betrat ein Abteil und ließ die Tür offen. Als ich die Tür erreicht hatte, saß er in einer Ecke mit dem Rücken zur Lokomotive und schlug eine Zeitung auf. Sein Koffer lag über ihm im Gepäcknetz. Sonst saß niemand im Abteil.

»Setzen Sie sich in die Ecke, auf dieselbe Seite wie ich«, befahl er, ohne aufzublicken. »Und reden Sie kein Wort, ehe der Zug abgefahren ist.«

Mit etwas Mühe schaffte ich es, meinen Koffer ins Gepäcknetz zu heben, und ließ mich dann dankbar in die Ecke sinken, die neben dem Gang lag. Es war eine Erleichterung, sich auszuruhen, aber die zwanzig Minuten, ehe der Zug abfuhr, schienen eine Ewigkeit zu dauern. Wieder stellte ich fest, daß ich mir einbildete, jeden Augenblick würde ein Gendarm auftauchen und mich verhaften.

Endlich hörte ich die Trillerpfeife des Bahnhofvorstehers, und mit einem mächtigen Puffen fingen die Kolben an, sich zu bewegen. Metall klang auf Metall, und mit einem Ruck rollten wir los. Mr. Boniface blickte von seiner Zeitung auf und runzelte die Stirn. »Alles in Ordnung?« fragte er. »Sie sehen aus wie ein Gespenst.«

Ich schüttelte den Kopf. »Aber mir ist nicht schlecht, Mr. Boniface. Ich habe nur keinen Schlaf gefunden, und deshalb bin ich müde. Außerdem habe ich Angst.«

»Nun, jetzt brauchen Sie sich keine Sorgen mehr machen«, sagte er brüsk. Er suchte in seiner Westentasche und beugte sich dann auf mich zu. »Da ist Ihre Fahrkarte, für später, wenn der Schaffner kommt. Wir werden uns wie Leute benehmen, die sich nicht kennen, bis wir in Calais an Bord des Dampfers gehen.« Er musterte mich von oben bis unten. »Ihre Kleider sehen ja nicht allzu gräßlich aus, also wird es nicht merkwürdig aussehen, wenn wir von da an zusammen reisen. Haben Sie irgendwelches Geld bei sich?«

»Ungefähr zwanzig Francs und dann noch fünfzig Sous – das Wechselgeld, das von der Fahrkarte nach Orleans übriggeblieben ist.«

Er grunzte. »Das ist nicht gerade ein Vermögen, aber machen Sie sich nichts draus. Sobald wir an Bord sind, werden wir ein verdammt gutes Frühstück bekommen. Sie sehen aus, als ob Sie eins brauchen könnten.«

Er vertiefte sich wieder in seine Zeitung. Ich nahm den Hut ab, lehnte den Kopf in die Ecke und schloß die Augen. Wieder kroch ein unwirkliches Gefühl in mir hoch. Ich lief vor der Polizei weg, ich kehrte gegen meinen Willen in mein Heimatland zurück, und zwar in der Gesellschaft eines Fremden, weil der Herr eines Hauses in Hertfordshire ein englisches Mädchen suchte, das fließend Französisch sprach und seinen beiden Kindern die Sprache beibringen sollte. Es war schon eine eigentümliche Situation. Mam'sell Montavon und meine Freundinnen im College hätten mich für verrückt gehalten, daß ich allein mit einem Mann durch die Gegend reiste, von dem ich nichts wußte. Aber in dieser Hinsicht hatte ich keine Bedenken, denn ich war völlig sicher, daß Mr. Boniface mit mir keine finsteren Absichten hegte. Alles, was passiert war, bestätigte mir nur, daß er einfach als Bevollmächtigter für Mr. Sebastian Ryder arbeitete, in der Art, die er mir beschrieben hatte. Es hatte mir freigestanden, mich beim britischen Konsul über die Angelegenheit zu versichern, wenn ich es gewünscht hätte.

Die Müdigkeit und die rhythmischen Geräusche und Bewegungen des Zuges mußten mich in den Schlaf gewiegt haben. Als ich aufwachte, stand die Sonne schon hoch am Himmel, und ich hockte mit brummendem Kopf und steifem Nacken von der unbequemen Stellung, in der ich geschlafen hatte, in meiner Ecke. Mit furchtbarem Dröhnen sauste der Zug durch einen kleinen Bahnhof. Ich erwischte gerade noch den Namen – Rue. Ich setzte mich gerade hin und versuchte mir wieder ins Gedächtnis zu rufen, wo ich diesen Namen schon einmal gehört hatte. Dann fiel es mir ein. Meine Freundin Annette war in Rue geboren. Es war ein Dorf, das vierzig oder fünfzig Meilen von Calais entfernt lag, und das bedeutete, daß ich fast zwei Stunden geschlafen hatte.

Niemand hatte außer uns das Abteil betreten, und ich nahm an, daß der Fahrkartenkontrolleur freundlich genug gewesen war, mich nicht zu wecken. Mr. Boniface hatte seine Zeitung beiseite gelegt und starrte jetzt mit verschränkten Armen aus dem Fenster. Als ich mich rührte, warf er einen Blick zu mir herüber, und dann schaute er wieder weg. Ich ging durch den Gang zur Toilette, wusch mir das Gesicht und die Hände, brachte mein Haar in Ordnung und kehrte dann ins Abteil zurück. Ich setzte mich und schaute hinaus auf die riesigen flachen Felder der Picardie, die sich zu beiden Seiten bis zum Horizont erstreckten.

Eine Stunde später stiegen wir in Calais aus dem Zug. Als Mr. Boniface einen Gepäckträger rief, der ihm den Koffer tragen sollte, schlug ich jede Vorsicht in den Wind und tat das gleiche, denn ich wußte noch nicht einmal, ob ich mein französisches Geld auf dem Schiff wechseln konnte. Die beiden Sous, die ich dem Gepäckträger gab, konnten mir jetzt nur noch wenig nützen.

Erst als wir das Büro am Kai erreichten, wo die Fahrkarten gestempelt wurden, machte mir Mr. Boniface mit einer Handbewegung klar, daß ich mit ihm gehen sollte. Ein Gedanke kam mir, und ich flüsterte betreten: »Brauche ich Papiere? Einen Ausweis oder so etwas?«

Er schüttelte ungeduldig den Kopf. »Nein, warum sollten Sie?«

»Ich habe im vergangenen Jahr in der Zeitung gelesen, daß die Nationalversammlung mit dem Gedanken spielt, Pässe zu Reisen von einem Land ins andere auszugeben.«

Mr. Boniface schnaufte. »Saublöde Idee«, grunzte er. »Na, es ist ja auch nichts draus geworden. Lassen Sie sich von mir sagen – es wird nie was draus werden.«

Erst viel später sprach er wieder mit mir, als wir Segel gesetzt hatten und im Speisesaal frühstückten. Da sagte er, als ob er unsere Unterhaltung vom Kai fortführte: »Sie lesen also die Zeitung, was?«

Ich hatte im Augenblick eigentlich nicht den Wunsch, mich zu unterhalten, denn da wir auf einem englischen Schiff, der Invicta, waren, hatte man uns auch ein englisches Frühstück serviert, und ich verzehrte mit Hochgenuß zwei dicke Bücklinge, die ersten, die ich seit Jahren bekommen hatte. »Ich lese nicht mehr so viel wie früher«, erwiderte ich, »aber das kommt nur daher, daß ich, seit ich das College verlassen habe, wenig Zeit dafür hatte.«

»In Bradwell werden Sie reichlich Zeit haben, kann ich mir vorstellen. Ich möchte bezweifeln, daß es sich als anstrengend herausstellt, den beiden Ryder-Kindern ein bißchen Französisch beizubringen.«

Ich sagte: »Gut«, und konzentrierte mich wieder auf meine Bücklinge. Fünf Minuten später sagte Mr. Boniface mit veränderter, ziemlich unsicherer Stimme: »Gottverdammtes Schiff . . . gottverdammter Kanal . . .« Er stand auf, preßte eine Serviette an den Mund und hastete eilig davon. Ich sah, daß sein Gesicht weiß geworden war und rote Flecken hatte. Erst jetzt begriff ich, daß die See unruhig war und das Schiff dadurch ziemlich lebhaft rollte. Ich verstand jetzt auch, warum der Kellner uns beim Tee-Einschenken die Tassen nur halb gefüllt hatte. Bei mir selbst entdeckte ich keine Anzeichen von Seekrankheit, im Gegenteil – die Seeluft und mein tiefer Schlaf im Zug, verbunden mit der Erleichterung über meine gelungene Flucht, hatten es mit sich gebracht, daß ich mich sehr wohl fühlte und einen herzhaften Appetit hatte. Ich bemerkte, daß Mr. Boniface keinen seiner Bücklinge angerührt hatte, und entschied, daß er auch nicht zu seinem Frühstück zurückkehren würde. Also schob ich den Fisch auf meinen eigenen Teller und machte mich daran, ihn zu verspeisen.

Später ging ich auf Deck und spazierte herum. Die rauhe See und die scharfe Brise waren mir ein Genuß. Ich erlaubte es mir nicht zu spekulieren, was wohl geschehen würde, wenn ich endlich meinen Bestimmungsort erreicht hatte. Das enthüllte sich mir schon, wenn die Zeit kam, und es hatte keinen Sinn, jetzt schon deswegen Hoffnungen oder Ängste zu hegen. Als die Silhouetten der Klippen von Dover aus dem leichten Nebel auftauchten, der die Sicht auf eine oder zwei Meilen beschränkte, packte ich mit hartem Griff die Reling und spürte, wie mein Herz in diesem Anflug von Furcht zuckte, die immer kam, wenn irgendein Gedanke an England durch die Barriere in meinem Gehirn schlüpfte.

»Sei nicht so ein kleines Dummerchen, Hannah McLeod«, murmelte ich zu mir selbst. »Was hat Toby Kent noch gesagt? Und hat es nicht gestimmt? Wenn man in Paris von einem Pferd getreten wird, dann ist es sinnlos, ganz Frankreich dafür die Schuld zu geben.« Er hatte das vor langer Zeit zu mir gesagt, als ich ihm erzählte, warum ich

England verlassen hatte und nie mehr dahin zurückkehren wollte. Als ich ihm damals erklärt hatte, daß ich gegen dieses Gefühl nicht ankonnte, da hatte er die Achseln gezuckt und geantwortet: »Das kommt nur daher, daß es aus der Erinnerung entspringt, Hannah. Fahren Sie wieder hin und besiegen Sie die Gespenster. Ersetzen Sie die Erinnerung durch die gegenwärtige Wirklichkeit. Es sind Menschen, die einem weh tun. Städte und Dörfer tun es nicht. Und für Sie ist es schlecht, wenn Ihnen schon der Gedanke an das Land, in dem Sie geboren wurden, Qualen bereitet. Gleichgültig, ob Sie nun dort leben wollen oder nicht, es ist wichtig, die Angst loszuwerden, und dann gibt es nur eine Möglichkeit. Man muß sich dieser Angst stellen.«

Ich hatte damals gewußt, daß er recht hatte, und jetzt wußte ich es auch. Ich konnte sogar froh darüber sein, daß die Ereignisse mich zu dem getrieben hatten, wozu ich mich sonst vielleicht nie gezwungen hätte. Wenn Toby es hätte wissen können, er wäre froh gewesen, dachte ich. Und mit diesem Gedanken spürte ich, wie meine Unruhe sich etwas legte.

Ich sah Mr. Boniface erst wieder, als das Schiff angelegt hatte und die Gangway heruntergelassen wurde. Unsere beiden Koffer standen noch immer neben unserem Tisch im Speiseraum, und ich setzte mich daneben, bis die Leute anfingen, von Bord zu gehen. Als Mr. Boniface erschien, sagte ich ihm, wie leid es mir täte, daß er sich unwohl gefühlt hätte, und daß ich hoffte, es ging ihm jetzt besser. Er antwortete nicht und schien sich noch darüber zu ärgern, daß ich nicht genauso gelitten hatte wie er. Also machte ich keine weiteren Anstrengungen mehr, ihn in eine Unterhaltung zu verwikkeln. Er rief einen Gepäckträger, damit er unsere Koffer hinaustrug, und zwanzig Minuten später saßen wir im Zug, der zum Bahnhof Charing Cross fuhr.

Auf diesem Teil der Reise schlief ich nicht. Ich betrachtete mit langsam wachsender Freude die Landschaft, die draußen vorüberraste. Ich hatte, abgesehen von den elenden Straßen, in denen meine Mutter und ich gewohnt hatten, nur wenig von England gesehen. Aber dreimal war eine Gruppe aus der Sonntagsschule, die ich besuchte, einen Tag ans Meer gefahren. Damals war ich von dem, was ich gesehen hatte, während der Zug auf die Küste zuratterte, wie bezaubert gewesen – von den grünen und goldenen Feldern, den kleinen, gewundenen, baumbestandenen Straßen, den Häuschen und Bauernhöfen und den Windmühlen. Jetzt kamen all diese Erinnerungen zu mir zurück und mit ihnen ein Gefühl, daß ich hierher gehörte. Die Gespenster, vor denen ich Angst gehabt hatte, wurden noch unwichtiger und rückten noch weiter von mir weg.

Um die Mittagszeit hatte sich Mr. Boniface von seiner Seekrankheit erholt, und wir nahmen das Essen im Speisewagen ein. »In London halten wir nicht zum Essen«, sagte er bei einem der wenigen Male, als er mich ansprach. »Ich habe meiner Partnerin, Mrs. Hesketh, ein Kabel geschickt, und sie kommt zu uns an den Zug. Dann fahren wir direkt zu meinem Haus in der Chancrey Lane.«

Ich zog die Nase hoch und sagte vorsichtig: »Zu Ihrem Haus? Warum, Sir?«

Er blickte von seiner Suppe auf und schwenkte ärgerlich eine Hand. »Ach, Sie brauchen sich keine Sorgen zu machen, Kindchen. Wir haben dort auch unser Büro, aber das Haus wäre der richtige Ort dafür, daß Mrs. Hesketh sich mal ansieht, was Sie an Kleidern haben. Sie werden mehr brauchen als das, was Sie da im Koffer haben, wenn Sie sich so kleiden wollen, wie man das in Silverwood erwartet. Sobald Mrs. Hesketh eine Liste von dem zusammengestellt hat, was Sie brauchen, dann sausen wir zu den Army-and-Navy-Läden wegen Kleidern und Schuhen und was immer ihr sonst noch einfällt. Außerdem brauchen wir einen Koffer, wo wir das Zeug hineinpacken können.«

Ich sagte: »Wer soll denn all diese Dinge bezahlen, Mr. Boniface?«

»Ihr Arbeitgeber, Kindchen, wer denn sonst? Mr. Ryder hat in London ein Konto, und ich habe Befugnis, solche Dinge zu kaufen, wie Sie sie brauchen.«

Ich starrte ihn an. »Das ist aber außerordentlich freundlich von ihm, Sir.«

Mr. Boniface zuckte die Achseln. »Ich möchte es bezweifeln. Er ist reich genug, um für alles zu zahlen, was er will, und er will eine anständig gekleidete junge Frau im Haus, und keine schäbige Kellnerin vom Montmartre.«

»Na, das ist ja wunderbar«, sagte ich. Der Mantel und das Kleid, die ich auf der Reise getragen hatte, waren eigentlich nicht schäbig. Aber ich hatte den größten Teil meiner guten Kleider während des Winters verkauft, und der Rest, der mir noch blieb, hatte schon bessere Tage gesehen. Also freute ich mich darüber, daß ich mein Leben in England mit einer ganz neuen Garderobe anfangen konnte. Ich war ziemlich sicher, daß Mr. Boniface mir eins hatte auswischen wollen, indem er mich als schäbige Kellnerin vom Montmartre bezeichnete – vielleicht, weil er sich darüber ärgerte, daß ich nicht seekrank geworden war. Aber er wußte ja nicht, daß ich schon vor langer Zeit gegen spitze Bemerkungen unverwundbar geworden war.

Mrs. Hesketh stellte sich als energische, aber freundliche Frau heraus; sie war ungefähr vierzig Jahre alt. Sie holte uns am Bahnhof Charing Cross ab und übernahm das Kommando, sobald wir angekommen waren. Sie redete immerfort über Mr. Boniface, als ob er meilenweit entfernt wäre anstatt neben uns in der Kutsche, auf dem Weg zur Chancrey Lane.

»Ich nehme an, er hat wieder schlechte Laune gehabt«, sagte sie im Vertrauen zu mir, als sie neben mir saß. »Bestenfalls ist er knurrig, dieser Boniface, aber wenn er den Kanal überquert, dann wird es immer schlimmer mit ihm. Fünfzehn Jahre lang bin ich jetzt seine Partnerin, und ich muß ihn erst noch lächeln sehen. Aber machen Sie sich nichts draus. Jetzt wollen wir Sie mal ansehen.« Sie beugte sich vor und reckte den Hals, um mich zu mustern. »Lieber Himmel, Sie sind wirklich für eine Lehrerin sehr jung, na, das hat aber der Klient zu entscheiden, nicht wahr? Na, wollen mal sehen ... Nein, ich glaube nicht, daß dieses Kleid und dieser Mantel ganz das Richtige sind, in dem Sie ankommen sollten. Aber im Army-and-Navy-Laden können Sie sich ja umziehen, wenn wir etwas gefunden haben, das paßt. Wie ist es mit Schuhen? Haben Sie noch andere im Koffer? Na, das macht ja nichts. Wir kümmern uns um alles, wenn wir zu Hause sind. Wie spät ist es jetzt, Mr. Boniface?«

Er zog eine Uhr aus seiner Westentasche, beäugte sie finsteren Blickes und sagte: »Siebenundzwanzig Minuten nach eins, Mrs. Hesketh.«

»Und Sie haben doch sicher im Zug zu Mittag gegessen, Mr. Boniface?«

»Haben wir, Mrs. Hesketh.«

»Dann können wir um zwei in den Laden gehen, sind um halb vier mit den Einkäufen für Hannah fertig, und Sie können dann mit ihr am Bahnhof St. Pancras den Zug um vier Uhr fünfzehn nehmen. Zwanzig nach fünf sind Sie dann in Bradwell, und ich sorge dafür, daß eine Kutsche aus Silverwood von fünf Uhr an am Bahnhof auf sie wartet. Hören Sie eigentlich auf das, was ich sage, Mr. Boniface, oder starren Sie aus dem Fenster und sehen sich etwas Interessanteres an?«

»Ich starre aus dem Fenster den Königlichen Gerichtshof Ihrer Majestät an«, sagte Mr. Boniface mit schwerer Stimme und fuhr fort, ein wunderschönes Gebäude anzuschauen, das wie ein Märchenschloß aussah und an dem wir gerade vorüberfuhren. »Und außerdem höre ich dem zu, was Sie sagen, Mrs. Hesketh.«

»Und Sie finden meine Planung zur Zufriedenheit, Sir?«

»Tu' ich, Madam.«

»Dann bin ich auch zufrieden.« Sie wandte sich wieder mir zu. »Wahrscheinlich ist es das Sodbrennen, das Boniface so sauer macht. Aber wenn er darauf besteht, immer solche Mengen saure Gurken zu essen, was kann er dann anderes erwarten?«

Ein paar Minuten später erreichten wir das Haus in der Chancrey Lane. Mrs. Hesketh nahm meinen Koffer und ging voran. Der Weg führte durch zwei Büros, ein paar Treppen hinauf zu einem großen Schlafzimmer. Als wir das Haus betraten, war ich wachsam und ein bißchen mißtrauisch. Aber alles verlief so, wie Mr. Boniface es mir beschrieben hatte.

»Hut und Mantel aus, meine Liebe, und dann machen Sie mal den Koffer auf«, sagte Mrs. Hesketh. »So – jetzt legen wir mal Ihre Kleider hin und sehen, was wir behalten und was wir noch brauchen. Hm . . . das ist ein recht nettes Kleid. Sehr hübsche Unterwäsche. Nein, das geht nicht mehr. Das auch nicht . . .«

Während sie meine Habseligkeiten sortierte, schaute ich mich im Zimmer um. Es war eindeutig ein Schlafzimmer, das von einem Mann und einer Frau benutzt wurde, denn auf der Frisierkommode standen weibliche Toilettenartikel, und in der Ecke gab es einen stummen Diener für Männerhosen. »Boniface wird hier nicht eindringen, solange wir hier sind«, sagte meine Begleiterin, während sie zweifelnd eine Bluse anschaute. »Wenn er nach dem Mittagessen eine halbe Stunde dösen will, dann kann er das auch in seinem Bürosessel, anstatt sich ins Bett zu legen. Ich glaube, Sie sollten für diesen letzten Teil Ihrer Reise ein frisches Kleid anziehen«, sie hielt mein dunkelgrünes Tageskleid hoch. »Aber sollen wir dieses wählen, oder sollte es eins von den neuen Kleidern sein, die wir kaufen wollen? Ich glaube, dieses hier ist ganz hübsch, und in einem bekannten Kleid fühlen Sie sich auch wohler. Ja, ziehen Sie doch besser dieses an, mein liebes Kind. Ich stelle derweil die Liste zusammen mit all den Dingen, die wir brauchen werden.«

Ich zog das Kleid aus, das ich seit meinem Aufbruch aus der Rue Labarre in den frühen Morgenstunden getragen hatte, und ehe ich mir das grüne überstreifte, fragte ich, ob ich mir die Hände und das Gesicht waschen könne, um mich nach der Reise frisch zu machen. »Natürlich, natürlich«, sagte Mrs. Hesketh und nahm einen großen Kupferkrug, der neben dem marmornen Waschtisch stand. »Hat das Mädchen heißes Wasser heraufgebracht? Ach ja, sie hat. Hier ist Seife und ein Handtuch, und wenn Sie ein bißchen Eau de Cologne brauchen, dann finden Sie es auf meiner Frisierkommode.«

Offensichtlich teilten Mrs. Hesketh und Mr. Boniface dieses Schlafzimmer. Ich erinnerte mich an die Worte, die zwischen ihnen in der Kutsche gewechselt worden waren, und ich konnte nicht anders – ich mußte mich über eine so merkwürdige Partnerschaft wundern.

Kaum zwanzig Minuten später saßen Mrs. Hesketh und ich wieder in der Kutsche. Diesmal ging es zur Victoria Street. Dort, in einem riesigen Gebäude, an dem ›The Army and Navy Co-Operative Society Ltd.‹ stand, verbrachten wir fast eineinhalb Stunden in verschiedenen Abteilungen, und Mrs. Hesketh arbeitete sich durch die Liste, die sie aufgestellt hatte. Sie kaufte mir Blusen, Röcke, zwei Kleider, Korsetts und Unterwäsche, Strümpfe, Schuhe, zwei Hüte, einen Mantel, auch ein paar Toilettensachen und Kleinigkeiten, die mir fehlten. All diese Dinge wurden in einen großen Bambuskoffer gepackt, und Mr. Sebastian Ryders Konto wurde mit einer Gesamtsumme von sechsundvierzig Pfund, sieben Schilling, acht Pence, drei Farthings belastet.

Ich war von alledem ziemlich erschüttert. Noch bevor ich in seinem Haus angekommen war, hatte ich Mr. Ryder schon mehr als ein Jahresgehalt für zwei Hausmädchen gekostet, und ich glaubte nicht, daß ich viel dafür zu bieten hatte. Ich konnte zwar fließend Französisch und Englisch in Wort und Schrift, aber ich hatte keine Erfahrung als Lehrerin. Der Gedanke, daß mir das Geld, das Mrs. Hesketh jetzt ausgab, vielleicht über eine längere Zeitspanne von meinem Gehalt abgezogen wurde, ließ mich mit einem Anflug von Enttäuschung begreifen, daß Mr. Boniface nicht über das Gehalt gesprochen und ich nie danach gefragt hatte. Ich überlegte mir, ob ich Mrs. Hesketh deswegen fragen sollte, aber dann schob ich im Geiste die Angelegenheit beiseite. Die Zeit würde meine Frage beantworten, und in jedem Fall hatte ich keine Wahl. Ich mußte die Situation akzeptieren, so wie sie war. Jetzt sollte ich erst einmal dankbar dafür sein, daß ich hier war und in Freiheit und nicht in Paris in einer Zelle saß und versuchen mußte, einen Untersuchungsrichter davon zu überzeugen, daß ich Mr. Doyles goldene Manschettenknöpfe nicht hatte stehlen wollen.

Mr. Boniface wartete am Bahnhof St. Pancras auf uns, als wir in einer Kutsche mit meinem Koffer und der neuen Reisetruhe ankamen. »Haben Sie denn keinen Gepäckträger für uns besorgt, Mr. Boniface?« fragte Mrs. Hesketh streng, als wir ausstiegen.

»Gepäckträger warten nicht auf Gepäck, das noch nicht

angekommen ist, Mrs. Hesketh«, informierte sie ihr Partner ziemlich kläglich.

»Gepäckträger sind da, um zu tun, was man ihnen sagt«, erwiderte Mrs. Hesketh und hob die Stimme. »Gepäckträger! Gepäckträger! Ja, Sie da, Sie! Kommen Sie sofort mit Ihrem Wagen hierher, wenn ich bitten darf. Nein, kümmern Sie sich nicht um diesen Herrn, der Ihnen da winkt. Es ist mir völlig gleichgültig, daß er Sie zuerst gerufen hat. Nehmen Sie jetzt diesen Koffer und diesen Kasten, guter Mann, und dann ziehen Sie los. Was? Meinen Sie mich?« Das war an den zornigen Herrn mit dem Spazierstock gerichtet, der an uns herangetreten war. »Sind wir einander vorgestellt worden, Sir? Wie können Sie es dann wagen, mich auf diese Weise zu belästigen! Noch ein einziges Wort, und ich rufe einen Polizisten. Es ist wirklich abstoßend, was für ein beleidigendes Benehmen eine respektable Dame in der Öffentlichkeit ertragen muß. Aber Ihre Art kenne ich, Sir, und ich bin sehr gut in der Lage, mit Ihnen fertig zu werden!«

Der Herr ging davon. Mr. Boniface und ich folgten Mrs. Hesketh und dem Gepäckträger mit dem Rollwagen. Der Zug wartete schon am Bahnsteig. Mrs. Hesketh sorgte dafür, daß mein Gepäck sicher im Gepäckwagen landete, tätschelte mir den Arm und sagte: »So, meine Liebe. Ich hoffe, Sie fühlen sich wohl in Silverwood. Machen Sie sich nicht die Mühe, während der Fahrt mit Boniface eine Unterhaltung anzufangen. Er hat Ihnen nichts zu sagen, was für irgend jemanden von Interesse sein könnte. Auf Wiedersehen, meine Liebe, auf Wiedersehen.«

Sie drehte sich um und ging resolut davon. Mr. Boniface seufzte, nahm den Hut ab, schaute ihn stirnrunzelnd an und setzte ihn dann wieder auf. »Sie ärgert sich, weil ich sie nicht heiraten will«, sagte er geistesabwesend. »So ist sie jetzt schon seit fünfzehn Jahren. Na gut – jetzt suchen wir mal den Speisewagen und trinken eine Tasse Tee.«

Ich hielt es für wenig wahrscheinlich, daß ich Mrs. Hesketh je wiedersehen würde, aber da irrte ich mich. Ich hatte das sichere Gefühl, daß ich mich immer in einer Mischung aus Respekt und Bewunderung an sie erinnern würde. Wie sie mir empfohlen hatte, gab ich mir keine sonderliche Mühe, mit Mr. Boniface während der Fahrt Konversation zu machen. Wir tranken schweigend miteinander Tee, während der Zug die dunklen, rußgeschwärzten Vororte von Nord-London hinter sich ließ und durch Wiesen und frisch gepflügte Felder fuhr. Während der nächsten vierzig Minuten saß ich da wie im Traum und ließ mein Gehirn ausruhen, während ich die Landschaft betrachtete, die draußen vorüberflog.

Der wolkige Himmel war schuld daran, daß die Dämmerung bereits einsetzte, als wir den Zug in Bradwell verließen. Der Pferdeknecht, der geschickt war, um uns abzuholen, wartete auf dem Bahnsteig und sorgte dafür, daß ein Gepäckträger mein Gepäck nahm und es in eine schöne Kutsche lud, die auf dem kleinen Bahnhofsvorplatz auf dem Kopfsteinpflaster stand. Trotz der Dämmerung konnte ich noch etwas von der umliegenden Landschaft sehen, als wir einen Hügel hinauf- und eine Straße entlangfuhren, die sich durch Wälder wand. Wenig später, als der Wald lichter wurde, sah ich die Stämme von vielen hochgewachsenen, schlanken Bäumen, die weiß glänzten. Ich begriff, daß Silverwood nach den vielen Silberbirken benannt war, die hier wuchsen.

Unsere Fahrt vom Bahnhof dauerte nicht länger als zehn Minuten. Wir bogen in eine breite Einfahrt ein, und ich sah durch das Kutschenfenster ein Haus mit einer breiten Fassade und einem säulenbestandenen Eingang. Das Gebäude war drei Stockwerke hoch, und an jedem Ende erhob sich ein kleiner Turm. Lampen hingen in der Säulenhalle, und schwaches Licht zeigte sich hinter den vorhangverhüllten Fenstern mehrerer Zimmer im Erdgeschoß und im ersten Stock. Im diffusen Halblicht konnte ich nur wenige Einzelheiten erkennen, aber es sah so aus, als ob die Mauern aus dunkelgrauem Stein wären. Abgesehen vom Portiko war die Fassade flach und unverziert. Zusammen mit den rechteckigen Fenstern, der flachen Linie des Dachfirstes und den breiten, viereckigen Türmen machte das ganze Gebäude einen kalten, abweisenden Eindruck auf mich.

Es hatte angefangen, leicht zu regnen. Als die Kutsche hielt, öffnete sich die große Tür, und ein Mann mit einem riesigen Schirm kam eilig heraus. Er trug keine Livree, aber ich nahm an, daß er einer von den Hausdienern sein mußte. Als er die Kutschentür öffnete, stieg Mr. Boniface aus und ging an ihm vorbei. Der Hausdiener, nicht viel älter als ich, reichte mir seine behandschuhte Hand, um mir beim Aussteigen behilflich zu sein. Diese kleine Höflichkeit freute mich in diesem Augenblick der Nervosität.

Ein, zwei Sekunden später standen wir in der getäfelten Halle von Silverwood. Hier sprach ein etwa vierzigjähriger Mann mit dünnem, dunklem Haar und in einem schwarzen Anzug und schwarzer Schleife ziemlich kühl mit Mr. Boniface. »Guten Abend, Sir. Der Hausherr wird Sie in ein paar Minuten empfangen.« Dann wandte er sich an mich und sagte freundlicher: »Miß McLeod? Willkommen in Silverwood, Miß. Ich bin Farrow, der Butler.« Er deutete auf einen eichenen Hocker, der in der Nähe stand. »Wenn Sie ein paar Augenblicke Platz nehmen wollen, dann zeigt Ihnen Mrs. Matthews Ihr Zimmer.« Während er noch redete, erschienen der Pferdeknecht und der Hausdiener mit meiner Reisetruhe, gefolgt von einem Jungen, der meinen Koffer trug. »Nach oben, in Miß McLeods Zimmer«, sagte der Butler energisch. »Hetty soll dort für sie auspacken. Putzen Sie sich erst mal die Stiefel ab, Lang! So ist's schon besser. Und jetzt los mit Ihnen.«

Eine Tür öffnete sich auf der anderen Seite der Halle, und ein Mann trat ein. Zuerst hielt ich ihn für sehr alt, denn sein Haar war weiß. Aber als er aus dem Schatten der Tür heraustrat, lag eine gewisse Leichtigkeit in seinem Schritt, und ich sah, daß sein kantiges Gesicht nicht mehr als fünfzig Jahre alt war. Sein weißes Haar war sehr dicht, seine Augen wach und aufmerksam, das Kinn fest. Durch seine breiten Schultern wirkte sein Körperbau genauso viereckig wie sein Gesicht, denn er war vielleicht vier oder sechs Zentimeter größer als ich. Er trug eine Hausjacke über einem weißen Hemd, dazu eine schwarze Frackschleife, und zwischen den Fingern der einen Hand hielt er eine Zigarre.

»Ah, da sind Sie ja, Boniface«, sagte er mit tiefer Stimme und flachem nördlichem Akzent. »Haben Sie das Mädchen gebracht? Gut. Ich möchte Sie jetzt sprechen.«

Mr. Boniface sagte: »Wie Sie wünschen, Sir«, und ging mit dem Hut in der Hand durch die Halle. Der weißhaarige Mann schaute mich mit einem langen, durchdringenden Blick an, der mich nicht losließ, bis Mr. Boniface an ihm vorbei in das Hinterzimmer gegangen war. Dann sagte er: »Gut, junge Dame, wir können uns ja dann später unterhalten. Machen Sie weiter, Farrow.«

»Sehr gut, Sir.«

Während sich die Tür schloß, flüsterte ich: »Entschuldigen Sie, Mr. Farrow, aber war das Mr. Sebastian Ryder?«

»Ja, Miß,« sagte der Butler, »das war der Hausherr, und da Sie mit der Familie und Mrs. Matthews oben wohnen werden, muß ich Sie bitten, mich einfach mit ›Farrow‹ anzureden.«

»Ach ja. Danke, daß Sie mir das gesagt haben.«

Eine rundliche Dame mittleren Alters in einem einfachen braunen Kleid kam die breite, geschwungene Treppe herab. Der Butler sagte: »Die junge Dame ist gerade angekommen, Mrs. Matthews. Ich hab' ihre Truhe und ihren Koffer nach oben in ihr Zimmer bringen lassen.«

»Danke, Farrow«, sagte die Dame, und in ihrer Stimme lag die weiche, gedehnte Aussprache, die ich früher in meiner Kindheit in der Sprache der Bauern gehört hatte. Ich stand auf, und während die Frau von der Treppe zu mir herüberkam und mir die Hand zur Begrüßung reichte, sah ich, daß sie ein rundes, fast faltenloses Gesicht und einen ruhigen Blick hatte. »Willkommen in Silverwood, meine Liebe«, sagte sie mit einem Lächeln. »Ich bin Mrs. Matthews, die Haushälterin, und Sie müssen mich Mattie nennen, wie das der Hausherr und die Kinder tun. Sind Sie tatsächlich heute von Paris bis hierher gefahren? Lieber Himmel – Sie müssen ja todmüde sein. Aber trotzdem zeigen Sie mir ein nettes, freundliches Lächeln. Kommen Sie jetzt, dann zeig' ich Ihnen Ihr Zimmer, und Sie können sich eine Weile vor dem Essen ausruhen. Ach, Sie armes Kind – Sie sehen ja kaum älter aus als Miß Jane. Ich denke, es ist am besten, wenn Miß Jane und Master Gerald Sie Hannah nennen und nicht Miß McLeod. Würde Ihnen das recht sein?«

»Aber ja, natürlich. Danke.« Ich freute mich über die angenehme Begrüßung und fühlte mich schon weniger nervös, während wir zusammen die Treppe hinaufgingen. Allerdings konnte ich mir jetzt noch nicht vorstellen, daß ich die Haushälterin anders als mit Mrs. Matthews anreden sollte, und ich wußte, ich würde erst einige Verlegenheit überwinden müssen, bis ich sie Mattie nennen konnte.

Mein Schlafzimmer lag fast am Ende eines breiten Korridors. Es war genauso groß wie Toby Kents Atelier und Schlafzimmer zusammen, und außerdem war es sehr üppig möbliert. Ich war überglücklich, als ich in einer Ecke eine Sitzbadewanne und zwei große kupferne Wasserbehälter daneben sah. Meine Truhe und mein Koffer standen bereits offen da, und ein junges Hausmädchen in schwarzem Kleid und langer weißer Schürze hatte angefangen, meine Habseligkeiten auszupacken und sie in den Kleiderschrank und die Kommode einzuräumen. Das Mädchen war mager, hatte eine Stupsnase und sehr große Augen. Ihr Haar war unter der rüschenbesetzten Haube, die sie trug, stramm zu einem Knoten zusammengebunden. Ich erinnerte mich an den Namen, den Farrow, der Butler, genannt hatte, und sagte: »Hallo, Hetty.«

Sie hielt in ihrer Arbeit inne und warf mir einen erschrockenen Blick zu. Dann flüsterte sie: »Guten Abend, Miß.«

Mattie sagte: »Das ist Miß McLeod, und Sie werden sich um ihr Zimmer kümmern, Hetty. Jetzt machen Sie mit dem Auspacken weiter, seien sie ein braves Kind.«

Die Vorhänge waren zugezogen. Aber Mattie sagte, vom Fenster aus könne man den Rasen und einen Teil des kleinen, baumbestandenen Gartens sehen. Besonders zur Zeit der Blüte wäre das ein sehr schöner Anblick. »Vielleicht möchten Sie jetzt gern ein Bad nehmen und sich eine Stunde hinlegen, meine Liebe«, sagte sie. »Mein Zimmer liegt ein Stückchen weiter an diesem Korridor, ich könnte gegen halb acht kommen und an Ihre Tür klopfen. Dann hätten wir noch gut Zeit, daß ich Ihnen Silverwood zeige und Sie mal sehen, wo Sie sind. Wir essen regelmäßig um halb neun zu Abend, das heißt – der Hausherr, die Kinder, Sie und ich. Aber ein paar Minuten vorher versammeln wir uns alle im Salon, da können Sie dann die anderen kennenlernen. Was der Hausherr sich dabei gedacht hat, daß er plötzlich verlangt, daß Miß Jane und Master Gerald gut Französisch können, das weiß der liebe Himmel.

Aber das ist seine Angelegenheit, und ich bin froh, daß Sie zu uns nach Silverwood kommen. Sie scheinen eine nette junge Dame zu sein, und ich hoffe, wir werden einander gute Gesellschaft leisten.«

Ich sagte: »Oh, das hoffe ich auch. Sind Sie sicher, daß ich jetzt ein Bad nehmen kann? Mister Sebastian Ryder hat mich vor ein paar Minuten unten in der Halle gesehen und sagte, er wolle später mit mir reden. Ich weiß aber nicht genau, wann.«

»Nach dem Essen«, sagte Mattie. »Dann wird er mit Ihnen reden, meine Liebe. Nach dem Essen.« Sie wandte sich an das Zimmermädchen. »Machen Sie mal ein bißchen schneller mit dem Auspacken, Hetty. Und dann lassen Sie Miß Hannah ein Bad ein und legen Handtücher aus, ehe Sie gehen. Wenn sie gebadet hat, ruht sie sich aus. Also stören Sie sie bitte nicht. Kommen Sie nur und räumen Sie hier aus, wenn wir beim Essen sind.«

Zehn Minuten später war ich allein im Zimmer. Ich zog mich aus und wunderte mich noch immer über das erstaunliche Glück, das ich offenbar gehabt hatte. Vor weniger als vierundzwanzig Stunden hatte ich noch in einem Restaurant am Montmartre bedient, hatte zwölf Stunden täglich gearbeitet und in einem winzigen Dachstübchen von der Hand in den Mund gelebt. Ich war zwar keineswegs unglücklich oder unzufrieden mit meinem Los gewesen, und ich wäre auch nie nach England gekommen, wenn mich die katastrophale Situation, in die ich mich durch meinen Versuch, Mr. Doyle zu helfen, gebracht hatte, nicht dazu gezwungen hätte, aber in einem einzigen Tag hatte mein Leben sich völlig verändert. Ich hatte jetzt ein schönes Schlafzimmer in einem schönen Haus und eine Zofe, die sich um mich kümmerte, ich besaß eine stattliche Garderobe, hatte Aussicht auf ein gutes Abendessen, und ich würde ohne Zweifel in den Tagen, die noch folgten, drei gute Mahlzeiten pro Tag bekommen. Ja, ich besaß zwar nur ein paar Francs, aber man würde mir sicherlich als Lehrerin in einem Haus wie Silverwood ein kleines Gehalt zahlen, und außerdem fiel mir sowieso nichts ein, wofür ich Geld hätte ausgeben sollen.

Ich band mein Haar mit einem Handtuch hoch, damit es nicht naß wurde, setzte mich in die heiße Badewanne und seifte mich träge ein. Ich war zufrieden. Es war ungewöhnlich, wie völlig sich meine tiefverwurzelte Angst davor, nach England zurückzukehren oder an England zu denken, in den paar Stunden verflüchtigt hatte, seit ich vom Schiff in Dover an Land gegangen war. Toby Kent hatte recht gehabt, dachte ich. Ich hatte die Gespenster, die mich heimsuchten, dadurch besiegt, daß ich alte Erinnerungen durch die augenblickliche Wirklichkeit ersetzte, und die Wirklichkeit war im Augenblick viel, viel besser, als ich mir das je erträumt hatte.

Von der Tür her war ein leises Klicken zu hören. Ich schaute mich rasch um und sah, daß sie einen Spalt offenstand. Als sie nicht weiter aufging, wurde mir klar, daß sie nicht richtig verriegelt worden war und daß die Zugluft sie bewegt haben mußte. Ich ärgerte mich über mich selbst, denn ich hätte dafür sorgen müssen, daß sie fest geschlossen war. Und dann hätte ich den Schlüssel umdrehen müssen. Es war unwahrscheinlich, daß Mattie oder einer der Dienstboten, ohne anzuklopfen, hier eintrat, aber ich hatte nicht den Wunsch, an meinem ersten Abend in diesem Haus schon Peinlichkeiten zu verbreiten. Die Tür war nur zwei, drei Zentimeter weit aufgeschwungen, und da sie an der Seite befestigt war, die mir am nächsten lag, bestand keine Gefahr, daß mich jemand sah, der den Flur entlangging. Ich hielt es für am besten, die Tür zuzudrücken und abzuschließen.

Ich stieg aus der Badewanne, wickelte ein Handtuch um

mich, trocknete mir die Füße auf der Badematte ab, damit ich auf dem Teppich und dem polierten Fußboden keine nassen Spuren hinterließ, und stapfte zur Tür hinüber. Als ich herankam, hörte ich aus dem Flur Stimmen. Zuerst konnte ich nichts verstehen, aber dann erkannte ich Matties weichen, ländlich schnurrenden Tonfall und das ziemlich klagende Säuseln Hettys Stimme. Es schien so, als ob sie den Flur entlanggingen, aber vielleicht gab Mattie dem Dienstmädchen auch irgendwelche Anweisungen.

Meine Hand lag fast auf dem Türdrücker, als ich ein Dutzend Worte ganz klar verstehen konnte. Hetty sprach, und sie mußten gerade an meiner Tür vorbeigekommen sein, ohne zu bemerken, daß sie offenstand. Hetty sagte: »Ja, Mrs. Matthews, ich lege die Sachen in den luftigen Schrank.« Und dann fuhr sie mit unterdrückter, neugierig verstohlener Stimme fort: »Ich nehme an, Miß Hannah ist also dann das Mädchen mit dem Schmetterling, wie?«

5

WENN MATTIE EINE Antwort gab, dann hörte ich sie jedenfalls nicht. Einen Augenblick später waren sie und Hetty nicht mehr zu verstehen. Sanft schloß ich die Tür und drehte den Schlüssel um; ich war verwirrt und ein bißchen unruhig.

Das Mädchen mit dem Schmetterling, hatte Hetty gesagt.

Als ich den Kopf umdrehte, konnte ich die Form des goldenen Schmetterlings hoch auf meiner Schulter erkennen. Es kam mir unmöglich vor, daß eine lebende Seele in Silverwood davon wußte, aber Hetty mußte jemanden von

›dem Mädchen mit dem Schmetterling‹ sprechen gehört haben, sonst hätte sie wohl kaum die Frage gestellt, die ich gerade gehört hatte.

Ich ging langsam zurück zur Badewanne und stellte mich auf die Matte. Ich trocknete mich an dem großen, weichen Handtuch ab. Mr. Boniface wußte, daß ich mehrere Jahre als Schülerin am College für Damen verbracht hatte, und er hatte auch mit meinen besten Freundinnen gesprochen. Denen war mein seltsames Muttermal kein Geheimnis gewesen, denn wir hatten einander oft gegenseitig die Haare gewaschen und dabei nur ein Hemd getragen. Aber ich konnte mir nicht vorstellen, daß Annette oder Marguerite Mr. Boniface von solch einer intimen Angelegenheit erzählt hatten.

Ich fragte mich langsam, ob ich Hetty nicht mißverstanden hätte. Aber das war unmöglich. Dennoch die einzige Verbindung zwischen meiner alten Schule und Silverwood war Mr. Boniface. So unwahrscheinlich es also aussehen mochte, er mußte mit jemandem in Silverwood vom Mädchen mit dem Schmetterling geredet haben. Wie aber Hetty, ein Hausmädchen, diese Worte hatte hören können, davon hatte ich keine Ahnung.

Es war alles sehr seltsam und beunruhigend. Aber im Augenblick konnte ich nichts unternehmen. Ich entschied mich, daß ich, sobald sich mir eine Gelegenheit bot, mit Mattie darüber sprechen wollte, denn sie wirkte, als ob ihre Freundlichkeit echt wäre. Nachdem ich mich abgetrocknet hatte, zog ich einen Morgenrock an und legte mich aufs Bett. Ich versuchte mich auszuruhen, ohne an etwas zu denken, das mich beunruhigen konnte.

Als die Armbanduhr, die Mrs. Hesketh mir im Army-and-Navy-Laden gekauft hatte, eine halbe Stunde später anzeigte, frisierte ich mir das Haar säuberlich, zog frische Unterwäsche und eins von meinen neuen Kleidern an.

Zwei oder drei Minuten nach sieben klopfte Mattie an meine Tür und schien erfreut darüber, daß ich bereit war und darauf wartete, im Haus herumgeführt zu werden.

Es war ein sehr großes Haus, das vor etwa zwanzig Jahren von Mr. Ryder erbaut worden war. Wir gingen nicht ins oberste Geschoß, denn dort befanden sich die Dienstbotenzimmer. Fünfzehn Dienstboten wohnten dort, wie Mattie mir erzählte, und man hatte ihr vor neun Jahren, nach dem Tod von Mr. Sebastian Ryders Frau Mary, die Stelle als Haushälterin übertragen. Im ersten Stock lagen die Schlafzimmer der Familie und mehrere Gästezimmer, von denen jetzt zwei von Mattie und mir bewohnt wurden. Es gab auch ein Musikzimmer, ein Kinderzimmer, jeweils ein Arbeitszimmer für Miß Jane und Master Gerald und eine Bibliothek.

Während wir durch die Korridore und dann die schöne Treppe hinuntergingen, begegneten wir mehreren Dienstboten, sowohl Hausmädchen als auch Hausdienern. Mattie stellte mich jedem kurz vor, und ich bemühte mich, mir die Namen zu merken. Das Speisezimmer und der Salon waren groß und üppig möbliert, aber irgendwie erweckten sie einen ziemlich öden, schwerfälligen Eindruck, der dem Eindruck beim ersten Anblick des Hauses gleichkam. Das Arbeitszimmer des Hausherrn, wie Mattie es nannte, lag im Erdgeschoß. Es gab dort auch ein Rauchzimmer, ein Nähzimmer, ein Frühstückszimmer, einen großen Raum mit einem Billardtisch und einen Ballsaal, in den ein kleines Orchester und fünfzig Paare hineingepaßt hätten.

Schließlich gingen wir nach unten zu den Küchen, wo Mrs. Fletcher, die Köchin, gerade die Vorbereitungen für das Essen beaufsichtigte. Aber wir blieben gerade lange genug, um mich vorzustellen, denn alle waren jetzt sehr beschäftigt. Auf unserem Rundgang durchs Haus waren wir keinem einzigen Familienmitglied begegnet, aber ich erfuhr, daß Miß Jane eine sehr exklusive Schule für Mädchen außerhalb von St. Albans besuchte und daß Master Gerald zwar seinen Schulabschluß hinter sich gebracht hätte, aber nicht zur Universität gehen sollte.

»Mister Ryder hat nicht viel Zeit für Lernen nach Büchern«, sagte Mattie, während wir wieder die Treppe hinaufstiegen. »Er hat sich allein hochgearbeitet, und er ist auch stolz darauf. Also läßt er Master Gerald noch bis nach dem Sommer mit seiner Musik weitermachen, dann soll er anfangen, in einer der Fabriken zu arbeiten und zu lernen, wie man alles macht. So könnte man das nennen.«

»Master Gerald ist also musikalisch?« fragte ich.

»O ja, in der Tat, meine Liebe. Es ist wunderbar, ihm zuzuhören, wenn er Klavier spielt. Sie müssen allerdings wissen, daß es Mr. Ryder nicht besonders gefällt, denn er meint, Klavierspielen wäre eigentlich eher was für Mädchen, aber Miß Jane hat dafür überhaupt kein Talent. Sie hat zwar, als sie noch klein war, Klavierstunden bekommen, aber sie war nie mit dem Herzen dabei. Möchten Sie jetzt lieber in Ihrem Zimmer noch ein bißchen ausruhen bis zum Gong fürs Abendessen, oder sollen wir uns in die Bibliothek setzen und ein bißchen reden?«

Ich sagte: »O ja, ich möchte gern mit Ihnen reden, und ich wäre auch gern einmal in der Bibliothek. Ich freue mich so darauf, herauszufinden, welche Bücher da sind, und vielleicht, wenn ich die Erlaubnis bekomme, darf ich auch ein paar davon lesen.«

»Natürlich wird man es Ihnen erlauben, Hannah. Ich bin sicher, Sie finden ein paar schöne Bücher darunter. Ich muß immer aus der Zeitung die Artikel über neue Bücher ausschneiden, und dann bestelle ich alle paar Wochen ein halbes Dutzend von den besten bei der Buchhandlung Linden. Mr. Ryder liest selbst keine Bücher, nur Zeitungen und Geschäftliches. Aber er hat es gern, wenn seine Bibliothek immer auf dem neuesten Stand ist.«

Wir hatten die Bibliothek betreten und setzten uns in zwei Lehnstühle an das Kohlenfeuer, das munter in einem mild gealterten Kamin aus Ziegeln am Ende des Raumes brannte. Ich wunderte mich, daß in einem Zimmer, welches anscheinend kaum jemals vom Herrn des Hauses benutzt wurde, ein Feuer unterhalten wurde.

»Meinen Sie, Master Gerald wird traurig sein, wenn er seine Musik aufgeben und in einer Fabrik arbeiten muß?« fragte ich.

Mattie schürzte die Lippen. »Also, das ist eine schwierige Frage, meine Liebe. In vieler Hinsicht werde ich zwar als zur Familie gehörig angesehen; aber ich bin nur die Haushälterin und nicht mehr. Als Mrs. Ryder noch lebte, Gott habe sie selig, da war ich Köchin und Haushälterin, und als sie starb, hat Mr. Ryder mich gebeten, eine Köchin einzustellen und selbst den Haushalt zu übernehmen. Eine Frau wurde hier gebraucht, und er wollte keine neue, denn die Kinder mochten mich, und ich mochte sie. Oh, am Anfang, da war ich nervös. Aber ich habe es gut geschafft, und mit der Zeit habe ich mich auch dran gewöhnt.« Ein Lächeln überflog ihr gemütliches Gesicht. »Vor neun Jahren war das. Jetzt sitze ich mit der Familie bei Tisch, und sie behandeln mich alle sehr nett, als ob ich teils Kindermädchen, teils Haushälterin, teils Tante für die Kinder wäre. Aber ich vergesse natürlich nie, wo mein Platz ist, und für Sie sieht es eigentlich genauso aus, meine Liebe. Denn wir sind beide bezahlte Dienstboten und haben nur Glück, daß wir die Privilegien mit der Familie teilen.«

»Ich weiß das zu schätzen«, sagte ich, »und ich möchte mich nicht anbiedern, Mattie, noch nicht einmal unabsichtlich. Tut mir leid, wenn meine Frage über Master Gerald fehl am Platze war.«

»Überhaupt nicht«, erwiderte sie und wedelte mit der Hand. »Und natürlich wird er auch nicht richtig in einer Fabrik arbeiten. Ich meine, er tut doch nichts mit den Händen. Er soll alles über das Geschäft lernen und wie man alles leitet, so wie Mr. Ryders Geschäftsführer das tun.«

Ich entnahm ihren Worten, daß Mr. Ryder eine Anzahl von Fabriken besaß, die unter seiner Aufsicht von Geschäftsführern geleitet wurden. »Was für Fabriken sind das denn?« fragte ich.

»Dort werden Gewehre und solche Sachen hergestellt«, sagte Mattie, und in ihrem Gesicht zeigte sich ein Anflug von Hochachtung. »Waffen, so nennt man das. Flinten und Kanonen und solche Dinge. Tausende und aber Tausende, und nicht nur für unsere eigenen Soldaten, o nein, aus der ganzen Welt kommen Leute, um von Mr. Ryder Gewehre zu kaufen.«

Gewehre herzustellen, das schien mir ein hartes, grausames Geschäft zu sein. Aber dann überlegte ich, wenn man Soldat war, dann mußte ja jemand die Gewehre machen, die man brauchte, um für sein Land zu kämpfen. Wir waren schließlich alle dafür dankbar, daß unsere Soldaten und Seeleute uns in Zeiten der Gefahr schützen. Plötzlich war ich überrascht über mich selbst, weil ich an ›unsere‹ Soldaten und Seeleute dachte, wo ich doch England schon als Kind verlassen und es erst vor ein paar Stunden sehr zögernd wieder betreten hatte.

Mattie verfiel in Schweigen und starrte ins Feuer, und ihre Hände lagen im Schoß. Ich fand sie sehr sympathisch und sagte nach einer kurzen inneren Debatte mit mir selbst: »Bitte, darf ich Sie etwas fragen, Mattie? Es hat nichts mit der Familie zu tun, und ich glaube auch nicht, daß es fehl am Platze ist.«

Mattie blickte mit einem Ausdruck ruhiger Überraschung auf. »Na, dann fragen Sie mal, meine Liebe.«

»Vor einem Weilchen, als Sie und Hetty an meinem Zimmer vorüberkamen, da stand die Tür leicht offen, und ich hörte etwas, das Hetty zu Ihnen gesagt hat. Sie sagte: ›Ich nehme an, Miß Hannah ist ja dann wohl das Mädchen mit dem Schmetterling, wie?‹ Das ist alles, was ich gehört habe, und ich wollte nicht lauschen. Es war ganz zufällig. Aber . . . nun, können Sie mir sagen, was Hetty damit meinte?«

Mattie runzelte die Stirn, als ob sie versuchte, sich an die Worte zu erinnern. Dann wurde ihr Gesichtsausdruck wieder heiter, und sie nickte. »Richtig, Sie hat etwas über Sie und einen Schmetterling gesagt, Hannah. Aber ich hab' eigentlich nicht richtig hingehört. Sie hat so ein Spatzenhirn und denkt sich immer alberne Geschichten aus. Ich glaube, ich hab' ihr einfach gesagt, sie soll den Mund halten und endlich die Kopfkissenbezüge wegräumen.« Mattie runzelte wieder die Stirn. »Ich will aber nicht, daß Hetty sich wegen Ihnen alberne Geschichten ausdenkt. Schmetterlingsmädchen – so was.«

Plötzlich sah ich in ihrem Gesicht einen Ausdruck, der eine völlig andere Seite ihres Charakters zeigte. Sie hätte wohl eine ruhige, freundliche Natur haben können, aber irgendwo in ihr lag auch eiserne Härte. Sie war in der Lage, einen großen Stab von Dienstboten mit fester Hand zu leiten, wenn es nötig war. Jetzt erhob sie sich aus ihrem Sessel und ging zu einem Sprechrohr aus poliertem Holz, das an einem Haken an der Wand angebracht war. Sie zog die Pfeife heraus und blies in das Mundstück. Offenbar war das Sprechrohr mit der Küche verbunden, denn einen Augenblick später sagte sie: »Ist Hetty unten bei Ihnen,

Farrow? Ich möchte sie sofort in der Bibliothek sehen, wenn sie abkömmlich ist. Danke.«

Sie hängte das Sprechrohr wieder an seinen Platz und kehrte auf ihren Platz zurück. »Ein sehr guter Butler, das ist unser Farrow«, sagte sie, und ihre Stimme war wieder weich. »Viel besser als der alte Mr. Benson, der vor ihm hier war. Als die Hausherrin starb, die arme Seele, und der Hausherr mich darum bat, den Haushalt zu übernehmen, hat er alle Dienstboten entlassen, so daß wir neue einstellen konnten. Er meinte, es wäre dann für mich leichter, nach oben umzuziehen, wenn er neue Dienstboten einstellte, die nicht mit mir zusammen unten gewesen wären. Und damit hat er recht gehabt.«

»Das war sehr rücksichtsvoll von ihm«, sagte ich.

»In der Tat, meine Liebe.« Sie nickte langsam. »Er hat sein Vertrauen in mich gesetzt, und seitdem ist er ein sehr guter Freund und Hausherr gewesen.« Sie schaute mich von der Seite an, mit einer kleinen, halb lächelnden Grimasse. »Aber wie er selbst sagt – es ist schlecht, ihn zum Feind zu haben, besonders geschäftlich. Ich hab' schon erlebt, wie er Leute ruiniert hat, die versuchten, ihn unterzubuttern. Darauf gebe ich Ihnen mein Wort. Ich will damit aber nicht sagen, daß er Ihnen das nicht mit Freuden selbst erzählen würde.«

Es klopfte an der Tür, und Hetty trat ein. Sie schaute bestürzt drein, während sie vor Mattie knickste. »Sie wollten mich sprechen, Mrs. Matthews?« fragte sie. Ihre Stimme klang ein bißchen weinerlich.

Mattie sagte energisch: »Kommen Sie her, stellen Sie sich hin und hampeln Sie nicht herum. Ich wollte Sie nur fragen, was Sie mir vorhin von einem Schmetterlingsmädchen gesagt haben. Wissen Sie das noch?«

Hetty warf mir einen verstohlenen Blick zu, und ihre Wangen wurden rot. Sie krallte ihre Finger in die

Schürze. »Ich hab's aber nicht vor Miß Hannah gesagt«, flüsterte sie.

»Das weiß ich auch, Mädchen«, sagte Mattie geduldig. »Keiner ist böse auf Sie, jetzt wenigstens noch nicht. Aber ich hab's nicht gern, wenn Sie sich von anderen Leuten Märchen ausdenken. Also beantworten Sie mir jetzt meine Frage und sagen Sie mir, was Sie da erzählt haben.«

»Na . . . ich hab' nur gesagt, Miß Hannah müßte doch dann das Mädchen mit dem Schmetterling sein«, erwiderte Hetty unter Tränen.

Mattie schaute mich an und wandte dann ihren Blick wieder dem Dienstmädchen zu. »Und was haben Sie damit gemeint?«

»Gemeint? Ich weiß nicht, Mrs. Matthews. Ich dachte, Sie wüßten es.«

»Was wüßte ich?«

»Ich weiß es nicht«, sagte Hetty verzweifelt und preßte vor Angst eine Hand auf den Mund. »Krieg' ich jetzt Ärger, Mrs. Matthews?«

»Nur, wenn Sie sich Geschichten ausdenken. Und was hat Sie dazu gebracht, mich nach dem Schmetterlingsmädchen zu fragen?«

»Ach – ich hab's mir nicht ausgedacht, ehrlich. Hab' ich wirklich nicht«, sagte Hetty ernst. »Es ist nur so rausgekommen, als ich vergangene Woche mit Albert geredet habe. Er hatte dem Herrn in seinem Arbeitszimmer am Abend davor den Whisky mit Soda serviert, und der Mann, der heute abend mit Miß Hannah angekommen ist, war auch da. Mr. Bonny – oder so was. Und Albert hat dann gehört, wie der Herr sagte: ›Bringen Sie mir das Mädchen mit dem Schmetterling, Bonny, oder so was, und es ist mir ganz gleich, was es kostet.‹ Na, ich weiß nicht genau, aber so ähnlich muß es gewesen sein, und als er heute abend kam, ich meine diesen Mann – nicht Albert, da ist mir wieder eingefallen, was er gesagt hat. Also hab' ich Sie gefragt, Mrs. Matthews, weil ich dachte, Sie wüßten Bescheid, und ich wollte nur fragen, was das heißen soll.«

Atemlos von ihrem Erguß hielt Hetty inne. Mattie schaute mich mit einem verblüfften Blick an, als ob sie mich einladen wolle, das Verhör fortzuführen. Ich lächelte das verängstigte Mädchen an und sagte: »Das war schon in Ordnung, Hetty. Ich hätte nur gern gewußt, was Sie gemeint haben. Ist Albert einer von den Dienern?«

»Ja, Miß.«

»Und hat er gewußt, was der Hausherr meinte?«

»O nein, Miß. Eigentlich war es uns so 'ne Art Rätsel. Deshalb habe ich ja auch gefragt.«

Ich war selbst verwirrt und ein bißchen beunruhigt. Es kam mir seltsam vor, daß Mr. Sebastian Ryder mich als Mädchen mit dem Schmetterling bezeichnet hatte, und gleichermaßen seltsam war es, daß er so entschlossen gewesen war, sich meiner Dienste in Silverwood zu versichern. Vielleicht würde sich irgendeine Erklärung für dieses Rätsel ergeben, wenn wir uns nach dem Essen unterhielten. Aber wenn das nicht der Fall war, dann würde das Geheimnis ein Geheimnis bleiben. Ich sah nichts Erschreckendes daran, und mit Sicherheit hatte ich auch nicht vor, meinen neuen Arbeitgeber dadurch zu verärgern, daß ich ihm wegen dieser Angelegenheit Fragen stellte. Mir kam der Gedanke, daß er mir, wenn er ungeachtet der Kosten seine Kinder von mir in Französisch unterrichtet haben wollte, wohl auch neben meinem Unterhalt ein Gehalt zahlen würde. Dieser Gedanke mußte sich in meinem Gesichtsausdruck gezeigt haben, denn Mattie meinte: »Ach du lieber Gott – worüber lächeln Sie denn, Hannah? Haben Sie erraten, was der Herr damit meinte?«

Ich sagte: »Nein. Ich will es auch nicht erraten, Mattie.

Ich nehme an, wenn Männer allein zusammensitzen, dann reden sie wohl auf eine Weise von jungen Damen, von der wir nichts wissen. Aber es ist ganz unwichtig, und deshalb glaube ich, es wäre am besten, wenn wir es vergessen. Die Hauptsache ist doch, daß Hetty sich keine Geschichte ausgedacht hat, und deshalb gibt es auch nichts, worüber man böse sein könnte.«

Mattie beobachtete mich einen Augenblick lang mit einem erstaunlich scharfen Blick. Dann nickte sie leicht. »Na gut, meine Liebe. Wahrscheinlich haben Sie recht.« Sie schaute das Dienstmädchen an. »Aber Sie plappern jetzt nicht mehr Dinge nach, die Sie nicht verstehen, Hetty. Das ist fast so schlimm, als ob man sich Geschichten ausdenkt, das möchte ich doch meinen.«

»Ja, Mrs. Matthews. Es tut mir furchtbar leid.«

»Na schön, dann gehen Sie jetzt mal wieder.«

Hetty war offensichtlich erleichtert. Sie warf mir einen dankbaren Blick zu und huschte dann schnell aus dem Zimmer. Mattie seufzte: »Albert ist noch sehr jung und außerdem begriffsstutzig«, sagte sie. »Ich wäre nicht überrascht, wenn er da irgend etwas durcheinanderbringt, was er den Herrn vielleicht hat sagen hören. Na, ich bin sicher, wir werden nichts mehr davon hören.« Sie schaute auf die Uhr in der Bibliothek. »Jetzt sollten wir nach unten in den Salon gehen, meine Liebe. Dort versammelt sich bald die Familie.«

Ich glaubte nicht, daß Albert irgend etwas durcheinandergebracht hatte. Aber ich war froh, daß das Thema fallengelassen wurde. Ganz klar – als Mr. Boniface das College für junge Damen besucht hatte, da hatte er irgendwie aufgeschnappt, daß ich als das ›Mädchen mit dem Schmetterling‹ bezeichnet wurde. Vielleicht wußte er noch nicht einmal, warum ich so genannt wurde. Nachdem er dann meine Spur bis zum La Coquille verfolgt hatte und sich versichert hatte, daß ich die Qualifikationen besaß, die Mr. Ryder verlangte, da war er zurückgekommen und hatte seinem Auftraggeber Bericht erstattet. Offensichtlich war Mr. Ryder von dem Bericht so beeindruckt gewesen, daß er Mr. Boniface sofort wieder nach Paris zurückgeschickt hatte, damit er mich einstellte.

Ich konnte also jetzt Mr. Bonifaces Hartnäckigkeit verstehen und auch seinen Kummer, nachdem ich das Angebot abgelehnt hatte.

Während ich mit Mattie nach unten ging, dachte ich darüber nach. Wenn meine Spekulation falsch war, wenn an Mr. Ryders energischer Forderung, man möge ihm das Schmetterlingsmädchen aus Paris herbringen, etwas Unheimliches war, dann mußte die Wahrheit sich bald zeigen, und ich konnte mich damit auseinandersetzen, wenn es soweit war. Bis dahin würde ich mir keine Sorgen machen. Schon vor langer Zeit hatte ich gelernt, Dinge, die man nicht ändern oder verhindern konnte, zu akzeptieren, ohne mich von ihnen vernichten zu lassen. Ich wußte, es würde mir keine Schwierigkeiten bereiten, alle Sorgen über ein Problem, das vielleicht gar nicht existierte, völlig aus meinen Gedanken zu streichen.

Als wir den Salon betraten, sah ich neben einer der bronzenen Gaslampen am Kamin einen jungen Mann stehen. Er betrachtete ein großes, dünnes Buch. Er war schlank und hatte ein sanftes Gesicht, und dichtes blondes Haar fiel ihm schräg über eine Augenbraue. Er blickte auf, und ein verwirrter Ausdruck zeigte sich in seinen Augen, als er mich sah. Mattie meinte: »Guten Abend, Master Gerald.«

Er sagte höflich: »Hallo, liebe Mattie. Hm . . .?« Sein Gesicht erhellte sich plötzlich. »Ach ja, natürlich. Das muß . . . hm . . . ach du liebe Güte, ich habe den Namen vergessen . . . Das muß die junge Dame aus Frankreich sein, ja?«

»Eines Tages vergessen Sie noch Ihren eigenen Namen, Master Gerald«, sagte Mattie, und ich konnte die Zuneigung in ihrer Stimme hören. »Und jetzt mache ich Sie miteinander bekannt. Hannah, das ist Master Gerald Ryder. Master Gerald, dies ist Miß Hannah McLeod, und Sie sollen sie Hannah nennen.«

Er lächelte bedauernd und bot mir seine schlanke, langfingrige Hand. Es war eine sehr schöne Hand, aber ich spürte eine erstaunliche Kraft in ihr, als ich sie nahm und einen kleinen Knicks machte. Im selben Augenblick begriff ich, daß das Buch, das er hielt, ein Notenheft war. Mir fiel ein, daß Mattie gesagt hatte, er sei ein guter Pianist. Während wir uns die Hand gaben, musterte er mich sehr intensiv mit einem freundlichen Blick. Er sagte: »Ich bin so froh, daß Sie nach Silverwood gekommen sind, und ich hoffe, Sie werden bei uns sehr glücklich sein, Hannah.«

Seine Worte und sein Benehmen taten mir wohl. Ich gab sein Lächeln zurück. »Ich danke Ihnen für die freundliche Begrüßung, Master Gerald«, sagte ich.

Sein Blick wurde für einen Augenblick völlig leer, und er kippte den Kopf leicht zur Seite, als ob er aufmerksam lauschte. »Sehr angenehm . . .«, sagte er sinnend, wie zu sich selbst. Die Finger der einen Hand tanzten einen Augenblick wie auf einer Klaviatur, die nur in seiner Phantasie bestand. »So eine hübsche Stimme.« Sein Blick fixierte sich wieder auf mich. »Ich hoffe, wir werden es Ihnen nicht zu schwer machen, Hannah. Ich muß Sie warnen – Französisch war in der Schule mein schlechtestes Fach. Anscheinend habe ich kein Talent dafür. Aber Papa hat plötzlich entschieden, daß ich diese Sprache des Geschäftes wegen in Zukunft lernen soll, und ich hoffe, daß Sie die Mühe mit mir auf sich nehmen.«

Mattie hatte mir gesagt, Gerald sei gerade achtzehn geworden, also war er nur ein paar Monate jünger als ich.

Aber ich fühlte mich viele Jahre älter als dieser sanfte, künstlerische Junge. Augenblicklich mochte ich ihn, wie auch Mattie. Und jetzt sagte ich: »Ich nehme an, in der Schule sind Sie zu sehr mit Buchwissen belastet worden, Master Gerald. Aber mit Ihrem guten Ohr werden Sie sicher in gesprochenem Französisch sehr gute Fortschritte machen, da bin ich sicher. Und auf das gesprochene Französisch möchte ich mich gern konzentrieren.«

Er wollte gerade antworten, als die Tür aufging und ein Mädchen eintrat. Ihm folgte auf dem Fuße Mr. Sebastian Ryder. Sie trug ein sehr hübsches, blaßcremefarbenes Kleid. Ihr Haar war dunkel, und sowohl ihre Gesichtszüge als auch ihr Körperbau ähnelten meinem Arbeitgeber so sehr, daß ich wußte – sie mußte seine Tochter sein, die fünfzehnjährige Jane Ryder. Ich nahm an, daß Gerald, wenn Jane nach ihrem Vater schlug, im Aussehen und vielleicht auch im Wesen seiner Mutter nachgeschlagen war.

Mattie stellte mich Mr. Ryder und Jane vor, und wir wechselten ein paar höfliche Worte. Die beiden waren zwar freundlich, aber bei ihnen spürte ich nicht die gleiche Wärme, die ich bei Gerald verspürt hatte. Sie waren energisch in ihrem Benehmen, und als sie mich fragten, ob ich ein gute Reise gehabt hätte, schienen sie sich hauptsächlich dafür zu interessieren, ob Schiff und Zug pünktlich gewesen waren und wie gut wir auf der Fahrt und in den Army-und-Navy-Läden bedient worden waren. Während dieser vorwiegend geschäftlichen Unterhaltung las Gerald weiter in seinem Notenheft, bis sein Vater ihn schließlich scharf ansprach.

»Kannst du das Ding nicht mal fünf Minuten beiseite legen, Junge?«

»Ich bitte um Entschuldigung, Papa«, Gerald klappte das Heft zu und legte es auf einen Beistelltisch. »Ich wollte nicht unhöflich sein.«

Mr. Ryder stand mit dem Rücken zum Kamin. Er hatte die Hände hinter sich verschränkt. Er war kurz und vierschrötig gebaut, aber man spürte seine Gegenwart sehr stark. Er schaute mich an und sagte: »Der Junge ist ein Träumer. Ich erwarte, daß Sie ihn zur Ordnung rufen, wenn er beim Unterricht mit Ihnen seine Gedanken wieder wandern läßt, junge Dame.« Er machte eine ruckartige Kopfbewegung zu seiner Tochter hinüber, die sich neben Mattie auf ein großes Ledersofa gesetzt hatte. »Mit der dahinten werden Sie keinen Ärger haben. Die läßt die Gedanken nicht wandern. Sie ist aus dem gleichen Holz geschnitzt wie ich.«

»Das bedeutet aber nicht, daß ich immer mit dir übereinstimme, Papa«, sagte Jane und schob ihren Arm unter Matties Arm.

»Wenn das der Fall wäre, dann wärst du nicht aus dem gleichen Holz wie ich«, sagte Mr. Ryder knapp. »Aber am besten behältst du deine Meinungsverschiedenheiten für dich, bis du ein bißchen älter bist.«

Jane lachte. »Das sagst du noch, wenn ich neunzig bin, Papa«, sagte sie, und mir wurde deutlich, daß sie im Gegensatz zu ihrem Bruder Gerald vor ihrem Vater keine Angst hatte. Mr. Ryder begann mit Jane über ein Pony zu reden, das der Tierarzt vor ein paar Tagen behandelt hatte. Ich bemerkte, daß Mattie sich in die Unterhaltung der Familie nicht einmischte, und nahm mir vor, daß ich mich auch so benehmen würde. Ich würde den Mund halten, bis der eine oder andere aus der Familie mich nach meiner Meinung fragte. Gerald saß auf einem geradlehnigen Stuhl, die Hände zwischen den Knien, und starrte auf den Fußboden. Wahrscheinlich spielt er in Gedanken Klavier, dachte ich.

Zwei Minuten später betrat Farrow das Zimmer. Er verkündete, das Essen sei serviert, und Mr. Ryder sagte:

»Kommen Sie, Mattie.« Er ging voran ins Speisezimmer, Mattie an seiner Seite. Jane folgte ihnen, und ich wartete bis zuletzt. Aber Gerald warf mir ein schnelles Lächeln zu und bot mir den Arm. Ich hatte keine Ahnung, ob sein Vater etwas dagegen hatte, aber ich konnte auch nicht ablehnen und war dankbar, als wir das Speisezimmer betraten und ich in Mr. Ryders Gesicht keinen Ärger sah. Gerald führte mich zu einem Stuhl.

Mr. Ryder saß am Kopfende des Tisches. Jane bekam den Stuhl zu seiner Rechten, Gerald zu seiner Linken. Mattie saß am unteren Ende. Ich saß links neben Mattie, an Janes Seite. Sobald wir alle Platz genommen hatten, sagte Mr. Ryder energisch: »Wir wollen beten.«

Wir neigten alle die Köpfe, und er dankte Gott für das Essen, das wir jetzt zu uns nehmen wollten. Er tat es aber auf eine Weise, die andeutete, er hätte alles auch ebensogut ohne die Hilfe des Herrn schaffen können.

Das Essen wurde von zwei Dienern serviert, und Farrow führte die Aufsicht. Es war ein hervorragendes Dinner, das aus Rinderbraten, Yorkshire-Pudding, Bratkartoffeln, Rübchen und grünem Gemüse bestand. Während meiner Kindheit in England hatte ich nie so gut gegessen, und in den letzten fünf Jahren hatte ich nur die französische Küche kennengelernt. Dies war also eine ganz neue Erfahrung für mich, und ich genoß das Essen sehr. Ein Teil der Unterhaltung drehte sich jetzt um häusliche Angelegenheiten, und daran nahm Mattie teil. Es wurde mir deutlich, daß beide Kinder Mattie nicht nur sehr mochten, sondern auch großen Respekt vor ihr hatten. Ich hielt es für bewundernswert, daß sie das alles erreicht hatte.

Ich selbst warf keine Bemerkungen ein. Ich beantwortete nur lächelnd jede Frage, die mir gestellt wurde. Den größten Teil der Zeit hatte ich jetzt ein überschwengliches Gefühl, als ob ich nicht mehr ich selbst, Hannah McLeod, sei. Das war kaum überraschend, denn es war ja erst sechzehn Stunden her, seit ich aus einer kalten Dachstube am Montmartre entflohen war. Für mein armes Gehirn war es schwierig, solch eine schnelle, dramatische Veränderung zu verkraften. Irgendwie half mir das eigentümliche Gefühl, jetzt nicht allzu nervös zu sein, wo ich mich in einer sehr reichen Familie in einem sehr schönen Haus bei Tisch befand.

Gerald hatte seine Nachdenklichkeit abgelegt und sagte während einer Pause in der Unterhaltung: »Können Sie reiten, Hannah?«

»Ich fürchte nein, Master Gerald«, antwortete ich und lehnte mich zurück, damit ein Diener meinen Teller entfernen konnte. Flüchtig erinnerte ich mich an die Berge von Abwasch, die ich im La Coquille beseitigt hatte. »Nein, ich habe im Leben noch nie auf einem Pferd gesessen.«

Gerald blickte überrascht drein. »Oh. Aber in Frankreich reiten die Leute doch sicher auch?«

»Ja, das ist schon wahr. Aber ich hatte keine Gelegenheit zu reiten.«

Er warf seinem Vater einen Blick zu. »Papa sagt, Sie hätten Ihre Kindheit in England verbracht. Damals sind Sie doch sicherlich geritten?«

Mr. Ryder stieß ein verächtliches Geräusch aus, und ich sagte schnell: »Nur wohlhabende Leute können es sich leisten zu reiten, ob das nun in Frankreich oder England ist, Master Gerald. Mein Vater ist kurz nach meiner Geburt gestorben, und ich bin in ziemlich ärmlichen Verhältnissen aufgewachsen.«

Mr. Ryder sagte: »Ich auch. Aber dieser Bursche weiß ja nicht, wie die Welt aussieht, Hannah. Er wird es schon früh genug herausfinden, wenn ich ihn an die Arbeit stelle.«

Gerald schaute mich verwirrt an und schien die Worte

seines Vaters kaum zu hören. Er sagte: »Aber Sie müssen wohlerzogen sein. Ich meine – Sie sprechen sehr gepflegt und haben gute Manieren.«

»Danke«, sagte ich ein bißchen verlegen. »Meine Mutter war auch eine gebildete Person – eine Lehrerin. Nachdem sie starb, wurde ich nach Frankreich geschickt und habe fünf Jahre in einer ziemlich exklusiven Schule für Damen verbracht. Dort war man in puncto Benehmen sehr streng.«

»Aha.« Gerald dachte einen Augenblick lang nach. »Papa sagt, das Schulgeld ist hier schrecklich hoch. Wie haben Sie es denn um Himmels willen geschafft, das zu zahlen, wenn Sie sich in ärmlichen Verhältnissen befanden?«

»Ich habe in England ein Stipendium bekommen«, sagte ich und lächelte strahlend bei meiner Lüge.

Mattie meinte: »Wo wir schon von Benehmen reden, Master Gerald, da frage ich mich doch, ob es nicht unhöflich ist, wenn man allzu persönlich Fragen stellt. Das wäre doch unmöglich, oder?«

Er errötete bis in die Haarwurzeln und sagte hastig: »Oh, das tut mir aber leid. Ich wollte nicht . . . ich hatte nur . . . oh, bitte entschuldigen Sie, Hannah.«

Ich wollte ihn gerade darüber beruhigen, daß sein Interesse mich nicht verärgert hätte, als Mr. Ryder ein hartherziges Lachen ausstieß und sagte: »Du wirst nie weiterkommen, wenn du nicht lernst zu denken, ehe du den Mund aufmachst, Junge. Ach, du würdest gar nicht wissen, wie man grob ist, selbst wenn du's versuchst. Aber eben warst du unverschämt, und das ist eine Tatsache.«

Mattie saß still da und nippte aus einem Glas Wasser. »Ich habe Master Gerald schon getadelt, Sir. Es ist nicht nötig, daß wir es beide tun.«

Mr. Ryder starrte sie über den Tisch her an. Aber sie begegnete seinem Blick mit völliger Ruhe, und nach einer

Weile zuckte er die Achseln und lachte. »Und jetzt haben Sie mich auch zurechtgestutzt. Na gut, Mattie. Ich sehe meinen Fehler ein.«

Ich bewunderte Mattie in diesem Augenblick sehr. Mir war klargeworden, daß sie den Mut besaß, etwas zu tun, was sie für ihre Pflicht hielt. Und sie hatte es getan, auch wenn sie ihren Arbeitgeber damit verärgerte. Gerald saß da und starrte völlig zerknirscht seinen unberührten Pudding an. Noch vor einem Augenblick hatte ich entschieden, es sei am besten, still zu sein und auf ein neues Thema in der Unterhaltung zu warten, aber der Junge tat mir jetzt so leid, daß ich es mir anders überlegte und sagte: »Master Gerald.« Ich wartete, bis er aufblickte, lächelte dann und fuhr fort: »Es ist alles in Ordnung.« Mehr konnte ich nicht sagen, ohne Matties Tadel zu entkräften. Und das war das letzte, das ich tun wollte, aber Gerald wirkte bei meinen Worten erleichtert und murmelte: »Danke.«

Neben mir sagte Jane: »Gerald und ich, wir reiten beide gern. Wir werden es Ihnen beibringen, wenn Sie möchten. Ich kann besser reiten als er, aber er ist geduldiger als ich, und deshalb ist er wahrscheinlich auch der bessere Lehrer.«

Ich warf einen Blick auf meinen Arbeitgeber und sagte: »Das wäre sehr nett, wenn Ihr Papa nichts dagegen hat.«

Mr. Ryder schüttelte den Kopf. »Mehr als drei Stunden pro Tag werden Sie ja keinen Französischunterricht geben. Und den Rest der Zeit dürfen Sie sich gern Silverwoods Annehmlichkeiten bedienen.«

»Drei Stunden!« rief Jane beleidigt aus. »Aber Papa, ich fahre ja schon um acht in die Schule und erst um vier nach Hause. Wie kann ich da noch drei Stunden Französisch machen? Bei Gerald ist das anders. Der geht ja nicht mehr zur Schule, und außerdem muß er Französisch lernen, wenn er in Geschäften auf Reisen geht. Ich muß das aber nicht, und . . .«

»Hör auf, dich so auszulassen, mein Kind«, unterbrach sie ihr Vater mit fester Stimme. »Du wirst ja auch keine drei Stunden arbeiten. Hannah nimmt Gerald für zwei Stunden und dich allein eine Stunde täglich während der Osterferien. Und wenn du dann wieder in der Schule bist, arbeitest du jeden Tag nach der Schule nur eine halbe Stunde mit ihr. Das bringt dich schon nicht um.« Er machte einem Diener ein Handzeichen, damit er sein Weinglas nachfüllte.

Jane sagte: »Können wir nach der Schule, wenn ich meine Französischstunde habe, Tee trinken?«

»Das soll Hannah entscheiden.«

Jane schaute mich an. Ich sagte: »Hauptsächlich werden wir uns in der Konversation üben, also wäre es sehr passend, dabei Tee zu trinken, wenn sowohl Ihr Papa als auch Mattie dem zustimmen.« Bei meinen letzten Worten glaubte ich ein befriedigtes Glänzen in Mr. Ryders Augen zu sehen.

Mattie sagte: »Aber ja, meine Liebe. Ich habe nichts dagegen.«

Jane nickte energisch. »Dann ist das geregelt«, sagte sie, und mir fiel wieder auf, wie ähnlich sie sowohl im Benehmen als auch in ihrem Aussehen ihrem Vater war.

Als das Essen beendet war, ordnete Mr. Ryder an, daß der Kaffee für ihn und für mich im Arbeitszimmer serviert werden sollte. »Mrs. Matthews und die Kinder trinken den Kaffee im Salon wie gewöhnlich, Farrow«, fügte er hinzu, während er von seinem Stuhl aufstand.

Jane sagte: »Ich wünschte, du würdest nicht immer ›Kinder‹ zu uns sagen, Papa. Wir sind doch wirklich schon ziemlich erwachsen.«

»Ihr seid meine Kinder, egal, wie erwachsen ihr seid«, meinte ihr Vater deutlich. »Und außerdem neige ich nicht dazu, zwei Worte zu benutzen, wenn eines reicht. Bitte hier hinunter, Hannah.« Er wandte sich zur Tür. Farrow öffnete sie schnell, und ein Diener zog mir, als ich aufstand, den Stuhl zurück. Ich murmelte: »Entschuldigen Sie bitte«, und folgte Mr. Ryder aus dem Zimmer.

Sein Arbeitszimmer war groß und sehr ordentlich. Bücherschränke mit Glastüren standen dort, Karteikästen und eine Anzahl von dicken Büchern, die ich für Nachschlagewerke hielt. Er deutete auf einen geradlehnigen Stuhl aus poliertem Mahagoni, auf den ich mich setzen sollte, und ließ sich dann selbst hinter einem breiten Schreibtisch nieder, der eine Schreibplatte aus geprägtem Leder hatte. Außer einem Tintenfaß aus Messing, einer Schreibmatte mit Lederecken, die zum Schreibtisch paßten, und einer Abendzeitung, die offensichtlich für ihn dort hingelegt worden war, war der Schreibtisch leer. Er sagte: »Wir unterhalten uns dann, wenn der Kaffee kommt«, und fing an, die Zeitung zu lesen.

Ich saß da und betrachtete das Arbeitszimmer, soweit ich es sehen konnte, ohne den Kopf zu drehen. Ich wollte ja nicht neugierig wirken. Die Uhr an der Wand zeigte halb zehn. Am Montmartre würde jetzt die Geschäftigkeit des Tages anfangen. Ich hoffte, daß Vater Chabrier es geschafft hatte, Hilfe für den Abend zu bekommen, so daß meine Abwesenheit Armand nicht zu sehr belastete.

Ich schickte ein stilles Dankgebet zum Himmel, daß ich meiner Verhaftung in Paris entkommen war und hier in England einen so bequemen Hafen gefunden hatte. Mein Arbeitgeber, Mr. Sebastian Ryder, machte sich nicht die Mühe, besonders freundlich zu wirken, aber es gab dafür ja auch keinen Grund. Wie Mattie mir angedeutet hatte, war ich kein Gast, sondern lediglich ein privilegierter

Dienstbote. Deshalb fühlte ich mich ungeheuer glücklich, weil ich von Mattie selbst so freundlich willkommen geheißen worden war, denn sie hätte ja auch ein Drachen von einer Haushälterin sein können, der eifersüchtig seine Stellung bewacht. Auch Gerald hatte mich warm willkommen geheißen, und wenn Janes Haltung der ihres Vaters ähnelte, nun, dann konnte ich mich kaum beklagen.

Nach zwei oder drei Minuten ging die Tür auf, und Farrow brachte ein Tablett mit Tassen und ein silbernes Kaffeeservice herein. Er stellte alles auf den Schreibtisch, schenkte seinem Herrn eine Tasse schwarzen Kaffee ein und schaute dann mich an. »Wie trinken Sie Ihren Kaffee, Miß Hannah?«

»Mit ein wenig Milch oder Sahne und einem Stück Zukker, bitte.«

Farrow schenkte ein, reichte mir die Tasse Kaffee und sagte: »Haben Sie noch Wünsche, Sir?«

»Nein.«

Der Butler zog sich aus dem Arbeitszimmer zurück. Mr. Ryder schob seine Zeitung beiseite, schaute mich an und sagte: »Ich dachte, eine Kellnerin aus einem Cafe wäre vielleicht schüchtern mit Dienstboten, aber Sie sind das nicht. Das ist gut.«

Ich wußte, daß er nicht beleidigend sein wollte, sondern einfach eine Bemerkung machte. Schließlich war ich ja vor vierundzwanzig Stunden tatsächlich noch eine Kellnerin gewesen. Ich lächelte und sagte höflich: »In meinem College hatten wir einen Stab von Dienstboten, Sir. Ich bin also an sie gewöhnt.«

Er nickte und rührte in seinem Kaffee. »Richtig. Und jetzt reden wir mal übers Geschäft. Haben Sie irgendwelches Geld?«

»Kein englisches Geld, Sir. Ungefähr zwanzig französische Francs.«

Er langte in einen Zeitungsständer, der dicht neben ihm stand, nahm eine Zeitung heraus, schlug sie auf, studierte sie für einen Augenblick und sagte dann: »Der Wechselkurs steht heute auf vierundzwanzig Francs auf das Pfund. Bringen Sie mir morgen nach dem Frühstück Ihre Francs her, ich wechsle sie Ihnen dann. Ich lege noch zehn Schilling dazu, als Taschengeld. Außerdem sollen Ihnen drei Pfund im Monat gezahlt werden, am letzten Tag jedes Monats nachträglich. Unterkunft und Verpflegung haben Sie frei. Diese Anstellung kann von mir innerhalb einer Woche gekündigt werden, aber Sie werden sich schriftlich bereit erklären, zu diesen Bedingungen die Anstellung bei mir auf eine Zeit von nicht weniger als zwei Jahren beizubehalten. Sind Sie damit einverstanden?«

Ich blinzelte und versuchte, im Kopf die Summe auszurechnen, denn ich war an Francs gewöhnt und nicht an Pfund. Nach einem Augenblick wurde mir jedoch klar, daß drei Pfund im Monat ein großzügiges Gehalt sein mußten, und ich sagte: »O ja, Sir. Danke.« Ich zögerte und fuhr dann fort: »Ich weiß, daß für mich in Kleidung und kleineren Gegenständen sehr viel Geld ausgegeben wurde. Wieviel von dem Betrag soll ich jeden Monat zurückzahlen?«

»Nichts.« Er machte eine ablehnende Geste mit der Hand, und sein ziemlich abweisendes Gesicht entspannte sich leicht in einer Bewegung, die zu einem Lächeln hätte werden können. »Ich sehe, Sie haben ein Gefühl für gleiche Rechte. Das ist empfehlenswert.«

Ich war nicht ganz sicher, was er meinte, und mir fiel keine Antwort ein. Also sagte ich nichts. Nach einem Augenblick nahm sein Gesicht wieder den üblichen ernsten Ausdruck an, und er sagte: »Was immer heute für Sie gekauft worden ist, es gehört Ihnen. Was Ihre Pflichten betrifft, so werden Sie jeden Morgen zwei Stunden mit Gerald und jeden Nachmittag eine Stunde mit Jane verbringen, wobei die Uhrzeit mit Mattie abgesprochen werden muß. Die beiden haben noch Textbücher aus der Schule, die sie benutzen können, und wenn Sie andere Bücher brauchen, dann bestelle ich sie. Haben wir uns verstanden?«

»Ja, Sir. Und wo soll ich den Unterricht abhalten?«

»Die Kinder haben jeweils ein Arbeitszimmer. Benutzen Sie die.«

»Sehr gut, Sir. Bei nur drei Stunden Arbeit pro Tag werde ich viel Zeit zur Verfügung haben. Gibt es im Haus noch irgendwelche anderen Pflichten, die ich übernehmen soll?«

»Keine«, sagte er brüsk. »Daß Sie mit dem Stab in den Personalräumen in Berührung kommen, steht außer Frage. Es ist möglich, daß Sie Mattie vielleicht irgendwie helfen können, aber da müssen Sie schon Mattie fragen. Den Rest der Zeit haben Sie frei und können tun, was Sie wollen, vorausgesetzt, Sie benehmen sich jederzeit zurückhaltend.« Er beäugte mich scharf. »Ich brauche Ihnen wohl kaum zu sagen, daß ich es nicht dulden werde, daß in Silverwood das Benehmen von Bohemiens eingeführt wird.«

Ich sagte: »Sie werden sicher wissen, Mr. Ryder, daß ich in den letzten eineinhalb Jahren allein am Montmartre gewohnt habe. Dort halten sich die Bohemiens auf. Ich versichere Ihnen aber, daß ich während dieser Zeit ein sehr anständiges Leben geführt habe, und ich werde auf Ihre Kinder keinen schlechten Einfluß ausüben.«

»Boniface hat mich nach ausgedehnten Nachforschungen darüber bereits in Kenntnis gesetzt«, sagte Mr. Ryder trocken. »Welche Religion haben Sie?«

»Ich bin in der anglikanischen Kirche aufgewachsen, aber im College habe ich an katholischen Gottesdiensten teilgenommen, nicht zur Beichte oder zur Kommunion, sondern einfach, um bei einem Gottesdienst anwesend zu sein.«

»Hier gehen wir am Sonntagmorgen zur Kirche, und ich erwarte, daß Sie sich uns anschließen. Die Gesellschaft in dieser Gegend mag mich nicht besonders, da ich ein Geschäft betreibe, aber man mag mein Geld, und man freut sich sehr über die neue Kirchenorgel, die ich bezahlt habe. Das gilt auch für die Ladenbesitzer und für die Handwerker am Ort, denn obwohl wir, weil wir erst fünfzehn Jahre lang hier wohnen, noch immer Fremde sind, werden wir jetzt als solche wenigstens akzeptiert. Mattie ist gut gelitten, außer von einer oder zwei hochnäsigen Damen. Aber als Haushälterin empfängt sie ja nicht und stattet auch selber keine Besuche ab, so daß es keine Rolle spielt. Sie nimmt nur an gesellschaftlichen Ereignissen, wie zum Beispiel an Festen, Gartenpartys, Konzerten in der Kirche und so weiter teil, und sie wird Sie sicher einem oder zwei angenehmen Leuten vorstellen. Können Sie kutschieren?«

»Einen Pferdewagen? Nein, Sir, das habe ich noch nie gemacht.«

»Dann sorgen Sie dafür, daß ein Pferdeknecht oder eines der Kinder es Ihnen beibringt. Die Pferde sind gut ausgebildet, so daß Sie keine Schwierigkeiten haben werden. Gibt es noch irgendwelche Fragen, die Sie stellen möchten?«

Ich dachte einen Augenblick nach und sagte dann: »Im Augenblick fällt mir nichts ein, Sir.«

»Gut. Das wäre dann alles.« Er zog sich die Zeitung wieder heran.

Ich hatte bei unserem Gespräch zwei Drittel von meinem Kaffee getrunken. Jetzt leerte ich die Tasse, stand auf, stellte sie auf das Tablett und knickste. »Ich danke Ihnen, Sir«, sagte ich und verließ das Arbeitszimmer.

Im Salon saß Mattie in einem Sessel und häkelte. Jane

hatte sich mit so etwas wie einem Briefmarkenalbum an einem kleinen Tisch niedergelassen und schrieb, das Vergrößerungsglas an der Seite, in einem langen, schmalen Buch. Gerald saß auf dem Sofa und las wieder in seinem Notenheft. »Ach, da sind Sie ja, meine Liebe«, sagte Mattie. »In einer halben Stunde werden wir alle zu Bett gehen, aber wenn Sie nach Ihrer langen Reise schon müde sind und jetzt hinaufgehen wollen, dann tun Sie es bitte.«

Ich antwortete: »O nein. Ich wäre lieber noch mit der Familie zusammen. Darf ich fragen, was Sie da machen, Miß Jane?«

»Ja, sicher.«

Ich trat näher an sie heran. Ich sah, daß in dem Album tatsächlich Briefmarken waren. Sie hob das Vergrößerungsglas, spähte einen Augenblick hindurch, legte es dann hin und schrieb wieder etwas in das lange, schmale Buch. »Es ist meine eigene Sammlung«, sagte sie. »Alles Marken aus den Kolonien, und ich habe jetzt fast fünfhundert. Also mache ich mir ein alphabetisches Verzeichnis. Verstehen Sie etwas von Briefmarken?«

Ich schüttelte den Kopf. »Nein, ich fürchte nicht.«

»Na schön«, sie nahm die Lupe wieder auf.

Gerald erhob sich und sagte: »Mattie, wollen Sie mich entschuldigen, wenn ich jetzt noch ins Musikzimmer hinaufgehe und eine halbe Stunde übe, ehe ich schlafen gehe?«

Mattie blickte von ihrer Häkelarbeit auf. »Ist es das Stück von diesem Schopeng?« Sie sprach den Namen Chopin sehr komisch aus.

Gerald nickte. »Ja, die Etüde in e-Moll.«

Mattie lächelte. »Ich kann das eine nicht vom anderen unterscheiden, Master Gerald. Aber gehen Sie nur und üben Sie. Vielleicht würde Hannah gerne mitkommen und zuhören.«

Gerald errötete. »O nein, ich spiele es sehr schlecht – wirklich.«

»Unsinn«, sagte Mattie und schaute mich an. »Er spielt wunderbar, Hannah. Sie werden schon sehen.«

»Ich würde sehr gern mitkommen und zuhören, Master Gerald«, sagte ich und meinte es ernst. Denn obwohl ich es abstritt, ich fühlte mich jetzt doch schläfrig, und ich dachte, wenn ich mich hinsetzte und Musik hätte, dann wäre das weniger anstrengend als Konversation zu machen.

»Nun gut«, sagte Gerald, halb zweifelnd, halb erfreut. Er öffnete mir die Tür, und wir gingen zusammen nach oben ins Musikzimmer. Dort rückte er einen bequemen Sessel auf eine Stelle, die ungefähr sechs Schritte vom Flügel entfernt lag, und bot mir schüchtern an, Platz zu nehmen. »Ich spiele nur ein oder zwei Stücke, die ich gut kenne und einigermaßen beherrsche«, murmelte er, klappte den Sitz der Klavierbank hoch und durchsuchte ein paar Notenhefte, die darin lagen. »Und ich höre auch nicht auf zu spielen, wenn ich eine falsche Note erwische, denn es ist fürchterlich langweilig, zuzuhören, wenn jemand übt.«

Ich versicherte Gerald, daß ich mich nicht langweilen würde, und sah zu, wie er seinen Platz einnahm, den Flügel aufklappte und ein Stück von Chopin auf den Notenhalter stellte. Dann begann er zu spielen, und ich war erstaunt über seine Fertigkeit. Die Musik war sanft, langsam und seltsam wehmütig, und wenn er eine falsche Note spielte, dann merkte ich es jedenfalls nicht. Ich hörte wie verzaubert zu, bis die letzten Töne verklangen, und als er seine Hände von den Tasten nahm und mit leicht gebeugtem Kopf sitzenblieb, klatschte ich leise und sagte: »Master Gerald, das war wunderschön. Ich kann Ihnen gar nicht sagen, wie gut mir das gefallen hat.«

Sein Gesicht leuchtete auf, während er sich mir zuwandte. »Wirklich? Ich habe es nicht so gut gespielt wie üblich, aber es freut mich trotzdem, daß es Ihnen gefallen hat.« Er stellte ein anderes Notenblatt hin. »Mattie macht es großen Spaß, wenn ich spiele, aber Jane und Papa sind nicht so wild darauf. Das hier ist ein Satz aus Mozarts vierzigster Sinfonie. Und das ist eins von seinen Klavierkonzerten. Sehr lebendig und aufregend. Hören Sie mal . . .«

Er fing wieder an zu spielen, und nicht nur die Musik, sondern auch der Anblick dieser langen, sensiblen Finger, die über die Tasten glitten, faszinierten mich. Es schien mir, als ob Master Gerald Ryder in der Tat ein sehr guter Pianist wäre, und es machte mich traurig, daß er seine Studien nicht fortführen konnte, weil sein Vater von ihm verlangte, daß er das Familiengeschäft übernahm. Er spielte noch ein drittes Stück, einen fröhlichen Tanz von Brahms, und fragte dann, was ich als letztes hören wollte.

Ich gab zu, ich sei, was die Musik beträfe, ungebildet, und sagte, ich würde gern noch einmal die Komposition von Chopin hören. Er schien sich darüber zu freuen, und während er zu spielen begann, lehnte ich den Kopf im Sessel zurück und schloß die Augen. Ich ließ mich von der langsamen, zarten Melodie überfluten wie von einem Wiegenlied.

Das war unklug. Ich hatte in der vergangenen Nacht nicht geschlafen, und seit der Morgendämmerung war ich Hunderte von Meilen per Bahn und Schiff gereist. Es war eine Fahrt gewesen, die in Angst begonnen hatte, sich dann in verschiedenen Graden von Befürchtungen fortsetzte und schließlich in Erleichterung endete. Kein Wunder, daß ich jetzt in Dämmerschlaf versank.

Das nächste, was ich bemerkte, war ein Gefühl des Schreckens, während ich mich aus dem Schlaf hochrappelte und die Augen öffnete. Gerald kniete neben meinem Sessel, und sein Blick war voller Lachen, während er sanft meine Hand tätschelte. »Hannah«, sagte er leise, »wachen Sie auf, Hannah.«

Ich setzte mich erschrocken hin und umklammerte die Armlehnen. Entsetzt rief ich aus: »Oh, das tut mir furchtbar leid! Bitte, entschuldigen Sie, Master Gerald. Ich . . . ich weiß nicht, was ich sagen soll. Bitte, Sie dürfen nicht glauben, daß ich mich gelangweilt habe! Ich habe Ihnen sehr gern zugehört, aber ich habe, um besser hören zu können, nur die Augen geschlossen, und dann . . .«

Er stand auf und schüttelte den Kopf. »Aber, um Himmels willen, entschuldigen Sie sich doch nicht, Hannah. Ich freue mich. Ich fühle mich keineswegs beleidigt. Ich meine, es war großartig von Ihnen, daß Sie heute abend, wo Sie doch eigentlich todmüde sein müßten, so wach und fröhlich geblieben sind. Mattie hat uns gesagt, gestern um Mitternacht wären Sie noch an der Arbeit gewesen und hätten in einem Pariser Restaurant bei Tisch bedient. Und danach haben Sie diese schrecklich lange Reise gemacht. Ich glaube, die meisten Mädchen hätten großes Theater gemacht und wären gleich zu Bett gegangen. Aber Sie haben überhaupt kein Theater gemacht.«

»Das ist sehr freundlich von Ihnen, Master Gerald.« Innerlich stieß ich einen Seufzer der Erleichterung aus, und ich lächelte ihn an, um ihm meine Dankbarkeit für seine großzügigen Worte zu zeigen. »Aber es war sehr ungehobelt von mir, einfach einzuschlafen. Dafür entschuldige ich mich.«

Er trat ein Stückchen zurück und blickte auf mich nieder. Er hatte die Hände vor sich gefaltet und den Kopf ein bißchen zur Seite gelegt. Er sagte mit leiser Stimme, die klang, als ob sie von weit her käme: »Sie haben das schönste Lächeln, das ich je gesehen habe, Hannah. Als ich Sie zum erstenmal sah, als sie vor dem Essen in den Salon kamen ... da war es, als ob plötzlich der Sonnenschein in dieses Haus eingedrungen wäre.«

Ich stand schnell auf, und ein erschrockenes Zittern machte mich hellwach. Geralds Blick ruhte auf mir – tief, warm und zärtlich. Er war achtzehn, besuchte die Schule nicht mehr und war ohne Zweifel leicht zu beeindrucken. Für ihn war vielleicht etwas Romantisches an mir. Ich war ein anständig erzogenes englisches Mädchen, das keine Eltern besaß und das nach der Schule in Frankreich gezwungen gewesen war, als Kellnerin am Montmartre zu arbeiten, um nicht zu verhungern. Das konnte für einen sensiblen Jungen wirklich sehr romantisch aussehen, und jetzt sollte ich in Silverwood wohnen und ihm Französisch beibringen. Ich würde täglich in seiner Gesellschaft sein, und er mochte mein Lächeln.

Das war in der Tat gefährlich.

6

ICH GAB MIR einen Ruck und stand auf. Das letzte, was ich mir wünschte, war, daß der Sohn meines Arbeitgebers sich einbildete, er hätte sich in mich verliebt. »Danke, daß Sie mir erlaubt haben, Sie spielen zu hören, Master Gerald«, sagte ich höflich. »Ich merke, Sie geben sich mit Ihrer Musik sehr viel Mühe. Ich hoffe also, daß Sie das gleiche auch bei den Französischlektionen tun werden. Wenn Sie mich jetzt entschuldigen wollen – ich wünsche Ihnen eine gute Nacht.«

Die Wirkung, auf die ich gehofft hatte, wurde von einem Gähnen ruiniert, das mich bei den letzten paar Worten überkam. Ich mußte mich mit der Hand vor dem Mund abwenden, in einer erfolglosen Anstrengung, das Gähnen zu verbergen. Gerald stieß ein kleines Lachen aus und sagte: »Ach, arme Hannah, Sie sind so müde. Ja, gehen Sie nur jetzt zu Bett. Ich hoffe, Sie schlafen gut.«

Ich dankte ihm und ging nach unten. Er legte noch seine Noten weg. Mattie häkelte noch immer. Jane klappte ihr Buch zu, und Mr. Ryder hatte sich jetzt in seinem Sessel zurückgelehnt und war völlig hinter seiner Zeitung verschwunden. Neben ihm stand ein kleiner Tisch mit einem Glas voll bräunlicher Flüssigkeit. Ich nahm an, daß es Whisky mit Soda war oder vielleicht auch Cognac mit Soda, denn mir fiel jetzt wieder ein, daß es englische Sitte war, Cognac mit Mineralwasser zu verdünnen – sehr zur Verblüffung der Franzosen.

Noch einmal entschuldigte ich mich, wünschte allen eine gute Nacht und ging hinauf in mein Zimmer. Es war eine große Freude, das Gas anzuzünden, indem ich einfach an der kleinen Kette zog. Das Bett war schon gerichtet, und eins meiner Nachthemden lag darauf für mich bereit. Ich entkleidete mich, ließ mein Haar herunter und band es im Nacken mit einem Band fest. Ich zog das Nachthemd an, zündete die Kerze neben dem Bett an und wollte gerade das Gas abdrehen, als mir der kleine Kasten mit meinen Wertsachen wieder einfiel. Dummerweise überfiel mich eine gewisse Besorgnis, und ich fragte mich, was das Dienstmädchen wohl damit getan hatte, als es für mich auspackte.

Der Kasten lag in der obersten Schubladen der Kommode, und er war unberührt. Ich nahm ihn heraus, stellte ihn auf den Frisiertisch und öffnete ihn. Ich wußte nicht genau, warum. Vielleicht war es die plötzliche, dramatische Veränderung meines Lebens zusammen mit meiner Müdigkeit, die mir das Gefühl gab, daß ich in einem

Traum lebte, und ich mußte einfach diese kleinen Dinge, die so sehr zu mir gehörten, einmal anschauen, um mir wieder darüber klarzuwerden, daß ich Hannah McLeod war.

Ich las die Geburtsurkunde meiner Mutter durch, dann meine eigene, und ich schaute die leeren Stellen an, wo der Name und der Beruf meines Vaters hätten stehen sollen. Ich legte die Dokumente weg und entfaltete den Brief meiner Mutter.

Liebste Hannah,

bitte sei ein tapferes Mädchen. Der Arzt hat mir gesagt, daß mir nur noch sehr wenig Zeit zum Leben bleibt, und wenn Du diesen Brief liest, dann werde ich schon nicht mehr dasein. Mein größter Schmerz, mein größter Kummer ist, daß ich Dich allein auf der Welt zurücklasse, wo du erst zwölf Jahre alt bist. Ich liebe Dich sehr, und Du hast mir Deine Liebe zurückgegeben, und wir waren glücklich, obwohl unsere Lebensumstände immer ärmlich gewesen sind.

Ich fühle mich sehr schuldig, weil ich unfähig war, Dir eine gewisse Sicherheit zu hinterlassen. Aber Du weißt, daß ich immer mein Bestes gegeben habe, und deshalb glaube ich, daß Du mir verzeihen wirst. Wir haben sehr wenig gespart, und es werden nicht mehr als dreißig Pfund übrig sein, wenn die Kosten für meine Beerdigung bezahlt sind. Ich werde mich darum im voraus kümmern. Das Geld, was dann noch bleibt, hinterlasse ich Mrs. Taylor, die versprochen hat, Dich aufzunehmen und Dich drei Jahre lang mit ihren eigenen Kindern zu versorgen. Sie wird aber von Dir verlangen, daß Du ihr hilfst, die Kleinen zu versorgen, und den Älteren Lesen und Schreiben beibringst. Nach den drei Jahren wirst du fünfzehn sein, und ich bete darum, daß du dann in der Lage bist, Dir eine

Stellung als Lehrerin in einer Schule für Kleinkinder zu sichern. Ich hinterlasse Dir all meine Bücher und bitte Dich, Deine Studien fortzuführen, so gut Du kannst.

Ich weine, wenn ich daran denke, wie wenig ich für Dich tun kann, liebste Hannah. Bitte, sei tapfer und versuche, so zu leben, wie ich es Dich immer gelehrt habe: Arbeite hart, und wahre jederzeit Dein gutes Benehmen. Sei stark im Elend, und beklage Dich nie. Schäme Dich der Armut nicht, vorausgesetzt, daß sie nicht aus dem Müßiggang herrührt. Schäme Dich nicht der Lasten, die das Leben Dir vielleicht bringt. Schäme Dich nur Deiner eigenen Fehler und bemühe Dich, sie zu bessern. Hüte Dich vor Selbstmitleid, denn es kann Dich vernichten. Hüte Dich auch vor Bitterkeit, denn auch sie kann Dich vernichten, und vertraue keinem Mann.

Sollte es Dir jemals wirklich schlechtgehen, dann wende Dich als letzte Möglichkeit an die Herren Finch und Lowther, Anwälte, Warner Street, Clerkenwell. Nenne Deinen Namen und sage dann, daß Du sie wegen des Tennant-Hilfsfonds sprechen möchtest. Suche ihren Rat.

Während ich diesen Brief beende, liegst Du, schlafend in Deinem Bett. Ich sehe Dich an, mein liebstes Kind, und ich könnte vor Zorn aufschreien über das grausame Geschick, das Dich mir nimmt. Aber ich will nicht aufschreien, ich will keine Bitterkeit in mein Herz einlassen. Ich bete nur darum, daß Gott Dich segne und schütze, und in seine Hände empfehle ich Dich jetzt.

Deine Dich liebende Mutter

Kathleen McLeod.

Langsam faltete ich den Brief, und vor meinen inneren Augen sah ich meine Mutter deutlich vor mir – eine zarte Gestalt mit dunklem Haar, weder hübsch noch häßlich, voller Selbstdisziplin, streng in meiner Erziehung, aber stets liebevoll. Sie hatte in einer Schule in der Nähe des

Hauses unterrichtet, wo wir in zwei Zimmern im oberen Stockwerk zur Miete wohnten, und es hatte kaum eine Zeit gegeben, in der sich in ihren Augen nicht der Kampf und die Mühe zeigten, Kleidung, Nahrung, eine Unterkunft und einen Lebensunterhalt auf saubere und anständige Art für uns zu besorgen.

Zu meiner Schande und meinem Bedauern war ich meiner Mutter gegenüber nicht immer freundlich und verständnisvoll gewesen. Manchmal hatte ich geschmollt, wenn sie darauf bestand, mir jeden Abend eine extra Schulstunde zu geben, aber meist war ich ihr gegenüber zärtlich gewesen. Und sie wußte, daß ich sie liebte. Erst nach ihrem Tod, als ich zum erstenmal meine Geburtsurkunde sah und herausfand, daß darauf der Name meines Vaters fehlte, und als ich auch keine Heiratsurkunde fand, da fragte ich mich, ob die Geschichte, die sie mir immer erzählt hatte, auch stimmte. Mein Vater war angeblich Seemann gewesen und im Ausland gestorben. Ihr Brief bot mir keine Erklärung, und ich war damals noch zu jung, um zu begreifen, was ich später als die Wahrheit erkennen lernte.

Unser Nachbar von unten, Mr. Taylor, hatte häufig fluchend und betrunken mehr als deutlich darüber gesprochen. Er und Mrs. Taylor hatten das kleine Haus gemietet und die beiden Zimmer an meine Mutter untervermietet. Mr. Taylor war Träger in Smithfield, dem Schlachthof; er war ein grober, vierschrötiger Mann, der immer nach Bier stank und den seine Frau und seine Kinder fürchteten. Es waren sieben Kinder, und zwischen jedem lagen etwa ein Jahr oder achtzehn Monate. Mrs. Taylor war eine hagere, abgearbeitete Frau. Sie meinte es gut und war eine gute Mutter, soweit sie dazu in der Lage war, aber ihr Charakter war schwach und ihre Intelligenz nicht sehr hoch.

Meine Mutter hatte dieser Frau ihre kleinen Ersparnisse dafür überlassen, daß sie mich in ihre Familie aufnahm, und ich hätte leicht denken können, daß sie darin einen Fehler begangen hatte. Aber als ich darüber nachdachte, fiel mir nichts ein, was sie besser hätte machen können. Im Gegenteil – als mein erster Schmerz, meine Einsamkeit langsam vergingen, da war ich, glaube ich, bei den Taylors zufriedener, als ich in einem Waisenhaus gewesen wäre.

Mrs. Taylor und die Kinder mochten mich. Sie hatte den lobenswerten, wenn auch ziemlich tragikomischen Wunsch, daß ihre Kinder »mal lernen, wie man 'n nettes Leben führt, wie du und deine Mama das gemacht habt«, und so fing ich an, den Kindern ein bißchen von dem Benehmen und den Manieren beizubringen, die ich von meiner Mutter gelernt hatte. Das geschah sehr zur Verachtung von Mr. Taylor, wann immer er anwesend war. Er war fett und saß dann am Tisch, mit Socken an den Füßen und in Hosen, Hosenträgern und Unterhemd. Und jeden Versuch, den ich unternahm, um seine Kinder zu bilden, verspottete er.

»Na, nu hör dir mal die Zierpuppe an, mit ihrem fürnähmen Benehmen. Oh Gottogottogott!« Dabei schaufelte er sein Essen in den Mund und deutete mit dem Messer auf mich. »Und was is' es für eine, wie? Die hat der Esel im Galopp verloren, auch wenn ihre Mama 'nen Meter über dem Boden geschwebt hat.«

Seine Frau protestierte dann ängstlich. »Du hast keinen Grund so was zu sagen, Bert. Rede nicht schlecht von ihrer Mama.«

»Halt die Schnauze, Daisy, schütt mir lieber noch 'nen Tee rein.«

Ich protestierte niemals selbst, und ich verhielt mich immer höflich Mr. Taylor gegenüber, obwohl ich dafür sorgte, daß ich so wenig wie möglich mit ihm in Berührung kam. Ich verstand nicht, was er damit meinte, wenn er sagte, mich hätte der Esel im Galopp verloren, und als ich Mrs. Taylor später danach fragte, war sie ganz aufgeregt. »Ach, kümmere dich nicht drum, Kindchen. Der Alte is 'n Schwein, das is' er.«

»Aber was bedeutet es denn, Mrs. Taylor?«

»Na . . .« Sie schaute verlegen drein. »Irgendwie will er damit sagen, daß du keinen Vater hast, nicht so richtig.«

»Ach so. Ich dachte, jeder hat einen Vater.«

»Na, das is' ja auch wahr. Aber was ich meine – das mit dem Esel im Galopp –, dein Vater war nämlich mit deiner Mutter nich' verheiratet.«

Ich war verwirrt. »Ich verstehe nicht, wie das möglich ist, daß ein Vater und eine Mutter nicht miteinander verheiratet sind.«

Mrs. Taylor schob sich überarbeitet eine Haarsträhne aus dem Gesicht. »Na, es kann aber schon sein, Schätzchen. Das kriegste schon raus, wenn du 'n bißchen älter bist.«

Ich verstand es wirklich mit der Zeit; und außerdem erfuhr ich ganz grob alles über Männer, Frauen und Babys von den Taylor-Kindern, die es offenbar, sobald sie reden konnten, auf der Straße erfahren hatten.

Jetzt saß ich an meiner Frisierkommode in Silverwood und legte den Brief wieder in den kleinen Kasten. Ich nahm das Gebetbuch heraus. Es hatte meiner Mutter gehört, und die Seiten waren vom vielen Umblättern ganz abgegriffen, denn sie hatte während der Jahre, an die ich mich erinnern konnte, jeden Tag ihres Lebens darin gelesen. Für mich war es ein Talisman. Wenn ich es mit beiden Händen packte und die Augen schloß, dann wurde sie in mir wieder lebendig und gab mir Trost und Hilfe. Das Gebetbuch, zusammen mit ihrer abgenutzten Handtasche und einem dünnen, in zartes Papier eingewickelten Ring, war alles, was ich von meiner Mutter noch besaß. Den Ring hatte sie als Trauring getragen, aber ich hatte jetzt das sichere Gefühl, daß sie es nur getan hatte, um verheiratet zu erscheinen und ihrer Aussage, sie sei eine Witwe, Glaubhaftigkeit zu verleihen. Wie auch immer die Wahrheit über meinen Vater und meine Geburt aussah, ich hielt deshalb kein bißchen weniger von meiner Mutter.

Es lag nur noch ein weiterer Gegenstand in meiner Dose. Es war der andere Ring, der Ring aus mexikanischem Silber, in den die Initialen R. D. eingraviert waren. Während ich ihn hochhielt, beschwor ich das Gesicht von Ramon Delgado vor mir herauf, die adlerartigen Gesichtszüge und die dunklen, tragischen Augen, die er mir gezeigt hatte, wenn er mit verzweifelter Leidenschaft vom Kampf in seinem Land sprach, von der Armut und Unterdrükkung, die in Mexiko herrschten.

Er konnte kein Französisch, aber sein Englisch war gut. Ohne Zweifel erklärte das die Tatsache, warum Mademoiselle Montavon mich dazu ausgewählt hatte, ihn zu empfangen, wenn er das College besuchte. Vielleicht war ich eine gute Zuhörerin, denn er schien Erleichterung darin zu finden, mir in übersprudelnden Worten seine Ideen darzutun, wie er seinen Landsleuten Wohlhabenheit und Freiheit bringen wollte. Man hatte mir gesagt, er sei so eine Art Revolutionär, und deshalb lebe er zeitweilig im Exil. Eines Tages könne es aber sein, daß er eine Machtposition erlangte. Mir schien es bewundernswert, daß ein Mann, der offensichtlich reich war und ein leichtes Leben hätte führen können, sich so tiefe Sorgen um die Armen machte.

Ich sah Señor Delgado mehrmals während des Monats, den er in diesem Sommer in Paris verbrachte. Ich hatte damals bemerkt, wie er sich mehr und mehr veränderte, denn während dieser kurzen Zeit schien er aus den Tiefen der Verzweiflung zu lebendigem Optimismus aufzutauchen. Er pflegte diese Veränderung mir zuzuschreiben, und kurz bevor er Paris verließ, wurde ich in Mademoiselle Montavons Arbeitszimmer gerufen. Senor Delgado war gekommen, um sich zu verabschieden, und an diesem Tag nahm er den Ring mit dem Monogramm vom Finger und schenkte ihn mir.

Und wenn ich jetzt, während ich mit dem Ring in der Hand dasaß, ein wenig lächelte, kam das daher, daß ich mich daran erinnerte, daß Ramon Delgado einer von den beiden Männern war, die mir fast das gleiche seltsame Versprechen gegeben hatten – ein Versprechen, das ich niemals ernst nehmen konnte. Es kam mir viel länger vor als nur zwei Tage, daß ein Matrose, der zur Hälfte Ire war, ein Künstler, ein Porträt von mir gemalt und gesagt hatte: »... und wenn Sie jemals einen Freund brauchen, der irgend etwas für Sie tun soll ... dann kommen Sie einfach zu Toby Kent.«

Fast vor zwei Jahren hatte ein schlanker, dunkelhaariger Mann mit leidenschaftlichen Ideen einen silbernen Ring in meine Hand gelegt und gesagt: »Während wir miteinander geredet haben, da haben Sie, wenn ich vielleicht hundert Worte ausgesprochen hatte, nur fünf gesagt. Dennoch verlasse ich Paris mit neuer Hoffnung und neuem Leben, und das habe ich Ihnen zu verdanken, Senorita. Hier ist ein Zeichen meiner Dankbarkeit. Wenn ich Ihnen je von Nutzen sein kann, dann sagen Sie es mir.« Er hatte die Adresse eines französischen Rechtsanwalts aufgeschrieben, der Briefe an ihn weiterleiten würde, gleichgültig, wo er sich gerade aufhielt. Aber ich hatte diesen Zettel später weggeworfen. Den Ring allerdings hatte ich behalten, denn ich besaß nur wenige Dinge, die mir etwas bedeuteten, und dieses Souvenir stammte von einem Mann voll idealistischer

Leidenschaft und Mitgefühl – von einem Mann, den ich mochte und respektierte.

Ich legte den Ring wieder in die Dose, setzte den Deckel auf und erhob mich von meiner Frisiertoilette, um die Dose in die Schublade zu stellen. Es war eine Freude, sich in das weiche Federbett sinken zu lassen, das sich so sehr von dem Bett unterschied, in dem ich zum letztenmal geschlafen hatte. Hier waren die Bettlaken ungeflickt und aus irischem Leinen der besten Qualität. Die Decken bestanden aus feinster Wolle, leicht, aber warm. Ich löschte die Kerze neben dem Bett und lag noch ein paar Minuten in der Dunkelheit. Ich erinnerte mich selbst wieder an all die seltsamen Dinge, die mir in den letzten vierundzwanzig Stunden passiert waren. Gestern um diese Zeit hatten ein französischer Polizeiinspektor und ein Gentleman von der Britischen Botschaft mich in einem kleinen Restaurant am Montmartre gewarnt, daß man mich wegen Diebstahls verhaften würde, und es hatte für mich anscheinend weder die Möglichkeit gegeben, meine Unschuld zu beweisen, noch zu fliehen. Und jetzt . . .

»Du bist ein Glückskind, Hannah McLeod«, sagte ich mir. Ich schloß die Augen, sprach ein Dankgebet und dann noch ein kurzes Gebet für Toby Kent und meine Freunde am College, Annette und Marguerite. Während ich Armand und die anderen im La Coquille noch auf meine Liste an den lieben Gott setzte, wurde mir klar, daß ich jetzt eigentlich auch die ganze Familie in Silverwood in mein Gebet einschließen müsse, aber bevor ich das tun konnte, muß ich eingeschlafen sein.

Am Ende der ersten Woche in Silverwood kannte ich mich überall im Haus, auf dem Besitz und im Dorf von Bradwell aus. Ich hatte eine tägliche Routine entwickelt, die, verglichen mit meinen Tagen am Montmartre, sehr wenig von mir forderte. Ich kannte alle Dienstboten beim Namen und hatte das Gefühl, als ob sie mich alle gern mochten, wahrscheinlich, weil ich immer darauf achtete, höflich zu ihnen zu sein.

Mein erster Eindruck von der Familie blieb unverändert. Mattie war eine fähige Haushälterin und eine herzliche Frau, die mir sehr dabei half, mich an mein neues Leben in einem Land zu gewöhnen, das ich schon als Kind verlassen und halb vergessen hatte. Von Sebastian Ryder sah ich sehr wenig, abgesehen davon, daß wir zu den Mahlzeiten zusammenkamen. Er war an einer Unterhaltung über häusliche Angelegenheiten nicht interessiert, redete aber über Ereignisse, die mit der Regierung, der Politik und dem Geschäftsleben zu tun hatten und über die in der Zeitung berichtet wurde. Zum größten Teil war es nur Jane, die verstand, worüber er redete. Mattie tat nicht einmal so, als ob sie außerhalb des Hauses und des Dorfes an irgend etwas interessiert wäre, und Geralds Gedanken waren gewöhnlich anderswo – entweder bei seiner Musik oder – unglücklicherweise – bei mir. Aber Jane las immer die Morgenzeitung, und da ihre Interessen denen ihres Vaters ziemlich glichen, war sie sehr wohl in der Lage, eine Unterhaltung mit ihm zu führen.

Beide neigten dazu, Gerald zu ärgern, indem sie ihn bei irgendeinem Thema, das sie gerade diskutierten, um seine Meinung fragten und ihn dann ihrem Spott unterwarfen, weil er keine Ahnung davon hatte. Nachdem ich das bemerkte, fing ich selbst an, jeden Tag die Zeitung zu lesen, so daß ich wenigstens ein bißchen von dem wußte, was in der Welt passierte, und gelegentlich ein bißchen Spott von Gerald ablenken konnte, indem ich selbst ein paar Worte einwarf. Aber ich achtete sorgfältig darauf, das in Form von Fragen zu tun und keineswegs eine Meinung zu äußern.

Jane blieb mir gegenüber genauso neutral, wie sie es am ersten Abend gewesen war – weder freundlich noch feindselig, ein bißchen widerborstig, aber niemals so, daß sie unhöflich wirkte. Während meines Französischunterrichts arbeitete sie gut mit, und obwohl sie sich manchmal ärgerte, wenn ich ihren Akzent korrigierte oder bei ihrer Grammatik etwas richtigstellte, so ärgerte sie sich doch immer über sich selbst und nicht über mich. Ich kann nicht sagen, daß ich Jane liebgewann, aber ich respektierte sie.

Gerald war sichtlich von mir hingerissen – ein Junge, der zum erstenmal verliebt ist oder wenigstens glaubt, es zu sein. Das war für jeden offensichtlich, der Augen hatte zu sehen. Aber zu meiner Erleichterung schienen sowohl Mr. Ryder als auch Jane die Angelegenheit mit Belustigung zu betrachten, und zu meiner noch größeren Erleichterung neckten sie Gerald deswegen nicht. Bei einer Gelegenheit sprach Mr. Ryder einmal darüber, als er und ich allein im Salon saßen, ehe die anderen Familienmitglieder erschienen und darauf warteten, daß zum Abendessen gerufen wurde. Mr. Ryder blickte von seiner Zeitung auf und sagte abrupt und ohne Vorbemerkung: »Sie brauchen sich wegen Gerald keine Sorgen zu machen. Ihre Schuld ist es ja nicht, das sehe ich, und ich bezweifle auch nicht, daß er bald darüber hinwegkommen wird. Wenn der Junge lästig wird, dann lassen Sie es mich wissen, aber Sie sollten selbst in der Lage sein, mit der Situation fertig zu werden.«

Dankbar sagte ich: »O ja, Sir. Ich habe mir nur Sorgen darüber gemacht, was Sie vielleicht denken würden.«

»Das ist unnötig. Wenn ich mich über irgend etwas zu beklagen habe, hören Sie davon – dessen können Sie ganz sicher sein.«

Einen Augenblick später erschienen Gerald und Mattie,

und wir sagten nichts mehr. Mattie selbst wußte natürlich, daß Gerald tief in seiner ersten Liebe steckte, und sie machte sich auch einige Sorgen, bis sie verstand, daß ich diese Liebe nicht ernst nahm. »Na, dann ist ja alles in Ordnung, meine Liebe«, sagte sie. »Sehen Sie, das würde einfach nicht gehen – er ist hier der junge Herr, und Sie sind nur eine Lehrerin ohne Familie und so.«

»Ach, das weiß ich doch, Mattie. Und außerdem hat Mr. Ryder schon mit mir darüber gesprochen. Er weiß, daß ich versuche, Master Gerald davon abzubringen.«

»Na, dann ist ja alles in Ordnung.«

Während die Wochen vergingen, zeigten sich jedoch wenig Anzeichen, daß Gerald davon abkam. Er war zwar viel zu schüchtern, um etwas zu sagen oder auch nur die leichteste Annäherung zu wagen, aber gleichgültig, wie kühl und förmlich ich mich ihm gegenüber benahm, er fuhr fort, mich anbetend anzustarren.

Nach dem ersten Monat hatte ich mich in Silverwood gut eingelebt. Man hatte mich dem Pfarrer und mehreren Familien der Gesellschaft der Gegend vorgestellt wie auch den Ladenbesitzern und den Arbeitern im Dorf. Ich spürte, daß Mr. Ryder recht gehabt hatte, als er behauptete, die wichtigen Familien der Gegend könnten ihn nicht sonderlich gut leiden, und ich hatte mit Sicherheit auch den Eindruck, daß sie ihn von oben her anschauten. Aber gleichzeitig schienen sie irgendwie doch Hochachtung vor ihm zu empfinden, wahrscheinlich, weil er sehr reich und außerdem eine mächtige Persönlichkeit war und weil auf sein Wort Verlaß war.

Gerald zeigte mir, wie man kutschiert, und das war nicht sehr schwierig, denn alle Kutschpferde und Ponys in Silverwood waren friedliche, gutausgebildete Tiere. Er hatte auch angefangen, mich im Reiten zu unterrichten, aber nach ein paar Tagen entschied Jane, sie wolle jetzt den Unterricht bei mir übernehmen. Ich freute mich darüber – teilweise, weil sie die Kunst des Reitens im Damensattel beherrschte, was ihr Bruder nicht konnte, und teilweise, weil Gerald viel zu geduldig mit mir war. Ich hatte bei Pferden ein ziemlich nervöses Gefühl, und er ließ mir das durchgehen. Jane dagegen machte den Unsinn nicht mit – weder beim Pferd noch bei mir. Unter ihrer gestrengen Leitung entwickelte ich bald mehr Selbstvertrauen.

Die Familie ritt nicht mit zur Jagd, aber es gab zwei oder drei gute Jagdpferde in den Ställen von Silverwood. An diesen prüfte ich meine Fähigkeiten nicht, sondern ich überließ sie Jane und Gerald, die beide wie ihr Vater gute Reiter waren. Nach einem Monat war ich ganz zufrieden damit, daß ich mit dem zweiräderigen Wagen ins Dorf fahren oder einen Ausritt auf Willow oder Patch machen konnte, den beiden ruhigen Stuten, die ich am liebsten mochte. Jane überließ mir ein Reitkostüm, das sie nicht mehr brauchte, und Mattie half mir, es umzuändern. Ich gewöhnte mir an, jeden Tag eine Stunde auszureiten, manchmal mit Gerald oder Jane, manchmal mit beiden und manchmal allein.

Zu meiner Erleichterung stellte es sich heraus, daß Gerald für Französisch eine schnelle Auffassungsgabe hatte. Das konnte ich Mr. Ryder berichten, als er fragte, wie wir weiterkämen. Gerald hatte Französisch in der Schule gelernt, aber von einem Engländer, und sein Akzent war schlecht. Das änderte sich jedoch ziemlich schnell. Vielleicht half ihm dabei sein gutes Gehör für Musik, die Nuancen meines französischen Akzents zu imitieren, und mit Sicherheit paßte er auf und hörte sorgfältig zu, wenn ich ihm Unterricht erteilte. Seine schriftliche Arbeit war auch nicht annähernd so gut, aber Mr. Ryder sagte mir, darüber mache er sich keine besonderen Sorgen. Hauptsächlich wünschte er sich, daß Gerald sich fließend unterhalten konnte.

Jane andererseits machte in ihrer schriftlichen Arbeit gleichmäßig Fortschritte, hatte aber einen schrecklichen Akzent, der sich nicht bessern wollte, egal, was ich dagegen tat. Ziemlich unsicher berichtete ich dies ihrem Vater, als er sich nach ihren Fortschritten erkundigte, und wieder war ich erleichtert, als er einfach die Achseln zuckte und sagte: »Wir können nicht alle dasselbe gut beherrschen, und für Jane ist es auch nicht so wichtig.«

Meine einzige Erfahrung im Unterrichten hatte ich gewonnen, als ich nach dem Tod meiner Mutter von Mrs. Taylor aufgenommen worden war. Ich hatte versucht, den Taylor-Kindern das Lesen und Rechnen beizubringen. Jetzt verbrachte ich mindestens eine Stunde jeden Abend damit, die Lektionen vorzubereiten, die ich Jane und Gerald am nächsten Tag erteilen wollte. Dennoch wurde nur ein sehr kleiner Teil jedes Tages von Arbeit eingenommen, und ich hatte sehr viel Freizeit. Einen Teil dieser Freizeit verbrachte ich damit, zu reiten oder spazierenzugehen, wenn das Wetter es erlaubte, und oft fuhr ich auch mit Mattie, wenn sie für den Haushalt einkaufte, ins Dorf.

Von Mattie konnte ich für mein neues Leben sehr viel lernen.

Ich hatte keine Erfahrung im Haushalt, abgesehen von den eineinhalb Jahren, die ich in meiner winzigen Mansarde am Montmartre verbracht hatte. Damals hatte ich von der Hand in den Mund gelebt und nur für mich selber sorgen müssen, und ich hatte weder die Zeit noch die Möglichkeit gehabt, auch nur das Allereinfachste zu kochen. Jetzt lernte ich von Mattie und unserer Köchin, Mrs. Fletcher, wie man Fleisch und Geflügel beim Einkauf beurteilte, wie man Gemüse und Früchte auswählte und wie man ein Menü für eine Familie plante. Mrs. Fletcher war eine energische, immer beschäftigte Frau und redete gern, aber sie war eine erstklassige Köchin, und von ihr lernte ich eine Anzahl von Rezepten, die ich mir in einem Notizbuch aufschrieb.

In einem Haus wie Silverwood war es nicht schwierig für mich, den Rest meiner Freizeit auszufüllen. Sebastian Ryders Bibliothek war für mich wie ein Schatzhaus, und als ich entdeckte, daß es keinen Katalog der Bücher und Autoren gab, da fragte ich, ob ich vielleicht einen zusammenstellen könnte. Die Bitte wurde mir mit einem kurzen »Ja, wenn Sie wollen« gewährt, und Mr. Ryder sagte diese paar Worte, ohne auch nur von der Zeitung aufzublicken, die er gerade las.

Das große Besitztum war ein weiterer Punkt des Interesses für mich. Ich konnte kaum eine Blume von der anderen unterscheiden, und zu dieser Jahreszeit war auch wenig zu sehen außer den ersten Blüten an einigen Bäumen. Aber es machte mir Freude, im Mantel nach draußen zu gehen und eine Stunde mit Blake, dem alten Gärtner, oder einem von seinen Gehilfen zu verbringen und den Leuten bei der Arbeit in den großen Gewächshäusern zuzusehen, in denen sie die Pflanzen für das nächste Jahr heranzogen. Manchmal waren sie überrascht über die Ignoranz, die sich in meinen Fragen zeigte, aber als sie von anderen Dienstboten erfuhren, daß ich in Frankreich ufgewachsen war, da akzeptierten sie meinen fast völligen Mangel an Kenntnissen und meinten, das sei ganz normal, da ich ja Ausländerin sei.

In einem war Silverwood allerdings ein merkwürdiger Haushalt, denn Mattie und ich gehörten weder zur Familie noch zu den Dienstboten. Mr. Ryder hatte manchmal Gäste zum Essen – nicht etwa Leute aus dem Ort, sondern Geschäftsfreunde, die oft aus dem Ausland kamen. Bei solchen Gelegenheiten aßen Mattie und ich in dem kleinen Wohnzimmer, das neben Matties Schlafzimmer lag. Oft lud sie mich auch zu anderen Zeiten ein, mich eine Stunde zu ihr zu setzen und zu plaudern oder vielleicht mit ihr ein Kartenspiel zu spielen, das sie mir beigebracht hatte. Es hieß ›Cribbage‹.

Am Ende meiner fünften Woche kamen zwei Franzosen an und blieben als Gäste über das Wochenende. Mattie und ich zogen sich während dieser Zeit aus der Familie zurück, aber am Samstagabend ließ Mr. Ryder nach mir schicken und mich in sein Arbeitszimmer rufen. Plötzlich bekam ich Angst, seine Gäste könnten vielleicht Polizisten in Zivil sein, die mich von Paris bis hierher verfolgt hatten, obwohl es schwer zu glauben war, daß sie sich solche Mühe gaben. Es stellte sich aber heraus, daß die beiden Geschäftsleute waren, die zu Verhandlungen wegen des Kaufs von Militärausrüstung gekommen waren. Ihr Englisch wirkte gequält, Geralds Französisch hatte sich als inadäquat für das Besprechen von Einzelheiten herausgestellt, und deshalb wurde ich gerufen, um zu dolmetschen.

Es war eine interessante Erfahrung, denn durch Beschreibung und Erklärung mußte ich eine Anzahl von französischen Ausdrücken über Waffen und Munition lernen, die ich nicht gekannt hatte. Später schrieb ich mir nieder, daß ich diese Ausdrücke in Geralds zukünftigen Lektionen verwenden würde. Die Summen an Geld und die Mengen an Waffen, die ich beim Übersetzen nennen mußte, waren ziemlich schwindelerregend, aber ich achtete sehr darauf, daß sich solche Gedanken nicht in meinem Gesichtsausdruck zeigten, und übersetzte einfach wie verlangt völlig unpersönlich. Meine Bemühungen mußten Mr. Ryder zufriedengestellt haben, denn er widmete mir noch ein Wort des Lobes, ehe er mich entließ, als meine Arbeit erledigt war.

Ich dachte jetzt kaum noch an mein Leben in Frankreich, aber ich erinnerte mich immer noch an meine wenigen Freunde, wenn ich mein Gebet sagte, besonders an Toby Kent. Er mußte jetzt noch immer auf See sein, mußte noch immer die Gefahren bestehen, die das mit sich brachte. In Bradwell fuhr Jane nach den Osterferien zur Schule zurück, und Gerald betrachtete mich weiterhin mit stummer Anbetung, und die Frühlingsblumen und Gesträuche brachten große Farbflecken in die grünen und braunen Gärten von Silverwood. Zuerst kamen die Osterglocken, dann die Tulpen und Aubretien, die über die kleinen Trockenmauern hingen, und dann die Kamelien mit ihren großen Blüten in Rosa und Rot.

Eines Abends, als ich im Salon saß und müßig in einem Magazin herumblätterte, das ›The Tatler‹ hieß, erstarrte ich plötzlich vor Erstaunen. Ich war unsicher, ob ich Angst oder Freude empfinden sollte. Auf der Seite vor meinen Augen sah ich zwei Fotografien, von denen jede in schwarzen Buchstaben eine Unterschrift trug. Drei oder vier Spalten waren daneben gedruckt. Eine Fotografie zeigte ein eingerahmtes Gemälde, auf dem ein Mann in einer schäbigen weißen Jacke dargestellt war; das sagte mir nichts. Die andere Fotografie zeigte das Bild, das Toby Kent an jenem Sonntagmorgen am Montmartre von mir gemalt hatte.

Da saß ich, die Hände im Schoß, neben dem Spülbecken, das mit Geschirr und Kochtöpfen vollgestapelt war, und starrte hinaus aus dem Fenster über die Dächer und Schornsteine, deren Umrisse vor dem Himmel zu sehen waren. Wenn man die Größe der Fotografie betrachtete und die Tatsache, daß die Farbe fehlte, dann war sie erstaunlich klar. Dennoch spürte ich mit einem Gefühl der Erleichterung, daß man mich nach diesem Bild unmöglich erkennen konnte. Im Gegenteil – ich bezweifelte, daß man mich auf dem Originalgemälde erkannt hätte. Denn Toby hatte nur seinen Eindruck von mir wiedergegeben, und nicht ein sorgfältig gemaltes Ebenbild.

Ich blickte einen Augenblick lang von dem Magazin auf. Mr. Ryder war nicht bei uns, denn er war für zwei Tage auf Geschäftsreise in den Norden gefahren. Mattie strickte, Jane klebte ein paar Zeitungsausschnitte in ihr Tagebuch, und Gerald runzelte die Stirn über einem Textbuch und versuchte, mir dadurch eine Freude zu machen, daß er sein Französisch verbesserte. Sie alle wußten, daß ich in einem Armenviertel von Paris Kellnerin gewesen war und kaum einen Sou besessen hatte. Es gab also keinen besonderen Grund, warum ich ihnen das Bild nicht hätte zeigen und zugeben sollen, daß ich das dargestellte Mädchen war. Aber das hatte ich nicht vor. Durch schlechte Erfahrungen hatte ich gelernt, nach vorn zu schauen und nicht zurück, und das Leben in Frankreich lag jetzt hinter mir, wie damals, als ich das Leben in England hinter mir gelassen hatte. Wenn ich ihnen das Bild gezeigt hätte, hätten sie mir alle möglichen Fragen gestellt, zum Beispiel, wie es gekommen war, daß ich dafür Modell gesessen hatte, und ich wollte nicht mehr über diese Dinge reden.

Ich blickte also wieder hinab auf das Magazin und las die Unterschrift: »Die Fotografie zeigt das Gemälde ›Das Mädchen mit dem Schmetterling‹ von Mr. Toby Kent, das auf der Ausstellung in Paris in diesem Jahr eine Sensation verursachte.«

Ich unterdrückte einen Seufzer der Freude über Tobys Erfolg. Eine Sensation, das stand im Magazin! Und er hatte das Bild ›Mädchen mit dem Schmetterling‹ genannt, nach dem goldfarbenen Muttermal, das er auf meiner Schulter gesehen hatte. Dadurch wurde ich in meiner Entscheidung, nichts zu sagen, noch bestärkt. Ich wollte es noch nicht einmal Mattie zeigen – vielleicht gerade Mattie nicht, denn sie würde sicher neugierig werden und erfahren wollen, warum sowohl der Künstler als auch Mr. Sebastian Ryder mich mit diesem Ausdruck bezeichnet hatten.

Ich tat so, als ob ich ganz ruhig wäre, und blätterte die Seite um, um den Anfang des Artikels zu finden. Er war überschrieben: »Einige moderne Impressionisten«, und während ich schnell die Spalten hinunterlas, sah ich mehrere berühmte Namen, die Toby erwähnt hatte, als er mir erklären wollte, an was die impressionistischen Maler glaubten und wie sie arbeiteten. Dann drehte ich die Seite um, fand Tobys Namen und begann, aufmerksam zu lesen.

»Ein Engländer, Mr. Toby Kent, dreißig Jahre alt, ist in Pariser Kunstkreisen zu plötzlicher Berühmtheit gelangt, und zwar durch eine Serie von fünf Gemälden, deren bekanntestes den Titel ›Mädchen mit dem Schmetterling‹ trägt. Eine Fotografie davon zeigen wir auf der Vorderseite.«

Ich war verwirrt. Fünf Gemälde? Wie konnte Toby noch weitere Bilder gemalt haben, wo er doch auf See war und weder Leinwand noch Pinsel noch Farbe bei sich hatte? Vielleicht waren die anderen vier früher entstanden, aber der Journalist schrieb, das ›Mädchen mit dem Schmetterling‹ sei das erste, und ich erinnerte mich an die lächelnde Leidenschaft, mit der Toby behauptet hatte, er habe an dem Tag, an dem er mich gemalt hätte, endlich das gefunden, worum er sich viele Jahre lang bemüht hatte. Wie auch immer, wenn ich mich recht erinnerte, war Toby auf eine lange Reise gegangen und hätte selbst jetzt noch nicht in Paris angekommen sein können.

Ich schob das Rätsel einen Augenblick beiseite und las weiter.

»Der Korrespondent war in der Lage, in der vergangenen Woche mit Mr. Kent in der Galerie Montaigne ein paar Worte zu wechseln und ihm die Frage zu stellen, die in

Kunstkreisen große Neugier erregt hat. ›Warum trägt dieses Gemälde den Titel ›Mädchen mit dem Schmetterling‹, und wer ist das Modell?‹ Mr. Kent ist ein junger Mann, dessen Manieren liebenswürdiger sind, als seine Worte das andeuten. Zur Antwort auf unsere Frage sagte er lächelnd: ›Warum ich sie ›Mädchen mit dem Schmetterling‹ nenne, das geht nur mich etwas an, Sir, und wer das Modell ist, das geht nur sie etwas an.‹«

Ich lächelte in mich hinein, denn ich konnte Toby Kent diese Worte fast sagen hören, fröhlich wie immer, aber ganz unbekümmert über den Eindruck, den er auf den Korrespondenten gemacht haben mußte, der offenbar ein ziemlich bedeutender Kunstkritiker gewesen war. Der nächste Satz raubte mir fast den Atem.

»Hier und da hört man Gerüchte, daß es um den Erwerb dieses Bildes einige Kämpfe gegeben hat und es für eine Summe von umgerechnet eintausendachthundert Pfund an einen amerikanischen Sammler verkauft wurde, obwohl höhere Angebote vorlagen. Als Mr. Kent gefragt wurde, warum er einen niedrigeren Preis akzeptiert habe, als er anderswo hätte haben können, antwortete er den Berichten zufolge wieder sehr liebenswürdig: ›Wen, zum Teufel, geht denn das etwas an außer mich? Und außerdem ist das Bild vermietet und nicht verkauft.‹ Man konnte ihn nicht dazu überreden, diese geheimnisvolle Bemerkung aufzuhellen.«

Ich konnte meine Freude über Tobys Glück kaum bei mir behalten. Eintausendachthundert Pfund! Er war plötzlich reich, aber für mich war es viel wichtiger, daß er sich als Künstler bewährt hatte, denn ich wußte, daß dies allein für Toby zählte.

Ich las weiter, aber nur noch oberflächlich, denn jetzt schrieb der Kritiker über die technische Qualität der Gemälde und bezog sich auf den Naturalismus, analysierte die Farbtöne, die Struktur der Leinwand und noch mehr von diesen Dingen, die ich nur zur Hälfte verstand. Es schien mir, als ob er die impressionistische Malweise nicht besonders bewunderte, bei Mr. Toby Kent aber das Gefühl hätte, daß er weit genug von den Impressionisten abwich, um eine Anzahl von sehr interessanten und attraktiven Bildern zu produzieren. Diese, so schrieb der Korrespondent, besäßen »intellektuelle Kraft eine Qualität, die bisher den impressionistischen Gemälden fehlte«.

Mein Blick flog weiter und verhielt noch einmal auf dem letzten Abschnitt.

»Von den fünf Gemälden, die unser Korrespondent sich in der Galerie Montaigne angesehen hat, waren zwei Porträts, zwei Straßenszenen und eins ein Stilleben. Der Korrespondent war in der Lage, fotografische Reproduktionen von den beiden Porträts zu zeigen – wobei ›Das Mädchen mit dem Schmetterling‹ vielleicht das interessanteste, das andere aber mit dem Titel ›Kellner‹ von gleicher Qualität sowohl in der malerischen wie auch in der technischen Ausführung sei. Manchen mögen Mr. Kents Gemälde vielleicht nicht gefallen, aber unser Korrespondent hat keinen Zweifel darüber, daß diesem Künstler eine erfolgreiche Karriere beschieden sein wird.«

Ich schaute wieder das andere Bild an, aber diesmal mit mehr Sorgfalt. Ich hielt es ein Stückchen von mir weg. Einen Augenblick sagte es mir nichts, aber dann nahmen die Gesichtszüge, die mir zuerst formlos erschienen waren, plötzlich Gestalt an. Der Körper wurde lebendig. Das war Armand, mein Freund, der Kellner im La Coquille – genauso hatte ich ihn ungezählte Male in seiner schäbigen weißen Jacke gesehen, genauso hatte sein glattes schwarzes Haar vor Brillantine geglänzt, genauso hatte sein langer Schnurrbart herabgehangen, und genauso hatte er mit leicht schräg gelegtem Kopf dagestanden, den Block in der Hand, um eine Bestellung zu notieren.

Ich starrte wie verzaubert hin, und ich war ziemlich erschüttert. Hier auf dieser Fotografie, die, verglichen mit dem Gemälde, so klein war und statt der Farbe nur weiße, schwarze und graue Töne zeigte, sah ich den Zauber, den Tobys Pinsel gewirkt hatte – auf der Leinwand zeigte sich mir Armand so wirklich, wie keine Fotografie das hätte fertigbringen können.

Jemand sagte meinen Namen, und ich begriff, daß er ihn nicht zum erstenmal sagte. Ruckartig kam ich zu mir und blickte auf. Gerald stand da und blickte mit verwirrtem Lächeln auf mich hinab. »Wirklich, Hannah, Sie waren meilenweit weg. Was lesen Sie denn da so Spannendes?«

»Oh, das tut mir leid, Master Gerald.« Ich schloß langsam das Magazin, so daß es nicht aussah, als ob ich etwas verbergen wolle. »Ich habe gerade einen Artikel über Künstler in Paris gelesen. Oben am Montmartre und auf dem linken Ufer haben eine ganze Menge gewohnt.«

»Ja, das ist wohl so«, sagte Gerald ohne großes Interesse. »Ich gehe jetzt noch ein Weilchen nach oben und übe das ›Hammerklavier‹. Ich hatte mich gefragt, ob Sie wohl gerne mitkommen und zuhören wollten.«

Ich durchforschte meine Erinnerung nach dem, was ich während der letzten paar Wochen aufgeschnappt hatte, und sagte: »Das ist von Beethoven, nicht? Eine seiner Klaviersonaten?«

Gerald strahlte vor Freude. »Ja, die in b-Moll, Opus einhundertsechs.«

»Ja, Master Gerald, ich würde sie mir gern anhören, wenn Miß Jane und Mattie mich entschuldigen.«

Fünf Minuten später lauschte ich auf die wunderschöne Musik, aber ich dachte nicht darüber nach, wie Gerald mir das immer riet, falls ich mein Verständnis dafür verbessern wollte. Gewöhnlich versuchte ich es, aber heute waren meine Gedanken anderswo, denn ich überlegte mir, ob ich es wagen konnte, einen Brief an Toby Kent zu schreiben, um ihm zu sagen, wie sehr ich mich über seinen Erfolg freute. Nach einigem Nachdenken entschied ich mich, ihm nicht zu schreiben. Es war zwar unwahrscheinlich, daß die französische Polizei in den Besitz des Briefes gelangen und mich auf diese Weise aufspüren konnte, aber mir wurde klar, daß Toby jetzt so etwas wie eine wichtige Person geworden war, und obwohl er sich mir gegenüber immer sehr liebenswürdig und freundlich verhalten hatte, würde er heute wohl kaum noch daran interessiert sein, von mir zu hören. Für ihn hatte sich die Welt verändert wie auch für mich, und wir mußten beide nach vorne schauen und nicht zurück.

Vielleicht war es die melancholische Musik, aber bei diesem Gedanken überkam mich eine seltsame Traurigkeit. Ich suchte für mich selbst nach einem Grund und fand keine Antwort, aber die kleine Tristesse blieb mir, solange Gerald spielte. Später, im Bett, lag ich noch eine Weile wach und fragte mich, ob die Polizei wohl meinen Brief bekommen und Mr. Doyle die goldenen Manschettenknöpfe zurückgegeben hatte. In meinem Brief an Toby hatte ich ihn ja darum gebeten, mit Inspektor Lecour darüber zu sprechen.

Vielleicht sollte ich doch an Toby schreiben und nachfragen . . .

Nein. Bei seinem Erfolg war er jetzt sicher in eine schönere Wohnung umgezogen, und selbst wenn man ihm den

Brief nachschickte, was höchst unwahrscheinlich war, fühlte er sich vielleicht nur peinlich berührt. Was immer geschehen war, es spielte für mich jetzt keine Rolle mehr. Die Straßenräuber von Paris, Mr. Doyle, die leidenschaftliche junge Dame, die Clara hieß, meine Flucht vor der Verhaftung – die ganze unglückselige Angelegenheit war vorüber und erledigt, und die Menschen, die damit zu tun hatten, waren endgültig aus meinem Leben verschwunden.

Zu diesem Ergebnis kam ich, während ich in meinem bequemen Bett lag, in meinem schön eingerichteten Schlafzimmer, und langsam eindämmerte. Aber bald sollte es sich herausstellen, daß ich mich irrte.

Im Laufe dieser Woche, eines Tages um elf Uhr morgens, zog ich mir mein Reitkleid und den Reithut an und ging nach unten in die Ställe. Geralds Unterricht war um halb elf zu Ende gewesen, und als er erfuhr, daß ich einen Ausritt machen wollte, fragte er, ob er mitkommen könne. Ich konnte ihm das kaum abschlagen, aber ich war froh, als Mr. Ryder ihn im Arbeitszimmer bei einem Gespräch mit ein paar Geschäftsleuten aus dem Norden brauchte. Für mich war es ziemlich entnervend, mit Gerald allein zu sein, außer wenn er Klavier spielte. Gerald nahm jetzt öfter an den geschäftlichen Gesprächen seines Vaters teil. Er sagte mir im Vertrauen, es würde zwar nicht erwartet, daß er dabei ein Wort sagte, aber er mußte einfach dasein und zuhören und lernen. Ich hatte den Eindruck, daß es ihm schwerfiel, sich auf diese Dinge zu konzentrieren, und daß er nicht allzuviel lernte.

Nach dem Frühstück hatte ich Frank, dem dritten Pferdeknecht, gesagt, ich würde gern um elf Uhr eine Stunde ausreiten, und als ich in den Stall kam, hatte er Willow schon gesattelt. Das Pferd wartete auf mich. Fünf Minuten später ritt ich ruhigen Schritts über die Weide, die nördlich von Silverwood lag. Ich genoß die leichte Wärme, die in der Luft lag und die Ankunft des Sommers andeutete.

Hinter der Weide lag Quentins Wald, ein Gelände mit Heidekraut, Gebüschen und gemischten Bäumen, durch welches sich mehrere Fußwege und Reitwege wanden. Als ich bei einem der Reitwege angekommen war, entschloß ich mich, Traben zu üben, und wenn das gutging, wollte ich Willow sogar ein bißchen galoppieren lassen. Das hatte ich erst einmal getan, unter Janes Aufsicht.

Ich schnalzte mit der Zunge, tippte Willow mit dem Absatz an, und sofort verfiel sie in einen energischen Trab. Jetzt mußte ich nur noch Janes Erklärungen beachten. »Lockeren Zügel, Hannah! Lassen Sie das Pferd fühlen, daß Sie da sind. Nein, warten Sie. Hüh! Jetzt hören Sie mal zu! Sie sitzen nicht anständig, aber ich bringe Ihnen das Geheimnis des Reitens im Damensattel bei, was Sie wahrscheinlich von niemand anderem erfahren werden. Das linke Bein benutzen Sie genauso wie ein Mann. Die Stellung des rechten Beines ist aber wichtig. Sie müssen so sitzen, daß Ihr rechter Oberschenkel parallel zum Rückgrat des Pferdes liegt, so daß es Ihr ganzes Gewicht tragen muß. Das ist besser. Und jetzt versuchen Sie es noch einmal.«

Janes Unterricht war sehr gründlich, obwohl der arme Gerald, weil sie immer wieder meinen rechten Oberschenkel erwähnte, dauernd errötete und immer wegschaute, wenn er zufällig dabei war. Manchmal wünschte ich mir, ich hätte für Jane mehr Zuneigung entwickeln können, aber sie war ein Mädchen, das davon anscheinend nicht allzuviel brauchte, außer vielleicht von Mattie. Obwohl sie fleißig an allem arbeitete, was sie sich vorgenommen hatte, lag in ihren Gefühlen gegenüber anderen Menschen anscheinend wenig Wärme.

Ich war einigermaßen zufrieden mit meinem Trab, während Willow mich den grasigen Pfad entlang durch die Wälder trug. Wir kamen zu einer Stelle, wo ein anderer Pfad unseren Weg kreuzte, und ich mußte mich entscheiden, ob ich nach links oder nach rechts abbiegen oder geradeaus weiterreiten wollte. Ich wollte gerade nach rechts abbiegen, um zum Buchenhügel und von dort nach Becksworth zu kommen, als ein anderer Reiter auf dem Pfad auftauchte, wohin ich gerade einbiegen wollte. Bis zu diesem Augenblick war der andere von einem großen Stechpalmengebüsch verdeckt gewesen, so daß sein Auftauchen sowohl für mich als auch für mein Pferd überraschend kam.

Willow scheute leicht, aber das reichte für einen Neuling wie mich. Vielleicht wäre ich im Sattel geblieben, wenn ich rittlings auf der Stute gesessen hätte, aber ich ritt Damensattel, und deshalb rutschte ich ganz langsam nach hinten. Mein linker Fuß glitt aus dem Steigbügel, die Zügel rutschten mir aus den Händen, und ich warf die Arme hoch, um die Balance zu halten. Nur mein rechtes Bein, das hochgezogen und zwischen den Hörnern des Damensattels eingehängt war, hatte noch festen Halt. Willow stand jetzt da wie ein Fels, aber ich war aus dem Gleichgewicht geraten, und mein linkes Bein hob sich, während ich hilflos zurückkippte. Einen Augenblick schwebte ich in dieser Stellung, dann rutschte auch mein rechtes Bein von den Hörnern ab, und ich rollte herum. Ich glitt an der Flanke der Stute nach unten, mit dem Kopf voran. Ich landete mit den Schultern auf dem weichen Boden, und mein Reitzylinder schob sich nach vorn über mein Gesicht.

Ich hatte mir nicht weh getan, aber da ich unter dem Reitkleid keine Reithosen trug, wußte ich genau – meine bestrumpften Beine mußten bis obenhin zu sehen sein. Hastig zog ich den Rock wieder nach unten und rappelte mich auf. Ich kniete mich hin, schob den Hut, der meine Augen bedeckte, zurück und blickte zu dem Reiter auf, dessen plötzliches Erscheinen meinen Sturz herbeigeführt hatte.

Toby Kent saß auf einem großen Fuchs, hatte die Hände auf den Sattelknopf gestützt und blickte mit ernstem Interesse auf mich herab. »Würde es Ihnen etwas ausmachen, mir das noch einmal vorzuführen, Miß McLeod?« fragte er. »Das erstemal habe ich es nicht ganz mitbekommen.«

»Toby!« Ich starrte verblüfft zu ihm auf und hielt mich noch immer am Rand meines Hutes fest. »Aber wie . . .? Wann sind Sie . . .? Waren Sie etwa . . .? O Toby, wie schön, daß Sie da sind!«

Er schwang sich vom Pferd, wollte die Hände ausstrekken, um mir aufzuhelfen, und zögerte plötzlich. Ich lachte, streckte die Hände hoch, damit er sie ergreifen konnte, und wurde hochgezogen. Wir standen da und schauten uns einen Augenblick an, und ich lächelte voller Freude. Er legte den Kopf schief und musterte mich.

»Es geht Ihnen also gut?« fragte er.

»Ja, natürlich geht's mir gut, ich habe sogar ein unwahrscheinliches Glück gehabt.« Ich war voller Aufregung über diese unerwartete Begegnung. »O Toby, erst neulich habe ich abends die Geschichte von Ihnen im ›Tatler‹ gelesen, und ich habe mich so gefreut, daß ich in die Luft hätte springen können. Aber haben Sie auch den Brief bekommen, den ich für Sie dagelassen hatte? Sind Sie bei der Polizei gewesen? Warum sind Sie denn nicht auf See?« Ich breitete in einer hilflosen Geste die Arme aus und lachte wieder. »Himmel, es gibt so viel zu fragen und zu erzählen, aber was in aller Welt machen Sie ausgerechnet hier?«

»Also, das . . .« Er nahm die Mütze ab und ging hinter mich, um mir Zweige und Blätter vom Rücken abzustreifen. »So, das sieht schon besser aus.« Er trat wieder vor mich hin und setzte die Mütze auf. Jetzt sah ich, daß er gute Cordhosen und eine Reitjacke aus Tweed trug. »Was ich hier mache?« wiederholte er. »Na, erstens hatte ich die Idee, mal eine alte Freundin wiederzusehen, und zweitens muß ich auch eine Nachricht von einem neuen Freund überbringen. Sein Name ist Mr. Andrew Doyle.«

»Mr. Doyle? Aber das ist doch der Mann, der . . .«

»In der Tat ist er das«, sagte Toby ruhig. »Der Kerl, den Sie damals vor dem Apachen gerettet haben.«

»Ein Freund?«

»Ja.«

»Oh, dem Himmel sei Dank. Sie meinen, Inspektor Lecour hat geglaubt, was ich in meinem Brief geschrieben habe – nämlich, daß ich die goldenen Manschettenknöpfe nicht gestohlen habe? Und er konnte auch Mr. Doyle davon überzeugen?«

Toby beäugte mich ernst und rieb sich das Kinn mit dem Griff seiner Reitgerte. »Nein«, sagte er, »so war das überhaupt nicht, und das ist ein weiterer Grund, warum ich mir gedacht hatte, ich überzeuge mich besser selbst, daß es Ihnen gutgeht. Denn Tatsache ist, daß es einen Inspektor Lecour gar nicht gibt und auch nie gegeben hat. Die ganze Angelegenheit, wie man Sie hierhergeschafft hat, das war ein Trick, kleine McLeod.«

7

ICH SCHAUTE MICH völlig verwirrt um und fragte mich, ob ich vielleicht träumte. Aber um mich her war alles wirklich, die Wälder, der blauweiße Himmel über uns, Toby, der den großen Fuchs hielt, und Willow, die den Kopf gesenkt hatte und ein saftiges Grasbüschel stutzte.

»Aber ich habe doch selbst mit Inspektor Lecour geredet«, sagte ich. »Wirklich, und außerdem auch noch mit einem Engländer von der Britischen Botschaft. Es war im La Coquille, an dem Abend, als Sie abgereist sind.«

Toby schüttelte den Kopf. »Der Engländer war aber nicht von der Botschaft. Er ist der Assistent eines Mannes, der Boniface heißt. Und der Franzose, der so tat, als ob er ein Polizeiinspektor wäre, war in Wirklichkeit ein Bekannter, der für die Arbeit angeheuert worden war.«

In meinem Gehirn wirbelten im völligen Durcheinander alle möglichen Fragen und drängten danach, gestellt zu werden. Aber im Augenblick konnte ich nur sagen: »O Toby . . . Aber warum?«

»Davon habe ich keine Ahnung.« Toby machte eine Kopfbewegung zur Stute hinüber. »Sollen wir weiterreiten, während ich Ihnen das erzähle, was ich weiß?«

Ich bemühte mich, die Betäubung abzuschütteln, die seine soeben gesagten Worte in mir hervorriefen. Ich sagte ziemlich verwirrt: »Ja. Ja bitte, Toby. Es ist alles so seltsam, daß ich es kaum glauben kann . . . Natürlich glaube ich Ihnen, aber . . .«

»Wohin sollen wir denn reiten?« unterbrach er mich sanft.

»Ach . . . nach unten durch den Wald und dann durchs Tal zu Salters Weide, glaube ich. Es gibt unten direkt an der Koppel eine Senke, dort können wir uns hinsetzen und reden, wenn Sie wollen. Ich glaube nicht, daß uns auf dem Weg jemand begegnet. Macht es Ihnen was aus, wenn wir zusammen gesehen werden?«

Er lächelte. »Mir nicht.«

»Mir auch nicht. Sie hätten auch zum Haus kommen und nach mir fragen können. Ich bin sicher, Mattie hätte uns im Salon miteinander reden lassen, und Mr. Ryder macht es auch nichts aus, solange wir ihm nicht im Wege sind. Oh, Mattie, das ist die Haushälterin, Mrs. Matthews. Sie ist sehr nett.«

»Freut mich, das zu hören«, sagte er. »Aber da ich die besten Stunden in den letzten drei Tagen hier herumgelungert bin, in der Hoffnung, Sie mal allein zu sehen, sollten wir jetzt vielleicht doch weiterreiten, wie Sie vorgeschlagen haben.«

Ich erholte mich allmählich von der Überraschung, ihn getroffen zu haben, und von meinem Schrecken über das, was er mir gesagt hatte. Es war alles höchst geheimnisvoll, aber irgendwie schien es zu dem Satz zu passen, den Albert, der Hausdiener von Sebastian Ryder, gehört hatte. »Bringen Sie mir das Mädchen mit dem Schmetterling ... und es ist mir völlig egal, was es kostet.«

Mit Sicherheit war der Gedanke, daß ich durch einen Trick nach England gebracht worden war, ziemlich bedrohlich. Aber ich wohnte jetzt schon viele Wochen in Silverwood, und es war nichts geschehen, was mich auch nur im geringsten beunruhigt hätte. Vielleicht würde das, was Toby mir zu sagen hatte, das Geheimnis auf irgendeine plausible Weise lösen, dachte ich.

Ich wischte mir den Staub von den Handschuhen ab, indem ich die Hände aneinanderrieb, und sah zu, wie er Willow am Zügel nahm und sie rechts an mich heranführte. »Wie sitzt man denn auf?« fragte er mich.

Ich rückte mir den Hut gerade und sagte: »Ein Pferdeknecht läßt mich immer den Fuß in seine gefalteten Hände setzen und hebt mich dann hoch.«

»Hm«, brummte er voller Zweifel.

Ich lachte. »Toby, Sie sind sehr rücksichtsvoll, aber ich breche nicht in Tränen aus, wenn Sie mich anrühren.«

Sein Gesicht wurde wieder fröhlich. »Wenn es so

ist . . .« Aber er verschränkte nicht die Hände, sondern packte mich einfach um die Taille und hob mich ganz leicht in den Sattel. Dann drehte er sich um und bestieg sein Pferd, während ich mich oben zurechtrückte.

Es war außerordentlich angenehm, im langsamen Schritt durch den Wald zu reiten und meinen besten Freund vom Montmartre neben mir zu haben. »Ich kann Ihnen gar nicht sagen, wie froh ich darüber bin«, meinte ich, »daß Sie Erfolg haben, Toby. Hat es wirklich an dem Tag angefangen, an dem Sie mich neben dem Spülbecken gemalt haben? Wenn das wahr ist, dann bin ich sehr stolz darauf, denn ich kann mir dann einbilden, daß ich eine kleine Rolle bei Ihrem Erfolg gespielt habe.«

Er schob sich die Mütze zurück und schaute mich mit einer Mischung aus Belustigung und Verärgerung an. »Aber natürlich haben Sie dabei eine Rolle gespielt, meine Schöne. Nur ich werde nie begreifen, wie Sie davon reden können, ehe Sie alles andere gehört haben. Sind Sie denn nicht ganz wild darauf, von dem Streich zu erfahren, der Ihnen gespielt worden ist?«

»Doch, natürlich«, antwortete ich und versuchte, weiterhin so zu sitzen, daß mein rechter Oberschenkel parallel zum Rückgrat der Stute lag, »aber das ist doch nicht wichtiger als Ihr Erfolg. Ich meine . . . ach du liebe Güte – was meine ich eigentlich? Nun, wenn es ein Trick war, dann kommt entweder etwas dabei heraus oder auch nicht. Und wenn etwas dabei herauskommt, dann kann es gut oder auch schlecht für mich sein. Und wenn es schlecht ist, dann kann ich es möglicherweise verhindern oder auch nicht. Und wenn nicht, dann muß ich mich einfach damit abfinden, so gut ich kann.«

Toby schaute erst mich an, dann blickte er zum Himmel hinauf, als ob er dort Verständnis suchte. Schließlich sagte er: »Lieber Gott, eine Fatalistin, das sind Sie, Hannah –

eine richtige Fatalistin. Ach, man kann genug Leute hören, die das von sich behaupten, aber sie sind es nicht. Außerhalb von Indien sind Sie die erste Fatalistin, die ich erlebt habe. Aber ich bin nicht überrascht – wenn ich jetzt so drüber nachdenke . . .«

»Toby«, unterbrach ich ihn sanft, »das alles interessiert mich nicht besonders. Wollen Sie mir jetzt bitte erzählen, was passiert ist, seit ich abgereist bin, oder wollen Sie noch mehr Zeit damit verschwenden, mir eine Beschreibung von mir selbst zu liefern?«

»Es ist meine Pflicht als Halbire, gesprächig zu sein«, sagte er. »Aber da Sie ja eine Philisterin sind, kommen wir gleich zum Thema. Sie zuerst, Hannah. Was ist hier passiert?«

Meine Geschichte konnte ich in fünf Minuten erzählen, inklusive einem kurzen Bericht über die Familie Ryder und meine gute Stellung im Haus. Toby hörte schweigend und mit einem verwirrten Gesichtsausdruck zu. »Seit Boniface Sie also hier abgeliefert hat, mußten Sie sich keinerlei Sorgen machen? Überhaupt keine?« fragte er, als ich fertig war.

»Nein. Na, über eins habe ich mich am ersten Tag allerdings gewundert. Ganz zufällig kam heraus, daß eines der Dienstmädchen Mr. Ryder gehört hatte, wie er Mr. Boniface auftrug, ihm das ›Mädchen mit dem Schmetterling‹ zu bringen, egal, was es koste. Das hörte sich seltsam an, aber vielleicht war das auch nur seine Art, deutlich zu werden – ich meine, daß er unbedingt eine Engländerin wollte, die fließend Französisch spricht.«

Toby starrte mich an. »Aber das ist keine Erklärung dafür, warum er Sie ›Das Mädchen mit dem Schmetterling‹ nannte. Woher sollte er wissen, daß Sie einen goldenen Schmetterling auf der Schulter tragen?«

»Ich hab' keine Ahnung. Aber vielleicht weiß er es auch

nicht. Vielleicht hat nur eine von meinen Freundinnen im College mich als Schmetterlingsmädchen bezeichnet, als Mr. Boniface da war und sich nach mir erkundigte. Der hat dann einfach den Spitznamen mitgebracht.«

Toby schüttelte den Kopf. »Das kommt mir nicht sehr wahrscheinlich vor.«

»Na, das Thema ist auch nie wieder aufgetaucht. Um Gottes willen, machen Sie sich deswegen keine Sorgen. Und jetzt sind Sie dran. Ich dachte, Sie wollten ein paar Monate zur See fahren, und ich muß einfach wissen, was bei Ihnen passiert ist.«

»Das ist schnell erzählt«, sagte Toby und grinste. »Wir waren in Le Havre und wollten gerade ablegen, als irgendein Trottel mir eine Kiste auf den Fuß fallen ließ. Das Ding ist angeschwollen, bis es so groß war wie mein Kopf, und weil es klar war, daß ich als Seemann nichts mehr nützen würde, hat der Skipper mich rausgesetzt. Zwei Tage hab' ich dann in Le Havre im Krankenhaus gelegen, danach haben sie mich nach Hause geschickt. Mit 'nem Verband um den Fuß und 'ner Krücke unterm Arm.«

Ich hatte voller Mitgefühl das Gesicht verzogen, und jetzt sagte ich. »Oh, das tut mir aber leid, Toby. Auch, daß ich nicht da war, um Ihnen ein bißchen zu helfen. Wie geht's Ihrem Fuß denn jetzt?«

Er schaute auf seinen rechten Fuß hinab. »Manchmal tut er noch weh, aber es geht schon. Ein paar böse Prellungen, aber wenn ein paar kleine Knöchelchen auch gebrochen waren, dann sind sie anscheinend wieder verheilt. Ich kann jetzt schon ganz gut damit gehen, aber es ist erst zehn Tage her, daß ich wieder in den Stiefel gekommen bin. Außerdem bin ich auf diese Weise nach Paris zurückgekommen, und dann habe ich festgestellt daß Sie erst vor ein, zwei Tagen abgereist waren. Ein Brief wartete in meinem Zimmer. Ach ja, und Madame Briand war völlig durcheinander wegen eines anderen Briefs, den Sie in Ihrem Zimmer zurückgelassen hatten und den sie der Polizei geben sollte. Aber Sie hätten doch wissen müssen, daß Madame Briand viel zuviel Angst hat, so was zu tun, meine Schöne.«

»Ja, das kann schon sein. Aber ich war so müde und hatte solche Angst, und ich konnte gar nicht klar denken. Haben Sie den Brief für mich zur Polizei gebracht?«

»Heiliges Kanonenrohr, nein! Ich hab' es erst getan, nachdem ich das gemacht hatte, was man in der Fremdenlegion ›Aufklärung‹ nennt. Ich hab' den Brief gelesen, den Sie für mich dagelassen hatten, dann hab' ich den an die Polizei geöffnet. Mit ein bißchen Dampf und viel Vorsicht. An der Geschichte gefiel mir nichts, aber auch gar nichts. Also bin ich zur örtlichen Polizeiwache gegangen, dann zur Bezirkswache, dann zum Premier Bureau und dann zur Sûreté. Ich hab' mich nach Inspektor Lecour erkundigt, aber keiner hatte je von ihm gehört. Nicht ein einziger.«

»O Toby, und das alles mit Ihrem schlimmen Fuß! Ich wollte doch nicht, daß Sie so viel Arbeit haben.«

»Wollen Sie jetzt mal aufhören, sich wegen meines Fußes Sorgen zu machen, kleine McLeod? Sie sollten sich lieber um sich selbst Sorgen machen.«

»Jetzt werden Sie nicht böse. Dann kommen nur Ihre Sommersprossen besser heraus.«

»Ich bin gar nicht böse. Hören Sie mir mal zu, ja? Es gab nirgendwo einen Inspektor Lecour, also bin ich noch am selben Abend ins La Coquille gegangen und habe mit Vater Chabrier geredet, falls Sie dort irgendwas erwähnt hätten, das Licht in das Geheimnis bringt. Na, Sie hatten nichts gesagt. Aber er erzählte mir von den beiden Männern, die am Abend vor Ihrem Verschwinden da gesessen hatten – einem Franzosen und einem Engländer. Er meinte auch, der Engländer hätte ihm gesagt, die Polizei würde Sie abholen, und später hätten Sie dann behauptet, der Kerl sei von der Britischen Botschaft.«

»Ja, richtig«, pflichtete ich bei. »Der Dunkle mit dem kleinen Ziegenbart, das war Inspektor Lecour. Sein Freund nannte ihn Jacques.«

»Der Dunkle mit dem Ziegenbart war allerdings Jacques Lecour«, sagte Toby grimmig, »aber er ist ein Schauspieler ohne Engagement, kein Polizist.«

Mir wurde schwindelig. Ganz vorsichtig drückte ich meinen rechten Oberschenkel wieder in die Position. »Ein Schauspieler? Woher wissen Sie das?«

»Weil er an dem Abend, als ich zum Nachfragen hinging, ebenfalls dasaß«, sagte Toby. »Sowohl Vater Chabrier als auch Armand haben ihn mir gezeigt. Armand hatte sogar einen Teil Ihrer Unterhaltung mit den beiden gehört, so daß er ebenfalls glaubte, der Kerl wäre ein Polizeiinspektor. Ich schätze, Lecour dachte, er habe sein Theater wie befohlen zu Ende gespielt – und man hatte ihn ja auch bezahlt – und damit sei alles gelaufen. Da saß er also, frech wie Oskar, und aß in seiner Ecke Hasenragout, aber ohne seinen englischen Freund. Das war wirklich schade.«

»Ein Schauspieler?« wiederholte ich, noch immer ziemlich verwirrt. »Aber wie haben Sie das denn herausbekommen?«

Toby lächelte und stieß einen Seufzer der Zufriedenheit aus. »Als er die Rechnung bezahlte, ließ ich ihm von Armand zuflüstern, sein Freund von der Britischen Botschaft warte hinter dem La Coquille im Hof auf ihn. Er wolle ihn in einer sehr wichtigen Angelegenheit sprechen. Sobald der Idiot herauskam und dabei so leise schlich wie eine Katze, die hinter einem Vogel her ist, habe ich ihm eine getafelt, daß er flach auf den Rücken flog. Ich hab' ihm die Spitze von meiner Krücke auf den Adamsapfel gesetzt und ihn dabei eingeladen, sich doch mal mit mir zu unterhalten. Auf diese Weise habe ich herausbekommen, daß er Schauspieler war und ein Kerl namens Boniface ihn angeheuert hatte.«

Meine Gedanken wirbelten im völligen Durcheinander, und es war mir, als ob ich mehrere Rätsel auf einmal lösen müßte. »Angeheuert?« echote ich. »Von Mr. Boniface? Aber warum? Und wer war der Engländer von der Botschaft?«

»Der war gar nicht von der Botschaft«, sagte Toby. »Es war Charly Grindle, ein Angestellter von Mr. Thomas Boniface, der in der Hesketh-Agentur aus der Chancrey Lane in London Partner ist. Lecour hatte von dem letzteren allerdings keine Ahnung, und erst später habe ich es selbst herausgefunden.«

»Hesketh!« rief ich aus. »Ja, ich habe ja Mrs. Hesketh kennengelernt. Sie wohnt im selben Haus wie Mr. Boniface.«

»Allerdings«, sagte Toby und hob wieder das Gesicht vom Himmel, während wir vom Waldrand in den Sonnenschein hinausritten. »Oh, was für ein wunderschöner Tag. Ich hatte ganz vergessen, wie schön England ist. Das hätte ich eigentlich von Irland sagen müssen, aber in Wirklichkeit hört es dort ja nie auf zu regnen.«

»Toby, woher wissen Sie von Mrs. Hesketh?«

»Na, sie war da – in dem Büro in der Chancrey Lane, vor ein paar Tagen. Ich hielt Charly Grindle gerade am Hals gepackt und knallte ihn mit dem Kopf gegen die Wand, in meinem Eifer, von ihm zu lernen, Hannah. So bin ich in Wirklichkeit natürlich nicht, daß ich 'nen Kerl mit dem Kopf gegen die Wand knalle, aber ich fürchte, als Seemann habe ich mir ein paar schlechte Angewohnheiten aufgelesen.«

»Toby, das kann nicht sein!«

»Ach, es sind doch nur ein, zwei schlechte Angewohnheiten. Zum Beispiel . . .«

»Nein, nein! Ich meine, Sie haben ihn doch nicht in Wirklichkeit mit dem Kopf gegen die Wand geknallt, oder?«

»O doch, mein schönes Kind. Ich hab' mich natürlich anschließend bei Mrs. Hesketh entschuldigt, und es stellte sich heraus, daß sie eine sehr verständnisvolle Frau ist. Ja, ich glaube sogar, daß sie mich mag.«

»Obwohl Sie den armen Mr. Grindle mit dem Kopf gegen die Wand geknallt haben? Sie verblüffen mich wirklich, Toby Kent.«

»Und Sie verblüffen mich, kleine McLeod. Also sind wir quitt.«

»Hatten Sie in Ihrem Wissensdurst Erfolg?«

»O ja. Mrs. Hesketh stellte sich sogar als eine wahre Quelle des Wissens heraus, und sie hat mich eingeladen, darin zu baden.«

»Aha. Jetzt klafft allerdings eine gewaltige Lücke zwischen dem La Coquille und der Chancrey Lane, wo Sie viele Wochen später aufgetaucht sind.«

»Diese Lücke wollte ich gerade ausfüllen.« Er hielt inne, als ob er seine Gedanken wieder in die richtige Reihenfolge bringen müßte. »Hier kommt's also. Mr. Sebastian Ryder hat Boniface dafür bezahlt, Sie aus Paris nach Silverwood zu bringen – angeblich, um seinen Kindern Französisch beizubringen. Wenn das der wirkliche Grund war, fresse ich einen Besen. Aber einen anderen Grund kenne ich bisher auch noch nicht. Dazu kommt, daß Sie es ausgerechnet sein mußten, Hannah, und nicht nur irgendein Mädchen, das fließend Französisch spricht. Wieder weiß ich nicht genau, warum. Boniface ist zu Ihnen in die Rue Labarre gekommen und hat Ihnen die Stellung angeboten, aber Sie haben abgelehnt. Als er allerdings in Ihrem Zimmer war, hat er einen Mann gesehen, der bewußtlos auf Ihrem Bett lag und den Sie vor Straßenräubern gerettet und mit nach Hause gebracht hatten.«

Ich nickte langsam. »Ja. Das sah ziemlich übel aus, also habe ich erklärt, was passiert war.«

»Mr. Boniface hat ein ziemlich helles Köpfchen. Er mußte unbedingt eine Möglichkeit finden, Sie zu zwingen, die Stelle in Silverwood anzunehmen, und jetzt, in diesem Augenblick, sah er seine Chance. Sobald er Ihr Zimmer verlassen hatte, ist er zu der Stelle gegangen, wo nach Ihren Angaben der Überfall stattgefunden hatte. Er kennt sich aus mit Dieben und Straßenräubern, dieser Boniface; also fing er an, überall in dem Gäßchen die Mülleimer zu durchsuchen, denn er wußte – wenn diese Leute dem Mann die Brieftasche abgenommen hatten, nahmen sie nur das Geld heraus und warfen die Brieftasche weg, damit sie nicht bei ihnen gefunden werden konnte. Und da war sie dann auch, Hannah, hinter den Mülleimern. Es war kein Geld mehr drin, aber er fand ein paar andere Sachen, wie Privatpapiere und eine Visitenkarte mit dem Namen Andrew Doyle. Auf der Rückseite stand mit Bleistift die Adresse eines Hotels am Place Vendome, und Boniface ging direkt dorthin und stellte Nachforschungen an. Vielleicht können Sie jetzt erraten, wen er da vorgefunden hat.«

Ich erinnerte mich an den Namen, den Mr. Doyle gemurmelt hatte, und fragte: »Clara?«

»Miß Clara Willard aus Galverston, Texas. Eine sehr energische junge Amerikanerin, die mit ihren Eltern, Benjamin und Melanie Willard, und ihrem Vetter Andrew eine ausgedehnte Europareise machte. Dieser Vetter Andrew lag im Augenblick in Ihrem Bett am Montmartre. Als Boniface im Hotel vorsprach, waren Claras Eltern gerade auf der Gendarmerie und meldeten, daß Andrew in der vergangenen Nacht von einem Spaziergang am Montmartre nicht zurückgekehrt sei. Boniface erzählte Clara eine ziemlich verwaschene Geschichte des Inhalts, daß er zufällig die Brieftasche in der Rue Labarre gefunden und man ihm gesagt habe, der Besitzer sei wahrscheinlich ein ausländischer Herr, der betrunken gemacht und dann in das Haus Nr. 8 geschleppt worden sei. Vermutlich von einer Hure, die ihn zweifellos auch beraubt hätte.«

Ich sagte: »Ach du lieber Himmel – kein Wunder, daß Clara mich so angebrüllt hat.«

»Sie hätte andererseits aber auch vorher ein, zwei Fragen stellen können«, meinte Toby trocken. »Wie Sie ganz genau wissen, übernahm sie das Kommando über ein paar Hoteldiener, fuhr in die Rue Labarre und karrte Andrew Doyle davon. Sie drohte Ihnen mit der Polizei. Aber jetzt hören Sie mal zu, Hannah, denn ich habe Ihnen von Doyle eine Nachricht zu überbringen, und ich sollte das jetzt gleich erledigen. Er würde sie Ihnen selbst sagen, wenn er nicht im Augenblick in Mexiko wäre, aber ich soll Ihnen ausdrücklich mitteilen, daß er bald nach England kommt und Ihnen dann persönlich danken will.«

»Danken?«

»Aber ja. So lautet die Nachricht, meine Schöne. Ich soll Ihnen dafür danken, daß Sie ihm das Leben gerettet haben, und er ist ganz sicher, daß Sie nicht mehr und nicht weniger getan haben.«

»Aber wie kann er das denn wissen? Er war doch die ganze Zeit bewußtlos.«

»O nein, nicht die ganze Zeit.« Wir hatten die Koppel erreicht und umritten sie, um in die grasbewachsene Senke zu gelangen, die dahinterlag. »Er sagt, er wäre von einem Schlag auf den Kopf betäubt gewesen, aber den größten Teil der Zeit konnte er alles hören und sehen, wenn auch wie im Traum, als ob er weit weg gewesen wäre. Zeitweise dachte er, Sie wären seine Cousine Clara, aber mit Sicherheit erinnert er sich an alles von dem Zeitpunkt, als er angegriffen wurde, bis zu dem Augenblick, wo Madame Briand ihm Weinbrand und Laudanum in den Hals gekippt hat. Aber das wird er Ihnen alles selbst erzählen.«

»Ach so«, sagte ich unruhig. »Glauben Sie wirklich, daß er hierherkommt und mich besucht? Schließlich ist die Geschichte schon vor Wochen passiert, und ich habe ja gar nicht viel getan. Ich war nur zufällig da, als es passierte.«

Toby lachte. »Andrew Doyle glaubt aber was ganz anderes. Er ist ein Bursche mit ziemlich heftigen Emotionen, das kann ich Ihnen sagen. Und nach allem, was Sie für ihn getan haben, kann er kaum noch zwischen Hannah McLeod und Jeanne d'Arc unterscheiden.«

»Toby, ärgern Sie mich nicht.«

»Das tu' ich ja auch nicht. Er hat 'nen guten irischen Namen, und wenn er mir gehörte, dann wäre das mehr als passend. Aber in Wirklichkeit besteht er nur zu einem Sechzehntel aus Ire und zu sieben Sechzehnteln aus Amerikaner. Die andere Hälfte ist Mexikaner, die hat er von seiner Mutter. Also hat er anscheinend auch das feurige mexikanische Blut geerbt.«

Ich zügelte Willow und brachte sie zum Halten. Dann hob ich das Knie zwischen den Hörnern des Damensattels heraus und ließ mich zu Boden gleiten. Ich war dankbar dafür, daß ich mich jetzt besser konzentrieren konnte, da ich nicht mehr über das Reiten nachdenken mußte. Das Gras in der Senke war trocken, und Toby setzte sich neben mich auf den sanften Hang, während die beiden Pferde in der Nähe grasten. »Ist Clara denn überhaupt nicht zur Polizei gegangen?« fragte ich.

Toby schüttelte den Kopf. »Andrew war drei Tage lang

völlig außer Gefecht gesetzt. Aber er sagte immer wieder: ›Das Mädchen hat mich gerettet, das Mädchen hat mich gerettet . . .‹, und das hat die Sache natürlich in ein ganz anderes Licht gerückt. Sein Onkel, Benjamin Willard, ist in die Rue Labarre gekommen, um mit Ihnen zu reden. Aber Sie waren ja weg. Aus Madame Briand hat er kein vernünftiges Wort herausbekommen, und ich humpelte mit meiner Krücke auf den verschiedenen Polizeiwachen herum. Dann kam Andrew wieder zu sich und konnte seine Geschichte erzählen, und als nächstes erschienen Clara und ihre Eltern wieder im Haus Nr. 8 in der Rue Labarre und versuchten, Sie zu finden. Oh, übrigens – ich soll mich für Clara entschuldigen. Sie ist mit ihren Entschuldigungen genauso schnell bei der Hand wie mit allem anderen.«

Ich meinte: »Waren Sie da, als die beiden das zweitemal kamen?«

»Und ob, mein schönes Kind. Es war der Tag nach dem Abend, als ich die Wahrheit aus Lecour herausgeprügelt hatte, und in der Tat haben wir ein interessantes Gespräch geführt, als ich den Leuten die Manschettenknöpfe überreichte und ihnen die Briefe an mich und die Polizei zeigte. Ich habe ihnen gesagt, die ganze Geschichte sei ein Schwindel und Boniface stecke dahinter. Lieber Gott – Sie hätten hören sollen, was Clara über Boniface alles gesagt hat.« Toby kicherte und zupfte einen Grashalm aus, an dem er kauen wollte. »Die Willards waren ziemlich bekümmert«, fuhr er fort, »denn sie fühlten sich dafür verantwortlich, daß Sie von diesem hinterhältigen Kerl zu irgendwelchen dunklen Zwecken weggeschleppt worden waren und es keine Möglichkeit gab, Sie oder ihn oder seinen Gehilfen, der angeblich von der Britischen Botschaft kam, zu finden. Clara war wütend, und Mrs. Willard bracht fast in Tränen aus.«

»Aber sie waren ja nicht verantwortlich«, sagte ich und nahm den Hut ab, damit die milden Sonnenstrahlen mir ins Gesicht scheinen konnten. »Sagten Sie, Mr. Andrew Doyle sei zur Hälfte Mexikaner? Das überrascht mich nicht sonderlich, denn ich weiß noch, daß er eine ziemlich dunkle Hautfarbe hatte.«

»Mrs. Willards Bruder hat eine Mexikanerin aus einer sehr vornehmen Familie geheiratet«, sagte Toby, »und Andrew ist ihr Sohn. Der Vater ist vor ein paar Jahren gestorben, aber Andrews Mutter lebt noch. Wie kommt es eigentlich, daß Sie nie die Fragen stellen, die ich von Ihnen erwarte, kleine McLeod?«

»Das weiß ich auch nicht. Welche Fragen erwarten Sie denn von mir?«

»Na, wenigstens keine Fragen über Andrew Doyle, obwohl er mit Sicherheit ein sehr gutaussehender Bursche ist und dazu noch sehr reich. Ich habe gehört, er ist auch in der Politik im Kommen.«

Ich lachte. »Sie wissen doch, daß ich an Männern nicht sonderlich interessiert bin, Toby.«

»Das ist wahr. Nein, ich habe eigentlich erwartet, daß Sie mich fragen, wie ich es geschafft habe, Sie zu finden.«

»Na gut, dann verraten Sie es mir.«

»Na, zuerst habe ich versucht, die Doyles zu beruhigen, indem ich ihnen sagte, Sie wären ein vernünftiges, anständiges Mädchen und sehr gut in der Lage, mit so was wie Boniface fertig zu werden, wenn es nötig wäre.« Toby lächelte. »Andrew selbst fand das auch, als wir ein paar Tage später alle zusammen waren, denn er erzählte uns, wie Sie den Apachen und sein Mädel mit einer Hutnadel und einem Tritt vors Schienbein verscheucht hätten.«

»Ach Gott, das wußte er noch?«

»In der Tat. Und er erzählt die Geschichte mit Bewunderung und echt südamerikanischer Leidenschaft.«

Während wir in der grasigen Mulde saßen, erzählte mir Toby weiter, daß die Willards sich große Sorgen machten, weil sie keine Schritte unternehmen konnten, mich zu suchen. Denn in Kürze würden sie weiterreisen. Clara und ihre Eltern setzten ihre Reise fort, da ihr Vater in Regierungsangelegenheiten der Vereinigten Staaten eine Anzahl von europäischen Hauptstädten besuchte. Andrew Doyle wollte ein Schiff nach Vera Cruz nehmen und schätzte, daß er zehn Wochen fort sein würde. Bei seiner Rückkehr würde er sich den Willards in London wieder anschließen, wo sie den Sommer über bleiben wollten.

»Ich habe ihnen gesagt, sie sollten sich keine Sorgen machen, und ich würde Sie suchen«, sagte Toby, der sich auf einen Ellbogen gestützt hatte und auf dessen dichtem, roten Haar die Sonne glänzte. Er hatte seine Mütze beiseite gelegt. »Für die Leute war es offensichtlich, daß ich kein Mann mit Geld war, also boten sie mir mit großer Höflichkeit eine Summe an. Das hat mir gar nicht gefallen, müssen Sie wissen, aber wir sind Freunde geblieben, und sie haben mich in den folgenden Tagen ein- oder zweimal besucht. Ich glaube, es war das drittemal, daß sie kamen, wo ich gerade ein Gemälde von unserem Freund im La Coquille beendet hatte . . .«

»Armand!« unterbrach ich ihn mit Entzücken. »Ja, ich hab' das Bild zusammen mit dem Portrait von mir im ›Tatler‹ gesehen. Wie geht es ihm, Toby? Haben sie jemanden gefunden, der für mich im Restaurant bedient? Und wenn ja, ist es jemand, mit dem Armand auskommt?«

Toby seufzte. »Würden Sie bitte aufhören, unwichtige Fragen zu stellen, kleine McLeod? Ich habe Ihnen ohnehin genug zu erzählen.«

»Tut mir leid – aber wie geht es ihm?«

»Armand geht's gut. Seit ich ihn gemalt habe, ist er so etwas wie eine Berühmtheit, und das macht in glücklich.

Also, wo war ich? Ach ja. Andrew und sein Onkel Benjamin kamen an, und es sah aus, als ob Andrew sich wieder sehr gut erholte. Das Gemälde stand da, und Benjamin warf einen Blick darauf und wurde sehr aufgeregt. Er ist Sammler, müssen Sie wissen, und ein großer Sammler von impressionistischen Bildern. Das wußte ich bis dahin nicht. Um es kurz zu machen – hier stand dieser ruhige Herr und tanzte fast herum, weil er so wild darauf war, das Bild zu kaufen. Dazu kommt noch, daß er sagte, er sei ein alter Kunde der Galerie Crespin und wäre sicher, man würde dort jedes weitere Werk von mir ausstellen, wenn es diesem an Qualität gleichkäme.«

Mir fiel etwas ein, und ich sagte: »Ach, ist Mr. Benjamin Willard der amerikanische Sammler, der im Artikel im ›Tatler‹ erwähnt wird?«

Toby schüttelte den Kopf. »Nein, das war sein Neffe Andrew. Und der ist eigentlich überhaupt kein Sammler. Folgendes ist passiert: Benjamin Willard brachte später am selben Tag Monsieur Crespin selbst angeschleppt, damit er das Bild von Armand sehen konnte, und ich habe davon gesprochen, daß ich meinen Stil gefunden hätte, als ich ein anderes Bild malte, das ich zur Ausstellung eingeliefert hätte. Zehn Minuten später saßen wir alle in einer Droschke und fuhren zum Palais des Beaux-Arts. Das Bild war abgelehnt worden, aber . . .«

»Abgelehnt? Ach Toby!«

Er grinste. »Crespin sagte, das sei ein Kompliment, und die besten Bilder endeten immer in der Ausstellung der abgelehnten. Außerdem nahmen wir das ›Mädchen mit dem Schmetterling‹ mit nach Hause, was ich noch nicht hatte tun können, und Claras Vater und sein Neffe Andrew gerieten über die Frage, wer es kaufen würde, fast in Streit. Crespin verlangte, daß man es im Kunsthandel verkaufte. Ich konnte vor Lachen kaum noch stehen.«

»Aber Sie sagten doch, daß Mr. Andrew Doyle überhaupt kein Sammler ist.«

»Richtig. Aber es ist ein Bild von Ihnen, und mehr wollte er nicht. Am Ende habe ich den beiden gesagt, es sei sowieso unverkäuflich, aber ich würde es Andrew auf ein Jahr vermieten, da Benjamin schon den ›Kellner‹ gekauft hatte.«

»Ich hab' noch nie davon gehört, daß jemand ein Bild mietet, Toby. Warum, in aller Welt, haben Sie denn das getan?«

»Ihr Heiligen! Ist es denn nicht das erste gute Bild, das ich je gemalt habe, und glauben Sie wirklich, daß ich es verkaufen würde?« Er grinste wehmütig. »Um die Wahrheit zu sagen, ich hab' nie vorgehabt, es überhaupt aus dem Haus zu geben. Als Andrew verlangte und erklärte und behauptete, er müsse es einfach haben, und als er mir dazu noch ein Vermögen dafür bot, da habe ich ihm nur gesagt, ich würde es ihm für die Summe vermieten, weil ich ganz sicher war, daß er bei solch einer Unverschämtheit aufwachen würde. Aber er hat sich regelrecht daran festgehalten, der verrückte Kerl, und ich selbst bin vom Sockel gefallen, denn ich konnte ja nicht zurücknehmen, was ich ihm versprochen hatte.«

Eine Weile saßen wir schweigend da, und ich versuchte, alles irgendwie zu ordnen, was Toby mir erzählt hatte. Endlich sagte ich: »Haben Sie ihm auch erzählt, warum Sie das Bild ›Mädchen mit dem Schmetterling‹ genannt haben?«

Er richtete sich hoch auf und starrte mich an. »Nein, das habe ich nicht getan, Sie kleiner Dummkopf! Verdammt noch mal, von solch privaten Angelegenheiten rede ich doch nie.«

»Sie brauchen mir aber nichts vorzufluchen. Ich habe ja nur gefragt.«

»Ich habe auch nicht geflucht. Ich habe nur ... mein Gefühl der Verärgerung über eine widerliche Schliere auf meinem Charakter ausgedrückt.« Er lehnte sich wieder zurück und lachte. Dann setzte er sich noch einmal schnell hin und schaute mich verärgert an. »Sie machen es noch immer, das wissen Sie genau. Sie stellen mir noch immer jede Frage, nur nicht die, die man erwarten sollte. Wollen Sie denn nicht wissen, wie ich Sie gefunden habe? Ich hatte schon angefangen, es Ihnen zu erzählen, aber irgendwo habe ich mich festgeredet.«

»Tut mir leid. Machen Sie nur weiter, Toby. Ich sage jetzt kein Wort mehr, bis Sie fertig sind.«

»Also gut. Na, die Doyles haben ihre Bilder bei Monsieur Crespin gelassen, damit er sie in seiner Galerie zeigen kann. Er hat mir aufgetragen, so schnell wie möglich noch mehr zu malen, und das habe ich in den nächsten paar Wochen auch getan. Ich konnte ja wegen meinem Fuß nicht so viel herumlaufen. Andrew ist abgereist, über den Atlantik, und die Familie Willard setzte ihre Europareise fort. Wenn ich nicht malte, dann hab' ich immer wieder versucht, herauszufinden, wohin Sie geraten waren – wie ich das versprochen hatte. Ich sah Lecour noch einmal, aber der wußte nichts abgesehen davon, daß der Mann, der ihn angeheuert hatte, Boniface hieß und aus England stammte. Er kannte noch nicht einmal den richtigen Namen des Assistenten, der so getan hatte, als ob er bei der Botschaft beschäftigt gewesen wäre.«

Toby hielt inne, nahm einen kleinen Block und einen kleinen Bleistift aus der Tasche und skizzierte mit schnellen Strichen vielleicht dreißig Sekunden lang. Danach zeigte er mir eine sehr gute Zeichnung von dem blondhaarigen Mann mit der Geiernase und dem hochmütigen Benehmen, den ich im La Coquille kennengelernt hatte. »Das ist der Bursche, meine Schöne.«

Ich wollte gerade etwas sagen, als mir mein Versprechen wieder einfiel, und deshalb nickte ich stumm.

»Charly Grindle«, sagte Toby und zerknüllte das Blatt. »Seine Nase hatte allerdings eine andere Form als ich mit ihm fertig war. Na, die Wochen vergingen nur so, eine nach der anderen, und ich war bei meiner Suche nach Ihnen immer noch nicht weitergekommen. Ich hab' dann einem alten Freund in England geschrieben und ihn gebeten, eine Firma oder eine Detektei oder einen Anwalt mit dem Namen Boniface für mich ausfindig zu machen, aber ohne Resultat. Wenigstens ohne Ergebnisse, die mir irgendwie weitergeholfen hätten. Denn die Firma steht unter dem Namen Hesketh im Adreßbuch.«

Ich hätte gern gefragt, ob Toby Mrs. Hesketh und Mr. Boniface zusammen gesehen hätte und die Chance gehabt hätte, zu hören wie ungewöhnlich sie immer von Boniface sprach, als ob er nicht dabei wäre, aber wieder hielt ich mich davon zurück.

»Und dann hatte ich ein klein bißchen Glück«, fuhr Toby fort. »Ihr Zimmer war noch immer leer, es war nicht neu vermietet, und ihre paar Möbel standen auch noch drin, weil Madame Briand hoffte, der nächste Mieter würde sie kaufen. Eines Tages hörte ich dann Geräusche vom Flur her und ging hinüber. Und siehe da – Madame war dabei, mit Besen und Staublappen das Zimmer sauberzumachen, weil jemand es sich ansehen kam. In diesem Augenblick kam mir eine plötzliche Inspiration, und ich hab' ihr gesagt, sie solle sich um einen anderen Mieter nicht mehr kümmern. Ich würde das Zimmer nehmen.«

Wieder wollte ich etwas sagen, aber ich schaffte es, meine Frage mit einem »Hm?« zu überdecken.

Toby lachte. »Na, warum denn nicht? Ich war ja zu der Zeit mit Geld ziemlich flüssig, und ich wollte auch nicht umziehen. Andererseits hatte ich auch keine Lust, einen

Fremden neben mir zu haben, wo Sie fort waren. War doch ganz vernünftig, das Zimmer zu nehmen, so daß ich mich ein bißchen ausbreiten konnte. Und das habe ich dann auch getan. Schon am nächsten Tag fand ich etwas, das unter das Schrankpapier in Ihrer obersten Schublade gerutscht war, Hannah.«

Er tastete in seiner Tasche herum und holte eine kleine weiße Karte heraus, die er mir zeigte. Es war die Karte, die Mr. Thomas Boniface mir an dem Morgen gereicht hatte, als er mich in der Rue Labarre besuchte. Darauf stand sein Name mit der unsicheren Bezeichnung: Makler, und seine Adresse in der Chancrey Lane.

»Es hat dann noch ein paar Wochen gedauert, bis mein Fuß wieder soweit war, daß ich die Reise unternehmen konnte«, sagte Toby. »In der Zwischenzeit habe ich an die Willards nach Wien geschrieben und ihnen berichtet, ich hätte eine Spur gefunden. Außerdem hab' ich Andrew nach Vera Cruz geschrieben, obwohl nur der Himmel weiß, ob und wann er den Brief kriegt. Vor knapp einer Woche bin ich dann nach England herübergekommen, habe mich vorsichtig bis in die Chancrey Lane vorgeschnüffelt und die Bekanntschaft von Mrs. Hesketh gemacht.«

Tobys Augen funkelten vor Schalk, und er stieß einen erinnerungsschweren Seufzer aus. »Na also, das ist eine seltene Frau, Hannah. Zu meinem großen Bedauern stellte ich, als ich im Büro der Chancrey Lane ankam, fest, daß der vielgereiste Mr. Boniface schon wieder unterwegs war – diesmal in Spanien und im Auftrag eines anderen Kunden. Aber Charly Grindle war da, und er sah der Beschreibung ziemlich ähnlich, die Armand mir geliefert hatte. Wie ich Ihnen gerade erzählt habe, ich hatte mich mit ihm unterhalten und ihm erklärt, was ich wollte. Dabei hatte ich ihn mit dem Kopf gegen die Wand gestoßen. Darauf trat Mrs. Hesketh ein. Da ich ja ein Gentleman bin, habe ich sofort aufgehört mit meiner Tätigkeit und den Hut abgenommen. Charly Grindle rutschte auf den Fußboden und stöhnte.«

Ich unterdrückte ein Kichern. Toby lehnte sich zurück und verschränkte die Hände hinterm Kopf. Er schloß die Augen, als ob er sich die Szene noch einmal vorstellte. »Sie hat nicht mit der Wimper gezuckt, Hannah. ›Das wollte ich schon oft selber tun‹, sagte sie, ›und es ist eine Schande, daß Boniface mit seinem Dickschädel nicht hier ist, damit Sie mit ihm in eine neue Runde gehen können. Und wie kann ich Ihnen behilflich sein, junger Mann?‹«

Ich lehnte mich zurück und lachte, bis mir die Tränen kamen, denn Toby hatte es geschafft, Mrs. Hesketh Stimme genau nachzuahmen, so daß ich sie fast reden hören konnte. Mein Gelächter brachte auch Toby zum Lachen. Nur der liebe Himmel weiß, was ein Vorübergehender von uns gedacht hätte, wie wir zum Himmel auflachten. Nachdem ich mich ein bißchen erholt hatte, stützte ich mich auf die Ellbogen und sagte: »Oh, das sah ihr ähnlich, Toby. Alles bei ihr ist höchst ungewöhnlich – sie teilt das Schlafzimmer mit Mr. Boniface, das weiß ich genau, weil ich dort einmal die Kleider gewechselt habe. Aber anscheinend hat sie für ihn überhaupt keine Zeit.«

»Das habe ich auch angenommen.« Toby setzte sich hin und wischte sich die Augen. »Na, ich hatte wenigstens das Gefühl, der Augenblick sei jetzt gekommen, wo ich aufhören sollte, Köpfe gegen die Wand zu schlagen, und statt dessen galant zu sein. Das habe ich dann auch getan, und Mrs. Hesketh hat wunderbar darauf reagiert. Zu guter Letzt habe ich sie noch am selben Abend zum Essen ausgeführt und mir die Geschichte ihres Lebens angehört, die ich Ihnen aber ein andermal erzählen will, wenn wir ein paar Stunden Zeit haben.«

»Zum Essen?« fragte ich. »Ach Toby, man kann eine Dame zwar zum Mittagessen ausführen, aber das Abendessen ist bedeutungsvoller. Es sei denn, bei der Dame handle es sich um mich«, fügte ich hinzu und erinnerte mich an unsere Essen in Paris.

»Bedeutungsvoll, das ist genau das richtige Wort«, stimmte er zu. »Und es ist nicht abzustreiten, daß sie sich in mich vergafft hat, was sehr bequem war. Denn von ihr erfuhr ich, daß Mr. Sebastian Ryder von Silverwood der Kerl war, der Sie um jeden Preis haben wollte – angeblich, damit Sie seinem Sohn und seiner Tochter Französisch beibringen. Na, ich finde das kaum glaubhaft – obwohl man von einem Engländer wirklich alles glauben kann. Jedenfalls habe ich mich entschieden, es selbst herauszufinden; also bin ich vor drei Tagen hierhergekommen und wohne jetzt im ›Ochsen‹ an der Kreuzung eine Meile von hier. Ich habe gesehen, daß es Ihnen gutgeht, als ich Sie am ersten Morgen, den ich hier verbracht habe, ausreiten sah, aber seit damals warte ich auf meine Chance, mit Ihnen zu sprechen.«

Ich setzte mich hin und schaute auf die Uhr. Es war schon fast eine Stunde vergangen, seit ich das Haus verlassen hatte. »Ich muß bald zurück«, sagte ich. »Ich kann Ihnen gar nicht sagen, wie gerührt ich darüber bin, daß Sie sehen wollten, ob es mir gutgeht, Toby. Ich kann dazu nur sagen, daß ich am Anfang selbst vorsichtig war. Aber in all den Wochen ist nichts Ungewöhnliches passiert, und ich bin jetzt sicher, daß das, was Mr. Boniface und Mr. Ryder mir erzählt haben, wahr ist. Ich bin einfach hier, um Französisch zu unterrichten.«

Ich stand auf. Toby erhob sich ebenfalls und sagte: »Warten Sie, an ihrer Jacke hängen noch ein paar Blättchen und Gräschen. So können Sie nicht zurückreiten.«

Er trat hinter mich und zupfte mir die Fusseln aus dem Haar. Dann nahm er seine Mütze und streifte mir noch einmal den Rücken ab. Ich sagte: »Manchmal finde ich es unglaublich, daß ich so viel Glück habe. Ja, ich bin zwar eine Angestellte, aber ich habe viele Privilegien, fast so viele wie die Familie. Sie brauchen sich also überhaupt keine Sorgen um mich zu machen, und die Familie Willard können Sie auch beruhigen.«

»Das können Sie selbst tun«, sagte Toby und drehte sich zu mir um, denn er wollte nachsehen, ob auch die Vorderseite meines Kleides sauber war. »Sie werden bald alle in London sein, und Sie selbst ja auch.«

»Was?« Ich schaute ihn überrascht an, während ich den Hut aufsetzte. »Was meinen Sie damit?«

»Ganz einfach. Die Familie Ryder zieht in Kürze den Sommer über in ein Haus nach London.«

»Woher, in aller Welt, wissen Sie denn das?«

»Weil Benjamin Willard unter anderem auch der Leiter eines Komitees zum Einkauf für die Armee der Vereinigten Staaten ist, und ein Grund für seinen Besuch in verschiedenen europäischen Ländern besteht darin, die Waffen zu begutachten, die in diesen Ländern produziert werden, und seiner Regierung Empfehlungen zu geben. Jetzt ist er wieder in Paris, und vor zwei Tagen bin ich nach St. Albans gefahren und habe ihm ein Kabel geschickt mit dem Inhalt, daß Sie als Französischlehrerin bei Mr. Sebastian Ryder von Bradwell angestellt wären und daß es Ihnen anscheinend gutgeht. Er hat mir sofort zurückgekabelt, daß er Ryder dem Rufe nach kennt und in Kürze einen Termin mit ihm in London hat. Ich weiß, daß der ganze Haushalt der Ryders nach London ziehen soll, weil mein edler Gastgeber im ›Ochsen‹ mir gesagt hat, sie täten das immer für wenigstens einen Teil der Londoner Saison.«

Ich meinte: »Ach du liebe Güte. Ich will aber nicht, daß die Familie Willard oder Mr. Doyle großes Theater um mich machen, wegen der Geschichte in Paris.«

Toby setzte die Mütze auf. »Nach dem, was ich gesehen habe, besitzen Amerikaner einen starken Sinn für Dankbarkeit, also werden Sie sich schon damit abfinden müssen. Ich sage es natürlich den Willards, wenn wir uns treffen und miteinander reden, aber wenn ich Sie wäre, würde ich vorläufig Sebastian Ryder noch nichts davon erzählen. Es geht ihn sowieso nichts an.«

»Nein, möglicherweise nicht. Und sicher wäre er auch in keiner Weise interessiert. Die Kinder und Mattie würde es vielleicht interessieren, aber ich möchte wirklich nicht über die Vergangenheit sprechen.« Ein Gedanke kam mir. »Meinen Sie, Mr. Ryder weiß, daß Mr. Boniface sich diesen gerissenen Trick ausgedacht hat, damit ich Paris verlasse?«

»Nein. Alle Ryders dieser Welt neigen dazu, ihren Beauftragten nur die Resultate zu berichten, die sie haben wollen. Und dann erwarten sie, daß diese Resultate auch erzielt werden, gleichgültig wie. Details würden sie andererseits nicht interessieren. Boniface hat Ryder mit Sicherheit nicht gesagt, wie er Sie reingelegt hat.«

»Sind Sie da sicher, Toby?«

Er lächelte. »Aber ja, meine Schöne. Denn nachdem Mrs. Hesketh mich auf das angenehmste in London willkommen geheißen hat und ich einen sehr genußvollen Abend mit ihr verbrachte, habe ich ihr am nächsten Morgen genau diese Frage gestellt. Und ich bin sicher, daß die Dame mich mit ihrer Antwort nicht getäuscht hat.«

Ich sagte: »Sie sind ein schrecklicher Kerl, Toby Kent. Aber es war schön, sie wiederzusehen. Wann fahren Sie zurück nach Paris?«

»Nicht so bald.« Er kritzelte etwas auf seinen Block und reichte mir ein gefaltetes Blatt. »Ich habe mir für längere Zeit ein Atelier in Chelsea gemietet, und hier ist die Adresse. Schreiben Sie mir, oder schicken Sie ein Telegramm, wann immer Sie das Bedürfnis haben.«

»Danke«, sagte ich und steckte den Zettel in die Tasche meiner Reitjacke, während er Willow an mich heranführte. »Es ist so nett von Ihnen, daß Sie sich Sorgen um mich gemacht haben, Toby, und Sie haben sich sehr viel Mühe gemacht. Ich weiß gar nicht, warum.«

»Das ist ganz einfach«, sagte er nüchtern. »Ich habe meinem Schmetterlingsmädchen eine Schuld zu begleichen. Und jetzt in den Sattel mit Ihnen.« Wieder umfaßte er meine Taille und hob mich hinauf, dann half er mir, mit dem linken Fuß den Steigbügel zu finden, während ich mein rechtes Knie zwischen den Sattelhörnern einlegte.

Seine letzten Worte machten mich ein bißchen traurig, und das war der Preis für die Eitelkeit, denn mir wurde plötzlich klar, daß ich nur auf ein Kompliment ausgewesen war. Ich wollte, daß er mir sagte, wir wären alte Freunde und er habe mich gern, aber ich hatte nicht erwartet, daß er mir sagte, er stünde in meiner Schuld. Das geschieht dir recht, Hannah, dachte ich, und laut sagte ich fröhlich: »Sie brauchen nie das Gefühl zu haben, daß Sie mir etwas schuldig sind, Toby. Ich hab' nur auf einem Stuhl gesessen und zum Fenster hinausgeschaut.«

Er gab keine Antwort. Er bestieg sein Pferd und schaute dann auf die Uhr. »Am besten verabschieden wir uns jetzt. Ich reite zuerst los, denn bei mir geht's schneller.« Er steckte die Uhr wieder ein und legte die Hände auf den Sattelknauf. Er schaute jetzt ernst drein, und seine grünen Augen waren nicht mehr fröhlich. Strähnen von rotem Haar standen unter der Mütze hervor, die er sich so lässig aufgesetzt hatte.

Ich sagte: »Auf Wiedersehen, Toby. Vielleicht sehe ich Sie in London.«

Er nickte geistesabwesend und seufzte. »Ich will Ihnen

mal was sagen, kleine McLeod«, meinte er. »Ich habe nie Eltern oder Großeltern gehabt, die das zweite Gesicht hatten, und ich bin auch selbst in dieser Hinsicht nicht begabt. Ich habe in keiner Weise Talent für Hellseherei. Aber irgendwie habe ich in letzter Zeit so ein Gefühl in den Knochen. Irgend etwas Schlimmes braut sich über uns zusammen, und ich wünschte nur, ich wüßte, woher es kommt. Aber ich hab' keine Ahnung. Passen Sie also gut auf sich auf, ja? Verdammt noch mal, seien Sie nicht so leichtgläubig. Seien Sie bei allen ein bißchen vorsichtiger. Ja, bei allen! Bei Sebastian Ryder und seiner Familie, bei den dankbaren Willards, wenn Sie die kennenlernen, und bei Andrew Doyle.« Nachdenklich starrte er mich einen Augenblick an. »Und hüten Sie sich auch vor mir.«

Er nickte, preßte seinem Pferd die Absätze in die Flanken und galoppierte im nächsten Augenblick davon. Verwirrt starrte ich hinter ihm her. Zwei Minuten später schnalzte ich mit der Zunge und ließ Willow Schritt gehen. Ich versuchte, so zu sitzen, daß mein rechter Oberschenkel mit dem Rückgrat des Pferdes parallel lief, und ich fragte mich, warum, in aller Welt, Toby Kent mich vor sich selbst warnte.

8

DREI TAGE SPÄTER erwähnte Mattie, wir würden in Kürze über die Sommermonate nach London ziehen. Zu spät versuchte ich, einen Anflug von Überraschung zu zeigen, denn ich hätte das alles ja nicht wissen sollen. Aber Mattie war so beschäftigt mit ihrer Planung für den Umzug, daß sie es nicht bemerkte.

Ich brauchte noch mehrere Tage, um über all das, was Toby mir erzählt hatte, hinwegzukommen und nicht mehr daran zu denken. An die Art, wie Mr. Boniface mich reingelegt hatte, dachte ich auch nicht mehr allzuoft, denn das war vorbei und erledigt. Aber es fiel mir schwer, mich nicht dauernd zu fragen, wie mein Arbeitgeber wohl reagierte, wenn die Familie Willard und Mr. Doyle in London auf der Szene erschienen, mich sehen und mir für das danken wollten, was ich getan hatte. Ich glaubte nicht, daß Mr. Ryder sehr erfreut darüber sein würde, wenn sie mich anders behandelten als einen Angestellten des Haushalts. Dennoch konnte ich gegen das, was womöglich passierte, nichts unternehmen, und schließlich verdrängte ich die ganze Angelegenheit aus meinen Gedanken.

Niemand bemerkte meine Nachdenklichkeit. Mattie selbst hatte zu viel mit dem Umzug zu tun, und ich war froh, daß ich ihr dabei ein bißchen helfen konnte. Geralds Gedanken weilten entweder bei der Musik oder bei seinem Idealbild von Hannah McLeod, das sich erheblich von der wirklichen Person unterschied. Jane und Mr. Ryder konzentrierten sich fast ausschließlich auf ihre eigenen Interessen.

Sechzehn Tage nach meiner Begegnung mit Toby fand der Umzug statt. An einem wolkigen Nachmittag kamen wir mit dem Zug in London an. Von St. Pancras aus fuhr die Familie in der einen Kutsche, Mattie und ich in der anderen. Unser Gepäck war schon mit einem früheren Zug vorausgeschickt worden, in dem auch Farrow und eine Anzahl Dienstboten gewesen waren. Bei Mr. Ryder war es üblich, zur Saison ein Haus in London zu mieten und das eigene Personal mitzubringen. Diesmal hatte er ein Haus am Portland Place genommen, das, verglichen mit Silverwood, klein war. Aber es war hervorragend gelegen und ausgestattet und, wie Mattie mir sagte, für ein Haus in London geräumig. Es war reichlich Platz für Gäste darin.

Von Mattie erfuhr ich alles über die Londoner Saison, wo die feinen Leute Partys und Bälle gaben und bei ganz besonderen gesellschaftlichen Ereignissen, wie zum Beispiel dem Pferderennen in Ascot und der Regatta in Henley, ihr Stelldichein gaben. Sebastian Ryder machte sich nicht die Mühe, dabei mitzuhalten. Er gab während der Saison einen einzigen Ball – ein glänzendes Fest. Dennoch, die Leute, die daran teilnahmen, waren größtenteils Geschäftsfreunde mit ihren Frauen, denn es war nicht Mr. Ryders Art, private Freundschaften zu schließen. Für den Rest der Saison beschränkte er sich darauf, nur gelegentlich Abendessen für sechs oder acht Personen zu geben, manchmal sogar für weniger Leute. Wieder waren seine Gäste dann ausschließlich Geschäftsleute oder Angehörige der Regierung, von denen manche aus dem Ausland kamen.

Bis zu diesem Jahr war es ein Teil von Matties Pflichten gewesen, die Kinder während der Zeit in London zu beschäftigen. Mattie nahm sie auf Ausflüge mit, vielleicht auf einen Tag in den Zoologischen Garten im nahegelegenen Regent's Park oder zu einer Bootsfahrt nach Kew oder auf eine Besichtigungstour zu den vielen berühmten Sehenswürdigkeiten der Stadt. Diesen Sommer bat Mattie mich um Unterstützung bei dieser Aufgabe.

»Ich werde zu alt dafür, meine Liebe«, sagte sie an unserem ersten Abend am Portland Place, »und der Hausherr meint, er hätte nichts dagegen, daß Sie Ausflüge mit Miß Jane und Master Gerald machen. Ich wäre Ihnen also mehr als dankbar, wenn Sie es täten.«

Ich sagte: »Aber ich weiß nicht viel über London, und

Master Gerald ist fast so alt wie ich. Würde er sich nicht gegängelt fühlen, wenn ich die Verantwortung für ihn tragen soll?«

Mattie lächelte. »Ich glaube nicht, daß Sie sich deswegen unnötige Sorgen machen müssen. Außerdem können Sie ja so tun, als ob er die Verantwortung hätte, und ihn immer wieder um seinen Rat bitten. Aber Master Gerald ist ein ziemlicher Träumer. Wirklich, es ist notwendig, daß er einen praktischen Menschen bei sich hat, und Miß Jane ist noch immer ein bißchen klein. Und was Ihre Kenntnisse von London angeht, na, Sie sind doch ein schlaues Mädchen, Hannah. Ich habe ein paar ausgezeichnete Bücher mit Karten, die Sie sich ansehen können, und ich bin ganz sicher, daß Sie es sehr gut schaffen. Viel besser als damals, als ich es zum erstenmal tun mußte.«

Innerhalb von wenigen Tagen entdeckte ich, daß die Aufgabe in der Tat ganz einfach war. Mattie versorgte mich mit reichlich Geld, und die Londoner Droschkenkutscher waren schließlich dazu da, uns überall hinzubringen, wohin wir wollten. Nicht jeden Tag machten wir lange Ausflüge, denn an manchen Abenden waren Gäste zum Essen da. Mr. Ryder wollte nicht, daß die Kinder bei diesen Anlässen zu müde waren. Am Morgen vor dem ersten kleinen Abendessen wurde ich ins Arbeitszimmer gerufen, wo Mr. Ryder gerade ein paar technische Zeichnungen anschaute. Wie gewöhnlich verschwendete er keine überflüssigen Worte. »Heute abend werde ich Gäste zum Essen haben, und ich möchte, daß Sie anwesend sind, Hannah. Ziehen Sie das blaue Kleid an.«

Ich sagte: »Ja, Sir. Soll ich auch Mattie sagen, daß sie teilnehmen soll?«

»Nein.« Er lehnte sich im Sessel zurück. »Mattie wird nicht dabeisein wollen, wenn Gäste da sind. Es sind Italiener, und sie sprechen wenig Englisch. Aber wie die meisten Ausländer sprechen sie ganz gut Französisch. Verdammt, es ist harte Arbeit, Leute zu unterhalten, die bloß ein paar Brocken Englisch können. Sie sollen also dabeisein, um zu dolmetschen und die Unterhaltung aufrechtzuerhalten. Verstanden?«

»Ja, Sir. Wird es geschäftliche Diskussionen geben? Die italienischen Herren kennen möglicherweise einige der technischen Ausdrücke nicht auf französisch.«

»Und Sie wissen Bescheid?«

»Ich kenne ein paar, die ich in Silverwood gelernt habe.«

»Gut, aber Sie brauchen sich keine Sorgen zu machen. Ich unterhalte mich zur angemessenen Zeit immer nur geschäftlich über meine Anwälte. Heute abend handelt es sich um eine rein private Angelegenheit, und Sie können die Herren vom Geschäftlichen ablenken, indem Sie ihnen sagen, daß mir nur daran liegt, daß sie sich wohl fühlen. Haben wir uns verstanden?«

»Ja, Sir.«

»Das ist alles.«

Ich wurde nervös, während die Zeit, die bis zur Ankunft der italienischen Herren blieb, immer näher rückte. Aber als sie angekommen waren, stellte ich fest, daß ich viel zu beschäftigt war, um mir Sorgen zu machen. Man führte sie in den Salon, wo schon alle warteten, und Mr. Ryder, der sie bereits kannte, stellte sie seiner Familie und mir vor. Ihr Englisch war sehr dürftig und man sah ihnen deutlich die Erleichterung an, als sie auf Französisch umsteigen konnten. Jane und Gerald halfen mir viel mehr, als ich erwartet hatte, denn Gerald hatte von meinen Lektionen profitiert und behauptete sich tapfer während des ganzen Essens in einer Mischung aus Französisch und Englisch bei unseren Gästen. Das Sprachpotpourri war Anlaß ziemlicher Belustigung. Anschließend gratulierte ich den beiden und sagte vor ihrem Vater, ich wäre sehr stolz auf sie. Jane errötete sogar vor Freude. Ich wußte, daß Mr. Ryder den Abend als Erfolg verbuchte, denn als ich ihm im Salon, wo er vor dem Schlafengehen noch einen Whisky mit Soda trank, gute Nacht sagte, blickte er von seiner Zeitung auf und antwortete mir.

Bei zwei weiteren Gelegenheiten wurde mir aufgetragen, mit der Familie und den Gästen zu Abend zu essen. Alles ging gut. Dann, ein paar Tage nach dem zweiten Abendessen, sagte mir Mattie, ein wichtiger Amerikaner, ein Regierungsvertreter mit Familie, sei für den folgenden Tag eingeladen. »Die sprechen Englisch genau wie wir«, sagte sie, »tatsächlich. Der Hausherr wird Sie also nicht brauchen, meine Liebe. Albert soll uns das Essen auf meinem Zimmer servieren, danach könnten wir eine nette Partie Cribbage spielen«.

Nach allem, was Toby mir gesagt hatte, mußte ich annehmen, daß die Besucher Mr. Benjamin Willard und seine Familie waren. Also zog ich ein hübsches Kleid an, falls nach mir geschickt wurde. Ich war in meinem Zimmer, als die Gäste ankamen, und wirklich – schon zehn Minuten später kam Violet, das Zimmermädchen, und klopfte an meine Tür. Als ich aufmachte, sagte sie: »Mr. Farrow hat mich geschickt, Miß. Ich soll sagen, der Herr will Sie im Arbeitszimmer sprechen.«

»Jetzt, Violet?«

»Ja, Miß. Sofort.«

»Na schön.« Ich ging nach unten, und ich war nervöser als an dem Abend, da zum erstenmal ausländische Gäste zum Essen kamen. Der Salon hatte Doppeltüren, und als ich sie aufmachte und eintrat, drehten sich alle im Raum nach mir um. Nur Farrow, der an der Anrichte stand und Sherry einschenkte, bewegte sich nicht. Ich schloß die Türen hinter mir und drehte mich dann wieder um, damit ich die Gesichter sehen konnte, die ich vorher nur undeutlich erkannt hatte. Clara war da, mit ihrem markanten und dennoch hübschen Gesicht und dem festen Kinn. Sie schaute mich mit ungeheurem Interesse an, und ihre großen, kornblumenblauen Augen wirkten warm und freundlich im Gegensatz zu damals, als sie mich auf der Treppe des Hauses in der Rue Labarre so wütend angefunkelt hatte. Sie saß auf einem langen Sofa, und am anderen Ende saß die Frau, die Mrs. Melanie Willard, ihre Mutter, sein mußte. Die Ähnlichkeit war frappierend. Beide waren höchst elegant gekleidet, und Mrs. Willard musterte mich mit der gleichen Wärme und Neugier wie ihre Tochter.

Jane saß auf einem der Seidenholzstühle von Sheraton. Gerald stand neben ihr. Sebastian Ryder hatte sich vor den Kamin gestellt. Sein Gesicht wirkte ausdruckslos, aber ich hatte gelernt, in seinem Gesicht zu lesen, seit ich nach Silverwood gekommen war. Ich wußte, daß er erstaunt war, und das war kaum überraschend. Außerdem versuchte er offenbar zu entscheiden, ob diese unerwartete Entwicklung der Dinge angenehm oder unangenehm für ihn war.

In der Hand hielt er ein Glas Sherry, wie auch die beiden Männer, die ihn flankierten. Der eine war hochgewachsen und mager. Er hatte dichtes dunkles graumeliertes Haar und energische, aber ruhige Augen. Das mußte Claras Vater sein, Mr. Benjamin Willard. Das Gesicht des anderen Mannes kannte ich gut, obwohl seine Augen während der Stunden, die er als mein freiwilliger Gast am Montmartre verbracht hatte, kaum zu sehen gewesen waren. Aber jetzt waren sie zu sehen. Es waren dunkelbraune, ausdrucksvolle Augen, und ihr Blick ruhte auf mir, als ob ich ein Wunder wäre.

All dies nahm ich in mir auf, bevor Sebastian Ryder sprach. »Meine Gäste haben darum gebeten, Sie zu sehen,

Hannah«, sagte er. »Es scheint, daß sie Sie gesucht haben, seit Sie vor einigen Monaten Mr. Andrew Doyle in Paris einen Dienst erwiesen haben. Ein Bekannter meiner Gäste hat es in letzter Zeit geschafft, Sie durch die Agentur Boniface ausfindig zu machen.« Er schaute sich im Zimmer um. »Meine Damen und Herren, das ist Hannah McLeod, die Französischlehrerin meiner Kinder.«

Mr. Willard stellte sein Glas auf einen kleinen Tisch und sprach seinen Gastgeber mit angenehm breitem Tonfall an. »Wir wären Ihnen dankbar, wenn Sie uns vorstellen würden, Sir.«

Sebastian Ryder sagte: »Aber gewiß. Hannah, ich stelle Ihnen Mr. Benjamin Willard vor. Seine Frau, Mrs. Willard. Ihre Tochter, Miß Clara. Und ihr Neffe, Mr. Andrew Doyle.«

Ich knickste und sagte: »Guten Abend, meine Damen und Herren.«

In diesem Augenblick erhob sich Clara vom Sofa, als ob sie sich nicht länger beherrschen könnte. Sie rannte fast auf mich zu und streckte beide Hände aus, um meine zu ergreifen. »Oh, ich hoffe und bitte darum, daß Sie mir verzeihen, Hannah«, sagte sie eindringlich. »An dem Tag am Montmartre habe ich so Schreckliches zu Ihnen gesagt, und als ich dann herausfand, daß ich mich geirrt und Sie meinem lieben Vetter das Leben gerettet haben, da waren Sie schon fort!«

Ich fühlte mich ein wenig überwältigt und sagte: »Aber bitte, das macht doch nichts, Miß Clara. Ich kann Sie gut verstehen. Ich freue mich nur, daß ich helfen konnte.«

Mrs. Willard war aufgestanden und kam ebenfalls auf mich zu. Auch ihr Mann hatte sich erhoben. Mit einem eiligen Blick sah ich, daß Andrew Doyle mich noch immer mit dem gleichen verwunderten Ausdruck anstarrte, während Jane und Gerald verwirrt und mit offenem Mund zu mir herüberblickten und selbst Sebastian Ryder seine Überraschung nicht verbergen konnte. Er wandte sich zu Mr. Doyle um und sagte: »Sie hat Ihnen das Leben gerettet?«

Im selben Augenblick ließ Clara eine meiner Hände los, und Mrs. Willard sagte: »Wir sind Ihnen wirklich dankbar, meine Liebe. Andrew ist der Sohn meines verstorbenen Bruders, und er ist uns so lieb, als wäre er unser eigenes Kind.« Sie beugte sich nach vorn und küßte mich auf die Wange. Dann lächelte sie, und ihr Mann nahm meine Hand und hielt sie fest. Er schaute mich mit festem Blick an, während er sagte: »Meine Frau hat für uns alle gesprochen. Danke, Hannah McLeod.«

Jetzt spürte ich, wie meine Wangen vor Verlegenheit brannten. Mr. Willard drehte sich lächelnd um, und ich sah, daß auch Andrew Doyle auf mich zukam. Er hatte sein Glas abgestellt, und als er vor mir stehenblieb, griff auch er nach meiner Hand. Ich gab sie ihm, und er beugte sich darüber und preßte sie an die Lippen. Dann hob er den Kopf, während er noch immer meine Hand hielt, und sagte mit sanfter, tiefer Stimme: »Solange ich lebe, Miß Hannah, werde ich mich an Ihre Tapferkeit erinnern, die Tapferkeit eines sehr jungen Mädchens, das ganz allein war und hätte weglaufen sollen. Aber statt dessen hat dieses junge Mädchen der Gefahr getrotzt, um einem völlig Fremden das Leben zu retten.«

Verzweifelt sagte ich: »Ganz sicher übertreiben Sie, Sir. Ich hatte nur wenig zu fürchten.«

Andrew Doyle schüttelte den Kopf und lächelte. »O nein«, erwiderte er. »Der Apache hat versucht, Sie niederzuschlagen. Ich habe es gesehen«.

»Apache?« wiederholte Jane.

Sebastian Ryder meinte: »Meine Kinder reißen vor Erstaunen Mund und Nase auf. Ich kann es ihnen nachfühlen. Wir wissen nichts von dem, was Hannah da durchgestanden hat, aber ich kann Ihnen versprechen, wir wären höchst interessiert daran, die Geschichte zu hören«.

Andrew Doyle ließ meine Hand los und wandte sich seinem Gastgeber zu. »Es wird einige Minuten dauern, um alles zu erzählen. Ich fürchte, ich habe Miß Hannah schon in ziemliche Verlegenheit gebracht«.

»Ach, das kann sie vertragen«, sagte Mr. Ryder energisch. »Wir essen erst um acht Uhr dreißig, also ist noch reichlich Zeit. Wir wollen uns alle hinsetzen und Ihre Geschichte hören, junger Mann.«

Hoffnungsvoll fragte ich: »Werden Sie mich noch brauchen, Sir?«

Die Familie Willard schaute bekümmert drein, und Andrew Doyle sagte zu Mr. Ryder: »Bitte, Sir!«

»Setzen Sie sich, Hannah, setzen Sie sich«, sagte mein Arbeitgeber freundlich. Und dann, an seine Gäste gewandt: »Vielleicht möchten Sie gern, daß Hannah mit uns ißt? Gewöhnlich tut sie das, außer wenn wir Gäste haben.«

Benjamin Willard meinte: »In diesem Fall, Sir, wären wir geehrt, Miß Hannah mit uns am Tisch zu haben, da die Gepflogenheit Ihres Hauses dadurch nicht gestört wird.«

»Großartig«, sagte Mr. Ryder, und ich wußte, daß er annahm, meine Beliebtheit bei der Familie Willard sei eher zu seinem Vorteil. »Sorgen Sie dafür, daß noch ein Gedeck aufgelegt wird, Farrow«, trug er dem Butler auf. »Das wäre dann im Augenblick alles.«

»Sehr wohl, Sir«, murmelte Farrow und zog sich zurück.

Andrew Doyle sagte: »Miß Hannah«, und schob einen Stuhl für mich zurecht. Ich dankte, nahm Platz, und stellte mich darauf ein, weiter in Verlegenheit gebracht zu werden. Die Damen nahmen ihre Plätze ebenfalls wieder ein, die beiden älteren Herren ließen sich in Sesseln nieder, aber Andrew Doyle blieb stehen. Er hielt den Kopf gesenkt. Einen Augenblick später blickte er auf und sagte: »Bitte versuchen Sie, sich eine schmale Straße im Herzen vom Montmartre vorzustellen, in einer sehr kalten Winternacht. Es ist eine Stunde nach Mitternacht, und ein ziemlich dämlicher junger Tourist hat eben die Kabaretts und Nachtlokale dieses berüchtigten Viertels erkundet.«

Er zuckte wehmütig die Achseln. »Ich war dieser dämliche junge Mann, aber wenigstens war ich vernünftig genug, an diesem Abend nur sehr wenig Geld in meine Brieftasche zu stecken und nichts anderes Wertvolles mitzunehmen – oh, außer den goldenen Manschettenknöpfen, die ich vergessen hatte abzunehmen. Ich ging allein, und das war unklug. Ich verlor mich in diesem Gewirr von Straßen und Gäßchen. Und in einer dieser Straßen trat ein Apache aus den schwarzen Schatten, die eine Straßenlaterne warf, und schlug mich mit einer Keule über den Kopf.«

Gerald rief überrascht aus: »Ein Apache?«

»Keine Rothaut aus Amerika«, sagte Andrew Doyle, »sondern diesen Namen gibt man jetzt auch den Kriminellen und Halunken vom Montmartre.« Er schwieg einen Augenblick und machte dann eine kleine, verwirrte Handbewegung. »Die Auswirkungen dieses bösartigen Schlages waren merkwürdig. Ich lag völlig gelähmt da, unfähig, mich zu bewegen, aber ich war eigentümlich wach. Irgendwie konnte ich die Szene beobachten, als ob ich nichts damit zu tun hätte. Der Apache hatte eine Frau bei sich. Das ist ganz normal, habe ich gehört, und diese Frauen sind genauso wild wie ihre Männer. Ich habe zugesehen, wie sie meine Kleidung durchsuchten, meine Brieftasche fanden, das bißchen Geld herausnahmen und das Portemonnaie wegwarfen. Sie waren wütend, daß sie so wenig gefunden hatten, und fingen beide an, mich zu treten – zuerst am Körper und dann gegen den Kopf.«

Er hielt inne und schaute Sebastian Ryder an. »Für Ihre Tochter ist das leider keine sehr angenehme Geschichte, Sir. Ich hoffe, ich rege sie damit nicht auf.«

»Ich habe sie nicht zu einem Kräutchen Rührmichnichtan erzogen«, sagte Sebastian Ryder deutlich. »Sie wird durch ihre Geschichte nicht gleich in Ohnmacht fallen, Mr. Doyle. Ich denke nicht daran, vor den jungen Leuten die Tatsache zu verbergen, daß diese Welt hart und gefährlich sein kann. Bitte, erzählen Sie weiter.«

»Ich spürte keinen Schmerz«, sagte Andrew Doyle leise, als ob er sich alles wieder in Erinnerung riefe. »Vielleicht waren die beiden betrunken, denn sie hätten mir ja auch meinen Mantel stehlen können und dabei die Manschettenknöpfe bemerkt.« Er zuckte die Achseln. »Aber sie standen einfach da und traten mich, und obwohl ich keinen Schmerz verspürte, wußte ich, daß ich bald zu schwer verletzt sein würde, um mich wieder zu erholen, wenn sie nicht aufhörten. Dennoch konnte ich nichts tun. Und dann . . . dann hörte ich das Klappern von Holzschuhen auf dem Pflaster. Ja, ich konnte sowohl hören als auch sehen. Im nächsten Augenblick stand eine junge Frau, ein Mädchen, zierlich und schlank, vor meinen Angreifern und brüllte sie auf französisch an. Sie lachten sie aus, und der Mann versuchte bösartigerweise, sie niederzuschlagen. Aber die junge Frau nahm die Hutnadel aus ihrem Hut und stach ihn in die Hand, als er zuschlug, so daß er vor Schmerz aufheulte. Dann kam noch ein Schrei, denn ehe der Apache sich wieder fassen konnte, bekam er von dem Mädchen mit dem schweren Holzschuh, den sie trug, einen Tritt vors Schienbein. Da vergaß er, noch einmal zuzuschlagen.«

Ich hörte, wie Gerald keuchend die Luft einzog, und nahm an, daß er mich jetzt mit noch mehr Bewunderung als gewöhnlich anstarrte. Aber ich blickte nicht auf. Ich blieb weiter sitzen und ließ die Hände im Schoß liegen. Ich hielt die Augen gesenkt, wie ich das seit dem Anfang der Geschichte getan hatte.

»Es war schnell vorbei«, sagte Andrew Doyle. »Das junge Mädchen, Miß Hannah McLeod, schien die Angreifer in einer Flut von französischen Worten zu bedrohen, die ich nicht verstand. Die Verbrecher rannten einfach weg. Hannah versuchte, mich wieder zu mir zu bringen, und endlich raffte ich das letzte bißchen Kraft zusammen, so daß sie mich hochheben und stützen konnte. Halb trug sie, halb schleifte sie mich die Straße entlang, zu . . .« Er zögerte und sagte dann: »Zu dem elenden Haus, in dem sie lebte. Ja, ihr Zuhause war eine Dachstube im sechsten Stock eines verfallenen Gebäudes, aber niemand sollte deswegen schlecht von ihr denken, denn sie bot mir ihr Zuhause dar, und das Dachstübchen bedeutete für mich den Unterschied zwischen Leben und Tod. Hätte sie mich nicht aufgenommen, ich wäre mit Sicherheit in dieser Nacht an meinen Verletzungen und vor Kälte gestorben.«

Es war sehr still im Zimmer. Ich öffnete die Augen und warf einen verstohlenen Blick um mich, und dann schaute ich hastig wieder nach unten. Denn obwohl Andrew Doyle redete, schauten sie mich alle an.

Seine Stimme fuhr fort. »Mit Hilfe eines Mannes und einer alten Schachtel – später fanden wir heraus, daß es die Concierge und ihr Mann waren – brachte es Miß Hannah fertig, mich in ihr Zimmer zu schaffen und auf ihr Bett zu legen. Mein Gehirn war jetzt umnebelt. Manchmal begriff ich, in welcher Situation ich war, aber manchmal wußte ich auch nicht, was passierte. Ich glaubte, Clara sei es gewesen, die mit mir redete und das Blut von meinem Gesicht wischte und sich um die Schürfwunden an meinen Rippen kümmerte. Dann, nach einer Weile, tauchte das alte Weib wieder auf. Man gab mir mehrere Löffel warmen

Schnaps zu schlucken.« Er zuckte die Achseln und spreizte die Finger. »Von diesem Augenblick an erinnere ich mich an nichts mehr, bis ich ein paar Tage später in einem Hotelzimmer wieder zu mir kam. Eine Krankenschwester und meine Familie waren um mich.«

Ich war dankbar dafür, daß seine Erinnerung an dem bewußten Punkt ausgesetzt hatte, denn ich hatte mich gefragt, ob er wohl gemerkt hatte, wie ich neben ihn ins Bett geklettert war, damit ich nicht fror. »Zu unserem großen Bedauern«, sagte er, »wurden mein Onkel und meine Cousine Clara beschämenderweise von einem Witzbold hinters Licht geführt, der Clara sagte, wo ich zu finden wäre. Er behauptete aber, Hannah selbst sei in den Angriff verwickelt gewesen. Dadurch war meine treue Cousine alles andere als freundlich zu Hannah, als sie sich mit zwei Hoteldienern aufmachte, um mich nach Hause zu holen. Ich fürchte, Hannah, dieses brave und freundliche junge Mädchen, muß große Entrüstung darüber verspürt haben, weil sie so viel riskiert und so viel getan hatte und man sie jetzt für schuldig an dem Verbrechen hielt, vor dem sie mich gerettet hatte.«

Ich stieß ein schwaches, nervöses Lachen aus und sagte: »Vielleicht hätte ich diese Entrüstung verspürt, Mr. Doyle, wenn ich nicht völlig von der Angst erfüllt gewesen wäre, daß die Polizei mich jeden Augenblick verhaften würde.« Ich schaute Clara an. »Aber jetzt ist ja alles vorüber, und am besten vergißt man es.«

»Ich werde es nicht vergessen«, sagte Clara wild. »Keiner von uns wird es vergessen.«

Benjamin Willard sagte: »Als wir die Wahrheit entdeckten und Hannah danken wollten, war sie schon fort.« Er warf mir ein wehmütiges Lächeln zu. »Vielleicht hat ihre natürliche Angst vor der Verhaftung sie dazu gebracht, die Stellung anzunehmen, die ihr, wenn ich es richtig verstanden habe, einer Ihrer Bevollmächtigten angeboten hat, Mr. Ryder. Wie auch immer – wir haben einen ihrer Nachbarn kennengelernt, einen Toby Kent, der neulich als Künstler zu plötzlicher Berühmtheit gelangte und sich ebenfalls Sorge machte, wo sie sein könnte. Meine Frau und meine Tochter waren in Europa mit mir auf Reisen, während Andrew über den Atlantik und zurück gereist ist. Wir waren also nicht in der Lage, Hannah selbst aufzuspüren. Durch eine glückliche Verkettung von Umständen hat Mr. Kent es geschafft, uns die gute Nachricht weiterzugeben.« Er beäugte Sebastian Ryder mit einem gleichmütigen Blick. »In der Tat waren wir froh zu erfahren, daß sie sich sicher unter dem Schutz eines Herrn von makellosem Ruf befindet, und durch einen glücklichen Zufall ist es auch noch jemand, dessen Bekanntschaft ich sowieso während meines Aufenthaltes in London machen wollte.«

Sebastian Ryder saß da und betrachtete mich mit Interesse. Er nickte bedächtig. »Das ist eine bemerkenswerte Geschichte«, sagte er. »Warum haben Sie uns nichts davon erzählt, Hannah?«

Ich zögerte ein wenig und sagte dann: »Eine Hutnadel als Waffe zu benutzen und mit einem Holzschuh zu treten, das kann manchmal am Montmartre notwendig sein, Sir. Aber es ist nicht ladylike. Außerdem mußte ich glauben, daß die französische Polizei mich für eine Diebin hält, und das wollte ich Ihnen nicht erzählen.«

Er stieß ein kurzes Lachen aus. »Sie zeigen sehr viel gesunden Menschenverstand. Es muß ein Schock für Sie gewesen sein, als Sie ins Zimmer traten und Miß Clara und Mr. Doyle sahen.«

Das war keine Frage. Deshalb senkte ich den Blick und schwieg. Überraschenderweise sagte Jane begeistert: »Ich glaube, es ist eine ungeheuer spannende Geschichte! Haben Sie das wirklich alles getan, Hannah?«

Ich murmelte »Ja« und warf Benjamin Willard einen bittenden Blick zu. Denn ich hatte das Gefühl, als ob er ein aufmerksamer Herr wäre, der vielleicht meine Gefühle verstand. Diese Hoffnung erfüllte sich, denn sofort sagte er mit fester Stimme: »Andrew, du hast deine Geschichte erzählt und der jungen Dame gedankt, wie du das so gern wolltest. Jetzt schlage ich vor, daß wir sie eine Weile in Frieden lassen. Offensichtlich hat sie ja nicht den Wunsch, weiter über den Vorfall zu reden oder für eine Heldin gehalten zu werden. Als Gäste unseres freundlichen Gastgebers schlage ich also vor, daß wir die Wünsche eines Mitgliedes dieses Hauses, dem wir soviel schulden, respektieren.«

Das war deutlich gewesen, denn obwohl es ein sorgfältig formulierter Appell an die Gäste war, wirkten sich die Worte auch so aus, daß die Familie davon abgehalten wurde, das Thema weiter zu verfolgen. Miß Willard begriff schnell, was ihr Mann wollte, und sagte: »Du hast recht, mein lieber Ben. Ich weiß, Mr. Ryder sagte, er wolle die Geschichte gerne hören, aber ich schätze, jetzt fragt er sich wohl, ob Amerikaner immer die Unterhaltung bestimmen, wie Andrew das getan hat.« Sie stieß ein warmes, freundliches Lachen aus. »Jetzt setz dich, Andrew-Schatz. Ich will Jane mal fragen, ob sie mir nicht ein bißchen von Silverwood erzählen will, denn ich hab' gehört, es ist ein wirklich schönes Haus. Ist es sehr alt und historisch, Jane? Unsere Geschichte der Vereinigten Staaten ist so kurz. Für uns ist es also echt faszinierend, wenn wir hierherkommen und Kirchen und Schlösser und Häuser besichtigen, die vielleicht tausend Jahre alt sind.«

Jane sagte: »Nun, Silverwood ist überhaupt nicht alt, Mrs. Willard. Mein Vater hat es vor nicht allzu langer Zeit bauen lassen . . .«

Ich entspannte mit mit einem innerlichen Seufzer. Mrs.

Willard verwickelte Sebastian Ryder in eine Unterhaltung. Gerald rückte seinen Sessel neben Clara und redete mit ihr, und Andrew Doyle wählte einen Sessel dicht neben mir. »Verzeihen Sie, wenn ich Sie verlegen gemacht habe«, sagte er ruhig. »Ich will nicht mehr von der Angelegenheit reden, Miß Hannah. Bitte sagen Sie mir, gefällt Ihnen Ihr Leben in England? Sicher muß es sehr angenehm sein nach dem harten Leben, das Sie am Montmartre geführt haben.«

»Ja, ich habe sehr viel Glück gehabt, Sir«, erwiderte ich. »Aber bitte, glauben Sie nicht, daß ich am Montmartre unglücklich war. Ich hatte eine feste Arbeit und eine Wohnung.«

Er starrte mich verwirrt an. »Seltsam, daß eine junge Dame Ihrer Herkunft sich unter solchen Bedingungen wohl fühlen kann.«

Ich konnte nicht anders – ich mußte lächeln, während ich sagte: »Ich fürchte, Sie machen sich über meine Herkunft Illusionen, Sir.«

Er schüttelte den Kopf. »Nein«, sagte er langsam. »Nein, Miß Hannah, das glaube ich nicht. Es gibt viel, was ich nicht verstehe, obwohl ich sehr lange mit unserem Freund, Toby Kent, geredet habe.« Er senkte die Stimme. »Sie wissen, daß ich das Gemälde von Ihnen habe?«

Ich nickte und antwortete ruhig: »Ja, er hat es mir gesagt. Ich bin so froh, daß er jetzt Erfolg hat.«

»Ich auch. Es ist höchst angenehm, in seiner Gesellschaft zu sein, und mein Onkel hält sehr viel von ihm als Künstler.« Andrew Doyle machte ein säuerliches Gesicht. »Ich bin zwar kein Sammler oder Kunstliebhaber, aber ich bin sehr froh, daß ich das Bild habe, selbst wenn ich es nur auf ein Jahr gemietet habe. Ich finde, es ist ein wunderbares Gemälde. Können Sie das Geheimnis des Titels für mich lösen? Toby Kent weigert sich nämlich, mir zu verraten, warum er das Gemälde ›Mädchen mit dem Schmetterling‹ genannt hat.«

»Das sollte lieber ein Geheimnis bleiben, Sir. Toby will es wohl so.«

»Natürlich. Ich will nicht in Sie dringen.«

In diesem Augenblick betrat Farrow das Zimmer und verkündete, das Essen sei serviert. Sebastian Ryder bot Mrs. Willard seinen Arm und sagte zu ihrem Mann: »Würden Sie meine Tochter Jane nach drinnen führen, Sir? Gerald begleitet Miß Clara, und vielleicht führt Mr. Doyle Hannah hinein.«

An diesem Abend tat ich mein Bestes, aber ich kann nicht behaupten, daß ich das alles genossen hätte. Die Gäste waren sehr freundlich zu mir, Clara ganz besonders, aber ich war in einer schwierigen Lage. Es war kein Abend, bei dem ich gebraucht wurde, um ausländischen Herrschaften bei der Unterhaltung zu helfen, also hatte ich diesmal nicht das Gefühl, als ob ich die Unterhaltung in Gang halten müsse. Andererseits konnte ich auch nicht mit nur einem oder zwei Worten antworten, wenn andere mich ansprachen, und es war schwierig für mich, den richtigen Ton zu treffen.

Als die Damen sich zurückzogen und die Herren dem Portwein und den Zigarren überließen, legte Clara einen Arm um mich, während wir den Salon betraten. »Es ist nicht leicht für Sie, nicht wahr, Liebes?« sagte sie mitfühlend.

»Was ist nicht leicht für sie, Clara?« fragte Jane, ehe ich antworten konnte.

Es war Mrs. Willard, die antwortete. Sie nahm Jane bei der Hand und führte sie zum Sofa. »Es ist nicht leicht, weder Gast noch Gastgeberin noch Dienstmädchen zu sein«, sagte sie mit einem Lächeln und einer Einfachheit, die sie mir noch liebenswerter machte. »Und jetzt erzählen Sie mir alles über englische Schulen, Jane, während wir es den beiden anderen überlassen, sich über das Thema ihrer Wahl zu unterhalten.«

Ich hatte Angst davor, daß Clara mir eine Menge Fragen stellen könnte, von denen vielleicht einige schwierig zu beantworten waren. Jane konnte uns ja so leicht hören, und ich hatte in Silverwood nichts von meinem Treffen mit Toby Kent erwähnt und davon, daß Mr. Boniface mich hereingelegt hatte. Ich hätte mir allerdings keine Sorgen machen müssen, denn Clara fing einfach an, mir von ihrer Heimat in Amerika zu erzählen, im Staat Virginia, und von der Art, wie man dort lebt. Mir gefiel ihre Stimme, die charmant und schleppend klang, und ich hörte gern zu und stellte ihr gelegentlich eine Frage. Von meiner ersten Begegnung mit ihr wußte ich, daß sie eine sehr selbstsichere junge Dame war, die höchst kraftvoll sein konnte. Aber an diesem Abend hatte sie mich mit offenherziger Freundlichkeit behandelt, ohne daß sie auch nur einen Augenblick lang auf dem hohen Roß gesessen hätte.

Ich erfuhr, daß sie bis vor drei Jahren mit ihrer Familie in Galverston im Staate Texas gewohnt hatte. Danach war sie nach Virginia gezogen, wo ihr Vater eine Position als Leiter eines Handelskomitees angenommen hatte. Deshalb mußte er sich in der Nähe des Regierungssitzes in Washington aufhalten. Ihr Onkel, Andrews Vater, hatte in Mexiko Eisenbahnen gebaut und eine Mexikanerin geheiratet. Andrew war in Monterey geboren, und diese Stadt lag nur hundert Meilen von der Grenze von Texas entfernt. Sein Vater hatte sich dort niedergelassen. Seit ihrer Kindheit hatte Clara mit ihren Eltern jedes zweite Jahr die Familie in Monterey besucht, und Andrews Familie war in den dazwischenliegenden Jahren in Galverston zu Besuch gewesen. Die beiden kannten einander also sehr gut.

Ich war dankbar für den Geographieunterricht, den

meine Mutter mir gegeben hatte, und dafür, daß ich später im College für junge Damen gelesen hatte. Denn obwohl ich Galverston oder Monterey auf einer Karte nicht hätte finden können, wußte ich doch wenigstens, wo Texas in den Vereinigten Staaten lag, und ich konnte mir die Karte im Geiste vorstellen. Der Rio Grande bildete die nördliche Grenze des riesigen, schmal zulaufenden Landes, das Mexiko war.

»Als Andrews Vater starb«, sagte Clara, »zog seine Mutter, meine Tante Maria, zurück auf die Hazienda ihrer Eltern. Andrew verbringt noch immer einen Teil seiner Zeit dort, aber . . .« Sie zögerte und blickte wehmütig drein, »na, es ist wohl kein Geheimnis, nehme ich an. Andrew ist so etwas wie ein Rebell. Er ist ein Mann mit Idealen, und ich fürchte, er ist auch ein ziemlicher Romantiker. Es gefällt ihm nicht, wie in Mexiko Politik gemacht wird, wo die Armen wie Hunde arbeiten und die Reichen wie Fürsten leben. Er hat sich deswegen mit seiner Mutter und deren Familie entzweit, und das macht uns sehr traurig. Wir können ja verstehen, warum er so denkt, aber wie mein Vater ihm immer wieder sagt – man kann die Welt nicht über Nacht verändern.«

Clara warf einen Blick durchs Zimmer, wo ihre Mutter mit Jane redete, und senkte die Stimme. »Es gibt Banden von Rebellen in den wilderen Teilen des Landes«, sagte sie, »und wir glauben, daß Andrew mit einigen ihrer Anführer in Verbindung ist und sie unterstützt. Es ist wirklich gefährlich, denn Mitglieder der Familie seiner Mutter haben wichtige Posten bei der Regierung, und natürlich wären sie schockiert und wütend, wenn sie wüßten, daß Andrew solchen Leuten hilft. Die Behörden betrachten die Rebellen als Räuber, aber für Andrew sind es Patrioten, die um die Freiheit kämpfen.« Clara seufzte und schüttelte den Kopf. »Ich nehme an, daß Andrew recht hat, aber mein Vater sagt, er wird nichts erreichen, indem er ihnen hilft. Ich war so froh, als Andrew zusagte und mit uns eine lange Reise nach Europa machte. Vielleicht wirkt sich das beruhigend auf ihn aus.«

Es überraschte mich nicht, zu erfahren, daß Andrew Doyle ein Idealist und Romantiker war. So hatte ich ihn schon erlebt, als er von meiner Begegnung mit dem Apachen sprach. Aber alles andere, was Clara gerade gesagt hatte, schien mir doch sehr weit hergeholt und phantasievoll. Wir saßen in einem wunderbar eingerichteten Salon in einem feinen Londoner Haus, und für mich war es schwer zu begreifen, daß es ein Land gab, wo Räuber umherstreiften. Das lag völlig außerhalb meines Begriffsvermögens. Für Clara war es einfach ein Teil des Lebens in diesem Land, das sie von so vielen langen Besuchen kannte. Aber sie hätte es wohl genauso schwierig gefunden, das Leben als wirklich zu empfinden, das ich in Paris geführt hatte.

Leise, so daß Jane nichts hören konnte, sagte ich: »Toby Kent hat mir gesagt, Mr. Doyle sei nach Mexiko zurückgekehrt, während Sie und Ihre Eltern noch durch Europa reisten. Es muß eine Enttäuschung für Sie gewesen sein, wenn Sie gehofft hatten, ihn für längere Zeit aus Mexiko fernzuhalten.«

Clara seufzte noch einmal. »Ja, es war enttäuschend. Oh, manchmal ist er wirklich unmöglich«, sagte sie. »Wir wissen noch nicht einmal, warum er zurückgereist ist. Nur – er bekam einen Brief, und wir glauben, er stammte vielleicht von einem Mann, der tatsächlich Anführer einiger Rebellengruppen ist. Sie müssen den Namen ›Ramon Delgado‹ schon in der hiesigen Zeitung gelesen haben.«

Ich dachte einen Augenblick nach und schüttelte dann den Kopf. »Ich habe nichts von ihm gelesen«, sagte ich, »aber ich glaube auch nicht, daß unsere Zeitungen sehr viel über Mexiko bringen, es sei denn, etwas Wichtiges passiert.«

»Nein, sicher nicht«, stimmte Clara zu. »Mit unseren Zeitungen ist es ähnlich. Vielleicht wären wir selbst gar nicht daran interessiert, wenn nicht diese Familienverbindung bestünde. Jedenfalls nehmen wir an, daß Ramon Delgado der Mann war, den Andrew besucht hat. Als er zurückkam, hat er Papa gefragt, wie er große Mengen von Gewehren kaufen kann. Wir glauben, er hatte vor, einen Waffenschmuggel nach Mexiko anzufangen. Himmel, Papa war unheimlich wütend auf ihn, und Andrew hat das Thema nie wieder erwähnt. Ich wünschte mir wirklich, er würde sich in Amerika niederlassen und Mexiko vergessen.«

»Würde seine Mutter denn ihr Heimatland verlassen?« fragte ich.

»Nein, das würde sie sicher nicht«, sagte Clara langsam. »Ich habe Tante Maria lieb, aber seit damals Onkel Hank starb und sie zurück zu ihrer Familie ging, ist sie sehr . . . nun, sehr mexikanisch geworden, glaube ich. Sie und Andrew verstehen einander anscheinend nicht mehr so gut wir früher, und es ist alles sehr traurig.«

Als sie zu Ende geredet hatte, öffnete sich die Tür, und die Herren traten ein. Gerald kam sofort zu Clara und mir herüber. Er wirkte erleichtert, weil er sich endlich von den älteren Männern losreißen konnte, und fing sofort mit uns ein Gespräch an. Ich trug selbst sehr wenig dazu bei, denn ich hatte das Gefühl, daß es sich für mich nicht ziemte. Aber zum Glück liebte Clara klassische Musik, und sie verstand auch ziemlich viel davon. Also unterhielten die beiden sich bald sehr angeregt miteinander.

Wenig später bemerkte ich, daß sowohl Mr. Ryder als auch Mr. Willard ihre Terminkalender studierten. Mr. Willard rief seiner Frau zu: »Würdest du bitte noch einmal überprüfen, ob du am Einundzwanzigsten nicht irgendwo eingeladen bist, Melanie? Das ist übernächste Woche. Mr. Ryder hat uns freundlicherweise eingeladen, an einer kleinen Flußfahrt teilzunehmen, die er an diesem Tag veranstaltet – es soll eine Fahrt auf der Themse sein, von Westminster nach Kew. Mittagessen gibt es an Bord.«

»Na, das klingt ja wunderbar«, sagte Mrs. Willard und nahm ein kleines Notizbuch aus ihrer Handtasche. »Ich bin sicher, daß ich keine Termine habe, die man nicht ändern könnte, aber laß mal sehen . . . nein, Clara und ich haben an diesem Tag frei.«

»Dann wollen wir auf schönes Wetter hoffen«, sagte Mr. Ryder. »Sie werden feststellen, daß Sie sehr viel Interessantes sehen, wenn wir den Fluß hinauffahren. Und natürlich wären noch die Parkanlagen in Kew zu besichtigen, ehe wir zurückfahren – falls jemand den Wunsch äußert.«

»Papa, was für eine herrliche Überraschung!« rief Jane aus. »Uns hast du kein Wort von einer Flußfahrt gesagt. Wer kommt denn noch mit?«

»Ich erwarte nur drei weitere Gäste«, sagte ihr Vater. »Mr. und Mrs. Hugh Ritchie und Sir John Tennant.«

Ich schaute in diesem Augenblick gerade Jane an und bemerkte, wie sie überrascht die Augen zusammenkniff. Als ich den Kopf umdrehte und Gerald anschaute, starrte der noch verblüffter drein. Sebastian Ryder steckte sein Notizbuch ein und sprach erneut seine Gäste an. »Ich glaube, Sie werden feststellen, daß die anderen Gäste sehr interessant sind«, fuhr er fort. »Hugh Ritchie ist Mitglied des Parlaments und wird eines Tages allen Erwartungen nach ein sehr hohes Amt bekleiden. Er gilt als aussichtsreicher Ministeraspirant. Seine Frau Anne ist die Tochter von Sir John Tennant, einem Landbesitzer und Edelmann aus einem Dorf in Kent – unter anderem.«

Clara klatschte in die Hände. »Ein Lord!« rief sie aus. »Oh, Kinder ist das nicht aufregend! Nennt man diese Leute wirklich Lord, Mr. Ryder?«

»Nicht ganz, Miß Clara. Sir John ist ein Ritter und Junggeselle.«

»Ein Junggeselle? Aber Sie haben doch eben gesagt, Mrs. Ritchie sei seine Tochter?«

Sebastian Ryder lächelte. »Ein ritterlicher Junggeselle, das ist kein unverheirateter Ritter. Ursprünglich wurde damit ein Ritter bezeichnet, der nicht Mitglied in irgendeinem Ritterorden ist. Ich fürchte, unser englisches Adelssystem ist sehr kompliziert.«

Mr. Willard sagte: »Geh' ich recht in der Annahme, daß Sir John Präsident von Hayley & Tennant ist – der großen Reederei?«

»Allerdings«, stimmte Mr. Ryder zu. »Obwohl wir in England Verwaltungsratsvorsitzende haben und keine Präsidenten. Möglicherweise werden Sie wohl auch mit Hayley & Tennant ins Geschäft kommen, nehme ich an?«

»Ich glaube, die Regierung hofft es«, sagte Mr. Willard. »Zwischen dem Londoner Büro von Hayley & Tennant und unserer Kommission in Washington hat es einige Korrespondenz gegeben, aber Termine habe ich noch nicht.«

»Nun, die Flußfahrt ist eine ausschließlich private Angelegenheit«, sagte Mr. Ryder schnell. »Sir John wird auf keinen Fall geschäftliche Themen anschneiden.«

Mr. Willard lächelte und machte eine Handbewegung. »Deswegen mache ich mir keine Gedanken, Sir«, sagte er, »denn ich bin sicher, daß Sir Johns Ruf über jeden Zweifel erhaben ist. Andererseits ist es überhaupt nicht schlecht für uns, wenn wir einander auch mal privat begegnen.«

Er redete weiter, aber ich nahm nicht mehr in mich auf, was er sagte. Teilweise kam es daher, daß ich müde war, weil es mich anstrengte, Gast zu sein und dennoch meine

Stellung als Angestellte im Hause nicht außer acht zu lassen. Und teilweise dachte ich an etwas anderes. Ich fragte mich, was Gerald und Jane so sehr überrascht hatte, und gleichzeitig versuchte ich mich zu erinnern, warum mir der Name Sir John Tennant irgendwie bekannt vorkam.

Als Mr. Willard zehn Minuten später sagte, es sei Zeit, daß er und seine Familie »auf den Treck« gingen, war ich froh. Clara erklärte mir diesen amerikanischen Ausdruck. Der ganze Abend war für mich zwar ein bißchen schwierig gewesen, aber ich hatte mich mit der Familie Willard angefreundet. Sie schienen mir offene Menschen zu sein, die trotz ihres gehobenen Standes in der Gesellschaft warmherzig, freundlich und ohne Vorurteile waren. Ich sagte ihnen als letzten gute Nacht und hatte vor, nur einen Knicks zu machen. Aber sie boten mir alle die Hand. Andrew Doyle beugte sich darüber, wie er das schon einmal getan hatte, und sagte dann: »Werden wir Sie bei der Flußfahrt sehen, Miß Hannah?«

Ich wußte nicht, wie ich diese Frage beantworten sollte, aber ehe ich Zeit hatte, verlegen zu werden, sagte Sebastian Ryder: »Sie wird dabeisein.«

Ein paar Minuten später, als die Gäste gegangen waren und ich nach oben in mein Zimmer ging, sah ich Licht unter Matties Tür durchschimmern. Oft saß sie noch spät abends da und spielte Patience, und sie freute sich immer, wenn ich sie nach einem Abendessen, bei dem ich anwesend war, noch kurz besuchte. Als ich klopfte und auf ihr Herein ins Zimmer trat, blickte sie lächelnd von den Karten auf, die auf dem Spieltisch aus Mahagoni ausgebreitet lagen.

»Na, meine Liebe, war es ein netter Abend?«

»Ein bißchen peinlich, Mattie, denn einer der Gäste war ein Herr, dem ich geholfen hatte, als er eines Nachts in Paris angegriffen wurde – nein, bitte sagen Sie nicht, ich soll die Geschichte jetzt erzählen. Ich will noch nicht einmal darüber nachdenken, und ich bin sicher, Master Gerald wird sie morgen beim Frühstück sowieso noch einmal erzählen. Sie werden sie also zu hören bekommen.« Ich setzte mich neben sie. »Welche Patience spielen Sie denn?«

»Miß Milligan.«

Ich schaute mir die ausgelegten Karten an und sah, daß Mattie nur noch wenige in der Hand hielt. »Ich glaube nicht, daß es diesmal auskommt, Mattie.«

»Ich auch nicht. Aber wir werden ja sehen.« Sie legte noch eine Reihe Karten hin. »War der Hausherr zufrieden?«

»Ja, ich glaube schon. Wußten Sie, daß er für übernächste Woche eine Flußfahrt geplant hat?«

»Nein, er hat mir noch nichts gesagt. Aber es ist ja noch reichlich Zeit, falls er will, daß die Köchin einen kalten Lunch vorbereitet. Hat er erwähnt, wie viele Gäste es sein werden?«

»Er sagte, ich sollte dabeisein. Ich weiß auch nicht, warum. Und die Gäste sind dieselben vier, die heute abend da waren, dazu drei weitere. Mr. und Mrs. Ritchie und Sir John Tennant.«

Mattie legte die Karten hin, die sie in der Hand hielt, und wandte sich mir ganz zu. Sie starrte mich in völliger Verblüffung an. »Tennant? Niemals, Kind! Da müssen Sie sich verhört haben.«

»Nein, ich bin ganz sicher – es war der Name. Sir John ist Vorstand einer Firma, die Schiffe baut.«

Mattie saß da und schaute mich mit leerem Blick an. Langsam schüttelte sie den Kopf, und schließlich sagte sie: »Das verstehe ich nicht. Das verstehe ich einfach nicht.«

»Ich dachte, Miß Jane und Master Gerald hätten ebenfalls überrascht dreingeschaut. Warum ist das so komisch, Mattie?«

Ganz ruhig antwortete sie: »Weil der Hausherr diesen Sir John Tennant mehr haßt als irgendeinen anderen Menschen auf der Welt. Und er haßt ihn schon so manches lange Jahr. Er hat auch allen Grund dazu. Sir John war derjenige; der Mr. Harold umgebracht hat.«

»Umgebracht?« wiederholte ich ungläubig. Von einem Mister Harold hatte ich noch nie gehört.

»Hat ihn zum Selbstmord getrieben«, sagte Mattie und nahm dabei die Karten wieder auf. Ihre Hände zitterten. »Es ist schon ziemlich lange her. Über zwanzig Jahre. Mister Harold war der Stiefbruder unseres Hausherrn und viel älter als er. Mr. Sebastian hat unheimlich viel von ihm gehalten, so hat man mir gesagt. Es war lange, bevor ich in die Familie kam, aber von den alten Dienstboten habe ich die ganze Geschichte erfahren.«

»Ich wollte nicht neugierig sein, Mattie«, sagte ich. »Mit mir hat das ja nichts zu tun.«

»Nun, mit den neuen Dienstboten habe ich nie darüber gesprochen. Die sind erst eingestellt worden, nachdem Mrs. Ryder starb. Gott hab sie selig! Aber ich bin sicher, Sie sind keine Klatschbase, Hannah. Sie können ruhig wissen, wie die Dinge stehen, wenn dieser Sir John Tennant tatsächlich Gast auf der Flußfahrt sein soll. Während all der Jahre habe ich den Hausherrn seinen Namen ziemlich oft aussprechen hören, und ich bin sicher, Mister Sebastian haßt ihn jetzt noch genausosehr wie damals.«

»Die Kinder müssen es wissen«, sagte ich. »Sicher waren sie deshalb so überrascht.«

»Ja, sie wissen es, meine Liebe. Auch wenn sie natürlich nie drüber reden. Es war eine geschäftliche Angelegenheit, wissen Sie. Mr. Sebastian hatte gerade seine erste Fabrik eröffnet, und Mr. Harold gehörte eine kleine

Schiffahrtslinie. Beide waren im Geschäft sehr tüchtig, und beide verdienten gut. Dafür sind sie hoch zu achten, denn sie haben mit wenig Kapital angefangen. Also, ich versteh' von den ganzen Dingen ja nichts, aber es sieht so aus, als ob Mr. Harold sich übernommen hätte, wie man so sagt. Er hatte mehr Schiffe gekauft, als er bezahlen konnte. Und dann hat ihm Sir John Tennant einen widerlichen Streich gespielt und wollte das Geld früher, als er gesagt hatte, denn seine Firma hatte die Schiffe gebaut.«

Mattie schaute die Karten an, die auf dem Tisch lagen, und schob sie langsam wieder zusammen. »Sie haben sich furchtbar gestritten, Mr. Harold und Sir John. Ich weiß nicht, wie das alles zusammenhing, aber man sagt, Sir John hätte gedroht, Mr. Harold in die Gosse zu bringen, und dazu ist's dann auch gekommen. Mr. Harold hat den letzten Penny verloren und dazu noch sein Geschäft. Er wollte später ein Mädchen aus sehr guter Familie heiraten, aber als das alles passierte, hat die Familie das Mädchen gezwungen, die Verlobung zu lösen. Mr. Sebastian wollte seine Fabrik verkaufen und alles, was er hatte, um seinem Stiefbruder zu helfen, aber es wäre nicht genug gewesen, und außerdem war Mr. Harold auch dagegen.«

Geistesabwesend stapelte Mattie die Karten und klopfte sie dann mit kleinen, aufgeregten Bewegungen zum Päckchen. »Ich glaube, damit alles weiterging, hatte Mr. Harold etwas getan, was er nicht hätte tun sollen«, sagte sie mit unterdrückter Stimme. »Er hatte wohl ein Dokument unterschrieben oder irgend etwas in der Art. Sir John wollte ihm die Polizei auf den Hals hetzen. Na, eines Tages ging Mr. Harold dann mit seinem Gewehr hinaus, um Kaninchen zu schießen, und ist nicht wiedergekommen. Später haben sie ihn gefunden. Erschossen. Und wie das Gewehr so an einem dünnen Ast hing, sah es ganz danach aus, als ob es ein Unfall hätte sein können. Aber Mr.

Sebastian wußte, daß es kein Unfall war. Er hat Sir John Tennant damals gehaßt, und er haßt ihn noch immer. Mit mir hat er einmal darüber geredet, als er ein, zwei Whisky über den Durst getrunken und an dem Tag irgendwas über Sir John in der Zeitung gelesen hatte. ›Früher oder später vernichte ich ihn, Mattie‹, hat er gesagt. ›Meine Chance wird kommen, ich habe Zeit und kann warten.‹«

Ein eisiges Gefühl berührte mich. Gleichgültig, welcher Grund vorlag, der Gedanke, daß ein Haß so viele Jahre genährt und am Leben gehalten wurde, war mir schrecklich. »Glauben Sie, Mr. Ryder hat sich irgend etwas ausgedacht, um Sir John jetzt zu schaden?« fragte ich.

Mattie hob die Schultern. »Wer kann das schon sagen? Unser Herr hat nicht vergeben und vergessen, da können Sie ganz sicher sein.«

»Aber auf jeden Fall ist es höchst seltsam von diesem John Tennant, daß er eine Einladung von einem Mann annimmt, der ihn so schrecklich haßt . . .«

Mattie schüttelte den Kopf. »Oh, ich bin sicher, er weiß es gar nicht, meine Liebe. Schließlich waren Mr. Harold und Mr. Sebastian nicht im gleichen Geschäft und hatten auch verschiedene Nachnamen, da sie ja Stiefbrüder waren. Sie hatten die gleiche Mutter, aber verschiedene Väter, sehen Sie. Und weil das alles schon so lange her ist, ist es nicht sehr wahrscheinlich, daß Sir John überhaupt jemals dahintergekommen ist, daß die beiden etwas miteinander zu tun hatten.«

»Nein, das glaube ich auch nicht.«

Wir saßen eine Minute schweigend da. Endlich sagte ich: »Ich denke, die einzige Möglichkeit, wodurch Mr. Ryder Sir John schaden könnte, liegt im Geschäftlichen. Aber diese Bootsfahrt ist eine private Angelegenheit.«

Mattie seufzte und fing an, die Karten in zwei Päckchen zu ordnen. »Wir wollen uns keine Sorgen darüber machen,

Hannah«, sagte sie. »Was auch immer der Herr im Sinn hat – es hat weder mit Ihnen noch mit mir etwas zu tun.«

»Nein, da haben Sie recht.« Ich tätschelte ihr die Hand und stand auf. »Gute Nacht, Mattie. Schlafen Sie gut.«

»Sie auch, meine Liebe.«

Später, als ich mich fürs Bett fertiggemacht hatte, stand ich in meinem Nachthemd am Fenster, hielt den Vorhang ein wenig beiseite und schaute hinaus über die Dächer von London in einen klaren, sternenübersäten Himmel. Der Abend hatte vieles gebracht, das seltsam für mich war. Noch seltsamer, als Mattie wußte. Während sie mir die Geschichte von Sebastian Ryders Stiefbruder erzählt hatte, war mir plötzlich eingefallen, warum der Name Tennant mir irgendwie bekannt vorgekommen war. Er tauchte in dem Brief auf, den meine Mutter kurz vor ihrem Tod an mich geschrieben hatte – es hieß dort, daß ich, falls ich jemals wirklich im Elend landen sollte, irgendwelche Anwälte in Clerkenwell aufsuchen und ihren Rat bezüglich der Tennant-Stiftung erbitten sollte.

Vielleicht hatte das alles gar nichts mit Sir John Tennant zu tun. Der Name war zwar nicht allzu häufig vertreten, aber auch nicht gerade selten, und kein Maß an Phantasie konnte mir glaubhaft machen, daß meine Mutter vielleicht irgendeine Verbindung mit einem adligen Landbesitzer hatte, der außerdem Direktoriumsmitglied einer großen Reederei war.

Meine Gedanken wandten sich einem anderen Namen zu, den ich während des Abends gehört hatte, einem Namen, der mich überraschte, obwohl ich es fertiggebracht hatte, meine Überraschung zu verbergen. Ich schaute zu der Schublade hinüber, in der ich die kleine Blechdose mit meinen paar ganz besonders teuren Habseligkeiten aufbewahrte. Als Clara mir von den Sorgen erzählte, die ihr Vetter Andrew der Familie machte, hatte sie gesagt, sie hätte

Andrew im Verdacht, daß er sich während seines Aufenthaltes in Mexiko mit dem Anführer einer Rebellengruppe getroffen hätte, einem Mann namens Ramon Delgado. Ich hatte keinen Zweifel, daß dies ein Mann mit stolzen, adlerhaften Gesichtszügen und traurigen Augen war, ein Mann mit dem leidenschaftlichen Ehrgeiz, die Übel auszurotten, die sein Land quälten. Ein Mann dieses Namens hatte einmal einer jungen Schülerin, die nichts von solchen Dingen wußte, sein Herz ausgeschüttet, hatte ihr einen Ring aus mexikanischem Silber gegeben, auf dem seine Initialen eingraviert waren, und das nur, weil sie voller Sympathie zugehört hatte und er glaubte, daß ihre einfachen Antworten in irgendeiner Weise seine Verzweiflung in neue Hoffnung verwandelt hätten.

Nach einer Weile ließ ich den Vorhang wieder fallen und stapfte barfuß durch das Zimmer zu meinem Bett. Ich legte mich hin. Daß der Name Tennant mir bekannt vorkam, darin lag nichts Drohendes, und auch nicht in der Tatsache, daß ich einmal den Worten eines Mannes zugehört hatte, der jetzt auf der anderen Hälfte der Welt war, eines Mannes, der genauso idealistisch und romantisch war wie Andrew Doyle. Dennoch, während ich in der Dunkelheit lag, hatte ich das unbehagliche Gefühl, daß die Fäden eines unsichtbaren Netzes sich langsam um mich schlossen.

9

SCHON AM NÄCHSTEN Nachmittag hatte ich meine albernen Vorahnungen beiseite geschoben und hatte mit Jane und Gerald im Museum für Naturgeschichte in

South Kensington viel Spaß. Wie ich erwartet hatte, war Gerald beim Frühstück noch völlig von der Geschichte erfüllt, die Andrew Doyle am Abend zuvor von mir erzählt hatte. Er berichtete sie Mattie mit einer glühenden Bewunderung, die ich höchst peinlich fand.

Mattie war auch angemessen beeindruckt. Jane, offen und ehrlich wie immer, sagte, sie fände das »ziemlich tapfer« von mir und ließ es dabei bewenden. Dafür war ich ihr dankbar. Später, im Laufe des Vormittags, als ich Jane ihre Französischstunde gab, sagte sie mit einem Stirnrunzeln: »Wußten Sie, daß ich an der Bootsfahrt, von der Papa gestern abend gesprochen hat, nicht teilnehmen soll?«

Ich war überrascht und sagte: »Nein, das habe ich nicht gewußt, Miß Jane. Warum denn?«

»Das weiß ich auch nicht. Vielleicht könnte es Streit geben. Papa betrachtet Sir John Tennant als seinen Todfeind, aber ich glaube nicht, daß Sir John das weiß. Wie auch immer – Papa sagt, ich soll zu Hause bleiben, und damit basta.«

Ich wollte mich nicht auf eine Diskussion in dieser Angelegenheit einlassen und sagte schnell: »Ce ne me regarde pas, Mam'selle Jane. Veuillez parler en français, s'il vous plait . . .«

Mehr wurde nicht gesagt, weder jetzt noch später. Gerald schnitt das Thema auch nicht an, vielleicht weil seine Schwester ihm gesagt hatte, ich hätte ihr gegenüber deutlich zum Ausdruck gebracht, es ginge mich nichts an.

Nach unserem Besuch im Museum nahmen wir eine Droschke nach Hause. Wir machten eine Rundfahrt, nach unten zum Embankment in Chelsea und dann am Fluß entlang nach Westminster, ehe wir nach Norden abbogen und zum Portland Place fuhren. Während wir im geschlossenen Wagen durch die Straßen von Chelsea rasselten, dachte ich an Toby Kent und fragte mich, ob er wohl noch immer in Chelsea wohnte und arbeitete, oder ob er inzwischen nach Paris zurückgekehrt war. Die Adresse, die er mir gegeben hatte, steckte in meiner Schreibmappe, und ich entschied mich, ihm am Wochenende zu schreiben.

Am nächsten Morgen bekam ich einen Brief – den ersten seit meiner Ankunft in England, und ich erkannte sofort Tobys lässige, aber sehr gut leserliche Handschrift auf dem Umschlag. Der Brief war sehr kurz.

An die kleine McLeod – meinen Gruß.
Würden Sie wieder für mich Modell sitzen? An einem Nachmittag, wenn Sie es hinkriegen. Das Licht in meinem Atelier ist dann am besten.

Votre vieux ami,
Ex-Seemann Toby Kent

Hetty hatte mir den Brief mit meinem Morgentee ins Zimmer gebracht, und ich lachte, während ich las. Nach dem Frühstück ging ich in das Zimmer, das Mr. Ryder als Arbeitszimmer benutzte, und fragte ihn, ob er einen Augenblick Zeit für mich habe. Er blickte von einigen engbeschriebenen Notizblättern auf, die er durchlas, und sagte: »Gut – worum handelt es sich, Hannah?«

»Darf ich diese oder nächste Woche einen Nachmittag freinehmen, Sir?«

»Was hält Sie davon ab?«

»Ich wollte nur sicher sein, daß ich an irgendeinem Nachmittag keine Pflichten habe, Sir.«

»Gut. Ist es etwas Besonderes?«

»Ich bin zu einem Freund eingeladen, in Chelsea.«

Er lehnte sich in seinem Sessel zurück. »Wen kennen Sie denn in Chelsea?«

»Einen Herrn namens Toby Kent, Sir. Er ist Maler, und wir kennen einander vom Montmartre.«

»Ein Maler, wie? Woher weiß der denn, daß Sie hier sind?«

»Die Familie Willard und Mr. Andrew Doyle sind mit ihm bekannt, Sir. Vielleicht haben sie es ihm gesagt.«

Sebastian Ryder nickte gedankenverloren. »Ich habe selbst schon von Kent gehört. Hat sich in letzter Zeit in Paris einen Namen gemacht. Sie haben zwei seiner Bilder als Fotografien vor einem Monat oder so im ›Tatler‹ veröffentlicht. Sie waren wohl sein Modell für ›Das Mädchen mit dem Schmetterling‹, oder?«

Ich starrte ihn verblüfft an. Dann sagte ich: »Nun . . . ja, das stimmt. Ich hatte keine Ahnung, daß Sie es wußten, und ich hoffe, Sie sind nicht verärgert darüber, Sir.«

»Ich habe es geraten, und warum, zum Teufel, sollte ich verärgert sein? Vielleicht wäre ich selbst an ein paar Bildern von diesem jungen Mann interessiert. Ein Mann aus meinem Club sagte neulich, er hat eine große Zukunft.«

»Ich wußte gar nicht, daß Sie an Kunst interessiert sind, Sir.«

»Bin ich auch nicht. Ich bin interessiert an Geldanlagen.« Sebastian Ryder musterte mich mit einem Glitzern der Belustigung in seinen harten Augen. »Sie wollen also an diesem Nachmittag mit einem jungen Mann ausgehen? Ist das auch anständig?«

Ich sagte: »Aber ja, Sir. Vollkommen. Am Montmartre haben wir auf dem Flur einander gegenübergewohnt, und Mr. Kent hat mich immer mit Respekt behandelt. Meinen Sie, es könnte sich vielleicht auf den Ruf der Familie negativ auswirken, wenn ich ihn ohne eine Anstandsdame besuche? Ich könnte ja Mattie bitten, mich zu begleiten. Vielleicht . . .«

»Himmel noch mal, nein«, erwiderte Mr. Ryder ungeduldig: »Mir ist das ganze Theater sowieso völlig egal. Wann möchten Sie ihn besuchen?«

»Bis jetzt habe ich für morgen noch keine Pläne gemacht. Wenn ich sofort schreibe, sollte Mr. Kent meinen Brief mit der Abendpost bekommen, und ich könnte morgen hingehen, wenn es Ihnen paßt.«

»Ja. Gut. Lassen Sie mich wissen, in welcher Galerie seine Bilder gezeigt werden.«

»Ja, Sir. Danke.« Ich ging sofort in mein Zimmer und schrieb einen kurzen Brief an Toby. Dann zog ich meine Handschuhe an, setzte den Hut auf und ging zur Post, ehe Geralds Französischstunde an diesem Morgen begann. Am nächsten Tag bat ich darum, dem Mittagessen fernbleiben zu dürfen, so daß ich schon frühzeitig nach Chelsea fahren konnte. Ich hatte angefangen, mir jetzt ein bißchen Geld zusammenzusparen, und ich wollte nicht das Fahrgeld für eine Droschke ausgeben. Also fuhr ich mit dem Omnibus, stieg am Piccadilly Circus um und ging die letzte halbe Meile zu Fuß. Tobys Atelier lag in einer Straße, von der man einige Gärten in der Nähe des Chelsea Embankment überblicken konnte.

Es war ein warmer Tag, und als ich näher trat, sah ich ihn auf einer Bank im Garten sitzen. Er war in Hemdsärmeln, hielt ein großes Stück Brot in der Hand und warf die Krümel einer Schar von auf dem Erdboden hin und her trippelnden Tauben hin. Er stand auf, verstreute das letzte Brot, grinste mich an und sagte: »Hallo, meine Schöne. Ich hab' Ihren Brief bekommen – und da sind Sie ja schon.«

»Hallo, Toby. Es war nett, von Ihnen zu hören.«

Er trat zurück, legte die Hände auf die Hüften und musterte mich. Dann runzelte er die Stirn. »Dieses Kleid verbirgt Ihre Schultern.«

»Natürlich tut es das. Ich könnte doch nicht mit einem tiefen Dekolleté durch die Straßen laufen, oder? Außerdem haben Sie mir nicht gesagt, was ich tragen soll.«

Er schnaufte. »Ich hatte an ein Porträt gedacht, und Sie haben einen wunderschönen Hals und wunderschöne Schultern.«

»Sie können aber doch nicht immerfort Schmetterlingsmädchen malen.«

»Nein, wohl nicht«, er musterte mich zweifelnd. »Das Kleid ist hübsch genug, und ich werde mich diesmal einfach mit dem Gesicht begnügen müssen. Das ist auch nicht schlecht.«

Ich lachte. »Ihr Iren mit euren eigentümlichen Schmeicheleien.«

»Kommen Sie jetzt mit nach oben. Diese Tauben besitzen aber auch kein bißchen Dankbarkeit, das kann ich Ihnen sagen.« Wir gingen über die Straße. »Wie kommen Sie denn mit Ryder zurecht? Keinen Ärger? Gestern habe ich Andrew Doyle getroffen. Der sagte, es ginge Ihnen anscheinend gut. Da ist die Tür. Und jetzt geradeaus, die Treppe hinauf. Es sind fast so viele Stufen wie in der Rue Labarre.«

Es war eine Wohnung mit Atelier, und auch noch eine sehr schöne, mit einem Dachfenster und einem anderen großen Fenster, von dem man die Themse sehen konnte. Aber ich hatte wenig Gelegenheit, mich umzusehen, denn eine leere Leinwand stand schon auf der Staffelei, und Toby zeigte mir einen hochlehnigen Sessel. »Hut ab, Hannah, und dann setzen Sie sich – seien Sie ein nettes Mädchen. Nein, nein. Gesicht zur Staffelei. So ist's besser. Warten Sie – ein Strähnchen von Ihrem Haar ist ein bißchen verrutscht. Muß festgesteckt werden.«

»So, wie Sie mich scheuchen, ist das kein Wunder. Gibt es irgendwo einen Spiegel, oder können Sie die Strähne für mich feststecken?«

»Gut.« Seine Hand auf meinem Kopf war sehr flink und leicht. »So. So ist's schön. Sitzen Sie bequem?«

»Ja, die Pose ist einfach. Wohin soll ich denn schauen?«

»Sehen Sie mich an, und reden Sie eine Zeitlang nicht. Später will ich gern arbeiten und reden, aber ich sage Ihnen, wenn es soweit ist.«

»Sehr gut, Sir.«

Er grinste. »Sie sind das einzige Modell, das nie wütend auf mich wird, kleine McLeod, Gott segne Sie dafür.«

Er fing an, Farben zu mischen, und bald war er bei der Arbeit. Er atmete schwer, murmelte vor sich hin, griff die Leinwand an und verschwand eine Weile dahinter, während er arbeitete. Dann plötzlich lehnte er sich wieder hervor und schaute mich lange mit wildem Blick an. Nach zwanzig Minuten seufzte er, warf Pinsel und Palette auf den Tisch, hob die Leinwand auf, schleuderte sie in eine Ecke und sagte sehr ruhig und liebenswürdig: »Meinen Sie, Sie könnten uns eine anständige Tasse Kaffee machen, meine Schöne?«

»Ich will's versuchen, Toby. Ist Kaffee in der Küche?«

»Ich zeige Ihnen alles. Die meisten Mädels hätten gefragt, was denn wäre und warum ich aufgehört hätte und Gott weiß was«, sagte er und ging voran in eine kleine, aber hübsche Küche neben dem Arbeitsraum. »Aber Sie sind ein ruhiges Wesen, gottlob, und wissen Sie, daß ich seit meiner Rückkehr nach England keine einzige anständige Tasse Kaffee mehr bekommen habe? Was, zum Teufel, machen die Leute im Laden bloß mit dem Zeug? Übrigens – in Frankreich habe ich nie eine anständige Tasse Tee bekommen.«

Ich öffnete die Tür zur Speisekammer und sagte: »Es sind nicht die Leute im Laden, es ist das Wasser, Toby. Ich habe mit unserer Köchin, Mrs. Fletcher, mehrere Experimente durchgeführt, und ich bin sicher, es ist das Wasser. Französisches Wasser ist gut für Kaffee, und englisches Wasser ist gut für Tee. Sehen Sie mal, hier ist ja ein bißchen Tee – soll ich einen Topf aufsetzen?«

»So jung und doch so weise«, sagte Toby. »Ja, machen Sie Tee, aber reden Sie nicht. Ich will Sie einfach betrachten.«

Ich verspürte keine Verlegenheit, als er sich rittlings auf einen Stuhl setzte und mich mit großer Intensität beobachtete, während ich mich anschickte, Tee zu machen. Aber es war schwer für mich, nicht hin und wieder über seinen Gesichtsausdruck zu kichern. Als ich eingeschenkt hatte, setzten wir uns an den kleinen Küchentisch und tranken, aber wir hatten kaum die erste Tasse angefangen, als er schnell wieder aufstand und zur Eile drängte: »Wir wollen weitermachen, Hannah. Schnell jetzt.«

Wir ließen unseren Tee stehen und gingen hastig zurück ins Atelier. Während ich meinen Platz einnahm, stellte er eine neue Leinwand auf die Staffelei und raffte Pinsel und Palette auf. Wieder kam eine Zeitlang Gemurmel und schweres Atmen, während er leidenschaftlich und voller Eifer arbeitete. Dann, vielleicht zwanzig Minuten später, lachte er plötzlich auf, und obwohl er schnell fortfuhr zu malen, konnte ich sehen, daß er nicht mehr angespannt war.

»Wie hat Ihnen der Abend mit den Willards und Andrew Doyle gefallen?« fragte er.

»Darf ich jetzt reden?«

»Klar, außer wenn ich Sie gerade scharf ansehe.«

»Na, sie waren alle sehr nett, aber ich fand es ein bißchen peinlich. Sie tun gerade so, als ob ich eine Heldin wäre und Mr. Doyles Leben gerettet hätte.«

»Schon möglich.«

»Ach, Unsinn. Er ist sehr romantisch, nicht wahr? Aber ich glaube, er ist ein guter Mensch. Clara hat mir erzählt, er mache sich große Sorgen um die Armen in Mexiko und versuche, das Leben für sie zu verbessern.«

»Lieber Gott, das weiß ich alles. An einem Abend in Paris gingen wir zusammen essen, und er hat die ganze Zeit damit verbracht, mir zu erklären, wie grausam die Bauern in seinem Land behandelt würden. Wußten Sie, daß er von Ihnen völlig hingerissen ist?«

Ich zuckte in meinem Sessel zusammen. »Was?«

»Sitzen Sie still, ja? Der Kerl ist hingerissen von Ihnen.«

»Mr. Doyle?«

»Wer sonst?«

»Ach, Sie machen Witze, Toby.«

Er tauchte hinter der Leinwand auf und musterte mich einen Augenblick lang geistesabwesend. »Nein, er ist sehr von Ihnen eingenommen, das schwöre ich Ihnen. Teilweise dessentwegen, was Sie für ihn getan haben, und teilweise, weil Sie selbst ein armes Bauernkind waren und deshalb um so bewundernswürdiger sind.«

»Ach du lieber Gott.«

»Warum ›ach du lieber Gott‹? Er ist reich, und zweifellos ist er auch freundlich. Vielleicht wird er Sie bitten, ihn zu heiraten. Dann können Sie eine feine Dame werden und ihn von seinen gefährlichen, rebellischen Ideen abbringen.«

Ich lächelte. »Jetzt machen Sie aber wirklich Witze.«

»Kann sein, aber ich bin nicht ganz sicher. Wie Sie schon angedeutet haben, Andrew ist ein sehr romantischer Bursche.«

Ich sagte unsicher: »Sie glauben doch nicht wirklich, daß es ihn so erwischt hat, daß er mir den Hof machen will?«

Toby trat zurück und beäugte seine Leinwand. »Und wenn er es täte – was wäre so schlimm daran?«

»Na, es würde peinlich sein. Sie wissen genau, daß ich nicht jeden heiraten kann, selbst wenn ich wollte.«

»Dann wollen wir hoffen, daß er Sie nicht fragt. Erzählen Sie mir vom Leben mit der Familie Ryder.«

»Gut. Mal sehen. Mr. Ryder ist sehr brüsk, aber mir macht das nichts aus. So ist er eben. Mit Mattie und den Kindern komme ich gut zurecht. Gerald ist ziemlich liebeskrank, aber ich glaube, er ist nicht mehr ganz so gefesselt von mir wie am Anfang. Alles in allem führe ich ein sehr bequemes Leben, mit leichten Pflichten und sehr viel Freizeit.«

»Das ist prima.« Toby hörte auf zu malen und schaute mich an. »Noch immer kein Anzeichen, daß Ryders Befehl, ihm das Schmetterlingsmädchen um jeden Preis zu bringen, irgendeine finstere Bedeutung hätte?«

»Nein, überhaupt nicht. Ach, gestern kam heraus, daß er das Foto von Ihren Bildern im ›Tatler‹ gesehen hat und wußte oder vielmehr erraten hatte, daß ich für das Schmetterlingsmädchen Ihr Modell war. Ich nehme an, Mr. Boniface hat ihm erzählt, daß wir Nachbarn waren, denn er wußte von Ihrem Erfolg und sagte, er wäre eventuell daran interessiert, ein paar Bilder zu sehen.«

»Er ist doch kein Sammler, oder?«

»Nein. Er hatte wohl eher das Gefühl, als ob Ihre Bilder eine gute Investition wären.«

»Dann soll er verdammt sein«, sagte Toby überaus freundlich. »Er ist ein schlimmerer Philister als Sie selbst, Hannah. Aber jetzt hören Sie mal. Er hat mit Boniface vom ›Schmetterlingsmädchen‹ gesprochen, noch ehe ich das Bild gemalt hatte. Also muß er von dem goldenen Schmetterling auf Ihrer Schulter wissen, meine Schöne. Haben Sie ihn gefragt, woher er das weiß?«

»Um Gottes willen, Toby, ich kann doch meinem Arbeitgeber nicht eine solche Frage stellen. Außerdem ist es mir ziemlich egal, woher er es weiß, solange er mich so anständig behandelt wie bisher.«

»Es ist also nichts Merkwürdiges gewesen? Überhaupt nichts?«

»Nein.« Ich erinnerte mich an meine Unruhe in der vergangenen Nacht. »Nun, zwei merkwürdige Zufälle hat es schon gegeben. Aber einer davon hatte mit Mr. Ryder nichts zu tun.«

Toby sagte: »Weiter.«

Ich erzählte ihm von der Flußfahrt, die für die übernächste Woche geplant war und zu der die Willards und Andrew Doyle zusammen mit drei anderen Gästen eingeladen waren. »Einer von ihnen ist ein Herr namens Sir John Tennant. Ich glaube nicht, daß Sie sich an den Brief meiner Mutter erinnern, den ich Ihnen einmal gezeigt habe. Aber darin ist eine ›Tennant-Stiftung‹ erwähnt.« Ich sagte ihm nicht, daß Sebastian Ryder einen gnadenlosen Haß auf Sir John empfand, und ich erklärte ihm auch nicht, warum. Ich hatte das Gefühl, Mattie hätte mir das im Vertrauen erzählt.

Nach einer Weile sagte Toby: »Und der andere Zufall?«

Ich erzählte ihm von Claras Verdacht, daß Andrew Doyle, als er in Mexiko gewesen war, einen Rebellenführer, Ramon Delgado, getroffen hätte. Ich erklärte ihm, daß ich vor ein, zwei Jahren im College für junge Damen in Paris diesen Mann kennengelernt hatte.

»Ist das alles?« fragte Toby. Er malte schnell, und er schaute mich jetzt nur noch gelegentlich an.

»Ja«, sagte ich. »Ich will ja gar nicht behaupten, daß diese beiden Dinge wichtig sind, aber Sie fragen mich immer wieder, ob irgend etwas Komisches passiert ist. Deshalb dachte ich, ich sollte diese beiden Zufälle erwähnen.«

»Ich würde sie kaum Zufälle nennen«, sagte Toby trokken. »Es kann nicht viele Mexikaner geben, die Paris besuchen, und wenn Sie gleich zwei davon kennenlernen, die sich zufällig auch noch kennen, nämlich Andrew Doyle und Ramon Delgado, dann finde ich das nicht gerade überraschend. Was die andere Angelegenheit betrifft – wenn Sir John Tennant nichts mehr mit der Tennant-Stiftung zu tun hat, dann wäre es nur ein kleiner Zufall, daß er den gleichen Namen trägt. Wenn er mit der Stiftung aber doch etwas zu tun hat, dann ist das kein Zufall, sondern ein Geheimnis. Möchten Sie es lösen?«

Ich dachte einen Augenblick nach und sagte dann: »Nein. Ich würde gar nicht wissen, wo ich anfangen soll, und ich sehe auch keinen Sinn darin. Es würde nur bedeuten, daß ich die Vergangenheit wieder aufwühlen muß. Und das will ich nicht.«

Toby trat zur Seite und schaute mich nüchtern, aber mit leisem Humor im Blick an. »Sie haben sich nicht sehr verändert, kleine McLeod«, sagte er.

»Ich bin besser gekleidet als früher, Mr. Kent.«

»Allerdings. Sollen wir eines Abends mal in ein wahnsinnig teures Restaurant essen gehen?«

»Oh, das kann ich nicht, Toby. Dies hier ist England, und ich bin in einem respektablen Haus angestellt. Ich war noch nicht einmal sicher, ob Mr. Ryder es zulassen würde, daß ich Sie heute nachmittag besuche.«

Toby grinste und fuhr sich mit der Hand durchs Haar. Streifen von Farbe blieben auf seiner Stirn zurück. »Ich stamme selbst aus einer respektablen Familie«, sagte er, »und als junger Mann bin ich über die Wochenenden sowohl in England als auch in Irland zu Gast auf Landsitzen gewesen. Ich kann Ihnen sagen – Sie würden mir nicht glauben, wie nachts zwischen den Schlafzimmern hin und her gelaufen wird bei Leuten, die in der Kirche die besten Bänke besetzen.«

»Wirklich?«

»Ich kann es Ihnen versichern. Wir leben in einem Land der Heuchler.«

»Na, in Silverwood ist es aber nicht so, und ich kann nicht mit Ihnen essen gehen. Trotzdem – es war sehr nett von Ihnen, mich einzuladen.«

»Nun seien Sie mal eine Minute still.« Er musterte mich, runzelte die Stirn und malte weiter. »Aber Sie werden mich doch wieder besuchen?«

»Wollen Sie mich denn schon wieder malen?«

»Ach, Hannah, Sie sind grausam.« Er hielt inne und schaute mich tadelnd an. Er breitete die Arme ein bißchen aus. »Glauben Sie denn, ich will Sie nur als Modell hier haben, damit Sie für mich sitzen? Das können Sie vergessen. Nein, ich hatte im Sinn, daß Sie eines Tages für uns ein schönes Essen kochen könnten, denn ich habe es satt, immer zum Essen auszugehen. Was ich mir selbst mache, ist einfach widerlich.«

Ich lachte. »Sie haben sich auch nicht auffallend verändert, Toby. Sie sind immer noch schrecklich. Ist Ihr Fuß jetzt wieder völlig in Ordnung?«

»Fast. Nur hin und wieder zuckt er noch, wenn ich die Treppe herunterrenne.«

»Das freut mich. Und haben Sie Mrs. Hesketh noch einmal gesehen?«

Er stieß ein brüllendes Gelächter aus und schüttelte dann den Kopf. »Nein, hab' ich nicht. Ich hielt es für am besten, der Versuchung zu widerstehen. Wissen Sie, Hannah, ich hab' gedacht, sie hätte mit Boniface ein Bratkartoffelverhältnis, aber nachdem ich jetzt eine Weile in Chelsea gewohnt habe, glaube ich eher, daß sie nicht viel miteinander zu tun haben. Und jetzt will ich Ihnen mal von den Leuten erzählen, die im Stockwerk unter mir wohnen . . .«

Während der nächsten Stunden erzählten wir uns Geschichten wie damals in Paris, wann immer wir ein bißchen Zeit füreinander hatten. Dann sagte Toby, ich könnte mich jetzt bewegen, denn er hätte, was er wollte, und er sei sowieso völlig ausgetrocknet. Ob ich also bitte noch einmal einen Tee machen könne? Ich tat es und brachte ihm eine Tasse, während er arbeitete. Ich achtete darauf, das Bild nicht anzusehen.

Nach einer weiteren halben Stunde, während der ich am Fenster saß und auf die Themse hinabschaute, sagte er: »Gut. Es ist noch nicht fertig, aber kommen Sie mal rüber und sagen Sie mir, was Sie davon halten.«

Das Porträt zeigte Kopf und Schultern, und in meinen Augen lag die Andeutung eines Lächelns. Stellenweise war die Farbe anscheinend in dicken Klumpen aufgetragen, und mit Sicherheit hatte Toby nicht versucht, eine Ähnlichkeit zu erzielen: Dennoch sah ich diesmal sofort, daß das Bild mich darstellte, vielleicht weil ich es jetzt mit anderen Augen sah und keine perfekte Replik in zwei Dimensionen mehr erwartete. Außerdem wurde mir klar, daß Toby, obwohl er mit großer Geschwindigkeit und anscheinend völlig frei gemalt hatte, mit jedem Pinselstrich einen ganz bestimmten Zweck verfolgt und jede Lichtnuance getreulich abgebildet hatte.

»Los«, befahl Toby hinter mir, »sagen Sie, daß es Ihnen nicht ähnlich sieht.«

»Oh, es sieht mir aber ähnlich«, sagte ich verwundert. »Es sieht mir sogar sehr ähnlich.«

»Aha, Sie lernen, Hannah McLeod.«

»Mir war aber nicht bewußt, daß ich gelächelt habe.«

»Haben Sie auch nicht. Dieses Lächeln, das ist immer in Ihren Augen, und ich hab's erwischt – bei Gott, ich hab's erwischt!« Ein Unterton der Begeisterung lag in seiner Stimme.

»Ich bin froh, daß es richtig herausgekommen ist«, sagte ich und drehte mich um. Dann brach ich in Gelächter aus, als ich sah, daß jetzt auch Tobys Wangen mit Farbstreifen verschmiert waren. »Am besten gehen Sie und waschen sich die Hände«, sagte ich und schaute auf die Uhr. »Ich habe Mattie gesagt, ich würde vor sechs zurückkommen. Also muß ich bald gehen. Nein, wischen Sie sich das Gesicht doch nicht mit einem Terpentinlappen ab, Sie dummer Kerl. Da kriegen Sie nur eine wunde Haut.«

Er warf den Lappen beiseite. »Ach so, Sie sind so eine Art Feldwebel, kleine McLeod«, sagte er und marschierte in die Küche. Während ich in der Tür stand und zusah, platschte und seifte er sich am Waschbecken ein und vergrub dann das Gesicht in einem Handtuch. »Ich bringe Sie in einer Droschke nach Hause«, sagte er mit undeutlicher Stimme. »Wir haben also reichlich Zeit, erst noch unseren Tee zu trinken.«

»Droschken sind wahnsinnig teuer, Toby. Ich weiß das, weil ich mit den Kindern viel umhergefahren bin. Sixpence die Meile innerhalb eines Viermeilenradius vom Charing-Cross-Bahnhof. Es würde also mindestens eine halbe Krone kosten, wenn Sie mich nach Hause bringen und dann wieder zurückfahren.«

»Ich habe haufenweise Geld«, sagte er, und sein Kopf tauchte aus dem Handtuch auf. »Ich male ja ständig Bilder, und die Leute kaufen sie. Alle Bilder, die ich in Paris gelassen habe, sind schon verkauft.«

»Na, dann vielen Dank. Ich setze den Kessel noch einmal auf.«

»Ich hatte aber nicht einfach eine Tasse Tee gemeint. Ich meinte Vieruhrtee – mit warmem Gebäck und Süßigkeiten in einer englischen Teestube.«

»Oh, das wäre toll.«

»Also gut. Geben Sie mir zwei Minuten.«

Er ging in sein Schlafzimmer. Ich kehrte zu dem Bild

zurück, und ich studierte es mit Interesse. In knapp zwei Minuten tauchte Toby mit mehr oder weniger gekämmtem Haar wieder auf. Er trug eine Krawatte und zog sich eine Jacke an. »Wie wollen Sie denn dieses Bild nennen?« fragte ich.

»Na, es ist ja nur ein Porträt. Also haben wir keine große Wahl beim Titel. Ich nenne es ›Hannah‹.«

Ich steckte die Hutnadel wieder in meinen Hut und sagte: »Es war wohl nicht sehr vernünftig von Ihnen, ein Porträt zu malen. Schließlich kauft doch niemand das Porträt einer Fremden, oder?«

»Bei modernen Künstlern ist das anders«, Toby grinste plötzlich. »Aber Andrew Doyle sind Sie ja auch gar nicht fremd. Ich könnte es also immer an ihn verkaufen, und er würde es auf der Stelle nehmen. Außerdem – wer hat denn überhaupt gesagt, daß ich es verkaufen will? Vielleicht kratze ich Sie einfach von der Leinwand ab, so daß ich das Ding noch mal benutzen kann.«

Ich zog meine Handschuhe an, während ich noch immer das Bild anschaute, und sagte: »Ich wäre traurig, wenn Sie das täten. Nicht meinetwegen, sondern Ihretwegen. Es ist ja Ihre Arbeit, und ich weiß, daß Sie damit zufrieden sind.«

»Dann tu' ich's vielleicht doch nicht. Kommen Sie jetzt, ich bin verrückt nach einem Hefeteilchen.«

Wir nahmen eine Droschke zu einer Teestube in der Nähe von Charing Cross. Wir verbrachten eine angenehme halbe Stunde im Lokal und redeten über nichts Besonderes. Weil ich kein Mittagessen bekommen hatte, hatte ich jetzt Hunger, und wir beide aßen herzhaft, während wir an einem Tisch beim Fenster saßen und zusahen, wie die Welt draußen vorüberging. Zehn Minuten vor sechs kamen wir in einer anderen Droschke am Portland Place an. Toby begleitete mich zur Haustür, wartete, bis sie von Albert, dem Hausdiener, geöffnet wurde, lüftete dann den Hut vor mir und ging wieder die Stufen hinunter zu der wartenden Droschke.

An diesem Abend war Gerald beim Essen etwas wortkarg. Ohne Zweifel kam es daher, daß ich einen Freund besucht hatte. Mr. Ryder stellte eine oder zwei kurze Fragen, wodurch herauskam, daß Toby ein Porträt von mir gemalt hatte, und das schien ihn zu interessieren. »Ist es verkäuflich?« fragte er.

Ich erinnerte mich an Tobys Bemerkung, als ich davon gesprochen hatte, daß Sebastian Ryder Bilder als Kapitalanlage kaufte. Ich hatte das Gefühl, es sei am besten, ihn darin nicht zu unterstützen, und sagte hastig: »Oh, ich glaube, er hat es nur zur Übung gemalt, Sir. Er hat erwähnt, daß er es morgen wieder von der Leinwand abkratzen will.« Ich erwähnte nicht, daß Toby dies nur im Scherz gemeint hatte.

»Na, ohne Zweifel wird er noch andere Bilder malen«, sagte Mr. Ryder, und zu meiner Erleichterung war das Thema damit abgeschlossen.

Ein paar Tage später, als wir in einem geschlossenen Wagen von einem Nachmittagsausflug zum Tower zurückkamen, sagte Jane: »Wußten Sie eigentlich, daß Papa Ihren Freund Mr. Kent ebenfalls für nächste Woche zur Flußfahrt eingeladen hat, Hannah?«

Ich war überrascht und sagte: »Ach du lieber Himmel, nein. Hat Toby schon geschrieben, daß er die Einladung annimmt?«

»Ach, Briefe sind keine geschrieben worden. Papa ist hingefahren und hat ihn besucht. Komisch, nicht wahr? Ich nehme an, Papa wollte sich nur neue Bilder ansehen, die er vielleicht gemalt hat. Übrigens – Ihr Porträt hat er noch, also hat er es nicht abgekratzt. Papa meinte, es wäre sehr fleckig. Ich glaube nicht, daß er Mr. Kent besonders mag. Und das nicht nur, weil er ihm keine Bilder verkaufen wollte. Papa sagte, er zeige keinen Respekt in seinem Benehmen. Er sei sehr grob.«

Ich unterdrückte ein Lachen bei dem Gedanken, daß Toby Kent vor irgend jemandem Respekt zeigen könne. Gerald sagte: »Papa glaubt, der einzige, der ein Recht dazu hat, grob zu werden, ist er selbst – aber er sagt immer, er verschwende keine Worte.«

»Das ist wahr«, meinte Jane und drehte sich zu mir um. »Es muß sehr seltsam gewesen sein, am Montmartre zu wohnen. War Mr. Kent dort Ihr Liebhaber?«

Gerald wurde purpurrot und sagte: »Jane!«

Ich selbst war auch völlig verblüfft, und es dauerte einen Augenblick, ehe ich etwas erwidern konnte. Dann meinte ich verärgert: »Nein, natürlich war er nicht mein Liebhaber! Und Sie sollten nicht von solchen Dingen reden, Miß Jane!«

»Alle Mädchen in der Schule reden von solchen Dingen«, erwiderte sie ohne Scheu. »Abgesehen von einer oder zwei zimperlichen Ziegen. Ich bin sicher, daß es in Geralds Schule bei den Jungen nicht anders war.«

»Jane, hör auf!« rief Gerald aus. Er war entrüstet.

»Ist doch albern«, sagte Jane. »Ich bin überzeugt, daß manches von dem, was man mir erzählt hat, kompletter Unsinn ist. Ich wünschte, ich hätte jemanden, den ich deswegen fragen könnte. Ich wollte Sie nicht beleidigen, Hannah, als ich gefragt habe, ob Mr. Kent Ihr Liebhaber gewesen ist. Schließlich ist in Paris ja alles anders, oder nicht? Ich dachte, wenn er es gewesen ist, dann könnte ich Sie wegen dieser Dinge fragen. Nicht jetzt, vor Gerald, sondern irgendwann einmal.«

Gerald hielt sich in qualvoller Verlegenheit den Kopf mit den Händen fest. Seltsamerweise – trotz meiner Ermahnung stimmte ich mit Jane in allem, was sie gesagt hatte, überein. Aber ich war nicht die richtige Person, um ihre Fragen zu beantworten. Ich schaute aus dem Fenster und sagte: »Mr. Kent und ich, wir waren Nachbarn, nicht mehr. Ich glaube Ihnen, daß Sie mich nicht beleidigen wollten, und jetzt wollen wir das Thema bitte fallenlassen.«

Nach einem Augenblick sagte Jane mit einer seltenen Spur von Reue: »Ich bitte um Entschuldigung, Hannah.«

»Ist schon gut, Miß Jane. Ich hatte gerade eine Idee. Ich glaube, wir sollten demnächst einmal in die Nationalgalerie und Tate-Galerie, um uns die Gemälde anzuschauen und zu verstehen, wie die verschiedenen Malschulen arbeiten. Vielleicht könnte ich Mr. Kent sogar bitten, mit uns zu kommen und alles zu erklären . . .«

Gerald stieß einen Seufzer der Erleichterung aus, Jane war begeistert, und die eisenbeschlagenen Räder der Droschke rumpelten eintönig über die Pflastersteine.

Am Tag der Flußfahrt, dem Tag, da Sebastian Ryder anfing, den wahren Grund dafür zu enthüllen, warum er mich nach England hatte holen lassen, war es warm und trocken. Wir versammelten uns an Bord des Schiffes, das Mr. Ryder für diesen Tag gemietet hatte – es war eins der Passagierschiffe, die regelmäßig zwischen Greenwich und dem Schloß Hampton Court hin und her fuhren.

Auf dem Vorderdeck waren Stühle aufgestellt, und man hatte ein gestreiftes Sonnensegel ausgespannt, damit diejenigen, die es wünschten, ein wenig Schutz vor der Sonne hatten. Hier empfingen wir auch die Gäste, als sie mit der Kutsche ankamen und die Stufen an der Westminster-Brücke herunterkamen. Die Familie Willard und Andrew Doyle waren die ersten. Ich hielt mich im Hintergrund, während sie von Sebastian Ryder und

Gerald willkommen geheißen wurden, aber sie begrüßten mich absichtlich so, als ob ich zur Familie gehörte.

Fünf Minuten später fuhr eine sehr elegante Kutsche vor, und drei Menschen stiegen aus. Sie kamen die Stufen herunter und gingen über die Gangway. Sebastian Ryder begrüßte sie und stellte sie dann alle vor. Mr. Hugh Ritchie war ein gutaussehender Mann Mitte Vierzig, selbstbewußt und eine gewisse Autorität ausstrahlend. Seine Frau, Anne Ritchie, war um Jahre jünger. Sie sah gut aus und hatte sehr schöne Augen. Ihr Benehmen wirkte zuerst ein bißchen hochnäsig, aber ich spürte, daß sie darunter eine ziemlich nervöse Natur verbarg, und dieses herablassende Benehmen verschwand schnell bei der leichtherzigen Freundlichkeit, mit der die Amerikaner sie begrüßten. Sir John Tennant, ihr Vater, war Ende Sechzig und sah seiner Tochter in keiner Weise ähnlich. Er war ein großer Mann mit hängenden Schultern und breitem Körperbau. Sein Gesicht war blaß, sein Haar dünn und grau und seine Augen so schwerlidrig, daß sie halb geschlossen wirkten. Er hatte einen kurzen Hals, so daß er fast wie eine Schildkröte aussah.

Als alle vorgestellt waren, wandte Sebastian Ryder sich mir zu und sagte: »Dies ist Hannah McLeod, die Französischlehrerin meiner Kinder, die uns auf dieser Fahrt begleitet.«

Ich knickste vor Mrs. Ritchie und sagte: »Guten Morgen, Madam.«

Sie neigte den Kopf. »Guten Morgen.« Ihr Blick glitt weiter, kehrte dann plötzlich zu mir zurück. Sie starrte mir fest ins Gesicht, fast als ob sie versuchte, sich daran zu erinnern, wo sie mich schon einmal gesehen hatte. »McLeod? Sie sind doch sicher keine Französin?«

»Nein, Madam. Ich bin in London geboren, aber meine Mutter war Französin, und später habe ich mehrere Jahre in Frankreich verbracht.«

»Aha.« Sie schaute mich noch eine Weile an, und ich glaubte, die Schatten eines Schmerzes in ihren Augen gesehen zu haben, als sie sich abwandte. Ihr Mann nickte mir zu und sagte: »Morgen, mein Fräulein«, und dann ging er weiter und sprach mit Mr. Willard.

Sir John Tennant stand da und betrachtete mich mit seinen schwerlidrigen Augen. Seine Hände ruhten auf dem Spazierstock mit dem silbernen Knauf, den er bei sich hatte. Die wäßrigen grauen Augen waren leer. Nur eines zeigte sich darin – eine seltsame Vorsicht. Ich spürte Sebastian Ryders Gegenwart, der nur ein, zwei Schritte von mir entfernt stand. Die Reptilaugen zuckten zu ihm hinüber, hefteten sich dann wieder auf mich.

»McLeod?« fragte Sir John mit tiefer, tonloser Stimme. »Hatten Sie das gesagt, Ryder?«

Ich warf meinem Arbeitgeber einen Blick zu und erhaschte ein Aufblitzen triumphierender Befriedigung in seinen Augen, während er den alten Mann anschaute. »Hannah McLeod«, sagte er mit aalglatter Stimme. »Richtig, Sir John?«

In diesem Augenblick spürte ich, daß etwas zwischen den beiden Männern hin und her ging, etwas Dunkles, Drohendes. Aber ich konnte nicht ergründen, was es war oder was es mit mir zu tun hatte. Sir John nickte langsam mit seinem schweren Kopf. »Aha«, grollte er. »Guten Morgen, Miß McLeod.«

Wieder gab ich den Gruß zurück und knickste. Andrew Doyle schien der einzige zu sein, der etwas Seltsames bemerkt hatte, denn die anderen aus der Gruppe hatten sich gemischt und sprachen miteinander. Andrew Doyle trat zu mir, als Sir John sich abwandte, und ich konnte sehen, daß er leicht verwirrt war. Aber er sagte einfach: »Was für eine Freude ist es doch, Sie bei uns zu haben, Hannah.« Er schaute die Treppe hinauf zu der Lücke in der Uferbalustrade, wo gerade eine geschlossene Droschke hielt. »Wenn ich mich nicht irre, kommt dort unser gemeinsamer Freund Toby Kent. Glauben Sie, Sie könnten ihn dazu überreden, mir das Porträt von Ihnen zu verkaufen, das er letzte Woche gemalt hat?«

Diese Bitte, zusammen mit dem intensiven Blick, den Andrew Doyle mir zuwarf, erinnerte mich an Tobys Bemerkung, er sei in mich ›verschossen‹. Mit einer gewissen Unruhe spürte ich, daß sein Interesse an mir mehr als nur oberflächlich war. Bedauernd meinte ich: »Ich fürchte, ich habe auf Toby Kent keinen Einfluß. Ich möchte bezweifeln, daß irgend jemand einen Einfluß auf ihn hat, Mr. Doyle.«

Toby kam die Treppe heruntergeeilt. Er trug einen hellgrauen Sommeranzug und sah eleganter aus, als ich ihn je gesehen hatte. Als er »Einen wunderschönen guten Morgen!« rief, über die Gangway schritt, seinen Spazierstock schwenkte und seinen Hut hob, wurde mir mit einem Mal klar, daß er sich heute entschlossen hatte, mehr als nur ein halber Ire zu sein.

Er wurde den neuen Bekannten vorgestellt, begrüßte die Willards und Andrew Doyle sehr herzlich und kam dann zu mir herüber. Ich stand ein bißchen abseits von der Gruppe. Er griff nach meiner Hand, verbeugte sich und küßte sie zeremoniell. »Ihr Diener, Miß Hannah.«

Das sollte – ich wußte es genau – allen klarmachen, daß er mich in keiner Weise für unwichtiger hielt als die anderen auf dem Schiff. Da ich es aber peinlich fand, sagte ich einfach: »Guten Morgen, Toby.« Dann murmelte ich ihm auf französisch zu, er solle sich benehmen.

Er lachte, warf einen Blick um sich, trat dann zur Seite und fing an, sich mit Mrs. Willard angeregt über einen jungen Amerikaner aus North Carolina zu unterhalten, der mehrere Jahre als sein Kamerad zusammen mit ihm in der französischen Fremdenlegion gedient hatte. Mr. Ryder rief dem Kapitän des Schiffes etwas zu, und zwei Minuten später legten wir vom Westminster-Pier ab.

Es war eine herrliche Fahrt während der nächsten eineinhalb Stunden. Wir fuhren sehr langsam, denn es war Ebbe. Es gab viel zu sehen, und abgesehen vom Kapitän und seiner Mannschaft, drei Matrosen, hatte Sebastian Ryder noch einen Fremdenführer angeheuert, der an jeder interessanten Stelle der Fahrt den entsprechenden geschichtlichen Hintergrund erzählte, während wir vorüberfuhren.

Von zwei Dienstboten des Hauses, die uns begleiteten, wurden Erfrischungen serviert. Zeitweise, wenn der Fremdenführer pausierte, unterhielten sich die Gäste sehr nett miteinander. Ich selbst unterhielt mich abwechselnd mit Clara und ihren Eltern und danach auch mit Andrew Doyle. Mit ihnen zu reden war mir angenehm, aber ich spürte, daß Sir John Tennant, der in einem Deckstuhl saß und Zigarre rauchte, mir mit seinen Blicken unablässig folgte.

Während wir kühle Limonade tranken, kam Toby, als ich bei Clara stand, zu mir herüber und sagte, indem er mit einer Kopfbewegung zu Sir John hinüberdeutete: »Warum macht der alte Kerl denn bei ihnen Stielaugen, meine Schöne? Das sollte nur einem Maler gestattet sein, aber keinem Reeder.«

Clara sagte mit leiser Stimme: »Das habe ich mich auch schon gefragt. Ich dachte, er würde sich mit Papa anfreunden, aus geschäftlichen Gründen. Aber an Ihnen ist er mehr interessiert, Hannah. Haben Sie ihn schon einmal gesehen?«

»Nein, noch nie. Vielleicht bilden wir uns das alles auch nur ein.«

»Oder vielleicht hält er den Hut, den Sie tragen, für komisch, kleine McLeod«, neckte Toby.

»Er ist wunderschön!« rief Clara beleidigt aus.

»Aber er macht doch nur Scherze, Miß Clara«, sagte ich, »und selbst wenn das nicht der Fall ist, ich bin daran gewöhnt, daß er solche Dinge sagt. Er ist ein schrecklicher Kerl.«

»Ich bin nicht gekommen, um mich beschimpfen zu lassen«, erwiderte Toby. »Deshalb begebe ich mich besser hinweg und lasse Mrs. Ritchie meinen außergewöhnlichen Charme genießen.«

Mit Mr. Hugh Ritchie wechselte ich nur ein, zwei höfliche Worte an diesem Morgen. Mit Sir John redete ich überhaupt nicht. Aber als wir uns Kew näherten, wo wir von Bord gehen sollten, stellte Mrs. Ritchie sich neben mich an die Reling. »Wie kommt es, daß Sie so lange in Frankreich gelebt haben, Hannah?« fragte sie.

Ich nahm an, daß sie bemerkt hatte, wie liebenswürdig die Willards sich mir gegenüber benahmen, und sie selbst jetzt auch ein höfliches Interesse zeigen wollte. Andrew stand auf der anderen Seite neben mir, und wir hatten uns schon eine Weile unterhalten, ehe Mrs. Ritchie herankam. Jetzt sagte er: »Aber das habe ich ja selbst fragen wollen! Toby Kent habe ich schon gefragt, aber für einen gesprächigen Iren kann er sehr wortkarg sein. Er sagte, er hätte Hannah nie danach gefragt, weil es ihn nichts anginge.« Mr. Doyles Zähne schimmerten weiß in seinem braunen Gesicht, während er grinste. »Und damit war ich zurechtgestutzt.«

Es war eine sehr höfliche Art, Mrs. Ritchie ebenfalls zurechtzustutzen, das wurde mir klar. Aber ich wollte keine Geheimnisse aufwerfen und erzählte also die Lüge, die ich im La Coquille so oft erzählt hatte, wenn englische Gäste mir die gleiche Frage gestellt hatten – mein Vater sei auf

See gestorben, als ich zwölf Jahre alt gewesen sei, und meine Mutter kurz danach. Deshalb sei ich von ihrer Familie in Frankreich aufgenommen worden, aber die sei sehr arm gewesen und habe sich nur so lange um mich gekümmert, bis ich alt genug gewesen sei, um mich selbst zu versorgen. Ich spann diese Geschichte nicht aus, und als ich zu Ende gesprochen hatte, sagte Mrs. Ritchie: »Ihr Vater war also Seemann?«

»Ja, Madam.«

»Sie können sich gut ausdrücken und scheinen mir auch gut erzogen.«

»Meine Mutter war Lehrerin, Madam.«

»Aha.« Sie musterte mich einen Augenblick, wie sie das schon getan hatte, als ich ihr vorgestellt worden war, dann schüttelte sie kurz und ungeduldig den Kopf, als ob sie endlich einen vagen, ziemlich albernen Gedanken beiseite schob. Nach kurzem Schweigen murmelte sie: »Wir nähern uns anscheinend dem Pier«, und trat zur Seite.

Die nächsten zwei Stunden verbrachten wir in den Gärten von Kew. Ich genoß jeden Augenblick. Mr. Doyle machte sich zu meinem Begleiter. Toby übernahm Clara, und Sebastian Ryder besorgte einen Führer, der uns in diesem riesigen, bemerkenswerten botanischen Garten die Wunder der Natur erklärte. Ich war interessiert an den Pflanzen und Blumen, denn bevor ich nach Silverwood gekommen war, hatte ich nur wenig Lebendiges gesehen. Die älteren Männer waren mehr an praktischen Dingen interessiert, wie zum Beispiel an der Forschung, die hier betrieben wurde und durch die der Kautschukbaum in Malaya eingeführt worden war, wie auch der Cinchona-Baum in Indien zur Chiningewinnung. Toby war mit Licht und Farbe beschäftigt, gleichgültig, ob es nun ein riesiger Baum vor dem Blau des Himmels war oder eine winzige, leuchtende Pflanze mitten in grünen Blättern. Er fand in

Clara eine aufmerksame Zuhörerin. Mrs. Willard teilte mein Interesse an den Blumen, Mrs. Ritchie schien sich ein bißchen zu langweilen, und Gerald mühte sich sehr, nicht melancholisch dreinzuschauen. Aber ich wußte, er ärgerte sich darüber, daß Andrew Doyle bei mir Eskorte spielte.

Auf halbem Weg durch den Rundgang machten wir Rast und tranken etwas Kühles im Restaurant des Parkes. Dann, um zwei Uhr, kehrten wir auf das Schiff zurück. Auf der Fahrt zurück nach Westminster sollte ein kalter Imbiß serviert werden. Die Dienstboten hatten einen langen Tisch aufgestellt und ihn mit feinem weißen Leinen, funkelnden Gläsern und silbernen Bestecken gedeckt. Auf einem Seitentisch stand eine Vielfalt von kaltem Fleisch und Geflügel, zusammen mit riesigen Salatschüsseln, einem Dutzend Flaschen Champagner und Krügen mit Limonade.

Während des Essens herrschte festliche Stimmung. Aber gegen Ende hörte ich Andrew Doyle neben mir über den Tisch mit ernster, fast verbitterter Stimme zu Mr. Hugh Ritchie sagen: »Nein, Sir, es stimmt zwar, daß ältere Mexikaner sich noch immer an den Krieg der vierziger Jahre erinnern, aber die Bande zwischen den beiden Ländern sind heute sehr stark. Südlich des Rio Grande hat Amerika gewaltig investiert, und dadurch konnten sich die Eisenbahngesellschaften entwickeln, die Häfen, die Minen und alle Arten von Industrie. Mein Vater war dabei einer der Pioniere, und für mich ist es nicht schwierig, halb Mexikaner, halb Amerikaner zu sein. Schwierig wäre es, Mexikaner zu sein.«

Mr. Ritchie meinte: »Ich glaube nicht, daß ich Sie richtig verstehe, Mr. Doyle.«

»Ich meine einfach, daß es mir schwerfällt, die Unterdrückung des mexikanischen Volkes durch die mexikanische Regierung zu ertragen – die Unterdrückung der Armen durch die Reichen.«

»Ach, kommen Sie«, sagte Mr. Ritchie. »Während meiner Dienstzeit im Auswärtigen Amt hatte ich Gelegenheit, Berichte über Mexiko zu studieren. Seit Porfirio Diaz Präsident geworden ist, sind dort gewaltige Reformen durchgeführt worden. Selbst vor seiner Zeit, wenn ich mich richtig erinnere, hat die Regierung Lerdo Religionsfreiheit erklärt. Sie hat auch Gesetze in Kraft gesetzt, die Zwangsarbeit verbieten, und erklärt, daß die Freiheit des Menschen bei der Arbeit, Erziehung und Religion unverletzlich ist.«

Andrew nickte wehmütig. »Theoretisch hört sich das wunderbar an, Sir«, sagte er höflich. »Auch der Slogan ›Freiheit, Ordnung und Fortschritt‹. Aber die Freiheit ist jetzt offiziell fallengelassen worden, um den Fortschritt zu sichern, und der neueste Slogan von Diaz lautet: ›Pan o Pala‹. Wissen Sie, was das bedeutet? Es bedeutet ›Brot oder die Peitsche‹. In anderen Worten – tu, was dir gesagt wird, dann hast du was zu essen. Anderenfalls blüht dir alles mögliche – vom Gefängnis bis zur Todesstrafe. Wußten Sie, daß man die Yaqui-Indianer zwangsweise in die Armee gesteckt hat, als sie Ärger machten, und daß man sie dann als billige Arbeitskräfte auf die Sisalplantagen nach Yukatan geschickt hat?«

Mr. Ritchie nippte Champagner und sagte dann langsam: »Ein Land muß stabil sein, um ökonomische und soziale Fortschritte zu machen.«

»Es ist allzu stabil«, entgegnete Andrew Doyle ernst. »Nur zwei Menschen von hundert besitzen Land, und die meisten dieser Besitztümer sind kleine Ranchos, kaum groß genug, um einen Mann und seine Familie zu ernähren. Aber dann gibt es noch die Reichen mit ihren großen Haciendas. Ich kenne einen Besitz in Durango, der über eine Million Acres umfaßt, einen weiteren in Zacateas, der fast zweimal so groß ist, und noch einen in Cuahuila, der halb so groß wie England ist. Im Staat Hidalgo gibt es eine Eisenbahnlinie. Sie führt fast achtzig Meilen weit durch Land, das einer einzigen Familie gehört. Und es gibt einige Familien, denen mehrere solcher Haciendas gehören.«

Ein Stückchen weiter unten am Tisch rief Mrs. Willard: »Andrew, mein Lieber, bitte reite doch heute nicht dein Steckenpferd.«

Mr. Doyle lehnte sich in seinem Stuhl zurück und machte eine bedauernde Handbewegung. Er sagte: »Tut mir leid, Tante Melanie. Ich habe damit angefangen, daß ich eine Frage beantwortete, und dann habe ich mich festgebissen.«

Sie lächelte ihn an. Dann fuhr sie fort, sich mit Toby Kent zu unterhalten, der neben ihr saß. Mr. Ritchie meinte gut gelaunt: »Wir schließen das Thema besser ab. Aber versuchen Sie, sich daran zu erinnern, daß radikale Änderungen in einem Land immer Zeit brauchen. Viel Zeit.«

»Für manche Leute ein ganzes Leben«, erwiderte Andrew Doyle ein bißchen grimmig. Dann lächelte er und warf mir einen Blick zu. »Aber ich darf nicht mehr sagen. Möchten Sie gern hören, wie die junge Dame an meiner Seite mir am Montmartre das Leben gerettet hat?«

Schnell sagte ich: »Oh, bitte, Mr. Doyle, ich wünschte wirklich, Sie würden das nicht erzählen.«

Hugh Ritchie hob eine Augenbraue und sagte: »Das hört sich aber sehr dramatisch an.«

»Das war es auch«, sagte Andrew Doyle und machte, während er den Kopf vor mir neigte, wieder eine bedauernde Geste. »Aber es scheint mir ebenfalls ein verbotenes Thema zu sein, Sir.«

In diesem Augenblick wandte sich Clara, die neben Mr. Ritchie saß, von ihrem anderen Nachbarn ab und mischte sich in die Unterhaltung ein. Andrew Doyle wandte wieder mir seine Aufmerksamkeit zu und fragte, welche Orte und Sehenswürdigkeiten in London ich ihm außer denen, die allgemein bekannt waren, noch empfehlen könne.

Überall am Tisch wurde die Unterhaltung fortgesetzt, aber ich bemerkte, daß Sir John Tennant sich wenig Mühe gab, freundlich zu den Leuten zu sein, die in seiner Nähe saßen. Er trank mehrere Gläser Champagner, spielte aber nur mit seinem Essen herum und saß den größten Teil der Zeit brütend da, als ob er mit seinen Gedanken anderswo wäre. Gelegentlich allerdings stellte ich fest, daß seine Augen mit der gleichen Vorsicht, die ich schon früher bemerkt hatte, auf mir ruhten.

Das Essen war zu Ende, die Dienstboten zogen sich nach unten zurück, und da die Damen sich nicht zurückziehen konnten, gaben sie den Herren Erlaubnis, am Tisch zu rauchen. Ich hatte nur Limonade getrunken und wünschte mir schon, daß Gerald das gleiche getan hätte, denn er akzeptierte jetzt eine Zigarre. Während er anfing, daran zu paffen, machte ich mir Sorgen, daß ihm schlecht werden könne.

Das Schiff glitt sanft unter der warmen Sonne dahin, und ein Hauch von einer Brise wehte frische Luft unter das Sonnensegel. Ich beobachtete Gerald und hoffte, er würde seine Zigarre im Aschenbecher liegen lassen, als Sebastian Ryder vom anderen Ende des Tisches etwas sagte. Seine Stimme war laut genug, um die Aufmerksamkeit jedes einzelnen zu finden. »Kennen Sie zufällig Paris, Mr. Ritchie?« fragte er.

Alle Blicke wandten sich Mr. Ritchie zu, der seinen Stuhl ein wenig vom Tisch abgerückt hatte. Er hatte den einen Arm über die Lehne gelegt und hielt in der anderen Hand eine Zigarre. »Nicht sehr gut, Sir«, erwiderte er träge. »Meine Frau und ich haben ein paar Tage dort verbracht, aber das war vor drei oder vier Jahren, und ich bin niemals Angehöriger der Botschaft in Paris gewesen.«

»Ich habe gehört, es ist eine höchst faszinierende Stadt«, sagte Mr. Ryder. »Unsere anderen Gäste haben ihren Aufenthalt dort sehr genossen, so erzählen sie mir. Mr. Kent hat sogar freiwillig eine Zeitlang dort gelebt, aber ich kann mir vorstellen, daß niemand Paris besser kennt als Hannah. Sie war schließlich Schülerin im College für junge Damen bei der Montavon. Und das mehrere Jahre lang. Vielleicht haben Sie schon einmal von diesem Etablissement gehört?«

Ich hatte mich durch den Spaziergang im botanischen Garten, den ausgezeichneten Imbiß und die warme Sonne fast schläfrig gefühlt, aber bei Sebastian Ryders letzten Worten war ich sofort hellwach. Ich war völlig überrascht, und mit Entsetzen ahnte ich, was jetzt kommen würde. Am Tisch auf der anderen Seite fuhr Toby Kents Kopf herum. Er schaute mich an, und in seinen schmalen Augen sah ich mein eigenes Erschrecken, meine eigene Ungläubigkeit widergespiegelt.

Mr. Ritchie sagte gerade: »Ich hatte noch nie eine Veranlassung, mich um Angelegenheiten der französischen Bildung zu kümmern. Ich kann nicht sagen, daß ich von dieser Montavon-Schule schon gehört hätte. Ist etwas Besonderes an diesem College?«

Ich gab meinen letzten Fetzen Hoffnung auf und stellte mich hartnäckig auf das ein, was in den nächsten Minuten auf mich zukommen würde. Mein Kopf war schwindlig, und ich konnte mir nicht vorstellen, warum Sebastian Ryder das tat, was er mit Sicherheit tun würde. Jetzt war mir klar, warum er Jane von der heutigen Flußfahrt ausgeschlossen hatte.

»O ja«, sagte er nüchtern, »Es ist schon etwas ganz Besonderes, dieses College für junge Damen bei Mademoiselle Montavon. In Paris weiß jeder, daß dieser Name ein Euphemismus ist, eine freundliche Bezeichnung für ein Haus, das wir ›Bordell‹ nennen würden. Die sogenannten Schülerinnen sind natürlich die Mädchen, die dort ihr Gewerbe ausüben.«

Abgesehen von Toby Kent und Sebastian Ryder schienen alle am Tisch in Sprachlosigkeit zu erstarren. Toby schaute sie langsam mit kalten grünen Augen an. Mr. Ryder sprach weiter: »Das Haus der Montavon ist ordnungsgemäß zugelassen und überwacht, natürlich. So ist das in Frankreich. Man hat mir gesagt, es wird als erstklassiges Etablissement betrachtet, besser als jedes andere Haus seiner Art. Auf französisch nennt man es Maison Close. Ich fürchte die Betonung stimmt bei mir nicht ganz. Wie spricht man das Wort aus, Hannah?«

Ich schaute über den Tisch hinweg und sagte mit französischem Akzent: »Maison Close.«

Er nickte und nahm sein Champagnerglas auf. Toby Kent lehnte sich zurück und starrte zum Sonnensegel hinauf. Sehr langsam drehten sich alle anderen Köpfe zu mir herum. Aus jedem Gesicht außer dem von Sir John Tennant sprachen Ungläubigkeit und Schrecken. Bei ihm sah ich einen Ausdruck, als ob er plötzlich etwas begriffen hätte und jetzt sich einen Reim darauf machte. Bei Andrew Doyle und Gerald war es Schrecken gemischt mit Grausen.

Ich stand auf und sagte zu Mr. Ryder: »Möchten Sie, daß ich mich zurückziehe, Sir?«

Er runzelte die Stirn. »Wenn ich das wollte, dann würde ich es Ihnen schon sagen.«

Clara hatte den Kopf gesenkt und die Hände auf die Wangen gepreßt. Mrs. Willard schaute ihren Mann bittend an, und Mrs. Ritchie wechselte den gleichen Blick mit ihrem Mann. Gerald zerquetschte mit wilden, zitternden

Bewegungen seine Zigarre im Aschenbecher. Sein Gesicht war bleich und verzerrt. Schließlich sagte Mr. Willard langsam und mit scharfem Unterton: »Ich bin überrascht, Mr. Ryder, völlig überrascht darüber, daß Sie solch ein Thema anschneiden, wo meine Frau, meine Tochter und Mrs. Ritchie an Ihrem Tisch sitzen.«

Sebastian Ryder blickte verwirrt drein. »Ich hatte nicht vor, irgend jemand in Verlegenheit zu bringen, Sir«, sagte er. »Hannah McLeod sitzt jeden Tag an meinem Tisch.«

Hugh Ritchie stand plötzlich auf. Zwei zornige, rote Flecken zeigten sich auf seinen Wangen, im Gegensatz zu der Blässe, welche die Gesichter der Damen überzog. »Genau das ist die Beleidigung, Ryder«, sagte er, und seine Stimme bebte. »Wie können Sie es wagen, meine Frau an einen Tisch zu setzen mit einer ...« Er zögerte bei dem Wort, warf Clara einen kurzen Blick zu und beendete dann den Satz, »mit einem Weibsstück aus einem Bordell!«

Mit leicht gequältem Ausdruck sagte Sebastian Ryder: »Ach, kommen Sie, Ritchie. Hannah hat das Maison der Montavon, zwei Jahre bevor ich sie nach England holte, verlassen. Sie war schon gebessert. Würden Sie mich für eine philanthropische, mildtätige Handlungsweise etwa kritisieren?«

»Was Sie im Namen der Mildtätigkeit tun, das ist Ihre Angelegenheit, Sir. Aber es ist absolut nicht in Ordnung, wenn Sie ihre Schattenseite ihren Gästen aufdrängen.« Mr. Ritchie warf einen Blick um sich her. »Da wir nicht in der Lage sind zu gehen, werden meine Frau und ich uns in den Salon zurückziehen. Komm, meine liebe Anne.«

Mrs. Ritchies Lippen waren fest zusammengepreßt, und ihre Augen glänzten. Offensichtlich war sie genauso wütend wie ihr Mann. Einen Augenblick lang warf sie ihrem Vater einen Blick zu, als ob sie erwartete, daß auch er erzürnt war. Aber Sir John saß nur da und starrte gleichgültig vor sich hin. Sie runzelte die Stirn, stand auf, nahm den Arm ihres Mannes und ging mit ihm in den Salon. Gerald schob seinen Stuhl so wütend zurück, daß er umkippte. Sein Gesicht war jetzt nicht mehr weiß, sondern purpurrot, und Tränen des Zornes standen in seinen Augen, während er mich anstarrte und wütend rief: »Wie konnten Sie! Oh, ich hasse Sie!«

Von Anfang an hatte ich den Kopf hochgehalten, und jetzt starrte ich vor mich hin, ohne etwas zu sagen. Ich verbarg meine innere Müdigkeit, während Gerald stolpernd in den Salon rannte. Als ich mich wieder zum Tisch zurückdrehte, waren auch Andrew Doyle und Mr. Willard aufgestanden. Andrew Doyle, der mir am nächsten stand, starrte mich mit entsetzten Augen an, während er kehlig und flüsternd sagte: »Ist das wahr, Hannah? Ist es wahr?«

»Ja, Mr. Doyle«, sagte ich. Meine Stimme klang flach. »Ich habe vier Jahre lang in einem Maison Close gelebt und gearbeitet.«

»O Gott«, hauchte er und schloß die Augen.

Sebastian Ryder saß völlig gelassen da. Langsam drehte er sein Champagnerglas zwischen Zeigefinger und Daumen. Ich schaute zu ihm hinüber und sagte: »Mir wurde von Mr. Boniface versichert, daß Sie die Wahrheit über meine Vergangenheit wissen, Sir. Aber ich konnte mir nicht vorstellen, daß Sie sie auf diese Weise publik machen würden.«

Er betrachtete mich ohne Interesse und sagte: »Diese Möglichkeit habe ich immer gehabt.«

Mr. Willard sagte: »Sie haben meine Familie auf das übelste in Verlegenheit gebracht, Sir. Wenn wir nicht Miß McLeod aus eigenen Gründen aufgesucht hätten, würde ich Ihr Verhalten als unverzeihlich bezeichnen. Wir sind keine Leute, die einen engen Horizont haben, aber auch für unsere Toleranz gibt es Grenzen.« Er schaute seine

Frau und seine Tochter an. »Melanie, Clara, wir haben keine Wahl – wir müssen uns ebenfalls zurückziehen.«

Mrs. Willard warf mir einen bekümmerten Blick zu und schüttelte verwirrt den Kopf, als sie aufstand. Clara nahm die Hände vom Gesicht und erhob sich. Tränen glitzerten auf ihren Wangen, während sie mich anschaute. »Sie müssen damals . . . nicht viel älter als dreizehn gewesen sein!« flüsterte sie und gab dann Geralds Ruf wieder. »Oh, wie konnten Sie, Hannah? Ich verstehe Sie nicht!«

Mr. Willard nahm seine Frau und Clara beim Arm, drehte sich dann noch einmal zu seinem Neffen um und sagte: »Und du, Andrew?«

Andrew Doyle öffnete die Augen, aber er schaute mich nicht an, während er mit leiser Stimme sagte: »Ich werde mich nicht zurückziehen, Onkel Ben. Nichts kann die Tatsache ändern, daß Hannah mir das Leben gerettet hat.«

Mr. Willard neigte den Kopf. »Wie du willst«, meinte er ruhig und führte seine Frau und Tochter hinaus.

Sir John Tennant stand auf, zerdrückte seine Zigarre im Aschenbecher und warf dann zuerst mir und danach Sebastian Ryder einen verachtungsvollen Blick zu. »Wir haben Angelegenheiten zu besprechen, Ryder«, sagte er. »Wann?«

Der andere musterte ihn kalt. »Heute abend? Bei mir zu Hause?«

»Gut. Und wann?«

»Um halb zehn.«

Sir John nickte. »Ich werde da sein«, grollte er, wandte sich ab und folgte den anderen Gästen in den Salon.

»Dann waren's nur noch drei«, sagte Toby Kent mit seltsam gepreßter Stimme. Und so war es auch. Außer mir verblieben nur noch drei aus der Gruppe auf dem Vorderdeck. Andrew Doyle stand da und hatte uns den Rücken zugekehrt. Er hielt die Reling umklammert und sein Körper wirkte starr. Sebastian Ryder saß ruhig da und zog an seiner Zigarre. Dann klapperte Geschirr, klirrten Gläser, als Toby plötzlich die Faust auf die Tischplatte knallen ließ. Er starrte seinen Gastgeber an.

»Sie widern mich an, Ryder«, sagte er langsam und mit tiefster Verachtung. »Gott – ich wünschte, Sie wären jünger! Aber obwohl Sie das nicht sind, spiele ich trotzdem mit dem Gedanken, Sie über Bord zu werfen.«

Ich wußte, daß er es ernst meinte. Und an der plötzlichen Erschrockenheit, die sich auf Sebastian Ryders normalerweise gleichgültigem Gesicht zeigte, bemerkte ich, daß auch ihm klargeworden war: Diese Drohung war nicht in die Luft gesprochen. Ich sagte scharf: »Nein, Toby. Hören Sie mich? Tun Sie's nicht!«

Toby seufzte und stand auf. Die Sommersprossen hoben sich scharf von seinem Gesicht ab, das blasser als gewöhnlich war: »Andrew«, sagte er, »tu mir den Gefallen und geh zu den anderen in den Salon. Wir kommen gleich nach, denn ich habe etwas zu sagen.«

Andrew Doyle zögerte einen Augenblick. Dann nickte er schnell und ging hinüber zur Tür des Salons. Toby bückte sich, um seinen Stock aufzunehmen, der neben ihm lag. Er ging um den Tisch herum, blieb einen Augenblick stehen und starrte mich an, zeigte dann seine Zähne in einem Lächeln, das kein Lächeln war, und packte mit sanftem, aber kräftigem Griff mein Handgelenk. »Kommen Sie, Hannah«, sagte er.

Ich hielt ihn zurück. »Toby, Sie wissen doch, daß ich mir nicht die Mühe mache, Erklärungen und Entschuldigungen vorzubringen. Sie ändern ja doch nichts.«

»Das wollen wir doch mal sehen«, sagte er leise. »Bei dem da habe ich Ihnen den Gefallen getan.« Sein Kopf zuckte verächtlich zu Sebastian Ryder hinüber. »Wir wollen uns jetzt also nicht weiter streiten, meine kleine Freundin. Dazu bin ich nicht in Stimmung.«

Die Tür zum Salon war zugemacht worden. Toby trat sie auf und schritt nach drinnen. Er zerrte mich einfach hinter sich her, und die schon erschütterten Gäste warfen ihm von neuem erschrockene Blicke zu. Ein langer Tisch stand in der Mitte des Salons. Andrew Doyle stand noch, die anderen hatten sich an den Fenstern entlang den beiden Seiten hingesetzt.

Ehe jemand über meine Anwesenheit protestieren konnte, knallte Toby seinen Spazierstock auf den Tisch, so daß alle zusammenfuhren. Dann schaute er sich langsam um. »Und jetzt, ihr guten Leute«, sagte er mit einer Stimme, die vor Zorn knirschte, »jetzt halten wir einmal eine kurze Geschichtsstunde ab. Diejenigen, die Feiglinge und Heuchler sind, werden herzlichst gebeten zu verschwinden. Die anderen, die noch ein bißchen Respekt vor der Wahrheit haben, werden schon bleiben.«

Er hielt inne, drückte mich auf einen Stuhl neben sich und starrte die anderen wieder an. Sein rotes Haar schien ihm zu Berge zu stehen. »Heutzutage gibt es keine Duelle mehr in England«, sagte er mit grimmiger Liebenswürdigkeit, und sein Blick heftete sich intensiv auf Hugh Ritchie. »Aber so etwas kann man auf der anderen Seite des Kanals noch immer arrangieren. Falls also einer der anwesenden Herren geneigt ist, nach draußen zu gehen, sich aber durch den Ausdruck Feigling oder Heuchler beleidigt fühlt, dann wäre ich überglücklich, ihm zur Verfügung zu stehen.«

10

ES HERRSCHTE SCHWEIGEN. Nur das permanente Rumpeln der Schiffsmaschine war zu hören. Ich erwartete eine zornige Antwort auf Tobys schneidende Worte, aber anscheinend waren alle durch die Plötzlichkeit und den Schrecken von Sebastian Ryders Enthüllungen wie gelähmt.

Toby machte nur ein paar Sekunden Pause. Dann wurde seine Stimme ein wenig weicher, und er fuhr fort: »Ich entschuldige Miß Clara gern, wenn sie die Wahrheit nicht hören möchte, denn sie ist wenig angenehm – besonders für eine junge Dame.« Er schaute Clara direkt an. »Aber ehe Sie sich zurückziehen, Miß Clara, möchte ich Ihnen dafür danken, daß Sie die einzige hier sind, die genug Grips hatte, um zu bemerken, daß Hannah McLeod ein Kind von dreizehn Jahren gewesen ist, als alles anfing. Sie waren auch die einzige, die sich gefragt hat, wie das möglich war.«

Clara saß kerzengerade. Sie hatte die Hände im Schoß verkrampft und sagte jetzt mit angespannter Stimme: »Ich möchte nicht entschuldigt werden, Mr. Kent. Ich möchte über diese Angelegenheit aufgeklärt werden.«

Ihr Vater beugte sich nach vorn und sagte ruhig: »Es wäre am besten, wenn du gehst, mein Kind.«

»Nein, das werde ich nicht tun, Papa«, sagte sie mit flacher Stimme, und ihr Blick ruhte auf Andrew Doyle. »Ich habe genausoviel Respekt vor der Wahrheit wie jeder andere, und ich habe Hannah schon einmal sehr unrecht getan. Wenn die Wahrheit unangenehm ist, dann ist sie es eben. Ich bin kein Kind mehr. Ich weiß, was ein Freudenhaus ist und was dort passiert. Andrews Schwester hat mir sogar in Monterey mal eins gezeigt, als ich dort in Ferien war. In Mexiko ist man in solchen Angelegenheiten viel offener.« Sie ließ ihren Blick zu Toby Kent hinüberwandern. »Bitte, fangen Sie an mit Ihrer Geschichtsstunde, Sir.«

Ich hielt es für möglich, daß Mrs. Ritchie und Mrs. Willard gegangen wären, hätte es Clara nicht gegeben. Aber jetzt, wo sie sich so deutlich ausgedrückt hatte, blieb ihnen kaum eine andere Wahl, als ihrem Beispiel zu folgen. Mir war es gleichgültig, ob sie blieben oder nicht. Ich wußte, wenn Toby ausgeredet hatte, dann würden sie mich vielleicht bedauern, aber in ihren Augen änderte sich nichts. Ich fühlte mich traurig und müde, und wenn ich Toby vom Reden hätte abhalten können, hätte ich es getan. Aber ich wußte, er ließ sich nicht aufhalten.

Er stand noch immer. Er legte seinen Spazierstock auf den Tisch und verschränkte die Arme. »Hannah und ich, wir waren am Montmartre achtzehn Monate lang Nachbarn«, sagte er ruhig. »Ich wußte, daß sie aus dem Maison Close der Montavon kam, denn wir waren befreundet, und sie hatte sich entschieden, einem Freund gegenüber ihre Vergangenheit nicht durch Lügen zu verschleiern. Ich hatte keine Ahnung, wie es kam, daß sie dort angestellt war, bis sie mir eines Sonntagmorgens im vergangenen Sommer alles erzählte, als wir an der Seine saßen. Es ist eine Geschichte, von der ich nicht die kleinste Einzelheit vergessen habe, und ich wäre kaum überrascht, wenn ich der einzige wäre, der sie von vorne bis hinten kennt.«

Er schaute mit einer gehobenen Augenbraue auf mich herab. Seltsamerweise fühlte ich mich jetzt schläfrig, vielleicht als Nachwirkung auf den Schock, den Sebastian Ryders Enthüllung in mir hervorgerufen hatte. Ich mußte mich zu einer Antwort zwingen. Ich sagte: »Ja, Toby. Ich habe sie keinem anderen erzählt.«

Mr. Ritchie meinte kalt: »Wissen Sie denn auch, ob die Geschichte wahr ist, Kent?«

Toby wandte sich vom Tisch ab. Er zog die Schultern hoch, und ich wußte, er mühte sich, seinen Zorn in Schach zu halten. Nach einer Weile drehte er sich wieder um, schaute über den Tisch Mr. Ritchie verachtungsvoll in die Augen und sagte milde: »Hören Sie sich doch die Geschichte an, Ritchie, und dann entscheiden Sie selbst. Ich habe gehört, daß Sie Anwalt waren, ehe Sie ins Parlament gingen. Deshalb können Sie vielleicht einen Teil der Geschichte selbst erzählen. Würde es Ihnen wohl etwas ausmachen, die Gesellschaft hier bezüglich eines klassischen Falls aus den letzten Jahren aufzuklären? Ich spreche von dem Fall ›Regina gegen Stead‹.«

Mr. Ritchies Augen weiteten sich ein wenig. Mit dämmerndem Verständnis warf er mir einen Blick zu. Ich meinerseits war verwirrt, denn ich hatte keine Ahnung, wovon Toby redete. Nach einem Augenblick sagte Mr. Ritchie: »Das ist wohl kaum ein angenehmes Thema.«

Toby nickte. »Besonders für die Opfer«, meinte er trokken. »Und jetzt – wollen Sie's erzählen, oder soll ich?«

Mr. Ritchie zuckte die Achseln. »Nun gut.« Er schaute Mrs. Willard und Clara an. »Ich fürchte, daß unser Gastgeber und Mr. Kent uns in eine Situation gezwungen haben, in der man eine deutliche Sprache reden muß. Dafür entschuldige ich mich schon jetzt. Der Fall, von dem die Rede ist, war sehr eigentümlich. Mr. W. T. Stead war der hochgeachtete Herausgeber einer Londoner Abendzeitung, der ›Pall Mall Gazette‹. Voller Entrüstung erfuhr dieser Mann davon, daß man in gewissen Freudenhäusern in London gewohnheitsmäßig junge Mädchen von dreizehn Jahren ›verbrauchte‹ – zur Ergötzung für solvente Kunden, deren – hm – Geschmack hm – bei jungen Frauen lag.«

»Um einmal die biblische Sprache zu gebrauchen«, sagte Toby brüsk, »wir sprechen von Männern, die es nach Jungfrauen gelüstet, je jünger, desto besser. Und damals betrug das Alter, mit dem ein Mädchen mit Erlaubnis heiraten durfte, dreizehn Jahre. Die Zeitungen bezeichneten den Fall als ›Den Fall der verkauften Jungfrauen‹.«

»Die Gossenpresse hat das geschrieben«, sagte Mr. Ritchie mit einem Ausdruck des Ekels.

»Die Gossenpresse hatte völlig recht«, sagte Toby. »Und wir sollten auch alle noch einmal daran denken, daß die fraglichen solventen Kunden nicht grobe, ungebildete Männer aus den Fabriken des East End waren und auch keine stadtbekannten Wüstlinge. Die Kunden stammten ohne Unterschied aus dem Adel, waren offenbar respektable Männer mit offenbar tadellosem Lebenswandel.« Er schwenkte die Hand. »Aber bitte, fahren Sie doch fort, Mr. Ritchie.«

Mir fiel jetzt ein, daß Toby einmal Jura studiert hatte, und das erklärte ohne Zweifel, warum ihm dieser spezielle Fall bekannt war. Ich war nicht überrascht darüber, daß er ihn mir gegenüber nie erwähnt hatte, denn nachdem ich ihm meine Geschichte erzählt hatte, war er nie wieder auf irgendein Detail davon zurückgekommen.

». . . ich möchte nicht in die Details gehen«, sagte Mr. Ritchie gerade, »aber um diese schockierenden Praktiken zu enthüllen, ist W. T. Stead ins East End gefahren und hat tatsächlich ein junges Mädchen von dreizehn Jahren gekauft – die Tochter eines Kaminkehrers, für die Summe von drei Pfund. Das Mädchen wurde in ein Pflegeheim gebracht, danach in die Obhut von Mr. und Mrs. William Booth, die im East End von London eine Seelsorge betrieben und später die Heilsarmee gründeten. Das Mädchen wurde später ins Pariser Hauptquartier von Mr. und Mrs. Booth gebracht, und W. T. Stead fing an, in seiner Zeitung Artikel zu schreiben, um darzutun, wie leicht es für jeden beliebigen Mann wäre, in den Besitz eines jungen, unschuldigen Mädchens zu gelangen.«

Es war sehr still im Salon. Die meisten Blicke ruhten auf Mr. Ritchie, während er redete, aber hin und wieder merkte ich auch, wie sich ein Gesicht mir zuwandte. Bei den Frauen waren es Blicke voll schockierten Mitleids, aber Mrs. Ritchies Gesichtsausdruck zeigte auch Ekel. Mr. Willard saß mit grimmigem Gesicht da. Seine Augen waren schmal, als ob er Schmerzen hätte. Andrew Doyle stand noch immer. Sein Gesicht war bleich vor Zorn, und seine Hände ballten und entspannten sich immer wieder. Sir John Tennant saß mit geschlossenen Augen da. Seine Hände ruhten auf seinem Spazierstock, sein Gesicht war leidenschaftslos. Gerald hatte mir den Rücken zugekehrt und den Kopf gesenkt.

Mr. Ritchie sagte: »Unglücklicherweise zeigte W. T. Stead in der Art, wie er seine sehr lobenswerte Absicht in die Tat umsetzte, einigen Mangel an Einschätzung der Sachverhalte. Man klagte ihn der Entführung an, saß über ihn im Old Baily zu Gericht und verurteilte ihn zu nur zwei Monaten Gefängnis in Anbetracht der Tatsache, daß seine Motive makellos gewesen wären. Wahrscheinlich als Resultat dieses Gerichtsverfahrens wurde 1886 dem Strafgesetz ein weiteres Gesetz hinzugefügt. Dadurch wurde das Heiratsalter für Mädchen auf sechzehn Jahre festgesetzt, und die Strafen für ein Vergehen, das man allgemein als ›Mädchenhandel‹ bezeichnet, wurden erhöht.« Mr. Ritchie schaute Toby an. »Reicht Ihnen das, Kent? Ich nehme an, daß diese junge Frau ein Opfer des Verbrechens wurde, das ich gerade beschrieben habe.«

»Es reicht mir vollkommen«, sagte Toby, »und Hannah war in der Tat ein Opfer, wie Sie annehmen. Wahrscheinlich eins der letzten, denn die Gesetzesänderung ist leider ein bißchen zu spät gekommen, um sie zu retten.«

Benjamin Willard hatte die ganze Zeit auf den Fußboden gestarrt. Jetzt hob er den Kopf und sagte: »Aber angeblich ist Hannah doch von ihrer verwitweten Mutter, einer Lehrerin, erzogen worden. Ich kann nicht glauben, daß solch eine Person ihr Kind in eine solch obszöne Sklaverei verkaufen würde.«

»Sie hat es auch nicht getan, Sir«, erwiderte Toby scharf. Und dann wandte er sich mir voller Frustration zu und sagte: »Um Himmels willen – wollen Sie denn nicht selbst mal etwas sagen, Hannah? Es steht uns allen doch überhaupt nicht an, von Ihnen zu reden, als ob Sie gar nicht da wären.«

»Nein, Toby«, sagte ich offen. »Schon vor langer Zeit habe ich mich entschieden, daß ich nie versuchen würde, mich zu entschuldigen oder zu verteidigen. Sie haben ja den Brief meiner Mutter gesehen, und Sie wissen, daß sie sich genau das von mir gewünscht hätte.«

Toby seufzte und fuhr sich hastig mit der Hand durchs Haar. Andrew Doyle sagte mit gepreßter Stimme: »Bitte, fahren Sie fort, Toby.«

»Na gut.« Toby schaute sich langsam im Zimmer um, »Hannah war zwölf, als ihre Mutter starb. Kathleen McLeod wußte, daß sie sterben mußte, und wollte ihre Tochter nicht in ein Waisenhaus geben. Ohne Zweifel kannte sie das Leben, das ein Waisenkind dort führen würde. Also hat sie ihren ganzen Besitz – etwa dreißig Pfund – einer Mrs. Taylor hinterlassen, der Frau eines Fleischträgers aus Smithfield, der sieben kleine Kinder hatte . . .«

Ich saß da und schaute durch die Fenster des Salons hinaus auf das Ufer der Themse, während wir langsam flußabwärts fuhren. Wehmütig hörte ich zu, wie Toby Kent mit Erzählen seine Zeit verschwendete. Nichts was er sagte, würde am Ende etwas ändern. Wenn ich irgendeines der Gesichter im Salon, ausgenommen das von Sir John, anschaute, dann stellte ich fest, daß Blicke sich entsetzt und verwundert auf mich geheftet hatten. Aber sobald ich diesem Blick begegnete, wendete er sich ab, als ob die Person sich schämte, meinetwegen so neugierig zu sein.

Ich konnte diese Neugier gut verstehen. Hier im Salon bei diesen respektablen Leuten saß ein Mädchen von achtzehn fahren, das noch jünger aussah, sich gut ausdrücken konnte, anständig erzogen war, einigermaßen gebildet . . . und dennoch – vier Jahre lang hatte sie nicht nur die Umarmungen von ein, zwei Männern erlebt, sondern die Umarmungen ganzer Scharen von Männern. Ohne Zweifel war ihnen schon der Gedanke ekelhaft, sowohl den Männern als auch den

Frauen. Aber, wie das so ist in der menschlichen Natur, es lag auch eine makabre Faszination darin.

Toby Kent sagte: » . . . und dann, eines Tages, als Mrs. Taylor gerade Wäsche auslieferte, sagte ihr Mann Hannah, er hätte ihr eine Stelle als Dienstmädchen besorgt. Sie solle ihre paar Sachen packen, den Mantel anziehen, den Hut aufsetzen und auf der Stelle mit ihm gehen. Er brachte sie mit einem Handwagen an einen Ort, der wohl der Regent's Park gewesen sein muß. Dort trafen sie eine vornehm gekleidete Frau, die Taylor Geld gab, Hannah übernahm, eine Droschke rief und mit ihr zu einem hohen Haus an einem Londoner Platz fuhr. Hannah sollte den Namen dieses Platzes nie erfahren . . .«

Ich konnte heute diese ersten Tage nacherleben, ohne daß mir der Angstschweiß auf die Stirn trat, denn ich hatte zwangsläufig gelernt, wie man sich innerlich vor Gefühlen abschirmt, die einen zerstören könnten. Zuerst hatte ich nur Verwirrung verspürt. Das Haus war viel größer, als ich zuerst den Eindruck gehabt hatte, aber es war kein Haus für eine Familie. Abgesehen von zwei oder drei männlichen Dienstboten schienen die Bewohner dieses Hauses aus fünfzehn oder zwanzig Frauen zu bestehen. Mrs. Logan, die Dame, die im Park Mr. Taylor das Geld gegeben hatte, führte hier den Befehl.

Zu meiner Überraschung gab man mir keine Arbeit, sondern ich verbrachte an diesem Abend nur ein, zwei Stunden mit mehreren der Damen in dem kleineren der beiden Salons. Die Frauen waren ganz nett zu mir, sprachen aber von Dingen, die mir in meiner Ignoranz nichts bedeuteten. Manchmal wurde eine von Mrs. Logan aus dem Zimmer gerufen und verschwand dann entweder für kurze Zeit oder für den Rest des Abends. Ich hörte Musik aus einem Zimmer, das sich später als der größere Salon herausstellte, und auch Gelächter von Männern und Frauen.

In dieser Nacht schlief ich in einem schönen Schlafzimmer, und am nächsten Tag nahm mich Mrs. Logan mit, um eine Menge neue Kleider für mich zu kaufen. Hin und wieder fragte ich sie dann, was ich denn für Arbeit zu tun hätte. Aber ihre Antworten waren zu verworren, als daß ich sie hätte verstehen können.

Während der nächsten zwei Tage passierte nicht viel. Dennoch verspürte ich ein Gefühl wachsender Unruhe. Die Damen, die in Mrs. Logans Haus wohnten, schliefen den größten Teil des Vormittags. Nach dem Mittagessen zogen sie dann ziemlich auffällige Kleider an und versammelten sich in den Salons, bis männliche Besucher erschienen.

Am zweiten Tag bat ich Alice, ein Mädchen von ungefähr sechzehn Jahren und die jüngste der Damen, mir doch zu sagen, was man in diesem seltsamen Haushalt von mir erwartete, denn ich tat ja nichts, um mir Unterkunft und Verpflegung zu verdienen. Alice warf mir einen ziemlich mitleidigen Blick zu und sagte: »Wenn du das noch nicht weißt, dann wirst du's bald herausfinden, Schätzchen.«

Am Nachmittag des dritten Tages befahl mir Mrs. Logan, ein hübsches weißes Kleid mit Spitzenrüschen anzuziehen, das sie für mich gekauft hatte. Ehe ich das tat, untersuchte sie meine Hände und mein Gesicht, um sicherzugehen, daß ich auch ganz sauber war. Danach verbrachte sie noch einige Zeit damit, meine Haare zu zwei Zöpfen zu flechten. Sie ließ mich zehn Minuten in meinem Zimmer, kehrte dann zurück und brachte mich nach unten in einen kleinen Raum, den ich noch nicht gesehen hatte – so etwas wie ein Arbeitszimmer. Hier saß ein sehr gut gekleideter Herr mit einem buschigen Schnurrbart, breit gebaut und mit einem rosigen Gesicht. Er lächelte mich an, fragte mich nach meinem Namen, lobte mein hübsches Gesicht und mein Kleid und sagte dann zu Mrs. Logan: »Ja. Sehr gut. Kapitaler Spaß.«

Er nahm seinen Hut, seine Handschuhe und seinen Spazierstock auf, lächelte mich noch einmal an und sagte mir zu meiner Überraschung, er freue sich schon darauf, mich am Abend wiederzusehen. Dann nickte er Mrs. Logan zu und ging.

Sobald er fort war, befahl mir Mrs. Logan, in mein Zimmer zu gehen und das weiße Kleid auszuziehen. Aber ich mußte es später wieder anziehen, ungefähr um acht Uhr abends und nur zehn Minuten, bevor Mrs. Logan den selben Herrn in mein Schlafzimmer führte. Sie stellte ihn als Mr. Smith vor. Ich war verwirrt, und als sie hinausging und den Herrn bei mir ließ, wuchs meine Unruhe noch.

Er war sehr freundlich. Er zog seinen Mantel aus und redete fröhlich mit mir. Aber ich war zu nervös, um vernünftige Antworten zu geben. Dann zog er die Jacke und die Weste aus und lud mich ein, auf seinem Knie zu sitzen. Aber ich antwortete mit wachsender Scheu, daß ich das nicht wollte. Er lachte und packte mich, griff mir unter das Kleid. Erst jetzt drangen die Dinge, die ich von den Taylor-Kindern über Männer und Frauen erfahren hatte, durch meine Unschuld, und ich verstand, wenn auch noch ungenau, was Mr. Smith mit mir vorhatte.

Schrecken überflutete mich. Ich riß mich von ihm los und rannte zur Tür. Aber ich stellte fest, daß sie abgeschlossen war. Ich hämmerte verzweifelt mit den Händen dagegen und schrie um Hilfe, und ich begriff nicht, wie vergeblich das war. Denn es dämmerte mir immer noch nicht, wie meine Situation wirklich war. Mr. Smith wurde wütend. Er packte mich noch einmal, gab mir eine Ohrfeige, trug mich, obwohl ich zappelte, durchs Zimmer und schleuderte mich aufs Bett. Er preßte mir die Hand auf den Mund. In diesem Augenblick bekam ich seinen Daumen zwischen meine Zähne und biß ihn, so fest ich konnte. Er brüllte vor Schmerz und versetzte mir einen solchen Schlag gegen den Kopf, daß ich vom Bett herunterflog und wie betäubt auf dem Boden landete. Wie in einem Alptraum, mit dröhnendem Kopf und trübem Blick, sah ich, wie er durchs Zimmer schritt und einen Klingelzug bediente, der neben dem Vorhang am Fenster war. Dann packte er ein Handtuch vom Waschtisch und wickelte einen Zipfel davon um seinen Daumen.

Ich hatte nicht daran gedacht, den Klingelzug zu benutzen, um Hilfe herbeizuholen, aber jetzt, wo Mr. Smith ihn selbst benutzt hatte, wurde mir fast schlecht vor Erleichterung, denn in meiner Dummheit fiel mir nichts Besseres ein, als daß er mich so angegriffen hatte, weil er plötzlich verrückt geworden war. Ich lag still, wagte nicht, mich zu bewegen, aus Angst, wieder seine Aufmerksamkeit zu erregen, während er Wasser in die Waschschüssel goß und anfing, das Blut von seiner Bißwunde am Daumen abzuwischen.

Scheinbar eine Ewigkeit später drehte sich ein Schlüssel im Schloß, und Mrs. Logan trat schnell ein, gefolgt von einem der männlichen Dienstboten. Es war ein großer Mann in einem dunklen Anzug, der die Tür hinter sich schloß. Mr. Smith fing an, Mrs. Logan anzubrüllen, und zeigte ihr seine verletzte Hand. Er beschimpfte mich heftig und beklagte sich, er sei betrogen worden. Ich bemühte mich, auf die Knie zu kommen, und fing jetzt an zu weinen. Ich versuchte stammelnd vorzubringen, was passiert war. Mrs. Logan warf mir einen bösartigen Blick zu und schnauzte: »Halt den Mund, du blödes Ding!«

Zu Mr. Smith sagte sie bedauernd: »Es tut mir wirklich sehr leid, Sir, aber Sie verstehen hoffentlich, daß junge Mädchen, die noch die Attraktion der Unschuld besitzen, manchmal etwas schwierig sind. Sie können sicher sein, daß ich alles wieder in Ordnung bringe.« Sie warf einen Blick auf den Diener und sagte: »Los, Tom.« Beide kamen auf mich zu und in mir wuchs ein Schrecken, der unbeschreiblich war.

Ich kämpfte wütend, aber vergeblich, als Tom mich aufs Bett warf, meine beiden Handgelenke mit einer großen

Hand zusammenpreßte und mit Daumen und Zeigefinger der anderen Hand eine Pinzette formte. Damit preßte er brutal zu beiden Seiten auf meine Kiefergelenke und zwang mir den Mund auf. Mrs. Logan nahm aus der Handtasche, die sie über dem Arm trug, eine Flasche und einen Löffel heraus. Während Tom mich gefangenhielt, goß sie eine dunkle Flüssigkeit aus der Flasche auf den Löffel und schob ihn mir in den Mund. Ich würgte und hustete, aber ich konnte es nicht verhindern, daß ich schluckte. Noch ein Löffel folgte, dann ließ Tom mein Gesicht los, hielt mich aber weiter aufs Bett gepreßt. Er war sehr stark, er hatte ein breites, flaches Gesicht, und es schien ihn überhaupt nicht zu interessieren, was er tat.

Mrs. Logan steckte Flasche und Löffel weg und wandte sich vom Bett ab. »Jetzt schläft sie bald, Sir«, sagte sie zu Mr. Smith. »Na, sie wird nicht so richtig schlafen, das wollten Sie ja denn doch nicht, oder? Aber fast, wenn Sie mich verstehen. Jetzt hole ich meinen Medizinkasten und kümmere mich um Ihren Daumen. Und danach ist Hannah für Sie bereit.«

Von dieser Erinnerung, die nicht mehr die Macht hatte, mich zu quälen, kam ich zurück in die Wirklichkeit. Wieviel Toby von meiner Geschichte erzählt hatte, wußte ich nicht, aber er konnte nur wenig ausgelassen haben, denn als ich anfing zuzuhören, sagte er gerade: » . . . und so haben sie die dreizehnjährige Hannah McLeod mit Drogen betäubt, damit ›Mr. Smith‹ sich mit ihr vergnügen konnte. Da Hannah mir weitere Details erspart hat, will ich sie Ihnen gern auch ersparen, meine Damen und Herren. Es möge Ihnen genug sein, wenn ich Ihnen sage, daß Hannah, als sie endlich wieder zu sich kam, allein in ihrem Zimmer lag, daß die Sonne schon aufgegangen war und daß man sie vergewaltigt hatte.«

Mrs. Willard stöhnte ein bißchen vor Mitleid. Ihr Mann streckte die Hand aus und nahm ihre Hand, und einen Augenblick lang schauten sie beide Clara an. Ich konnte erraten, was sie dachten, denn Clara und ich waren so ziemlich im selben Alter. Mrs. Ritchie saß mit geneigtem Kopf da. Ihr Mann hatte die Beine vor sich ausgestreckt, steckte die Hände in die Taschen und schaute finster auf seine Stiefel. Andrew Doyle starrte mit leerem Blick aus dem Fenster. Seine Hände umklammerten eine Sessellehne, seine Knöchel waren weiß. Clara hatte Tränen auf den Wangen. Gerald hatte sich umgedreht und saß jetzt mit geschlossenen Augen da. Er hatte die Schultern hochgezogen, und sein Gesicht war vor Ekel verzerrt.

»Jetzt möchte ich Ihnen noch einen interessanten Gedanken nahebringen, meine Herren«, sagte Toby, während er im Salon hin und her schritt. »Es gibt keinen einzigen Tisch in ganz England, an dem Hannah McLeod als Gast akzeptiert würde, falls die Geschichte, die ich gerade erzählt habe, bekannt würde. Aber ich wette – Mr. Smith ist Mitglied in einem oder mehreren der besten Clubs. Ob es wohl White's ist? Oder das Athenaeum? Oder Boodles? Ohne Zweifel wird er in den besten Häusern empfangen. Möglicherweise ist er sogar bei Ihnen schon einmal zu Gast gewesen, Sir John, oder bei Ihnen, Mr. Ritchie. Sie hätten ganz bestimmt einen gutsituierten Herrn willkommengeheißen, der um den Daumen herum nur ein paar kleine Narben trägt, von den Zähnen eines Kindes.«

Mr. Ritchie blickte auf und sagte: »Es gibt keinen Grund, so beleidigend zu werden, Kent.«

Toby warf ihm dieses Lächeln zu, das kein Lächeln war. »Ist die Wahrheit beleidigend, Ritchie? Wollen Sie abstreiten, daß Sie diesen Herrn vielleicht als Gast begrüßt haben, ohne daß Sie seinen Geschmack kannten? Können Sie mir – Hand aufs Herz – sagen, daß er von unserer edlen Männlichkeit geschnitten würde, wenn sein Geschmack bekannt wäre? Oh, von manchen ganz bestimmt, aber es gibt haufenweise Leute, die seine Eskapaden einfach nur amüsant finden.«

Clara sprach mich direkt an. Sie sagte mit beherrschter Stimme: »Wie kam es, daß Sie nach Paris gingen?«

Ich zögerte, aber ich hatte das Gefühl, daß es kindisch wäre, ihr die Antwort zu verweigern. Ich sagte: »Ich war nicht unterwürfig genug, Miß Clara. Sie mußten mich jedesmal betäuben, und Mrs. Logan fand das nicht zufriedenstellend. Nach drei Wochen wurde ich halb betäubt nach Dover gebracht und dort an eine französische Dame übergeben. Ich nahm später an, daß ich durch einen Vertrag an Mam'selle Montavons College für junge Damen in Paris verkauft worden war, und das war auch tatsächlich der Fall.«

»Aber ... hätten Sie nicht einfach weglaufen können?« fragte Clara völlig verwirrt. »Oder zur Polizei gehen?«

Höflich antwortete ich: »Bitte stellen Sie mir keine Fragen, die mich zwingen, mich zu verteidigen, Miß Clara. Ich werde es nicht tun.«

Toby Kent meinte ruhig: »Es muß Ihnen doch klar sein, Miß Clara, daß in Frankreich solche Etablissements legal sind und unter Polizeikontrolle stehen. Dazu kommt noch, daß Hannah zur Polizei keinen Zugang hatte und daß sie kein Wort Französisch sprach. Aber selbst wenn beides der Fall gewesen wäre, kann ich Ihnen versichern, daß sie keinen Unterschlupf gefunden hätte, wenn sie weggelaufen wäre. Denken Sie daran, daß Hannah erst dreizehn war und außerdem wußte, daß sie ihre Unschuld verloren hatte. Sie war fremd in einem fremden Land und außerdem noch ein Kind. Ich will Ihnen sagen, was hätte passieren können, wenn sie in den Straßen von Paris umhergestreunt wäre. Wissen Sie, was ein ›Mech‹ ist?«

Clara schüttelte den Kopf. Ihre Augen waren rund und groß.

Toby sagte: »Diesen Namen bekommt ein junger Mann am Montmartre, ein Apache, der sich ein Mädchen nimmt und sich selbst zu ihrem Beschützer macht. Er bringt sie dann dazu, auf die Straße zu gehen und sich für Geld zu verkaufen, was er ihr anschließend wieder abnimmt. Sie ist sein Besitz. Er schlägt sie, wenn sie ihn verärgert, und möglicherweise zerschneidet er ihr sogar das Gesicht mit dem Messer, wenn sie ihn betrügt. Ich kann Ihnen versichern, daß ein ›Mech‹ sehr schnell von Hannah Besitz ergriffen hätte, wenn sie versucht hätte, aus dem College zu fliehen. Und sie hätte nichts tun können, um sich zu retten. Die Mädchen im Etablissement der Montavon, die sie unter ihre Fittiche nahmen, haben ihr das Gott sei Dank auch klargemacht. Und in diesem Augenblick wußte sie, daß eine Flucht unmöglich war . . . Bis zu dem Zeitpunkt, wo sie die Sprache fließend konnte und als sie alt genug war, um das College für junge Damen zu verlassen. Bis sie selbst Arbeit finden konnte, um ihren Lebensunterhalt zu verdienen. Einen ziemlich mageren Lebensunterhalt«, fügte er trübe hinzu.

Ohne den Kopf zu heben, sagte Mrs. Ritchie mit einem Schaudern: »Ich wäre lieber gestorben, als nachzugeben.«

»Ach, die Möglichkeit hatte sie schon. Mrs. Ritchie«, sagte Toby kühl. »Die Seine war ja immer zur Stelle. Aber wie Sie sehen, Hannah McLeod hat sich entschieden weiterzuleben. Und ich glaube, daß sie damit tapferer gehandelt hat.«

»Aber die Schande«, sagte Mrs. Ritchie mit leiser Stimme. »Oh, die unerträgliche Schande . . .«

Ich sagte: »Ich schäme mich nicht im mindesten dafür, was mir angetan wurde. Ich glaube, dessen sollten sich andere Leute schämen.«

Ich hörte, wie Andrew Doyle mit kehligem Flüstern sagte:

»Ja. Ja, allerdings.« Als ich ihn anschaute, sah ich, daß er sich jetzt wieder umgedreht hatte, aber noch immer die gleiche starre Körperhaltung zeigte wie vorher. Gerald hatte sich nicht bewegt. Er saß da, und sein Gesicht wirkte seltsam verkniffen und fiebrig rot. Flecken zeigten sich auf seinen Wangen.

Benjamin Willard meinte ruhig: »Ich hätte gern noch mehr von dem gehört, was in Paris geschehen ist. Sie haben die nächsten vier Jahre in diesem ... in diesem College verbracht?«

»Ja, Sir«, erwiderte ich. »Irgendwie hatte ich Glück, denn Mam'selle Montavon war keine zweite Mrs. Logan. Sie führte ein Etablissement der besseren Sorte, wo man von uns erwartete, daß wir uns den Besuchern gegenüber sehr ladylike benahmen. Wir pflegten für unsere Gäste im Salon Musikabende abzuhalten, und immer pflegte man das Image, daß wir vornehme junge Schülerinnen wären. Außer in unseren Privatzimmern.«

»Sie scheinen sich an die Besitzerin dieses Freudenhauses mit einiger Zuneigung zu erinnern«, sagte Mr. Ritchie trocken.

»Als ich Schülerin bei ihr wurde, Sir«, erwiderte ich, »da hat sie wegen meines Alters und wegen meiner Unerfahrenheit sehr viel Rücksicht genommen. Ich wußte, ich hatte keine andere Wahl, als mehrere Jahre am College durchzustehen, ehe ich meine Unabhängigkeit erlangen konnte. Aber wenigstens hat Mademoiselle Montavon dafür gesorgt, daß die anderen Mädchen mir sanft beibrachten, was ich würde tun müssen. Kurz nachdem ich an die Arbeit geschickt wurde, schaffte ich es auch, Mam'selle klarzumachen, daß ich sehr lästig werden würde, wenn man von mir erwartet, daß ich Männer mit ungewöhnlichen Neigungen bediente. Sie hat es akzeptiert.«

»Ungewöhnliche Neigungen?« fragte Clara verwundert. »Was meinen Sie denn damit?«

Ich schüttelte den Kopf. »Das brauchen Sie nie zu erfahren, Miß Clara. Bitte verfolgen Sie die Frage nicht weiter.«

»Aber . . .«

Ihr Vater mischte sich mit scharfer Stimme ein. »Laß es sein, Clara. Hannah hat recht.« Dann wandte er sich an mich, und in seinen Augen lag ein Ausdruck von Mitleid und Kummer. »Sie haben also vier Jahre lang dieses Leben als . . . Schülerin bei der Montavon geführt?«

»Ja, Sir.« Ich konnte ein Dutzend Fragen in seinen Augen sehen, während er mich musterte, und ich hätte sie selbst aufsagen können, denn es waren die Fragen, die Männer mir so oft im Schlafzimmer gestellt hatten. Mr. Willard stellte sie nicht. Statt dessen sagte er sanft: »Waren Sie nicht während dieser ganzen Zeit verzweifelt und unglücklich?«

»Eigentlich nicht, Sir.« Ich zögerte einen Augenblick und versuchte, meine Gedanken in Worte zu fassen. »Zuerst hatte ich schreckliche Angst, dann nur noch wenig, und mit der Zeit verging auch die. Mir war einfach die Tatsache zuwider, daß ich so tun mußte als ob. Aber ich wußte, daß ich meinem Leben nicht entgehen konnte, und ich lernte es, mich . . . mich irgendwie davor abzuschirmen. Meine Mutter hat mich gelehrt, daß Selbstmitleid einen Menschen vernichten kann, und deshalb half es mir, daß ich mir nicht selbst leid tat. Ich konnte ja immer noch denken, wieviel besser das Leben jetzt für mich war und wieviel schlimmer es gewesen wäre, wenn Mrs. Logan mich nicht verkauft hätte.«

Ich hörte, wie ein Schluchzer aus Gerald herausbrach. Aber als ich den Kopf umdrehte, fand ich kein Mitleid in seinem fleckigen Gesicht. Ich sah nur einen wilden Zorn, der seinen Mund verzerrte und ihm die Schweißperlen auf die Stirn getrieben hatte. Er tat mir leid, aber innerlich war er mir egal. Diese schockierende Enthüllung war das Werk seines Vaters, und es gab keine Möglichkeit, wie ich den Jungen davor schützen konnte.

Mr. Ritchie sagte ungläubig: »Ihr Leben war besser, als es hätte sein können? Das können Sie doch nicht ernsthaft meinen?«

Ich schaute ihn an und sagte: »O doch, Sir, Mrs. Logans Haus war übel. Im College wurde ich anständig behandelt. Ich hatte nur drei- oder viermal pro Woche Dienst, und dafür habe ich gelernt, zu einem anderen Menschen zu werden. Ich freundete mich mit anderen Schülerinnen an, und den Rest der Zeit konnte ich tun, was ich wollte, und ein ganz angenehmes Leben führen. Aber ich habe immer für den Tag gelebt, an dem ich diesem Leben für immer den Rücken kehren konnte und von dem an ich immer ich selbst sein konnte.«

Benjamin Willard meinte: »Und das haben Sie alles vier Jahre später erreicht, als Sie siebzehn waren? Hat man Ihnen erlaubt zu gehen?«

»Ja, Sir. Mam'selle und meine Freundinnen meinten zwar, es wäre dumm zu gehen, aber man ließ mir die Freiheit, es zu tun. Ich sprach jetzt fließend Französisch und war kein Kind mehr, deshalb konnte ich Arbeit suchen und meinen Lebensunterhalt selbst verdienen.«

»Hannah hat Ihnen aber nicht gesagt, daß es damals schwieriger war, Arbeit zu finden, als ein vierblättriges Kleeblatt zu entdecken«, sagte Toby und schaute mich finster an. »Oder daß das Beste, was sie kriegen konnte, ein Zwölfstundentag als Bedienung in einem Restaurant am Montmartre war – für drei Francs. Wenn Sie eine interessante Erfahrung machen wollen, meine Damen, dann versuchen Sie doch einmal, eine Zeitlang davon zu leben. Ja, und natürlich haben die ›Mechs‹ versucht, sie zu kriegen, und sie mußte sich mit ihnen auseinandersetzen. Als sie damals in der Nacht deinen Kopf gerettet hat, Andrew, hast du da geglaubt, es wäre das erstemal gewesen, daß sie einen Apachen ihre Hutnadel hatte spüren lassen? Da irrst du dich aber gewaltig.«

Andrew Doyle murmelte: »Ach du lieber Gott«, und schloß die Augen, als ob er Schmerzen hätte.

Mr. Ritchie sagte langsam: »Bei der Verteidigung dieser jungen Frau sind Sie sehr redselig. Kent . . .«

»Ich habe sie gar nicht verteidigt«, unterbrach ihn Toby scharf. »Ich habe Ihnen nur erzählt, was mit ihr geschehen ist, seit sie dreizehn war. Hannah McLeod ist nicht diejenige, die einen Verteidiger braucht.«

»Aber Ihr Bericht ist möglicherweise gefärbt«, sagte Mr. Ritchie. »Sie haben zwar nicht ausdrücklich behauptet, daß Sie ein Interesse an der Angelegenheit haben, aber vielleicht hätten Sie es tun sollen.«

»Ich bin nicht ganz sicher, ob ich verstanden habe, was Sie meinen«, sagte Toby. Er sprach sehr langsam, und ich sah ein drohendes Funkeln in seinen Augen.

»In Paris sind Sie Nachbarn gewesen«, sagte Mr. Ritchie knapp. »Ich will damit andeuten, daß diese junge Frau wahrscheinlich für Sie mehr als nur eine Nachbarin war.«

Toby holte scharf Luft, während der Zorn ihn packte. Seine breiten Schultern schienen vor meinen Augen noch breiter zu werden. Ich erinnerte mich an seine Drohung Sebastian Ryder gegenüber und daran, daß er sein Mißvergnügen dadurch zeigte, daß er Köpfe gegen die Wand knallte. Schnell sagte ich: »Bleiben Sie stehen, Toby! Wagen Sie es nicht!«

Zu meiner Erleichterung gehorchte er, während er mich anstarrte. Ich schaute zu Mr. Ritchie hinüber und sagte: »Ich will Ihre Frage beantworten, Sir. Ich habe das College verlassen, um selbständig zu werden und frei von den Männern. Ich habe mich noch nie aus eigenem Wunsch einem Mann hingegeben, und jetzt, weil ich meine Unschuld schon vor langer Zeit verloren habe und das bin, was man ›beschädigte Ware‹ nennen könnte, werde ich auch nie heiraten, denn kein Mann würde mich haben wollen. Toby Kent ist mein Freund, nicht mehr. Viele würden ihn als Bohemien betrachten, aber ich sage Ihnen, er hat mir mehr Rücksicht entgegengebracht als jeder andere Mann.«

Während ich aufhörte zu reden, stand Gerald plötzlich auf und rannte aus dem Salon. Er knallte die Tür hinter sich zu. Mr. Ritchie holte ein Notizbuch hervor und fing an, die Seiten durchzublättern, als ob er damit zeigen wolle, daß er mit der ganzen Angelegenheit jetzt abgeschlossen hatte. Seine Frau saß da und starrte ins Leere – mit einem Gesichtsausdruck, den ich nicht deuten konnte. Sir John Tennant hatte sich nicht gerührt, aber seine Augen starrten mich jetzt kalt und feindlich an. Er war ein Mann, den ich leicht fürchten konnte, und ich wunderte mich darüber, daß er Vater einer Tochter sein konnte, die ihm so entgegengesetzt war wie Mrs. Ritchie. Auf der anderen Seite des Salons, mir gegenüber, saßen Clara und ihre Mutter. Sie wirkten zerrissen vom Kummer. Andrew Doyle stand noch immer und hatte einen verwirrten, verständnislosen Blick. Benjamin Willard schüttelte langsam und kummervoll den Kopf.

Ich fing an, über meine Zukunft nachzudenken. Sebastian Ryder hatte meine schockierende Vergangenheit bloßgelegt, aber anscheinend hatte er das nicht getan, um mich loszuwerden. Was sein wirklicher Grund gewesen war, davon hatte ich keine Ahnung. Aber jetzt fragte ich mich, ob er seinen Zweck erreicht hatte und ob er mich jetzt vielleicht entließ. Ich hoffte sehr, daß er es nicht tat. Denn ich war zwar sicher, daß ich Arbeit finden und mich selbst ernähren konnte, aber meine Verhältnisse würden dann sehr viel ärmlicher werden, als sie jetzt waren.

Benjamin Willard räusperte sich und sagte zögernd: »Bei

allem Mitgefühl der ganzen Welt, bei allem guten Willen in der Welt, es gibt keine Möglichkeit, für Hannah alles wieder recht zu machen. Nichts kann ungeschehen gemacht werden. Was ihr passiert ist, das ist passiert.«

Ich schaute ihn an und sagte: »Ja, Mr. Willard. Ich mache mir in dieser Hinsicht nichts vor. Ich weiß, daß ich von den Leuten, die die Wahrheit über mich kennen, stets als indiskutabel betrachtet werde. Sie und Ihre Familie sind sehr nett zu mir gewesen, aber von heute an werden wir uns sicher nicht mehr treffen, und ich kann verstehen, warum. Wenn ich an den brutalen Kerl denke, der mich verkauft hat, oder an Mrs. Logan, die mich gekauft hat, oder an das Tier in Menschengestalt, das mich besudelt hat, dann verspüre ich noch immer im Herzen einen Haß, der nicht sterben kann. Aber ich versuche, keine Bitterkeit denen gegenüber zu empfinden, die jetzt entsetzt über mich sind. Das kommt nicht daher, daß ich von Natur aus leicht verzeihen kann, sondern es ist eine einfache Möglichkeit, mich zu schützen. Meine Mutter hat mich gelehrt, daß Verbitterung genauso vernichten kann wie Selbstmitleid.«

»Ihre Mutter muß eine sehr bemerkenswerte Dame gewesen sein«, sagte Benjamin Willard mit leiser Stimme. Einen Augenblick lang las ich plötzliche Aufmerksamkeit in Sir John Tennants Augen. Dann war sie verschwunden, und sein Gesicht war so ausdruckslos wie zuvor. Ich fragte mich, wie Benjamin Willards Worte bei diesem Mann irgendeine Saite berühren konnten, aber meine Aufmerksamkeit wurde von Andrew Doyle in Anspruch genommen, der durchs Zimmer gegangen war und sich vor mich hingestellt hatte. Er streckte mir die Hand hin. Ich glaubte, er wolle mir höflich zum Abschied einen Händedruck geben, aber zu meiner Überraschung nahm er meine Finger, beugte sich darüber und berührte sie mit den Lippen. Noch immer war sein Gesicht blaß, und noch immer waren seine Gefühle in einem solchen

Aufruhr, daß sein ganzer Körper anscheinend zitterte, aber seine Stimme klang fest, als er sprach.

»Für mich werden Sie nie indiskutabel sein, Hannah«, sagte er. Während er noch immer meine Hand hielt, richtete er sich auf und wandte sich seiner Familie zu. »Tante Melanie, Onkel Benjamin, Clara ... Ich erbitte nichts von euch, aber ich erkläre mich ohne Scheu zu einem Freund von Hannah McLeod. Ihr sagt, daß das, was ihr geschehen ist, nicht mehr geändert werden kann. Aber ich sage, es hat sich geändert, es ist umgewandelt worden durch ihren Mut und ihre Kraft.«

Der arme Mr. Doyle. Seine Erklärung war so dramatisch und gut gemeint gewesen, und ich hatte nicht das Herz, ihm zu sagen, daß er sich irrte. Er wandte sich wieder mir zu und fuhr mit der gleichen Leidenschaft fort: »Ihr Arbeitgeber, Sebastian Ryder, widert mich an, weil er Ihnen das heute angetan hat. Zu Ihnen sage ich folgendes, Hannah: Ich gebe Ihnen meine Adresse hier in England und meine Adressen in Amerika und Mexiko. Wann immer Sie Hilfe brauchen, jetzt oder in Zukunft, bitte wenden Sie sich an mich. Verstehen Sie?«

Ich entzog ihm sanft meine Hand, während ich mich an eine Zeit erinnere, wo ein anderer Mexikaner ziemlich die gleichen Worte zu ihr gesagt hatte. Es war morgens früh gewesen, in der Dämmerung, und sein Kopf hatte an meiner Schulter gelegen. Später hatte er mir einen silbernen Ring gegeben, zum Zeichen seines Versprechens. »Ich danke Ihnen, Mr. Doyle«, sagte ich. »Sie sind sehr freundlich. Wollen Sie mich jetzt entschuldigen? Ich muß gehen und mit Mr. Ryder sprechen.«

Während ich zur Tür des Salons ging, sah ich, daß das Boot gerade die Chelsea-Brücke passierte. Ich wußte, wir würden bald den Westminster-Pier erreichen. Toby öffnete mir die Tür und sagte: »Nicht nötig, mit ihm zu reden, meine Schöne. Sie können auch mit mir kommen, und ich suche Ihnen irgendwo in der Nähe eine Unterkunft, bis Sie sich entschieden haben, was Sie als nächstes tun wollen.«

Ich schüttelte den Kopf. »Ich weiß ja noch nicht, ob ich mir eine neue Stellung suchen muß, Toby. Ich bin noch nicht entlassen. Und deswegen möchte ich Mr. Ryder jetzt fragen.«

Er starrte verblüfft auf mich herab. »Sie wollen doch sicher nicht bei diesem Kerl im Dienst bleiben, nach allem, was er Ihnen heute nachmittag angetan hat?«

»Er hat seinen Gästen erzählt, daß ich einmal Freudenmädchen gewesen bin, Toby. Das ist nichts anderes als die Wahrheit. Ich glaube zwar, daß es von schlechtem Geschmack ist, seine Gäste so zu behandeln, aber ich kann mich nicht beschweren. Ich bezweifle, daß er mich weiter im Dienst behalten will, denn die Leute werden entsetzt sein, wenn sie von dieser Sache hören.«

Ich wurde von Sir John Tennants tiefer, grober Stimme unterbrochen. »Weder ich noch meine Tochter noch ihr Mann werden über diese Episode reden«, grollte er. »Ich hoffe, ich kann das gleiche auch für Mr. Willard und seine Familie sagen.«

»Dessen können Sie ganz sicher sein, Sir«, sagte Benjamin Willard grimmig. »Wir werden nicht vergessen was wir Hannah McLeod verdanken. Ich habe den Verdacht, daß Sebastian Ryder genau weiß, daß er mit unserem Schweigen rechnen kann.«

Toby Kent sagte ungeduldig: »Aber, um Gottes willen, Hannah, Sie wollen doch sicher nicht weiter unter seinem Dach bleiben, das wäre demütigend!«

Ich tätschelte ihm den Arm. »Ach, Toby, wie kann man einen Menschen wie mich denn noch demütigen? Ich habe die allertiefsten Tiefen durchwandert, und jetzt stehe ich darüber. Machen Sie sich doch nicht solche Sorgen.«

Die Anspannung verließ ihn plötzlich, und er grinste. »Aber Sie kommen und sitzen bald wieder für mich Modell, ja, kleine McLeod?«

»Ja, sicher. Wenn ich kann.«

»Ryder wird es Ihnen nicht verbieten, dafür sorge ich.«

»Sie werden sich benehmen, Toby, oder ich werde sehr böse.«

Ich ging hinauf an Deck. Gerald mußte sich nach achtern begeben haben, denn er war nirgendwo zu sehen. Sebastian Ryder saß allein am Tisch und rauchte eine Zigarre. Während ich auf ihn zuging, sagte er: »Wenn Sie gekommen sind, um sich zu beschweren oder zu kündigen, dann sparen Sie Ihren Atem. Sie sind vertraglich gebunden, zwei Jahre lang in meinem Dienst zu bleiben.«

Das hatte ich ganz vergessen. Ein paar Schritte von ihm entfernt blieb ich stehen und sagte: »Ich wollte Sie nur fragen, ob Sie vorhaben, mich zu entlassen, Sir.«

Er schwenkte die Hand, welche die Zigarre hielt. »Nein. Warum, zum Teufel, sollte ich?«

»Wegen meiner Vergangenheit, Mr. Ryder.«

»Darüber wußte ich Bescheid, als ich Sie eingestellt habe.«

»Aber andere wußten es nicht. Und jetzt wissen es Ihre Gäste und Master Gerald. Der erzählt es mit Sicherheit Miß Jane.«

»Aber weiter wird es nicht gehen«, sagte Sebastian Ryder lässig.

»Ihre Kinder finden es möglicherweise geschmacklos, wenn ich weiterhin ihre Lehrerin bin, Sir.«

»Jane ist dafür zu vernünftig. Gerald kann es aushalten.« Sebastian Ryder schaute mich scharf an. »Sie sind gesetzlich verpflichtet, bei mir im Dienst zu bleiben.«

»Ich hatte ja auch nicht vor, um meine Kündigung zu bitten, Sir. Darf ich Ihnen eine Frage stellen?«

»Schießen Sie los.«

»Haben Sie vor, in Zukunft auch anderen Gästen über meine Vergangenheit zu berichten?«

Er lächelte fast und schnippte die Asche von seiner Zigarre: »Nein. Dies war eine ganz besondere Gelegenheit. Ist das alles?«

»Ich fürchte, mit Master Gerald wird es einige Schwierigkeiten geben, Sir.«

»Dann kümmern Sie sich darum«, sagte er brüsk. »Verdammt noch mal, Sie haben doch Erfahrung, oder nicht? Sie müssen doch wissen, wie man mit so einem Jungen umgeht – selbst ohne die Hilfe eines Bettes.«

Ich sagte: »Wenn Sie noch einmal mir gegenüber solche Worte benutzen, Mr. Ryder, dann werde ich Ihren Dienst verlassen, gleichgültig, wie es in meinem Vertrag steht.«

Er starrte mich einen Augenblick an. Dann grinste er plötzlich und nickte. »Das wäre nur fair, Hannah. Es wird nicht wieder geschehen. Zufrieden?«

»Ja, danke, Sir.«

»Das wäre dann also alles.«

Ich ging zur Reling und blieb fünf Minuten lang dort stehen. Ich sah zu, wie das Boot unter der Westminster-Brücke hindurchglitt und am Pier anlegte. Die Gangway wurde herabgelassen. Sebastian Ryder stellte sich daneben. Seine Gäste tauchten aus dem Salon auf. Benjamin Willard und Andrew Doyle führten Mrs. Willard und Clara zur Gangway. Alle vier gingen an Sebastian Ryder vorüber, ohne seine Anwesenheit zur Kenntnis zu nehmen. Mr. und Mrs. Ritchie folgten. Sir John blieb einen Augenblick stehen und sagte ein paar kurze Worte, aber ich konnte nicht hören, was es war.

Toby Kent tauchte auf. Auch er blieb an der Gangway stehen, und seine Worte waren sehr deutlich zu hören. »Solange wir beide in London sind, werde ich verlangen, daß Hannah mich gelegentlich besucht, Ryder. Sie tun klug daran, es ihr nicht zu verbieten.«

»Wollen Sie mir drohen, Kent?«

Toby grinste. »Natürlich will ich Ihnen drohen. Sie blöder Trottel. Ich habe ein paar Jahre in der französischen Fremdenlegion gedient, und es macht mir nicht das geringste aus, ein, zwei Monate in einem vergleichsweise gemütlichen Gefängnis zu verbringen, nur um die Freude auszukosten, Ihnen den Kiefer zu brechen. Warum wollen Sie also nicht vernünftig sein?« Er lüftete mir gegenüber den Hut, ging an Sebastian Ryder vorbei und rannte die Stufen zum Victoria Embankement hinauf, wo zwei oder drei Droschken standen und hoffnungsvoll auf Kunden warteten.

Mein Arbeitgeber schien nicht im mindesten beeindruckt. »Ihr Freund hat etwas Überzeugendes«, sagte er gedankenverloren und hob dann die Stimme. »Gerald Gerald! Wo, zum Teufel, bist du eigentlich, Junge? Komm endlich – wir gehen nach Hause.«

11

GERALD SPRACH NICHT, während wir in der Kutsche nach Hause fuhren, und er schaute mich auch nicht ein einziges Mal an. Sein Vater starrte aus dem Fenster und war offenbar mit allem sehr zufrieden. Es war halb fünf, als wir das Haus erreichten, und ich ging direkt auf mein Zimmer, um ein Bad zu nehmen. Trotz meiner Anstrengungen, eine Gelassenheit zu zeigen, war der Nachmittag für mich eine schlimme Strapaze gewesen, und ich war froh, daß ich mich noch eine halbe Stunde hinlegen konnte, ehe ich frische Kleider anzog.

Ich lag in meinem Morgenrock auf dem Bett und fragte mich, was Sir John Tennant wohl heute abend um halb zehn mit Sebastian Ryder besprechen wollte und wie es mit den Ereignissen des Nachmittags zusammenhängen konnte, als es an die Tür klopfte. Ich rief »Herein« und dachte, es wäre eines der Dienstmädchen oder vielleicht Mattie, die fragen wolle, wie der Tag verlaufen wäre. Aber es war Jane.

Ihr Gesichtsausdruck war sehr seltsam – eine Mischung aus Schrecken und Neugier. Ihr Benehmen war jetzt scheuer, als ich es je bei ihr gesehen hatte. Sie sagte: »Darf ich einen Augenblick mit Ihnen sprechen. Hannah?«

Ich nahm an, daß Gerald ihr schon alles erzählt hatte, aber etwas anderes konnte ich ja auch nicht erwarten. Er war zu jung und zu emotional, um so etwas für sich zu behalten. Ich stand vom Bett auf und sagte: »Natürlich, Miß Jane. Möchten Sie sich nicht hinsetzen?«

»Nein. Nein, es geht schon so. Ich bleibe nicht lange.« Sie hielt verlegen inne und runzelte die Stirn. »Ich wollte nur sagen ... na, Gerald hat mir alles erzählt, was heute nachmittag auf dem Boot passiert ist. Ich glaube, es war sehr grausam von Papa, und das werde ich ihm auch sagen. Außerdem glaube ich, daß mein Bruder Gerald ein Idiot ist, weil er sich so aufregt. Wahrscheinlich kommt das daher, weil er glaubt, daß er in Sie verliebt ist. Jeder kann das ja sehen. Aber er ist sehr blöde. Anscheinend kapiert er nicht, daß Sie gar keine Wahl hatten bei dem, was passiert ist. Angeblich soll er so musikalisch und sensibel sein, im Gegensatz zu mir, und trotzdem kann ich mir in etwa vorstellen, wie es für Sie gewesen sein muß. Er bringt das nicht fertig. Er gibt allein Ihnen die Schuld.«

Ich sagte: »Ja, das weiß ich, Miß Jane. Es tut mir leid, aber er ist noch jung, und es ist ganz natürlich, wenn er so denkt. Sicher wird er darüber hinwegkommen. Ihr Vater besteht darauf, daß ich hierbleibe und weitermache wie bisher.«

»Oh, da bin ich froh«, sagte Jane offen. »Ich wollte Ihnen nur sagen, es tut mir so leid, daß Ihnen diese schrecklichen Dinge passiert sind, Hannah, und es tut mir auch leid, daß Papa sie erzählt hat. Aber ich freu' mich, daß Gerald sie mir erzählt hat.«

»Ich danke Ihnen sehr, Miß Jane. Ich hatte mir schon ein bißchen Sorgen gemacht, was Mattie wohl denkt, wenn man es ihr erzählt. Ich fürchte, sie wird sich schrecklich aufregen.«

»Mattie wird nichts erfahren«, sagte Jane und schüttelte den Kopf. »Papa hat irgend etwas vor. Ich weiß das – aber er will nicht, daß Mattie sich aufregt, und ich auch nicht. Und Gerald wäre es viel zu peinlich, ihr irgend etwas zu sagen.«

»Das ist für mich eine große Erleichterung, Miß Jane. Ich bin froh, daß Sie nicht allzusehr schockiert sind.«

»Oh, ich bin furchtbar schockiert – aber nicht über Sie, Hannah. Männer können schon ziemlich tierisch sein, nicht wahr?«

»Manche ja, fürchte ich.«

»Ich wäre Ihnen dankbar, wenn Sie mir eines Tages ... ein paar Dinge erklären, die ich nicht weiß. Ich hasse es, unwissend zu sein.«

Einen Augenblick war ich erschrocken, dann sagte ich: »Ach du liebe Güte! Ich verstehe ja, was Sie meinen, aber dafür bin ich nicht die richtige Person, Miß Jane.«

»Ich glaube, Sie sind genau die richtige«, sagte sie in ihrer nüchternen Art. »Ich habe keine Mutter, und Mattie ist auch keine große Hilfe. Oh, ich weiß, Sie sind in allem sehr korrekt, was Sie tun, und deshalb wollen Sie sicher, daß Papa die Erlaubnis gibt, oder? Gut, ich frage ihn.«

Zum erstenmal, seit ich sie kannte, schenkte Jane mir ein freundliches Lächeln. »Ich sehe Sie beim Abendessen«, sagte sie und ging dann hinaus. Ich wußte kaum, ob ich nun erfreut, verwirrt, unruhig oder ein bißchen von allem sein sollte. Mir wurde jetzt klar, daß meine größte Sorge darin bestanden hatte, daß Mattie mir vielleicht böse sein konnte. Ich war dankbar, daß nichts von dem, was über mich enthüllt worden war, an ihre Ohren dringen würde. Jane hatte mir das versichert, und ich wußte, daß auf sie Verlaß war.

Ich zog frische Kleider an, ordnete mein Haar und suchte Mattie in ihrem Zimmer auf. Sie war schon ganz erpicht darauf, vom Ausflug zu hören. Für mich war es einfach, die Aussicht vom Fluß zu beschreiben und die Sehenswürdigkeiten in den Gärten von Kew, und ich erwähnte die dramatische Stunde, die dem Lunch gefolgt war, überhaupt nicht.

Im Salon vor dem Essen und später bei Tisch sprach Gerald kaum ein Wort und schaute mich nicht ein einziges Mal an. Mattie beunruhigte das sehr. »Du liebe Güte – Sie pikken nicht nur an Ihrem Essen herum, Master Gerald«, sagte sie, »sondern . . . Sie haben doch kein Fieber, oder? Wir wollen nicht, daß Sie uns krank werden.«

»Machen Sie kein Theater, Mattie«, sagte Sebastian Ryder, und seine Stimme klang liebenswürdiger als gewöhnlich. »Wenn der Junge krank ist, dann kommt es schon heraus, und wenn nicht, dann nicht. Was hast du denn heute so den ganzen Tag gemacht, Jane?«

»Ich hab' nachgedacht«, sagte Jane. »Also, nachgedacht und gelesen. Ich hab' die Morgenzeitung gelesen, dann war ich in der öffentlichen Bibliothek, und anschließend bin ich im Park spazierengegangen und hab' nachgedacht.«

»Worüber?«

»Über den besten Platz, wo du eine neue Fabrik bauen könntest, Papa.«

Ihr Vater lächelte. »Und für welchen Platz hast du dich entschieden?«

»Noch für gar keinen. Es ist ja so viel zu bedenken, weil sich alles mögliche ändert. Ich glaube, du würdest am besten daran tun, wenn du abwartest, ob die Liberalen im nächsten Monat bei den Wahlen dabei sind.«

»Daran hatte ich auch schon gedacht.«

Nach dem Essen saß ich mit Mattie und Jane noch im Salon, während Gerald sich ins Musikzimmer zurückzog. Später, als ich nach oben ging, um ein Buch aus meinem Zimmer zu holen, hörte ich ihn ein wildes, donnerndes Musikstück spielen. Ich fragte mich, ob ich hingehen und mich zu ihm setzen sollte, wie ich das oft getan hatte. Aber dann entschied ich, daß es besser sei, ihn seinen eigenen Weg finden zu lassen, den Schrecken und den Zorn loszuwerden.

Ein paar Minuten vor halb zehn hörten wir die Glocke an der Tür. Jane blickte von einer Kladde auf, in der sie schrieb, und sagte: »Wer, in aller Welt, kann denn das sein?«

»Ich glaube, das wird Sir John Tennant sein«, sagte ich. »Ihr Papa hat für diese Zeit einen Termin mit ihm abgemacht.«

»Sir John Tennant?« wiederholte Jane und schaute Mattie an. »Das ist aber sehr komisch.«

»Es geht uns nichts an, Miß Jane«, sagte Mattie.

»Ach, Blödsinn! Warum sollte ich nicht neugierig sein? Du weißt doch, Mattie, wie Papa diesen Mann haßt. Wenn er ihn also für heute nachmittag zur Flußfahrt und für heute abend nach Hause einlädt, dann heißt das, daß Papa hundertprozentig etwas vorhat. Gewöhnlich sagt er mir ja, was er so denkt, aber diesmal nicht.« Jane sah mich an. »Haben Sie eine Ahnung, was es sein könnte, Hannah?«

»Nicht die geringste, Miß Jane.«

»Na schön.« Jane wandte sich wieder ihrer privaten Buchhaltung zu.

Nach einer Viertelstunde entschuldigte ich mich, weil ich zu Bett gehen wollte. Ich ging gerade durch die Halle, als die Tür von Sebastian Ryders Arbeitszimmer aufging. Sir John

Tennant stampfte heraus und hielt seinen Spazierstock gepackt, als ob er damit zuschlagen wolle. Sein Mund war zu einer wütenden Grimasse verzerrt. Sebastian Ryder kam hinter ihm her und sagte: »Erlauben Sie, daß ich Sie selbst hinausbegleite, Sir John.« Er grinste fast, während er sprach, vielleicht nicht vor Belustigung, aber vor hartgesottener Befriedigung. Sir John gab keine Antwort. Er ging weiter, blieb dann einen Augenblick stehen, als er mich auf der anderen Seite der Halle sah. Sein Blick ruhte sekundenlang auf mir, und in ihm sah ich einen Haß, so giftig, daß mir bei seiner Intensität eiskalt wurde. Im nächsten Augenblick wandte er sich ab und ging weiter.

Ich kehrte in mein Zimmer zurück und bereitete mich auf das Schlafengehen vor. Ich bürstete mir das Haar und band es zusammen, ich putzte die Zähne, zog Nachthemd und Morgenrock an. Meine Gedanken waren immer noch mit den Ereignissen des Tages beschäftigt, und ich wußte, ich würde nicht so leicht Schlaf finden. Also setzte ich mich an den kleinen Beistelltisch und verbrachte eine halbe Stunde mit Papier und Textbuch dabei, die Französischstunde des nächsten Tages für meine Schüler vorzubereiten.

Bald hörte ich, wie Matties Tür sich öffnete und wieder schloß. Sie war in ihr Zimmer gegangen. Ich wurde von einem französischen Theaterstück gefesselt, das ich noch einmal las, um festzustellen, ob es für den Unterricht geeignet war. Es war ›Der Menschenfeind‹ von Molière, und es war fast elf Uhr, als ich endlich das Buch zuklappte und zu meinem Bett hinüberging. Ich zog den Morgenrock aus. Ich hatte den Rücken der Tür zugewandt, aber ich hörte, wie sie leise quietschte und aufging. Als ich mich schnell umdrehte, sah ich erschrocken, daß Gerald eintrat. Er hatte Jacke und Krawatte ausgezogen, aber sonst war er völlig bekleidet. Sein Gesicht war bleich, seine Augen groß, während er die Tür hinter sich schloß und mich anstarrte.

Ich zog meinen Morgenrock wieder an und ging auf ihn zu. Einen Augenblick lang dachte ich, er sei krank geworden. »Was gibt's denn, Master Gerald? Geht es Ihnen nicht gut? Ich hole schnell Mattie.«

Während ich das sagte, faßte ich an seine Stirn, um zu fühlen, ob sie fiebrig war. Aber er schob meine Hand beiseite und stelzte an mir vorbei. »Master Gerald!« sagte ich mit erschockenem Flüstern. »Was, in aller Welt, tun Sie denn? Sie sollten nicht hier sein!«

»Und warum nicht?« Seine Stimme brach, während er redete, und mir wurde klar, daß er den Tränen nahe war. Er hob eine geballte Hand und öffnete sie. In der Handfläche lag ein Goldstück. »Sie . . . Sie treiben es doch für Geld mit Männern, nicht wahr?« sagte er mit zitternder Stimme. »Also los, zeigen Sie mir auch mal was.« Er warf das Goldstück auf das Bett. »Oder reicht das nicht?«

Langsam band ich mir den Gürtel meines Morgenrocks zu, und ich dachte, wie dumm ich doch gewesen war, nicht sofort zu begreifen, was er wollte – und zwar in dem Augenblick, als er mein Zimmer betrat. Weil er glaubte, er sei in mich verliebt, verliebt in ein Mädchen, das er wie alle jungen Männer zum Idol machen konnte, hatten die Enthüllungen dieses Nachmittags Scherben von Verbitterung und Zorn tief in seine Seele getrieben. Aber trotz meiner schrecklichen Demaskierung, oder gerade vielleicht deswegen, war er besessen von der unvermeidlichen Neugier und den natürlichen Wünschen eines Achtzehnjährigen.

Ich hätte es wissen müssen, sagte ich mir wütend. In Paris, besonders während der Semesterferien, war es für einen wohlhabenden Mann normal gewesen, seinen Sohn passenden Alters ins College für junge Damen zu bringen, so daß er in die Geheimnisse der Frauen eingeweiht wurde. Diese Jungen taten gewöhnlich, als ob sie kühl und weltmännisch wären, um ihre Unsicherheit zu verbergen. Aber in Wirklichkeit waren sie immer sehr nervös, und Mam'selle Montavon stellte mit der Zelt fest, daß das englische Mädchen, das jetzt unter dem Namen ›La Professeuse‹ bekannt war, bei diesen unerfahrenen Besuchern beliebter war als irgendein anderes. Das war gewesen, nachdem ich schon viele Monate im College verbracht hatte und nachdem ich es längst gelernt hatte, die Unentrinnbarkeit meiner Situation zu erkennen. Ich nehme an, ich hatte eine Art Mitleid mit den ängstlichen kaum flüggen Nestlingen, die mir von Mam'selle Montavon vorgestellt wurden, und ich dachte an sie immer als an Jungen, obwohl ich selber jünger war als sie. Immer versuchte ich, einen nervösen Jungen zu beruhigen und ihm zu helfen, so daß es vielleicht nicht überraschend war, daß ›La Professeuse‹ durch Mundpropaganda für diese Art von Dienst häufig weiterempfohlen wurde.

Es hätte mich wohl nichts gekostet, Geralds kummervollen Haß in wilde Leidenschaft zu verwandeln, denn er war leicht zu beeindrucken. Ich hätte nur Fähigkeiten ausüben müssen, die ich zwangsläufig in mehreren Jahren erworben hatte. Aber andererseits hätte es mich alles gekostet – denn das hätte eine Niederlage in der Schlacht bedeutet, die ich gekämpft und gewonnen hatte, damit diese Jahre für immer hinter mir lagen.

Ich nahm mich also zusammen für das, was ich tun mußte, starrte zuerst das Goldstück auf dem Bett an, dann Gerald und riß meine Augen wütend auf. Plötzlich schwang ich dann den Arm und schlug ihn mit der offenen Handfläche ins Gesicht. Seine Augen wurden riesengroß vor Schreck, und sein Mund klappte auf.

»Wie können Sie es wagen!« schrie ich wild. »Was habe ich Ihnen jemals getan, um solch eine Beleidigung von Ihnen zu verdienen, Master Gerald? Ja, ich war am College der Montavon in Paris, aber Sie wissen doch, wie es dazu kam. Sie wissen, daß ich Schatten mit mir herumtrage, lange, dunkle Schatten, die meine Vergangenheit wirft. Ich bin nicht daran schuld und trotzdem muß ich mein ganzes Leben lang in diesen Schatten wandeln. Würde es Sie freuen, wenn ich die einzige Alternative gewählt und mich in den Fluß geworfen hätte? Wünschen Sie, daß ich tot wäre? Ist es das?«

»Nein . . . ich – nein . . .« Er war völlig verwirrt, und ich gab ihm keine weitere Chance, wieder zur Besinnung zu kommen.

»Sie haben die ganze schreckliche Geschichte gehört«, fuhr ich in gedämpfter, aber zorniger Stimme fort. »Trotzdem verdammen Sie mich. Ihre Schwester Jane hat nur das gehört, was Sie ihr gesagt haben, und dennoch kann sie mir ihre Sympathie schenken, während Sie . . . Sie kommen einfach hierher und tun mir weh, so grausam Sie können. Aber vielleicht haben Sie auch ernst gemeint, was Sie da sagten? Vielleicht sind Sie nicht besser als die Männer, die mich besudelt haben – ist das vielleicht der Fall? Bieten Sie mir wirklich Geld an, daß ich mit Ihnen schlafe, Master Gerald? Oh, Sie sollten sich schämen!«

Er stand sehr still, und in seinen Augen zeigte sich ein Blick wie von Betäubung. Er preßte die Hände auf die Schläfen, und seine Lippen bewegten sich, als ob er etwas sagen wollte. Der Fleck, den meine Finger hinterlassen hatten, zeigte sich rot und grell auf seinem weißen Gesicht. Endlich schaffte er es, Worte herauszubringen, aber in einem solch leisen Flüsterton, daß sie kaum zu hören waren. »Es tut mir leid . . . verzeihen Sie, Hannah . . . bin wohl verrückt geworden . . . muß total verrückt geworden sein.. o Gott . . . so ein Idiot.«

Ich ließ meinen Gesichtsausdruck wieder weicher werden und sagte sanft: »Es ist für uns alle ein schwieriger Tag gewesen, Master Gerald. Aber können wir nicht wenigstens versuchen, nicht allzuviel Theater darum zu machen?« Ich hob das Goldstück vom Bett auf, legte es in seine schlaffe Hand und faltete seine Finger darüber. » Würden Sie mir die Freude machen, zu vergessen, daß Sie heute nacht in mein Zimmer gekommen sind?«

»O ja, bitte, Hannah, bitte.« Er zitterte jetzt. »Ich weiß nicht, was ich ... ich meine ... es war so erbärmlich.«

» Es ist schon vergessen«, sagte ich und drehte mich zur Tür. »Als Gegenleistung wollen Sie versuchen, so an mich zu denken, wie Sie an Hannah McLeod dachten, ehe das heute passiert ist?«

»Ja. O Hannah, ich habe es nicht ernst gemeint, als ich gesagt habe, ich hasse Sie ...«

Ich unterbrach ihn, indem ich einen Finger auf meine Lippen legte und die Tür öffnete. Dann sagte ich flüsternd: »Wir wollen uns an nichts mehr erinnern, und wir werden auch nicht mehr davon reden. Gute Nacht, Master Gerald. Bitte versuchen Sie, mit sich selbst ins reine zu kommen.« Er zeigte einen plötzlichen Schrecken, als ob ihm auf einmal klar wurde, was man von ihm denken würde, wenn einer von der Familie oder den Dienstboten ihn aus meinem Zimmer kommen sah. Dann ging er auf Zehenspitzen hinaus, während er tonlos und gestikuliernd Entschuldigungen vorbrachte. Ich schloß die Tür hinter ihm und lehnte mich dagegen. Ich stieß einen langen Seufzer der Erleichterung aus.

Ich hatte schon gedacht, daß ich in dieser Nacht wachliegen würde, aber wider Erwarten schlief ich tief und fest. Am nächsten Tag war Gerald ziemlich scheu und zurückhaltend, aber sonst benahm er sich mir gegenüber wie gewöhnlich. Nach weiteren drei oder vier Tagen spürte ich mit Bedauern, daß seine alte Teenagerliebe zu mir womöglich noch stärker geworden war, wahrscheinlich weil er mich nachträglich für so etwas wie eine Heldin hielt, weil ich die Strapaze meines Lebens am College ertragen hatte.

Eine Woche später kam Andrew Doyle und gab seine

Karte ab. Mattie empfing ihn und lud ihn ein, Tee mit uns zu trinken, obwohl Sebastian Ryder nicht da war. Zusammen mit Jane und Gerald plauderten wir eine Stunde lang im Salon. Ehe Andrew Doyle wieder ging, lud er uns ein, ihn zu einer Ausstellung mexikanischer Gemälde zu begleiten, die in der folgenden Woche in einer der Londoner Galerien eröffnet werden sollte, und wir nahmen gerne an.

Später, als unser Besuch gegangen war und ich allein mit Jane im Nähzimmer saß, sagte sie nachdenklich: »Haben Sie bemerkt, wie Mr. Doyle Sie anschaute, Hannah?«

Ich war überrascht und schüttelte den Kopf. » Ich habe nichts Ungewöhnliches bemerkt.«

»Vielleicht schaut er Sie nur so an, wenn Sie ihn nicht gerade ansehen. Aber es ist allzu deutlich. Zuerst dachte ich, er besucht uns nur, um zu zeigen, daß er trotz der Geschehnisse in Paris nicht weniger von Ihnen hält. Aber ich glaube, es steckte wohl mehr dahinter.« Sie blickte von ihrer Stickerei auf. »Ich frage mich, ob er in Sie verliebt ist.«

Sie kicherte nicht, während sie das sagte. Die Worte kamen bei ihr in der gewöhnlichen, geschäftsmäßigen Art heraus, und obwohl sie mich erschreckten, schob ich diesen Gedanken nicht sofort beiseite, denn ich hatte einen gesunden Respekt vor Jane Ryders Beurteilungsvermögen. »Ich nehme an, daß er das möglicherweise glaubt«, sagte ich endlich mit großem Zögern. »Ich habe zwar nichts gemerkt, aber andererseits weiß ich auch nicht besonders gut, wie Männer sich benehmen, wenn sie es ernst meinen. Ach du liebe Güte – ich hoffe wirklich, daß Sie sich irren, Miß Jane.«

Sie schenkte mir ein kurzes Lächeln. »Ja. Es ist schon schlimm genug für Sie, daß Gerald Sie immer so anhimmelt. Aber was wollen Sie machen, wenn Mr. Doyle anfangen will, Sie regelmäßig und mit ernsten Absichten zu besuchen?«

Ich machte den letzten Stich am Saum meines Reitkleides, der aufgegangen war. »Herren besuchen keine Dienstboten, Miß Jane, noch nicht einmal Lehrerinnen.«

»Heute nachmittag hat er Sie aber besucht.«

»Offiziell hat er die Familie besucht.«

»Offiziell.« Sie schnüffelte. »Er ist gekommen, um Sie zu sehen, Hannah. Ich könnte fast neidisch werden, glaube ich. Sie sind nicht unscheinbar, aber gleichzeitig sind Sie auch weder schön noch hübsch – genausowenig wie ich.«

Ich blickte auf und lachte. »Nein, das bin ich wohl nicht. Das ist wahr.«

»Trotzdem – ich glaube, Andrew Doyle könnte Ihretwegen ernste Absichten haben. Er ist sehr romantisch, das sieht jeder, und Papa hat mir gesagt, er wäre so etwas wie ein Rebell.«

»Ich sagte: »Und wenn schon – so, wie Sie das andeuten, Miß Jane, wird er nie an mich denken. Er ist ein Mann, also mag er natürlicherweise durch meine Vergangenheit ein bißchen von mir fasziniert sein, aber diese Vergangenheit bedeutet auch, daß kein respektabler Herr mich jemals ernsthaft in Betracht ziehen könnte. Noch nicht einmal ein Romantiker und Rebell.«

»Wohl nicht«, sagte Jane, »aber ich finde, es ist eine Schande. Macht es Ihnen sehr viel aus?«

»O nein. Eigentlich überhaupt nicht. Das ist etwas, was ich schon vor allzu langer Zeit akzeptiert habe, als daß es mich jetzt noch bedrücken könnte.«

Während Jane ihre Stickseide sortierte, sagte sie: »Ich habe mit Papa darüber gesprochen, ob ich Ihnen Fragen stellen darf, und er hat ja gesagt. Er hätte großes Vertrauen in Ihren Sinn für Anstand.«

»Nun . . . das ist sehr schmeichelhaft.«

»Ist es allerdings, wenn Papa das sagt. Vielleicht könnten wir jetzt gleich damit anfangen. Es ist Ihnen doch nicht peinlich, oder?«

Ich lächelte und nahm eine Bluse mit einem losen Knopf auf. »Nein, Miß Jane. Es ist mir nicht peinlich.«

Am selben Tag, an dem Andrew Doyle zu Besuch kam, erhielt ich einen Brief von Toby Kent. Er bat mich, ihn noch einmal zu besuchen. Es war mir ziemlich peinlich, Sebastian Ryders Erlaubnis einzuholen, nachdem Toby ihm so gedroht hatte, aber als ich mit meiner Bitte in sein Arbeitszimmer trat, sagte er nur ungeduldig: »Außerhalb Ihrer Pflichten können Sie tun, was Sie wollen. Und außerdem habe ich gar keinen Streit mit Kent. Sagen Sie ihm, ich hätte das gesagt.«

Toby lachte, als ich es berichtete, aber er machte keine Bemerkung über die Geschehnisse des Tages, an dem die Flußfahrt stattgefunden hatte. Anscheinend sah er die Sache genau wie ich, nämlich daß es vorüber und erledigt war und es keinen Grund gab, alles noch einmal durchzukauen. Er hatte mein Porträt vollendet, und ich konnte meine Überraschung nicht verbergen, als ich es betrachtete. »O Toby, Sie haben mir einen Ausdruck verliehen . . . was ist das eigentlich? Es ist irgend etwas um die Augen, nicht nur das Lächeln. Ja, Sie haben mir einen ganz würdigen Ausdruck verliehen.«

Er kratzte sich am Kinn. »Freut mich, daß Sie es sehen.«

»Aber ich bin überhaupt nicht würdig.«

»Vielleicht ist das das falsche Wort. Sie haben Ihre eigene Würde, kleine McLeod, und da auf dem Bild, da ist sie. Es ist nur noch eine weitere Facette von Ihnen, die ich für dieses Bild brauchte. Nein, widersprechen Sie mir nicht. Sie haben sich selbst noch nie so gesehen, wie Sie sind. Das können nur wenige von uns.«

Es gab noch mehrere andere Bilder, zwei oder drei von der Themse, gesehen von verschiedenen Orten, noch eins mit zwei Straßenjungen, die aus einem Brunnen an einem Ende eines Wassertroges tranken, während ein Pferd aus dem Trog soff, drei Stilleben, ein Porträt von einem Schornsteinfeger und ein großes Bild vom Piccadilly Circus, so gemalt, als ob man von einem hohen Gebäude auf den Platz hinabblickte, der voller Droschken, Karren und den kleinen Gestalten der Fußgänger war.

Auf Tobys Staffelei stand noch ein großes, unvollendetes Bild. Es zeigte ein Zirkuszelt und eine Kirmes mit einer großen Menge winziger Figuren – Zirkusleute und Besucher. Ich sagte: »Dieses hier und das Bild vom Piccadilly scheinen mir aber ganz anders als ihre anderen Bilder, Toby. Sie gefallen mir sehr.«

»Um ganz ehrlich zu sein. Ich bin selbst nicht allzu enttäuscht«, nahm er zur Kenntnis. »Ich habe nicht den Wunsch, mich in Bedrängnis zu bringen.«

»Ein Zirkus muß sehr aufregend sein«, sagte ich und schaute einen weißgesichtigen Clown auf einem Esel an. Ich fragte mich, wie Toby es geschafft hatte, so viel auf einen Fleck zu malen, der nicht größer als ein Schilling war.

»Sind Sie denn noch nie in einen Zirkus gewesen?« fragte er überrascht.

»Nein. Aber ich würde es liebend gern eines Tages tun.«

»Dann gehen wir noch heute«, sagte er fröhlich und nahm seine Uhr heraus. »Es steht einer auf dem Clapham Common, und in ein paar Stunden gibt es eine Vorstellung. Wir haben also noch Zeit, uns zuerst die anderen Attraktionen anzusehen.« Während er redete, ging er schon in sein Schlafzimmer, und als er zurückkam, zog er sich gerade die Jacke an. Dann raffte er den Strohhut auf, den ich gerade abgenommen und auf einen Stuhl gelegt hatte: »So, jetzt setzen Sie den Hut auf, meine Schöne, und dann ziehen wir los.«

Ziemlich atemlos meinte ich: »Aber ich dachte, ich soll für Sie Modell sitzen.«

»Das wollte ich auch. Aber das wird eben warten müssen. Weil heute Ihr Geburtstag ist, sollen Sie auch ein Geburtstagsgeschenk haben.«

Ich schaute ihn verblüfft an. »Woher wußten Sie das denn? Ich habe es keiner Menschenseele gesagt.«

Er grinste. » Sie haben mir früher einmal den Inhalt Ihrer kleinen Blechdose gezeigt, und ich kann mich an das Datum auf Ihrer Geburtsurkunde erinnern. Also herzlichen Glückwunsch. Und jetzt beeilen Sie sich, Hannah McLeod, oder ich nehme irgendein anderes Mädchen mit.«

Fünf Minuten später saßen wir in einer Droschke und rasselten gen Süden über die Albert-Brücke. Ich spürte, wie ich vor Aufregung blubberte. »Toby, Sie müssen mich aber die Hälfte zahlen lassen«, sagte ich. »Ich tu' das wirklich sehr gern, und ich kann es mir leisten, weil ich eigentlich ganz gut bezahlt werde.«

»Schön«, sagte er. »Dann ziehe ich das von dem Sitzungsgeld ab, das ich Ihnen noch schulde.«

»Ich will doch kein Geld fürs Modellsitzen – das wissen Sie doch!«

»Sie haben doch Geburtstag, nicht wahr?«

»Ja, aber . . .«

»Dann halten Sie einfach nur den Mund, Sie Dummerchen.«

»Na gut. Und danke. Verkaufen sich Ihre Bilder immer noch gut, Toby ?«

»Wie warme Semmeln, so sagt man mir. Hier und auch in Paris.«

»Warum runzeln Sie dann die Stirn?«

»Tu' ich ja gar nicht. Ich schau' nur so finster drein wegen meiner Gerechtigkeit.«

»Warum?«

»Weil ich glaube, daß die Bilder vielleicht größtenteils von Leuten gekauft werden, die Gut und Schlecht nicht unterscheiden können, die aber wissen, daß Toby Kent im Augenblick in der Kunstszene in Mode ist.«

»Ach so !« Ich dachte einen Augenblick nach. »Aber Sie malen doch jedes Bild, so gut Sie können, oder nicht?«

»Das tu' ich, da können Sie sicher sein.«

»Na, und das ist doch alles, was Sie sich je gewünscht haben, nicht wahr? In Paris, ehe Sie eins verkauft hatten, da haben Sie doch nie darüber nachgedacht, wer sie kauft oder warum. Was spielt es dann jetzt für eine Rolle? Ich nehme an, daß das Modische daran vergehen wird, und dann kaufen nur noch die Leute Ihre Bilder, die sie wirklich wollen.«

Toby lehnte den Kopf zurück und schloß die Augen. Nach ein paar Minuten sagte er: » Ich bin Ihnen sehr zu Dank verpflichtet, Hannah McLeod. Wissen Sie, wie Sie ausgesehen haben, als Sie das gerade sagten?«

»Eben, meinen Sie? Nein, natürlich weiß ich das nicht. Wovon sprechen Sie denn?«

Er öffnete ein Auge. »Von einem Blick. Noch einer anderen Facette von Ihnen, meine Schöne. Eine Art Weisheit. Na, macht nichts. Ich verstaue diesen Blick in meiner Erinnerung.« Er schloß das Auge wieder. »Ich muß bald wieder nach Paris. Crespin will dort eine neue Ausstellung eröffnen, und außerdem will er mit mir in ein oder zwei anderen europäischen Hauptstädten angeben. Also werde ich ein paar Wochen lang weg sein. Hätten Sie Spaß daran, mitzufahren und ein bißchen Ferien zu machen ?«

»Nach Paris? Toby, wie kann ich das? Das ist völlig unmöglich.«

»Ich meine, nur für eine Woche. Sie könnten dann allein zurückfahren. Sicher schuldet Ihnen der alte Ryder ein paar Tage Ferien? Oh, und ich brauche wohl nicht extra zu betonen, daß dieser Vorschlag anständig gemeint ist.«

»Das weiß ich doch, Sie Dummerchen. Aber es kommt trotzdem nicht in Frage, Mr. Ryder würde das nie erlauben.«

» Na schön. Dann wollen wir eben den heutigen Tag genießen.«

Dieser Nachmittag war einer der glücklichsten in meinem Leben. Wir sahen uns alle Buden an, fuhren Karussell und Schiffschaukel, kauften uns Fleischpastetchen und klebrige Teilchen, tranken an einer Bude Kefir für einen halben Penny das Glas und gingen schließlich zur Vorstellung in das riesige Zelt. Ich war total verzaubert von der Pferdedressur, erstaunt über den Löwenbändiger, ich zitterte vor Angst um die Trapezkünstler, und ich lachte Tränen bei dem Klamauk der Clowns. In diesen wenigen Stunden sammelte ich Erinnerungen, die mir bald sehr zunutze kommen sollten, denn ich glaube wirklich – wenn ich nicht in der Lage gewesen wäre, diesen Tag immer und immer wieder vor mir aufleben zu lassen, um die Strapaze, die mich erwartete, auszulöschen, hätte ich leicht verrückt werden können.

Es war schon halb sieben, als wir zu Tobys Atelier zurückkehrten. Dort machte er sein Schlafzimmer für mich frei, damit ich mich waschen und frisch machen konnte. Dafür brauchte ich nur fünf Minuten. Aber als ich das Atelier wieder betrat, hatte Toby ein Zeichenbrett mit einem großen Bogen Aquarellpapier auf die Staffelei gestellt und musterte eine Kohlezeichnung, die er mit ein paar kühnen Strichen entworfen hatte. Das war mein Gesicht, aber ohne den Ausdruck, den das gemalte Porträt hatte. Die Augen waren anders – ziemlich ernst und ruhig.

Toby warf die Kohle beiseite und sagte mit Befriedigung: »Jetzt hab' ich Sie. So haben Sie in der Droschke ausgesehen. Also gut, kleine McLeod, ich bringe Sie jetzt nach Hause.«

Drei Tage später bekam ich eine hastig hingekritzelte Notiz von ihm. Er schrieb, er reise noch am gleichen Abend nach Paris und würde mir bei seiner Rückkehr wieder schreiben. In der folgenden Woche besuchte Mr. Andrew Doyle uns noch einmal und drückte dabei deutlich aus, daß Mr. und Mrs. Willard wie auch Clara ihn gebeten hätten, mir ihre Grüße zu übermitteln.

Am selben Abend sagte mir Jane, sie sei jetzt sicher, daß Mr. Doyle in mich verliebt sei. Ich hatte selbst zwar nicht bemerkt, daß er mich auf eine besondere Art anschaute, aber ich erinnerte mich unruhig, daß Toby Kent bei meinem ersten Besuch in seinem Atelier fröhlich behauptet hatte, Andrew Doyle habe sich in mich verguckt. Und ich hatte im Augenblick auch noch einen weiteren Grund zur Unruhe. Dreimal war Sir John Tennant zu einem Termin bei Sebastian Ryder aufgetaucht. Zweimal hatte ich ihn zufällig dabei gesehen, und er wirkte nicht wie ein Mann, der aus eigener Wahl einen Besuch macht. Ich hatte den Eindruck, als ob Mr. Ryder ihn herbefohlen hätte und er gegen seinen Willen gekommen wäre. Außerdem hatte ich das Gefühl, daß ich indirekt, auf eine seltsame Weise, damit zu tun hatte – was immer auch der Grund dafür sein mochte.

Ein paar Tage nach Andrew Doyles Besuch stellte ich fest, daß ich am Nachmittag keine Pflichten hatte. Gerald war zu seinem Londoner Musiklehrer gefahren, Jane machte einen Ausritt, und Mattie lag mit einer Erkältung im Bett. Es war ein warmer, angenehmer Tag, und nachdem ich nachgesehen hatte, daß Mattie alles hatte, was sie brauchte, entschied ich mich, zum Regent's Park zu gehen, wo die Kapelle der Coldstream Guards heute nachmittag spielen sollte.

Es war kein langer Spaziergang. Und nachdem ich auf einem der Klappstühle, die in Reihen vor dem Podium aufgestellt waren, Platz genommen hatte, stimmten die Musiker auch schon ihre Instrumente. Ich war vielleicht eine Minute da, als ich bemerkte, daß eine Dame sich auf den Stuhl neben mich gesetzt hatte. Und einen Augenblick später sagte eine Stimme ganz ruhig: »Miß McLeod?«

Ich drehte mich um. Voller Überraschung sah ich Mrs. Hesketh, unauffällig, aber elegant gekleidet in ein graues Kostüm, das mit Spitze verziert war. Sie trug einen passenden Samthut mit Straußenfedern. Mein erster Gedanke war, daß sie, verglichen mit der sehr energischen und zuversichtlichen Dame, die ich bei meiner Ankunft mit Mr. Boniface in London kennengelernt hatte, heute still wirkte. Mein zweiter Gedanke erinnerte mich daran, wie Toby Kent mir von seiner Begegnung mit ihr erzählt und wie er sie zum Essen ausgeführt hatte.

Ich erinnerte mich mit Zuneigung an Mrs. Hesketh, und meine Freude war echt, als ich sagte: »Wie nett, Sie wiederzusehen, Mrs. Hesketh. Merkwürdig, daß wir uns ausgerechnet hier im Park treffen. Geht es Ihnen gut? Und auch Mr. Boniface ?«

»Boniface ist bei mir in Ungnade gefallen«, sagte sie, und ihre Augen blitzten plötzlich vor Ärger. »Außerdem ist er zur Zeit in Hull und hockt dort – hoffentlich in sehr unbequemer Stellung – irgendwo in der Ecke und hält Wache über einen Herrn, dessen Frau uns engagiert hat. Aber darum geht es im Augenblick nicht. Ich möchte in Ruhe mit Ihnen sprechen, und zwar über eine sehr ernste Angelegenheit, meine Liebe. Haben Sie für das, was ich Ihnen zu sagen und zu zeigen habe, eine Stunde Zeit?«

Verwirrt sagte ich: »Sie meinen – jetzt? Heute nachmittag?«

»Ja, bitte«, erwiderte Mrs. Hesketh drängend. »Ich habe in letzter Zeit Dinge entdeckt, die Sie wissen müßten.« Als ich zögerte und kaum wußte, was ich sagen sollte, fuhr sie fort: »Wir haben uns nicht nur durch Zufall getroffen, Hannah. Die letzten drei Tage habe ich in einer Droschke in der

Nähe des Ryderschen Hauses gesessen und auf eine Chance gehofft, mit Ihnen allein sprechen zu können.«

Da wurde mir klar, daß sie mir in einer Droschke zum Regent's Park gefolgt sein mußte. Widerstrebend sagte ich: »Mrs. Hesketh, ich möchte nicht in irgend etwas Ärgerliches oder Kompliziertes verwickelt werden.«

»Ich fürchte, das ist schon der Fall, mein Kind. Glauben Sie mir – ich handle nicht zu meinem eigenen Nutzen, sondern einfach, weil ich das Gefühl habe, daß Sie die Wahrheit kennen sollten.«

»Die Wahrheit?« fragte ich verwundert.

»Die Wahrheit über Sie selbst. Wenn Sie mit mir nach Hause fahren wollen, dann können wir unter vier Augen miteinander reden. Ich bitte Sie – vertrauen Sie mir, und glauben Sie, daß mir einzig und allein Ihre Interessen am Herzen liegen.«

Sie begegnete meinem Blick standhaft und nach einem Augenblick sagte ich: »Ja, ich vertraue Ihnen, Mrs. Hesketh. Und heute nachmittag habe ich frei.«

Wir gingen zusammen weg, unmittelbar bevor die Kapelle zu spielen anfing. Eine Droschke stand wartend am Broad Walk, und sobald wir darin saßen, überzeugte sich Mrs. Hesketh, daß das Sonnendach geschlossen war und der Fahrer uns nicht hören konnte. Dann begann sie, mit ruhiger Stimme zu sprechen.

»Ich habe immer versucht, bei der Arbeit, die die Hesketh Agency leistet, einen gewissen Standard aufrechtzuerhalten«, sagte sie, und ihre Stimme zitterte ein wenig, als ob sie Kummer hätte. » Ungefähr eine Woche ist es jetzt her, daß ich ein paar alte Karteikästen ausräumte und dabei auf eine Akte stieß, die neu war und nicht in dem Schrank hätte sein sollen, wo ich sie gefunden habe. Diese Akte betraf Sie, Hannah, aber ich hatte keine Ahnung, daß sie existierte, denn dieser betrügerische Boniface hatte sie vor mir versteckt gehalten.«

Ich sagte: »Aber Sie wußten doch sicher alles über mich? Sie haben uns schließlich abgeholt, als Mr. Boniface mich von Paris hierherbrachte.«

»Ich wußte, daß Mr. Sebastian Ryder Sie einstellen wollte«, erwiderte Mrs. Hesketh langsam. »Ich wußte auch, woher Sie kamen, und ich wußte, wie Boniface Sie hereingelegt hatte, als Sie sich am Anfang weigerten. Ohne Zweifel hat Ihr Freund Toby Kent Sie doch in dieser Hinsicht aufgeklärt?«

»Ja. Er hat es mir erzählt.«

Mrs. Hesketh lächelte geheimnisvoll und stieß einen kleinen Seufzer aus. »Ein wirklicher Herr, dieser Mr. Kent«, murmelte sie. »Es hat mir sehr viel Spaß gemacht, ihn kennenzulernen.« Einen Augenblick schwieg sie, aber dann schien sie mit einem kleinen Zucken wieder in die Gegenwart zurückzukehren. Energisch erzählte sie weiter. »Ich will, daß Sie wissen, daß ich den Trick, den Boniface bei Ihnen angewendet hat, nicht gebilligt habe. Ich habe ihm das auch gesagt.«

»Es spielt sowieso keine Rolle mehr«, sagte ich. »Alles hat sich für mich als erstaunlich gut herausgestellt, Mrs. Hesketh. Ich verstehe nur nicht, warum Mr. Boniface diese Akte unter alten Akten versteckt hatte, wo doch nichts darin steht, was Sie nicht schon gewußt hätten.«

Mrs. Hesketh legte einen Augenblick lang ihre Hand auf meine. »Es war viel darin, was ich nicht wußte, meine Liebe«, sagte sie, »und viel, was Sie selbst auch nicht wissen. Sehen Sie, es war eine Akte, die Boniface aus einer Anzahl von Berichten, die Mr. Ryder über viele Jahre von mehreren Detekteien hat sammeln lassen, zusammengestellt hatte. Mr. Ryder muß Boniface diese Berichte gegeben haben, als er ihn einstellte, um Sie in Paris zu suchen. Aber Boniface hat diesen Teil der Angelegenheit vor mir geheimgehalten, ohne Zweifel, weil der elende Kerl wußte, ich würde es nicht zulassen, daß die Hesketh Agency den Auftrag annahm.«

Ich hatte das Gefühl, begriffsstutzig zu sein, und sagte: »Aber wie können denn diese alten Berichte mit mir zu tun haben? Abgesehen von dem Mann, der mich verkauft hat, und der Frau, die mich gekauft hat, wußte doch niemand in England, daß ich existiere. Mr. Ryder hat es mit Sicherheit nicht gewußt.«

»Nein«, sagte Mrs. Hesketh langsam. »Aber er hatte Grund anzunehmen, daß das Mädchen mit dem Schmetterling existierte, ein Mädchen mit einem Muttermal auf der Schulter – in Form eines kleinen, goldenen Schmetterlings.«

Ich wandte den Kopf und starrte sie mit leerem Blick an. Endlich sagte ich: »Das verstehe ich nicht. Ich weiß tatsächlich, weil ich zufällig ein Dienstmädchen darüber habe reden hören, daß Mr. Ryder Mr. Boniface aufgetragen hat, ihm das Schmetterlingsmädchen zu bringen – egal wie hoch die Kosten wären. Aber ich dachte, er bezeichnete mich nur so, weil Mr. Boniface ihm erzählt hätte, daß man mich manchmal so genannt hat, als ich noch am College für junge Damen war.«

»Wenn wir zu Hause ankommen«, sagte Mrs. Hesketh, »gebe ich Ihnen die Akte zu lesen, und dann werden Sie alles verstehen. Wenn Boniface eine einzige Tugend hat, dann besteht diese Tugend in seiner klaren Handschrift. Eine andere fällt mir im Augenblick nicht ein. Inzwischen lassen Sie sich von mir eine Geschichte erzählen, ohne Nennung von Namen, die Ihnen vielleicht hilft, sich auf das vorzubereiten, was Sie lesen werden.«

Mrs. Hesketh hielt einen Augenblick inne, um ihre Gedanken zu sammeln, und während die Droschke in die Tottenham Court Road einbog, begann sie zu sprechen, als ob sie eine Parabel erzählte. »Es war einmal ein gewisser reicher Landbesitzer, ein Witwer, der hatte eine schöne, aber starrsinnige Tochter von zwanzig Jahren. Weil diese Tochter so starrsinnig war, bewachte er sie eifersüchtig, denn er war entschlossen, daß sie eine gute Partie machen sollte. Die Tochter hatte wenig Freiheit und wurde fast wie eine Gefangene in dem großen Landhaus gehalten, wo sie wohnten. Aber eines Tages, als sie mit ihrem Vater ausritt, stürzte sie und verletzte sich das Bein. Ein junger Arzt, der in letzter Zeit in das nahegelegene Dorf gezogen war, kam, um sie zu behandeln, und machte noch weitere Visiten. Sie verliebte sich leidenschaftlich in ihn, und er sich in sie.«

Ich hatte von Liebe keine Ahnung, denn sie war mir durch das Leben, das ich geführt hatte, schon vor langer Zeit unbegreiflich geworden. Dennoch konnte ich mir gut vorstellen, daß ein Mädchen, welches unter großem Zwang gelebt hatte, ihr Herz völlig an einen Mann verlieren konnte, der plötzlich die Barriere durchbrach, die sie umgab.

»Ich weiß nicht, was das Mädchen für seinen Vater empfand«, sagte Mrs. Hesketh. »Vielleicht hatte sie den Wunsch, ihm zu entrinnen – wer kann das sagen? Mit Sicherheit wußte sie, daß er es ihr nie erlauben würde, einen armen Landarzt zu heiraten. Ich will keine Spekulationen über die Qual der Entscheidung anstellen, die die beiden durchlitten haben müssen. Ich weiß nur, daß sie am Ende miteinander durchbrannten, und es ist wahrscheinlich, daß sie später auch vor einem Standesamt heirateten. Ihre Flucht geschah nicht impulsiv, sondern sie war sorgfältig geplant, und dem Vater des Mädchens wurde ein Brief hinterlassen. Um ihren Namen zu schützen, vielleicht auch seinen eigenen, verbreitete der Vater sofort bei den Leuten, bei dem Mädchen habe sich herausgestellt, daß sie an einer Lungenkrankheit litte, und man hätte sie eilig in ein Sanatorium in die Schweiz geschickt. Dann machte sich der Vater daran, die Ausreißer wieder einzufangen.«

Wir näherten uns jetzt der New Oxford Street, und während die Droschke vor der Biegung langsamer fuhr, sagte ich: »Wurde Mr. Boniface für diese Aufgabe eingestellt?«

»Nein, Gott sei Dank«, sagte Mrs. Hesketh mit ruhiger Leidenschaftlichkeit. »Das war schon, ehe er und ich uns zusammentaten, um die Hesketh Agency zu gründen.«

»Dann ist es also wirklich vor vielen Jahren gewesen? Oh, tut mir leid, daß ich Sie unterbrochen habe. Bitte erzählen Sie doch weiter.«

»Es war noch vor Ihrer Geburt, mein Kind«, sagte meine Begleiterin. »Das Mädchen und ihr Liebhaber – vielleicht ihr Mann, so wollen wir ihn nennen – entschlossen sich klugerweise, sich in London zu verstecken, südlich der Themse, in Kennington, und ihr Mann wurde Assistent eines Arztes, der dort seine Praxis hatte. Der wirkliche Name des Mannes war Anthony James Tudor, aber das Paar nannte sich jetzt Dr. und Mrs. Anthony James.«

Ich bemerkte, daß Mrs. Hesketh zum erstenmal in ihrer Geschichte Namen genannt hatte, aber diese Namen bedeuteten mir nichts. Sie fuhr fort: »Die verschiedenen Detekteien, die der Vater zur Aufspürung der durchgebrannten jungen Leute engagierte, brauchten sieben Monate. Als sie es geschafft hatten, wurden sie für ihre Dienste bezahlt und entlassen. Ich kann Ihnen nicht sagen, was der Vater dachte, aber seiner Handlungsweise muß man entnehmen, daß er meinte, ein Versuch, seine Tochter zu überreden oder zu zwingen, zu ihm zurückzukehren, könne fehlschlagen. Er hielt wirkungsvollere Maßnahmen für notwendig. Wissen Sie, was das Wort ›schanghaien‹ bedeutet, Hannah? Ich meine nicht die Stadt, sondern das Verb ›schanghaien‹ ?«

Meine Freundin Marguerite am College für junge Damen kam aus Marseille, und von ihr hatte ich erfahren, daß französische Seeleute das gleiche Wort benutzten. »Ja, Mrs. Hesketh«, sagte ich. »Es ist ein Wort aus dem Seemannsjargon und bedeutet, daß ein Mann betäubt oder über den Schädel geschlagen und dann in bewußtlosem Zustand mit auf See genommen wird.«

Mrs. Hesketh nickte. »Dazu hatte sich der Vater des Mädchens entschieden, und zwar bei Dr. Anthony James Tudor. Er war außerdem in einer sehr günstigen Stellung, um so etwas zu arrangieren, denn ihm gehörte eine Reederei. Möglicherweise glaubte er, es sei am besten, wenn der Mann seiner Tochter für ein Jahr oder zwei spurlos verschwand und gezwungenermaßen als Matrose auf einem fremden Frachter diente, der die Gewässer des Fernen Ostens durchsegelte. Danach, so meinte er, wenn der Mann zurückkehrte, würde die Leidenschaft des Mädchens schon lange gestorben sein. Oder vielleicht hatte der Vater auch geplant, daß der Mann nie zurückkehrte.«

Ich sagte: »Warum hat der Vater geglaubt, daß es nur eine oberflächliche Leidenschaft gewesen sei?«

Mrs. Hesketh zuckte die Achseln. »Wer weiß? Aber ich bezweifle, daß solch ein Mensch die Liebe überhaupt begreift. Für die Aufgabe, den bösen Plan durchzuführen, wählte er jedenfalls einen Aufseher auf seinen Gütern namens Albert Morgan. Das war in jeder Hinsicht ein brutaler Kerl, der von den Leuten im Dorf gefürchtet wurde und einmal einen Wilderer totgeschlagen hatte. Morgan fuhr nach London und bezahlte zwei Matrosen, damit sie ihm halfen. Eines Abends nach Einbruch der Dunkelheit wurde Dr. Tudor in ein Haus in der Nähe der Vauxhall Bridge gelockt, und zwar unter dem Vorwand, daß eine Frau verletzt worden sei. Dort versuchten Morgan und seine Spießgesellen den armen Mann zu ›schanghaien‹. Ein Boot wartete schon am Draw Dock, um Dr. Tudor den Fluß hinunter zum Royal Albert Dock zu fahren. Dort lag ein Schiff auslaufbereit nach dem Fernen Osten, unter einem Kapitän, der ein unfreiwilliges zusätzliches Mitglied zu seiner Mannschaft erwartete, einem Kapitän, der keine Fragen stellte und keine Antworten gab.«

Unsere Droschke wurde in einer Wagenschlange aufgehalten, die darauf wartete, in das nördliche Ende der Chancrey Lane einbiegen zu können. Mrs. Hesketh sagte mit bekümmertem Blick: »Der Versuch schlug fehl. Der Arzt muß sich wohl energisch gewehrt haben, als der Augenblick kam, und am Ende zog Albert Morgan eine kurze Keule, die mit Blei ausgegossen war, und schlug ihn damit auf den Kopf, um ihn bewußtlos zu machen. Er schlug zu hart zu und auf die falsche Stelle ... Vielleicht auch beides. Wie auch immer – es war ein tödlicher Schlag. Innerhalb von zwei Minuten war Dr. Tudor gestorben.«

Ich schauderte und sagte: »Wie entsetzlich. Oh, dieser arme Mann.«

»Ja, in der Tat«, sagte Mrs. Hesketh nüchtern. »Ohne Zweifel brach bei den Mördern jetzt eine Panik aus. Sie trugen die Leiche hinaus auf die dunkle Straße und flüchteten. Die Polizei fand den Erschlagenen gegen Morgen, als seine Frau voller Angst gemeldet hatte, ihr Mann sei von einem Besuch in der Gegend nach vielen Stunden noch nicht zurückgekehrt.«

Die Droschke rollte wieder. Ich saß da und stellte mir vor, wie die junge Frau des Arztes gelitten haben mußte, und im Herzen verspürte ich einen Schmerz um sie. Als Mrs. Hesketh mit ihrer Geschichte angefangen hatte, hatte ich mich gefragt, wie ich überhaupt etwas damit zu tun haben könnte. Aber jetzt hatte ich schon fast vergessen, daß die Geschichte mich angeblich irgendwie anging. Mrs. Hesketh sagte mit einem Seufzer: »Morgan und seine Spießgesellen gerieten niemals unter Verdacht. Man glaubte, der Arzt sei von ganz gewöhnlichen Straßenräubern angegriffen worden. Seine Frau war natürlich verzweifelt. Glücklicherweise war sie in Behandlung des anderen Arztes aus der Praxis, eines Dr.

Langley, und zwei Tage später schenkte sie verfrüht einem Siebenmonatskind das Leben. Der Schrecken über den Tod ihres Mannes brachte es mit sich, daß sie keine Milch hatte, und Dr. Langley besorgte eine Amme, die das Baby nährte. Er entschied weiterhin, daß er die Familie des Mädchens informieren müsse.«

Ich sagte: »Wußte er denn, daß sie mit Dr. Tudor vor ihrem Vater weggelaufen war?«

»Nein«, sagte Mrs. Hesketh, »er wußte nichts von ihrer Vergangenheit, und da die junge Frau fieberte und eine Zeitlang im Delirium lag, konnte er ihr auch keine Fragen stellen. Dr. Langley hielt es für notwendig, ihre Familie zu suchen, so daß sie in der schwierigen Zeit, die sie vor sich hatte, gut versorgt wurde. Also ging er alle Papiere und Dokumente durch, die er in der Mietwohnung von Dr. Tudor und seiner Frau finden konnte. Er fand auch, was er suchte – den Namen des reichen Herrn, der ihr Vater war.«

Unsere Droschke hielt, und der Kutscher rief uns. Wieder einmal stand ich auf dem Pflaster vor dem Haus in der Chancrey Lane, wohin Mr. Boniface mich nach unserer Reise aus Paris gebracht hatte. Mrs. Hesketh bezahlte den Droschkenkutscher, öffnete die Tür und führte mich ins Büro. »Wir gehen gleich durch ins Wohnzimmer, meine Liebe«, sagte sie. »Warten Sie, ich hole soeben die Akte heraus. Da ist sie ja. Oh, ich schäme mich so sehr, wenn ich daran denke, daß ich es einem dummen Kerl wie Boniface erlaubt habe, vor mir ein Geheimnis zu haben. Kommen Sie jetzt mit, Hannah. So – ich nehme Ihren Hut und Ihren Mantel, mein Kind, und Sie können sich hierhersetzen und anfangen zu lesen, während ich uns eine schöne Tasse Tee mache. Ich habe heute nachmittag dem Mädchen freigegeben. Große Ohren, wissen Sie. Oh, was für ein hübsches Kleid Sie da anhaben! Ich muß schon sagen – wenn man es genau betrachtet, dann hat Boniface es tatsächlich geschafft, mich in dieser

Angelegenheit hinters Licht zu führen, und ohne Zweifel ist er für seine Mühe gut bezahlt worden. Ich bin wirklich dankbar dafür, daß ich mir nie die Mühe gemacht habe, diesem elenden Kerl wirklich treu zu sein, – warum sollte ich auch? Schließlich hat er mir gegenüber noch nie angedeutet, daß er mich eventuell heiraten würde. Wissen Sie, ich bin zwar wählerisch, aber ein gelegentliches Techtelmechtel genieße ich sehr.«

Während sie redete, war sie überall herumgerauscht, hatte meinen Hut und Mantel zusammen mit ihren eigenen Sachen in der Halle aufgehängt, mich in einen Sessel gesetzt, das Rollo am Fenster hochgezogen, daß zum Lesen gutes Licht herrschte, und eine blaue Aktenmappe in meinen Schoß gelegt.

»So – sitzen Sie bequem, mein Kind? Gut. Ich gehe jetzt und mache Tee, während Sie zu lesen anfangen und . . .« Sie zögerte. Dann lächelte sie mich mit einem bedauernden Ausdruck an. »Und ich hoffe, Sie regen sich nicht allzusehr auf.«

Ich antwortete: »Ich kann mir nicht vorstellen, daß irgend etwas von dem, was ich lese, mich aufregen könnte, Mrs. Hesketh. Ehe ich anfange, erzählen Sie mir doch bitte schnell, ob die arme junge Frau zu ihrem Vater zurückging?«

»Ja«, sagte sie ruhig und zeigte dann auf die Akte, die ich in der Hand hielt. »Sie finden das alles da drin. Sie kehrte zu ihrem Vater zurück, weil sie völlig gebrochen war und nirgendwo anders hingehen konnte.«

»Und das Baby?«

»Ihr Vater überredete Dr. Langley, seine Tochter in dem Glauben zu lassen, das Baby sei tot zur Welt gekommen. Sie hatte es ja nie gesehen oder im Arm gehalten, denn sie war bewußtlos, als es geboren wurde.«

»Und hat der Arzt zugestimmt?«

»Das werden Sie erfahren, wenn Sie lesen. Wir müssen

auch daran denken, daß der Vater ein sehr mächtiger Mann war, sehr energisch, sehr reich.«

»Und sehr skrupellos«, ergänzte ich.

»Ja, auch das. Er brachte seine Tochter für drei Monate in die Schweiz und holte sie dann wieder nach Hause. Alle glaubten, sie sei seit ihrer Abreise aus dem Elternhaus in einem Schweizer Sanatorium gewesen, jetzt aber von der Lungenkrankheit geheilt. Achtzehn Monate später heiratete sie einen Mann aus guter Familie und mit guten Aussichten, den ihr Vater sorgfältig ausgewählt hatte.«

»Und, ist das Baby am Leben geblieben, Mrs. Hesketh?«

Sie nickte langsam, und ich sah, wie ihre Augen feucht wurden. »Ja. Die Amme war eine Patientin von Dr. Langley, eine Frau, die ein Unglück erlitten und ihr eigenes Baby verloren hatte. Anscheinend entwickelte sie zu dem Kind, das sie nährte, eine Zuneigung, und man traf ein privates Abkommen.«

»Sie meinen, die Amme hat den Kleinen behalten?«

»Ja.« Mrs. Hesketh lächelte. »Nur – das Baby war kein Junge, sondern ein Mädchen.« Sie zeigte auf die Akte in meinem Schoß. »Lesen Sie nur, meine Liebe. Darin steht alles, was Sie wissen wollen.«

Sie ging still aus dem Zimmer, und aus der Küche hörte ich ein leises Klappern von Geschirr, während sie anfing, Tee zu machen. Ich öffnete die Akte. Sie enthielt linierte Blätter, die mit einer kantigen, aber sehr leserlichen Handschrift beschrieben waren. Auf der ersten Seite stand die Überschrift: Eine Zusammenstellung verschiedener Nachforschungen bezüglich der persönlichen Angelegenheiten des Sir John Bancroft Tennant.

Ich las den Titel noch einmal. Sir John Tennant? Der Mann mit den kalten Schlangenaugen, was hatte er mit mir zu tun oder mit der Geschichte, die Mrs. Hesketh gerade erzählt hatte? Ich machte es mir bequem und las weiter. Die Sätze wirkten gestelzt und ein bißchen altmodisch.

»Ich, Thomas Boniface, schreibe hier eine Zusammenfassung der Angelegenheit nieder, in welcher Mr. Sebastian Ryder meine Dienste in Anspruch nimmt. Er hat mich persönlich eingestellt und nicht als Partner in der Hesketh Agency, denn er meint, daß eine Frau schlecht den Mund halten kann.

Dieser Zusammenfassung folgt ein Bericht über die verschiedenen Nachforschungen, die zuvor von anderen Agenturen durchgeführt wurden, und anschließend will ich nachweisen, wie sie zusammenpassen.«

Mein Blick fing sich an einem Wort, das ein Stückchen weiter unten auf der Seite stand, und sofort übersprang ich zwei Abschnitte, um eine ganz besondere Zeile zu lesen. Ich stellte fest, daß meine Hände zitterten und ich zwang mich, wieder zum Anfang zurückzukehren. Dann, ganz langsam und gründlich, las ich die erste Seite. Ich hielt Schrecken und Verwirrung im Schach, obwohl ich spürte, wie mein Herz hämmerte. In der Mitte der dritten Seite endete die Zusammenfassung, und dann begann der Bericht von dem, was Mr. Boniface »Nachforschungen, die bisher von anderen Agenturen durchgeführt wurden« nannte.

Ich hob den Kopf und schaute mich wie betäubt im Zimmer um. Ich war ein bißchen überrascht, als ich feststellte, daß sich im Zimmer nichts verändert hatte, denn ich hatte das Gefühl, als ob sich die ganze Welt in den paar Minuten, seit ich angefangen hatte zu lesen, auf den Kopf gestellt hätte. Mrs. Hesketh machte noch immer kleine Geräusche in der Küche, als ob sie Tassen und Untertassen auf ein Tablett sortierte, und hinter den Wänden konnte ich das

Rumpeln eines schweren Karrens auf der Chancrey Lane hören – vielleicht ein Brauereifuhrwerk.

Ich preßte die Finger auf die Augen in dem Versuch, mich dazu zu zwingen, eine Wahrheit in mich aufzunehmen, die mir unmöglich vorkam. Auf den verbleibenden Seiten hatte ich die Beweise noch zu lesen, aber ich wußte: Am Ende konnte es keinen Zweifel mehr geben, denn Mrs. Hesketh hatte sie mit all ihrer Erfahrung akzeptiert.

Die Wahrheit konnte man in wenigen Worten erzählen. Ich war nicht die Tochter von Kathleen McLeod, die mich von dem Tag, an dem ich geboren wurde, bis zu dem Tag, an dem sie starb, geliebt, versorgt und erzogen hatte. Erst vor ein, zwei Wochen hatte ich mit der Frau, die meine wirkliche Mutter war, am Tisch gesessen – der jetzigen Mrs. Anne Ritchie, der Tochter Sir John Tennants. Und ich hatte nicht den kleinsten Ruf des Blutes oder der Verwandtschaft gespürt.

Die Leute in der Geschichte, die Mrs. Hesketh mir erzählt hatte, waren jetzt keine gesichtslosen Wesen mehr für mich. Der reiche Landbesitzer war Sir John Tennant, und seine Tochter Anne war das starrsinnige Mädchen, das sich in einen jungen Arzt verliebt hatte und anschließend mit ihm weggelaufen war. Sie hatte, als er starb, sein Baby zu früh zur Welt gebracht, und später hatte sie Mr. Hugh Ritchie geheiratet.

Ich war dieses Baby, und Kathleen McLeod war die Amme, die mich an ihrer Brust am Leben gehalten hatte, die mich für den Rest ihres harten, kurzen Lebens als Kind angenommen hatte.

12

MRS. HESKETH KAM mit einem beladenen Tablett herein, stellte es auf einen Nebentisch und warf mir einen scharfen Blick zu. »Sie haben also jetzt das Wichtigste gelesen, meine Liebe, ja?« fragte sie.

Ich nickte langsam. »Ja . . . Aber es gibt noch so vieles, was ich nicht verstehe.«

Sie ging zu einem Schreibtisch hinüber, nahm etwas heraus, kam dann zu mir herüber und legte ein Foto in meine Hände. Es war postkartengroß und zeigte einen Mann von etwa dreißig Jahren. Er hatte ein kraftvolles Gesicht und lustige Augen. »Das lag bei der Akte«, sagte sie, »aber ich wollte, daß Sie zuerst den Bericht lesen.« Sie setzte die Fingerspitze auf das Kinn und den Mund des Mannes. »Können Sie die Ähnlichkeit um die Augen und die Stirn herum sehen? Es ist eine sehr auffallende Ähnlichkeit. Dieser Mann war Ihr Vater, Dr. Anthony Tudor.«

Ich saß da und schaute das Foto an, und ich fühlte mich zu diesem Fremden hingezogen. »Ich mag ihn«, sagte ich und sprach meine Gedanken laut aus. »Bei Mrs. Ritchie fühle ich nicht das gleiche – ich meine, bei meiner Mutter. Ich habe sie kennengelernt, wissen Sie, und auch ihren Mann und Sir John Tennant. Mr. Ryder hat sie alle zu einer Flußfahrt eingeladen. Aber selbst jetzt, wo ich weiß, daß sie meine Mutter ist, empfinde ich ihr gegenüber keinerlei Gefühle.«

Mrs. Hesketh seufzte. »Die Menschen ändern sich«, sagte sie. »Halten Sie ihr zugute, was sie einmal war, Kind. Einen Vater wie Sir John Tennant zu haben, das würde schon ausreichen, um die meisten Mädchen völlig zu brechen. Sich ihm zu widersetzen, das war tapfer.«

»Ich weiß. Nur – ich fühle eben nichts.« Ich musterte

noch einmal das Foto. »Sie hat mich so komisch angesehen, als wir uns auf dem Boot zum erstenmal begegnet sind. Ich nehme an, sie hat nur eine gewisse Ähnlichkeit mit diesem Herrn in mir gesehen, aber ich bin sicher, daß sie es für einen Zufall gehalten hat.«

»Natürlich. Sie glaubt ja, daß ihr Baby vor fast zwanzig Jahren tot geboren wurde, und nicht im Traum würde sie daran denken, daß ihr Kind heute leben könnte.« Mrs. Hesketh schenkte Tee ein, während sie das sagte. »Milch und Zucker, meine Liebe? So. Und jetzt setzen Sie sich ruhig hin, während ich Ihnen noch ein bißchen von dem erzähle, was im letzten Teil von Bonifaces Akte steht. Sie können das alles natürlich auch selbst lesen, aber wenn Sie es vorziehen, mir Fragen zu stellen, während wir Tee trinken, werde ich Ihnen gern alles sagen, was ich weiß.«

Ich nippte an dem Tee und versuchte, meine zerstreuten Gedanken wieder in Ordnung zu bringen. Eines wußte ich schon. In meinen Gedanken würde Kathleen McLeod für immer meine Mutter sein. Für mich traf das alte Sprichwort, daß Blut dicker als Wasser ist, nicht zu. Ich hatte Mitleid mit Anne Tennant, dem Mädchen, das so schrecklich gelitten hatte, aber für mich war sie eine ganz andere Person als die kühle, ziemlich hochmütige Mrs. Anne Ritchie. Die Person, von der ich hauptsächlich erfahren wollte, war die Frau, die ich immer für meine Mutter gehalten hatte, und ich sagte: »Wissen Sie, wie Kathleen McLeod dazu kam, meine Amme zu werden?«

»Sie hatte selbst zwei Tage zuvor ein Baby geboren«, sagte Mrs. Hesketh sanft. »Ihre Pflegemutter war Gouvernante in einem großen Haus in Mittelengland gewesen. Vielleicht hatte sie irrtümlicherweise geglaubt, ein Anwalt dort, der ein paar Jahre älter war als sie selbst, liebe sie und hätte vor, sie zu heiraten. Aber er betrog sie. Sie mußte ihre Stellung verlassen und kam nach London, um ihr Baby dort zu bekommen und Arbeit als Lehrerin zu suchen. Aber das Baby wurde tot geboren. Kathleen McLeod war damals in Behandlung Ihres Vaters, und vielleicht war sie deshalb gewillt, Amme für sein Baby zu sein, als Dr. Langley sie darum bat.«

Ich nippte an meinem Tee und stellte mir vor, wie einsam und verlassen Kathleen McLeod sich gefühlt haben mußte. Vielleicht hatte sie den Verlust ihres eigenen Kindes auch als Erleichterung ihres Unglücks empfunden, denn dadurch wurde die Bürde, ein vaterloses Kind aufzuziehen, von ihr genommen. Dennoch hatte sie mich genährt und bei sich behalten, vielleicht, weil sie jemanden brauchte, den sie lieben konnte und von dem sie geliebt wurde.

Ich sagte: »Es ist mir ein widerlicher Gedanke, daß Sir John Tennant mein Großvater ist. Hat er mit meiner Pflegemutter irgendein finanzielles Arrangement getroffen, damit ihr geholfen wurde? Sie hat mir einen Brief hinterlassen, in dem sie schrieb, ich solle zu ein paar Anwälten in Clerkenwell gehen und ihren Rat bezüglich der Tennant-Stiftung erbitten, falls ich jemals in große Not geriet.«

»Das hätte Ihnen wenig genützt«, sagte Mrs. Hesketh. »Dieser abscheuliche Mensch sorgte, nachdem er Ihren Vater ums Leben gebracht hatte, dafür, daß Ihre Pflegemutter zwölf Jahre lang jedes Jahr eine Summe von dreißig Pfund erhielt, damit die Unkosten für Sie gedeckt wurden. Sir John nahm an, daß Sie dann alt genug sein würden, um zu arbeiten, entweder als Dienstmädchen oder in einer Fabrik. Als Kathleen McLeod starb, war die letzte Zahlung schon geleistet.«

Wir saßen eine Weile schweigend da. Der erste Schrekken verflog langsam, und ich fand wieder zu mir selbst. Es spielte keine Rolle, wer mein Vater und meine Mutter gewesen waren, meinte ich. Ich war ich selbst, Hannah McLeod. Ich besaß die Tugenden und Laster, die ich in den neunzehn

Jahren meines Lebens erworben hatte. Ich ehrte die Erinnerung an Kathleen McLeod, und ich wünschte mir nur, ich hätte ihr meine Liebe während meiner Kindheit offener gezeigt. Sir John Tennant mochte ich nicht, aber ich war unfähig, ihm gegenüber Haß zu empfinden, weil er den Tod eines Mannes verursacht hatte, der nach meinem jetzigen Wissen mein Vater war. Das lag alles schon zu weit zurück. Ich empfand zwar Schrecken, aber keinen Haß. Mrs. Anne Ritchie gegenüber hatte ich gar keine besonderen Gefühle. Den Rest der Geschichte betrachtete ich nur mit einer gewissen Neugier.

Ich blickte auf die Papiere hinab, die ich beiseite gelegt hatte, und sagte: »Wie ist denn all das herausgefunden worden, Mrs. Hesketh? Ich nehme an, Mr. Ryder steckte dahinter?«

»In der Tat, Hannah.« Sie nahm meine Tasse, um sie neu zu füllen. »Tatsache ist, daß Mr. Sebastian Ryder schon lange ein großer Feind von Sir John ist, wenn auch nicht offen, das muß ich dazu sagen. Es sieht so aus, als ob Sebastian Ryder einen Halbbruder gehabt hätte, der vor vielen Jahren Selbstmord begangen hat. Und Sebastian Ryder macht Sir John dafür verantwortlich.«

»Ja, ich weiß, Mattie hat es mir erzählt, das ist Mrs. Matthews, die bei Mr. Ryder Haushälterin ist.«

»Ach so. Dann brauchen Sie das ja nicht zu lesen«, sagte Mrs. Hesketh. »Es reicht, daß Sebastian Ryder Jahre damit verbracht hat, um nach einer Möglichkeit zur Rache zu suchen. Er hat das auf eine sehr kühle, berechnende Art gemacht, indem er Detektive einstellte, die über die Familie Tennant alle möglichen Informationen ausgraben sollten. Sebastian Ryder hoffte, irgendeinen Skandal zu entdecken, den er benutzen konnte. Ich kann mir vorstellen, daß alle Berichte zusammen ein Buch füllen würden, aber der größte Teil des Materials war wertlos.« Sie blickte auf die Mappe mit den Papieren, die neben mir lag. »Die einzig wichtigen Dinge sind in dieser Akte, Hannah, und selbst darin gibt es ein paar, deren Wert sich erst im Licht viel späterer Berichte herausstellt. Zum Beispiel ist der erste Bericht, den Sie lesen werden, fast fünfzehn Jahre alt und enthüllt, daß Mrs. Hugh Ritchie, die früher Mrs. Anne Tennant war, ein körperliches Merkmal geerbt hat, das auf der mütterlichen Seite ihrer Familie vorkommt und immer wieder auftaucht. Es erscheint in Abständen nur bei den Frauen der Familie, und manchmal überspringt es eine Generation. Anne Ritchie trägt auf der Schulter ein Muttermal in Form eines kleinen, goldenen Schmetterlings.«

Ich stellte meine Teetasse hin. »Ja, so steht es in dem Bericht. Hat Mr. Ryder all die Jahre gewußt, daß Mrs. Ritchie eine Tochter hatte und daß sie selbst es nicht wußte?«

»O nein, meine Liebe. Von Ihrer Faszination wußte er nichts, sondern er hat es erst vor relativ kurzer Zeit herausbekommen.«

Ich berührte meine Schulter. »Hat er es über das schmetterlingsförmige Muttermal herausbekommen?«

»Ja.« Sie schaute in ihre Tasse. »Im vergangenen Jahr spielte er eines Abends Karten in einem Club in Whitehall, wo er Mitglied ist. Einer der Kartenspieler war ein junger Mann, der im vergangenen Jahr Paris besucht hatte. Er hatte sich die üblichen Sehenswürdigkeiten angesehen und war auch in Kabaretts, Tanzhallen und anderen Unterhaltungslokalen gewesen . . . und im College für junge Damen in der Rue des Moulins.« Mrs. Hesketh hob den Kopf und schaute mich bedauernd an. »Dort, so erzählte der junge Mann, habe er eines Abends die Gesellschaft eines jungen Mädchens genossen, das fließend Englisch sprach und außerdem eine intelligente und angenehme Begleitung war. Während der Zeit, die er mit ihr verbracht habe, habe er entdeckt, daß sie auf ihrer Schulter ein höchst attraktives Muttermal hatte, golden in der Farbe und geformt wie ein kleiner Schmetterling. Ein Jahr später fuhr er nach Paris zurück in der Hoffnung ... Sie wieder zu besuchen, aber da erfuhr er voller Entrüstung, daß Sie das Etablissement verlassen hatten.« Mrs. Hesketh Stimme schwankte.

Ich sagte: »Oh, bitte, das braucht Ihnen doch nicht peinlich zu sein.«

Zu meiner Überraschung füllten sich ihre Augen plötzlich mit Tränen. »Aber ... ach, Kind, es muß fürchterlich für Sie gewesen sein.«

»Zuerst ja«, sagte ich, während ich mich erinnerte. »Aber wenn man vor hat weiterzuleben, dann kann man den Dingen einfach nicht erlauben, weiterhin fürchterlich zu sein, und ich habe einen Weg gefunden, das, was ich zu tun hatte, erträglicher zu machen.«

Sie musterte mich neugierig. »Aber ... wie denn, Hannah?«

»Nun, ich habe es gelernt, meinen Gedanken einen Streich zu spielen, Mrs. Hesketh. Wann immer ich mit einem Mann zusammen war, versetzte ich mich in den Glauben, er sei mein liebender Mann und ich wolle ihm gefallen. Manchmal war das wegen des Mannes unmöglich, aber meistens war ich in der Lage, mich erfolgreich zu betrügen.«

Nach einer Weile sagte Mrs. Hesketh mit unterdrückter Stimme: »Sie sind ein ungewöhnliches Mädchen, Hannah. Wollen Sie mir für ein paar Minuten die Mühe des Erzählens ersparen, indem Sie den Pinkerton-Bericht lesen, den Sie da haben? Er ist mit der Nummer fünf in roter Tinte gekennzeichnet.«

Ich wußte nicht, was ›Pinkerton‹ bedeutete, aber ich fand den Bericht und fing an zu lesen. Das Datum zeigte, daß er fünf Jahre alt war, und als Einleitung hatte er eine Präambel, in der festgestellt wurde, daß kurz nach Miß Anne Tennants Rückkehr aus dem Schweizer Sanatorium einer von

Sir John Tennants Aufsehern – er hieß Albert Morgan – plötzlich zu Geld gekommen und mit seiner Frau nach Amerika ausgewandert war. Morgan war im Dorf als unangenehmer, ja sogar gefährlicher Mann angesehen worden, und seine Abreise sorgte für alle möglichen Gerüchte.

Dieser Vorfall, so hieß es weiter in der Präambel, sei nur einer von vielen gewesen. Denn auch die anderen Detekteien, die Mr. Sebastian Ryder angestellt hatte, um in Sir Johns Angelegenheiten, sowohl häuslicher als auch geschäftlicher Art, Nachforschungen anzustellen, hatten Dutzende von Vorfällen dieser Art berichtet. Die ganze Sammlung lag jahrelang brach, aber als Mr. Ryder vor fünf Jahren alles noch einmal durchsah, meinte er doch, Albert Morgans plötzliche Abreise sei etwas merkwürdig und einer weiteren Untersuchung wert. Dazu engagierte er Pinkerton, die größte und bekannteste Detektei in Amerika. Albert Morgan sollte aufgespürt werden, und man sollte versuchen, den Ursprung seines plötzlichen Reichtums und den Grund für seine Abreise festzustellen.

Hier endete die Präambel, und es folgte ein Bericht der Agentur Pinkerton, den Mr. Boniface in seiner kantigen Handschrift verfaßt hatte. Der Stil unterschied sich sehr von seinem eigenen, weil er trocken und völlig ohne Schnörkel war. Es hatte drei Monate gedauert, Albert Morgan in Amerika aufzuspüren, und man fand heraus, daß er gerade vor sechs Wochen gestorben war. Nachdem er mit seiner Frau in die Vereinigten Staaten ausgewandert war, hatte er sich in Philadelphia niedergelassen, bescheiden, aber bequem. Er lebte von einem kleinen privaten Einkommen. Seine Nachbarn verabscheuten ihn als einen unverschämten und aggressiven Mann, und auch seine Frau, die er von Zeit zu Zeit verprügelte, mochte ihn nicht. Kinder hatte das Ehepaar keine.

Möglicherweise hatte er es nicht nötig zu arbeiten. Deshalb hatte Morgan wohl während der letzten zwei Jahre seines Lebens das Trinken angefangen. Er wurde zum Säufer und litt schließlich an Delirium tremens. Jedesmal, wenn er einen Anfall dieser Art hatte, veränderte sich sein Charakter, und er bekam Angst. Er schrie seiner Frau zu, sie solle ihn vor den Ungeheuern schützen, die er in seinem Delirium sah. Nach einem dieser Anfälle, kurz vor seinem Tod, hatte er seiner Frau ein Geständnis abgelegt.

Der Pinkerton-Bericht gab dann sein Geständnis wieder, wie es dem Agenten von Mrs. Morgan berichtet worden war. Den größten Teil der Geschichte hatte ich schon von Mrs. Hesketh gehört, wie Dr. Anthony Tudor mit der Tochter von Sir John Tennant durchgebrannt und in Kennington in einer Arztpraxis als Partner eingetreten war und wie er später von Albert Morgan bei dem Versuch, ihn zu ›schanghaien‹, getötet wurde. Danach hatte die Tochter – nach Albert Morgan – ein totgeborenes Kind zur Welt gebracht. Sir John hätte entschieden, es sei sicherer, wenn Albert Morgan mit seinem Wissen um diese Geheimnisse auf der anderen Seite der Welt lebte, und hatte dazu die finanziellen Voraussetzungen geschaffen.

Ich las den Pinkerton-Bericht zu Ende und blickte dann zu Mrs. Hesketh auf, die mich, die Hände locker im Schoß gefaltet, betrachtete. Ich sagte: »Albert Morgans Frau hat den Pinkerton-Leuten tatsächlich erzählt, was ihr Mann getan hatte?«

»Offenbar mußte man sie nicht extra dazu überreden«, sagte Mrs. Hesketh. »Wie Sie sehen, hat man Albert Morgans Frau nur zehn Dollar dafür bezahlt. Offensichtlich wußte sie von dem Baby, aber sie glaubte auch, daß Sie tot zur Welt gekommen waren.«

Ich legte den Bericht hin und sagte: »Möglicherweise hatte sie nichts zu verlieren, wenn sie die Geschichte erzählte. Ihr Mann war tot, und angeblich hat sie ihn sowieso nicht gemocht. Aber hätte man in dieser Angelegenheit nicht etwas unternehmen müssen, Mrs. Hesketh? Sicher war das doch Beweis genug, daß Sir John Tennant ein Verbrechen begangen hatte?«

Mrs. Hesketh lächelte wehmütig. »Es gibt kein unterschriebenes Geständnis, Hannah. Was Sie gerade gelesen haben, das ist nichts weiter als Hörensagen, das Gefasel eines betrunkenen Mannes, der jetzt tot ist, gegen Honorar von seiner Frau nacherzählt. Wir können zwar sicher sein, daß es wahr ist, weil es mit dem Rest der Geschichte zusammenpaßt, aber Beweise – Beweise sind das nicht. Wenn jemand Sir John allein aufgrund dieses Berichts anzeigen wollte, würde man ihn auf der Stelle wegen übler Nachrede belangen.«

Ich dachte einen Augenblick nach. Dann fragte ich: »Wann hat Mr. Ryder herausgefunden, daß ich nicht gestorben war, sondern von Kathleen McLeod aufgezogen worden bin?«

»Kurz nach dem Bericht der Pinkerton-Agentur«, erwiderte Mrs. Hesketh. »Er sammelte noch immer alle möglichen Informationen und heuerte eine Detektei an, um Dr. Langley zu suchen, der mit Ihrem Vater in der Praxis von Kennington zusammengearbeitet hatte und bei Ihrer Geburt dabeigewesen war. Aber man fand heraus, daß er vor ein, zwei Jahren gestorben war und seine frühen Krankengeschichten von dem Arzt, der die Praxis übernommen hatte, ausgesondert worden waren. Wie auch immer – man entdeckte, daß seine alte Haushälterin noch lebte, und es war sogar möglich, sie ausfindig zu machen. Sie war ziemlich alt und fast ganz erblindet, aber sie erinnerte sich an Dr. und Mrs. James, wie Ihr Vater und Ihre Mutter sich damals nannten. Sie erinnerte sich auch sehr deutlich an eine junge Frau namens Kathleen McLeod, die zur selben Zeit ein vaterloses Kind verloren hatte. Es war die Meinung der alten

Haushälterin, die sie uns hinter der Hand zuflüsterte, daß das neugeborene Baby, das Kathleen McLeod als ihr eigenes angenommen hatte, in Wirklichkeit Mrs. James' Baby gewesen wäre.«

Ich sagte: »Warum sollte die Haushälterin sich an meine ... an Kathleen McLeod so deutlich erinnern?«

»Weil sie mit Kathleen McLeod zu tun hatte, mein Kind. Anscheinend hat Dr. Langley sie gebeten, eine Wohnung für Kathleen McLeod und das Baby zu suchen, und die Haushälterin machte dann etwas mit einer Mrs. Taylor aus, die sie kannte und die unter ihrer Aufsicht im Haus des Arztes Küchenmädchen gewesen war, ehe sie auszog und heiratete. Die Detektive stellten fest, daß Mrs. Taylor noch immer in dem Haus wohnte, das von der Haushälterin benannt worden war. Mr. Taylor, in jeder Hinsicht ein brutaler Kerl, saß wegen Körperverletzung im Gefängnis, aber von seiner Frau erfuhr man, daß Ihre Mutter gestorben sei und daß die Familie Taylor Sie unter ihre Obhut genommen hätte. Im Bericht steht, daß es dafür allerdings keine Bestätigung gibt.«

»Es ist wahr«, sagte ich. »Meine Mutter hat den Leuten ihre Ersparnisse hinterlassen, damit sie für mich aufkommen konnten, aber nach ein paar Monaten hat Mr. Taylor mich an eine Frau verkauft, die in London ein Freudenhaus führte. Kurz danach wurde ich wieder verkauft, an Mam'selle Montavon in Paris.«

Mrs. Hesketh biß sich auf die Lippen, und wieder glitzerten Tränen in ihren Augen. »Ich hatte mir schon gedacht, daß so etwas passiert sein muß«, sagte sie. »Ach Hannah, mein armes Kind. Mrs. Taylor sagte den Detektiven, daß Sie weggelaufen und nie wiedergekommen wären.«

»Ich bin sicher, daß sie mit dem, was geschehen ist, nichts zu tun hatte«, sagte ich. »Aber selbst wenn sie erraten hätte, was ihr Mann getan hatte, hätte sie es nie gewagt, gegen ihn den Mund aufzumachen.«

»Man hat allerdings etwas von ihr erfahren«, sagte Mrs. Hesketh, »das für Mr. Ryder von großem Interesse war, da es zu einer scheinbar unwichtigen Tatsache paßte, die vor Jahren entdeckt worden war. Die Detektive erfuhren von Mrs. Taylor, daß Kathleen McLeods Tochter – dafür hielt sie Sie ja – ein Muttermal in Form eines Schmetterlings auf der Schulter trug.«

Nach kurzem Schweigen sagte ich: »Da hat Mr. Ryder es also erfahren. Seitdem war es für ihn sicher, daß Dr. Langleys alte Haushälterin mit ihrem Verdacht, daß ich in Wirklichkeit Mrs. James' Baby war, recht gehabt hatte . . . und daß ich folglich Sir John Tennants Enkelin bin.«

»Ja«, sagte Mrs. Hesketh. »Nun kannte er die Wahrheit. Aber es reichte ihm nicht. Das Wort der Frau eines Verbrechers und der Verdacht einer fast blinden, alten Frau wogen sehr wenig als Beweise. Also hatte er noch immer nichts in der Hand. Stellen Sie sich nur vor, Hannah. Sebastian Ryder wußte, daß sein Erzfeind, Sir John Tennant, den Tod des Mannes verursacht hatte, den seine eigene Tochter geliebt hatte und mit dem sie durchgebrannt war. Den Tod des Mannes, der der Vater ihres Kindes war. Und das war noch nicht alles. Sebastian Ryder wußte jetzt auch, daß Sir John seiner Tochter weisgemacht hatte, ihr Kind sei tot, obwohl er in Wirklichkeit das Neugeborene einer Pflegemutter untergeschoben hatte, die in sehr ärmlichen Verhältnissen lebte. Stellen Sie sich vor, welche Macht dieses Wissen Sebastian Ryder über seinen Feind hätte geben können – wenn er nur die Wahrheit hätte beweisen können.«

Mrs. Hesketh hob die Hände und drehte sie in einer kleinen Geste mit den Handflächen nach oben. »Aber um das zu können, mußte er Sie finden, Hannah. Er mußte das Mädchen mit dem Schmetterling finden, denn durch dieses Muttermal konnte er beweisen, daß Sie in der Tat die vermißte Tochter der Frau waren, die früher Anne Tennant hieß.

Dann, und nur dann, konnte er Gerüchte in Tatsachen verwandeln. Sebastian Ryder muß das Gefühl gehabt haben, daß es auf Erfolg nur wenig Hoffnung gab, trotz all seiner Anstrengungen. Am Ende führte ihn der Zufall in Reichweite seines Ziels, als er eines Abends im vergangenen Jahr in seinem Club Karten spielte und von einem jungen englischen Mädchen hörte, das in einem Freudenhaus in Paris gearbeitet hatte und das auf der Schulter das Muttermal der Tennants trug – den goldenen Schmetterling.«

Ich fragte: »Hat Sebastian Ryder zu diesem Zeitpunkt Ihre Agentur beauftragt, mich zu suchen und nach London zu bringen?«

Mrs. Hesketh nickte. »Ich war damals mit einer anderen Angelegenheit beschäftigt, und ich schickte Boniface zu Mr. Ryder. Von diesen ganzen Berichten hatte ich keine Ahnung.« Sie zeigte auf die Aktenmappe. »Boniface hat diesen Teil der Angelegenheit für sich behalten, betrügerischer Bursche, der er ist. Und ich habe es gerade erst entdeckt. Ich hoffe, daß Sie mir glauben.«

»Ja, natürlich glaube ich Ihnen«, antwortete ich schnell. »Und ich bin Ihnen dankbar, daß Sie mir die Wahrheit über mich selbst gesagt haben. Wissen Sie, ob Anne Tennant und Dr. Tudor verheiratet waren?«

»Von Mr. Ryders Detektiven ist keine Urkunde gefunden worden, meine Liebe, und als Anne Tennant später Mr. Hugh Ritchie heiratete, wurde sie als ledig eingetragen, und nicht als Witwe. Aber die Detektive machten die Bemerkung dazu, daß es nicht außerhalb der Macht eines Mannes wie Sir John Tennant läge, dafür zu sorgen, daß jede standesamtliche Heiratsurkunde einer früheren Ehe vernichtet wurde. Nach meinem Gefühl war Ihr Vater ein ehrenwerter Mann und hat Ihre Mutter in aller Form geheiratet. Aber ich fürchte, diese Frage gehört zu denen, die man nie wird beantworten können.«

Mit einem Mal fühlte ich mich sehr müde, aber ich schaffte es zu lächeln, während ich sagte: »Seit ich alt genug war, um es zu verstehen, habe ich immer geglaubt, ich sei unehelich. Also spielt es sowieso keine Rolle.«

Wir saßen eine Weile still da, und ich versuchte meine Gedanken zu ordnen, so daß ich verstehen konnte, was passiert war. Sebastian Ryder wollte sich an Sir John Tennant rächen, und er hatte viele Jahre darauf hingearbeitet. Jetzt hatte er die Wahrheit über Sir Johns Tochter entdeckt, über Mrs. Hugh Ritchie, und auch über die Art, wie ihr früherer Mann oder Liebhaber durch die Hände der Männer gestorben war, die Sir John angeheuert hatte, um ihn zu entführen. Das Geständnis Albert Morgans konnte für sich allein nicht gegen Sir John benutzt werden, also war die Suche nach einer anderen Waffe weitergegangen. Ich, Hannah McLeod, war die Tochter von Mrs. Hugh Ritchie, die glaubte, daß ich bei der Geburt gestorben wäre. Ich war Angestellte in Sebastian Ryders Haus gewesen, und ich wußte, daß ich irgendwie eine Waffe war, die er endlich benutzen wollte.

Ich sagte: »Wußten Sie, daß Sebastian Ryder auf der Flußfahrt, von der ich gesprochen habe und auf der unter anderem Sir John Tennant und Mr. und Mrs. Hugh Ritchie zugegen waren, die Wahrheit über mein Leben in Paris im College für junge Damen enthüllt hat?«

»Ich habe das von Ihrem Freund, Mr. Toby Kent, erfahren«, erwiderte Mrs. Hesketh, und in ihren Augen lag ein sanfter geistesabwesender Blick. »Er hat mich neulich besucht. Ich war außerordentlich wütend, als ich hörte, wie Sebastian Ryder Sie bei dieser Gelegenheit gedemütigt hat.«

»Ich habe mich aber nicht gedemütigt gefühlt«, entgegnete ich und berührte die Akte. »Weiß Toby von diesen Papieren?«

»Nein, als ich ihn das letztemal sah, hatte ich die Akte

noch nicht gefunden, und ohne Ihre Erlaubnis würde ich auch mit niemandem darüber sprechen.«

»Ich weiß das sehr zu schätzen, Mrs. Hesketh, aber vor Toby habe ich keine Geheimnisse.« Ich schüttelte völlig verwirrt den Kopf. »Es ist schon verrückt. Ich bin sicher, daß Sir John jetzt weiß, daß ich seine Enkelin bin. Als ich ihm unter dem Namen McLeod vorgestellt wurde, hat er mich sehr scharf angesehen. Vielleicht hat er damals die Ähnlichkeit mit meinem Vater erkannt. Später allerdings muß es für ihn Gewißheit geworden sein, als Mr. Ryder allen erzählte, ich hätte mehrere Jahre als Freudenmädchen in einem Pariser Bordell verbracht. Ich glaube, Sir John hat in diesem Augenblick begriffen, daß Mr. Ryder irgendwie die ganze Geschichte ausgegraben hatte und ihn das absichtlich wissen ließ. Mehr oder weniger wurde Sir John an diesem Abend in unser Haus befohlen, und ich nehme an, daß Mr. Ryder ihm dort auch deutlich gesagt hat, wer ich bin, und daß ich das Zeichen des Schmetterlings trage.« Ich hielt inne, dachte über das nach, was ich gerade gesagt hatte, und fuhr dann fort: »Aber ich verstehe nicht ganz, was Mr. Ryder vorhat. Wenn das Bekenntnis im Pinkerton-Bericht vor dem Gesetz wertlos ist, dann kann er immer noch nicht beweisen, daß Sir John für den Tod meines Vaters verantwortlich ist. Wie also will er seine Rache durchführen?«

Mrs. Hesketh stand auf, ging zum Fenster und schaute gedankenverloren in einen winzigen Hof, wo in drei Pflanzkübeln eine Mischung aus Petunien, Lobelien und Salbei wuchs.

»Die Antwort auf Ihre Frage kann ich nur vermuten«, sagte sie schließlich.

»Dann bitte, vermuten Sie einmal. Ich glaube, das können Sie sehr gut, Mrs. Hesketh.«

Sie schenkte mir ein schwaches Lächeln. »Durch meine Arbeit habe ich auch einige Erfahrung darin, Kind. Es ist völlig richtig, daß die Geschichte sich vor Gericht vielleicht nie beweisen läßt. Aber stellen Sie sich vor, wie sie auf Anne Ritchie und ihren Mann wirken würde, der sich gerade in der Politik einen Namen macht und der augenblicklich einen Ministerposten bekleidet. Stellen Sie sich vor, wie es sich auswirken würde, wenn Mr. Ryder zu Anne Ritchie sagen würde: ›Hannah McLeod ist ihr leibliches Kind, das Ihnen Ihr eigener Vater bei der Geburt weggenommen und im Alter von dreizehn Jahren an ein französisches Bordell verkauft hat.‹ Das Zeichen des goldenen Schmetterlings wäre Beweis genug für die Frau, die Sie geboren hat und selbst das gleiche Muttermal trägt. Das ist der Schlüssel, Hannah. Sie sind der Schlüssel zu Sebastian Ryders Rache. Ich glaube, Anne Ritchie, die ihren Vater kennt, würde keine weiteren Beweise mehr brauchen, um zu glauben, daß das Geständnis, das Albert Morgan seiner Frau gemacht hat, wahr ist. Und wenn sie es glaubt, dann wird es die ganze Welt glauben.«

Mir wurde kalt vor Abscheu, und ich sagte: »Aber ihr Leben wurde ruiniert und auch das Leben ihres Mannes. Ich . . . ich empfinde nichts für sie; vielleicht sollte ich das, aber es ist nicht der Fall. Gleichzeitig würde es mir weh tun, wenn sie auf so qualvolle Weise die Wahrheit erfährt.«

Mrs. Hesketh wandte sich vom Fenster ab und musterte mich. »Sie meinen, Sie wollen gar nicht, daß sie es erfährt? Meinen Sie das wirklich ernst?«

»Aber natürlich, Mrs. Hesketh. Es würde weder mir noch irgendeinem nützen, und es würde nur endlosen Schmerz verursachen. Im Herzen wird Kathleen McLeod immer meine Mutter sein, aber Anne Ritchie hat mir nie etwas Böses getan; sie hat selbst sehr gelitten, und ich will nicht, daß sie wieder leidet. Um Gottes willen – soll doch die Geschichte in der Vergangenheit begraben bleiben . . .« ich brach scharf ab, denn mir wurde plötzlich klar, daß diese Entscheidung nicht bei mir lag. Ich legte die Hand an den Kopf und versuchte, mich wieder zu fassen. Schließlich sagte ich: »Wenn Sebastian Ryder Rache will, warum hat er dann auf der Flußfahrt nicht die ganze Geschichte erzählt? Warum wollte er, daß nur Sir John sie voll und ganz erfährt?«

»Das habe ich mich auch schon gefragt«, sagte Mrs. Hesketh ruhig. »Wieder kann ich nur raten, aber Sebastian Ryder hat viele Jahre gewartet, um den Tod seines Bruders zu rächen, und ich glaube, er will, daß seine Rache vernichtend ist. Natürlich kann er Schmerz und Chaos in die Familie der Tennants bringen, indem er Anne Ritchie und ihrem Mann die Wahrheit enthüllt. Aber sie sind nicht die eigentlichen Ziele seines Hasses, und irgendwie würde er auch nur diesen einzigen Schlag anbringen können. Ich glaube, es würde nicht ausreichen, um ihn zufriedenzustellen. Ich glaube, er will sein Wissen als Drohung benutzen, damit Sir John Tennant gezwungen ist, nach seiner Pfeife zu tanzen.«

Ich verstand nur halb und sagte: »Sie meinen, geschäftlich gesehen?«

»Allerdings. Beide sind reiche Industrielle. Sebastian Ryder kann seinen Feind jetzt dazu zwingen, gefährliche Finanzgeschäfte einzugehen, sein Kapital nach Mr. Ryders Willen zu investieren und sich selbst bei zahllosen Angelegenheiten zu schädigen. Ich glaube, Sebastian Ryder will Sir John nach und nach qualvoll und gnadenlos ruinieren. Außerdem wäre er in der Lage, Sir John zu befehlen, seinen Einfluß bei Hugh Ritchie zu nutzen. Ein Minister im Kriegsministerium muß großen Einfluß haben, den er zugunsten eines Waffenherstellers wie Sebastian Ryder einsetzen kann.«

Ich sagte: »Aber sicher würde Mr. Ritchie es doch nicht zulassen, daß man ihn korrumpiert?«

Mrs. Hesketh hob ihre Schultern. »Vielleicht nicht. Ich kenne die Qualitäten dieses Mannes nicht. Aber in jedem

Fall wäre Mr. Ryder viel zu clever, um einfache Korruptionsversuche zu machen. Er wird seine Macht über Sir John dazu benutzen, seinen Schwiegersohn zu beeinflussen. In solchen Dingen kann schon ein bißchen Einfluß große Auswirkungen haben, und ich glaube nicht, daß Mr. Ritchie in der Lage sein würde, sich dem Rat und den Vorschlägen seines Schwiegervaters zu widersetzen. Sir John Tennant ist sehr mächtig.«

Mir war jetzt ein bißchen übel, weil ich wußte, daß ich in so eine üble Geschichte von Haß und Rache verwickelt war. Ich wollte keinen Teil daran haben, aber, wie Mrs. Hesketh gesagt hatte, ich war in mancher Hinsicht der Schlüssel dazu, denn ich trug auf meiner Schulter den gleichen goldenen Schmetterling wie meine wirkliche Mutter. Ich sagte: »Ich sehe, daß es viele Dinge gibt, die Mr. Ryder unternehmen kann, um Sir John zu schädigen. Aber mit Sicherheit kann das nicht immer so weitergehen. Wie, glauben Sie, wird es enden?«

Mrs. Hesketh stellte sich hin, umfaßte die Lehne ihres Stuhles und schaute mich unverwandt an. »Ich glaube, Mr. Ryder sucht eine Möglichkeit, die er persönlich als vollkommene Rache für den Tod seines Bruders sieht, der Selbstmord begangen hat. Er will versuchen, Sir John dazu zu treiben, sich selbst zu vernichten.«

»O lieber Gott«, sagte ich müde. »Was für ein schreckliches Ziel. Ich müßte die Männer eigentlich verstehen, aber anscheinend habe ich noch viel zu lernen.«

»Sie sind beide böse«, sagte Mrs. Hesketh einfach. »Und deshalb werden sie für uns immer unverständlich bleiben, Hannah.«

Die Uhr auf dem Kaminsims schlug leise, und ich sah, daß es schon vier Uhr war. Langsam nahm ich die Akte und reichte sie Mrs. Hesketh. Ich hatte nicht mehr den Wunsch, all diese Papiere durchzulesen. Ich hatte mehr als genug gehört, und es gab nichts mehr, was ich noch wissen wollte. »Ich frage mich, warum Sie sich die Mühe gemacht haben, mir all das zu erzählen, Mrs. Hesketh«, sagte ich. »Ich bin Ihnen zutiefst dankbar, aber Sie waren keineswegs dazu verpflichtet.«

Sie brauchte lange, bis sie mir antwortete. Schließlich sagte sie: »Ich bin vierzig Jahre alt, Hannah. Ich habe nie geheiratet, aber ich trage einen Trauring und nenne mich Missis, weil sich das besser anhört als ›Miß‹. Ich habe bis zu meinem vierundzwanzigsten Lebensjahr für meine pflegebedürftige Mutter gesorgt, und deshalb bin ich sitzengeblieben. Es ist nicht leicht für eine junge Frau, die nur ein kleines Erbe hat, sich selbst ein Geschäft aufzubauen, aber ich hab's geschafft. Boniface – das war eine Einmanndetektei mit einer kleinen Praxis und absolut keinem Geschäftssinn. Ich habe seine Praxis gekauft, habe ihn als Partner beibehalten und nannte das Ganze ›Hesketh Agency‹. Wir arbeiten jetzt seit über fünfzehn Jahren zusammen, und ich bin seit dem zweiten Jahr seine Geliebte. Irgendwie hat er große Fähigkeiten, aber andererseits ist er auch extrem dumm. Ich kann nicht anders – ich liebe ihn ein bißchen, Gott weiß, warum. Vielleicht, weil selbst ein Boniface besser als gar keiner ist. Nach all diesen Jahren hoffe ich noch immer, daß er mich eines Tages bittet, seine Frau zu werden. Ich wäre ihm eine sehr gute, sehr treue Frau.«

Sie hielt inne und schüttelte ungeduldig den Kopf. »Aber ich habe Ihre Frage nicht beantwortet. Sie wollen wissen, warum ich mir die Mühe gemacht habe, Ihnen zu erzählen, was ich über Ihre Geburt und über Ihre Eltern entdeckt habe. Ich muß zugeben – ich habe gezögert, Hannah, und ich hab' mich gefragt, ob es nicht freundlicher wäre zu schweigen. Aber wenn ich geschwiegen hätte, hätte ich mich schuldig gefühlt, weil Sie unschuldigerweise in einen Kampf zwischen zwei skrupellosen Männern verwikkelt sind, und es ist mehr als recht und billig, daß Sie davon wissen.«

Zweifelnd sagte ich: »Ja, das kann ich verstehen. Aber ich bin für Sie fast fremd, Mrs. Hesketh, und deshalb sehe ich nicht ein, warum Sie sich schuldig fühlen sollten, wenn Sie es mir nicht gesagt hätten. Ich sehe auch keine Verbindung zu dem, was Sie gerade über sich selbst und Mr. Boniface gesagt haben.«

»Ach, das.« Einen Augenblick schaute sie fast beschämt drein. Dann fing sie schnell an, die Teetassen einzusammeln und auf das Tablett zu stellen. »Ich – nun, ich habe mich immer nach einer Tochter gesehnt, die ich lieben konnte, und wenn ich mit Zwanzig geheiratet hätte, hätte ich leicht eine Tochter haben können, die jetzt in Ihrem Alter wäre. Hannah, ich weiß, wir haben uns an dem Tag, als Sie nach England kamen, nur ein paar Stunden gesehen. Aber seit damals habe ich oft an Sie gedacht, sowohl mit Sympathie als auch mit Respekt.« Sie nahm das Tablett auf und schaute mich fast wild an. »Wenn ich eine Tochter hätte, die das erlitten hätte, was Sie durchgemacht haben, würde ich darum beten, daß die Menschen freundlich zu ihr sind, und deshalb mußte ich einfach tun, was ich für richtig hielt.«

Sie drehte sich um und marschierte nach draußen in die Küche. Eine Minute verging, ehe sie zurückkehrte, und da war sie wieder ganz die alte – eine selbstsichere und sehr unabhängige Dame. »Sie haben entschieden, daß Mr. und Mrs. Hugh Ritchie nichts erfahren sollen, wenigstens nicht von ihnen«, sagte sie nachdenklich. »Haben Sie darüber hinaus noch irgendwelche Absichten?«

Meine Gedanken waren irgendwie träge, und es dauerte eine Weile, ehe mir klar wurde, was sie meinte. »Meinen Sie, ich könnte Mr. Ryder vielleicht mit dem konfrontieren, was Sie mir gesagt haben? Und ich könnte ihm sagen, daß ich weiß, daß er . . . nun, daß er Sir John Tennant erpreßt?«

»Das könnten Sie tun, meine Liebe. Aber ich will es Ihnen nicht raten, denn ich weiß einfach nicht, was am besten wäre.«

»Sir John kann ich nicht leiden«, sagte ich und versuchte, die Müdigkeit in meiner Stimme nicht durchklingen zu lassen. »Aber ich will auch nicht, daß ihm etwas geschieht. Ich will einfach, daß diese ganze Sache aufhört, damit ich an dieser schrecklichen Fehde nicht mehr teilnehmen muß.« Ich stand auf, und ich hatte plötzlich den Wunsch, mit meinen Problemen allein zu sein. »Ich werde das Ganze sorgfältig überdenken. Ich werde nichts Hastiges unternehmen, Mrs. Hesketh. Darf ich Ihnen jetzt eine Frage stellen? Wenn Mr. Boniface von der Aufgabe, an der er in Hull arbeitet, zurückkehrt, werden Sie ihm dann sagen, daß Sie seine verborgene Akte gefunden und mir gezeigt haben?«

»Allerdings, meine Liebe«, sagte Mrs. Hesketh fest. »Sie können sicher sein, daß ich ihm seine Hinterhältigkeit in dieser Angelegenheit unter die Nase reiben werde. Sie können außerdem sicher sein, daß ich mit Sebastian Ryder in Zukunft nichts mehr zu tun haben will. Ich werde es der Hesketh Agency nicht erlauben, weiterhin für so einen Mann zu arbeiten.«

Ich nahm meine Handtasche, und meine Gedanken weilten anderswo, als ich sagte: »Wenn Sie Mr. Boniface zurechtstutzen, dann sorgen Sie bitte dafür, daß er sein Gesicht nicht verliert. Das ist bei Männern sehr wichtig.« Ich hielt schnell inne und blickte auf. »Oh, bitte verzeihen Sie, das war ein bißchen unverschämt.«

Sie schloß die Augen, und als sie sie wieder öffnete, sah ich, daß sie feucht waren. »Nein«, sagte sie mit nicht ganz fester Stimme, »ich weiß, daß es gut gemeint war. Ich bin sicher, es war ein sehr kluger Rat. Es macht mich nur traurig, wenn ich darüber nachdenke, wie solch ein Kind wie Sie an diese Weisheit gekommen ist.«

Ich schüttelte den Kopf und lächelte. »Nicht, Mrs. Hesketh. Die Vergangenheit ist tot, und mich verfolgt sie nicht mehr. Darf ich wiederkommen und mit Ihnen reden, Mrs. Hesketh?«

»O ja, bitte. Ich würde mich sehr freuen. Müssen Sie schon gehen? Na gut, dann hole ich Ihnen Hut und Mantel. Ich komme und begleite Sie bis an die Droschke. Die Kutscher tun manchmal so, als ob sie es gar nicht merken, wenn eine Frau sie ruft. Sie behaupten immer, daß Frauen keine Trinkgelder geben – und mehr verdienen sie ja auch nicht, sage ich. Andererseits – derjenige, der mich ignoriert, wäre allerdings ein tapferer Droschkenkutscher. Vor Jahren habe ich nämlich einem kleinen Straßenjungen einen Penny gegeben, damit er mir das Pfeifen durch die Finger beibringt.«

Sie hatte mir geholfen, den Mantel anzuziehen, und trat jetzt zurück. Sie hob Zeigefinger und Daumen an die Lippen und erschreckte mich mit einem plötzlichen schrillen Pfiff von durchdringender Intensität. »Damit kann ich eine Droschke aus achtzig Metern Entfernung anrufen«, sagte sie stolz. »Der arme Boniface kann das nicht, und er ist dann immer grün und gelb vor Neid.«

Es stellte sich heraus, daß Mrs. Hesketh ihre erstaunliche Errungenschaft nicht einsetzen mußte, denn als wir durch das Büro nach draußen auf die Straße gingen, hielt schon eine leere Droschke am Straßenrand. Der Fahrer sah uns kommen, wedelte mit seiner Peitsche und sagte hoffnungsvoll: »Droschke, die Damen?«

Mrs. Hesketh beäugte ihn finsteren Blickes. »Sie fahren diese junge Dame zum Portland Place«, befahl sie ihm, »und da sie die Londoner Straßen kennt, werden Sie den direktesten Weg nehmen und nicht irgendeinen Umweg, den Sie selbst bestimmen. Weiterhin – sollte die junge Dame so großzügig sein, Ihnen ein Trinkgeld zu geben, dann werden Sie nicht schnaufen, wenn Sie die Münze betrachten. Haben wir uns verstanden?«

Der Droschkenkutscher blinzelte und grinste dann. »Klar wie Kloßbrühe, Madam«, sagte er und kletterte vom Bock herunter, um mir den Schlag zu öffnen. Ich verabschiedete mich von Mrs. Hesketh und ließ mich in die gepolsterten Sitze sinken, als die Droschke davonrollte. Eine Weile saß ich mit geschlossenen Augen da und versuchte, nichts zu denken, denn ich wußte: Wenn ich anfing, all das zu überdenken, was ich in der letzten Stunde erfahren hatte, würde ich eine Zeit der Verwirrung und des Kummers durchmachen und versuchen, mir über meine Gefühle klar zu werden. Und dazu wollte ich allein in meinem Zimmer sein. Später, wenn ich gründlich über all die Menschen nachgedacht hatte, um die es ging, und über all die Möglichkeiten der langen, komplizierten Geschichte, die Mrs. Hesketh mir enthüllt hatte, würde ich entscheiden müssen, was ich tun oder ob ich überhaupt etwas tun sollte.

Nach einer kleinen Weile öffnete ich die Augen wieder und schaute mit verschleiertem Blick aus dem Fenster. Um mich abzulenken, konzentrierte ich mich auf einen interessanten Menschen, der nichts mit dem Thema zu tun hatte, das ich vermeiden wollte, und der erste, der mir einfiel, war Andrew Doyle. Ich beschwor ihn vor meinem geistigen Auge herauf, wie er bei seinem letzten Besuch im Salon am Portland Place saß. Irgendwann während der Unterhaltung hatte er angefangen, ziemlich leidenschaftlich davon zu reden, wie die Bauern in seinem Land litten, und zwar fast genauso wie damals auf der Bootsfahrt mit Mr. Ritchie. Aber am Portland Place hatte er sich schnell gefangen und entschuldigt. Es seien schlechte Manieren, bei einem gesellschaftlichen Besuch von ernsten Angelegenheiten zu sprechen.

Später hatte Jane sich mit einiger Belustigung über seinen Idealismus ausgelassen, aber ich war nicht ihrer Meinung. Ich mochte ihn deswegen, und ich hätte mich auf seinen nächsten Besuch gefreut, wenn Jane mich nicht dadurch verunsichert hätte, daß sie sagte, er sei bestimmt in mich verliebt. Aber, so dachte ich, nicht einmal ein so romantisch und rebellisch veranlagter Mensch wie Andrew Doyle würde es ernsthaft in Betracht ziehen, einem Mädchen mit Vergangenheit den Hof zu machen. Aber . . . nein, es konnte nicht sein. Vielleicht dachte er irgendwie, er könne mich zu seiner Geliebten machen . . . Aber wiederum nein, denn das war ein unfreundlicher, ungerechter Gedanke.

Die Droschke ruckte, während sie um eine Ecke bog. Ich beugte mich nach vorn, um aus dem Fenster zu schauen und zu sehen, wo wir waren. Dann runzelte ich die Stirn, denn die Droschke rollte über einen gepflasterten Hof, auf dessen beiden Seite Ställe waren. Ich drückte das Sonnendach hoch und rief zu dem Kutscher hinauf: »Warum sind Sie von der Hauptstraße abgebogen?«

»'ne Menge dichter Verkehr auf der Oxford Street, Miß«, erwiderte er. »Is' schneller, wenn ich hier 'ne Abkürzung fahre.«

»Nun gut.« Ich lehnte mich wieder in den Sitz zurück. Aber ich hatte es kaum getan, als die Droschke hielt. Ich wartete, aber sie blieb stehen. Ich schaute aus dem linken Wagenfenster. Niemand war zu sehen, und nichts blockierte den Weg. Während ich mich wieder zurücklehnte und gerade dem Kutscher ein zweites Mal etwas zurufen wollte, öffnete sich plötzlich die rechte Tür, und ehe ich mich bewegen oder etwas sagen konnte, war schon ein vierschrötiger Mann in der Droschke und beugte sich drohend über mich.

Schrecken wallte in mir auf, und ich wollte schreien. Aber mein Schrei wurde erstickt. Eine große, kräftige Hand drückte mir einen Stoffballen über Nase und Mund und zwang meinen Kopf gegen die Rückenlehne. Mein Schrecken wurde riesengroß, und instinktiv fuhr meine linke Hand hoch, um die lange Hutnadel aus dem Hut zu reißen. Aber die andere Hand des Mannes packte mein Handgelenk und hielt es fest. Sein Arm legte sich über meine Brust, und er klemmte meinen linken Arm mit seiner Schulter ein. Sein Gesicht war nur Zentimeter von meinem entfernt, ein rotbraunes, stoppelbärtiges Gesicht, gekrönt von einem niedrigen steifen Hut in Braun. Ich versuchte zu beißen, zu treten, aber der Stoffballen auf meinem Mund erstickte mich fast, und der Mann kniete mit einem Bein auf meinen Oberschenkeln. Mit seinem ganzen Gewicht nagelte er mich auf dem Sitz fest.

Ich wehrte mich verzweifelt, ich zuckte und wand mich hin und her, um mich loszureißen. Aber er war viel zu stark. Ich konnte kaum atmen, und als ich die Luft durch die Nase einzog, bemerkte ich einen süßen übelkeiterregenden Geruch. Ich spürte, wie all meine Sinne trüb wurden, spürte, wie die Kraft meiner Glieder erlahmte. Der Mann lockerte seinen Griff ein bißchen und erlaubte mir, wenigstens zu atmen. Aber ich hatte jetzt nicht mehr die Kraft, mich zu wehren. Ich versuchte, den Kopf zur Seite zu drehen, den Atem anzuhalten, aber mein Körper gehorchte mir nicht. Die Welt fing an sich zu drehen – schneller, immer schneller, und dann wurde ich durch ein dunkles Loch ins Nichts gesogen.

Es mußte viel Zeit vergangen sein, ehe ich wieder ganz aus der Bewußtlosigkeit auftauchte. Aber es gab kurze Unterbrechungen, wo ich in meinem Dämmerzustand bemerkte, daß ich bewegt, angefaßt, liebenswürdig beruhigt wurde. Irgendwie wußte ich, daß ich nicht träumte, und trotz meiner Betäubung verspürte ich große Angst, aber ich hatte nicht die Kraft, mich zu bewegen oder zu sprechen.

Es gab eine Zeit, wo ich in einem Zimmer war, auf einem

Bett. Zwei Leute, eine davon eine Frau, kleideten mich aus und steckten mich in ein langes Nachthemd. Dann hob man mir den Kopf an, hielt etwas gegen meine Lippen und befahl mir zu trinken. Eine weitere Periode der Finsternis folgte; wie lange sie dauerte, konnte ich nicht sagen, aber dann wachte ich in einem Traum oder in der Wirklichkeit auf – ich saß in einem Rollstuhl auf einem großen Bahnhof, eingewickelt in Decken und mit einem Schal um den Kopf. Man schob mich einen Bahnsteig entlang. Hände hoben mich hoch, und dann saß ich in einem Abteil, in dem die Sonnenblenden heruntergezogen waren, und zwei Begleiter bei mir – eine davon eine Frau, die jetzt die weiße Haube einer Krankenschwester trug. Wieder wurde mir etwas an die Lippen gehalten, eine Hand kippte mir den Kopf zurück, und eine Stimme befahl mir zu trinken. Ich hatte nicht die Kraft, mich zu wehren, und bald überflutete mich erneut die Dunkelheit.

Dann wachte ich noch einmal halb auf. Ich hatte irgendwie das Gefühl, als ob viel Zeit vergangen wäre. Ich konnte das Rumpeln von Rädern und das Klingeln von Pferdegeschirr hören. Ich saß in einer Kutsche, und ein starker Arm um meine Schultern bewahrte mich davor, vom Sitz herunterzufallen. Die Kleider des Mannes rochen nach kaltem Tabakrauch. Eine Frauenstimme sagte etwas. Der Mann rief, die Kutsche hielt an, und man gab mir zum letztenmal etwas zum Trinken, ehe ich das Ziel meiner Reise erreichte.

13

DAS ZIMMER WAR klein und die Tür fest verschlossen. Wenn ich auf Zehenspitzen stand, konnte ich zwischen den Gitterstäben des Fensters hindurch eine Gegend sehen, in der Grasbüschel und Heidekraut sich bis zum Horizont erstreckten. Ein einzelner Feldweg schwang sich von rechts in einer langen Kurve um das Haus herum, wahrscheinlich bis zur Haustür.

Ich konnte nicht sehen, was für ein Haus es war. Während ich aus dem Fenster schaute, konnte ich nur schätzen, daß mein Zimmer etwa im vierten Stock lag, und dadurch bekam ich das Gefühl, daß das Haus sehr groß sein mußte. Sicher war es einsam gelegen, denn die Aussicht, die von diesem kleinen Fenster eingerahmt wurde, zeigte nur ödes Moor.

Es war vielleicht eine Stunde vergangen, seit ich aus meinem Drogenschlaf, in dem ich weiß Gott wie lange gelegen hatte, aufgewacht war. Ich fühlte mich krank, und in meinem Mund war ein Belag, obwohl ich ihn ausgespült und aus einem Blechbecher getrunken hatte, der neben einem Wasserkrug auf einem kleinen Tisch neben der Waschschüssel gestanden hatte. Ich trug ein Nachthemd aus grobem Leinen und darüber einen abgetragenen wollenen Morgenrock, der über dem Stuhl neben dem schmalen Eisenbett gehangen hatte. An meinen Füßen hatte ich Bettsocken aus dicker Wolle, zu groß für mich, obwohl sie durch vieles Waschen hart und eingelaufen waren. Das Haar hatte man mir grob zu einem Zopf geflochten und mit einem Stück Bindfaden festgebunden. Abgesehen von dem, was ich auf dem Leib trug, besaß ich überhaupt nichts, und ich hatte große Angst.

Nachdem ich wieder zur Besinnung gekommen war, war ich eine Zeitlang noch zu schläfrig gewesen, um klar denken zu können. Aber während der Nebel in meinem Kopf sich langsam auflöste, bekam ich mit wachsender Überzeugung und wachsender Furcht das Gefühl, daß ich diejenigen kannte, die meine Entführung arrangiert hatten. Mrs. Hesketh hatte mir gesagt, ich sei der Schlüssel zu Sebastian Ryders Rache gegenüber Sir John Tennant, weil ich den goldenen Schmetterling auf der Schulter hatte. Deshalb mußte es auch Sir John Tennant sein, der Sebastian Ryder diesen Schlüssel weggenommen hatte.

Es konnte nur der pure Zufall gewesen sein, daß die Leute, die er angeheuert hatte, mich genau in dem Augenblick erwischten, wo ich die Wahrheit über mich selbst und über Sir John erfahren hatte. Aber ohne Zweifel hatten sie auf die Gelegenheit gelauert, mich allein zu erwischen und mich in die Droschke des Kutschers zu locken, den sie bestochen hatten. Mrs. Hesketh war nicht die einzige, die mir an diesem Tag zum Regent's Park gefolgt war, und man mußte uns beide bis zur Chancrey Lane verfolgt haben.

Ich hielt mir den schmerzenden Kopf mit den Händen und versuchte zu überlegen, was für ein Haus dies sein könnte. Es stand am Rand eines Moores und lag wahrscheinlich im Norden Englands. Möglicherweise gehörte es Sir John, aber das bezweifelte ich. Sebastian Ryder hatte offenbar nicht im Traum daran gedacht, daß sein Feind es wagen würde, so verbrecherisch vorzugehen. Aber jetzt, wo ich verschwunden war, suchte Sebastian Ryder sicher nach mir. Sir John wußte das wohl auch, und so war es höchst unwahrscheinlich, daß mein Gefängnis ein Haus war, mit dem er irgendwie zu tun hatte. Ganz sicher würde er seine Spuren sorgfältig verwischen.

Ein Schlüssel drehte sich im Schloß, und ich sprang auf. Ich versuchte meine Angst zu verbergen, während die Tür aufging und ein Mann eintrat. Ihm folgte auf dem Fuße eine vierschrötige Frau, die ich fast für einen zweiten Mann gehalten hätte, wenn sie nicht einen Rock angehabt hätte. Sie hatte eine breite Brust, fast wie ein Faß und ohne jede weibliche Form. Die Ärmel ihres grauen Kleides spannten sich um ihre muskulösen Arme. Ihr Haar war dunkel und kurz geschnitten.

Der Mann war vielleicht vierzig Jahre alt. Er hatte eine gute Figur, neigte aber sowohl im Gesicht als auch am Körper zu Fettansatz. Sein Kopf war eiförmig, und er hatte dichtes sandfarbenes Haar. Er war sehr gut gekleidet – er trug einen grauen Wollanzug und eine Weste in hellerem Grau, einen gestärkten Kragen und eine dunkelrote Seidenkrawatte. In seinem Knopfloch steckte eine kleine Rose, und er lächelte so milde, daß er mich an unseren Vikar in Bradwell erinnerte.

»Ah, Miß Smith«, sagte er fröhlich. »Ich bin Dr. Thornton. Darf ich fragen, wie Sie sich jetzt fühlen? Hm?«

Ich bemühte mich, mit fester Stimme zu sprechen, und sagte: »Ich fühle mich miserabel, Dr. Thornton, denn ich bin entführt worden. Mein Name ist nicht Smith, sondern Hannah McLeod. Ich bin in London aufgegriffen, betäubt und hierhergebracht worden. Ich hoffe sehr, daß Sie in dieser Angelegenheit unschuldig sind.«

Er hob protestierend die Hände, und in seinem Gesicht zeigte sich ein gequälter Ausdruck. »Ach, kommen Sie, meine liebe Miß Smith. Sie sind doch in guten Händen, und wir wollen keine albernen Geschichten erfinden, oder?«

»Ich erfinde keine Geschichten, Doktor. Ich habe den starken Verdacht, daß Sir John Tennant für das verantwortlich ist, was mit mir geschehen ist. Sind Sie sein Werkzeug oder sein Komplize?«

Dr. Thornton seufzte. »Sie müssen bedenken, daß Sie sehr krank gewesen sind, Miß Smith«, sagte er sanft. »Ihr seelischer Zustand hat denen, die Ihnen nahestehen, große

Sorgen bereitet. Und jetzt glauben Sie, daß es in Ihrem Interesse ist, wenn Sie in diese Anstalt eingewiesen werden.«

Der Schrecken jagte mir einen Schauder über den Rükken. »Anstalt?« wiederholte ich, und meine Stimme war nicht mehr als ein Flüstern.

»Zwei Ärzte hatten attestiert, daß Ihr geistiger Zustand eine Einweisung erforderlich macht«, sagte Dr. Thornton mit einem milden Lächeln. Er schaute sich um. »Dies ist Ihr Zimmer, und wie Sie ohne Zweifel entdeckt haben, gibt es dort hinter der Tür in der Ecke eine Toilette. Wir servieren dreimal pro Tag eine ausgezeichnete Mahlzeit, zusammen mit ein paar hübschen Tabletten, damit sie nachts besser schlafen können.«

»Nein« rief ich. »Hören Sie auf! Sie können mich doch nicht . . .!«

Dr. Thornton fuhr fort, als ob ich gar nichts gesagt hätte. »Ich bin sicher, daß Sie sehr glücklich bei uns sein werden, Miß Smith. Sie werden in der Schublade im Tisch eine Bibel finden, in der Sie lesen dürfen, und wenn Sie sich ruhig verhalten und sich ein paar Monate lang gut benehmen, können wir Sie vielleicht sogar zu den anderen Patienten in den Gemeinschaftsraum lassen, vielleicht ein Stündchen oder so jeden Tag.«

»Monate?« fragte ich und fing an, vor Zorn und Verzweiflung zu zittern. »Aber Sie können mich doch nicht monatelang allein hier einschließen!«

»Nur, bis Sie sich beruhigen«, sagte Dr. Thornton freundlich. »Ich bin sicher, Sie werden es klüger finden, wenn Sie sich gut benehmen. Unsere Patienten haben eine Menge Spaß im Gemeinschaftsraum. Wir können zwar das Stricken oder andere Handarbeiten, bei denen Nadeln oder Scheren notwendig sind, nicht erlauben, aber die Leute plaudern miteinander und spazieren umher, und manchmal spielen sie auch ›Schweinchen auf der Leiter‹ oder machen kleine

Spielzeuge aus Papiermaché, damit sie beschäftigt sind. Es macht großen Spaß.« Er hielt abrupt inne, zog eine Uhr aus seiner Westentasche, klappte sie auf und runzelte die Stirn. »Fast vier Uhr, und ich muß noch immer meine Runde machen.« Er drehte sich um und zeigte auf die vierschrötige Frau. »Das ist Schwester Webb. Die wird sich um Sie kümmern. Guten Tag, Miß Smith.« Er steckte die Uhr wieder ein und ging schnell hinaus.

Ich rief: »Warten Sie!« und wollte hinter ihm herlaufen. Aber Schwester Webb packte mich am Arm, und ich keuchte vor Schmerz, als ihre Finger zuquetschten. »Hier entlang, mein Kind«, sagte sie und führte mich zurück zum Bett. Selbst wenn ich von den Drogen und vom Mangel an Nahrung nicht so schwach gewesen wäre, gegen sie hätte ich nichts ausrichten können. Mit einer Drehung ihres Handgelenks schleuderte sie mich auf das Bett, als ob ich nicht mehr gewogen hätte als das Nachthemd, das ich trug. Dann trat sie zurück, verschränkte die Arme und blickte auf mich hinab. Ihre dunklen Augen wirkten sehr winzig in ihrem breiten Gesicht. »Wir wollen doch keinen Ärger machen, oder, mein Kind?« sagte sie mit eiserner Stimme. »Sie benehmen sich und dann werden wir gut miteinander auskommen. Aber sollten Sie Ärger machen, werde ich Sie beruhigen müssen, und das ist überhaupt nicht nett.«

Sie betrachtete mich nachdenklich, während ich dalag und zu ihr aufblickte. Mein Kopf wirbelte, ich war sprachlos und verängstigt. »Wir bringen Ihnen dann noch um sechs den Tee«, sagte sie, »und eine Pille, damit Sie ab acht Uhr schön schlafen.« Ihr Mund wurde schmal, die kleinen Augen sahen plötzlich bösartig aus. »Und machen Sie auch kein Theater, wenn Sie die Pille nehmen, mein Kind. Wenn wir Sie nämlich zwingen müssen, kann das weh tun.«

Sie drehte sich um und ging mit schwerem Schritt aus dem Zimmer. Die Tür schloß sich, der Schlüssel drehte sich im Schloß. Einen Augenblick lang überflutete mich der alte Schrecken, den ich schon vor Jahren kennengelernt hatte, in einem verschlossenen Zimmer im Haus der Mrs. Logan. Ich drehte mich um, bettete den Kopf in meine Armbeuge und biß die Zähne zusammen. Ich wartete, bis die Welle der Panik verflog. Nach kurzer Zeit drang ein Geräusch an meine Ohren, schwach und aus weiter Ferne. Aber es war ohne Zweifel der Klang einer Kirchenglocke, die die Uhrzeit schlug. Ich hob den Kopf und zählte. Vier Uhr. Eine winzige Andeutung von Erleichterung half mir, mich wieder zu fassen. Ich wußte nicht, welcher Tag es war, und ich bezweifelte auch, daß Schwester Webb oder irgendein anderer es mir sagen würde. Aber ich konnte feststellen, wann Sonntag war – und zwar am Klang der Kirchenglokke. Noch besser – ich wußte jetzt, daß nicht weiter als eine Meile vom Haus entfernt ein Dorf liegen mußte. Ich setzte mich auf und rieb mir die Augen fest mit dem Handballen und versuchte nachzudenken.

Sir John Tennant hatte es geschafft, mich zu fangen und mich dann in ein einsames Irrenhaus am Rande eines großen Moores einzusperren. Dr. Thornton war vielleicht qualifiziert – vielleicht auch nicht, aber mit Sicherheit war er ein korrupter Mensch, der sehr genau wußte, daß ich keine Irre war. Wenn es stimmte, daß zwei Ärzte mich für wahnsinnig erklärt hatten, dann hatten sie das getan, ohne mich zu untersuchen. Sie mußten von Sir John Tennant bestochen worden sein.

Sebastian Ryder würde mich suchen. Aber würde er zur Polizei gehen? Das bezweifelte ich. Ich war ein Bauer in seinem Schachspiel der Rache gegen Sir John, und er würde sicher nicht den Wunsch haben, daß die Polizei sich einmischte. Aber selbst wenn sie es tat – ich hatte nur wenig Hoffnung, daß sie mich finden würde. Mit einem Schauder begriff ich, daß Sebastian Ryder wohl glauben mochte, man hätte mich beseitigt und es hätte keinen Sinn mehr, mich zu suchen.

Und Toby Kent? Der war jetzt im Ausland, irgendwo auf dem Kontinent. Wochen konnten vergehen, ehe er hörte, daß ich verschwunden war, und dann glaubte er vielleicht, ich hätte mich entschieden, wegzugehen und anderswo ein neues Leben anzufangen. Andrew Doyle dachte vielleicht dasselbe. Viel würde davon abhängen, ob Sebastian Ryder irgend jemandem erzählte, auf welch plötzliche und ungewöhnliche Weise ich verschwunden war. Verbissen brachte ich mich dazu, die Tatsache zu akzeptieren, daß es wenig, wenn überhaupt irgendwelche Hoffnung gab, aus diesem Gefängnis zu entfliehen, wenn nicht durch eigene Anstrengung. Und im Augenblick konnte ich nichts tun.

Ich ging zum Fenster und stellte mich auf die Zehenspitzen, um hinauszuschauen. Die Gitterstäbe waren fest, und in jedem Fall würde es mir unmöglich sein, vier Stockwerke nach unten zu klettern. In der Toilette gab es kein Fenster. Während ich versuchte, meine Nerven in Schach zu halten, setzte ich mich an den Tisch, öffnete die Schublade und nahm die Bibel heraus. Sonst war nichts darin.

Ich entschied, daß ich ein paar Tage lang, vielleicht noch länger, friedliches Benehmen zeigen mußte. Ich durfte nicht protestieren und mußte alles tun, was man mir sagte. Während dieser Zeit würde ich versuchen, soviel wie möglich über das Haus herauszufinden, über die Umgebung, den Stab und die Dienstboten, die es mit Sicherheit hier geben mußte, und die die Zimmer sauberhielten. Ställe würden wohl auch da sein, dachte ich. Und ein, zwei Pferde, ein Jagdwagen, eine größere Kutsche vielleicht. Wenn ich aus dem Haus entrinnen konnte . . .

Aber wohin sollte ich gehen? Würden die Leute im Dorf Dr. Thornton widersprechen, wenn er ihnen sagte, ich sei eine ausgebrochene Irre? Ohne Zweifel gab es hier echte Fälle von Wahnsinn, um solch eine Geschichte glaubhaft zu machen. Die Verzweiflung überkam mich von neuem, und ich wehrte mich dagegen. Einen Brief . . . ich mußte es schaffen, einen Brief zu schreiben, den ich einwerfen konnte, sobald ich das Dorf erreichte – falls man mich einfing und wieder zurückbrachte. Irgendwie mußte ich Papier, Feder und Tinte in die Finger bekommen, und einen Umschlag, eine Briefmarke. Nein, eine Briefmarke würde ich nicht brauchen. Derjenige, der den Brief erhielt, würde zwar doppeltes Porto bezahlen müssen, aber wenn ich meinen Namen auf die Rückseite schrieb . . .

Wem sollte ich schreiben? Die Familie Ryder würde irgendwann wieder nach Silverwood zurückkehren, und mein Brief wurde vielleicht nicht weitergeleitet. Wenn ich nach Silverwood schrieb, lag er möglicherweise wochenlang ungeöffnet da. An Toby Kent? Der war im Ausland. An Andrew Doyle? Der verließ London vielleicht bald, und ich wußte nicht, wie lange es dauern würde, bis ich meinen Brief geschrieben hatte und bis meine Flucht gelungen war.

Mrs. Hesketh. Ja. An sie würde ich am besten schreiben, denn sie würde den Brief in der Chancrey Lane bekommen, und sie hatte gezeigt, daß sie mich mochte. Ich war sicher, daß sie, um mir zu helfen, ihr Bestes geben würde, und ich wußte, daß sie sowohl erfahren als auch durchsetzungsfähig war.

Ich erlaubte mir nicht, darüber nachzudenken, wie schwierig es sein konnte, meinen Plan durchzuführen – einen Brief zu schreiben und dann aus Dr. Thorntons Irrenhaus zu fliehen, wenigstens bis zum Dorf. Ich wußte nur, daß Sir John Tennant offenbar die Absicht gehabt hatte, mich hier eingeschlossen zu halten, solange er lebte oder wenigstens solange Sebastian Ryder lebte. Oder vielleicht solange ich lebte. Und wenn ich allein in diesem Zimmer eingesperrt bleiben sollte oder wenn ich als eine angebliche Geisteskranke unzählige Jahre unter Geisteskranken verbringen sollte, dann würde ich früher oder später vielleicht tatsächlich den Verstand verlieren.

Die fernen Kirchenglocken sagten mir drei Tage später, daß Sonntag war. Ich markierte das mit einem kleinen Kratzer tief unten an der Innenseite der Toilettentür, den ich mit der Spitze des Löffels machte. Es war der erste von sechs Sonntagen, die ich auf meinem groben Kalender ankreuzen sollte, ehe ich bereit war, eine Flucht zu versuchen. Aber innerhalb von drei Tagen kannte ich die Routine der namenlosen Institution, die mein Gefängnis war.

Man brachte mir täglich drei Mahlzeiten: Das Frühstück bestand aus Haferbrei und Tee – der Haferbrei klumpig, aber reichlich, der Tee schwach und lauwarm. Ungefähr um die Mittagszeit kam die Hauptmahlzeit des Tages, die immer aus Eintopf in einer Schüssel bestand. Wieder war es eine reichliche Portion, aber mit viel mehr Gemüse als Fleisch. Dem Eintopf folgte dann Reispudding oder Flammeri und noch ein Becher Tee. Um sechs Uhr kam schließlich ein Becher Kakao zusammen mit drei Scheiben Brot und Marmelade – das Brot dick, die Marmelade dünn.

Jede Mahlzeit wurde von einem rundlichen, ziemlich wortkargen Mädchen namens Stella auf einem Tablett hereingetragen, aber es war Schwester Webb, die die Tür aufschloß und beobachtend dastand, während Stella das Tablett auf meinem kleinen Tisch abstellte. Später kamen sie beide dann zurück, und Stella holte das Tablett ab. Um acht Uhr erschien Schwester Webb allein. Sie hatte dann immer ein halbes Glas wäßrige Milch und eine weiße Tablette bei sich. Ich mußte die Tablette in den Mund stecken, meine leeren Hände vorzeigen und die Milch trinken.

Ich wußte, daß Stella nicht im Haus wohnte, denn als sie am dritten Tag mein Frühstück hereinbrachte, war sie gerade dabei, Schwester Webb zu erzählen, ihre Fersen wären heute morgen vom Fußweg aus dem Dorf ganz wund und sie müsse sich unbedingt ihren Schuh reparieren lassen. Stella nahm keine Notiz von mir, und obwohl ich hoffte, ich könnte sie später um Hilfe bitten, machte ich keinen Versuch, in Schwester Webbs Gegenwart mit ihr zu sprechen. Ich folgte dem Plan, den ich mir zurechtgelegt hatte, und versuchte, elend und resigniert dreinzuschauen, als ob der Schock darüber, daß ich hier wäre, mich noch immer lähmte.

Ich war nicht sicher, ob ich Schwester Webb davon überzeugt hatte, denn während die Tage vergingen, fuhr sie fort, mich scharf und mit mißtrauischen Augen zu mustern. An der Wand neben meinem Bett hing an einem Draht, der durch eine Röhre in die Wand führte, ein kleiner hölzerner Knopf. Das war ein Klingelzug, und Schwester Webb lenkte schon am ersten Abend, als sie mir die Schlafpille brachte, meine Aufmerksamkeit darauf.

»Der Klingelzug ist nur für Notfälle, Miß Smith«, sagte sie betont. »Wenn Sie aufgeregt werden und ihn ohne einen triftigen Grund benutzen, halten wir es möglicherweise für notwendig, eine angemessene Behandlung zu Ihrer Beruhigung vorzunehmen. Und jetzt stecken Sie das in den Mund.«

Ich nahm gehorsam die Pille und schluckte sie mit der wäßrigen Milch. Das Ergebnis war, daß mein Schlaf bleiern schwer wurde und ich mit Kopfschmerzen und einem schlechten Geschmack im Mund aufwachte. Aber es war zwecklos, sich zu wehren. Schon als Kind, als ich an Mrs. Logan verkauft worden war, hatte ich eine ähnliche Strapaze durchlebt, und ich wußte, ich würde nachgeben müssen, bis ich eine Möglichkeit fand, die nächtliche Routine des Drogenschlafes zu umgehen.

Eine Woche verging, ehe ich das erreichte. Ich hatte

mehrere Stunden jeden Tag mit einem Stück Brotkruste in der Größe der Pille geübt. Während ich diese Brotkruste in der Hand hielt, machte ich die Bewegung des In-den-Mund-Werfens und zeigte dann meine leere Hand vor. Aber in Wirklichkeit versteckte ich die ›Pille‹, wie das ein Taschenspieler macht. Ich klemmte sie in die Falte zwischen Daumen und Zeigefinger.

Als ich zum erstenmal das Ergebnis meiner Übungen probte, indem ich die Pille auf diese Weise vor Schwester Webb verbarg, war ich nervös. Aber offenbar war ich geschickt genug gewesen, denn sie hatte nichts bemerkt. Von da an konnte ich klarer denken, denn mein Gehirn war frei von der Lethargie, welche die Droge selbst während meiner wachen Stunden hinterließ.

Mein Zimmer wurde von einer Gaslampe erleuchtet, die nahe der Decke an der Wand hing. Der Zustrom des Gases wurde offenbar von einem Hahn draußen vor der Tür geregelt, denn nachdem ich die übliche Tablette genommen hatte und für die Nacht eingeschlossen worden war, ging das Gas immer aus. Dann blieb mir nur noch ein dämmriges Licht aus dem Flur, das durch eine doppelte Glasscheibe über der Tür hereinleuchtete. Auch dieses Fensterchen war mit Eisenstäben gesichert. Jede Woche bekam ich saubere Bettücher, ein neues Nachthemd und Bettschuhe. Zweimal die Woche wurde mein Zimmer gekehrt und Staub gewischt. Ich war nicht die einzige Insassin dieses Stockwerks. Es gab noch fünf weitere Zimmer am Korridor, die alle besetzt waren. Ich wußte das, weil wir alle auf Stühlen draußen vor der Tür sitzen mußten, während Stella und ein anderes Mädchen die Zimmer reinigten und Schwester Webb ein strenges Augenmerk auf uns hielt. Sie wandelte dann immer langsam zwischen dem Ende des Korridors, wo mein Zimmer lag, und einem Treppenaufgang am anderen Ende hin und her.

Meine Mitpatientinnen waren alle Frauen und viel älter als ich. Eine sprach nie, sondern saß da, als ob sie sich völlig in eine andere Welt zurückgezogen hätte. Die anderen schienen einander zu kennen, aber mir wurde bald klar, daß sie wirklich krank waren. Eine ging innerhalb von wenigen Sekunden von Schluchzern zu Gelächter über und plapperte immerfort Unsinn. Die restlichen zwei unterhielten sich irgendwie, aber das, was die eine sagte, hatte wenig mit dem zu tun, was die andere gerade gesagt hatte. Ich machte einen oder zwei schüchterne Versuche, mit ihnen ins Gespräch zu kommen, während unsere Zimmer gereinigt wurden, hauptsächlich, um bei Schwester Webb den Eindruck zu erwecken, ich hätte mein Los akzeptiert. Aber die Antworten der beiden Frauen waren ohne Sinn.

Ich war dankbar für die Stunde des Reinemachens, denn es war eine Gelegenheit für kurze Zeit aus den vier Wänden herauszukommen, die mich eingeschlossen hielten, und ich konnte wenigstens andere menschliche Wesen sehen. Während ich bei dieser Gelegenheit draußen vor meiner Tür saß, versuchte ich, soviel wie möglich über das Haus zu erfahren. Es war offensichtlich sehr groß, und ich mußte annehmen, daß es neben den weiblichen auch männliche Insassen gab, denn manchmal konnte ich Männerstimmen vom Treppenaufgang her hören. Die Worte waren nicht zu verstehen, und es hätten auch Worte sein können, die zwischen männlichen Pflegern gewechselt wurden, aber dann hörte ich, wie jemand in Geschrei ausbrach, hörte eine Zeile aus einem Lied, das mit zitternder Stimme gesungen wurde, und schrilles Gelächter, das mechanisch und sinnlos wirkte.

Ich kam zu dem Schluß, daß diese Anstalt größtenteils tatsächlich ein Irrenhaus war, aber es konnte auch noch gut ein oder zwei Personen wie mich beherbergen, die geistig völlig gesund, aber unter dem Vorwand des Wahnsinns hier eingesperrt waren, weil jemand – entweder die Familie oder ein Feind – Grund hatte, sie von der Welt abzuschließen.

Einmal, während der dritten Woche, gab es auf dem Stockwerk unter mir eine Unruhe, während unsere Zimmer gesäubert wurden. Schwester Webb rannte die Treppe hinunter, um nachzusehen, ob sie gebraucht wurde. Stella und das andere Mädchen waren gerade in zwei der Zimmer beschäftigt, und sofort rannte ich zum Ende des Korridors, um über das Geländer der Treppe nach unten zu spähen. Von dem Korridor unter mir konnte ich nur wenig sehen. Der Treppenaufgang führte vier Stockwerke tief in eine große Halle, die ich für das Erdgeschoß halten mußte. Dr. Thornton kam vom zweiten Stock herauf, eine Hand lag auf dem Geländer. Ich rannte zurück zu meinem Stuhl, und das war das Ende des Vorfalls. Nur – ich war jetzt sicher, daß ich das Erdgeschoß direkt über diese Treppe erreichen konnte.

Die Tür meines Zimmers war sehr solide, und ich konnte von draußen nur wenig hören, wenn sie verschlossen war. Manchmal stand ich da und preßte das Ohr dagegen, dann hörte ich schwache Geräusche von Bewegungen und Türen, die auf dem Korridor aufgeschlossen wurden. Ich nahm an, daß dies die Zeiten waren, zu denen meine Mitpatienten zu den anderen in den Gemeinschaftsraum durften, von dem Dr. Thornton gesprochen hatte. Der Mut sank mir, als ich mich daran erinnerte, wie er gesagt hatte, ich müsse mehrere Monate gutes Benehmen zeigen, bevor ich auch dorthin durfte.

Dr. Thornton besuchte mich zweimal die Woche, und immer wurde er von Schwester Webb begleitet. Er zeigte dann sein künstliches Lächeln auf seinem eiförmigen Gesicht und starrte mit leerem Blick an mir vorüber, während er mich fragte, wie es mir ginge. Er ignorierte meine Antworten, fühlte mir den Puls, versicherte mir, ich hätte Glück gehabt, daß ich in so guten Händen sei, und ging wieder.

Bei seinem dritten Besuch fragte ich ihn, ob ich vielleicht einen Brief schreiben dürfte. Er warf mir einen scharfen, fragenden Blick zu, strahlte dann auf seine vage Art und sagte: »Warum nicht? Warum nicht? An wen möchten Sie denn schreiben, Miß Smith?«

»An den Herrn, bei dem ich angestellt war«, sagte ich langsam und versuchte, so lethargisch zu wirken, wie ich mich gefühlt hatte, als ich noch die nächtliche Droge nahm. »Sein Name ist Mr. Ryder.«

»Oh – aber dem ist doch bekannt, daß Sie hier sind, Miß Smith. Wissen Sie das denn nicht mehr? Er war derjenige, der die Ärzte gerufen hat, als Sie in einem Zustand – hm – seelischen Aufruhrs waren.«

»Ich würde ihm gern schreiben und ihm danken«, sagte ich.

»Schön, schön. Schwester Webb wird Ihnen besorgen, was immer Sie brauchen. Wir wollen doch alle, daß Sie hier glücklich sind. Wie gut Sie aussehen, Miß Smith. Ich bin sicher, daß Ruhe und Stille sich bei Ihnen sehr positiv auswirken. Widerstehen Sie jeder Neigung aufgeregt zu werden, ja? Guten Morgen, guten Morgen.«

Am nächsten Tag brachte mir Schwester Webb einen dünnen Block aus einfachem Papier, Feder und Tinte und einen einzigen Umschlag. Ich war enttäuscht, denn ich hatte gehofft, ich könne für den Brief, den ich an Mrs. Hesketh zur Vorbereitung meiner Flucht schreiben wollte, einen Umschlag auf die Seite schaffen. So nahm ich mir jetzt zwei Blätter vom Block, aus denen ich mit sehr viel Sorgfalt einen ziemlich unschönen, aber brauchbaren Umschlag bastelte. Ich benutzte die Marmelade von meinen Butterbroten, um die Ränder zusammenzukleben.

Ich wußte sehr genau, daß der Brief an Mr. Ryder nie abgeschickt werden würde. Also schrieb ich nur ein paar Zeilen, in denen ich zum Ausdruck brachte, daß ich mich nicht mehr daran erinnern könne, krank geworden zu sein. Ich entschuldigte mich für irgendwelche Mühen, die ich verursacht hätte, und ich drückte die Hoffnung aus, daß jemand mich eines Tages besuchen kommen würde.

Der zweite Brief, den ich schrieb, war an Mrs. Hesketh gerichtet. In möglichst wenigen Worten bat ich sie, mir zu helfen, und schrieb ihr, ich sei entführt worden. Ich würde in einem Irrenhaus unter Leitung von Dr. Thornton gefangengehalten und wüßte nicht, wo die Anstalt läge. Aber sie müsse in der Nähe eines Dorfes am Rande eines Moores liegen. Ich adressierte meinen selbstangefertigten Umschlag, steckte den Brief hinein und verbarg ihn unter dem Schrankpapier in der Schublade, in der die Bibel aufbewahrt wurde.

Das war ein guter Tag, denn ich hatte das Gefühl, als ob ich etwas erreicht hätte. Dennoch – den größten Teil meiner Wachstunden kämpfte ich gegen die Angst und ein fürchterliches Gefühl völliger Einsamkeit. Es gab niemanden, mit dem ich auch nur einen einzigen Gedanken austauschen konnte. Vor Schwester Webb hatte ich eine Angst, die über jede Vernunft ging – so sehr, daß mein Herz schon anfing zu hämmern, wann immer ich den Schlüssel im Schloß hörte und wußte, daß ich sie gleich sehen würde. Ich hatte außerdem Angst vor dem Versagen, denn der Gedanke, was aus mir werden würde, wenn ich nicht fliehen konnte, war mir fürchterlich.

Um während der scheinbar endlosen Stunden des Tages solche deprimierenden Gedanken in Schach zu halten, fing ich an, mich zu beschäftigen. Ich setzte mich hin und las die Bibel von Anfang an, ein Buch pro Tag. Ich achtete auch darauf, daß ich zweimal täglich das Nachthemd auszog und eine volle Stunde lang gymnastische Übungen durchexerzierte, die Mam'selle Montavon von all ihren Schülerinnen am College regelmäßig gefordert hatte. Abgesehen davon, daß die Zeit schneller verging, waren mir diese Übungen jetzt wichtig, denn ich wußte nicht, was vor mir lag, und ich wollte vermeiden, daß mein Körper durch die erzwungene Trägheit schlaffer und schlaffer wurde.

Die schlimmste Zeit war, wenn um acht Uhr das Licht abgeschaltet wurde und ich zwei oder drei Stunden wach lag, ehe ich endlich einschlafen konnte. Dann mußte ich mich auf meine glücklichen Erinnerungen verlassen, um die Furcht zurückzuhalten. Es waren nicht viele, aber die besten Erinnerungen stammten aus den Zeiten, die ich mit Toby Kent in Paris oder Chelsea verbracht hatte. Und die allerschönste war die Erinnerung an den Tag, an dem er mich mit in den Zirkus genommen hatte. Ich erlebte diesen Tag in allen Einzelheiten immer wieder, ich erinnerte mich daran, wie wir miteinander gelacht hatten, und immer gelang es mir, damit die Schatten zu vertreiben und mir eine Art Frieden zu verschaffen.

Am Ende der vierten Woche wußte ich, daß Schwester Webb regelmäßig am Donnerstag frei hatte. Erst jetzt war ich in der Lage, einen endgültigen Plan zu machen. Jeden Donnerstag, vom Frühstück an, wurde sie von Mrs. Gregg vertreten, einer kleingewachsenen, kräftigen Frau mit säuerlichem Gesichtsausdruck, die immer ein bißchen nach Gin roch. Ich mochte Mrs. Gregg nicht, aber ich hatte auch keine Angst vor ihr, und dies machte es mir möglich, etwas zu planen, was ich an einem Tag, an dem Schwester Webb Dienst hatte, nie gewagt hätte.

Zuerst mußte ich sicherstellen, daß Mrs. Greggs Dienstzeit sich bis in die Nacht erstreckte. Dazu gab es nur eine Möglichkeit. Am fünften Donnerstag meiner Gefangenschaft, kurz nach Mitternacht, mischte ich mir ein starkes Seifenwasser und nippte so lange davon, bis mir fast übel wurde. Dann, mit großem Herzklopfen, zog ich an dem Klingelzug, den ich nur in Notfällen benutzen durfte.

Von draußen hörte ich kein Geräusch. Das erwartete ich auch nicht, denn ich hatte vor den Türen im Korridor keine Glocken gesehen. Ich nahm an, daß die Glockenstränge in einem Zimmer zusammenliefen, wo jemand Dienst machte, den Ruf bemerkte und die Schwester alarmierte, die in der betreffenden Abteilung die Verantwortung trug.

Fünf Minuten vergingen. Ich trank das letzte Seifenwasser aus und mühte mich, es unten zu behalten. Dann hörte ich, wie der Schlüssel sich im Schlüsselloch drehte. Ich rannte in die Toilette, berührte den hinteren Teil meines Gaumens mit einem Finger und begann sofort mich zu erbrechen, während ich mich mit dem Kopf über das Toilettenbecken beugte.

Als das Würgen wieder aufhörte, hob ich den Kopf. Das Gaslicht im Zimmer war aufgedreht, und Mrs. Gregg stand in der offenen Tür der Toilette. Sie schaute finster auf mich herab; sie trug eine Schlafhaube und einen Morgenrock über einem Flanellnachthemd.

»Was ist denn?« schnappte sie. Wie Schwester Webb hatte sie einen nördlichen Akzent, und dadurch wurde mein Eindruck bestärkt, daß die Moore, die ich aus dem Fenster sehen konnte, wahrscheinlich zu den Mooren von Yorkshire gehörten.

Ich schnappte nach Luft, wischte mir das Gesicht mit dem Handtuch ab, das ich hochgenommen hatte, und würgte noch einmal. Es mußte für jeden offensichtlich gewesen sein, daß ich kein Theater machte. »Tut mir leid«, sagte ich mit zitternder, keuchender Stimme, »ich hatte solche Schmerzen ... in meinem Magen. Ich hatte schon Angst ...«

Sie kratzte sich am Kinn, schien zu überlegen und versuchte offensichtlich herauszufinden, ob ich nun ernsthaft krank war oder nicht. Nach einer Weile sagte sie: »Sind Sie jetzt fertig?«

Ich stand langsam auf und legte eine Hand auf meine schweißnasse Stirn. »Ja. Ich . . . ich glaube ja, Mrs. Gregg. Tut mir leid. Ich bin mit Schmerzen aufgewacht, und dann . . .«

»Kommen Sie mal unters Licht.« Sie packte mich am Arm und zog mich unter die Gaslampe. Sie fühlte mir die Stirn und spähte in mein Gesicht, das, so wußte ich, blaß und wächsern aussehen mußte. »Haben Sie immer noch Schmerzen?« wollte sie wissen.

»Nein«, sagte ich zittrig. »Jetzt, wo ich mich erbrochen habe, geht es mir wieder besser.«

»War wohl was, was Sie gegessen haben«, grunzte Mrs. Gregg. »Verschwinden Sie ins Bett und halten Sie sich warm.«

Ich gehorchte gern, denn ich fröstelte. Sie stand da und betrachtete mich noch einen Augenblick unsicher, dann sagte sie: »Geht's jetzt wieder?«

»Ja.« Mein Gesicht war unter der Bettdecke verborgen. »Ja, sicher geht es jetzt wieder.«

Sie schlurfte aus dem Zimmer, machte die Tür zu und schloß ab. Das Gaslicht wurde schwächer und erlosch, abgesehen vom winzigen Glutpunkt der Zündflamme. Ich hüllte mich in die Bettdecke und verspürte Triumph, gemischt mit Angst. Ich hatte herausbekommen, daß an allen Donnerstagen Mrs. Gregg Nachtdienst hatte, und es war mir gelungen, ohne Ärger zu bekommen und dem unterworfen zu werden, was Schwester Webb die ›Beruhigungsbehandlung‹ nannte. Aber ich hatte auch Angst, denn der nächste Schritt, den ich plante, würde mich zwingen, einen Fluchtversuch zu wagen. Und ich hatte das Gefühl, daß mein Leben und meine geistige Gesundheit davon abhingen.

Ich wartete noch zwei Wochen, ehe ich den Schritt unternahm, vor dem es kein Zurück mehr gab. Ich wartete, weil ich es für unklug hielt, an zwei aufeinanderfolgenden Donnerstagen den Klingelzug zu benutzen, um Mrs. Gregg zu rufen. Während dieser vierzehn Tage weitete ich meine gymnastischen Übungen auf drei verschiedene Stunden pro Tag aus, damit ich in guter körperlicher Verfassung war.

Als der Zeitpunkt schließlich kam, waren nur noch wenige Vorbereitungen zu treffen. Es war ein Uhr morgens. Ich steckte den Brief an Mrs. Hesketh in die Tasche meines Morgenrocks und rückte meinen Stuhl so zurecht, daß er neben der Tür der Toilette stand, die sich nach außen öffnete. Ich öffnete die Tür einen Spalt, flüsterte dann ein Stoßgebet, raffte all meinen Mut zusammen und zog am Klingelzug.

Fünf Minuten vergingen. Ich kniete auf dem Fußboden an der anderen Seite des Bettes, als das Gas von außen angedreht wurde und ich den Schlüssel im Schloß hörte. Sofort legte ich mich flach neben das Bett, und niemand, der ins Zimmer trat, konnte mich sehen. Ich hörte, wie sich die Tür öffnete, ich hörte das Schlurfen der Pantoffel, bis Mrs. Gregg direkt vor mir, am Fuß des Bettes stand. Und sie trug wie beim letztenmal eine Nachtmütze, ein Nachthemd und einen Morgenrock. Sie hatte mir das Profil zugewandt und ging an mir vorüber, ohne daß sie mich neben dem Bett liegen sehen konnte. Sie ging zur Toilette.

Während sie die Tür weit aufriß, drehte sie mir den Rükken zu. Ich sprang hoch, rannte vorwärts und gab ihr einen Stoß. Sie stolperte durch die Tür hinein und stieß einen Grunzer der Überraschung aus. Im nächsten Augenblick hatte ich die Tür zugeknallt und rückte die Lehne meines Stuhles unter den Türdrücker, damit er nicht mehr bewegt werden konnte.

Ich hörte, wie Mrs. Gregg ein wütendes Gebrüll ausstieß, während ich zur Tür rannte, die sie offengelassen hatte. Der Schlüssel steckte noch. Ich ging nach draußen, machte leise die Tür zu und drehte den Schlüssel mit zitternder Hand um. Jetzt war ich zum Handeln gezwungen, und der Rest meiner Flucht lag in den Händen der Götter, denn ich wußte nicht genug von dem Haus und der Umgebung, als daß ich einen gründlicheren Plan hätte machen können. Während ich mich von der Tür abwandte, konnte ich noch immer die unterdrückten Rufe von Mrs. Gregg hören, aber das Geräusch drang nicht durch, denn die Toilette lag an der Außenwand. Als ich den Treppenabsatz erreicht hatte, konnte ich nichts mehr hören.

Es kam mir vor, als ob mein Herz ein lauteres Geräusch machte als meine Füße, während ich die Treppe hinunterzulaufen begann. Es waren drei kurze Absätze zwischen jedem Stockwerk, und auf jeder Etage brannte mit kleiner Flamme ein Gaslicht. Bretter quietschten, ein Fenster rasselte, aber ich sah niemanden, und keine Stimme forderte mich auf, stehenzubleiben. Keine Lampe brannte unten in der großen, viereckigen Halle am Fuß der Treppe, aber von oben drang genug Licht herunter, daß ich die schwere Haustür mit den beiden kräftigen Riegeln sehen konnte.

Ohne Schwierigkeiten konnte ich den Riegel zurückschieben. Aber dann stellte ich fest, daß ich einen Stuhl brauchte, um den oberen fortzuschieben. Sekundenlang war ich über diese Verzögerung fast von Sinnen vor Angst. Aber mit einer gewaltigen Anstrengung brachte ich mich dazu, die Aufgabe ruhig auszuführen, bis sie endlich erledigt war. Ich stieg vom Stuhl herunter, trug ihn vorsichtig an seinen Platz vor der Wand zurück, ging dann wieder zur Tür und hielt den Atem an, während ich die Türklinke berührte. Die Tür öffnete sich, und eine kühle Nachtbrise berührte mein schwitzendes Gesicht.

Dreißig Sekunden später stand ich im monderleuchteten Hof, den Rücken der Mauer des Hauses zugewandt. Ich spähte zu den schweren hölzernen Toren hinüber, die meines Wissens auf die Straße führten. Ich konnte auch die

Ställe und den Wagenschuppen zu meiner Rechten ausmachen. Dies war der Augenblick, über den ich viele Male nachgedacht hatte. Ich trug nur meine Bettsocken, und die Straße zum Dorf würde ohne Zweifel rauh sein. Im Stall waren Pferde, und wenn ich eines satteln und im langsamen Schritt davonreiten konnte, dann würde ich mir sicher zerkratzte, blutige Füße ersparen. Aber ich kannte die Ställe nicht, und mit Pferden hatte ich keine große Erfahrung. Ich würde einen Sattel und Zügel finden müssen, denn ich hatte kein Vertrauen in meine Fähigkeiten, ohne Sattel zu reiten, und ich konnte mich einfach nicht dazu bringen, mich noch so lange aufzuhalten, denn es bestand die Möglichkeit, daß ich entdeckt wurde.

Meine Augen hatten sich jetzt an die Dunkelheit gewöhnt, und ich rannte zu den Toren hinüber. Ein Schloß war nicht daran, nur ein hölzerner Balken, der in einer Halterung ruhte, und ein Riegel an der unteren Seite. Ich drückte eines der Tore gerade weit genug auf, daß ich mich durchzwängen konnte, und schob es hinter mir wieder zu. In der Ferne konnte ich ein, zwei winzige Lichter ausmachen. Die kamen wohl aus dem schlafenden Dorf. Die Straße, die dorthin führte, lag jetzt vor mir – eine schmale, ungepflasterte Straße, die mich in die Freiheit führen würde.

Fünf Minuten später schaute ich zurück und sah die Silhouette der Anstalt, meines Gefängnisses, wie sie sich einsam aus dem Moor erhob. Die Nacht war mild, und mir war warm von der Anstrengung, aber trotzdem zitterte ich bei diesem Anblick und wandte mich schnell wieder um, während ich weitereilte. Nach weiteren fünf Minuten humpelte ich, denn meine Füße waren zerschrammt und wund. Aber es war mir gleich, denn die Hoffnung in mir wuchs mit jedem Schritt.

Wenn ich das Dorf erreichte, würde ich zuerst einen Briefkasten suchen und meinen Brief an Mrs. Hesketh einwerfen. Wenn das erledigt war, würde ich mich nicht mehr so völlig verlassen fühlen, was immer passierte. Dann konnte ich auf Hilfe hoffen. Wenn der Brief erst einmal eingeworfen war, dann wollte ich den Pfarrer aufsuchen und ihm meine Geschichte erzählen. Ich konnte den Mann, der wahrscheinlich im Dorf eine gewisse Autorität ausübte, vielleicht davon überzeugen, daß ich nicht verrückt war.

Eines der Lichter, die ich sehen konnte, bewegte sich anscheinend. Es wurde größer. Ich hielt erschrocken den Atem an, als es mir plötzlich dämmerte, daß dieses Licht sich über die Straße auf mich zu bewegte. Eine leichte Brise, die mir in den Rücken wehte, mußte wohl alle Geräusche einer rollenden Kutsche weggetragen haben, aber jetzt hörte ich sie. Ich hörte das gleichmäßige Klappern von Hufen und das Rasseln der Räder aus nicht mehr als hundert Schritten Entfernung.

Ich erstarrte. Dann drehte ich mich um und humpelte so schnell ich konnte, von der Straße. Ich fand mich zwischen dichten Grasbüscheln auf einem sumpfigen Fleck Erde, und meine Füße sanken bei jedem Schritt ein. Die Kutsche kam näher. Dann, zu meinem Schrecken, hielt sie an. Ich hockte mich an Ort und Stelle hin und wagte nicht, mich noch weiter zu bewegen. Eine Stimme, vielleicht die Stimme des Kutschers, sagte: » . . . als ob sich was bewegte, Sir. Zu groß für'n Tier. Hab' auch was Weißes blitzen sehen, das habe ich.«

Das mußte der Rock meines Nachthemdes gewesen sein, der unter meinem Morgenrock zu sehen war. Ein weiterer Mann sprach, und Schrecken umklammerte mich. Es war die Stimme von Dr. Thornton. Sie klang sowohl zornig als auch beunruhigt. »Sind Sie da sicher, Jackson? Wenn es zu groß war für ein Stück Wild, dann kann es nur ein Mensch gewesen sein. Wo, hatten sie gesagt?«

»Ungefähr hier, Sir. Ist von der Straße runtergelaufen,

das ist es.« Der Kutscher stand jetzt von seinem Bock auf, hob die Laterne hoch in die Luft, damit sie einen größeren Lichtschein warf, und ich konnte sehen, wie die Gestalt des Dr. Thornton näher an den Rand der Straße kam.

»Ich kann nichts sehen«, sagte er. »Nein, warten Sie . . .« Er schaute in meine Richtung. »Da ist was. Wollen mal sehen.« Er bewegte sich auf mich zu, und ich wußte, daß ich verloren hatte. Ich richtete mich aus meiner hokkenden Stellung auf, drehte mich um und versuchte wegzulaufen. Ein Ruf erschallte hinter mir: »Ja, zum Teufel! Es ist eine Frau! Helfen Sie doch mal, Jackson! Schnell, verdammt!«

Zuerst versanken meine Füße in dem sumpfigen Boden. Und dann, während ich mich wieder hochmühte, blieben meine Füße im Heidekraut und im groben Gras hängen, und ich flog auf den Bauch. Schluchzend, nach Atem ringend, richtete ich mich wieder auf und stolperte weiter. Füße, die in Stiefeln steckten, knirschten hinter mir im Heidekraut, und die Schritte kamen näher, trotz all meiner Anstrengungen. Ich zerknitterte den Brief an Mrs. Hesketh und ließ ihn fallen. Noch zehn qualvolle Schritte, dann hörte ich den Atem des Mannes, der mir auf den Fersen war. Eine Hand packte meine Schulter, riß mich um, so daß ich zur Seite stürzte.

Der Himmel wurde ausgelöscht, während der Mann sich drohend über mich beugte. Er hockte sich nieder, legte mir die Hand auf die Brust und drückte mich zu Boden. »Hab' sie, Sir!« rief der Kutscher. Dann hörte ich weitere Schritte, und ich blickte voller Angst auf, während der Kutscher beiseite rückte. Dr. Thornton stand da und spähte auf mich hinab. Ich konnte sein Gesicht nicht sehen, denn er stand als Silhouette vor dem Mond, aber er sah meines, und ich hörte, wie er scharf die Luft durch die Zähne zog, als er mich erkannte.

»Herrgott noch mal«, sagte er ungläubig, »es ist die Smith.«

Ich sollte nie erfahren, warum Dr. Thornton zufällig zu so später Stunde in einer Kutsche aus dem Dorf nach Hause kam. Wahrscheinlich hatte er im Haus eines Freundes gefeiert, denn als er sich langsam auf ein Knie niederließ und sich über mich beugte, roch ich bei ihm eine Whiskyfahne. Ich wußte nur, daß ich versagt hatte, und dieser Schlag war so brutal, als ob man mich mit einer Keule niedergeschlagen hätte. Verzweiflung preßte mich wie eine Riesenhand auf den Boden, während ich wie betäubt an das Zimmer dachte, das mein Gefängnis war, an die endlosen leeren Stunden und die zahllosen leeren Tage, die mich jetzt von neuem erwarteten. Und meine Niederlage war um so grausamer, weil ich mich dem Erfolg so nahe wähnte.

Dr. Thornton preßte meinen Arm, bis es weh tat, stand auf und zerrte mich mit sich. Sein Gesicht war meinem sehr nah. Er starrte mich wütend an. Sein Mund war schlaff, und wieder roch ich Whisky. Vielleicht war er ein bißchen betrunken gewesen, aber jetzt wurde er schnell nüchtern, denn hinter der Wut lagen Schrecken und Angst – ohne Zweifel hatte er begriffen, daß ich ihm fast entflohen war.

Er stieß den Arm von sich und schleuderte mich gegen den Kutscher.

»Schaffen Sie das Weib in die Kutsche«, sagte er mit unterdrückter Stimme. »Ich kümmere mich drum, sobald wir zu Hause sind.«

14

WIR BETRATEN DIE Anstalt durch eine Seitentür, die Dr. Thornton mit einem Schlüssel aufschloß. Ich wurde sofort in die große Halle gebracht. Innerhalb von fünf Minuten herrschte dort totales Durcheinander, als die Dienstboten aus ihren Betten zitiert wurden und in hastig übergeworfenen Kleidern erschienen. Eine wurde ausgeschickt, Schwester Webb zu wecken, eine andere in mein Zimmer und eine dritte in die Wäscherei, aber aus welchem Grund, das erfuhr ich nicht.

Ich hatte seit meiner Gefangennahme nur ein einziges Mal gesprochen. Als man mich gefragt hatte, wie ich aus meinem Zimmer herausgekommen sei, da hatte ich geantwortet, daß ich es nicht mehr wüßte. Mrs. Gregg hätte die Tür geöffnet, und danach wüßte ich nichts mehr. Ich erwartete zwar nicht, daß man mir glaubte, aber ich hielt es für besser, mich unschuldig zu stellen, als zuzugeben, daß ich eine sorgfältig geplante Flucht versucht hatte.

Ich saß auf einem Stuhl in der Halle, bewacht von einem männlichen Dienstboten, den ich noch nie gesehen hatte, und wartete auf das, was man mit mir tun würde. Als Mrs. Gregg aus der Toilette befreit und in die Halle heruntergebracht wurde, brüllte Dr. Thornton sie wütend an, weil sie es zugelassen hatte, daß ich geflüchtet war. Sie wiederum brüllte mich an und nannte mich ein gerissenes kleines Miststück. Schwester Webb erschien. Ihr kurzgeschnittenes Haar war etwas unordentlich, aber sie war völlig angekleidet. Sie hörte ungeduldig zu, während Mrs. Gregg ihre Geschichte wiederholte, und schickte sie dann, offenbar höchst verärgert, zu Bett.

Dr. Thornton ging in der Halle auf und ab, die Hände hinter dem Rücken verschränkt. Er war noch immer aufgeregt und wütend, aber er wirkte jetzt beherrscht und völlig nüchtern.

»Ich will nicht, daß das noch einmal passiert, Harriet«, sagte er mit lauter Stimme zu Schwester Webb, als Mrs. Gregg gegangen war. Er blieb stehen und schaute mich mit schmalen Augen an. »Schwer zu sagen, ob dieses Mädchen nur die Gelegenheit ergriffen hat, die diese blöde Frau ihr geboten hat, oder ob sie die ganze Angelegenheit geplant hat.«

Schwester Webb faltete ihre kraftvollen Arme und beäugte mich mit einer Art Schadenfreude. »Wie auch immer – die Patientin leidet an einem Zustand der Erregung, Doktor«, sagte sie. »Ich empfehle, sofort mit einer Behandlung dagegen zu beginnen.«

Dr. Thornton nickte. »Ich habe bereits Anweisung gegeben, daß alles vorbereitet wird«, sagte er. »Also gut – machen Sie bitte weiter. Ich verlasse mich auf Sie. Sorgen Sie dafür, daß Miß Smith uns keinen weiteren Ärger macht, Harriet.«

»Sehr gut, Doktor.«

Er wandte sich ab und ging einen der Korridore hinunter, die von der Halle wegführten. Der Mann, der in die Wäscherei geschickt worden war, tauchte wieder auf. Schwester Webb sagte zu ihm: »Sie und Cearly bringen sie nach unten. Und machen Sie ihren Unsinn nicht mit.«

Der Mann, der neben mir Wache stand, packte meinen Arm und sagte: »Kommen Sie.« Ich wehrte mich nicht. Was immer auf ich zukam – ich wußte genau: Wenn ich mich wehrte, wurde alles nur schlimmer.

Wir gingen durch die Küchen in die Wäscherei. Schwester Webb ging voran, die beiden Männer, die mich flankierten, hielten mich an den Armen fest. In einer Ecke des Waschraums stand ein langer Steintrog, der mit Wasser gefüllt war. Schwester Webb blieb davor stehen und sagte zu mir: »Ziehen Sie Ihren Morgenrock aus, Miß Smith.«

Ich war sicher, daß sie es gern gehabt hätte, wenn ich mich geweigert hätte. Aber ich gehorchte.

»Legen Sie sich hin«, sagte Schwester Webb.

Ich schaute mich um. Hier war nur der Steinfußboden. Ich setzte mich, legte mich dann zurück und zitterte, als ich den feuchtkalten Stein durch mein Nachthemd fühlte. Ich fürchtete mich sehr, aber ich versuchte, meine Angst zu verbergen. Schwester Webb nahm zwei lange Gummischürzen von einem Haken und warf eine dem Mann zu, den sie Cearley genannt hatte. »Sie nehmen die Schultern«, sagte sie und fing an, sich ihre Schürze anzuziehen.

Als sie die Bänder festgebunden hatte, bückte sie sich und packte mit ihren kraftvollen Händen meine Knöchel. Cearley hockte sich und packte meine Schultern. Jetzt war ich sicher, daß ich genau wußte, was passieren würde. Aber ich hatte kaum Zeit, noch Luft zu holen und sie anzuhalten, ehe ich in das eisige Wasser geworfen und völlig untergetaucht wurde. Der Kälteschock zerrte mir an jedem einzelnen Nerv in meinem Körper. Ich versuchte, den Kopf zu heben, Mund und Nase aus dem Wasser zu strecken, so daß ich atmen konnte, aber ich lag zu tief darin, und sie drückten mich unter ... drückten mich unter ... drückten mich unter ...

Panik ergriff mich. Ich fing an, wild zu zappeln. Aber ich konnte mich nicht losreißen. Meine Lungen platzten fast, und ich wollte schreien. Als ich sicher war, daß ich einatmen und ertrinken müßte, wurde ich plötzlich aus dem Wasser gehoben und Zentimeter darüber festgehalten. Mit getrübten, wassergefüllten Augen sah ich die Umrisse von Schwester Webb, während sie meine Knöchel gepackt hielt. Mein Nachthemd war mir jetzt bis zu den Schenkeln hochgerutscht. Sie sagte: »Sie werden nicht versuchen, wieder wegzulaufen, oder, Miß Smith?«

Ehe ich antworten konnte, wurde ich ein zweites Mal unter Wasser gedrückt. Noch einmal durchlief ich den Schrekken, fast zu ertrinken, und wieder wurde ich herausgehoben, als ich fast am Ende war. Diesmal sah ich nichts. Ich konnte nur die Stimme von Schwester Webb hören, die sagte: »Sie werden nicht versuchen, noch einmal wegzulaufen . . . oder, Miß Smith?«

Ich versuchte gerade zu sprechen, als das Wasser sich über mir schloß und die Qual von neuem begann. Ich konnte nicht mehr beurteilen, wie viele Male ich in den Wassertrog getaucht wurde. Jedesmal wenn ich herausgehoben wurde, stellte Schwester Webb mir immer wieder dieselbe Frage. Einmal versuchte ich zu keuchen: »Nein! Ich verspreche es!« Denn ich hätte alles gesagt, um die Qual zu beenden, aber Schwester Webb wollte gar keine Antwort hören. Die Quälerei ging immer weiter, und ich sollte mich nie an das Ende erinnern, denn es muß der Zeitpunkt gekommen sein, an dem ich bewußtlos wurde.

Als ich wieder zu mir kam, lag ich in Dunkelheit auf dem Linoleumfußboden in einem winzigen Raum – vielleicht einem Schrank. Ich zitterte vor Kälte, denn ich steckte noch immer in meinem triefendnassen Nachthemd. Langsam setzte ich mich auf und tastete um mich her. Es dauerte zwei oder drei Minuten, ehe ich erriet, daß das enge Zimmerchen, in dem ich lag, eine Toilette war. Als ich endlich mit zitternden Beinen und schmerzzerrissenen Füßen aufstand und in der Dunkelheit herumtastete, fand ich den zerbrochenen Haltegriff am Ende der Kette, die vom Spülkasten herabhing, und ich wußte: Ich war in der Toilette meines eigenen Zimmers, in der ich Mrs. Gregg eingesperrt hatte.

Ich wußte nicht, wieviel Zeit vergangen war. Mir klapperten die Zähne, und ich war durchgefroren bis auf die Knochen. Aber die Kälte in meinem Gehirn war tiefer und schlimmer. Ich hatte versagt – und jetzt hatte ich die Behandlung kennengelernt, die Anstaltsinsassen verabreicht wurde, die nach Dr. Thorntons Meinung eine Beruhigung brauchten. Der Tod hätte keine schlimmeren Qualen bringen können, denn ich war durch die Behandlung bewußtlos geworden, und ich hätte bestimmt nicht mehr gespürt, wenn ich unter der Behandlung von Schwester Webb gestorben wäre.

Ich versuchte, die Tür zu öffnen, aber sie ließ sich nicht bewegen. Langsam zog ich mir das Nachthemd aus, wrang es, so gründlich ich konnte, über der Waschschüssel aus und hängte es dann an den Spülkasten. Ich zwang mich mit letzter Willenskraft, in dem engen Raum meine gymnastischen Übungen zu machen. Ich hüpfte auf und ab, die Arme an die Seiten gepreßt, ich rannte auf der Stelle, die Arme hoch über den Kopf haltend, ich drückte mich mit flachen Händen von der Wand ab, drehte mich um, fiel gegen die andere Wand und drückte mich wieder ab. Das waren alles Übungen, in denen Mam'selle Montavon ihre Schülerinnen ausgebildet hatte, damit sie gesund, schlank und attraktiv blieben.

Später glaubte ich, daß die Übungen mir in dieser Nacht vielleicht das Leben gerettet hatten, aber nach einer Stunde war zwar die Kälte einer glühenden Wärme gewichen, aber meine zerrissenen Füße schmerzten sehr, und ich war völlig erschöpft. Mein Nachthemd war noch immer tropfnaß und bot mir keine Wärme, also entschied ich, daß ich zehn Minuten ausruhen und dann mit weniger kräftezehrenden Übungen weitermachen wollte, gerade genug, um zu verhüten, daß ich mich erkältete. Ich setzte mich auf den Fußboden, in eine Ecke des winzigen Kämmerchens. Ich lehnte den Kopf gegen die Tür, schloß die Augen und . . . schlief ein.

Als ich schließlich vor Kälte erwachte, wußte ich, daß ich mindestens zwei Stunden lang geschlafen haben mußte. Alle meine Muskeln waren steif, und die durchdringende Kälte hatte mich wieder fest in ihrem Griff. Mein Kopf fühlte sich taub an, mein Gehirn arbeitete nicht richtig, und die Anstrengung, meinen Körper noch einmal zu Übungen zu zwingen, war zu groß. Das Beste, was ich zustande brachte, war, daß ich aufstand und in einem winzigen Kreis immer ringsherum ging, immer ringsherum. Ich spürte, wie mir die Kraft ausging, wie meine Brust sich verengte und mein Kopf anfing zu glühen.

Endlich, nachdem ich schon längst jeden Sinn für Zeit und Raum verloren hatte, kam ein Augenblick, da ich die Türklinke rasseln hörte und der Stuhl von draußen weggeschoben wurde. Die Tür ging auf, und Schwester Webb stand draußen. Das Morgenlicht beleuchtete sie vom Fenster hinter ihr. »Kommen Sie heraus, Miß Smith«, sagte sie. Jedes Haar lag an Ort und Stelle, und sie sah genauso aus, wie sie immer ausgesehen hatte in ihrem grauen Kleid mit den Keulenärmeln. Ich zitterte, als ich an ihr vorüberging.

Ein sauberes, trockenes Nachthemd lag auf dem Bett. Ich nahm es und zog es an, ohne daß man es mir gesagt hätte. Mein Haar war jetzt getrocknet, aber es war schlaff und zerzaust. »Gehen Sie ins Bett«, sagte Schwester Webb, und ich gehorchte. »Dr. Thornton hat angeordnet, daß Sie heute fasten«, fuhr sie fort. »Wir meinen, Sie werden nicht wieder versuchen, von denen fortzulaufen, die für Ihr Wohlergehen verantwortlich sind, Miß Smith.«

Ohne Antwort drehte ich mich auf die Seite, und nach einer Weile hörte ich, wie sie nach draußen ging und die Tür hinter sich abschloß. Ich wußte, daß ich krank werden würde, vielleicht sogar sehr krank. In diesem Zustand hatte ich dann nur wenig Kraft und Entschlossenheit, und deshalb dachte ich, während ich jetzt im Bett lag, an meine Mutter Kathleen McLeod. Ich sagte mir, daß ich ihretwegen nie nachgeben dürfte. Ich hatte gezwungenermaßen vier Jahre im College für junge Damen durchgehalten, ehe ich endlich in der Lage gewesen war, mich von diesem Leben zu befreien, und wenn ich jetzt noch einmal so lange warten mußte, um aus dem Irrenhaus zu flüchten, wo ich gefangen war, dann würde ich warten, ohne auch nur ein Quentchen von der Entschlossenheit zu verlieren, die ich benötigte.

Ich würde eine endlose Geduld zeigen. Ich würde still und gehorsam sein, ich würde jeden davon überzeugen, daß mein Mut gebrochen war. Mit der Zeit würde man mir erlauben, in den Gemeinsc aftsraum zu gehen. Ich würde mehr über mein Gefängnis erfahren. Ich würde nachdenken und planen, und am Ende würde ich mich wieder befreien – das nächste Mal besser vorbereitet. Irgendwie würde ich es schaffen. Irgendwie . . .

Mit diesem Gedanken lag ich da und mühte mich, meinen Mut wiederaufzubauen, ehe die kommende Krankheit mir die Kraft nahm. Nicht im Traum dachte ich daran, daß ich mich auf einen Kampf vorbereitete, der mir bald aus den Händen genommen werden würde.

Als die Nacht kam, glühte ich vor Fieber, und in den folgenden Tagen schien ich in wachem Zustand entweder im Delirium zu schweben oder in einem Alptraum, wenn ich schlief. Ein Dämon saß auf meiner Brust und quetschte, drückte, hinderte mich daran, die Luft in meine Lungen zu ziehen, die ich so dringend brauchte.

Gelegentlich kamen kurze Abschnitte der Klarheit, in der mein Gehirn unnatürlich empfangsbereit war. Zweimal bemerkte ich, daß mir von einer Frau in einem grauen Kleid, die nicht Schwester Webb war, warme Suppe aus einer Schale verabreicht wurde. Einmal kam ich zu mir, als Dr. Thornton anwesend war. Er redete mit Schwester Webb, während er meine Temperatur prüfte. Mehrmals, wenn ich allein war, hatte ich diese merkwürdigen lichten Momente, oder ich wachte aus einem fiebrigen Schlaf auf und hatte ein Gefühl tiefen Verständnisses. Einmal, als ich mitten in der

Nacht aufwachte, begriff ich mit völliger Klarheit, daß Dr. Thornton in keiner Weise bekümmert wäre, wenn ich starb. Aber er achtete sehr sorgfältig darauf, daß man ihn in keiner Weise der Nachlässigkeit bezichtigen konnte.

Dann endlich kam der Tag, an dem das Fieber gewichen war und mit ihm die Alpträume und die seltsamen Momente des Begreifens. Das einzige Gefühl, das mich jetzt noch beherrschte, war eine lähmende Schwäche, denn ich hatte kaum die Kraft, einen Finger zu bewegen. Dennoch verspürte ich tief in mir eine hartnäckige Befriedigung, denn ich wußte, daß die Krise überwunden war und ich überlebt hatte. Jetzt, langsam und geduldig, würde ich daran arbeiten, sowohl meine körperliche als auch meine seelische Kraft wiederaufzubauen, bis ich mich völlig erholt hatte und auf die lange Strapaze einlassen konnte, die ich würde ertragen müssen, wenn ich je wieder frei sein wollte.

Drei Tage später brachte ich genug Kraft auf, um allein und ohne Hilfe zur Toilette gehen zu können. Als ich zurückkam und an der Wand stehenblieb, damit ich nicht umsank, sah ich mein Gesicht in dem kleinen Spiegel, der an der Wand über dem Tisch befestigt war. Es war das Gesicht einer Fremden. Unter dem wirren Haar lagen meine Augen tief in dunklen Höhlen. Meine Haut war wachsbleich und hatte rote Flecken. Meine Wangen waren eingefallen, meine Lippen geschwollen und wund.

Ich kletterte wieder ins Bett und lehnte mich zurück. Ich keuchte ein bißchen vor Anstrengung. Aber ich sagte mir, daß mein augenblickliches Aussehen keine Rolle spielte. Ich konnte jetzt wieder essen, und obwohl die Nahrung weder reichlich noch schmackhaft war, so war sie doch reichlich und nahrhaft genug, um mir mit der Zeit meine Kräfte wiederzugeben. Und das war alles, was ich wollte. Wenn es etwas gab, von dem ich überreichlich besaß, dann war es Zeit.

Das Frühstück war mir vor einer Stunde gebracht worden. Jetzt würde bis zum Mittag nichts mehr passieren. Wenn ich auch furchtbar aussah, so fühlte ich mich doch kräftig und besser als gestern, und der Schlaf war wie Nahrung für meinen geschwächten Körper. Ich sagte mir: »Geduld Hannah, Geduld«, wie ich mir das schon viele Male gesagt hatte, dann schloß ich die Augen und schlief ein.

Es war vielleicht eine Stunde später, als ich durch so viel Lärm und Durcheinander aufwachte, wie ich seit der Nacht meiner Gefangennahme nicht mehr gehört hatte. Im Korridor wurde gebrüllt, ich hörte laute Stimmen, schnelle Schritte und dann das plötzliche Rasseln des Schlüssels im Schloß. Jetzt hatte ich es schon geschafft, mich auf den Ellbogen hochzustützen, und starrte zur Tür. Ich war aufgeschreckt, und langsam bekam ich Angst.

Die Tür wurde aufgerissen, ein Mann stürmte herein und blieb dann abrupt stehen. Er starrte mich mit großen Augen an. Meine Angst war verschwunden, und zum erstenmal seit Jahren gab ich meinem Drang nach und weinte. Denn der Mann war Andrew Doyle. Sekunden vergingen, während er dastand und mich anstarrte, als ob er mich nicht kennen würde. Sein Gesicht erstarrte langsam zu einer Maske der Wut.

»Bitte . . . bitte, Mr. Doyle«, sagte ich mit krächzender Stimme, »lassen Sie nicht zu, daß ich hierbehalten werde . . . das ist ein Gefängnis . . .«

Eine schwere Reitgerte hing an einer Schlinge von seinem Handgelenk herab. Er trug weder Mantel noch Hut. Draußen auf dem Korridor ging es noch immer ziemlich laut her. Ich konnte Schwester Webbs Stimme hören, die zornig und verärgert dröhnte. Aber Andrew Doyle ignorierte, was draußen vorging. Er kam zum Bett, und seine Wut war so groß, daß seine Augen davon zu glühen schienen. Aber dieser Zorn war nicht gegen mich gerichtet. Er kniete nieder, zog Bettdecke und Laken zärtlich über mich, ließ dann seine

Arme unter mich gleiten und erhob sich. Wie ein Baby nahm er mich in die Arme und sagte mit zitternder Stimme: »Sie sind in Sicherheit, Hannah. Sie sind jetzt ganz, ganz sicher.«

Ein zorniger Schrei drang an mein Ohr, und als ich den Kopf ein wenig umdrehte, sah ich Schwester Webb durch die Tür kommen. Der größte Mann, den ich je gesehen hatte, hielt sie gepackt. Sein Gesicht sah aus, als ob es aus Mahagoni geschnitzt wäre, seine Haut war hart und verwittert. Seine riesigen Hände waren von noch dunklerem Braun und glänzten leicht, als ob die Knochen mit einem Panzer und nicht mit Haut überzogen wären. Schwester Webb war eine kräftige Frau, das wußte ich aus Erfahrung, aber dieser Mann hielt sie mit einer Hand im Nacken fest und drückte sie ein bißchen nach vorn, und in seinem Griff war sie völlig machtlos. Die blauen Augen des Mannes zwinkerten, während er gelassen sagte: »Hat die alte Fregatte doch tatsächlich versucht, mich in 'n Daumen zu beißen, Sir.« Sein Blick wanderte zu mir herüber, und das Zwinkern verschwand. »Gott im Himmel, is' das die junge Dame? Die wiegt jetzt wohl nich' mehr wie 'ne Feder, was?«

Schwester Webb stieß noch immer Drohungen aus. Andrew Doyle sagte: »Beruhige sie doch mal, Jake.«

»Mit Vergnügen, Sir.« Wieder zwinkerten die blauen Augen. Anscheinend mühelos schob der große Mann Schwester Webb zum Waschstand hinüber, goß den ganzen Krug Wasser in die Schüssel und drückte ihr Gesicht hinein. Er hielt sie unter Wasser. »Ich nehm' an, Klein Jim packt es wohl leicht mit den Leuten da draußen«, sagte er nachdenklich und kratzte sich mit der freien Hand über die ledrige Wange. »Klein Jim kann beim Reden ziemlich überzeugend sein.«

Schwester Webbs Arme ruderten verzweifelt in der Luft. Riesige Blasen blubberten um ihren untergetauchten Kopf herum hoch. Ich hätte mich freuen sollen, aber ich erinnerte mich an meinem eigenen Schrecken und sagte: »Bitte, Mr. Doyle ... machen Sie Schluß. Dasselbe hat man auch mit mir gemacht, als ich fliehen wollte.«

»Ja, wir wissen es«, entgegnete er grimmig. »Wir wissen es, mein Liebling. Also, Jake, das reicht. Wir gehen jetzt.«

Jake holte Schwester Webbs Kopf wieder aus der Schüssel heraus, schwang seinen Arm und schleuderte sie aufs Bett. Dort blieb sie keuchend und schluchzend liegen. Andrew Doyle trug mich vorsichtig durch die Tür nach draußen. Auf dem Flur standen ein halbes Dutzend Leute – drei Männer und zwei Frauen in der grauen Uniform, die vom Personal getragen wurde, und noch ein Mann, genauso riesig groß wie Jake. Mein Kopf wirbelte vor Verwirrung und Erleichterung, aber ich begriff, daß dies Klein Jim sein mußte. Er war kein bißchen kleiner als Jake, aber im Gegensatz zu Jakes liebenswürdigem Gesichtsausdruck zeigte er eine mürrische Miene.

Klein Jim sagte kein einziges Wort – es war offensichtlich, daß er, wenn er nach Jakes Behauptung ›sehr überzeugend reden‹ konnte, das jedenfalls mit den Fäusten tat. Denn von den drei Männern, die aus Dr. Thorntons Stab anwesend waren, stand nur noch einer auf den Beinen, und zwar an die Wand gedrückt und mit vor Angst rollenden Augen. Ein zweiter lag bewußtlos auf dem Rücken, und ein dritter saß gegen die andere Wand gelehnt, stöhnte und hielt sich den Unterkiefer. Die beiden Frauen hatten sich voller Schrecken und Angst zusammengedrängt. Es dämmerte mir jetzt, daß Jake und Klein Jim Boxer sein mußten – vielleicht auch ehemalige Boxer, denn die beiden waren nicht mehr ganz jung. Es waren riesige, muskulöse Gladiatoren aus dem Boxring, deren Gesichter in den vielen Jahren voll harter Kämpfe gegerbt und deren Fäuste mit Salzwasser bearbeitet worden waren, damit sie so hart wurden wie Ziegelsteine.

Andrew Doyle sagte: »Geh voran, Jim.«

Klein Jim nickte mürrisch und bewegte sich zur Treppe hinüber. Andrew folgte, und Jake kam als letzter. Ich sah jetzt, daß jeder der beiden Boxer eine knotenbesetzte Keule am Gürtel trug, die mindestens vierzig Zentimeter lang war. Aber ich konnte mir nicht vorstellen, daß sie gebraucht wurden. Während wir die Treppe hinunterstiegen, mühte ich mich, nicht noch einmal zu weinen, und sagte mit schwacher Stimme: »Ich hab' wirklich versucht zu fliehen, Mr. Doyle. Ich hab' mir so große Mühe gegeben, und ich wollte es wieder versuchen, sobald es mir besser ging. Aber . . . oh, Gott sei Dank, daß Sie gekommen sind.«

»Wir wissen, daß Sie es versucht haben«, sagte er, und ich spürte den Zorn in ihm, während er mich festhielt. »Wir wissen auch Bescheid über die Sonderbehandlung und darüber, daß Sie fast gestorben wären.«

Ich fragte mich, wen er wohl mit ›Wir‹ meinte. Ich fragte mich, wie sie wissen konnten, was passiert war, und wie sie mich gefunden hatten. Aber es waren nur vage, halbgeformte Fragen, die mir durch den Sinn gingen, und sie konnten später beantwortet werden. Das einzige, was im Augenblick wirklich eine Rolle spielte, war das Wunder der vergangenen Minuten, das Wunder, wodurch ich mich plötzlich in den Armen eines Mannes befand, der mein Freund war. Ich war sicher, keine Gefangene mehr zu sein.

Wir kamen an weiterem Personal von Dr. Thornton vorbei, als wir den unteren Treppenabsatz erreichten. Aber niemand machte den Versuch, uns aufzuhalten, bis wir uns der großen Halle im Erdgeschoß näherten. In diesem Augenblick sah ich Dr. Thornton persönlich erscheinen. Er rannte aus einem Korridor heraus, der zum Hinterhaus führte, und war offenbar sehr aufgeregt, als ob man ihm eben erst erzählt hätte, was in seiner Anstalt vor sich ging. Zwei Männer folgten ihm und blieben am Fuß der Treppe stehen, während er zu uns heraufkam. Vier Stufen weiter oben stand er Klein Jim von Angesicht zu Angesicht gegenüber. Aber er schaute an ihm vorbei zu Andrew Doyle. »Wie können Sie es wagen, Sir!« schrie er. Sein Gesicht war bleich und schweißbedeckt, vielleicht in einer Mischung aus Zorn und Angst. »Lassen Sie sofort die Patientin los, oder ich rufe die Polizei!«

Andrew Doyle sagte: »Laß den da stehen, und schieb mir die anderen beiseite, Jim.«

Klein Jim ging an Dr. Thornton vorbei die Treppe hinunter, breitete seine Arme aus und packte die beiden Männer um den Hals. Dann trat er zwischen sie und ging einfach weiter, während er die beiden halb trug und halb bis zur anderen Seite der Halle schleifte. Andrew Doyle sagte: »Sind Sie Dr. Thornton, der Direktor dieser Anstalt?«

»Der bin ich, Sir! Und ich sage Ihnen hiermit . . .«

Er war nicht mehr in der Lage, noch mehr zu sagen, denn Andrew Doyle hob einen Fuß und trat ihn hart vor die Brust. Dr. Thornton wurde die vier Stufen des ersten Treppenabsatzes wieder hinuntergeschleudert und flog über den Fußboden der Halle. Er stieß einen Schrei des Schreckens und des Schmerzes aus. Wir folgten, und während Andrew Doyle das Ende der Treppe erreichte, wandte er sich an Jake, der hinter ihm kam. »Halt sie mal fest, Jake«, sagte er, »ich muß mich erst noch um etwas kümmern.«

Der große Mann nahm mich sehr sanft in seine riesigen Arme, und Andrew Doyle wandte sich an Klein Jim. »Wenn jemand versucht, sich einzumischen«, sagte er und machte die Reitgerte von seinem Handgelenk los, »dann schlag ihm den Schädel ein.«

»Klar«, sagte Klein Jim gesprächig und hakte die Keule von seinem Gürtel ab.

Dr. Thornton hatte sich auf die Knie hochgestemmt, als

Andrew Doyle ihn plötzlich an den Aufschlägen seiner Jacke packte, ihn mit erstaunlicher Kraft gegen die Wand schleuderte und ihn dann, als er stürzte, vornüber drückte und ihm die Jacke über den Kopf zog. »Wer hat Sie bezahlt?« fragte er mit einer Stimme, die wie die Schneide eines Schwertes klang. Bei diesen Worten zischte die Reitgerte auf Dr. Thorntons Rücken hinab. Unter der Jacke erklang ein unterdrückter Schrei des Schmerzes, und Dr. Thornton versuchte verzweifelt wegzukrabbeln. Aber Andrew Doyle preßte ihn mit einem Fuß gegen die Wand und ließ die Gerte erneut niedersausen . . . und noch einmal und noch einmal. Jedesmal wiederholte er mit der gleichen eisenharten Stimme dieselbe Frage. »Wer hat Sie bezahlt? Wer hat Sie bezahlt?«

Ich sah, wie das Hemd auf Dr. Thorntons Rücken zerriß und seine Schreie lauter wurden. Ich verbarg mein Gesicht an Jakes gewaltiger Brust. »Da machen Sie sich mal keine Sorgen, Fräuleinchen«, brummelte er mir leise ins Ohr. »'n paar Prügel tun dem da wirklich gut.«

»Tennant!« Das Wort kam in einem schluchzenden Kreischer, und ich hörte, wie die Gerte noch einmal zuschlug. »Sir John Tennant! Tennant! Tennant!«

Ich spähte aus dem Augenwinkel hinüber und sah, wie Andrew Doyle von dem am Boden hockenden Mann zurücktrat und die Gerte wegwarf. Er murmelte ein, zwei Worte auf spanisch in sich hinein, die ich nicht verstand, und sprach dann wieder Englisch mit amerikanischem Akzent. »Mehr will ich gar nicht von Ihnen, Thornton. Nur den Namen. Der Polizei können Sie gern davon erzählen, wenn Sie es wagen, Sie gottverdammter Halunke. Mein Name ist Andrew Doyle, und ich werde sowieso selbst mit der Polizei reden. Das reicht schon, Jake.« Er nahm mich wieder in die Arme, lächelte beruhigend auf mich herab, und Sekunden später passierte ich zum letztenmal die abweisende Haustür. Klein Jim ging voraus, Jake folgte uns.

Draußen auf dem Hof wartete eine Kutsche. Der Kutscher saß schon auf dem Bock. Die Tore standen offen. Klein Jim schwang sich neben den Kutscher auf den Bock, Jake öffnete die Tür, und ich stieß einen kleinen, erfreuten Schrei aus, denn drinnen saß Mrs. Hesketh. Angst gepaart mit Erleichterung zeigte sich in ihren Augen, während sie die Hand ausstreckte und Andrew Doyle half, mich in den Wagen zu heben. Sie ließ sich neben mir nieder und hielt mich in den Armen fest, während die beiden Männer einstiegen und die Tür schlossen. Die Kutsche begann zu rollen, und ich weinte fast vor Freude. Aber ich schaffte es, die Tränen zurückzuhalten und zu flüstern: »Oh, danke, danke, danke . . .«

»Meine arme Hannah, was haben sie bloß mit Ihnen gemacht?« Mrs. Hesketh Stimme klang erstickt, und sie streichelte mir sanft die Wange, während sie redete. »Lieber Gott – das blöde Ding aus dem Dorf hat uns von der Beruhigungsbehandlung erzählt und daß sie dachte, Sie würden wohl an Lungenentzündung sterben. Aber nie im Traum hätte ich geglaubt, daß Sie so . . . so elend . . .«

Die Stimme versagte ihr. Ich fühlte mich schwach vor Glück, während ich antwortete: »Es ging mir schon viel besser, Mrs. Hesketh, und jetzt, wo ich frei bin, werde ich bald auch wieder die alte sein, das kann ich Ihnen versprechen. Ich bin eigentlich recht kräftig.«

»Das sind Sie in der Tat, Kind«, sagte sie mit leiser Stimme. »Weiß Gott – Sie haben es auch nötig gehabt.«

Ich preßte mein Gesicht an ihre Wange und sagte mit zitternder Stimme: »Ich kann es kaum glauben, daß ich nicht träume. Wen haben Sie eben gemeint, als Sie von einem Mädchen sprachen, das Ihnen sagte, ich wäre krank?«

»Eins von den Dorfmädchen, das die tägliche Putzarbeit in der Anstalt macht«, sagte Mrs. Hesketh. »Stella. Die immer Ihr Zimmer saubergemacht hat.«

»Die hat es Ihnen gesagt? Ich dachte, sie hätten alle viel zuviel Angst vor Schwester Webb und Dr. Thornton.«

Auf dem gegenüberliegenden Sitz sagte Andrew Doyle: »Aber sicher haben die Angst vor den beiden.« Er lachte. Ich sah, daß die Anspannung ihn endlich verlassen hatte. »Aber als Mrs. Hesketh mit Stella fertig war, da hatte sie dem armseligen Dorfmädchen dermaßen die Furcht Gottes eingebleut, daß sie Angst hatte, das Gesetz würde sie mit aller Macht treffen, wenn sie nicht die Wahrheit sagte.«

Ich hatte schon gesehen, wie Mrs. Hesketh mit Leuten umging, und ich konnte mir gut vorstellen, wie sich das bei Stella ausgewirkt hatte. Der Gedanke ließ mich kichern, und weil ich so schwach war, mußte ich fast wieder weinen.

»Sagen Sie jetzt nichts, mein Kind«, meinte Mrs. Hesketh. »Ruhen Sie sich einfach aus. In einer Stunde fährt ein Zug nach London, und wir haben für die Fahrt ein Abteil erster Klasse reserviert. Dann können Sie Fragen stellen, wenn Ihnen danach zumute ist, und wir werden Ihnen auch erzählen, wie wir Sie gefunden haben.« Sie schaute zu Jake hinüber. »Ich hoffe, ihr Jungs habt nicht mehr Schaden angerichtet als notwendig.«

Jakes blaue Augen lächelten sie tadelnd an. »Schaden, Mrs. Hesketh? Aber, aber, da kennen Sie uns doch besser. Wir waren wie die Lämmer, Klein Jim und ich. Wenn wir noch sanfter gewesen wären, dann hätten wir auch 'ne Predigt halten können. Fragen Sie mal den Herrn.«

»Sie haben sich hundertprozentig richtig benommen, Mrs. Hesketh«, sagte Andrew Doyle, während er sich zurücklehnte und die Beine ausstreckte. Er stieß einen kleinen Seufzer der Zufriedenheit aus, und sein Blick ruhte ständig auf mir. »Sie haben genau das gemacht, was von ihnen verlangt wurde, und ich bin sehr dankbar dafür, daß Sie mir solch verläßliche Leute empfohlen haben.«

Ich tastete nach Mrs. Heskeths Hand und preßte sie mit

der wenigen Kraft, die ich noch hatte. »Ich bin auch dankbar«, flüsterte ich inbrünstig.

Die nächsten paar Stunden wirkten nach den langen Wochen meiner Gefangenschaft wie ein Traum. Ich mußte mir immer wieder versichern, daß ich wirklich wach war. Ich lag auf der einen Seite im Abteil, ein Kissen unter dem Kopf, während Andrew Doyle und Mrs. Hesketh auf der anderen Seite saßen und mit mir redeten. Jake und Klein Jim saßen in einem anderen Abteil.

»Zuerst dachten wir alle, Sie wären weggelaufen«, sagte Andrew Doyle, »weil ein Koffer mit Ihren Kleidern vermißt wurde. Eine Woche später kündigte eines von den Dienstmädchen, und deshalb glaubten wir, daß man das Mädchen bestochen hatte, einen Koffer mit Ihren Kleidern zu packen und wegzuschaffen. Danach hat sie wahrscheinlich Angst bekommen, man könnte es herausfinden.«

Ich sagte: »Deshalb hat also Mr. Ryder geglaubt, ich wäre weggelaufen?«

»Ja. Er war so aufgeregt wie nie. Er hat sofort eine Nachricht an die Hesketh Agency geschickt und Mrs. Hesketh angewiesen, alle möglichen Quellen zu benutzen, um Sie wiederzufinden. Er hat dann eine Nachricht von Mrs. Hesketh bekommen, in der er informiert wurde, daß ihre Agentur nicht die Absicht hätte, jemals wieder für ihn zu arbeiten. Ein paar Tage später habe ich ihn dann besucht. Dabei erfuhr ich die Neuigkeiten. Er war außer sich vor Wut über Sie. Ich glaube nicht, daß es ihm in den Sinn gekommen ist, daß Sie vielleicht entführt worden wären.«

Mrs. Hesketh sagte: »Möglicherweise war ihm die Möglichkeit unerträglich, daß Sir John ihn hinters Licht geführt haben könnte.« Sie lehnte sich nach vorn und berührte meine Hand. »Verzeihen Sie, Hannah, aber es wurde für mich notwendig, Mr. Doyle alles zu erzählen, was ich Ihnen über Ihre Geburt und Ihre richtigen Eltern gesagt habe.«

Ich schüttelte den Kopf. »Das spielt keine Rolle, Mrs. Hesketh. Nichts spielt eine Rolle außer der Tatsache, daß ich diesen fürchterlichen Ort wieder verlassen konnte. Kennt auch noch ein anderer die Geschichte?«

»Nun, Kind, Mr. Doyle und ich hatten uns gedacht, wir sollten es Toby Kent sagen. Wir haben ihm ein Telegramm nach Paris geschickt, als wir zum erstenmal glauben mußten, daß Sie entführt worden wären. Aber das war schon vor Wochen, und wir haben keine Antwort bekommen. Deshalb glauben wir, daß er auf Reisen ist.«

»Wenn ich Toby das nächstemal sehe, werde ich ihm selbst die Wahrheit über mich erzählen«, sagte ich. »Die einzige Person, die es nicht wissen soll, ist meine wirkliche Mutter, Mrs. Ritchie.«

Andrew Doyle hob die Schultern. »Sebastian Ryder weiß Bescheid, und ob er es ihr nun erzählt oder nicht, das liegt in den Händen der Götter.«

»Ja . . . das ist mir klar.« Ich redete langsam und mußte oft innehalten, um Luft zu schöpfen. »Aber ich möchte kein Instrument seiner Rache sein, Mr. Doyle. Niemand kann mich zwingen, mein Muttermal zu zeigen, und ohne das kann er nichts beweisen.« Ich wartete einen Augenblick, während der Zug, ohne anzuhalten, durch einen kleinen Bahnhof ratterte. Dann sagte ich: »Wie sind Sie denn zum erstenmal auf den Gedanken gekommen, daß ich entführt worden sein könnte?«

Mrs. Hesketh machte eine Grimasse. »Ich war diejenige, die darauf hätte kommen sollen, aber zu meiner Schande war das nicht der Fall. Jane Ryder hatte vielmehr das Gefühl, als ob irgend etwas nicht stimmte.«

»Miß Jane?« Ich konnte es kaum glauben.

Andrew Doyle nickte zur Bestätigung. »Sie sagte es zu mir, als ich zu Besuch kam und hörte, daß Sie verschwunden wären. Sie sagte, es sähe einfach nicht nach Hannah McLeod aus, unter solchen Umständen wegzulaufen. Ihrem Vater hatte sie es auch schon gesagt, aber der wurde nur wütend und meinte, sie solle kein dummes Zeug reden.«

»Jane . . .?« Ich wunderte mich. Die offene, ehrliche, geschäftsmäßige Jane also hatte genug Aufmerksamkeit gezeigt, um zu bezweifeln, was alle Beweise zu bestätigen schienen.

»Als ich da war«, sagte Andrew Doyle, »hatte sie plötzlich eine Idee und nahm mich mit in Ihr Schlafzimmer. Dort durchsuchte sie den Garderobenschrank und die Schubladen, um nachzuprüfen, was zurückgelassen worden war, und hinten in einer Schublade fand sie . . .« Er brach ab und stand auf, um einen kleinen Koffer aus dem Gepäcknetz zu nehmen. Ein weiterer Koffer lag daneben, und mir wurde klar, daß Mr. Doyle und seine Gruppe, um früh am Morgen in der Anstalt sein zu können, wohl über Nacht in einer nahegelegenen Stadt geblieben sein mußten.

Er öffnete den Koffer und entnahm ihm die alte Blechdose, in der ich immer meine Wertsachen aufbewahrt hatte – meine Geburtsurkunde, von der ich jetzt wußte, daß sie falsch war, die Geburtsurkunde meiner Pflegemutter und ihren Trauring, den Brief, den sie mir vor ihrem Tod geschrieben hatte, ihr Gebetbuch, die kleine leere Handtasche und den Ring aus mexikanischem Silber, auf dem die Initialen R. D. eingraviert waren.

»Vielleicht würden Sie gern mal nachsehen, ob alles drin ist«, sagte Andrew Doyle, während er den Deckel abnahm und mir die Dose hinhielt. »Das hat Janes Verdacht bestätigt, denn wir waren beide sicher, daß Sie diese Dinge nicht zurückgelassen hätten, wenn Sie weggelaufen wären. Verzeihen Sie, aber ich habe die Papiere gelesen, die darin enthalten sind, Hannah. Ich hatte gedacht, daraus ergäbe sich vielleicht ein Hinweis.« Er zögerte. Dann fuhr er fort: »Der Brief von Kathleen McLeod, den sie als Ihre Mutter geschrieben hatte, war für mich das rührendste und wunderbarste Dokument, das ich je gesehen habe.« Er lächelte. »Außer den Worten, in denen sie Ihnen empfiehlt, nie einem Mann zu trauen. Wir können zwar ihre Verbitterung verstehen, aber es gibt ein paar Männer, denen man trauen kann, Hannah.«

»Das weiß ich auch, Mr. Doyle.« Ich schaffte es, sein Lächeln zurückzugeben. »Ich habe gelernt, die Leute recht gut einzuschätzen.« Ich sah die Schachtel durch und nickte. Ich war von Herzen dankbar dafür, daß diese wenigen kostbaren Dinge nicht verlorengegangen waren. »Ja, alles ist noch drin. Ich danke Ihnen.« Dann schaute ich Mrs. Hesketh an. »Darf ich Sie um einen Gefallen bitten?«

»Aber natürlich, Kind.«

»Wenn Sie in Ihrem Koffer eine Bürste und einen Kamm haben, würden Sie mir dann helfen, mich hinzusetzen und mein Haar auszubürsten? Ich konnte es nicht mehr tun seit . . . seit der Wasserbehandlung. Es fühlt sich so widerlich an.«

Sie sprang auf und schnalzte verärgert mit der Zunge. »Lieber Gott – wo sind denn heute meine Gedanken? Und auch Ihre, Mr. Doyle! Haben wir denn nicht Verstand genug, um uns vorzustellen, wie das arme Mädchen sich mit solchen Haaren fühlen muß, die wie ein altes Vogelnest verfilzt sind? Und Sie sitzen da und starren sie jeden Augenblick an – wir sollten uns was schämen, Mr. Doyle.«

Er grinste, während er ihren Koffer herunterholte. »Ich finde Hannah McLeod unter allen Umständen schön«, sagte er. Und dann, zu mir gewandt: »Kaum zu glauben, aber Mrs. Hesketh hat mir fast jeden Tag Bescheid gesagt, seit wir anfingen, nach Ihnen zu suchen.«

»Doch, das kann ich schon glauben, Mr. Doyle.« Ich war den Tränen nahe, weil ich weder reden noch scherzen konnte. »Mrs. Hesketh glaubt allen Ernstes, daß man Männer kurzhalten sollte.«

Er lachte. Dann kam er herüber und hob mich hoch. Er setzte sich auf die Kante des Sitzes, so daß er mir gegenübersaß, und hielt meine Schultern sanft fest, um mich zu stützen. Mrs. Hesketh rückte hinter mich und bürstete mein verfilztes Haar aus. Und dabei erzählten sie mir gemeinsam den Rest ihrer Geschichte.

Die Familie Willard war nach Europa zurückgekehrt, wo Benjamin Willard noch Geschäfte zu erledigen hatte. Aber in Kürze würden sie wieder zurück in die Vereinigten Staaten reisen. Andrew Doyle hatte anfangs versucht, Toby Kent zu finden, damit er ihm auf seiner Suche nach mir helfen sollte. Er hatte es aber nicht geschafft und sich dann daran erinnert, daß Toby mich durch die Hesketh Agency in England gefunden hatte. Also meldete er sich im Büro in der Chancrey Lane und lernte so Mrs. Hesketh kennen. Als sie von seinen Befürchtungen erfuhr und die kleine Blechschachtel mit meinen Besitztümern untersuchte, die er mitgebracht hatte, hatte Mrs. Hesketh sofort erkannt, daß Sir John Tennant hinter meinem Verschwinden stecken mußte. Und da hatte sie sich entschlossen, Andrew Doyle die Wahrheit über mich zu erzählen, damit er begriff, warum Sir John, mein Großvater, mich unbedingt aus dem Weg haben mußte. Danach hatten sie ein Telegramm an Toby Kent in Paris geschickt, aber keine Antwort erhalten.

Sie hatten auch manchmal die Befürchtung gehabt, ich könnte vielleicht nicht mehr am Leben sein, aber sie konnten es nicht ganz glauben, daß Sir John so eiskalt meinen Tod befehlen würde. Sie glaubten vielmehr, er würde subtiler vorgehen, und Mrs. Hesketh hatte gemeint, ich könne vielleicht irgendwo, weit von London entfernt, in einem Pflegeheim untergebracht worden sein – einem Ort, in dem Sir Johns Geld und Einfluß dafür sorgten, daß ich Gefangene blieb.

»Wir konnten zwischen Tennant und einer solchen Einrichtung weder gesellschaftliche noch finanzielle Verbindungen finden«, sagte Mrs. Hesketh, während sie sanft die wirren Stellen in meinem Haar ordnete. »Deshalb mußten wir andere Möglichkeiten suchen, um eine Verbindung zu finden. Nachdem wir die Angelegenheit gründlich durchdacht hatten, habe ich Boniface angewiesen, das Büro zu übernehmen und sich um alles andere zu kümmern, während ich für einen Monat in dem Dorf Lyndonbrook ein Häuschen mietete – dieses Dorf gehört Sir John Tennant.«

Ich schaute Andrew Doyle mit großen Augen an, während er dasaß und mich festhielt. »Boniface war im Verlauf seiner Nachforschungen schon da gewesen«, erklärte er, »aber Mrs. Hesketh hatte den Ort noch nie gesehen. Sie benutzte einen falschen Namen, als sie das Häuschen mietete, und bestach den Postjungen des Landbesitzers.«

»Postjungen?« echote ich verwirrt. »Bestochen?«

Mrs. Hesketh sagte: »Ich habe den Jungen bestochen, der täglich alle Briefe vom Herrenhaus zum Postamt im Dorf brachte. Es ist ein einfacher Bursche, und da ich ihn überzeugt habe, daß ich Zauberkräfte besitze und einen fürchterlichen Fluch auf ihn legen könnte, brauchte ich keine Angst zu haben, daß er seinem Arbeitgeber von mir erzählen würde.«

»Aber ... wozu haben Sie ihn denn bestochen?« wollte ich wissen.

»Er sollte nur jeden Morgen beim Häuschen vorbeikommen und auf seinem Weg zur Post eine Tasse Tee bei mir trinken. Er ließ dann seine Briefe in der Küche und trank den Tee in dem kleinen Wohnzimmer, und er blieb nie länger als fünf Minuten. Aber das war mehr als genug Zeit für mich, um Sir John Tennants Briefe durchzusehen.«

Manchmal, sagten sie, waren es nur einer oder zwei gewesen, manchmal aber auch bis zu sechs. Auf den meisten standen Geschäftsadressen, und diese Briefe waren über jeden Verdacht erhaben. Mrs. Hesketh hatte immer einen Wasserkessel auf dem Herd gehabt, damit sie jeden Brief mit Dampf öffnen konnte, bei dem sie Zweifel hatte.

»Offenbar braucht man nur ein paar Sekunden dazu, und man hinterläßt keine Spuren«, sagte Andrew Doyle ernst. »Meine Erfahrungen haben sich unter Mrs. Hesketh Leitung sehr ausgeweitet.«

Sie hatte angenommen, daß ich, wenn ich noch lebte, irgendwo in irgendeiner privaten Anstalt festgehalten werden müßte, entweder hier oder im Ausland. Und deswegen müßten regelmäßig Rechnungen gezahlt werden. Aber erst während der sechsten Woche in dem Häuschen brachte der Postjunge den Brief, auf den sie wartete – einen Brief, der an Dr. R. Thornton adressiert war, nach Moorside, der Anstalt für geistig Behinderte in der Nähe des Dorfes Dornington in Yorkshire. Dem Brief war ein Scheck über fünfzehn Pfund, zehn Schilling beigefügt, ausgestellt auf Dr. Reginald Thornton.

»Das war vor drei Tagen«, sagte Andrew Doyle. »Die Anstalt ist eingetragen, und wir konnten keine Beschwerden irgendwelcher Art darüber finden. Aber wir entdeckten, daß vor vielen Jahren von Sir John Tennant dort bereits ein Bett belegt worden war.« Sein Mund wurde schmal vor Zorn. »Vielleicht hat er schon früher Gelegenheit gehabt, Leute aus dem Verkehr zu ziehen. Vielleicht hielt er es auch für klug, vorbereitet zu sein, wenn er so etwas brauchte. Wer weiß das bei einem solchen Menschen?«

Hinter mir seufzte Mrs. Hesketh. »Ihr Mr. Doyle wäre ganz allein nach Dornington gefahren«, sagte sie, »aber ich hielt es für klüger, noch ein, zwei größere Bekannte zu dieser Gelegenheit einzuladen, und dann sind wir alle gestern angereist. Es dauerte ein paar Stunden, bis wir herausgefunden hatten, welches von den Dorfmädchen täglich in der Anstalt arbeitete. Aber Mr. Doyle besaß eine kleine Bleistiftskizze von Ihnen, die Toby Kent einmal vor einiger Zeit einfach so hingekritzelt hatte. Damit haben wir es geschafft, herauszufinden, daß Ihr Name ›Miß Smith‹ war und daß das Mädchen, das täglich Ihr Zimmer saubergemacht hatte, Stella hieß. Sie ist die Tochter des Schuhmachers.«

»Heute morgen ist sie nicht zur Arbeit gegangen«, sagte Andrew Doyle. »Mrs. Hesketh hat es ihr verboten, denn wir wollten nicht, daß Thornton vorgewarnt wurde, weil wir uns auf ihn konzentrieren wollten. Ich glaube, den Rest der Geschichte kennen Sie.«

Ich nickte. Ich fühlte mich plötzlich sehr schläfrig, nachdem die erste Verwunderung und Aufregung über meine Befreiung verflogen war. Mrs. Hesketh hatte die Bürste beiseite gelegt und fing jetzt an, mein Haar zu flechten. »Im Augenblick kann ich es nicht besser machen, mein Kind«, sagte sie. »In ein, zwei Tagen, wenn Sie sich ein bißchen besser fühlen, können wir es waschen.«

»Danke, Mrs. Hesketh, Sie sind sehr freundlich.« Ein Gedanke kam mir, und ich sagte: »Glauben Sie . . . daß es möglich wäre, für mich irgendwo ein Zimmer zu finden, ganz billig, wo ich mich ausruhen kann? Ich meine, ich will nicht wieder zurück zu Mr. Ryder, und . . . wenn ich mich weigere, ihm weiter als Waffe zu dienen, wird er mich sowieso nicht mehr wollen. Oh, ich bin Miß Jane sehr dankbar, und ich werde ihr auch schreiben. Aber ich kann beim besten Willen nicht zurück. Ich hatte gedacht, ein kleines Zimmer läge doch im Bereich des Möglichen. Ich habe etwas Geld gespart, genug für eine Woche oder zwei . . .«

Andrew Doyle schüttelte mich ganz sanft. »Wollen Sie

bitte aufhören, Unsinn zu reden, Hannah?« sagte er. »Sie gehen in ein Erholungsheim in der Nähe des Green Park, wo Mrs. Hesketh Sie jeden Tag besuchen kann. Ich besuche Sie auch, bis ich wieder nach Mexiko reise.«

»Aber wer soll das alles denn bezahlen, Mr. Doyle?« fragte ich und fühlte mich plötzlich bekümmert. Meine Gedanken waren jetzt, nach allem, was passiert war, völlig verwirrt. »Wer hat denn für das Häuschen bezahlt, das Mrs. Hesketh gemietet hat, und für die beiden Boxer und für alles andere?«

Er lächelte. »Ein Bewunderer, Hannah.«

»Bewunderer? Aber ich habe doch keinen – o nein, solche Sachen dürfen Sie nicht sagen.« Meine Stimme begann zu zittern.

»Na gut, dann werde ich das im Augenblick auch nicht tun«, sagte er beruhigend. »Solange Sie mir versprechen, sich keine Sorgen zu machen, wer dies und jenes zahlen soll.«

Ich fand nicht mehr die Kraft, mich mit ihm zu streiten. Mrs. Hesketh war mit meinem Haar fertig und half mir jetzt, mich wieder hinzulegen. »Schön, Mr. Doyle«, sagte ich und versuchte zu lächeln. »Ich höre also auf, mir Sorgen zu machen. Ich bin Ihnen beiden so dankbar. Ich danke Ihnen noch einmal.«

Der Rest des Tages war wie ein halb erinnerter Traum für mich. Den größten Teil der Zugfahrt schlief ich, und den Rest des Tages war ich nur teilweise wach. Es kam eine Zeit, da ich vage bemerkte, daß ich in einem Rollstuhl saß, danach in einer Kutsche, und Andrew Doyle hielt mich in den Armen, während ich auf seinem Schoß lag.

Ein Haus. Ein kühles Zimmer. Ein bärtiges Gesicht, um dessen Hals ein Stethoskop hing. Stimmen. Mrs. Hesketh, die Fragen beantwortete. Noch ein Gesicht, strahlend und beruhigend, umgeben von der Haube einer Krankenschwester. Dann nichts mehr, und ich sank in einen tiefen, ungestörten Schlaf.

15

SPÄTER ERFUHR ICH, daß Mrs. Hesketh mich am nächsten Tag, während ich noch schlief, besucht hatte. Aber am zweiten Tag, als sie am Nachmittag kam, war ich wach und fühlte mich wie ein neuer Mensch. Ich hatte gebadet, mein Haar war gewaschen und gebürstet, bis es wieder seidig und glatt war, und ich war in der Lage gewesen, an diesem Morgen zehn Minuten lang am Fenster meines hellen und schön eingerichteten Zimmers zu stehen und hinaus auf den Green Park zu schauen, ohne mich müde zu fühlen.

Das Essen war köstlich und wurde sehr hübsch serviert. Mein Appetit kehrte zurück, die Höhlungen unter meinen Augen füllten sich wieder aus, und Dr. Sullivan war von meinen Fortschritten überrascht und entzückt. Ich saß aufrecht im Bett und las ein Buch, als eine Krankenschwester Mrs. Hesketh hereinführte. Sie sah sehr elegant aus in ihrem dunkelroten Kostüm und einem hübschen Strohhut. Als die Schwester gegangen war, beugte sie sich über mich und nahm mich in die Arme. Ich gab den Druck zurück und flüsterte ihr von neuem ein Dankeschön zu.

»Ach Unsinn, Kind, Unsinn!« sagte sie, während sie meine Wange küßte und dann einen Stuhl ans Bett heranrückte. »Ich freu' mich einfach, daß ich in der Lage bin, mein Schuldgefühl Ihnen gegenüber loszuwerden. Wenigstens bis zu einem gewissen Grad. Wenn Sie feststellen, daß Sie müde werden, müssen Sie mir das sofort sagen. Dr. Sullivan meint, Sie machen hervorragende Fortschritte, aber wir dürfen es nicht übertreiben.«

Ich hatte in den vergangenen Wochen so viel Zeit allein verbracht, daß es mir eine Freude war, einen freundlichen Menschen zu haben, mit dem ich reden konnte. Ich erzählte ihr jetzt, wie ich an dem Nachmittag, als ich ihr Haus verlassen hatte, entführt worden war, und sie erzählte mir weitere Einzelheiten von dem Tag, als sie und Andrew Doyle sich vorgenommen hatten, meinen Aufenthaltsort festzustellen. Sie wollte auch von meinem Fluchtversuch hören und zwinkerte die Tränen weg, als ich von dem Brief sprach, den ich ihr hatte schicken wollen, und wie ich, so nah am Erfolg, durch ein schreckliches Pech erwischt worden war.

»Haben Sie schon einmal darüber nachgedacht, was bezüglich Sir John Tennant unternommen werden soll, meine Liebe?« fragte sie mich. »Es gibt stichhaltige Beweise, daß er dafür verantwortlich ist, daß man Sie in diesem schrecklichen Sanatorium eingesperrt hat. Und Entführung ist mit Sicherheit eine Straftat.«

»Ja«, sagte ich langsam. »Mein Großvater ist ein böser Mensch. Ich hasse und verachte ihn für das, was er mir angetan hat und was er mit mir noch zu tun beabsichtigte. Aber ich kann den Gedanken, daß gerichtlich gegen ihn vorgegangen werden soll, nicht ertragen. Ich könnte auch nicht vor Gericht gegen ihn aussagen und den ganzen Schrecken der Öffentlichkeit noch einmal durchleben, Mrs. Hesketh. Ich will nur frei sein, will von der ganzen Sache nichts mehr wissen, und ich möchte sicher sein, daß er mir nicht wieder schadet.«

»Haben Sie keine Angst, Kind«, erwiderte Mrs. Hesketh mit einem zornigen Funkeln in ihren schönen Augen. »Andrew Doyle ist heute morgen nach Lyndonbrook gefahren, um ihn zu besuchen und ihm zu eröffnen, daß es in Ihren Händen liegt, ob er nun vor Gericht gezerrt wird und im Gefängnis endet oder nicht. Seien Sie sicher – er wird es nie wieder wagen, in Zukunft auch nur einen Finger gegen Sie zu erheben.« Sie schaute auf die kleine Ansteckuhr, die sie am Revers trug. »Später werden Sie Andrew Doyle ja noch sehen, denn er will Sie, wenn er wieder da ist, besuchen. Er möchte wissen, was Sie unternehmen wollen, wenn überhaupt.« Sie tätschelte meine Hand und fuhr fort: »Es gefällt mir zwar gar nicht, daß dieser Halunke straffrei ausgeht. Aber um Ihrer selbst willen glaube ich, daß Sie sich weise entschieden haben. Und jetzt wollen wir von etwas anderem reden.«

Als ich mich nach Mr. Boniface erkundigte, rollte sie die Augen zur Decke. »In außergewöhnlich guter Gesundheit, wie immer, aber auch noch immer so irritierend. Jahr für Jahr frage ich mich, was, in aller Welt, ich eigentlich an diesem furchtbaren Menschen finde, und trotzdem ...« Sie schüttelte den Kopf und seufzte. »Er ist wie eine Krankheit, die ich aber trotzdem sehr vermissen werde. Boniface ist bei seiner Arbeit ausgezeichnet, müssen Sie wissen. Wir haben jetzt noch einen Assistenten außer Charly Grindle – das war derjenige, den Sie in Paris kennengelernt haben und der vorgegeben hat, bei der Botschaft angestellt zu sein, als Boniface Ihnen diesen elenden Streich gespielt hat. Ich muß sagen, Charly hat sich seit dem Tag, als Toby Kent ihn mit dem Kopf gegen die Wand gedonnert hat, sehr gebessert. Ich frage mich ...«

Sie schaute einen Augenblick ins Leere, sammelte sich dann und fuhr fort: »Nun, wie ich schon sagte, wir haben jetzt zwei Assistenten, und die beiden mit Boniface zusammen arbeiten eifrig an erfolgversprechenden Fällen. Ja, ich muß zugeben, daß Boniface wirklich sehr gut arbeitet und die Agentur blüht. Aber abgesehen von seiner Arbeit hat er keine Ausstrahlung, überhaupt keine Ausstrahlung. Ich mag Männer mit Ausstrahlung wie zum Beispiel Toby Kent ...«

Sie schaute mich mit einer Andeutung des Bedauerns an. »Sie haben wohl keine intime Verbindung mit ihm, mein Kind?«

Ich lächelte. »Nein. Er ist mir ein sehr guter Freund gewesen, aber nicht mehr. Er ist völlig frei, Mrs. Hesketh.«

»Aha. Dann will ich hoffen, daß er mich eines Tages mal wieder besucht.« Sie runzelte die Stirn. »Seltsam, daß unser Telegramm ihn nicht dazu gebracht hat, schnell hierherzukommen und uns zu helfen, Sie zu finden.«

»Oh, ich bin sicher, er wäre gekommen, wenn er das Telegramm erhalten hätte. Aber möglicherweise ist er umgezogen oder hat sich entschieden, in Europa herumzureisen. Vielleicht ist er auch nach Amerika gegangen. Bei Toby weiß man das nie.«

Mrs. Hesketh seufzte noch einmal und stand auf. »Das gefällt mir«, sagte sie. »Bei Boniface weiß man immer Bescheid, fürchte ich. So ein Langweiler.« Sie lachte in sich hinein. »Nun, ich muß wieder gehen, Hannah. Versuchen Sie nicht, zuviel auf einmal zu tun, mein Kind.«

Spät am Nachmittag wurde Andrew Doyle in mein Zimmer geführt. Fünf Minuten vorher kam die Schwester und sagte mir, er sei angekommen, und deshalb konnte ich mich anständig anziehen. Ich trug einen langen Morgenrock und saß im Sessel am Fenster, anstatt im Bett zu liegen. Heimlich amüsierte ich mich und erinnerte mich an eine Nacht in Paris, als Andrew Doyle bewußtlos in meinem Bett gelegen hatte und ich neben ihm hineingeklettert war, damit ich nicht erbärmlich zu Tode fror.

Er lächelte, als er eintrat. Aber ich spürte einen gewissen Ernst bei ihm, als er meine Hand nahm und sich darüber beugte. Die Schwester sagte bedauernd: »Der Herr hat Ihnen ein paar private Dinge zu sagen, Miß McLeod. Dr. Sullivan meint also, ich soll ihn mit Ihnen allein lassen.«

Ich schenkte ihr ein beruhigendes Lächeln und sagte: »Ja, das ist schon in Ordnung, Schwester.«

Als sie gegangen war, setzte sich Andrew Doyle und schaute mich an. »Ich bin heute morgen bei Sir John Tennant gewesen, Hannah«, sagte er ruhig. »Aber ich konnte ihn nicht sprechen. Ich muß Ihnen mitteilen, daß er tot ist.«

»Tot?« Ich starrte ihn erschrocken an.

»Nach dem Frühstück heute morgen ist er mit einer Schrotflinte ins Freie gegangen«, sagte Andrew Doyle. »Eine Stunde später fand man ihn am Rand des Waldes, der an das Herrenhaus stößt. Er hatte eine Schußwunde im Kopf, und der Doktor sagt, sie sei die Ursache seines Todes gewesen. Es sieht so aus, als ob er zufällig das Gewehr hätte fallen lassen, und zwar so, daß ein Zweig sich im Abzug verfing und den Schuß auslöste. Man wird seinen Tod als Unfall betrachten.«

Ich zitterte. »Und . . . es war kein Unfall?«

Er schüttelte den Kopf. »Es wäre ein zu großer Zufall. Ich habe ein paar Nachforschungen angestellt, und ich erfuhr von einem Diener, daß Tennant gestern morgen ein Telegramm bekommen hat. Den Rest des Tages hat er sich in seinem Arbeitszimmer eingeschlossen und auch keine Mahlzeiten zu sich genommen. Das Telegramm ist nicht mehr aufzufinden, aber etwas Papierasche lag in einem großen Aschenbecher im Arbeitszimmer. Sir John Tennant ist seit fünf Jahren nicht mehr auf der Jagd gewesen, und die Dienstboten waren erstaunt, als er heute morgen wegging.«

Ich sagte: »Glauben Sie, daß das Telegramm von Dr. Thornton stammte und Sir John warnen sollte? Stand vielleicht darin, Sie hätten mich aus der Anstalt geholt und wir wüßten, wer dafür bezahlt hat, daß ich dort festgehalten wurde?«

»Da bin ich ganz sicher, Hannah. Stellen Sie sich nur einmal die Auswirkungen vor, die solch ein Telegramm auf diesen bösen Menschen gehabt hat. Hannah McLeod ist frei. Sie weiß, wer sie entführt hat, weil Thornton es zugegeben hat. Und es spielt überhaupt keine Rolle mehr, ob sie weiß, warum sie entführt wurde. Wichtig ist nur, daß er gezwungenermaßen begriffen hat, daß Sie nicht allein sind und daß Sie Freunde mit genug Macht und Entschlossenheit besitzen, die Sie trotz aller widrigen Umstände aufspüren konnten. Freunde, die dann Ihr Gefängnis stürmten und Sie wieder in Freiheit brachten. Während Sir John Tennant mit diesem Wissen also allein in seinem Arbeitszimmer sitzt, konnte er nicht im Traum daran denken, daß Sie nichts gegen ihn unternehmen. Ein Skandal stand ihm bevor, eine Gerichtsverhandlung, eine todsichere Gefängnisstrafe und vielleicht auch die Enthüllung der Wahrheit – nämlich, daß Sie die Tochter seines Kindes sind. Ein Mann in Sir Johns Stellung und mit Sir Johns Stolz konnte das nicht ertragen, Hannah.«

Wir saßen eine ganze Weile schweigend da, während ich versuchte, alles in mich aufzunehmen, was passiert war. Endlich sagte ich: »Also hat Mr. Ryder doch die Rache bekommen, die er wollte, und viel schneller, als er geglaubt hat. Ich nehme an, ich müßte jetzt eigentlich Mitleid mit meinem Großvater empfinden. Aber ich fühle gar nichts. Ist das sehr schlimm, Mr. Doyle?«

»Schlimm?« Er blickte mich an, und seine Lippen wurden schmal. »Der Mann war ein Ungeheuer; er wollte, daß Sie die Hölle auf Erden haben, daß Sie leiden, bis Sie sterben. Man könnte es Ihnen sehr gut verzeihen, wenn Sie sich freuten, daß er tot ist.«

»Nein. Freude verspüre ich nicht. Ich bin nur so dankbar, daß ich hier bin, ich bin Ihnen und Mrs. Hesketh so dankbar.«

Er stand auf, ging langsam weg und kehrte dann zurück. Er stellte sich vor mich und blickte auf mich herab. »Ich habe eben Sebastian Ryder eine Nachricht geschickt. Ich habe ihm alles mitgeteilt, was geschehen ist, einschließlich der Tatsache, daß Tennant tot ist«, sagte er. »Ich habe ihm auch mitgeteilt, daß Sie nicht weiter bei ihm arbeiten möchten. Das meinen Sie doch noch immer, Hannah, oder nicht?«

»Aber ja, Mr. Doyle. Ich habe ihm selbst heute morgen geschrieben, sozusagen aus Höflichkeit. Ich habe auch Miß Jane geschrieben, um ihr zu danken.«

Er nickte. »Ich werden Ryder in den nächsten Tagen besuchen und ihm deutlich machen, daß Sie die Wahrheit über Ihre Eltern nicht in der Öffentlichkeit bekannt werden lassen möchten. Ich werde ihm weiterhin zu verstehen geben, daß ich, falls er Ihre Wünsche ignoriert, in der Öffentlichkeit bekanntmachen werde, daß er Sie als Instrument für eine Erpressung benutzt hat. Ich glaube, Sie können ganz sicher sein, daß er vernünftig sein wird, Hannah.«

Ich verspürte große Erleichterung und sagte: »Das ist sehr tröstlich, Mr. Doyle. Ich bin froh, wenn ich das alles hinter mich gebracht habe und nie mehr daran denken muß.«

»Das haben Sie in Ihrem jungen Leben allzu oft tun müssen«, erwiderte er ernst. »Aber so Gott will, ist es das letztemal. Haben Sie irgendwelche Pläne für die Zukunft?«

»Ja, ich habe darüber nachgedacht. Ich kann Ihnen kaum all das Geld zurückzahlen, daß Sie für mich ausgegeben haben und noch immer für mich ausgeben, Mr. Doyle. Ich glaube auch, daß Sie sich aufregen würden, wenn ich das versuchte. Also akzeptiere ich alles, was Sie für mich getan haben, als Geschenk. Ich bin Ihnen sehr dankbar dafür.«

»Sie haben einmal mehr für mich riskiert, als ich je für Sie riskieren könnte, mein Liebling«, sagte er leise.

Ich erinnerte mich jetzt, daß er das gleiche Kosewort gebraucht hatte, als er mich aus Dr. Thorntons Anstalt hinaustrug. Damals war es fast so gewesen, als ob er mit einem Kind gesprochen hätte. Aber jetzt spürte ich, wie ich ein wenig errötete. Das Kosewort schien mir zu intim, aber ich sagte mir, daß es in Amerika oder Mexiko vielleicht nicht so persönlich genommen wurde.

»Wegen meiner Zukunftspläne«, fuhr ich ziemlich hastig fort, »ich glaube, für den Anfang werde ich irgendwo in Dienst gehen. Wenn ich Glück habe, bekomme ich vielleicht eine Stelle als Zofe. Als ich noch am College war, haben wir uns gegenseitig immer das Haar gemacht, also kann ich das ganz gut. Vielleicht kann mir Mrs. Hesketh auch einen Rat geben. Wenn ich mich dann eingelebt habe und meinen Lebensunterhalt verdiene, könnte ich anfangen, nach etwas Besserem zu suchen – vielleicht einer Stelle als Lehrerin für Französisch in einer Schule.« Ich schaute Mr. Doyle bedauernd an. »Ich werde natürlich wegen meiner Jahre in Paris lügen müssen, denn niemand stellt eine Frau ein, die das gewesen ist, was ich gewesen bin. Ich nehme an, ich hätte mißtrauisch werden müssen, als Mr. Ryder anscheinend nichts dagegen hatte, mich einzustellen, obwohl er die Wahrheit kannte. Aber damals war ich ziemlich verwirrt . . .«

»Warten Sie, Hannah, warten Sie«, unterbrach mich Mr. Doyle und hob eine Hand, um den Fluß meiner Worte anzuhalten. Ich hörte auf zu reden, und er stand da und schaute mich neugierig an. Halb lächelte er. Nach einer Weile sagte er: »Wir sind uns in Augenblicken der großen Not gegenseitig zu Hilfe gekommen, und zwischen uns bestehen starke Bande, Hannah. Können Sie sich dazu bringen, mich Andrew zu nennen?«

Ich zwang mich, ihn anzuschauen, während ich sagte: »Das ist keine Frage von Banden, Mr. Doyle. Es ist eine Frage des Standes. Sie sind ein reicher Herr aus guter Familie und mit großartiger Erziehung. Ich bin . . . nun, eigentlich gar nichts. Und mein Vorleben ist nicht so, daß man auch nur darüber reden könnte.«

»Meine Familie oder mein Hintergrund machen mir nicht

viel Kopfzerbrechen«, sagte er geduldig. »Das wissen Sie doch, Hannah. Sie haben gehört, wie ich vom Land meiner Geburt gesprochen habe, von Mexiko, und Sie wissen, daß mein Herz mehr bei den Bauern als bei den großen Familien ist, zu denen meine eigene gehört. Bitte, nennen Sie mich Andrew.«

Ich entschied mich, daß es albern wäre, mich noch weiter mit ihm zu streiten, und sagte: »Also gut, Mr. – ach du liebe Güte. Ich will's versuchen . . . Andrew.«

Seine dunklen Augen lächelten. »Das ist der erste Schritt. Und jetzt zum zweiten. Würden Sie gern in ein anderes Land gehen und dort ein neues Leben anfangen, Hannah? Ein Leben auf der anderen Seite der Welt, wo Sie niemals befürchten müßten, daß man eines Tages das Geheimnis Ihrer Vergangenheit entdeckt?«

»Meinen Sie Mexiko, Mr. Doyle?«

»Andrew.«

»Tut mir leid, Andrew.«

»Ja, ich meine Mexiko.«

»Ich glaube, ich würde gern neu anfangen«, sagte ich langsam, »aber mit Sicherheit würde ich dort wenig Chancen haben, eine Stelle als Dienstmädchen zu finden. Schließlich spreche ich kein Spanisch. Ich könnte es zwar schnell lernen, aber . . .«

»Ich wollte damit nicht sagen, daß Sie sich eine Stelle suchen sollten«, sagte Andrew Doyle, »ich wollte Sie fragen, ob Sie meine Frau werden wollen.«

»Ihre Frau?«

Einen Augenblick lang glaubte ich, er erlaubte sich einen grausamen Scherz. Aber dann sah ich, daß es ihm ernst war. »Aber das können Sie doch nicht!« sagte ich ungläubig. »Bitte, denken sie doch einmal nach, Mr. Doyle – ich meine Andrew. Bitten, denken Sie nach!«

»Das habe ich schon getan, und zwar gründlich«, meinte

er ruhig. »Ich sehe Hannah McLeod an, und mein Herz schlägt schneller vor Liebe und Bewunderung. Ich sehe eine junge Frau, der ich mein Leben anvertrauen würde.«

Die Versuchung kam über mich, schnell und plötzlich. Neu anzufangen, in Sicherheit und Bequemlichkeit, mit einem Mann, den ich mochte, einem Mann, von dem ich wußte, daß er freundlich und treu war.

»Nein«, sagte ich verzweifelt. »Lieber Himmel, ich bin so gerührt, daß ich weinen könnte. Aber es wäre Wahnsinn, Andrew. Denken Sie doch an Ihre Familie. Wie können Sie mich Ihrer Familie zumuten? Ich bin ›La Professeuse‹ aus einem Bordell in Paris. Wie können Sie es sich selbst zumuten, mich als Frau zu nehmen?«

»Ich will Sie für mich haben, weil ich Sie liebe und Sie für Ihren Mut bewundere, mit dem Sie sich über die Schrecken erhoben haben, die man Ihnen zugemutet hat«, sagte er mit der gleichen ruhigen Stimme. »Und meiner Familie wird nichts zugemutet. Ich werde Sie als ein englisches Mädchen aus guter Familie vorstellen, und das ist wahr. Ich werde sagen, daß Sie verwaist sind. Das ist auch wahr. Und Ihre Vergangenheit geht meine Familie nichts an.«

»Aber Mr. und Mrs. Willard wissen Bescheid. Clara weiß Bescheid.«

»Die werden nichts sagen. Nichts könnte sie dazu bringen, mir zu schaden oder Ihnen, was das betrifft.«

»Ich . . . ich nehme es an. Aber Sie sagen, daß mein Geheimnis nie entdeckt werden könnte, weil ich dann weit weg wäre. Das stimmt nicht, Andrew.« Ich schluckte den Kloß, der mir in der Kehle saß, und sprach absichtlich brutal und deutlich. »Ausländische Männer kommen nach Paris, wie Sie und die Familie Willard. Ich habe mit Männern geschlafen, die aus Ländern stammten, die zu anderen Erdteilen gehörten, sowohl nach Osten als auch nach Westen hin. Ich habe mit Männern geschlafen, die mich erkennen könnten.«

Er nickte. »Nichts im Leben ist völlig sicher. Wir müssen das akzeptieren, genauso wir wir möglicherweise vom Blitz erschlagen oder von einem durchgehenden Pferd zu Tode getrampelt werden . . .« Er fuhr fort zu reden, aber mich überkam plötzlich eine große Müdigkeit des Geistes, wodurch meine Gedanken gelähmt wurden und ich mir vorkam, als ob ich wach im Schlaf läge. Ich wußte, daß ich mich wehrte, daß ich ungeschickte Argumente brachte und immer und immer wieder versuchte, ihm klarzumachen, daß es töricht war, mich um meine Hand zu bitten. Aber er konterte mit lächelnder Zärtlichkeit, und mehr und mehr bekam ich das Gefühl, als ob es vielleicht . . . vielleicht doch möglich war.

Ich hatte mir damals an dem Tag, als ich als freies Geschöpf aus dem College für junge Damen ausgetreten war, etwas geschworen. Ich hatte mir geschworen, nie wieder mit einem Mann ins Bett zu gehen. Aber ich hatte auch im Traum nicht daran gedacht, daß irgendein Mann mich jemals würde heiraten wollen. Es bedeutete nichts, daß ich nicht in Andrew Doyle verliebt war, denn nach dem Leben, das ich geführt hatte, war ich schon lange sicher gewesen, daß ich niemals erfahren würde, was es bedeutete, sich zu verlieben, wenn an diesen Worten überhaupt irgendeine wirkliche Bedeutung war. Außerdem glaubte ich nicht daran, daß eine Frau wahre Liebe für nur einen einzigen Mann auf der ganzen Welt empfinden konnte oder daß ein Mann für nur eine Frau Liebe empfand. Sicher konnten die meisten Männer und Frauen eine gewisse Befriedigung mit vielen verschiedenen Partnern finden, solange sie miteinander harmonierten. Ich mochte Andrew Doyle, ich achtete ihn, vertraute ihm, bewunderte ihn. Das würde ausreichen, um mit ihm glücklich zu werden und ein Leben der Treue führen zu können.

Es kam ein Augenblick, als er dastand und meine Hände

hielt und ich mich nicht länger wehren konnte. Wie aus großer Entfernung hörte ich mich sagen: »Ja . . . ja, Andrew, wenn du es wirklich willst . . .«

Die nächsten Tage vergingen wie im Traum, und nur nach und nach war ich in der Lage, die Wirklichkeit dessen zu akzeptieren, was geschehen war. Einige schattenhafte Zweifel blieben noch, aber ich wollte es mir nicht erlauben, bei ihnen zu verharren, denn ich hatte ja jetzt ein Versprechen gegeben.

Mrs. Hesketh hatte überhaupt keine Zweifel. »Himmel, Kind, Sie hatten doch völlig recht, als Sie akzeptiert haben. Sie haben den guten Mann nicht betrogen, und wenn er vernünftig genug war, ein nettes junges Mädchen wie Sie zu begehren, dann wären Sie dumm gewesen, sich ihm zu versagen. Es ist wirklich eine Schande, daß ein paar von seinen ehrenhaften Absichten nicht auf Boniface abfärben.«

Mein Verlobter, Andrew Doyle, kam jeden Tag, um mich zu besuchen. Am Tag nachdem er mir seinen Heiratsantrag gemacht hatte, brachte er mir einen wunderbaren Diamantring. Als er mich zwei Tage später wieder besuchte, war ich angekleidet und saß zum erstenmal draußen im Garten. Er küßte zur Begrüßung sanft meine Lippen, zog einen Stuhl heran, so daß er mir ins Gesicht sehen konnte, und sagte mir, daß ich nach Dr. Sullivans Meinung in weiteren drei Wochen wieder völlig gesund sei.

»Hannah, mein Liebling, ich möchte, daß du auf die Reise nach Vera Cruz gehst, sobald du hier entlassen wirst«, sagte er und hielt meine Hand. »Aber ich werde schon in einer Woche voranreisen müssen. Es gibt etwas Wichtiges, um das ich mich kümmern muß, und natürlich will ich auch meiner Familie erzählen, wie wunderbar du bist. Sie sollen alles für deine Ankunft vorbereiten. Ich habe schon ein langes Telegramm geschickt und einen langen Brief geschrieben, aber es ist besser, daß ich persönlich hinfahre, damit dir der Weg geebnet wird.«

»Ja natürlich, Andrew. Ich werde sehr nervös sein. Je gründlicher du deine Familie vorbereitest, desto besser.«

»Ich will Ihnen ein Foto mitbringen, also muß ich dafür sorgen, daß ein Fotograf kommt und ein Bild von dir macht, ehe ich abreise. Das einzige, was ich im Augenblick besitze, ist die Skizze von Toby Kent.« Er tastete in seiner Tasche und nahm dann eine Brieftasche heraus. Drinnen war eine winzige Bleistiftskizze von mir – Kopf und Schultern. Ich meinte, Toby hätte mir ein bißchen geschmeichelt, aber das Bild war ausgezeichnet.

»Hast du Toby gebeten, es für dich zu machen?« fragte ich.

»Lieber Himmel, nein. Er hat eine ganze Schublade voll davon. Eines Tages hab' ich sie in seinem Atelier gesehen und ihn gefragt, ob ich dieses haben könnte.« Andrew grinste. »Übrigens – der Wandervogel muß endlich nach Paris zurückgekehrt sein und das Telegramm gefunden haben, das Mrs. Hesketh ihm vor Wochen geschickt hat. Sie hat heute vormittag sein Antworttelegramm bekommen.«

Aus einer anderen Tasche nahm er einen blaßgelben Umschlag und reichte ihn mir. Im Telegramm stand: »erst heute morgen aus wien zurückgekehrt stop ankomme heute abend hesketh agency stop falls andrew doyle noch in england bitte melden sie meine ankunft stop wenn hannah noch nicht gefunden schlage ich vor sofort gegen tennant vorzugehen stop gruß toby kent.«

Ich lachte, während ich das Telegramm zurückgab und sagte: »Das sieht Toby ähnlich.«

»Was, glaubst du, meint er mit ›vorzugehen‹?«

»Ich schaudere, wenn ich daran denke. Er ist Halbire, und als Seemann muß er eine Menge Schlägereien hinter sich gebracht haben.«

»Mrs. Hesketh sagte mir, es sei seine Art, Leute mit den Köpfen gegen die Wand zu schlagen.«

»Ja. Ich bin sehr froh, daß du und Mrs. Hesketh es geschafft haben, mich mit sanfteren Mitteln zu finden, ehe Toby auf der Bildfläche erscheinen konnte.«

Wir sprachen über die Mexikoreise, und Andrew sagte, ich müsse eine Begleiterin mitnehmen. Ich hielt das nicht für erforderlich, aber er war darin sehr energisch und meinte, er wurde eine passende Begleitperson einstellen. Ich sagte ihm, daß ich gern Spanisch lernen wollte, und bat ihn, am nächsten Tag ein Lehrbuch mitzubringen. Er sollte auch mindestens eine halbe Stunde bei jedem Besuch spanisch mit mir reden, so daß ich seine Worte wiederholen und die Aussprache lernen konnte.

Das freute ihn. Mit großer Begeisterung zeigte er mir verschiedene Gegenstände und nannte ihre spanischen Namen. Er hörte sorgfältig zu, während ich ihm die Worte nachsprach. Später, als er mich küßte und ging, war ich so bewegt, daß ich den Tränen nahe war. Ich war viele, viele Male geküßt worden, aber Andrew Doyle war der erste Mann, der jemals meine Lippen mit Liebe geküßt hatte.

Am nächsten Vormittag saß ich wieder im Garten und las ein Buch, als ich auf dem Ziegelpfad neben dem Rasen Schritte hörte. Ich dachte, es sei einer vom Personal oder ein anderer Patient, der sich erholte, aber plötzlich hielten die Schritte inne, und eine wohlbekannte Stimme sagte: »Wer soll denn dann Brautführer bei Ihnen sein, kleine McLeod?«

»Toby!«

Er stand da und lächelte auf mich herab. Er war sehr elegant gekleidet. Er steckte in einem feinen grauen Anzug mit einer kleinen Rose im Knopfloch, und sein rotes Haar wirkte so ungekämmt wie immer. Er legte seinen Stock und den flotten grauen Zylinder auf den Tisch neben mich. Ich schob mein Buch beiseite und streckte die Hände nach ihm aus. Er lachte und nahm sie sanft, und sein Blick war sehr eindringlich, als er mich musterte. »Sie sehen sehr viel besser aus, als ich befürchtet hatte«, meinte er. »Als Flora mir sagte, was sie mit Ihnen gemacht haben, hatte ich eine Wahnsinnsangst, bis sie mich beruhigte.«

»Flora?«

Seine grünen Augen zwinkerten. »Die unvergleichliche Mrs. Hesketh. Ich bin gestern abend in aller Eile in der Chancrey Lane angekommen, das können sie mir glauben. Ich war ja auf Reisen, wissen Sie, hab' einige Zeit in Budapest und Wien verbracht, und als ich wieder nach Paris zurückkam, lag dort dieses mehrere Wochen alte Telegramm und wartete auf mich. Darin stand, Sie wären verschwunden und Tennant hätte sie wahrscheinlich entführen lassen. Ich habe mich gefragt, was, zum Teufel, eigentlich vorging, denn ich wußte ja damals nicht, daß . . .« Er hielt inne und blickte sich um, als ob er sicherstellen wollte, daß man uns nicht belauschte. Dann fuhr er fort: »Ich wußte ja nicht, daß bezüglich Ihrer Geburt und Ihrer Eltern gewisse Entdeckungen gemacht worden waren, meine Schöne. Und bei der Geschichte stehen einem regelrecht die Haare zu Berge. Jedenfalls war ich total in Panik, als ich ankam, das kann ich Ihnen sagen.«

»Es tut mir so leid, daß Sie sich so viele unnütze Sorgen gemacht haben, Toby.« Ich ließ seine Hände los und zeigte auf den Stuhl neben mir. »Setzen Sie sich doch, und erzählen Sie mir, was passiert ist, als Sie in der Chancrey Lane ankamen.«

»Da gibt's nicht viel zu erzählen«, meinte er und setzte sich. »Flora Hesketh wartete bereits, um mir die ganze Geschichte brühwarm mitzuteilen, inklusive der Tatsache, daß Sie in Sicherheit wären und Andrew Doyle als Retter aufgetreten war. Tennant hätte endlich auch etwas Gutes getan und sich selbst erschossen. Also konnte ich mich entspannen und es Flora erlauben, meine gequälte Seele ein bißchen zu beruhigen.«

Ich lachte und tätschelte seinen Arm. »Das haben Sie sicher sehr genossen, denn Mrs. Hesketh hatte gehofft, Sie bald wiederzusehen. Aber . . . ich wünschte wirklich, Mr. Boniface würde sie heiraten. Sie wünscht sich das nämlich.«

Er lächelte wehmütig. »Ich bin kein Heiratsvermittler, Hannah. Ach, ehe ich es vergesse, ich bringe Ihnen Grüße von Jane Ryder und ihrem Bruder Gerald.«

Ich starrte ihn an. »Wann haben Sie denn die beiden getroffen?«

»Vor einer knappen Stunde, als ich zum Portland Place gefahren bin, um ein paar Worte mit Sebastian Ryder zu sprechen.« Toby kratzte sich gedankenverloren das Kinn, und ein Glänzen trat in seine Augen. »Ich hatte vor, ihm mal klarzumachen, daß er Sie mit seinen bösartigen Plänen fast umgebracht hätte.«

»Ach, Toby, Sie haben doch nicht etwa . . .«

»Nein, ich hab' keinen Finger gerührt, wenn Sie das meinen. Der Mann ist jetzt sowieso nur noch ein Schatten seiner selbst. Eine wandelnde Hülle.«

»Ein Schatten? Was meinen Sie denn damit?«

Toby zuckte die Achseln. »Ich meine, er ist ein Mensch, der das Allerwichtigste im Leben verloren hat, wofür er zwanzig Jahre arbeiten mußte. Irgendwie ist er um seine Rache betrogen worden, Hannah, denn er hatte vor, mit Tennant noch lange Jahre Katz und Maus zu spielen. Jetzt ist sein Opfer tot, und aus ihm ist die Luft raus, wenigstens im Augenblick. Das verdient er auch, sag' ich. Wie auch immer, Jane und Gerald haben mich erwischt, als ich gerade gehen wollte, und mich gebeten, Ihnen Grüße auszurichten. Jane war froh, von Ihnen einen Brief zu haben.«

»Ja. Jane war diejenige, die nicht glauben konnte, daß ich weggelaufen bin. Ich hab' ihr geschrieben, um ihr zu danken.«

»Das hat Andrew mir gesagt.«

»Haben Sie ihn getroffen?«

»Als ich heute morgen von der Chancrey Lane abfuhr, bin ich zuerst bei Andrew vorbeigefahren, um ihm zu gratulieren.«

Ich schaute hinab auf den Ring an meinem Finger und fühlte mich ein bißchen schüchtern. »Sie wissen also, daß wir heiraten wollen?«

»Können Sie sich etwa vorstellen, daß Flora Hesketh mir das nicht gesagt hätte? Natürlich weiß ich es, und ich wünsche Ihnen von Herzen alles Glück, Hannah.«

Ich blickte auf. Meine Scheu verflog. »Gott segne Sie, Toby. Meinen Sie, daß ich vielleicht nicht hätte akzeptieren sollen? Ich meine, im Hinblick darauf, was ich einmal gewesen bin?«

»Es wäre nur falsch, wenn Andrew nicht Bescheid wüßte«, sagte er sanft. »Aber trotzdem, hat er mir erzählt, hätten Sie unendlich viele Argumente dagegen vorgebracht, was richtig war und was ich von Ihnen auch erwarten würde. Aber es war weder falsch noch unklug, am Ende seinen Antrag anzunehmen. Er ist ein guter Mensch, Hannah, und er wird sich liebevoll um sie kümmern. Er ist zwar ein Träumer und Idealist, aber dagegen ist ja nichts einzuwenden.«

Ein Gedanke war in meinem Unterbewußtsein aufgetaucht, und ich sprach ihn jetzt aus: »Toby, was haben Sie eben, als Sie ankamen, zu mir gesagt – etwas davon, bei mir den Brautführer zu spielen?«

Er schaute mich an und hob eine Augenbraue. »Ich habe nur gefragt, wer Brautführer sein soll.«

»Brautführer?« fragte ich verständnislos. »Was ist das eigentlich?«

Er rollte die Augen zum Himmel. »Der Herr schütze uns alle – dem Mädel ist der Verstand in den Stiefel gerutscht. Wußten Sie denn nicht, daß ein Mädchen, wenn es heiratet, einen Brautführer braucht? Gewöhnlich tut es der Vater, aber wenn kein Vater da ist, kann man auch einen alten Freund bitten, und da ich der älteste Freund bin, den Sie haben, biete ich mich für die Aufgabe an, Hannah McLeod.«

Ich saß erschrocken da und preßte die Hand auf die Brust. Ich schaute Toby erstaunt und voller Freude an. »Ach so! Daran hatte ich einfach nicht gedacht. Würden Sie das wirklich für mich tun? Würden Sie mit mir nach Mexiko fahren und bei meiner Hochzeit den Brautführer spielen?«

»Wenn Sie einen anderen deswegen fragen, dann schlage ich ihm den Kopf gegen die Wand, bis er das Angebot zurückzieht«, sagte Toby liebenswürdig. »Andrew sagt mir, er will für Sie und eine Begleiterin in ungefähr drei Wochen die Überfahrt buchen, also hatte ich mir gedacht, ich fahre vielleicht dann gleich mit. Sie sollen ja sechs Monate vor der Hochzeit bei Andrews Familie in Monterey wohnen, und ich kann während dieser Zeit hier und da in Mexiko herumreisen und mir ein paar neue Inspirationen für meine Malerei holen.«

»Das wäre wunderbar, Toby. Sind Sie auch zur Inspiration nach Budapest und Wien gefahren?«

»Teils, teils. Ich habe in ziemlich kurzer Zeit ziemlich viel gemalt, und ich wollte ein paar neue Orte kennenlernen, zum Nachdenken und Experimentieren.«

»Und hatten Sie Erfolg?«

»Nicht schlecht, meine Schöne, nicht schlecht. Wenigstens verkaufen sich meine Bilder gut, so sagt man mir, und ich werde deshalb unverschämt reich.«

»Das ist ja herrlich. Aber Sie werden doch nie vergessen, daß ich einmal Ihr Schmetterlingsmädchen war, oder?«

»Hm«, sagte er nachdenklich, »vielleicht nicht. Wahrscheinlich werde ich es schaffen, mich von Zeit zu Zeit daran zu erinnern.«

Ich lachte. Dann schaute ich ihn versonnen an und runzelte die Stirn. Er saß ganz lässig da, die Andeutung eines Lächelns spielte um seine Lippen, und er schaute mit trägem Interesse und seinem Malerblick ein paar hohe purpurfarbene Dahlien an, die in einem nahegelegenen Blumenbeet standen. Ich konnte nur die eine Seite seines Gesichtes sehen, aber irgendwie spürte ich wie von fern einen Schatten, der über ihm lag.

»Toby, sehen Sie mich mal an«, sagte ich.

Das Lächeln wurde ein bißchen breiter, aber er schaute weiterhin die Dahlien an, während er sagte: »Jetzt lenken Sie mich aber nicht ab, wo ich gerade versuche, in Gedanken eine Farbe zu mischen.«

»Und versuchen Sie nicht, mir was vorzumachen, Toby Kent.« Ich beugte mich nach vorn und umfaßte sein Kinn mit der Hand. Ich drehte seinen Kopf zu mir herum, so daß ich sein Gesicht genau sehen konnte. Er ließ es sich mit amüsiertem Blick gefallen, und nach einer Weile sagte er: »Sie bieten einen fürchterlichen Anblick, wenn Sie einen Mann so anstarren, kleine McLeod.«

»Der Anblick, den ich biete, soll uns jetzt egal sein. Sie sind traurig, Toby? Was ist passiert?«

»Traurig? Blödsinn. Warum sollte ich traurig ein, Sie Dummerchen?«

»Das frage ich Sie, und versuchen Sie nicht, es abzustreiten.« Ich nahm meine Hand von seinem Kinn. »Der Himmel weiß – ich bin wahrscheinlich dumm. Aber wenn ich irgend etwas kenne, dann sind es die Männer. Darauf bin ich nicht stolz, aber ich schäme mich deswegen auch nicht. Es ist nur eine Tatsache, und ich kann sehen, daß Sie traurig sind, Toby . . .« Ich hielt inne. Ich begriff plötzlich, daß ich in seine Intimsphäre eindrang. »Oh, das tut mir leid. Ist es etwas, was Sie mir nicht erzählen wollen?«

Er seufzte und schaute mich mit lächelnder Resignation an. »Wann habe ich je vor Ihnen Geheimnisse gehabt, Hannah? Also gut, ich gebe es zu. Da war dieses Mädchen, das ich in Wien kennengelernt habe. Aus einer aristokratischen Familie. Ich sollte sie malen. Na – zum ersten- und letztenmal hat Toby Kent sein schwarzes Herz an ein Mädchen verloren, im ersten Augenblick, nachdem er sie gesehen hatte. Aber sie hat ihr Herz nicht an ihn verloren, und damit hat sich's.«

Ich sagte: »O Toby, das tut mir so leid. Ich hoffe, daß Sie nicht lange traurig sind.« Ich hatte schon zahllosen Männern zugehört, wie sie endlos mit mir über jedes nur vorstellbare Problem geredet hatten, und ich glaubte kaum daran, daß Liebe auf den ersten Blick etwas Dauerndes war. Aber ich wußte, es war töricht, Toby mit vernünftigen Worten zu trösten zu versuchen. Die beste Möglichkeit für ihn, seine Erinnerungen loszuwerden, bestand darin, daß er über sie sprach, anstatt sie in seinem Herzen zu verschließen. Ich sagte: »Wenn Sie mir von dem Mädchen erzählen wollen, will ich Ihnen jederzeit gern zuhören. Vielleicht hilft Ihnen das.«

Er stieß ein kurzes Lachen aus, und sagte: »Wir werden ja sehen. Aber jetzt wollen wir das Thema wechseln.« Er stand auf und drehte sich langsam um. »Die ganze Zeit haben Sie noch keinen Kommentar über die erstaunliche Eleganz abgegeben, die ich heutzutage trage. Ich bin verletzt, meine Schöne. Bis ins Mark, sozusagen.«

Ich machte mit und sagte: »Oh, da entschuldige ich mich tausendmal, Mon Vieux. Aber der einzige Grund, warum ich nichts gesagt habe, besteht darin, daß mir absolut die passenden Worte fehlen – sowohl auf englisch als auch auf französisch. Sie sehen so . . . so . . .«

» . . . großbürgerlich aus?«

»Ja, großbürgerlich! Das ist das richtige Wort.«

Wir lösten uns beide in Gelächter auf, und dann setzte er sich wieder. »Ermüde ich Sie, Hannah? Möchten Sie gern, daß ich jetzt wieder gehe?« fragte er.

»Nein, nein, Sie richten mich auf. Ich war so allein in dieser schrecklichen Anstalt, und ich finde es wunderbar, daß ich jetzt wieder jemanden zum Reden haben.«

Sein Blick wurde ernst. »Ich habe einiges von Andrew Doyle und Flora Hesketh über die Anstalt erfahren«, sagte er. »Aber ich wäre froh, wenn ich die Geschichte noch einmal von Ihnen hören könnte, Hannah.«

»Na gut. Aber versprechen Sie mir, daß Sie nicht schäumen und toben und mit den Zähnen knirschen. Es ist ja jetzt alles vorbei.«

Toby Kent legte die Hand aufs Herz. »Ich verspreche es«, sagte er.

Während der folgenden Woche wurde ich zusehends kräftiger. Andrew besuchte mich jeden Nachmittag. Es gab viel zu bereden, und ich war eifrig darauf bedacht, Spanisch zu üben, das ich aus dem Textbuch, das er mir mitgebracht hatte, gelernt hatte. Toby Kent und Mrs. Hesketh wechselten sich in ihren Besuchen jeden Morgen für eine Stunde ab, also fehlte mir die tägliche Gesellschaft nicht.

Aus Paris bekam ich einen freundlichen Brief von Mrs. Willard und auch einen von Clara, den ich leicht nervös las. Beide begrüßten die Nachricht von meiner Verlobung mit Andrew, und ich konnte keine Andeutung von Mißfallen darüber entdecken. Aber ich konnte auch nicht glauben, daß sie wirklich glücklich darüber waren, daß Andrew ein Mädchen mit meiner Vergangenheit heiraten wollte. Wahrscheinlicher erschien es mir, daß sie innerlich entsetzt darüber waren, sich aber verpflichtet fühlten, seine Entscheidung als unveränderlich hinzunehmen. Weil das so war und weil sie mich anscheinend auch mochten und begriffen hatten, daß ich diese Jahre in Paris nicht aus freier Wahl hinter mich gebracht hatte, deshalb akzeptierten sie vielleicht das Unvermeidliche ohne Widerspruch. Aus ihren Briefen erfuhr ich, daß sie mit Andrew nach Hause fahren und in Le Havre an Bord unseres Schiffes gehen würden. Sie wollten dann ein paar Wochen in Mexiko verbringen, ehe sie endgültig nach Hause, nach Virginia, fuhren.

Nachdem Toby Kent zurück war und Mrs. Hesketh mich besuchte, war ich sehr froh, sie wiederzusehen. Aber ich bemerkte, daß auch sie wie Toby eine gewisse Traurigkeit ausstrahlte, die sie vor mir verbergen wollte. Als ich sie daraufhin ansprach, seufzte sie und meinte wehmütig: »Es sind nur die Männer, mein Kind, die Männer. Manchmal glaube ich, sie sind nur dazu geboren, um Frauen traurig zu machen.«

»Ach du liebe Güte. Geht es um Toby?«

»Himmel, nein, Hannah. Toby Kent ist eine reine Freude. Aber ich bin acht Jahre älter als er, und wir sind nicht mehr als Schiffe, die einander in der Nacht begegnen, er und ich. Nein, es geht um diesen Nichtsnutz Boniface, wie immer. Er ist wieder zu Hause und arbeitet eine Weile in London. In der vergangenen Nacht habe ich meinen Stolz hinuntergeschluckt und den fürchterlichen Kerl gefragt, ob er jemals vorhätte, mich zu heiraten. Und wissen Sie, was er geantwortet hat? ›Das ist eine Frage, Mrs. Hesketh‹, hat er gesagt, ›die keine anständige Frau einem anständigen Mann je stellen sollte.‹ Ich war so gedemütigt, daß ich hätte weinen können. Natürlich habe ich es nicht getan. Aber wenn ich an all das denke, was ich für Boniface getan habe . . . Sie wissen ja, sein Geschäft wäre ruiniert, wenn es mich nicht gäbe. Oh, ich weiß, ich habe ihn scharf angepackt. Aber nur, weil er sich so gleichgültig benimmt, und ich kümmere mich wirklich sehr um ihn, ehrlich, Hannah. Ich bin immer da, wenn er von irgendeinem Fall zurückkehrt, ich verwöhne ihn mit seinem Lieblingsgericht, und in privater Hinsicht verschwende ich sehr großzügig meine Zärtlichkeit auf ihn. Aber was rede ich denn da schon wieder, Kind, was werden Sie jetzt wohl von mir denken?«

Ich erwiderte: »Ich halte sehr, sehr viel von Ihnen, Mrs. Hesketh, und ich glaube, Mr. Boniface ist maßlos verwöhnt. Er muß einmal herausfinden, wie es ist, wenn Sie nicht da sind, damit sein Geschäft glattgeht. Er muß einmal herausfinden, wie es ist, wenn sich niemand mehr um ihn kümmert und ihn verwöhnt. Er nimmt Sie ja als selbstverständlich hin . . .« Mir kam plötzlich ein Gedanke, und ich schnappte vor Überraschung darüber fast nach Luft. »Mrs. Hesketh, ich habe eine herrliche Idee. Kommen Sie Ende des Monats mit mir nach Mexiko?«

Sie legte verwirrt eine Hand an den Kopf. »Nach Mexiko? Aber . . . das versteh' ich nicht.«

»Ich brauche eine Begleiterin, und Andrew wollte jemanden für mich einstellen. Aber es wäre doch wunderbar, wenn Sie meine Begleiterin wären. Dann könnten Sie ein bißchen dortbleiben oder auch sofort zurückkehren, ganz wie Sie wollen. Aber wenigstens wären Sie einen Monat oder sechs Wochen lang weg, und Mr. Boniface müßte allein zurechtkommen.«

Sie blinzelte erschrocken. »Allein zurechtkommen? Der Schock würde ihn umbringen, Hannah.«

Ich lachte. »O nein, das glaube ich nicht. Er lernt dann nur etwas, was er schon vor langer Zeit hätte lernen müssen. Ich kann Ihnen zwar nicht versprechen, daß er Sie sofort um Ihre Hand bitten wird, aber wenn er glaubt, daß Sie ihn vielleicht wieder allein lassen könnten, werden Sie ihn mit Sicherheit sehr viel liebenswürdiger finden, und er wird sich mit Sicherheit mehr um Sie bemühen. Ich bin sicher, Sie haben ihn früher oder später fest in der Hand. Wenn es das ist, was Sie wollen.«

Mrs. Hesketh schaute mich ziemlich träumerisch und mit großer Zärtlichkeit an. »Ich bin natürlich ein Trottel«, sagte sie leise, »aber das ist es, was ich will, Hannah. Für Ihre Jahre sind Sie sehr weise, mein Kind.«

Ich lächelte ein wenig wehmütig. »Ich bin für meine Jahre sehr alt, aber dagegen kann man jetzt nichts mehr machen.«

16

An einem strahlenden Oktobertag gingen wir an Bord des Schiffes, das ›Jungfrau von Troja‹ hieß, und segelten über Bermuda, Nassau und Havanna nach Mexiko. Unser Ziel war Vera Cruz, wo Andrew uns abholen wollte. Von dort sollten wir mit dem Zug nach Mexiko City fahren. Nach einer Übernachtung würden wir dann unsere Reise per Bahn nach Norden fortsetzen, fünfhundert Meilen weit bis nach Monterey. Über Nacht würden wir zwischendurch in San Luis Potosi bleiben.

Mrs. Hesketh wollte etwas über zwei Wochen in Mexiko City bleiben, und zwar bei Verwandten aus der mütterlichen Seite von Andrews Familie. Man würde sie von dort nach Vera Cruz begleiten, und sie sollte dann allein nach England zurückkehren. Andrew hatte für uns erste Klasse gebucht und die Reise bezahlt. Er war entzückt darüber, daß ich von der energischen Dame begleitet werden sollte, die sich bei der Suche nach mir als eine so mächtige Verbündete erwiesen hatte.

Während der letzten drei Wochen vor der Abreise brachte Toby Kent mir Landkarten und Bücher über Mexiko, so daß ich anfangen konnte, etwas über das Land zu lernen, das mein neues Zuhause werden sollte. Während seiner Besuche erzählte ich ihm dann, was ich alles gelernt hatte, und er prüfte mein kleines, aber stetig wachsendes spanisches Vokabular aus dem Lehrbuch. Ich entdeckte, daß er selbst die Sprache ein wenig beherrschte, weil er einige Zeit auf einem spanischen Frachtschiff gearbeitet hatte. Jetzt war er froh, daß er mit mir zusammen mehr lernen konnte, da er ja in Mexiko zu reisen beabsichtigte.

Mrs. Hesketh besuchte mich auch weiterhin. Aber sie hatte keineswegs die Absicht, auch nur ein einziges Wort Spanisch oder irgendeine andere Fremdsprache zu lernen. »Eine fremde Sprache zu lernen, das ist vollkommen unnatürlich, mein Kind«, erklärte sie. »Gott in seiner Weisheit hat schließlich all die verschiedenen Sprachen geschaffen, als Strafe dafür, daß der Turm von Babel gebaut wurde. Es steht mir nicht an, Gottes Entscheidungen zu umgehen.«

Diese Worte waren von einem Zwinkern ihrer Augen begleitet, und sie wirkte jetzt rundherum glücklicher. Denn Mr. Bonifaces Reaktion auf die bevorstehende Abreise war ein großer Schrecken gewesen. »Der arme Kerl konnte es zuerst gar nicht glauben«, verkündete Mrs. Hesketh mit Entzücken. »Dann war er wütend. Und jetzt ist er bekümmert, ja, man könnte sagen, er trauert. Der liebe Toby ist mit ihm ausgegangen und hat neulich abends mit ihm einen getrunken. Als Boniface etwas angesäuselt war, hat er ihm sein Herz ausgeschüttet. Toby hat mir versichert, wenn ich von Mexiko zurückkomme, wird das arme Kerlchen mich auf den Knien darum bitten, seine Frau zu werden. Toby meint, ich soll ihn dann eine Weile zappeln lassen.«

»Und tun Sie nichts für ihn, solange er wartet«, sagte ich. »Tun Sie überhaupt nichts, Mrs. Hesketh. Weder Bett noch Verpflegung.«

»Das hatte ich mir auch gedacht«, sagte sie mit einem leisen Lachen und streckte die Hand nach mir aus. »Sie sind viel besser als eine Tochter, liebe Hannah. Eine Tochter wäre wahrscheinlich völlig schockiert.«

Meine Kabine auf der »Jungfrau von Troja« lag neben der von Mrs. Hesketh. Toby schlief auf dem gleichen Deck. Das Wetter war anfangs unbeständig, und zwei Tage lang fühlten Mrs. Hesketh und ich uns nicht sonderlich wohl. Aber als wir uns endlich an den schwankenden Boden gewöhnt hatten, fingen wir an, die Reise zu genießen. Das Wetter besserte sich, und in der frischen Seeluft strahlte ich bald vor Gesundheit, und die Erinnerungen an die vergangenen Strapazen verblaßten zu einem fast vergessenen bösen Traum.

Ich studierte weiter meine Bücher über Mexiko und übte die Sprache mit Toby. Mrs. Hesketh las Romane aus der Schiffsbibliothek und erzählte uns jeden Abend beim Essen kleine Geschichten daraus. Toby skizzierte, und gelegentlich malte er ein Bild. Er arbeitete sehr schnell, wie immer. Mrs. Hesketh mochte seine Bilder nicht, aber ich stellte fest, daß sie mir mehr und mehr gefielen. Um Mrs. Hesketh zu ärgern, malte er ein Porträt von ihr, und zwar so exakt, daß es wie ein Foto in Farbe aussah. Sie war entzückt darüber.

Wir drei kamen sehr gut miteinander aus. Wir redeten, lasen, diskutierten, machten Spiele an Deck, schlossen Freundschaften mit anderen Passagieren und hörten jeden Abend dem Trio im Salon zu. Wir spielten Schach und Kartenspiele, die Toby uns beibrachte.

Es kamen Zeiten, wo mich schreckliche Zweifel quälten, daß ich zugestimmt hatte, Andrew zu heiraten. Ungeachtet der Tatsache, daß er die Wahrheit über mich kannte, daß ich als Kind brutal gezwungen wurde, ein schändliches Leben zu führen, und daß ich entronnen war, so schnell ich konnte. Wie man es auch drehte und wendete: meine Vergangenheit ließ sich nicht verändern und diese Tatsache war eine schreckliche Mitgift. Mrs. Hesketh oder Toby sagte ich nichts von meinen Ängsten. Diese Bürde hatte ich selbst zu tragen, und es wäre feige gewesen, die anderen um Trost oder Beruhigung zu bitten.

An einem schönen, warmen Tag machte unser Schiff in Mexikos ältestem Hafen Vera Cruz am Kai fest. Während der letzten paar Tage hatte ich mich bemüht, alle Besorgnis beiseite zu schieben, und ich war voller Aufregung, während ich an der Reling stand und das eifrige Durcheinander unten beobachtete. Ich hoffte vergeblich, Andrew irgendwo zu sehen. Wir gingen von Bord, unsere Koffer wurden ausgeladen, und wir passierten ohne Verzögerung den Zoll. In der Halle dahinter war Andrew noch immer nicht zu sehen, aber fast augenblicklich trat ein hochgewachsener Mann mit silbergrauem Haar und aristokratischen Zügen auf uns zu. Er trug einen hellgrauen Tagesanzug, dazu einen Zylinder und einen Spazierstock mit Elfenbeinknauf. In respektvoller Entfernung hinter ihm standen zwei Männer in einer Art Livree, die ich als Diener einschätzte.

Der hochgewachsene Mann verbeugte sich vor uns und sprach Toby in gutem Englisch, allerdings mit starkem Akzent, an. »Darf ich fragen, Sir, ob ich das Vergnügen habe, mit Mr. Toby Kent zu sprechen?«

»Ich bin es selbst, Sir«, erwiderte Toby, nahm seinen Hut ab und verbeugte sich zur Antwort.

»Ich bin Enrique del Rio, ein Vetter der Mutter von Señor Andrew Doyle.«

»Es ist mir ein Vergnügen, Sir«, sagte Toby. »Meine Damen, ich stelle Ihnen Señor Enrique del Rio vor. Señor, dies sind Mrs. Flora Hesketh und Miss Hannah McLeod.«

Wir schüttelten uns die Hände, und ich vergaß alles Spanisch, was ich schon gelernt hatte. Aber das spielte keine Rolle, denn Enrique del Rio sprach weiterhin ziemlich schnell und drängend auf englisch. »Ich bin hier in Andrews Auftrag. Er selbst ist leider nicht in der Lage, Sie abzuholen.« Er warf einen Blick zu jeder Seite hinüber und senkte die Stimme. »Ich habe Ihnen ein paar ziemlich beunruhigende Nachrichten mitzuteilen. Aber ich darf davon nicht in der Öffentlichkeit sprechen. Ich muß warten, bis wir im Zug sind.«

Mein Herz hämmerte und ich fragte flüsternd: »Ist Andrew krank? Ist er verletzt?«

Der Mann schüttelte den Kopf. »No, Señorita. Wir glauben, daß er im Augenblick bei guter Gesundheit ist, aber bitte erlauben Sie mir, nicht mehr zu verraten, bis wir unter uns sind.«

Ich spürte, wie Toby meinen Arm nahm, und hörte ihn sagen: »Gut, Señor, wir sind jetzt in Ihren Händen.«

Enrique del Rio sagte ein paar Worte zu den Dienern und bot seinen Arm dann Mrs. Hesketh an, die ihn mit sehr viel Würde akzeptierte. Eine Kutsche wartete, um uns zum Bahnhof zu bringen, eine weitere folgte mit unseren Gepäck. Nichts wurde auf der kurzen Fahrt gesprochen, außer daß wir eine höfliche Frage, ob wir eine gute Reise gehabt hätten, mit ja beantworteten.

Im Zug war ein Abteil erster Klasse für uns reserviert. Einen Augenblick lang erinnerte ich mich traumartig daran, daß ich erst vor einem Monat schwach und krank tausend Meilen von hier in einem anderen Abteil gelegen hatte, während Mrs. Hesketh und Andrew Doyle mir erzählten, wie sie es geschafft hatten, mich zu finden und zu retten. Jetzt ging es mir wieder gut, aber mich quälte die Sorge um den Mann, der mein Freund geworden war, der sich meinetwegen so große Mühe gab und der mich dadurch geehrt hatte, daß er mich bat, seine Frau zu werden.

Als wir uns in dem Abteil eingerichtet hatten, sagte Enrique del Rio ruhig: »Heute nacht sollten Sie eigentlich in meinem Haus in Mexiko City übernachten und dann die Fahrt mit dem Zug nach Monterey fortsetzen. Außer Mrs.

Hesketh natürlich«, er verbeugte sich vor ihr, »die unser Gast sein soll, bis sie nach England zurückkehrt. Aber jetzt meinen wir, es wäre besser, daß Sie alle in meinem Haus wohnen, bis . . . bis sich die Situation geklärt hat.«

Ich sagte: »Bitte, was für eine Situation, Señor?«

Er schaute mich voller Mitgefühl an. »Andrew ist alles andere als diskret«, murmelte er. »Und ich glaube, Sie müssen wissen, daß er sich mit Politik befaßt. Er hat natürlich die besten Aussichten, aber er will alles für alle Menschen auf der ganzen Welt in Ordnung bringen, ohne Zeit zu verlieren.«

Toby sagte: »Wir wissen, daß Andrew großes Mitgefühl mit den Menschen Ihres Landes hat, die weniger glücklich sind, Sir. Daraus hat er kein Geheimnis gemacht.«

Enrique del Rio nickte ernst. »Ich bedauere, Ihnen sagen zu müssen, daß er von der Familie als junger Heißsporn betrachtet wird. Unsere Familie hat viel Einfluß, und mehrere von uns bekleiden hohe Positionen in der Regierung. Andrew hat uns also sehr viel Grund zur Sorge bereitet, da er auf der Seite derjenigen steht, die gegen uns sind.« Enrique del Rio zuckte resigniert die Achseln. »Aber . . . er gehört eben zu unserer Familie. Obwohl sein Vater Americano war, gehört er trotzdem zu unserer Familie. Um seiner Mutter willen haben wir also vor den Dummheiten, die er sich geleistet hat, beide Augen zugedrückt. Jetzt allerdings hat er sich in eine sehr gefährliche Situation gebracht.«

Ich beugte mich nach vorn. Meine Hände verkrampften sich, während ich fragte: »Bitte, sagen Sie mir, wo Andrew jetzt ist, Sir, und in welcher Gefahr er sich befindet.«

»Andrew hält sich irgendwo in der Gegend von Oaxaca auf, in den Hügeln der Sierra Madre del Sur«, sagte er langsam. »Er ist Gefangener einer Rebellengruppe, die sein Leben bedroht.«

Ich starrte mein Gegenüber sprachlos an, und dann begann ich zu zittern.

Mrs. Hesketh legte den Arm um mich. Toby Kent sagte: »Das verstehe ich nicht, Sir. Andrew ist doch ein Freund der Rebellen . . .«

Enrique del Rio lächelte versonnen. »Ja, gewiß, Mr. Kent. Er versucht, ihnen zu helfen und ihnen Lebensmittel und Gewehre zu bringen. Hätten wir ihn allerdings nicht geschützt, würde er jetzt im Gefängnis verfaulen. In Wirklichkeit hat man ihn daran gehindert, den Rebellen große materielle Hilfe zu geben, also haben sie die Gelegenheit ergriffen, ihn auf andere Weise auszunutzen. Sobald er aus England zurückkam, fuhr er nach Oaxaca und weiter in die Sierra Madre del Sur, um mit dem Mann zu sprechen, der die Rebellen führt. Dieser Mann ist ein ehemaliger Landbesitzer und ähnelt Andrew in mehrfacher Hinsicht.«

Ich fragte mit einer Stimme, die mir selbst fremd vorkam: »Heißt dieser Mann Ramon Delgado?«

»Ja – also hat Andrew von ihm mit Ihnen gesprochen. Ja, Ramon Delgado ist der Mann, der hofft, den Funken der Revolution zu einem großen Feuer zu entfachen. Ich versichere Ihnen, er wird es nicht schaffen. Fünfundzwanzig Jahre lang haben wir jetzt Frieden in Mexiko, unter Porfirio Diaz. Vorher hatten wir eine lange Serie von Kriegen und internen Kämpfen. Das Volk ist dankbar für den Frieden, selbst die Armen. Es hat einmal eine Zeit gegeben, als es in unserem Land vor Räubern und Banditen nur so wimmelte, und die Armen haben am meisten darunter gelitten. Jetzt ist die Räuberei fast völlig verschwunden, vernichtet von den Streitkräften der Regierung. Wir haben gewaltige ausländische Schulden bezahlt, und Mexiko hat jetzt die Gelegenheit, sich zum Wohlstand hin zu entwickeln.«

Enrique del Rio war leidenschaftlich geworden, während er sprach, und jetzt schien er das zu bemerken, denn er brach plötzlich scharf ab und machte eine bedauernde Geste. »Verzeihen Sie. Ich gerate immer in Wallung, wenn ich daran denke, daß Andrew möglicherweise sein Leben riskiert, weil er keine Geduld hat. Er ist ein dummer Junge, aber sein Herz ist gut, und wir lieben ihn alle sehr. Ramon Delgado hat nicht die geringste Chance zu siegen. Seine Rebellengruppe ist klein. Sie überlebt nur, weil es Geld und Zeitverschwendung wäre, wenn man in diesen Hügeln e ne militärische Operation starten wollte. Delgados Gefolgschaft wird mehr und mehr abnehmen, weil die Männer die Moral verlieren. Ich bewundere seinen Mut und respektiere seine Motive, das muß ich schon sagen, aber ich weiß, daß er nichts erreichen wird.«

Es fiel mir schwer, mich zu beherrschen, während Enrique del Rio redete und redete, ohne mir zu erklären, in welcher Weise Andrew bedroht wurde. In dem Augenblick, als er aufhörte zu sprechen, sagte ich schnell: »Sie sagen, daß die Rebellen Andrew auf eine andere Weise ausnutzen. Wieso ist dann sein Leben bedroht, Señor?«

Mit großem Rumpeln und Zischen rollte der Zug an. Enrique del Rio wartete, bis das Geräusch etwas verebbte, und dann sagte er: »Vor ein paar Wochen hat die Guardia Rural einige von Delgados Männern gefangen. Genaugenommen sechs. Im Augenblick sind diese Leute in Oaxaca und warten auf ihre Gerichtsverhandlung. Es ist unzweifelhaft, daß man sie der Rebellion für schuldig befinden und zum Tode durch Erschießen verurteilen wird. Als Andrew in Mexiko ankam, ist er als Freund zu Ramon Delgado gegangen. Aber sie haben ihn zur Geisel genommen und insgeheim eine Nachricht an den Gouverneur des Staates geschickt, die besagt, daß Andrew Doyle, falls die sechs Rebellen sterben, gehängt werden soll.«

Sekundenlang sagte niemand etwas. Dann meinte Toby: »So behandelt Delgado also seine Freunde?«

Enrique del Rio zuckte die Achseln. »Er ist mit allen Mitteln darauf bedacht, die Moral bei seinen Leuten aufrechtzuerhalten. Wenn er sechs Gefangene vor der Exekution bewahren kann, bekommen seine Leute eine Zeitlang wenigstens wieder Zuversicht. Und denken Sie daran, für Delgado ist Andrew ein junger Mann aus reicher Familie, der in den Augen der Rebellen nur den Rebellen spielt. Also ist er als Opfer sehr geeignet.«

Toby meinte nachdenklich: »Sind Sie sicher, daß Andrew nicht mit ihnen zusammenarbeitet?«

»Ganz sicher, Señor. Es ist notwendig geworden, einen Unterhändler zu bestimmen, einen Vertrauten, durch den die Regierung mit Delgado verhandeln kann. Dieser Unterhändler hat Andrew gesehen und mit ihm gesprochen. Er hat keinen Zweifel, daß die Drohung echt ist, und behauptet, Andrew sei erschüttert und verbittert über diesen grausamen Verrat durch Männer, denen er nur helfen wollte.«

Ich sagte zu Toby: »Wenn es so aussieht, dann muß alles wahr sein. Andrew ist kein Schauspieler.« Ich schaute Enrique del Rio an. »Sie haben von Verhandlungen gesprochen, Señor. Heißt das, daß die Regierung sich eventuell darauf einläßt, die Gefangenen freizulassen?«

Enrique del Rio hob ablehnend die Hand. »Die Regierung denkt keinen Augenblick daran, Señorita. Bitte, hoffen Sie nicht auf so etwas. Wie ich Ihnen schon sagte – die ganze Angelegenheit ist geheimgehalten worden, aber natürlich wurde unsere Familie sofort informiert. Andrews Mutter ist nach Oaxaca gereist, zusammen mit einem ihrer Brüder und dessen Frau. Sie wohnen im Haus eines Freundes. Die amerikanischen Mitglieder der Familie wohnen ebenfalls dort, ihre Schwägerin, Señora Melanie Willard, deren Mann und deren Tochter. Wir alle zusammen haben großen Einfluß auf die Regierung, aber wir wissen, daß Porfirio Diaz niemals den Gouverneur des Staates unter Druck setzen würde, den

Rebellen nachzugeben. Wir von der Familie nehmen zur Kenntnis, daß es falsch wäre, das zu tun.«

Mrs. Hesketh sagte zum erstenmal sehr energisch: »Worum geht es denn dann bei den Verhandlungen, Sir?«

»Es geht darum, Zeit zu gewinnen, Señora«, erwiderte er. »Der Gouverneur gibt vor, daß man möglicherweise den Forderungen der Rebellen nachgeben könnte. Aber das ist nur ein Mittel, um Zeit zu gewinnen.«

»So daß sie Soldaten ausschicken können?« wollte Mrs. Hesketh wissen.

»Nein, Señora. Wenn Soldaten in diese Hügel einmarschieren, werden die Rebellen sie schon von weitem sehen. Andrew würde sterben, und Delgados Männer werden sich zerstreuen und verstecken, bis die Soldaten wieder fort sind. Der Gouverneur will Zeit gewinnen, in der Hoffnung, daß sich an der Situation irgend etwas ändert. Delgado ändert möglicherweise seine Meinung, oder Andrew gelingt die Flucht, oder die Rebellen begreifen, daß sie nicht gewinnen können und verlieren den Mut.« Er hielt inne, als ob er nach weiteren Möglichkeiten suchte. Dann fügte er nicht sehr überzeugend und mit einem hilflosen Schulterzucken hinzu: »Alles möglich.«

Ich sagte langsam: »Es gibt noch eine weitere Möglichkeit, Señor, aber darüber können wir in Oaxaca reden.«

Er schaute mich verwirrt an. »Aber wir fahren doch nach Mexiko City, Señorita. Es hat keinen Sinn, daß Sie nach Oaxaca reisen. Es wäre zu strapaziös für Sie.«

»Aber es ist sehr sinnvoll, wenn ich nach Oaxaca reise«, sagte ich höflich. »Sie müssen bedenken, daß ich Andrews Verlobte bin, Señor. Ich habe ein Recht, da zu sein.«

Er schaute mich vorsichtig an, und nach einem Augenblick meinte er. »Natürlich, Señorita. Das haben Sie selbst zu entscheiden.«

Die Fahrt nach Mexiko City dauerte etwas über sechs

Stunden. Aber ich glaube, für uns alle schien sie endlos. Über die Gefahr, in der Andrew schwebte, gab es nichts mehr zu sagen, und dennoch konnten wir nicht von ganz gewöhnlichen Dingen reden, die für uns als Neulinge in Mexiko vielleicht interessant waren, denn dann hätten wir den Anschein erweckt, als ob es uns gleichgültig wäre, daß so wenig Hoffnung bestand, Andrew vor dem Tod aus den Händen der Rebellen zu retten.

Den größten Teil der Fahrt schwiegen wir. Gelegentlich erzählte uns Enrique del Rio zögernd irgend etwas Interessantes, und wir murmelten höflich eine Antwort. Es war für uns eine Erleichterung, als wir in den Speisewagen gehen konnten, aber wir spielten nur mit unserem Essen herum. Ich hatte mich darauf gefreut, die großen Stufenpyramiden der Azteken zu sehen, von denen ich gelesen hatte, aber als wir kurz vor Mexiko City daran vorüberfuhren, nahm ich sie kaum wahr. Und als der Zug endlich rumpelnd und zischend zum Halten kam, waren wir alle müde von der Strapaze.

Wir verbrachten die Nacht in Enrique del Rios wunderschönem Haus. Seine Familie war groß, und alle waren sehr höflich zu uns, aber ich spürte bald, daß Andrews Entscheidung, ein fremdes englisches Mädchen zu heiraten, nicht sonderlich begrüßt wurde. Ehe wir zu Bett gingen, hatte ich dafür gesorgt, daß wir am nächsten Morgen in Begleitung von Enrique del Rio den ersten Zug besteigen würden, der nach Oaxaca fuhr. Ich wollte nicht, daß Mrs. Hesketh die lange Fahrt auf sich nahm und deshalb bat ich sie, in aller Bequemlichkeit in Mexiko City zu bleiben. Aber sie wollte davon nichts hören. »Ich werde mich sehr viel besser fühlen, wenn ich bei Ihnen bin und nicht bei diesen fürchterlichen Ausländern, die deutlich zeigen, daß wir am besten nicht hier wären«, verkündete sie fest.

Wir drei waren ein paar Minuten in einem Zimmer, das an den Speisesaal anschloß, allein gelassen worden. Beim

Essen hatten wir verlegen und fast stumm mit der Familie zusammengesessen. Toby sagte ruhig: »Woran hatten Sie gedacht, Hannah? Wie sieht diese andere Möglichkeit aus, die Sie erwähnten?«

Ich flüsterte fast, während ich antwortete: »Ich kenne Ramon Delgado. Vor zwei Jahren war er in Paris, etwa einen Monat lang, im Sommer. Und mehrmals ist er zum College gekommen.«

Toby fragte: »Zu Ihnen?«

»Ja. Das erstemal hat Mam'selle Montavon mich empfohlen, und danach wollte er nur noch zu mir kommen. Ehe er wieder abreiste, sagte er, er würde mir immer helfen, wenn es jemals in seiner Macht stünde.«

»Nun . . . jetzt steht es in seiner Macht«, sagte Toby langsam. »Aber möglicherweise will er nicht daran erinnert werden. Warum hat er das gesagt, Hannah?«

»Weil er damals glaubte, ich hätte ihm das Leben gerettet. Es war nicht so. Ich habe nur getan, was man mir im College beigebracht hat, und wenn ich ihm freundlich und sanft vorgekommen bin, dann kam das nur daher, daß ich so tat, als ob er mein liebender Mann wäre.«

Mrs. Hesketh schaute verwirrt drein, und Toby warf ihr einen Blick zu. »Das hat Hannah sich immer vorgegaukelt, damit sie es schaffte, die Jahre in der Rue des Moulins zu ertragen«, murmelte er. Dann schaute er mich wieder an. »Aber wie, zum Teufel, konnte der Kerl sich einbilden, Sie hätten ihm damals am College sein Leben gerettet?«

Ich sagte: »Ach, seien Sie doch nicht so begriffsstutzig, lieber Toby. Er ist ein sehr emotioneller Mensch, noch im viel stärkeren Maße als Andrew. Das erstemal, als er zu mir kam, war er völlig verzweifelt, am Rand des Selbstmordes. Und er war völlig impotent. Ich konnte ihn dazu überreden, mit mir zu sprechen. Und dann hat er geredet und geredet, und ich habe ihm zugehört und versucht, ihn zu trösten.

Nach einer Weile hat er mich gefragt, wie ich dazu kam, Schülerin am College zu werden, und obwohl ich keine Namen nannte, habe ich ihm die Wahrheit gesagt. Das kam nur selten vor, wenn mir diese Frage gestellt wurde. Ich glaube, er hat sich damals glücklich geschätzt und sich geschämt, so der Verzweiflung anheimzufallen. Nach ein oder zwei weiteren Besuchen war er nicht mehr impotent, und er sagte, ich hätte ihm das Leben gerettet und ihm seine Männlichkeit wiederhergestellt. Am Ende seines Aufenthalts in Paris gab er mir zum Zeichen einen Ring, den ich aufbewahrt habe. Er hinterließ mir auch eine Adresse, an die ich schreiben konnte, die ich aber nicht aufbewahrt habe. Und er sagte, wenn ich jemals seine Hilfe brauchte, müßte ich ihn nur darum bitten.«

Als ich zu Ende erzählt hatte, herrschte Schweigen. Sowohl Toby als auch Mrs. Hesketh schauten mich mit dem gleichen eigenartigen Blick an, mit einer Art zärtlicher Verwunderung.

»Sie sind eine bemerkenswerte junge Dame, Hannah McLeod«, sagte Toby endlich. »Und Ihrem Freund Ramon Delgado haben Sie eine sehr große Schuld beglichen.« Er lehnte sich in seinem Sessel zurück, während Schritte sich über den Fliesenfußboden des Nebenzimmers näherten. »Vielleicht war sie sogar groß genug«, fügte er leise hinzu.

Zwei Tage später und eine knappe Stunde nach unserer Ankunft im Haus in Oaxaca saß ich an einem langen ovalen Tisch, zusammen mit sieben anderen Leuten. Toby saß zu meiner Linken, Mrs. Hesketh zu meiner Rechten, und sie sah sehr elegant und beherrscht aus in ihrem langen, cremefarbenen Kleid. Enrique del Rio saß am Kopf des blanken Tisches. Uns gegenüber saßen zwei Frauen und ein Mann. Andrews Mutter, Señora Maria Gabriela Doyle, saß in der Mitte, flankiert von ihrem Bruder und dessen Frau. Alle trugen einfache Kleidung, allerdings von der feinsten Qualität. Señora Doyle war vielleicht fünfzig – eine gutaussehende Dame, deren Augen und Augenbrauen mich sehr an Andrew erinnerten. Ihre zierlichen, langfingrigen Hände waren auf dem Tisch gefaltet, und ihr Gesicht wirkte fast leidenschaftslos; aber tief in ihren dunklen Augen sah ich einen Ausdruck – eine Mischung aus Schmerz und Zorn. Ihr Bruder, mindestens zehn Jahre älter als sie, war ein großer Mann mit mürrischer Stimme und voller Unrast. Seine Frau, eine hochgewachsene, schmale Dame, neigte immer ihren Kopf zurück und blickte mit einem hochmütigen Ausdruck buchstäblich über ihre Nase auf mich herab, einem Ausdruck, der ihrer Natur völlig widersprach, denn der Ton, in dem sie redete, war sanft und versöhnlich.

Alle drei waren höflich, wie Enrique del Rio das die ganze Zeit gewesen war. Aber wieder einmal konnte ich nicht anders: Ich merkte sehr gut, daß man Andrews Wahl, die er mit seiner zukünftigen Frau getroffen hatte, für genauso unklug hielt wie seine Eskapade mit den Rebellen, die ihn jetzt möglicherweise das Leben kostete. Obwohl kein mißbilligendes Wort fiel, begriff ich doch ganz klar, daß sie ein junges englisches Mädchen mit unsicherer Vergangenheit für höchst unpassend hielten. Im Augenblick war mir ihre Meinung gleichgültig, nur, in meinem Unterbewußtsein hielt sich noch immer der Gedanke, daß sie mir gegenüber vielleicht wärmer wurden, wenn ich Andrew retten konnte. Und das wollte ich, ihm zuliebe.

Am Ende der Tafel, gegenüber von Enrique del Rio, saß Señora Doyles Schwager, Mr. Benjamin Willard. Ich war dankbar für seine Anwesenheit, denn er wirkte wie eine Brücke zwischen mir und Andrews Familie. Das Gespräch dauerte jetzt schon eine halbe Stunde.

Es war mühsam und gequält, denn weder Señora Doyles Bruder, Señor Amado, noch seine Frau verstanden Englisch, und wir konnten unsererseits zu wenig Spanisch. Also war es notwendig, daß beide Seiten einen Dolmetscher hatten.

Señor Amado hatte zuletzt gesprochen, und jetzt übersetzte Enrique del Rio. »Er sagt noch einmal, daß es für Sie unmöglich wäre, in die Hügel zu reiten und mit Ramon Delgado zu sprechen.«

Ich schüttelte den Kopf. »Solange der Mann, der Ihr Unterhändler ist, mir als Führer dient, ist nichts Unmögliches daran, Señor. Sie haben gesagt, es würde zwei, drei Tage dauern, wenn man mit dem Maultier reitet. Ich bin keine gute Reiterin, aber ich kann schon drei Tage auf einem Maultier sitzen, wenn es sein muß.«

»Solch eine Reise würde sehr anstrengend sein und sehr gefährlich. Es ist ein wildes Land. Ein Rebell, der zwei Menschen herankommen sieht, könnte sie vielleicht erschießen.«

Toby sagte: »Drei Personen, Sir. Andrew hat mir seine Verlobte anvertraut. Wahrscheinlich würde er sich wünschen, daß ich sie von dem Versuch, den sie unternehmen will, abbringe. Aber das kann und will ich nicht. Es ist ihr Recht, alles zu tun, was in ihrer Macht steht, um den Mann zu retten, den sie liebt. Allerdings werde ich sie mit Sicherheit begleiten. Daran möchte ich keinen Zweifel lassen. Andrew Doyle ist mein Freund.«

Enrique del Rio übersetzte. Señor Amado erklärte die ganze Idee für absurd. Seine Frau meinte, die Absicht sei zwar gut, aber wir würden Delgado damit nur noch mehr Geiseln in die Hände liefern. Benjamin Willard sprach sich dagegen aus. Er schaute Andrews Mutter an, die mehrere Minuten lang nichts gesagt hatte, und meinte dann sanft: »Maria, ich habe das Gefühl, als ob dein Bruder und seine Frau so reden, weil es für sie schwer zu glauben ist, daß Hannah Delgado dazu überreden kann, Andrews Leben zu verschonen. Aber wie wir gehört haben, steht der Mann für einen sehr wichtigen Dienst, den sie ihm erwiesen hat, als er in Europa war, tief in ihrer Schuld. Wir wollen alle daran denken, daß Ramon Delgado, obwohl er ein Rebell ist, keineswegs ein ehrloser Mensch ist. Er hat einmal versprochen, die Schuld zurückzuzahlen, wenn Hannah das je von ihm verlangt. Es ist also durchaus möglich, daß er sein Wort hält.«

Señora Maria Gabriela Doyle hörte aufmerksam zu, aber die ganze Zeit über ruhten ihre Blicke auf mir. Als Benjamin Willard zu Ende geredet hatte, sagte sie in gutem Englisch: »Bitte sagen Sie mir, Miß McLeod, welchen Dienst haben Sie Delgado geleistet, und wann ist es gewesen?«

Darauf war ich vorbereitet. Ich antwortete ohne Zögern. »Es war in Paris, vor wenig mehr als zwei Jahren, Señora. Aber es ist mir nicht erlaubt, mehr zu sagen, weil die Angelegenheit streng vertraulich ist.«

Sie betrachtete mich eine Weile und sagte dann: »Andrew hat mich wissen lassen, daß Sie weder Vater noch Mutter haben. Seit Ihre Eltern Delgado also diesen Dienst geleistet haben, sind sie wohl gestorben, ja?«

»Ja. Kurze Zeit später«, log ich und begegnete dem Blick ihrer dunklen Augen.

»Ist es möglich, daß Ihre Familie ihn als Rebell unterstützte und ihm Waffen geliefert hat?«

Ehe ich antworten konnte, unterbrach Benjamin Willard sie mit scharfen Worten. »Bitte, zwing Hannah nicht dazu, das Vertrauen zu brechen, Maria«, sagte er. »Und bitte denk daran, daß es, selbst wenn deine Vermutung zutrifft, nicht mehr bedeutet, als ob Andrew selbst versucht hätte, Ramon Delgado zu helfen.« Er blickte über den Tisch zu Enrique del Rio hinüber, und Zorn färbte seine Stimme. »Du wirst doch um Gottes willen nicht zulassen, daß der Familienstolz im Weg steht, wo Andrews Leben auf dem Spiel steht?«

»Nein, natürlich nicht.« Enrique del Rio stieß einen

schnellen spanischen Satz für die anderen heraus, die kein Englisch sprachen. Aber ehe er fertig war, schnitt ihm Andrews Mutter mit einem kurzen Wort die Rede ab.

Sie schaute mit dem gleichen beherrschten Ausdruck zu mir herüber und sagte: »Sie müssen wissen, daß Ramon Delgado, wenn er sich weigert, seine Verpflichtung anzuerkennen, möglicherweise Sie und Ihren englischen Freund umbringt. Vielleicht tötet er auch Ihren Freund und behält Sie für andere Zwecke. Als junge Engländerin müssen Sie ein sehr behütetes Leben geführt haben, aber Sie wirken trotzdem seltsam furchtlos.«

Ich schüttelte den Kopf. »Sie schätzen mich falsch ein, Señora«, sagte ich wahrheitsgemäß. »Ich habe sehr große Angst.«

»Aber Sie glauben, daß Sie Erfolg haben?«

»Ich hoffe es. Mehr kann ich nicht sagen.«

»Und Sie lieben meinen Sohn?«

Liebe? Ich wußte nicht, wie ich diese Frage beantworten sollte. Aber ich kannte die Antwort, die ich geben mußte. »Ja, Señora«, sagte ich. »Ich liebe ihn zutiefst.«

Sie warf einen Blick nach links und rechts, sprach kurz auf spanisch und sah dann wieder mich an. Noch einmal sah ich in ihren Augen die Müdigkeit und die Angst, die sie so gut verbergen konnte. »Dann sei es also«, sagte sie langsam. »Unsere Gebete werden Sie begleiten. Möge Gott mit Ihnen sein.«

Clara Willard und ihre Mutter hatten noch geruht, als wir in dem Haus in Oaxaca ankamen, und ich sah sie erst nach dem Gespräch. Mrs. Willard wirkte erschöpft und bekümmert, aber über Claras Aussehen erschrak ich. Ihre Augen waren eingesunken, große dunkle Flecken lagen darunter, als ob sie tagelang kaum geschlafen hätte. Ihr hübsches Gesicht wirkte eingefallen, selbst ihr Körper war irgendwie geschrumpft, und all das Feuer, all die Zuversicht, die ich so gut kannte, waren verschwunden.

Wir trafen uns nach der Siesta, als wir uns alle auf dem großen Patio versammelten und kühle Getränke serviert bekamen. Aber vor der Familie und unseren Gästen mußten wir mit unserer Begrüßung ziemlich zurückhaltend sein. Später, als ich mich zu entscheiden versuchte, was ich am nächsten Tag auf die Reise mitnehmen sollte, kam Clara allein in mein Zimmer. Sie weinte nicht, aber ich spürte: Sie zitterte vor Anstrengung, die Tränen zurückzuhalten, während sie sich an mich klammerte und Trost suchte.

»Können Sie den armen Andrew wirklich retten?« fragte sie mit zitternder Stimme. »Papa sagt, es gäbe Hoffnung, daß Delgado sein Versprechen einlöst. Aber . . . o Hannah, glauben Sie auch, daß er es tut? Sie sind die einzige, die ihn wirklich kennt.«

Da die Familie Willard die Wahrheit über das College für junge Damen kannte, hatte ich insgeheim Benjamin Willard nach meiner Ankunft in Oaxaca die wahren Gründe für meine Hoffnung genannt, daß ich vielleicht in der Lage sein könnte, Ramon Delgado zu beeinflussen. Ich hatte ihm auch die Erlaubnis erteilt, es seiner Frau und Clara zu sagen, denn sie würden ja wissen, daß die Geschichte, die ich Andrews Familie erzählen wollte – nämlich, daß Delgado für einen Dienst, den ihm meine Eltern einmal erwiesen hatten, in meiner Schuld stünde –, einfach nicht wahr sein konnte.

Ich ließ Clara auf meinem Bett niedersitzen und hielt ihre Hände. »Ich habe berechtigte Hoffnung auf Erfolg, Miß Clara«, sagte ich und legte soviel Überzeugung in meine Stimme, wie ich aufbringen konnte. »Ramon Delgado ist ein sehr impulsiver Mensch mit starken Gefühlen. Aber ich bin mir sicher, daß er im Herzen weder böse noch grausam ist. Es scheint mir nach allem, was ich erfahren habe, daß er im Augenblick in einer verzweifelten Situation steckt. Aber ich glaube, die Chancen stehen gut, daß sein Gefühl der Ehre als Mexikaner alles andere überwiegen wird.«

Sie schaute mich mit gequälten Blicken an. »Ich kann mich an keine Zeit mehr erinnern, zu der Andrew nicht dagewesen wäre«, flüsterte sie. »Es ist, als ob ich einen Bruder verliere, wenn . . . wenn er nicht zurückkommt.« Sie blickte auf ihre Hände hinab. »Ich schäme mich, Hannah. Der Mann, den Sie lieben, schwebt in Lebensgefahr, und ich sollte diejenige sein, die Sie tröstet. Aber Sie wirken so stark . . .«

»Das bin ich eigentlich nicht«, sagte ich. »Aber irgendwie bin ich mehr daran gewöhnt, Angst zu haben, also schaffe ich es, meine Angst zu verbergen. Außerdem gibt es etwas, das ich zu Andrews Rettung unternehmen kann. Und dadurch habe ich ein Ziel. Und mit einem Ziel lebt es sich leichter, als wenn man nur warten und hoffen kann.«

Sie hob den Kopf und schaute mich an. Es war schwer, in ihr noch die energische, leidenschaftliche junge Frau zu erkennen, die ich auf der Treppe des Hauses Nummer acht in der Rue Labarre kennegelernt hatte. »Sie dürfen mich nicht mehr Miß Clara nennen«, sagte sie und bemühte sich sehr, zu lächeln. »Schließlich sind wir ja bald Cousinen.«

Ich preßte ihre Hände, ließ sie dann los und stand auf. »Wollen Sie mir beim Aussuchen der Kleider helfen, die ich mitnehmen soll, Clara? Sie kennen dieses Land, aber für mich ist es fremd. Ich habe nur gelernt, im Damensattel zu reiten, und selbst darin bin ich nicht sehr erfahren. Glauben Sie, daß es hier einen Damensattel gibt?«

Sie runzelte die Stirn, stand auf und musterte die Kleidung, die ich ausgelegt hatte. Jetzt wirkte sie wieder wie die Clara, die ich kannte, denn sie hatte ja jetzt auch ein Ziel. »Auf den Weg in die Sierra Madre sollten Sie nicht Damensattel reiten«, sagte sie energisch. »Papa sagt, daß Sie Maultiere benutzen werden, weil Anselmo behauptet, sie wären für die Reise am besten geeignet. Sie hätten einen sicheren Tritt. Anselmo ist der Vermittler, der Mann, der Sie zu Delgado führen wird. Nein, was Sie brauchen, sind Hosen. Jetzt lassen Sie sich mal anschauen . . .«

Sie trat zurück, ging um mich herum und musterte mich nachdenklich. »Pancho, der Pferdeknecht, hat einen Sohn, der ungefähr Ihre Größe hat. Ich besorge Ihnen zwei Hosen von ihm. Sie werden auch passende Unterwäsche brauchen, und ich glaube, Sie sollten reichlich Rohbaumwolle mitnehmen als Polster. Nach zwei Tagen auf dem Maultier werden Sie schrecklich wundgeritten sein, weil Sie nicht an den Herrensattel gewöhnt sind . . .«

17

DURCH ZUFALL HATTE ich Clara einen Dienst damit erwiesen, indem ich ihre Hilfe in Anspruch nahm, denn sie warf sich regelrecht auf die Aufgabe, meine Reise vorzubereiten. Wir ritten am nächsten Morgen los, kurz nach Sonnenaufgang, Toby, Anselmo und ich. Wir ritten drei Maultiere. Auf einem vierten transportierten wir Lebensmittel, Bettzeug und Kleidung zum Wechseln. Andrews Familie versammelte sich um uns und wünschte uns Glück, als wir aufbrachen. Es war ein nüchterner beherrschter Abschied. Seine Mutter ergriff für ein paar Sekunden meine Hand, und dann sagte sie mit einer Stimme, die vor Anspannung rauh klang: »Ich bin ihnen dankbar, Señorita. Ich bin Ihnen sehr dankbar.«

Mr. Hesketh, Clara und ihr Vater begleiteten uns in einem offenen Wagen durch die Stadt, an der herrlichen Barockkirche Santo Domingo vorbei zum Zocalo, dem großen

Platz, wo eine Kathedrale mit einer großen hölzernen Uhr stand. Dann ging es durch die Straßen mit balkongeschmückten Häusern, eleganten Bogen und dekorativen, schmiedeeisernen Gittern zu einem Platz, wo die Straße, die nach Südwesten führte, zu einem breiten, staubigen Weg wurde, der nach Monte Alban führte. Hier – das wußte ich aus meiner Lektüre – standen die Ruinen einer Stadt, die vor mehr als zweitausend Jahren geblüht hatte.

Am Rand von Oaxaca sagten wir Mr. Hesketh, Clara und Benjamin Willard Lebewohl. Dann ritten wir weiter – zu den dunstverhangenen Hügeln der Sierra Madre del Sur. Anselmo war ein dunkelhäutiger, schweigsamer Mann von etwa vierzig Jahren. Er hatte einen langen Schnurrbart und eine Nase, die wie ein Adlerschnabel aussah. Man hatte ihn angewiesen, mich zu Ramon Delgado zu bringen, aber man hatte ihm nicht gesagt, warum. Er zeigte deutlich, daß er etwas gegen die Expedition hatte. Er ritt langsam voran, das Packmaultier am Zügel, und redete nur, wenn es sein mußte.

Ich trug Hemd und Hosen eines Jungen, dazu einen breitrandigen Strohhut und Reitstiefel und Handschuhe, die ich aus England mitgebracht hatte. Mein Haar war zu einem Zopf geflochten. Auf Enrique del Rios Ratschlag hin hatte Toby seine eigenen Reithosen gegen geliehene Hosen aus schwerer Baumwolle eingetauscht, wie ich selbst sie trug. Die saßen lockerer und waren bequemer in der mexikanischen Hitze als die engsitzenden englischen Reithosen.

Bald bogen wir von der Straße ab und fingen an, aus dem fruchtbaren Tal von Oaxaca in die Berge hinaufzusteigen. Der üppige, dunkle Erdboden wurde gelb und öde, und nach ein paar Meilen folgten wir keinem Pfad mehr, den ich erkennen konnte, obwohl Anselmo uns ohne Pause und ohne Zögern weiterführte. Vier Stunden lang ritten wir, ehe wir anhielten, um aus der Wasserflasche zu trinken, die das

Packtier trug. Dann kam noch ein Zweistundenritt, ehe wir im Schatten eines Waldes aus Korkeichen Rast machten.

Ich wußte, daß die Stadt Oaxaca selbst eintausendfünfhundert Meter über dem Meeresspiegel lag. Aber wir waren jetzt viel höher, und durch die wachsende Luftfeuchtigkeit und die dünnere Luft spürte ich, wie meine Lungen schwerer und schwerer arbeiten mußten. Auch Toby keuchte leicht. Wir hatten bis jetzt auf der Reise nur selten gesprochen, denn es gab wenig zu sagen, aber Tobys Anwesenheit neben mir war ein ständiger Trost. Ich mußte nur den Kopf umdrehen, um ein Lächeln zu empfangen, das entweder lustig oder aufmunternd war, und ein Wort der Ermutigung.

Wir hielten uns nicht mit Kochen auf, sondern aßen Tacos, die schon für uns vorbereitet waren – Fleisch, Käse, Eier oder Gemüse, die in dünne, flache Pfannkuchen eingewikkelt waren, die Tortillas hießen und gebraten wurden. Nach der Pause ritten wir weiter bis zum Sonnenuntergang. Nur zweimal hielten wir kurz, um zu trinken.

Anselmo machte Feuer, um Kaffeewasser zu wärmen und noch ein paar Tacos heiß zu machen. Meine Schenkel schmerzten von dem langen Ritt, und ich nahm an, daß auch Toby sich genauso ungemütlich fühlte, denn er bewegte sich mit steifen Beinen. Aber wir beide redeten nicht darüber.

In dieser Nacht schliefen wir unter den Sternen, eingewickelt in eine Decke und mit dem Sattel als Kopfkissen. Die Maultiere waren in der Nähe angebunden. Der Erdboden war kein bequemes Bett, aber ich schlief fest bis Sonnenaufgang, trotz des harten Bodens.

Nach dem Frühstück am nächsten Morgen verschwand ich hinter einem Felsvorsprung und polsterte mir Schenkel und Hinterteil mit der Rohbaumwolle, die Clara mir empfohlen hatte. Ohne Zweifel schützte mich das etwas, aber am Ende des zweiten Tages hatte ich schreckliche Schmerzen. Als wir unser Abendessen beendet hatten, nahm Toby mich am Arm, und wir entfernten uns ein Stückchen von dem Lager, das wir aufgeschlagen hatten. »Sie brauchen mir gar nichts zu sagen«, meinte er, »aber Sie haben sich durchgeritten. Wie schlimm ist es denn, Hannah?«

»Meine Schenkel sind wund, Toby. Als ich vor dem Essen nachgesehen habe, da blutete es an manchen Stellen ein bißchen. Tut mir leid, daß ich deswegen so launisch war.«

»Aber das waren Sie ja gar nicht, meine Schöne. Können Sie morgen weiterreiten?«

»Ja, es muß sein. Anselmo meinte, wir hätten nur noch vier oder fünf Stunden zu reiten.«

»Verdammt, ich hab' mich selbst wundgeritten. Maultiere und Seeleute, das paßt nicht zusammen. Ich sage Anselmo, daß Sie und ich morgen zu Fuß gehen. Dadurch verlieren wir vielleicht ein bis zwei Stunden.«

»Sie sind ein lieber Kerl, Toby. Ich wollte es selbst nicht vorschlagen.«

»Trotzdem – das Zufußlaufen wird auch nicht sonderlich angenehm sein. Ich habe einen großen Topf Fett mit, das Pancho mir gegeben hat. Tierfett irgendwelcher Art. Es sieht übel aus, das Zeug, aber wenn Sie heute Abend die wunden Stellen dick damit einschmieren, Hannah, dann reißt vielleicht die Haut nicht auf.«

Ich tat, was Toby mir geraten hatte, und war trotzdem am Morgen wund. Aber ich hatte nicht mehr das Gefühl, als ob meine Schenkel in Flammen stünden, und das Gehen war auch nicht allzu schmerzvoll. Anselmo mochte es gar nicht, daß wir zu Fuß gingen, aber da wir beide jeweils nur ein paar Worte aus der Sprache des anderen beherrschten, konnten wir uns über diese Angelegenheit auch nicht lange streiten, und er mußte sich damit zufriedengeben, seine Meinung dadurch klarzustellen, daß er häufig den Kopf schüttelte und ablehnend mit den Augen rollte.

Gegen Nachmittag, als wir in ein flaches Tal kamen,

durch welches sich in vielen Windungen ein kleiner Bach schlängelte, hörten wir das scharfe Krachen eines Gewehrs von der Spitze eines niedrigen Hügels, der rechts vor uns lag. Sofort brachte Anselmo sein Maultier zum Halten und drehte sich um. »Wir jetzt nah dran«, sagte er und deutete auf den Hügel. »Mann da oben sehen drei Personen. Er schießen Gewehr, zu sagen halt! Ihr jetzt warten.«

Während er sich wieder umwandte, suchte ich ein paar spanische Worte zusammen und sagte: »Un momento por favor, Anselmo.« Vorsichtig nahm ich die Sicherheitsnadel aus der Tasche meines Hemdes und zog einen kleinen Leinenbeutel hervor, den ich in Oaxaca für den Ring aus mexikanischem Silber, den Ramon Delgado mir gegeben hatte, hastig gemacht hatte. »Für Señor Delgado«, sagte ich und reichte Anselmo das Beutelchen. »Geben Sie das bitte Señor Delgado.«

Er schaute die kleine Tasche an, die auf seiner Handfläche lag, zuckte die Achseln und schob dann das Ding in seine Hemdtasche. »Ich werde geben«, sagte er. Er ließ das Packtier zurück, gab seinem Muli die Sporen und ritt langsam weiter.

»Ein Posten auf dem Hügel«, sagte Toby, der schon meine Deckenrolle hinter dem Sattel losschnallte. »Es wird lange dauern, bis Anselmo den Posten erreicht. Und dann muß er weiter zu Delgados Lager, mit ihm reden und zu uns zurückkehren. Also machen wir Rast.«

Er rollte mein Bettzeug und sein eigenes auf der Erde neben dem Bach aus, und wir legten uns dankbar nieder. Zur Bequemlichkeit entschlossen wir uns beide, auf dem Bauch zu liegen, und schoben unsere Hüte zurück, um unsere Köpfe vor der Sonne zu schützen. Ich bettete meine Wange auf den Arm, schaute Toby an und sagte: »Ich hab' versucht, mein Gesicht immer zu beschatten, aber es fühlt sich sehr rot und sonnenverbrannt an. Sehe ich nicht schrecklich aus, Toby?«

Sein eigenes Gesicht war durch die Jahre auf See wettergebräunt. Dennoch hatte er jetzt einen Sonnenbrand, und seine Haut schälte sich ein bißchen. »Um ganz ehrlich zu sein, ich habe Sie schon hübscher erlebt, kleine McLeod«, gab er zu. »Ich fürchte, man kann nicht abstreiten, daß Sie ein rotes Gesicht haben, schwitzen und nicht allzu sauber sind. Aber Ihre Frage überrascht mich. Es ist das erstemal, seit ich Sie kenne, daß Sie sich Sorgen machen, ob einem Mann Ihr Aussehen gefallen würde. Und dieser Augenblick ist für den Anfang verdammt komisch, denn es gibt wohl kaum eine Zeit und einen Ort, an dem Ihr Aussehen unwichtiger sein könnte als jetzt.«

»Mein Aussehen spielt vielleicht doch eine Rolle«, sagte ich. »Vielleicht ist es wichtig für mich, daß ich . . . nun, für Ramon Delgado einigermaßen attraktiv aussehe.«

»Ja«, sagte Toby nach kurzem Schweigen. Seine grünen Augen waren ernst. »Ich verstehe, was Sie meinen.«

Ich stand auf und ging zu dem Maultier hinüber, um den kleinen Toilettenbeutel aus der Packtasche zu holen, die mein spärliches Gepäck enthielt. »Ich werde im Bach baden«, sagte ich. »Brüllen Sie, wenn Sie Anselmo zurückkommen sehen.«

Ich ging ein Stückchen bachabwärts, zog mir die Kleider aus und verbrachte gut zehn Minuten damit, den Staub aus ihnen herauszuschlagen und sie abzureiben, damit sie irgendwie sauber wirkten. Der Bach war stellenweise über vierzig Zentimeter tief, und weitere zehn Minuten setzte ich mich hinein, kühlte meine wunden Schenkel und bürstete geduldig mein Haar, um auch das vom Staub zu befreien.

Schließlich wusch ich meinen Körper, trocknete mich teils mit einem kleinen Handtuch und teils in der heißen Sonne ab, zog dann meine Kleider wieder an und ging zu Toby zurück. »Wenigstens bin ich jetzt sauber«, meinte ich, »aber mein Haar fühlt sich noch immer verklebt an, obwohl ich es gebürstet habe, bis mir der Arm weh tat.«

Toby setzte sich hin und streckte die Hand aus. »Geben Sie mir die Bürste und setzen Sie sich«, sagte er.

Fast eine halbe Stunde lang bürstete er mein Haar, bis es sich glatt und sauber anfühlte. »So, jetzt ist es schön glänzend«, verkündete er, »machen Sie sich zwei Zöpfe Hannah. Das steht Ihnen am besten.«

Noch eineinhalb Stunden vergingen, ehe Anselmo zurückkehrte. Während dieser Wartezeit, die wir untätig herumsaßen, spürte ich, wie ich mehr und mehr Angst bekam. Von dem Augenblick an, als wir Vera Cruz erreichten, bis zu dem Augenblick, als wir Oaxaca verließen, war ich auf einer Flutwelle von Ereignissen vorangespült worden, und ich hatte nur wenig Zeit gehabt nachzudenken. Während der letzten drei Tage hatten allein die Schwierigkeiten des Rittes ausgereicht, um mich vom Denken abzuhalten. Aber jetzt, ganz plötzlich, kam es mir wahnsinnig vor, daß ich mich hier, in einem wilden, öden Teil von Mexiko befand und mich in Kürze selbst in die Hände bewaffneter Männer ausliefern wollte, die gegen die Regierung rebellierten.

Trotz all meiner Erfahrung mit Männern – wie konnte ich so einfältig gewesen sein zu glauben, daß Ramon Delgado das, was er gesagt hatte, ernst meinte? Oder selbst wenn er es damals ernst gemeint hatte – war es wahrscheinlich, daß er jetzt, nach mehr als zwei Jahren, noch immer die gleiche Absicht hatte? Jedes Mädchen am College in der Rue des Moulins wußte sehr gut, daß Gespräche auf dem Kopfkissen, wie wir es nannten, kaum Wahrheit enthielten. Und jetzt hatte ich mich nicht nur selbst in Gefahr gebracht, sondern auch noch Toby Kent.

Und dennoch – wie sehr ich auch nach Alternativen suchte, mir fiel keine andere Möglichkeit ein, wie ich hätte handeln können. Ich holte tief Atem und wollte Toby sagen, daß es mir leid täte, weil ich es zugelassen hatte, daß er sein Leben riskierte. Aber dann sah ich, daß er eingeschlafen war. Ich selbst konnte jetzt nicht schlafen. Also setzte ich mich so, daß ich mit meinem Körper seinen Kopf beschattete, und benutzte mein feuchtes Handtuch dazu, gelegentlich eine Fliege von seinem Gesicht zu verscheuchen.

Endlich sah ich in der Ferne Anselmo, der mit zwei Männern auf Pferden den Hügel herunterkam. Ich weckte Toby, dann rollten wir unser Bettzeug zusammen und schnallten es wieder fest. Als die Männer uns erreicht hatten, verkündete Anselmo: »Delgado sagen, er Sie bald sehen«, und eine Woge aus Furcht und Erleichterung überflutete mich.

Um so gefaßt wie möglich zu bleiben, hielt ich es für am besten, jetzt zu reiten. Auch Toby bestieg sein Maultier. Die beiden Männer, die mit Anselmo gekommen waren, zählten etwa dreißig Jahre. Sie waren schlecht gekleidet und unrasiert. Jeder trug ein Gewehr und einen Patronengurt, und während wir uns zum Abmarsch vorbereiteten, beobachteten sie uns voller Neugier unter den Rändern ihrer Sombreros. Eine Stunde lang ging es steil bergauf. Anselmo redete sehr viel mit seinen Begleitern, aber Toby und ich wurden übersehen. Wir arbeiteten uns mühsam hintereinander durch einen schmalen Spalt zwischen zwei Felsenklippen. Als wir wieder auftauchten, sahen wir eine Viertelmeile vor uns die Reste von Häusern, die einmal ein Dorf gewesen sein mußten. Die Ruinen lagen neben einem kleinen See, den der Bach hier ausgespült hatte, und als wir näher kamen, sah ich, daß viele von den Adobe-Häusern noch immer ganz waren, wenn auch bei den meisten Fenster und Türen fehlten und manche unter den Auswirkungen von Wind und Wetter zerbröckelten.

Die Sonne neigte sich schon zum Horizont hinab, als wir am Ende des Weges hielten, der einmal eine Straße gewesen war. Wir ließen uns von den Maultieren heruntergleiten. Abgesehen von den Häusern lagen hier über ein großes Gebiet notdürftig errichtete Schuppen verstreut, die mit groben Tonziegeln gedeckt waren. Ich konnte ein Dutzend kleine Kochfeuer sehen. Männer sammelten sich langsam um uns, murmelten miteinander und starrten uns mit unverkennbarer Neugier an. Jeder Mann trug ein Gewehr, und manche hatten in ihren Gürteln auch Pistolen. Ich schätzte, daß Ramon Delgado ungefähr hundertfünfzig Männer hier versammelt hatte, und mir wurde klar, wie wahr Enrique del Rios Worte gewesen waren, als er sagte, daß dieser kleine Funke der Rebellion keine Hoffnung auf Erfolg bot.

Nach zwei oder drei Minuten, in denen zwischen den Männern und Anselmo Fragen und Antworten hin und her gerufen wurden, schob sich ein älterer Mann, der eine gewisse Autorität zu besitzen schien, durch die Menge. »Ihr kommen«, sagte er, während er Toby und mich abwechselnd anschaute. »Kommen jetzt.«

Ich nahm Tobys Arm, und wir folgten dem Mann auf einem staubigen Weg zwischen den Häusern hindurch, bis er bei einem Gebäude stehenblieb, das hochmütigerweise noch immer Fenster und Türen besaß. Als wir drinnen waren, führte er uns einen kurzen Korridor entlang, öffnete eine Tür und trat zurück. Ich ließ Tobys Arm los und trat ein. Er folgte mir, und ich hörte, wie die Tür sich hinter uns schloß.

Ramon Delgado saß an einem blankgescheuerten Holztisch. Darauf lagen Bögen von Schreibpapier verstreut, ein paar vergilbte Zeitungen, ein Stapel zerrissener Magazine und ein vielbenutzter Aktenordner, der offenbar ein paar Briefe enthielt, die auf gutem Papier geschrieben waren. Ramon Delgado war in den zwei Jahren, die seit unserem letzten Treffen vergangen waren, merklich gealtert. Er trug jetzt einen kleinen, ziemlich unordentlichen Bart, aber ich hätte ihn erkannt, selbst wenn wir einander unerwartet begegnet wären, denn die tiefliegenden, leidenschaftlichen Augen waren noch dieselben.

Er stand auf, als ich eintrat, warf Toby einen nachdenklichen Blick zu und deutete dann auf zwei rauh gezimmerte hölzerne Stühle, die dem Tisch gegenüberstanden. »Señorita, Señor«, sagte er höflich, »bitte nehmen Sie Platz.«

Er wartete, bis wir Platz genommen hatten, und setzte sich dann ebenfalls. Dabei sah ich, daß mein silberner Ring auf einem Stück weißen Papier vor ihm lag. Er schaute mich mit weit offenen Augen an. »Auf welche Weise darf ich Ihnen helfen, Señorita?«

Ich antwortete: »Erlauben Sie mir, Ihnen Mr. Toby Kent vorzustellen, der mich hierher begleitet hat, Señor.«

Ramon Delgado sah kurz zu Toby hinüber, sagte aber nichts. Nach einem Augenblick fuhr ich fort: »Erinnern Sie sich noch an mich, Señor?«

Er spreizte die Hände in einer Art, die mir bekannt war. »Das ist eine etwas komplizierte Frage, Señorita. Lassen Sie mich zuerst selbst eine Frage stellen: Ist Mr. Kent Ihr Mann?«

»Nein. Er ist ein Freund.«

»Und auch nicht . . . verzeihen Sie, auch nicht Ihr Liebhaber?«

»Nein, Señor. Und erlauben Sie mir zu sagen, daß es nicht nötig ist, diskret zu sein. Mr. Kent weiß, daß ich Schülerin am College für junge Damen war, bei Mam'selle Montavon.«

»Ah.« Ramon Delgado lehnte sich in seinem Stuhl zurück und lächelte.

»Dann kann ich sagen, daß ich mich in der Tat sehr gut an ›La Professeuse‹ erinnere und daß ich sie nie vergessen werde.« Er schaute auf den Ring hinab. »Ich weiß noch sehr gut, warum ich ihr diesen Ring gab, aber stellen Sie sich meine Verblüffung vor, als er mir heute gebracht wurde und ich erfuhr, daß das Mädchen mit dem goldenen Schmetterling selbst nicht mehr als eine oder zwei Meilen von meinem Lager entfernt wartete.« Er schüttelte den Kopf und in seinen Augen lag ein Ausdruck der Ungläubigkeit. »Ich kann es selbst jetzt noch fast nicht glauben.«

Toby sagte ruhig: »Früher einmal haben Sie Hannah McLeod versprochen, ihr zu helfen, wenn es in Ihrer Macht liegt, Señor. Deshalb ist sie heute hier.«

Ramon Delgado nickte wehmütig. »Das habe ich mir gedacht. Aber wie Sie wohl schon bemerkt haben, ist meine Macht im Augenblick sehr klein. Ich bin ein gejagter Gesetzloser, der weder Reichtum noch Einfluß hat, und es fällt mir schwer, mir vorzustellen, daß ich in der Lage wäre, der Señorita irgendeinen Dienst zu erweisen.«

Ich erwiderte: »Aber es gibt einen, Señor Delgado. Sie halten hier einen Gefangenen fest, der Andrew Doyle heißt. Ich bin mit ihm verlobt und möchte ihn heiraten – ich bin gekommen, um Sie darum zu bitten, ihn freizulassen.«

Ramon Delgado stieß pfeifend den Atem aus, und mein Mut sank, als ich sah, daß sich sein Gesicht versteinerte. »Andrew Doyle?« sagte er langsam. »Verlobt mit Ihnen? Weiß er denn, was für ein Gewerbe Sie betreiben?«

»Er weiß, welches Gewerbe ich betrieben habe, Señor«, antwortete ich und bemühte mich, meine Stimme fest klingen zu lassen. »Ich habe das College vor zwei Jahren verlassen, sobald ich in der Lage war, mich selbst zu ernähren.«

»Aber . . . er weiß es?«

»Natürlich. Haben Sie mich etwa für unehrlich gehalten, Señor?«

»Nein, nein . . .« Er machte mit den Händen eine Geste abrupter Entschuldigung. Dann schüttelte er erstaunt den Kopf. »Aber wenn ich an seine Familie denke . . . nun gut, es sieht so aus, als ob der arme Andrew in mehr als einer Hinsicht ein Narr ist.«

Toby rührte sich, und ich sagte scharf, ohne den Kopf umzudrehen: »Bleiben Sie still sitzen, Toby. Mich kann man nicht beleidigen.«

Nach einem kurzen Schweigen sagte seine Stimme neben mir äußerst kühl: »Ich benehme mich schon, Hannah, haben Sie keine Angst.«

Ramon Delgado stand auf und ging quer durch das kleine Zimmer. »Wissen Sie, worum Sie mich bitten, wenn Sie von mir verlangen, Andrew Doyle freizulassen?« wollte er grimmig wissen. »Ich sage es Ihnen, Señorita: Sie bitten mich darum, die einzige Chance zu zerstören, die mir noch bleibt, meine Männer zusammenzuhalten. Wenn ich ihre Kameraden nicht rette, dann verlieren sie den Glauben an mich, und Andrew Doyle ist alles, was ich habe, um zu verhandeln.« Seine Stimme hob sich, zitterte voll tiefer Gefühle. »Sie haben mir einmal Vertrauen und Kraft zurückgegeben, damit ich das Ziel verfolgen kann, aus dem der Sinn meines Lebens besteht. Und jetzt bitten Sie mich, mit eigener Hand die letzte Hoffnung auf dieses Ziel zu zerstören.«

Toby sagte: »Egal, was mit Andrew Doyle passiert, Ihre Kameraden im Gefängnis können Sie nicht vor dem Erschießungskommando retten, Señor.«

»Das ist es, was die Familie Doyle mich gern glauben machen möchte.«

»Sie wissen in Ihrem Innersten, daß es wahr ist, Señor Delgado.«

Ich sagte: »Bitte. Es spielt keine Rolle, wer von Ihnen recht hat. Ein mexikanischer Gentleman hat mir einmal ein Versprechen gegeben, zusammen mit einem Beweisstück, durch welches ich mich an ihn wenden kann, damit er sein Versprechen hält, wann immer ich es brauche. Jetzt ist diese Zeit gekommen, Señor Delgado, und ich frage Sie, ob Sie das Versprechen, das Sie mir gegeben haben, einlösen wollen.«

Er antwortete nicht sofort. Er ging hinüber und zündete eine Lampe an, denn die Dämmerung kroch bereits in den Raum. Als er die Lampe abstellte, sah ich, daß sein Gesicht eingefallen wirkte. Er hatte schmale Lippen, und seine Augen strahlten Verbitterung aus. »Sie sind zu verzweifelten Männern gekommen, Señorita«, sagte er endlich. »Wenn Sie sterben sollten, würde mein Versprechen mich nicht länger binden.«

Ich bezwang die plötzliche Angst, die mich packte, und erwiderte mit einer Stimme, die um Festigkeit bemüht war: »Natürlich haben Sie die Möglichkeit, uns umzubringen, Señor, nur müssen Sie dann den Rest Ihres Lebens mit einem Mord auf dem Gewissen verbringen.«

Toby streckte die Beine aus und sagte nachdenklich: »Ehe wir Oaxaca verließen, habe ich die halbe Nacht wach gesessen und eine sorgfältige Zusammenstellung von dem aufgeschrieben, was wir erreichen wollten. Wenn wir nicht zurückkehren, wird dieser Bericht in allen Zeitungen Mexikos und in vielen Zeitungen Europas und der Vereinigten Staaten veröffentlicht werden. Sie würden auf der ganzen Welt entehrt sein, Señor.«

Ramon Delgado holte tief Atem, setzte sich dann wieder und schaute mich mit feindseligen Augen an. »Sie können unverletzt wieder abziehen«, sagte er. »Was aber Andrew Doyle betrifft, so will ich darüber nachdenken und Ihnen morgen früh meine Antwort geben.«

»Darf ich Andrew sehen?« fragte ich.

»Nein, dürfen Sie nicht, Señorita. Sie haben mein Wort, daß es ihm gutgeht.« Ramon Delgado nahm den Ring auf und musterte ihn. Er rief etwas auf spanisch, und zwei Männer mit Gewehren traten ein. »Sie verlassen uns jetzt, Mr. Kent«, sagte Ramon Delgado, der noch immer den Ring anschaute. »Folgen Sie bitte meinen Männern.«

Neuer Schrecken überfiel mich. Meine Stimme hörte sich

fast schrill an, als ich rief: »Bitte versichern Sie mir, daß Sie Mr. Kent nichts tun werden.«

Ramon Delgado zuckte die Achseln. »Dafür kann ich Ihnen nicht garantieren, Señorita«, entgegnete er. »Die Männer hier haben einen unabhängigen Geist, und ihre Reaktion auf Befehle sind bedauerlicherweise sehr ungewiß.«

Toby stand auf und tippte mir auf die Schultern. »Keine Angst, mir wird schon nichts passieren«, sagte er. Dann drehte er sich um und verließ zwischen den beiden Männern den Raum. Mit den paar spanischen Worten, die er sich angeeignet hatte, wünschte er ihnen einen fröhlichen guten Abend.

Als die Tür sich geschlossen hatte, legte Ramon Delgado den Ring auf den Tisch und schaute mich an. Selbst im trüben Licht der Lampe konnte ich erkennen, daß seine Augen die Müdigkeit eines verzweifelten Menschen widerspiegelten. »Werden Sie heute Nacht mein Bett teilen?« fragte er mich.

Mich verließ der Mut. Ich sagte: »Wenn das der Preis für Andrew Doyle oder Toby Kents Sicherheit ist, dann werde ich Ihr Bett teilen. Sonst nicht.«

Er schaute überrascht auf: »Nach Ihren Jahren in Paris was macht es da noch? Was bedeutet Ihnen eine weitere Nacht mit einem weiteren Mann?«

Ich versuchte, ruhig zu sprechen, als ich sagte: »Sie kennen meine Geschichte, Señor. Ich bin als Kind gezwungenermaßen in dieses Leben hineingestoßen worden, und als ich Sie zum letztenmal sah, war ich noch nicht siebzehn. Aber ich war drauf und dran, mich loszureißen und für mich selbst zu sorgen. Ich habe dieses Leben hinter mich gebracht, wie ich das immer vorgehabt hatte, und seitdem hat mich kein Mann mehr besessen. Wenn Sie mich darum bitten, Ihr Bett zu teilen, dann bitten Sie nicht ›La Professeuse‹ aus der Rue des Moulins. Die existiert nicht mehr. Sie bitten Hannah McLeod, einen völlig anderen Menschen.«

»Aber Sie würden es trotzdem tun, um Andrew Doyle zu retten?«

»Ja.«

»Oder für Mr. Kent?«

»Ja.«

Er schüttelte überrascht den Kopf. »Eine mexikanische Frau würde lieber sterben, als sich so zu entehren.«

»Wir sprechen davon, daß mein Verlobter stirbt oder daß mein Freund stirbt. Außerdem habe ich sehr viel Erfahrung darin, daß ich gezwungenermaßen einen Mann meinen Körper benutzen lasse. Dadurch werde ich aber nicht entehrt. Die Unehre liegt bei denen, die mich zwingen.«

Er setzte sich, ließ eine Weile das Kinn in der Hand ruhen und schloß die Augen. Dann richtete er sich mit einem Seufzer wieder auf. »Sie werden die Nacht allein verbringen«, sagte er. »Aber das hat keinen Einfluß auf meine Entscheidung.«

Ein Mann begleitete mich zum Ende des kleinen Dorfes, zu einem vernachlässigten Haus, in dem zwei zerknitterte alte Frauen wohnten. Der Mann sprach mit ihnen, aber in so schnellem Spanisch, daß ich ihm nicht folgen konnte. Die beiden Frauen zeigten große Neugier, schnatterten miteinander, untersuchten meine Kleidung und schienen meine Stiefel sehr zu bewundern. Als der Mann ging, brachten die Frauen mich in einen kleinen Raum, wo in der Ecke eine Strohmatratze lag. Mit Gesten deuteten sie mir an, daß ich hier schlafen könne. Ich war dankbar, als der Mann ein paar Minuten später mit meiner Bettrolle zurückkehrte, denn der Strohsack war schmutzig.

Der Mann ließ sich vor der einzigen Tür des Hauses nieder und übernahm anscheinend die Wache. Später brachte man mir Wasser in einer Flasche und etwas Käse, der in Tortillas eingewickelt war. Ich aß und trank ein wenig, entrollte dann mein Bett und legte mich hin. Es gab keine Lampe – nur ein Docht aus zusammengedrehten Fasern schwamm in einer Schüssel voll Öl.

Eine Weile hörte ich nur ferne, schwache Geräusche, wie das in dem zerstreuten Lager inmitten des verlassenen Dorfes zu erwarten war. Gelegentlich wurden diese Geräusche von dem Geschnatter der beiden alten Frauen unterbrochen, die in dem Zimmer saßen, das sich zur Straße hin öffnete. Ich sollte nie erfahren, was die beiden mit den Rebellen zu tun hatten, aber ich dachte, es könnten vielleicht alte Dorfbewohner sein, die geblieben waren, als die anderen ihre Häuser verlassen hatten.

Später vernahm ich ein Geräusch, das mich unruhig machte. Zuerst war es für mich schwer zu identifizieren, denn es schwoll an und sank wieder zusammen wie ein ferner Wind, der durch einen Tunnel fegt. Dann begriff ich, daß es die Geräusche einer Menschenmenge waren, die alle auf irgend etwas reagierten, das sie beobachteten. Das Geräusch war größtenteils ein fernes Gemurmel, aber ab und zu schwoll es zu einem Brüllen der Erregung an. Ich erinnerte mich an den Tag, als Toby mich in den Zirkus mitgenommen hatte und das Publikum bei den Höhepunkten der akrobatischen Darbietungen genauso ein Geräusch verursacht hatte.

Ich stand auf und ging in das andere Zimmer. Ich suchte mein spärliches spanisches Vokabular zusammen und versuchte herauszufinden, was passierte. Aber obwohl die alten Frauen und der Mann auf Wache miteinander plauderten und lachten und alle möglichen Zeichen und Gesten machten, konnte ich die Bedeutung ihrer Worte nicht ausmachen. Nach einer Weile ging ich zurück zu meinem Lager. Die beunruhigenden Geräusche hörten kurz danach auf, aber ich lag wach und dachte an Toby, und ich war krank vor Sorge, denn ich hörte immer noch Ramon Delgados Worte: »Das kann ich Ihnen nicht garantieren.«

Ich hatte wenig Hoffnung einzuschlafen. Lange lag ich da und horchte, während sich mehr und mehr die Stille über das Lager senkte und nur noch die natürlichen Geräusche der Nacht übrigblieben. Erst in den frühen Morgenstunden überfiel der Schlaf mich wie aus dem Hinterhalt, als ich gerade zum dritten- oder viertenmal darum betete, daß Andrew und Toby gerettet würden.

Ich glaube, mein Schlaf war tief, aber er kann nicht lange gedauert haben, denn die Nacht wich gerade dem Morgengrauen des kommenden Tages, als ich durch eine Hand geweckt wurde, die mich an der Schulter rüttelte. Anselmo, unser Führer, beugte sich über mich.

»Komm«, sagte er mit leiser Stimme. »Bring Bett und komm. Nix reden.«

Die Nebel des Schlafes verschwanden innerhalb von Sekunden, während ich mein Bettzeug einrollte, aufstand und Anselmo aus dem Haus folgte. Wir gingen an den beiden alten Frauen vorüber, die auf ihren Strohbetten im vorderen Zimmer schnarchten. Der Wachposten war verschwunden. Unsere vier Maultiere standen ein paar Schritte von uns entfernt, und mein Herz schlug in dankbarer Freude, als ich Toby Kent sah, der die Tiere festhielt. Anselmo sagte wieder: »Nix reden.«

Toby nahm meine Bettrolle und begann langsam, sie auf das Maultier zu schnallen. Im halben Licht des Tages sah ich, daß eine Seite seines Gesichtes angeschwollen und verfärbt war. Ich legte sanft meine Hand auf seine Wange und stellte ihm wortlos eine Frage. Aber er schüttelte nur beruhigend den Kopf, und ein kurzes Grinsen zupfte an seinen aufgesprungenen Lippen.

Wir folgten Anselmos Handzeichen und führten die Maultiere hundert Schritte aus dem Dorf heraus, ehe wir aufsaßen. Von Ramon Delgado sahen wir nichts und auch kein Anzeichen von Andrew Doyle. Ich spürte, wie die Verzweiflung mich überkam, denn es schien mir jetzt sicher, daß ich versagt hatte. Als ich Tobys Arm noch einmal berührte und ihm wieder stumm eine Frage stellte, da hob er die Schultern und spreizte eine Hand, um mir anzudeuten, daß er auch nicht mehr wußte als ich. Hintereinander durchritten wir wieder die schmale Passage zwischen den Felsen, und ich spürte, wie Tränen meine Wangen hinabrannen, denn es war jetzt deutlich, daß Ramon Delgado meine Bitte abgelehnt hatte und all meine Anstrengungen, den Mann zu retten, den ich heiraten wollte, vergebens gewesen waren. Ich quälte mich mit einem Schuldgefühl. Hatte meine Weigerung, Ramon Delgados Bett zu teilen, seinen Entschluß beeinflußt? Er hatte zwar gesagt, daß das nicht der Fall sein würde, aber jetzt fragte ich mich doch.

Fünf Minuten später hatten wir die schmale Passage hinter uns gebracht, und da, wo die Klippen zurücktraten, wartete ein Mann auf einem Pferd im heller werdenden Morgenlicht. Es war Andrew Doyle. Ich stieß einen Schluchzer der Freude aus und wäre von meinem Maultier heruntergerutscht und zu ihm hinübergerannt, wenn Anselmo nicht meinen Arm gepackt hätte. »Reiten«, sagte er. »Reden danach. Reiten jetzt.«

Andrew war wie die Reiter auf den Viehranches gekleidet, die wir vom Zug aus hatten beobachten können. Aber sein Pferd war ein sehr schönes Tier. Er kam neben mich und ergriff meine Hand, während wir Seite an Seite ritten. Er saß viel höher im Sattel als ich. Eine Zeitlang war sein Gesicht nicht mehr als ein verschwommener Nebel, aber dann trockneten meine Tränen, und ich konnte ihn deutlich sehen. Zu meiner Erleichterung wirkte er ganz unversehrt.

Sein Kinn trug zwar einen Stoppelbart, seine Kleidung war staubig und fleckig, sein Haar ungekämmt, aber für mich lag die größte Veränderung in seinem Blick. Es waren die Augen eines Mannes, der betrogen worden und über diesen Betrug bis in die innerste Seele erschrocken war. Als Romantiker und Idealist war er viel grausamer getroffen worden, als das bei den meisten anderen Männern der Fall gewesen wäre, und mein Herz blutete für ihn.

Wir hielten erst an, als wir durch das breite Tal, in dem der Bach floß, abgestiegen waren und die niedrigeren Hügelketten erreicht hatten. Wir hätten schon lange vorher sprechen können, aber wie durch eine stumme Übereinkunft war kein Wort gesprochen worden, bis Anselmo sein Maultier anhielt und sagte: »Wir halten, um uns zu erfrischen. Fünf Minuten.«

Andrew saß ab, hob mich aus dem Sattel und hielt mich an den Armen. »Hannah!« seine Stimme war ein rauhes Flüstern. »Hannah, es war Wahnsinn, was du getan hast.« Er hielt mich noch immer fest, wandte aber jetzt den Kopf und sagte zu Toby: »Und Sie, Sie sind wohl auch verrückt geworden? Warum in aller Welt haben Sie das zugelassen?«

Ich hörte, wie Toby liebenswürdig sagte: »Mein lieber Junge, mir ist einfach nichts eingefallen, wie ich sie aufhalten sollte.«

Andrew ließ mich los und nahm meine Hände. Mit kummervollen Augen blickte er auf mich herab. »Delgado ist vor der Dämmerung zu mir gekommen«, sagte er. »Er hat mir erzählt, was er dir verdankt. Hat mir genau berichtet, wie es dazu gekommen ist. Er hat dich doch hoffentlich nicht . . . letzte Nacht mißbraucht?«

»Nein, Andrew, nein. Aber er wollte mir auch nicht versprechen, dich freizulassen. Bis ich dich hinter dem Paß gesehen habe . . . da dachte ich, wir hätten versagt.«

»Er hat mich freigelassen und zu meinem Pferd geführt«,

sagte Andrew. »Er hat mir gesagt, ich soll im Schritt durch den Paß reiten und dort auf dich warten.« Er nickte zu Anselmo hinüber. »Wir mußten fort sein, ehe die Leute im Lager wach wurden. Einige hätten sonst Ärger gemacht.«

Toby reichte mir eine Wasserflasche, und fragte: »Werden sie uns verfolgen?«

»Nein.« Andrew schüttelte den Kopf. »Jetzt, wo wir das Tal durchritten haben und außer Sicht sind, machen sie keine Jagd mehr auf uns.«

»Muß Ramon Delgado sich jetzt vor ihnen fürchten?« fragte ich.

»Nein, nicht ernsthaft. Aber das Ganze bedeutet natürlich, daß seine Rebellion zusammenbricht.« Andrew zuckte die Achseln, sein Blick war voller Bitterkeit. »Er hat es auch verdient. Ich war diesem Mann ein Freund, ich habe für ihn gearbeitet, ich habe es riskiert, aus meiner Familie ausgestoßen zu werden ... und trotzdem hat er mich als Geisel genommen und wollte mich hängen lassen, nur um sein Ziel zu erreichen.«

»Das ist jetzt vorbei, Andrew«, erwiderte ich sanft. »Wir gehen nach Hause.« Mir fiel es noch immer schwer, zu glauben, daß ich so viel Glück gehabt hatte. Ich schickte ein stilles Stoßgebet der Dankbarkeit zum Himmel, trank dann aus der Flasche und reichte sie Andrew. Toby drehte sich um und zog den Sattelgurt seines Maultieres fest, und jetzt sah ich im vollen Morgenlicht die schweren Blutergüsse und Schwellungen auf der einen Seite seines Gesichts. Mitfühlend zuckte ich zusammen und ging auf ihn zu. »Toby, was in aller Welt ist passiert? Hat das etwas mit dem Gebrüll zu tun, das ich letzte Nacht gehört habe?«

»Na, ein gewisses Gebrüll hat es schon gegeben, wie ich mich erinnere«, sagte er und schenkte mir ein schiefes Grinsen. »Es ging darum, daß diese Mitrebellen auf seiten Delgados mich aus irgendeinem Grund nicht leiden konnten –

können Sie sich das vorstellen? Ich schwöre – ich war friedlich wie ein Erzengel. Aber ein paar von denen waren ganz versessen darauf, den Gringo mal Staub fressen zu lassen. Einer war dabei, der in Amerika gelebt hatte, und der hat für uns übersetzt.«

»Es sind Leute, die gerne kämpfen«, bemerkte Andrew nüchtern. »Ich bin überrascht, daß keiner von ihnen Sie zu einem Duell mit Messern aufgefordert hat.«

»Na, wenn das nicht genau das ist, was passiert ist!« antwortete Toby. »Aber ich hatte den Eindruck, als ob die Kerle Experten mit dem Messer wären, also sagte ich, als Gast ihres Landes würde ich es doch vorziehen, drei von ihnen abwechselnd zu einem irischen Stehkampf herauszufordern.«

Ich schaute Andrew verständnislos an. Der zuckte die Achseln und sagte: »Ich habe keine Ahnung, wovon er redet.«

»Na, ihr seid vielleicht ein ignorantes Pärchen«, meinte Toby grinsend. »Dann will ich es mal erklären. Wie ihr vielleicht erwartet, ist ein irischer Stehkampf ein absoluter Blödsinn. Die Gegner schlagen sich abwechselnd mit der Faust ins Gesicht, und wenn einer nicht mehr stehen kann, dann hat er verloren.«

Ich preßte die Hand auf den Mund und starrte auf sein blau unterlaufenes Gesicht. »Und das ist mit Ihnen passiert?«

»Sie sollten die anderen drei mal sehen«, erwiderte Toby und grinste noch einmal. »Zuerst waren sie vorsichtig, aber als ich sagte, sie könnten jeder den ersten Schlag haben, da hielten sie das für ganz toll und glaubten, ich müßte ein Idiot sein. Sie haben die Herausforderung mit Kußhand angenommen. Das paßte mir wunderbar. Ich war nämlich der Ansicht, daß sie, wenn sie Experten mit dem Messer waren, nicht sonderlich gut mit der Faust sein konnten.«

Andrew lachte plötzlich auf, und ich war froh darüber,

daß er in der Lage war, seine Verbitterung zu vergessen – wenn auch nur für einen Augenblick. »Sie hatten recht«, sagte er. »Hier ist der Boxkampf unbekannt. Mexikaner sind ernsthafte Leute und benutzen Messer und Pistolen.«

»Genau das hatte ich mir auch gedacht«, sagte Toby. »Der erste schlug mich also ins Gesicht, und das ist natürlich schmerzhaft, aber nicht besonders wirkungsvoll. Dann hab' ich zugeschlagen, ehe er auch nur mit den Augen zwinkern konnte, und er ist für fünf solide Minuten zu Boden gegangen. Einer von meinen alten Matrosenfreunden, Paddy O'Malley, hat mir beigebracht, wie man mit den Knöcheln direkt auf den Solarplexus zielt. Und wenn man es richtig macht, dann denkt der Gegner, wenn er wieder zu sich kommt, daß jemand ihm seine Beine geklaut hat.«

Ich hatte ein Stück von meinem Handtuch abgerissen und es in Wasser getunkt, so daß ich wenigstens die zerschlagenen Stellen seines Gesichts abtupfen konnte, wo die Haut aufgeschrammt war. »Und Sie haben stillgehalten und sich von drei Männern ins Gesicht schlagen lassen?« fragte ich ungläubig.

»Immerhin besser als Messer«, protestierte er, »und außerdem – warum waren Sie nicht zur Stelle mit Ihrer Hutnadel, um mich zu schützen, kleine McLeod?« Er mußte jetzt aus einem Mundwinkel sprechen, denn ich tupfte ihm sanft den anderen ab. »Tatsache ist«, fuhr er fort, »daß ich nur zweimal eine Faust ins Gesicht bekommen habe, weil der dritte meiner Gegner versuchte, mein System nachzumachen. Aber es hat ihm wenig genützt, denn ich hatte schließlich den Vorteil, daß Paddy O'Malley mich unterrichtet hat. Ich hab' ihn niedergeschlagen und die Menge entschied dann, daß der Gringo sie prima unterhalten hatte. Die Leute wurden auf einmal ganz freundlich.«

»Sie haben das gut gemacht«, sagte Andrew ruhig. »Es ist nicht leicht, solche Menschen für sich zu gewinnen, Sie haben auch wenig Grund, Gringos zu mögen. Ich bin ja selbst ein halber Gringo, und ich weiß es genau.«

Ein paar Minuten später brachen wir wieder auf. Jetzt, wo Andrew in Sicherheit war und wir uns auf dem Weg nach Hause befanden, hatte ich das Gefühl, als ob ich nicht mehr ganz Herr meiner selbst wäre. Es war ein seltsames Gefühl und nicht unangenehm. Die Krise war vorüber, und ich hatte keine Aufgabe mehr, bis wir Oaxaca erreichten. Ich konnte nicht anders – ich mußte mich fragen, wie Andrews Familie mich wohl jetzt empfangen würde, und ich mußte darüber nachdenken, welche Probleme mir bevorstehen mochten.

Auf dem Rückritt ließen wir uns Zeit. Wir redeten auch nicht viel miteinander, denn ich glaube, wir hatten alle das gleiche traumartige Gefühl. Aber wir kamen gut miteinander aus, und es herrschte Einverständnis zwischen uns. Wenn Andrew ein wenig bedrückt wirkte, war das kein Wunder. Er war tief verletzt worden, er hatte dem Tod ins Antlitz gesehen, und noch immer mußte er sich seiner Familie stellen, die seine Handlungsweise mißbilligte.

Das ekelhaft aussehende Fett, das Pancho Toby gegeben hatte, erwies sich als erstaunlich hilfreich, denn obwohl ich beim Absitzen jedesmal steife Muskeln hatte, waren meine Schenkel dennoch nicht mehr so qualvoll wund. Drei Nächte verbrachten wir auf dem Ritt; am Morgen des vierten Tages, als wir nur noch vier Stunden von Oaxaca entfernt waren, ritt Anselmo voran, um die Nachricht zu überbringen, daß wir wohlbehalten zurückkehrten.

Am Vormittag überschritten wir den letzten Grat und sahen in der Ferne die kleine Stadt, die im Tal eingebettet lag. Eine Weile saßen wir schweigend im Sattel, und jeder war mit seinen eigenen Gedanken beschäftigt. Dann fragte Andrew langsam und etwas verwirrt: »Wie ging es Clara, als ihr losgeritten seid?«

»Sie war sehr bekümmert und hatte große Angst um dich«, erwiderte ich. »Aber jetzt wird sie sich freuen.«

Er nickte und preßte seinem Pferd die Absätze in die Flanken. Wir begannen den langen Abstieg. Als wir die Hälfte der Strecke zurückgelegt hatten, sahen wir zwei Kutschen und zwei Reiter am Rand der Stadt auftauchen und ein Stückchen auf der Straße nach Monte Alban hinausreiten, wo sie schließlich hielten. Zwei Männer stiegen aus den Kutschen, und jeder setzte einen breitkrempigen Hut auf, um sich gegen die zunehmende Hitze und Sonneneinstrahlung zu schützen. Die Reiter saßen ab, und die vier Männer blieben in einer lockeren Gruppe stehen. Ihre Gesichter wandten sich herauf zu den Hügeln, von denen wir herabritten.

»Man hat ein Empfangskomitee für uns bereitgestellt«, sagte Toby. »Die beiden mit den Pferden, das sind Anselmo und Benjamin Willard, und die Herren in den dunklen Anzügen und grauen Hüten sind Enrique del Rio und Señor Amado, könnte ich mir vorstellen.«

Andrew beschattete die Augen und stellte sich in den Steigbügeln auf. »Könnt ihr Clara sehen?« fragte er.

»Sie wird mit deiner Mutter und Mrs. Willard in einer der Kutschen sitzen«, sagte ich. »Es wird ihnen viel zu heiß, wenn sie draußen in der Sonne stehen und auf uns warten.«

»Die Frage ist nur«, meinte Toby nachdenklich, »bereiten die sich jetzt darauf vor, für den verlorenen Sohn das gemästete Kalb zu schlachten, oder bereiten sie sich darauf vor, den verlorenen Sohn selbst abzumurksen?«

Andrew nahm einen Augenblick meine Hand und schenkte mir ein wehmütiges Lächeln. »Wir werden es bald herausfinden«, sagte er.

Trotz aller Schwierigkeiten und Strapazen war ich während der letzten drei Tage auf eigenartige Weise glücklich gewesen. Aber während wir uns dem Ende unserer Reise näherten, spürte ich mehr und mehr einen Widerwillen dagegen, die steifen Förmlichkeiten und die kühle Höflichkeit zu akzeptieren, die ich bei Andrews Familie kennengelernt hatte. Wir waren noch immer zwei- oder dreihundert Meter von ihnen entfernt, als der Pfad, dem wir folgten, auf die Straße einmündete. Ich ritt links neben Andrew. Zu meiner Linken hielt Toby die Zügel des Packtieres.

Jetzt kam Bewegung in die Gruppe der Wartenden, die vor uns standen. Die Kutschtüren wurden geöffnet, und man half den Damen auszusteigen. Maria Gabriela Doyle und ihre mexikanische Schwägerin stiegen aus der einen Kutsche, Mrs. Willard, Mrs. Hesketh und Clara aus der anderen. Die beiden mexikanischen Damen trugen dunkle Kleider, die anderen helle Sommerkleider, und alle hatten Sonnenschirme bei sich.

Wir trotteten im Tempo der Maultiere voran. Kein Lüftchen wehte im Tal, um die Röcke der Damen zu bewegen, und in der schimmernden Hitze wirkten die neun bewegungslosen Gestalten wie Figuren auf einem Bild. Ich stellte mir vor, wie fürchterlich ich mit Sicherheit nach einer Woche harten Reitens in der Wildnis aussehen mußte, mit meinem verbrannten, sich schälenden Gesicht, das Haar und die geborgten Kleidungsstücke von einer dicken Staubschicht bedeckt. In der Erwartung, wieder einmal vor die eleganten Damen und Herren aus Andrews Familie hinzutreten, mußte ich ein nervöses Kichern unterdrücken.

Wir waren vielleicht dreißig Schritte von ihnen entfernt, als sich das Gemälde plötzlich in einer außergewöhnlichen Weise auflöste. Ganz plötzlich ließ Clara ihren Sonnenschirm fallen und rannte auf uns zu. Sie hielt die Röcke hoch, damit sie sich freier bewegen konnte. In Windeseile warf Andrew sich fast aus dem Sattel und rannte zu ihr hinüber. Der hübsche Strohhut, den sie trug, fiel einfach zu Boden. Ich sah, wie Tränen über ihre Wangen strömten, und ich hörte sie schluchzen, während sie die Arme nach ihm ausstreckte. Im nächsten Augenblick war es, als ob sie in einer anderen Welt versunken wären, denn sie hatten einander in die Arme geschlossen und sahen nur noch sich.

Verblüfft und einigermaßen verwirrt brachte ich mein Maultier zum Stehen. Hinter Andrew und Clara starrten die Verwandten und Mrs. Hesketh genauso verwirrt hin wie ich und Toby neben mir. Mein Verlobter und seine Cousine hatten sich halb umgedreht, als sie sich umarmten, und ich konnte sehen, daß beide die Augen geschlossen hielten. Andrew berührte mit seinen Lippen ihre Wange, ihre Augenbrauen, ihre Augen, immer und immer wieder. Er ließ seine Hand über ihr Haar gleiten und murmelte stumme Laute, und die ganze Zeit umschlangen ihn Claras Arme, als ob sie ihn nie wieder loslassen wollte.

Mir dämmerte es, daß ich hier einen Mann und eine Frau sah, die einander zutiefst, vom ganzen Herzen und voller Leidenschaft liebten. Aber sie hatten es nie gemerkt, vielleicht weil sie als Vetter und Cousine einander als selbstverständlich hingenommen hatten. Jetzt, nach dem Schrecken, der Angst und der langen Sorgen, die wie Gewitterwolken viele Tage lang drohend über ihnen gehangen hatten, jetzt hatten sie es begriffen, war es ihnen aufgegangen mit der grellen Heftigkeit eines Blitzes, und sie waren völlig unvorbereitet darauf gewesen ... Und der Mann war Andrew Doyle, der mich gebeten hatte, seine Frau zu werden.

Ich spürte Schmerz, Müdigkeit, Kummer, und dennoch – irgendwo tief im Innern meines Wesens war ein anderes Gefühl, das einer Erleichterung gleichkam. Benjamin Willard schritt vorwärts und rief mit rauher Stimme: »Clara! Um Gottes willen, Kind, was ist denn los mit dir? Andrew! Komm zu dir!«

Langsam, wie betäubt, ließen sie einander los. Aber sie blieben nebeneinander stehen und hielten sich immer noch die Hände. Zwei erschrockene Augenpaare suchten und fanden mich, zwei Gesichter zeigten die Qual der Reue. »Oh ... verzeihen Sie mir, Hannah!« rief Clara zitternd und halb flüsternd aus, und sie entzog Andrew ihre Hand. »Ich habe nur ... ich wollte nicht ...«

Ihre Stimme verebbte. Andrew sagte: »Hannah, es ist nicht das, was du glaubst. Ich meine – wir haben uns hinreißen lassen, weil ...« Er hörte auf zu reden, hob die Hände und ließ sie dann in einer hilflosen Geste wieder sinken.

Mein Gehirn war völlig leer, aber ich hörte mich mit einigermaßen fester Stimme sagen: »Ihr habt euch hinreißen lassen, weil ihr euch sehr liebt, du und Clara. Und ihr habt es gerade erst entdeckt. Bitte, lüg dir deswegen selbst nichts vor. Ich ... ich bin wirklich dankbar dafür, daß du es jetzt herausgefunden hast, gerade noch rechtzeitig.«

Andrew sagte mit verzweifelter Heftigkeit: »Aber Hannah ...«

Dann verließen ihn wieder die Worte, während er ehrlich begriff, daß es nichts mehr gab, was er sagen konnte. Clara schaute mich tapfer an. Tränen hingen an ihren Wangen. Sie hatte jetzt die Hände fest zusammengeballt, während sie sagte: »Ich schäme mich so. Ich werde weggehen, Hannah. Das verspreche ich ...«

Wieder hörte ich mich, wie mit der Stimme einer fremden Person, sagen: »Nein. Bitte laß mich ausreden. Ihr schuldet mir das, ihr alle.«

Andrews Mutter, die Tante und die beiden Onkel standen da wie Statuen. Ihre Gesichter zeigten keinerlei Regungen. Mrs. Willard trat nach vorn und stellte sich neben ihren Mann. In ihren Augen zeigte sich eine Mischung aus Schmerz und Mitleid. Mrs. Hesketh klappte energisch ihren Sonnenschirm zusammen, kam herüber, drehte sich dann um und stellte sich neben mein Maultier, als ob sie meine Flanke schützen wollte.

Ich sagte langsam: »Ich werde nicht Andrews Frau werden. Es wäre grundverkehrt, wenn ich es täte. Gott sei Dank ist er in Sicherheit, und ich bin weder auf ihn noch auf Clara böse. Ich werde mich stets an ihre Freundlichkeit und ihre Freundschaft erinnern. Über das, was geschehen ist, will ich nicht sprechen, denn das würde nur Verlegenheit und Unglück verursachen. Ich will wieder fortgehen, sobald ich kann – zurück nach England oder Frankreich.«

Andrews Hand streckte sich zu Clara hinüber, und sie nahm sie. Ich war zutiefst erschüttert und wollte schnell mit meinen Worten zu Ende kommen, also fuhr ich fort: »Ich wäre Ihnen dankbar, wenn Sie jetzt alle nach Oaxaca zurückkehren würden. Ich komme mit Señor Kent nach. Wenn ein Zug fährt, werde ich morgen nach Vera Cruz reisen und dann das erste Schiff nach Europa nehmen. Bis dahin bitte ich Sie, mich allein und in Ruhe zu lassen.«

Es folgte ein langes Schweigen. Endlich ging Enrique del Rio zur Kutsche und öffnete den Schlag. »Andrew, Clara«, sagte er, »kommt bitte.«

Andrew holte Atem, um etwas zu sagen. Ich schüttelte den Kopf, schaute auf meine Hände, die auf dem Sattelknauf lagen, und schloß die Augen. Mrs. Hesketh sagte ganz leise: »Ich werde auf Sie warten, Hannah, und ich sorge dafür, daß Sie nicht gestört werden.«

Es waren Geräusche der Bewegung zu hören, Türen öffneten und schlossen sich wieder, Metall klirrte, als die Pferde bestiegen wurden. Ein Mann sprach auf spanisch, und ich spürte, daß jemand Andrews Pferd übernahm. Vielleicht war es Anselmo. Geschirr knirschte, Räder drehten sich auf dem kiesigen Boden, und dann war das Geräusch von Pferdehufen zu hören, die im leichten Schritt vorantrabten.

Nach und nach verloren sich die Geräusche in der Ferne. Nach einer Weile öffnete ich die Augen, aber ich schaute nicht nach Oaxaca hinüber. Ich ließ mich aus dem Sattel gleiten, ging zu meinem Maultier an den Straßenrand und setzte mich auf eine niedrige Felsplatte, die sich durch hartgebackene Erde bohrte. Toby, der noch auf seinem Maultier saß und seine langen Beine dicht über dem Boden baumeln ließ, musterte mich mit Interesse.

»Wenn Sie ein kleines Kompliment vertragen können, kleine McLeod«, sagte er nachdenklich, »dann möchte ich bemerken, daß Sie sich eben mit großer Würde gehalten haben.«

Ich wedelte ein paar Fliegen von meinem schweißbedeckten Gesicht und sagte: »Ich hatte schon gedacht, ich hätte mich sehr pompös angehört.«

Er schob den Hut zurück und überlegte. »Etwas pompös«, gab er zu und befingerte sanft seine geschwollene Wange, »aber ein Hauch davon war schon nötig, als Gegengewicht dafür, daß Sie ein wenig wie eine wandelnde Vogelscheuche aussehen.«

Ich hörte, wie ich lachte, und entschied, daß ich, obwohl ich mich nach allem, was passiert war, sehr komisch fühlte, dennoch kein gebrochenes Herz hatte. Wenn ich zurückdachte, fiel mir auf, daß ich Andrews Heiratsantrag eigentlich nur akzeptiert hatte, weil ich damals zu schwach gewesen war, um mich ihm zu widersetzen. Jetzt, durch eine merkwürdige Wendung des Schicksals, würde ich doch keine feine mexikanische Dame werden . . . Aber vielleicht war das gar nicht so schlecht.

Toby stieg von seinem Maultier ab, setzte sich neben mich und bot mir seine Wasserflasche an. Ich trank und gab sie ihm zurück. Er trank ebenfalls, setzte den Korken wieder auf und hängte die Flasche an den Sattel zurück.

»Sind Sie wirklich darauf versessen, in Mexiko herumzureisen und Bilder zu malen, Toby?« fragte ich.

Er zuckte die Achseln. »Nicht besonders. Wenn Sie nach Hause fahren, fahre ich mit Ihnen, glaube ich.«

Ich nickte. »Oh, das fände ich schön. Können Sie mir das Fahrgeld leihen? Ich zahle es Ihnen zurück, sobald ich Arbeit gefunden habe.«

Er sagte: »Sind Sie eigentlich ganz darauf versessen, Andrew zutiefst zu verletzen?«

Ich setzte mich gerade und schaute ihn an. »Natürlich nicht. Da kennen Sie mich doch besser.«

»Das mindeste wäre dann, daß Sie ihm erlauben, das Fahrgeld für Sie und Mrs. Hesketh aufzubringen und noch genug Geld, damit Sie, sagen wir . . . sechs Monate oder so bequem leben können.« Ehe ich etwas erwidern konnte, fuhr er fort: »Nein, widersprechen Sie mir nicht, Hannah. Seinerseits wäre es kein Almosen, und Ihrerseits wäre es freundlich. Er meint ja jetzt schon, er hätte Sie betrogen. Wenn Sie so eine kleine Hilfe zurückweisen, wird er sich hassen, und bei Clara wird es dasselbe sein.«

Ich sah ein, daß Toby recht hatte, und meinte zögernd: »Ja, das kann schon sein. Ich will das Ganze aber nicht mit Andrew besprechen. Am besten reden wir nicht mehr miteinander, denn wir haben uns eigentlich nichts mehr zu sagen.«

»Klar – das hat er sicher verstanden.« Toby zog einen Stiefel aus, schüttelte ein paar Steinchen heraus und zog ihn wieder an. »Ich bin derjenige, an den Andrew herantreten wird«, fuhr er fort. »Er will bestimmt ein Einkommen für Sie festlegen, und ich bezweifle, daß seine Familie etwas dagegen hat, denn sie sind alle nicht todunglücklich darüber, Sie verschwinden zu sehen. Ich könnte mir aber vorstellen, daß Sie so etwas nicht besonders gutfinden würden, oder?«

»Nein. Ich akzeptiere nur soviel Geld, daß ich nach Hause komme, und eine Summe, die Sie für ausreichend halten, daß ich ein paar Monate mein Auskommen habe. Ich gebe Ihnen auch meinen Verlobungsring, damit Sie ihn Andrew zurückgeben, ehe wir abreisen.« Ich entdeckte, daß ich mich jetzt überhaupt nicht mehr aufgeregt fühlte, sondern eher schläfrig und träumerisch.

Toby sagte: »Fahren Sie nach Paris oder nach London?«

»Darüber habe ich noch nicht nachgedacht. Oh, warten Sie, jetzt habe ich mich entschieden. Paris wäre wohl das beste – wenigstens für den Anfang. Ich möchte weder einem von der Familie Ryder noch Mrs. Ritchie in die Arme laufen.« Es war seltsam, daß ich so förmlich von der Frau sprach, die mich geboren hatte, aber nie würde ich jemanden anders als Kathleen McLeod für meine Mutter halten.

Die Sonne brannte jetzt am heißesten. Toby hob den großen Wasserschlauch aus Ziegenleder vom Maultier und sagte: »Wir brauchen das nicht länger aufzusparen.« Er hob den Schlauch in die Höhe und goß sich Wasser über den Kopf, die Brust und den Rücken. »Ah, so ist's schon besser. Wollen Sie auch ein bißchen, meine Schöne?«

Ich lächelte. »Warum nicht? Ich bin sicher, danach sehe ich nicht weniger schön aus.«

Er benäßte mir Kopf und Hemd, und ich war froh über die kühlende Erleichterung, obwohl ich wußte, daß ich in fünfzehn Minuten wieder völlig trocken sein würde. »Wenn Sie möchten, könnten Sie Ihr altes Zimmer in der Rue Labarre haben, eine Zeitlang wenigstens, bis Sie Ihr Leben wieder sortiert haben«, sagte er. »Ich wäre froh, Ihnen das Zimmer zu einem unverschämten Mietpreis unterzuvermieten.«

Ich saß da und dachte eine Weile nach. Dann sagte ich: »Selbst zu einer unverschämten Miete kann ich mir kein Zimmer denken, das ich lieber hätte. Vielen Dank auch, Toby.«

»Dann wäre das abgemacht.« Er nahm meine Hand, und wir standen zusammen auf. Als ich zu der Stadt hinüberschaute, war von den Kutschen und den Reitern nichts mehr zu sehen. »Wir können jetzt auch losreiten«, sagte Toby. »Ich bin sicher, Maria Gabriela Doyle hat schon dafür gesorgt, daß wir diskret empfangen und beherbergt werden, sobald wir ankommen.« Er knallte mir den Hut auf den Kopf und hob mich auf mein Maultier. »Herr im Himmel, ich frage mich, was Flora Hesketh wohl zu alldem sagen wird . . .«

»Ich kann es mir gar nicht vorstellen«, sagte ich und sah zu, wie er sein eigenes Maultier bestieg. »Aber das Ganze wird sicher ihre schlechte Meinung über die Ausländer bestätigen.«

Er schaute mich überrascht an, dann warf er den Kopf zurück und lachte. »Und ob«, sagte er und nahm die Zügel des Packtieres. »Na, dann los. Wir wollen hin und hören, wie sie es von sich gibt, kleine McLeod.«

Die Maultiere setzten sich langsam in Bewegung, und Seite an Seite ritten wir gemächlich die staubige Straße entlang, die in die Stadt führte.

18

AN EINEM NOVEMBERMORGEN voll strahlendem Sonnenschein über Paris, eine Woche nach unserer Rückkehr von Mexiko, saß ich am Fenster in Toby Kents Atelier und stopfte ein kleines Loch in einem meiner Unterröcke.

Obwohl mein Gesicht noch immer ziemlich braungebrannt war, konnte ich jetzt in den Spiegel schauen, ohne zusammenzuzucken, denn mein Haar war sauber und glänzend, und mein Gesicht schälte sich nicht mehr unter einer Schicht aus Schweiß und Staub. Ich war zurückgekehrt und hatte mein altes Zimmer auf der anderen Seite des Flures sehr verschönert vorgefunden, seit Toby es übernommen hatte. Es war jetzt bequem möbliert, und immer war reichlich Kohle vorhanden, um es gemütlich warm zu halten; Madame Briands Mann schaffte die Kohle auf Tobys Kosten herauf.

Toby stand an seiner Staffelei. Er war in Hemdsärmeln und murmelte, schnaufte und runzelte die Stirn, während er die üblichen Präliminarien durchging, ehe er plötzlich die Art entdeckte, wie er heute seine Leinwand angehen wollte. Diese Präliminarien hatten länger gedauert als gewöhnlich, aber ich tat so, als ob ich nichts merkte, und versuchte zu entscheiden, ob ich ins La Coquille zurückkehren sollte, wenn Vater Chabrier mich noch haben wollte, oder ob ich besser als Kindermädchen oder vielleicht als Gouvernante arbeiten sollte, entweder in England oder Frankreich. Aber es mußte tief im Land sein, weit von London oder Paris entfernt, so daß nur wenig Möglichkeiten bestanden, jemals einem Menschen aus meiner Vergangenheit zu begegnen. Die zweite Idee war vernünftiger, aber ich wußte, daß ich mich am Ende doch entscheiden würde, in Paris zu bleiben, denn den Gedanken, Toby als Nachbarn zu verlieren, konnte ich nicht ertragen. Ich hatte keinen anderen Freund, und wir kannten einander jetzt so gut, daß niemand ihn ersetzen konnte.

Ich hörte ein Geklapper, während Toby Pinsel und Palette auf den Boden warf. Ich blickte auf und sah, daß er hinter seiner Leinwand hervorgetreten war und mich, die Hände auf die Hüften gestemmt, wild anstarrte. »Jetzt sehen Sie mal her, meine Schöne«, sagte er ernst, »wissen Sie eigentlich, was ich im vergangenen Sommer gemacht habe? Ich habe unten in Cornwall ein Häuschen gekauft und ein zweites im Süden Frankreichs – in einem winzigkleinen Fischerdorf, von dem Sie bestimmt noch nie gehört haben. Es heißt Juan Les Pins. Alles ist von dem bezahlt, was ich als Miete für das ›Mädchen mit dem Schmetterling‹ von Andrew Doyle bekommen habe, und daneben ist noch ziemlich viel übrig. Das habe ich im letzten Sommer gemacht.«

»Na . . . es ist doch schön für Sie, daß Sie jetzt ein wohlhabender Mann sind, Toby«, sagte ich. »Aber warum gerade in Cornwall und in Juan Les Pins?«

»Weil es schöne Orte sind für einen Kerl, der gerne malt. Ich könnte eine Zeitlang in dem einen Häuschen wohnen, dann eine Zeitlang in dem anderen. Den Sommer in Cornwall, den Winter vielleicht am Mittelmeer.«

Ich verspürte eine leichte Bekümmernis, aber ich lächelte und sagte: »Das wäre wunderbar für Sie, Toby. Allerdings werde ich Sie sehr vermissen.«

»Ach, genau das ist es, worauf ich jetzt zu sprechen kommen wollte«, sagte er und runzelte finster die Stirn. »Würden Sie es wohl in Betracht ziehen, mich zu heiraten und mit mir zu kommen, Hannah?«

Ich hielt mit meiner Nadelarbeit inne und starrte ihn an. »Sie heiraten? Aber Toby, das ist das erstemal, daß Sie jemals etwas gesagt haben, um mich zu verletzen.«

»Sie verletzen? Um Gottes willen – aber wie denn?«

»Na, eigentlich nicht. Aber ich tu' Ihnen leid, und Sie sind ein guter Freund, und vielleicht machen Sie sich Sorgen, was aus mir wird, und deshalb haben Sie plötzlich die Idee, daß Sie alles dadurch in Ordnung bringen können, daß Sie mich heiraten. Sie sollten aber wissen, daß ich kein Mitleid will, Toby.«

Er schüttelte langsam den Kopf, und der finstere Ausdruck verschwand aus seinem Gesicht. »Ach, da irren Sie sich aber«, sagte er sehr leise. »Sie tun mir gar nicht leid, Hannah. Und ich rede auch nicht impulsiv drauflos, und ich habe auch nicht plötzlich die Idee bekommen, Sie zu heiraten. Andrew wäre das vielleicht passiert, aber mir nicht. Lieber Gott – wissen Sie denn nicht, daß ich Sie schon fast von Anfang an liebe? Na, nicht ganz von Anfang an, denn es war ja keine Liebe auf den ersten Blick. Aber es war hundertprozentig Liebe, nachdem Sie ein paar Wochen hier wohnten, und ich bin ein Mann, der weit genug gereist ist, um so was von einem Strohfeuer unterscheiden zu können.«

Ich saß da, und ein halbes Dutzend unausgegorener Gedanken wirbelte wie ein Kaleidoskop in meinem Kopf. Eine eigentümliche Wärme breitete sich in mir aus, trotz der schattenhaften Besorgnis, die sie vertreiben wollte. Ich sagte: »Aber Toby . . . Sie haben mir doch, als ich im Erholungsheim war, erzählt, Sie hätten sich in eine Dame in Wien verliebt und sie verloren – war es nicht so?«

Er nickte resigniert. »Ja. Aber da habe ich unverschämt gelogen, Hannah, denn Sie waren diejenige, die ich geliebt und verloren hatte. Sie hatten ja gesehen, daß ich traurig war, und Sie wollten wissen, warum. Und ich konnte Ihnen wohl kaum die Wahrheit sagen, wo Sie sich doch gerade erst mit Andrew verlobt hatten, oder?«

»Ach du lieber Gott. Nein . . . das konnten Sie wohl nicht. Da war es schon zu spät. Aber Toby, lange vorher gab es eine Zeit, als Sie mir gesagt haben, ich sollte nicht so vertrauensselig sein, und ich sollte mich vor jedem hüten, selbst vor Ihnen. Warum haben Sie das gesagt?«

»Weil ich Sie begehrte«, entgegnete er frei heraus. »Nicht nur so nebenbei als Mädchen, sondern ich wollte Sie zur Frau. Ich wollte Sie mehr als alles andere auf der Welt, und ich habe mir selbst nicht zugetraut, daß ich es Ihnen nicht eines schönen Tages mal zeige.«

»Aber warum hätten Sie es denn nicht zeigen sollen?«

»Ich war sicher, ich würde Sie verlieren, wenn es herauskäme. Ich würde Sie als Freundin und als Kameradin verlieren.«

Ich starrte ihn verblüfft an. »Aber um Himmels willen, warum sollten Sie mich denn ausgerechnet verlieren? Das verstehe ich nicht.«

»Warum?« Er fuhr sich in einer zornigen Geste mit beiden Händen durchs Haar. »Wegen dem, was man mit Ihnen angestellt hat, deshalb. Weil Sie vier Jahre in Mam'selle Montavons College verbracht haben und sich dort an Männer verkaufen mußten. Sehen Sie das denn nicht ein, Sie dummes Ding? Nach alledem war ich sicher, daß Sie abgestoßen sein müßten bei dem Gedanken, daß ein Mann auch nur Ihre Hand berührt, geschweige denn Ihr Bett teilt. Ich war regelrecht gelähmt, als ich hörte, daß Sie Andrew akzeptiert hatten! Ich hatte das Gefühl, als ob mein ganzes Gehirn plötzlich zu Haferbrei geworden wäre, und erst da wurde mir klar, was für ein Blödhammel ich gewesen war . . . und daß es jetzt zu spät war und daß ich meine Chance verpaßt hatte.«

Ich erinnerte mich daran, daß er sich immer sehr viel Mühe gegeben hatte, mich nie anzurühren. Ich sagte: »Sie waren kein Narr, Toby. Sie waren ein sehr freundlicher Mann . . . und ein Freund.«

Er machte eine saure Grimasse. »Aber trotzdem blöde. Jetzt bietet sich mir noch eine Chance, und ich wollte eigentlich warten, ehe ich was sage, aber ich konnte es nicht. Ich hoffe also, daß ich nicht zu früh den Mund aufgemacht habe.« Er stand an der Staffelei, und seine grünen Augen beobachteten mich besorgt. Sie stellten mir wortlos eine Frage.

Plötzlich fiel mir ein, daß ich von Andrew Doyle erfahren hatte, daß Toby eine ganze Schublade voll von Bleistiftskizzen von mir besaß. Ich fragte mich, warum ich mich wegen dieser und anderer Kleinigkeiten nicht wenigstens gefragt hatte, ob Tobys Gefühle für mich nicht vielleicht doch tiefer gingen als nur bis zur einfachen Freundschaft. Langsam fügten sich einige von den verstreuten, nebelhaften Gedanken in meinem Kopf zu einem Bild zusammen, und ich legte meine Flickarbeit beiseite. Ich streckte die Hände aus und sagte: »Kommen Sie mal her, Toby. Es gibt etwas, das ich Sie fragen muß, und noch einiges, was ich Ihnen mitteilen muß.«

Er kam und kniete sich neben mich. Er schaute mich an und hielt meine Hände. Sein Kopf war jetzt ein wenig unter meinem, denn er war ein großer Mann. Ich sagte: »Ich will nicht so tun, als ob ich mich plötzlich in Sie verliebt hätte. Ich glaube, nach allem, was mit mir passiert ist, bin ich gegen einen Blitz aus heiterem Himmel nicht allzu verwundbar, wie Andrew und Clara. Aber ... in den letzten paar Minuten habe ich erkannt, daß Gefühle in mir sind, von denen ich vorher nichts bemerkt habe.«

»Können Sie mir ein bißchen von diesen Gefühlen erzählen?« fragte er sanft.

»Nun ... wenn ich so zurückdenke, dann wird mir klar, daß es keinen einzigen Augenblick in Ihrer Gesellschaft gegeben hat, wo ich nicht froh und glücklich war, bei Ihnen zu sein. Mir wird klar, daß ich in Ihrer Gesellschaft meine Worte nie auf die Goldwaage legen mußte, sondern daß ich immer frisch von der Leber weg reden konnte. Sie haben mich nie mißverstanden und sich auch an nichts gestoßen. Mir wird klar, daß ich die Art, wie Sie mit mir reden, immer geliebt habe, wo Sie mich manchmal angebrüllt und mich manchmal ein dummes Ding genannt haben. Aber Sie haben so geredet, weil Sie dazu bei mir die Freiheit hatten und wußten, daß ich mich meinerseits auch nicht daran stören würde.«

Er hob eine meiner Hände und berührte sie mit seinen Lippen. Ich sagte: »Mir wird jetzt klar, daß ich seit dem ersten Mal, da Sie mich zum Essen ausgeführt haben, Ihnen völlig vertraut habe, daß es nie den Schatten eines Zweifels gegeben hat. Oh, ich habe es immer zu schätzen gewußt, daß Sie freundlich zu mir waren und rücksichtsvoll. Aber andererseits bin ich auch blind gewesen. Warum habe ich denn nicht gesehen, daß ich mich bei Ihnen keinen Augenblick unwohl gefühlt habe? Daß wir immer so . . . so angenehm und unkompliziert miteinander umgehen konnten? Daß es immer Spaß gemacht hat, eine Kleinigkeit für Sie zu tun – Ihr Frühstück zu machen, einen Knopf anzunähen, für Sie Modell zu sitzen?«

Ein Lächeln schimmerte in seinen Augen. »Weil Sie ein dummes Ding sind, vielleicht?«

Ich lächelte zurück und preßte seine Hände. »Wahrscheinlich. Aber jetzt sehe ich all diese Dinge und noch vieles mehr. Ich weiß gar nicht, wie das ist, wenn man sich verliebt, aber mir wird klar, daß ich Sie mit der Zeit lieben gelernt habe, Toby, und zwar von ganzem Herzen. Denn Sie sind mein treuester und bester Freund, der treueste und beste, den ich je haben werde.«

»Willst du . . . willst du mich denn heiraten, mein Schmetterlingsmädchen?« fragte er. »Sag's schon – willst du mich heiraten?«

Ich zog ihn an mich, legte seine Arme um meine Taille und umschlang dann seinen Nacken. Ich preßte seinen Kopf an meine Brust, und ich wollte, daß er spürte – ich war nicht von ihm abgestoßen, sondern glücklich, ihn nah bei mir zu spüren. In einem Augenblick wehmütiger Zufriedenheit bemerkte ich, daß es mir leichtfiel, denn wenigstens lag es mir schon längst fern, mich bei einem Mann schüchtern zu fühlen.

Ich spürte, wie mein Herz an seiner Wange schlug, und ich hätte alles darum gegeben, nicht sagen zu müssen, was ich sagen mußte, denn ich hatte den Blick auf ein Glück geworfen, wie ich es für mich nie für möglich gehalten hatte, und ich schrak davor zurück, die Chance zu verlieren.

»Toby«, sagte ich und streichelte sein dichtes rotes Haar, »wenn ich dich heiraten würde, wäre ich dir die treueste, wahrste und liebevollste aller Frauen. Aber ich kann die schlechten Jahre nicht auslöschen, mein liebster Freund. Vier Jahre und viele Männer. Bei keinem von ihnen habe ich etwas gefühlt außer einer Art Mitleid mit den Jungen. Bei keinem habe ich Freude gefunden. Insofern wärst du der erste Mann, mit dem ich je geschlafen habe. Toby, ich wurde an viele andere verkauft, und ich habe Angst. Ich fürchte, ihre Geister würden dich verfolgen.«

Er seufzte, hielt mich noch ein bißchen fester und rieb seinen Kopf an mir. »Ihre Geister existieren für mich nicht, Hannah.« Seine Stimme klang gedämpft, aber leicht und froh. »Versuch doch zu verstehen, mein Schatz. Das Mädchen, das ich liebe, ist, wie es ist, durch das, was ihm geschehen ist, durch das Gute wie auch das Böse. Wenn das College nicht gewesen wäre, hätte ich deinen Mut nicht kennengelernt und auch nicht deine Kraft, dich über das Schlimmste zu erheben, das einem Menschen geschehen kann. Ich habe noch nie gesehen, daß du verbittert gewesen wärst, und ich habe noch nie gehört, daß du ein Wort des Selbstmitleids oder der Klage über die Lippen gebracht hättest, und das war das erste, was mein Herz berührte.«

Ich hob den Kopf und küßte seine Stirn. »Aber hast du schon daran gedacht, wie es sein könnte, wenn wir verheiratet wären?« fragte ich. »Nimm einmal an, daß eines Tages in Cornwall oder in deinem Häuschen am Mittelmeer irgendein Freund kommt, irgendeiner deiner Bekannten, und mich kennt – schließlich wissen die Ryders über mich Bescheid und die Ritchies. Wahrscheinlich werden wir sie nie wiedersehen, aber – nun, was auch geschieht, es besteht immer die Möglichkeit, daß jemand mich erkennt und anfängt zu klatschen, und dann würde man dich schneiden.«

Toby lächelte zu mir auf. »Na, erstens ist die Möglichkeit sehr gering«, sagte er, »denn ich habe keineswegs vor, mich mit den Snobs aus der Gesellschaft zusammenzutun, und zweitens – aber mir ist klar, daß es passieren könnte, und dazu habe ich mir folgendes ausgedacht: Wenn irgendein Mann meine Frau beleidigt, dann schlage ich ihm den Unterkiefer entzwei – buchstäblich. Wenn irgendeine Frau meine Frau beleidigt, dann male ich so ein Porträt von ihr, daß sie sich wünscht, sie wäre nie geboren. Man soll sie zwar auf dem Bild erkennen, aber es wird teuflisch aussehen, und ich zeige es in jeder Galerie von London oder Paris. Wenn es sich aber um geflüsterten Klatsch handelt oder darum, daß gewisse Leute mich schneiden, dann sind es mit Sicherheit genau diejenigen, mit denen ich nichts zu tun haben will und denen ich scheißegal bin. Gibst du mir jetzt einen Kuß, kleine McLeod?«

Ich lachte, nahm seinen Kopf in meine Hände und sagte: »Warte, Toby, nur noch eine Minute. Es gibt da noch etwas . . .«

»Ich weiß, daß es da noch etwas gibt. Tatsache ist, daß ich Künstler bin, und man könnte sogar sagen, ein erfolgreicher. Was erwartet man von einem Maler? Er muß natürlich Bohemien sein. Ich möchte wirklich bezweifeln, daß das, was dir passiert ist, jemals bekannt wird. Falls es aber doch geschieht, sind wir eben zwei Bohemiens, und weil ich ein Kerl bin, der schon alle möglichen Leute kennengelernt hat, sage ich dir folgendes: Die meisten Männer werden mich beneiden, und die meisten Frauen werden wissen, daß ihre Männer mich beneiden.«

Ich schaute ihm in die Augen und sah keinen Schatten von einem Zweifel darin. »Toby«, sagte ich langsam, »als ich sagte, da wäre noch etwas anderes, da meinte ich . . . Kinder. Wenn wir heiraten und Kinder bekommen, stolpern sie eines Tages vielleicht über das Geheimnis meiner Vergangenheit.«

Er hob eine Hand und legte sie an meine Wange. »Je mehr Jahre vergehen, desto weniger wahrscheinlich ist das«, sagte er ruhig, »aber wenn es doch passiert, was dann,

Hannah? Dein Mut ist in einem Feuer gehärtet worden, das die wenigsten Frauen je kennenlernen. Du lebst ohne Illusionen, wie das nur bei wenigen Frauen der Fall ist, und du siehst die Welt mit Augen, die viel älter sind als du selbst. All diese Dinge machen das aus, was ich an dir liebe, und deshalb bestehen zwischen uns auch keine Barrieren. Wenn unsere Kinder eines Tages, sobald sie alt genug sind, um zu verstehen, dein Geheimnis entdecken – würde es dich vernichten, wo du über so vieles hinausgewachsen bist? Und wo du mich an deiner Seite hättest?«

»Ich will dir sagen, wozu ich mich entschlossen habe«, sagte ich und kämpfte ein bißchen, um meine Gedanken in Worte zu fassen. »Ich habe mich entschlossen, daß ich meine Geschichte nie erzählen werde, es sei denn, ich muß. Aber ich will niederschreiben, wie alles genau passiert ist. Wenn eines Tages in der Zukunft die Zeit kommt, wo die Vergangenheit mich einholt, eine Zeit, wo Geschichten von dem erzählt werden, was ich gewesen bin, dann können unsere Kinder die Geschichte selbst lesen. Und wenn sie sich dann gegen mich stellen, wenn sie mich dafür verachten, dann werde ich Mitleid mit ihnen haben und traurig sein. Aber vernichten wird es mich nicht.«

Toby wollte etwas sagen, aber ich kam ihm zuvor. »Warte ... es gibt da noch eine Kleinigkeit.« Er lächelte und drehte seinen Kopf um, damit er die Innenseite meines Handgelenks küssen konnte. Dann schaute er mich geduldig an. Ich fuhr fort: »Ich werde weder von ihnen noch von irgendeinem anderen Verständnis verlangen, und ich werde mich auch für nichts entschuldigen, außer für die Dinge, die ich selbst falsch gemacht habe. Zu allererst bin ich ich selbst, und danach gehöre ich keinem Menschen außer dir, Toby. Ich liebe dich sehr, ich glaube, ich habe viel zu geben, und ich werde es mit Freuden und in

Treue geben. Aber nur, wenn du mich zu deiner Frau nehmen willst, eingedenk der Gefahren, die ich dir vielleicht bescheren mag.«

Nach einigen Sekunden des Schweigens hob er eine Augenbraue und sagte: »Bist du jetzt fertig? Ist das alles?«

»Nun ... ja«, sagte ich, ein bißchen aus der Balance geworfen.

»Es war ein bißchen pompös, kleine McLeod.«

Ich tätschelte seinen Kopf ein wenig. »Na, es mußte ja auch so sein. Es ist alles sehr ernst, Toby. Man soll sich nicht Hals über Kopf in eine Ehe stürzen, ohne an all die Konsequenzen zu denken.«

»Stürzen? Seit dem Augenblick, als wir bei Oaxaca auf diesem Stein saßen und es mir dämmerte, daß du wieder frei warst, habe ich an wenig anderes gedacht. Jetzt sieh mal – du hast gesagt, du würdest mich heiraten, solange ich mir der fürchterlichen Gefahren bewußt bin, und ich bin mir der fürchterlichen Gefahren bewußt. Und – verdammt noch mal, sie sind mir vollkommen egal. Also ist alles abgemacht – wie lange muß ich jetzt noch auf einen Kuß warten?«

»Ach, Toby. Nicht einen Augenblick mehr, mein Liebster.«

Als seine Lippen meinen Mund berührten, empfand ich ein Glück, daß ich nie gekannt hatte, und ich zitterte, als er mich endlich aus seinen Armen ließ.

Er stieß einen Seufzer aus und stand auf. Er zog mich mit sich hoch, hielt mich wieder in den Armen und schaute tief in meine Augen. Plötzlich wurde sein Ausdruck besorgt. »Du solltest nicht bei mir im Atelier sein, Hannah«, sagte er unruhig. »Ich meine, die Leute könnten denken ... Du weißt schon, was.«

Gelächter strömte aus mir hervor, und ich lehnte meinen Kopf an seine Brust. »Toby, was immer sie auch denken mögen, sie denken es jetzt schon seit langer Zeit, du dummer Kerl.«

»Ja, ich glaube auch.« Er ließ mich los und ging von mir weg. Er kratzte sich an der Wange. »Also, wir müssen natürlich so früh wie möglich heiraten, meine Schöne. Vielleicht kann ich eine Sondererlaubnis bekommen. Wohin sollen wir dann fahren? Nach Cornwall oder nach Juan Les Pins?«

»Jetzt, wo der Winter kommt, wäre das Mittelmeer wohl besser, oder nicht?«

»Ja natürlich. Richtig.« Er knallte seine Faust in die Handfläche. »Ich gehe noch heute nachmittag zum Bürgermeisteramt und erkundige mich, wie man heiratet. Lieber Gott – ich bin vielleicht ein Glückspilz!« Er schwang herum und griff nach Pinsel und Palette. »Setz dich nochmal für mich hin, Hannah, Schatz. Nein, warte. Gib mir zuerst noch einen Kuß.«

Ich tat es gern, und einige Zeit später saß ich wieder da und nähte, in der gleichen Pose, aber als völlig anderer Mensch, denn meine Welt hatte sich verändert und war wie erleuchtet vom goldenen Sonnenschein durch einen Mann mit grünen Augen und rotem Haar. Dieser Mann war mein Freund gewesen, und bald würde er mein Ehemann und Liebster sein.

Vielleicht eine Minute oder zwei murmelte er vor sich hin und schnaufte zornig. Er kratzte auf der Leinwand herum und starrte mich an. Dann, ganz plötzlich, stieß er ein gewaltiges, überschwengliches Lachen aus und fing an zu malen.

Band 12281

S. Fischer-Fabian

Keine Träne für Apoll

Heiterer Roman um einen Mann, der sich vor Frauen einfach nicht retten kann

Philipp Engel ist alles andere als ein Schürzenjäger – vielmehr jagen die Frauen ihn. Das fing bereits früh an: Vom Konfirmandenunterricht wurde er ausgeschlossen, weil der Pfarrer mehr als vierzig Liebesbriefe in seinem Gesangbuch entdeckte. In der Sekunda würfelten die Mädchen darum, wer neben ihm sitzen durfte, und an seinem 16. Geburtstag wurde er von seiner Klavierlehrerin verführt. Wegen Frauengeschichten mußte er schließlich die Schule kurz vor dem Abitur verlassen… Ob in New York, London, Heidelberg oder Nizza: überall gerät der verzweifelte ›Engel‹ in immer neue Betten – mit immer neuen Frauen…

BASTEI LÜBBE